WILHELM BUSCH

Sämtliche Werke und eine Auswahl der Skizzen und Gemälde in zwei Bänden

ZWEITER BAND

Was belieb

WILHELM BUSCH

ſt auch erlaubt

HERAUSGEGEBEN VON ROLF HOCHHUTH

C. BERTELSMANN VERLAG

Zu einigen Erstveröffentlichungen in diesem Band:

Der Heilige Antonius „in Mönchsmanier" ge=hört dem Städelschen Kunstinstitut Frankfurt; die sechs Pastelle aus dem Antonius=Fries der Graphischen Sammlung des Museum der Bildenden Künste, Leipzig; das letzte Skizzenbuch Buschs Herrn Pastor Vogelsang, Hannover. „Bauer Schnaße", den wir „Hernach" voran=gestellt haben, stammt aus dem Besitz von Frau Grete Thomsen, Münster.

4. Auflage 1988

Gemäldefotos K. H. Klubescheidt. Reproduktionen durch die Firmen Thomas & Kurzberg, Bielefeld; Lohse, Frankfurt; Mohndruck Graphische Betriebe GmbH, Gütersloh. Gesamtherstellung Mladinska Knjiga, Ljubljana
ISBN 3-570-03004-0. Printed in Jugoslavia

INHALTSVERZEICHNIS

Von mir über mich

Wiedensahl

Kein Ding sieht so aus, wie es ist. Am wenigsten der Mensch, dieser lederne Sack voller Kniffe und Pfiffe. Und auch abgesehen von den Kapriolen und Masken der Eitelkeit. Immer, wenn man was wissen will, muß man sich auf die zweifelhafte Dienerschaft des Kopfes und der Köpfe verlassen und erfährt nie recht, was passiert ist. Wer ist heutigen Tages noch so harmlos, daß er Weltgeschichten und Biographien für richtig hält? Sie gleichen den Sagen und Anekdoten, die Namen, Zeit und Ort benennen, um sich glaubhaft zu machen. Sind sie unterhaltlich erzählt, sind sie ermunternd und lehrreich oder rührend und erbaulich, nun gut!, so wollen wir's gelten lassen. Ist man aber nicht grad ein Professor der Beredsamkeit und sonst noch allerlei, was der heilige Augustinus gewesen, und will doch partout über sich selbst was schreiben, dann wird man wohl am besten tun, man faßt sich kurz. Und so auch ich.
Es scheint verwunderlich; aber weil andere über mich geschrieben, muß ich's auch einmal tun. Daß es ungern geschähe, kann ich dem Leser, einem tiefen Kenner auch des eigenen Herzens, nicht weismachen, daß es kurz geschieht, wird ihm eine angenehme Enttäuschung sein.
Ich bin geboren am 15. April 1832 zu Wiedensahl als der erste von sieben.
Mein Vater war Krämer, klein, kraus, rührig, mäßig und gewissenhaft; stets besorgt, nie zärtlich; zum Spaß geneigt, aber ernst gegen Dummheiten. Er rauchte beständig Pfeifen, aber, als Feind aller Neuerungen, niemals Zigarren, nahm daher auch niemals Reibhölzer, sondern blieb bei Zunder, Stahl und Stein oder Fidibus. Jeden Abend spazierte er allein durchs Dorf, zur Nachtigallenzeit in den Wald. Meine Mutter, still und fromm, schaffte fleißig in Haus und Garten und pflegte nach dem Abendessen zu lesen. Beide lebten einträchtig und

Die Mutter mit einem Enkel

so häuslich, daß einst über zwanzig Jahre vergingen, ohne daß sie zusammen ausfuhren.
Wir lebten in einem kleinen Überfluß, zu essen gab's genug, und wenn gespart wurde, so geschah's für die Zukunft der Kinder. Diese Liebe und Entsagung rührt mich noch immer, obwohl ich doch schon ziemlich lange hübsch abgeschabt bin auf dieser Erdkruste. Liebe und Strenge sowohl, die mir von den Eltern zuteil geworden, hat der Schlafittich der Zeit aus meiner dankbaren Erinnerung nicht zu verwischen vermocht.
Was weiß ich denn noch aus meinem dritten Jahr? Knecht Heinrich macht schöne Flöten für mich und spielt selber auf der Maultrommel, und im Garten ist das Gras fast so hoch wie ich, und die Erbsen sind noch höher; und hinter dem strohgedeckten Hause, neben dem Brunnen, stand ein Kübel voll Wasser, und ich sah mein Schwesterchen drin liegen wie ein Bild unter Glas und Rahmen, und als die Mutter kam, war sie kaum noch ins Leben zu bringen.
Mein gutes Großmütterlein war zuerst wach in der Früh. Sie schlug Funken am P=förmigen Stahl, bis einer zündend ins „Usel" sprang, in die halbverkohlte Leinwand am Deckelkäst=chen des Feuerzeugs, und bald flackerte es lustig in der Küche auf dem offenen Herde unter dem Dreifuß und dem kupfernen

Der Vater

Kessel; und nicht lange, so hatte auch das Kanonenöfchen in der Stube ein rotglühendes Bäuchlein, worin's bullerte.
Als ich sieben, acht Jahre alt war, durft' ich zuweilen mit aufstehen, und im Winter besonders kam es mir wonnig geheimnisvoll vor, so früh am Tag schon selbstbewußt in dieser Welt zu sein, wenn ringsumher noch alles still und tot und dunkel war. Dann saßen wir zwei, bis das Wasser kochte, im engen Lichtbezirk der pompejanisch geformten zinnernen Lampe. Sie spann. Ich las ein paar schöne Morgenlieder aus dem Gesangbuch vor. Gesangbuchverse, biblische Geschichten und eine Auswahl der Märchen von Andersen waren meine früheste Lektüre.
Später beim Kaffee nahmen Herrschaft, Knechte und Mägde, wie es guten Freunden geziemt, am nämlichen Tische Platz.
Um diese Zeit meines Lebens passierte eine kleine Geschichte, die recht schmerzhaft und schimpflich für mich ablief. Beim Küster diente ein Kuhjunge, fünf, sechs Jahre älter als ich. Er hatte in einen rostigen Kirchenschlüssel, so groß wie dem Petrus seiner, ein Zündloch gefeilt; und gehacktes Fensterblei hatte er auch schon genug, bloß das Pulver fehlte ihm noch zu Blitz und Donner. Infolge seiner Beredsamkeit machte ich einen stillen Besuch bei einer gewissen steinernen Kruke, die

Die Mühle in Ebergötzen

auf dem Speicher stand. Nachmittags zogen wir mit den Kühen auf die einsame Waldwiese. Großartig war der Wider=hall des Geschützes. Und so beiläufig ging auch ein altes Bäu=erlein vorbei, in der Richtung des Dorfes. — Abends kehrte ich fröhlich heim und freute mich so recht auf das Nachtessen. Mein Vater empfing mich an der Tür und lud mich ein, ihm auf den Speicher zu folgen. Hier ergriff er mich am linken Flügel und trieb mich vermittels eines Rohrstockes im Kreise umher, immer um die Kruke herum, wo das Pulver drin war. Wie peinlich mir das war, ließ ich weithin verlautbaren. Und sonderbar! Ich bin weder Jäger noch Soldat geworden.
Als ich neun Jahre alt geworden, beschloß man, mich dem Bru=der meiner Mutter in Ebergötzen zu übergeben. Ich freute mich darauf. Wie Kinder sind, halb froh, halb wehmütig, plätscherte ich am Abend vor der Abreise mit der Hand in der Regen=tonne, über die ein Strauch von weißen Rosen hing, und sang „Christine! Christine!" versimpelt für mich hin.
Früh vor Tag wurde das dicke Pommerchen in die Scher=deichsel des Leiterwagens gedrängt. Das Gepäck ist aufgela=den; als ein Hauptstück der wohlverwahrte Leib eines alten Zinkedings von Klavier, dessen lästig gespreiztes Beingestell in der Heimat blieb; ein ahnungsvolles Symbol meiner musi=kalischen Zukunft. Die Reisenden steigen auf: Großmutter, Mutter, vier Kinder und ein Kindermädchen, Knecht Heinrich zuletzt. Fort rumpelt's durch den Schaumburger Wald. Ein Rudel Hirsche springt über den Weg; oben ziehen die Sterne; im Klavierkasten tunkt es.
In Wirtshäuser einkehren taten wir nicht; ein wenig seitwärts von der Straße wurde stillgehalten, der Deckel der Ernäh=rungskiepe wurde aufgetan und unter anderm ein ganzer geräucherter Schinken entblößt, der sich bald merklich vermin=derte. Nach zweimaligem Übernachten bei Verwandten erreich=ten wir glücklich das Ebergötzener Pfarrhaus.
Gleich am Tage nach der Ankunft schloß ich Freundschaft mit dem Sohne des Müllers. Wir gingen vors Dorf hinaus, um zu

Pfarrhaus Ebergötzen

baden. Wir machten eine Mudde aus Erde und Wasser, die wir „Peter und Paul" benannten, überkleisterten uns damit von oben bis unten, legten uns in die Sonne, bis wir inkrustiert waren wie Pasteten, und spülten's im Bach wieder ab. Die Freundschaft ist von Dauer gewesen. Alljährlich besuch' ich ihn und schlafe noch immer gut beim Rumpumpeln des Mühlwerkes und dem Rauschen des Wassers.

Auch der Wirt des Ortes, weil er ein Piano besaß, wurde bald mein guter Bekannter. Er war rauh wie Esau. Ununterbrochen kroch das schwarze Haar in die Krawatte und aus den Ärmeln wieder heraus bis dicht an die Fingernägel. Beim Rasieren mußte er weinen, denn das Jahr 48, welches selbst den widerspenstigsten Bärten die Freiheit gab, war noch nicht erschienen. Er trug lederne Klappantoffeln und eine gelbgrüne Joppe, die das hintere Mienenspiel der blaßblauen Hose nur selten zu bemänteln suchte. Seine Philosophie war der Optimismus mit rückwirkender Kraft; er sei zu gut für diese Welt, pflegte er gern und oft zu behaupten. Als er einst einem Jagdhunde mutwillig auf die Zehen trat und ich meinte, das stimmte nicht recht mit seiner Behauptung, kriegt' ich sofort eine Ohrfeige. Unsere Freundschaft auch. Doch die Erschütterung währte

Selbstbildnis des 16jährigen Busch

Freund Bachmann

nicht lange. Er ist mir immer ein lieber und drolliger Mensch geblieben. Er war ein geschmackvoller Blumenzüchter, ein starker Schnupfer und hat sich dreimal vermählt.

Bei ihm fand ich einen dicken Notenband, der durchgeklimpert, und freireligiöse Schriften jener Zeit, die begierig verschlungen wurden.

Der Lehrer der Dorfjugend, weil nicht der meinige, hatte keine Gewalt über mich – solange er lebte. Aber er hing sich auf, fiel herunter, schnitt sich den Hals ab und wurde auf dem Kirchhofe dicht vor meinem Kammerfenster begraben. Und von nun an zwang er mich allnächtlich, auch in der heißesten Sommerzeit, ganz unter der Decke zu liegen. Bei Tag ein Freigeist, bei Nacht ein Geisterseher.

Meine Studien teilten sich naturgemäß in beliebte und unbeliebte. Zu den ersteren rechne ich Märchenlesen, Zeichnen, Forellenfischen und Vogelstellen. Mein Freund aus der Mühle, der meine gelehrten Unterrichtsstunden teilte, teilte auch meine Studien in freier Natur. Dohnen und Sprenkeln wurden eifrig verfertigt, und der Schlupfwinkel keiner Forelle den ganzen Bach entlang unter Steinen und Baumwurzeln blieb unbemerkt von uns.

Zwischen all dem herum aber schwebte beständig das anmutige Bildnis eines blondlockigen Kindes. Natürlich sehnte ich oft die bekannte Feuersbrunst herbei mit nachfolgendem Tode zu Füßen der geretteten Geliebten. Meist jedoch war ich nicht so rücksichtslos gegen mich selbst, sondern begnügte mich mit dem Wunsch, daß ich zauberhaft fliegen und hüpfen könnte, hoch in der Luft, von einem Baum zum andern, und daß sie es mit ansähe und wäre starr vor Bewunderung.

Von meinem Onkel, der äußerst milde war, erhielt ich nur ein einziges Mal Hiebe mit einem trockenen Georginenstengel, weil ich den Dorftrottel geneckt hatte. Dem war die Pfeife voll

Kuhhaare gestopft und dienstbeflissen angezündet. Er rauchte sie aus, bis aufs letzte Härchen, mit dem Ausdruck der seligsten Zufriedenheit. Also der Erfolg war unerwünscht für mich in zwiefacher Hinsicht. Es macht nichts. Ein Trottel bleibt immer eine schmeichelhafte Erinnerung.

Etwa ums Jahr 45 bezogen wir die Pfarre zu Lüethorst.

Unter meinem Fenster murmelte der Bach. Gegenüber am Ufer stand ein Haus, eine Schaubühne des ehelichen Zwistes; der sogenannte Hausherr spielt die Rolle des besiegten Tyrannen. Ein hübsches natürliches Stück; zwar das Laster unterliegt, aber die Tugend triumphiert nicht. Das Stück fing an hinter der Szene, spielte weiter auf dem Flur und schloß im Freien. Sie stand oben vor der Tür und schwang triumphierend den Reiserbesen, er stand unten im Bach und streckte die Zunge heraus; und so hatte er auch seinen Triumph.

In den Stundenplan schlich sich nun auch die Metrik ein. Dichter, heimische und fremde, wurden gelesen. Zugleich fiel mir die „Kritik der reinen Vernunft" in die Hände, die, wenn auch damals nur spärlich durchschaut, doch eine Neigung erweckte, in den Laubengängen des intimeren Gehirns zu lustwandeln, wo's bekanntlich schön schattig ist, oder in der Gehirnkammer Mäuse zu fangen, wo es nur gar zuviel Schlupflöcher gibt.

Sechzehn Jahre alt, ausgerüstet mit einem Sonett und einer ungefähren Kenntnis der vier Grundrechnungsarten, erhielt ich Einlaß zur Polytechnischen Schule in Hannover.

Hier ging mit meinem Äußeren eine stolze Veränderung vor. Ich kriegte die erste Uhr – alt, nach dem Kartoffelsystem – und den ersten Paletot – neu, so schön ihn der Dorfschneider zu bauen vermochte. Mit diesem Paletot, um ihn recht sehen zu lassen, stellte ich mich gleich den ersten Morgen sehr dicht vor den Schulofen. Eine brenzlige Wolke und die freudige

Teilnahme der Mitschüler ließen mich ahnen, was hinten vor sich ging. Der umfangreiche Schaden wurde kuriert nach der Schnirrmethode, beschämend zu sehn; und nur noch bei äußerster Witterungsnot ließ sich das einst so prächtige Kleidungsstück auf offener Straße blicken.
In der reinen Mathematik schwang ich mich bis zu „Eins mit Auszeichnung" empor, aber in der angewandten bewegt' ich mich mit immer matterem Flügelschlage.
Im Jahre 48 trug auch ich mein gewichtiges Kuhbein, welches nie scharf geladen werden durfte, und erkämpfte mir in der Wachtstube die bislang noch nicht geschätzten Rechte des Rauchens und des Biertrinkens; zwei Märzerrungenschaften, deren erste mutig bewahrt, deren zweite durch die Reaktion des Alters jetzt merklich verkümmert ist.
Ein Maler wies mir den Weg nach Düsseldorf. Ich kam, soviel ich weiß, grad an zu einem jener Frühlingsfeste, für diesmal die Erstürmung einer Burg, die weithin berühmt waren. Ich war sehr begeistert davon und von dem Maiwein auch.
Unter Anwendung von Gummi, Semmel und Kreide übte und erlernte ich daselbst die beliebte Methode des „Tupfens, mit der man das reizende lithographische Korn" erzeugt. Nachdem ich mich recht und schlecht durch den Antikensaal getüpfelt hatte, begab ich mich nach Antwerpen in die Malschule, wo man, so hieß es, die alte Muttersprache der Kunst noch immer erlernen könne.
In dieser kunstberühmten Stadt sah ich zum ersten Male die Werke alter Meister: Rubens, Brouwer, Teniers, Frans Hals. Ihre göttliche Leichtigkeit der Darstellung malerischer Einfälle, verbunden mit stofflich juwelenhaftem Reiz; diese Unbefangenheit eines guten Gewissens, welches nichts zu vertuschen braucht; diese Farbenmusik, worin man alle Stimmen klar durchhört, vom Grundbaß herauf, haben für immer meine Liebe und Bewunderung gewonnen; und gern verzeih' ich's ihnen, daß sie mich zu sehr geduckt haben, als daß ich's je recht gewagt hätte, mein Brot mit Malen zu verdienen wie

Die Düsseldorfer Studentenbude

manch anderer auch. Die Versuche, freilich, sind nicht ausgeblieben; denn geschafft muß werden, und selbst der Taschendieb geht täglich auf Arbeit aus. Ja, ein wohlmeinender Mitmensch darf getrost voraussetzen, daß diese Versuche, deren Resultate zumeist für mich abhanden gekommen, sich immerfort durch die Verhältnisse hindurchziehen, welche mir schließlich meinen bescheidenen Platz anwiesen.

Ich wohnte am Eck der Käsbrücke bei einem Bartscherer. Er hieß Jan, seine Frau hieß Mie. Zu gelinder Abendstunde saß ich mit ihnen vor der Haustür, im grünen Schlafrock, die Tonpfeife im Munde; und die Nachbarn kamen auch herzu: der Korbflechter, der Uhrmacher, der Blechschläger, die Töchter in schwarzlackierten Holzschuhen. Jan und Mie waren ein zärtliches Pärchen, doch kinderlos, sie dick, er dünn; sie balbierten mich abwechselnd, verpflegten mich während einer Krankheit und schenkten mir beim Abschied in kühler Jahreszeit eine warme rote Jacke und drei Orangen. – Wie war mir's traurig zumut, als ich voll Neigung und Dankbarkeit nach Jahren dies Eck wiederaufsuchte, und alles war neu, und Jan und Mie gestorben, und nur der Blechschläger pickte noch in seinem alten, eingeklemmten Häuschen und sah mich trüb und verständnislos über die Brille an.

Den deutschen Künstlerverein, bestehend aus einigen Malern, aus politischen Flüchtlingen und Auswanderungsagenten, besuchte ich selten, fühlte mich aber geehrt durch Aufnahme einiger Scherze in die Kneipzeitung.

Nach Antwerpen hielt ich mich in der Heimat auf.
Was damals die Leute ut oler Welt erzählten, klang mir sonderbar ins Ohr. Ich horchte genauer und sucht' es mir fleißig zu merken, doch wußt' ich leider zuwenig, um zu wissen, was wissenschaftlich bemerkenswert war. Das Vorspuken eines demnächstigen Feuers hieß „wabern". Den Wirbelwind, der auf der Landstraße den Staub auftrichtert, nannte man „warwind"; es sitzt eine Hexe drin. Übrigens hörte ich, seit der Alte Fritz das Hexen verboten hätte, müßten sich die Hexen überhaupt sehr in acht nehmen mit ihrer Kunst.
Von Märchen wußte das meiste ein alter, stiller, für gewöhnlich wortkarger Mann. Einsam saß er abends im Dunkeln. Klopft' ich ans Fenster, so steckte er freudig den Trankrüsel an. In der Ofenecke steht sein Sorgensitz. Rechts von der Wand langt er sich die sinnreich senkrecht im Kattunbeutel hängende kurze Pfeife, links vom Ofen den Topf voll heimischen Tabaks, und nachdem er gestopft, gesogen und Dampf gemacht, fängt er seine vom Mütterlein ererbten Geschichten an. Er erzählt gemächlich; wird's aber dramatisch, so steht er auf und wechselt den Platz, je nach den redenden Personen, wobei denn auch die Zipfelmütze, die sonst nur leis nach vorne nickte, in mannigfachen Schwung gerät.
Für Spukgeschichten dagegen von bösen Toten, die wiederkommen zum Verdrusse der Lebendigen, war der Schäfer Autorität. Wenn er abends erzählte, lag er quer über dem Bett, und wenn's ihm trocken und öd wurde im Mund, sprang er auf und ging vor den Tischkasten und biß ein neues Endchen Kautabak ab zur Erfrischung. Sein Frauchen saß daneben und spann.
In den Spinnstuben sangen die Mädchen, was ihre Mütter und Großmütter gesungen. Während der Pause, abends um neun, wurde getanzt, auf der weiten Haustenne unter der Stalllaterne, nach dem Liede:

Maren will wi Hawern meihn,
wer schall den woll binnen?
Dat schall Meiers Dortchen don,
de will eck wol finnen.

Von Wiedensahl aus besucht' ich auf längere Zeit den Onkel in Lüethorst. Ein Liebhabertheater im benachbarten Städtchen zog mich in den angenehmen Kreis seiner Tätigkeit; aber ernsthafter fesselte mich das wundersame Leben des Bienenvolkes. Es hatte sich grad um einen Grundsatz der Wissenschaft, nämlich, daß nur aus einem befruchteten Ei ein lebendes Wesen entstehen könne, ein Streit erhoben. Ein schlichter katholischer Geistlicher wies nach, daß die Bienen eine Ausnahme machten. Mein Onkel als gewandter Schriftsteller und guter Beobachter ergriff seine Partei und beteiligte sich lebhaft an dem Kampfe. Der Wunsch und Plan, nach Brasilien auszuwandern, dem Dorado der Imker, hat sich nicht verwirklichen sollen. Die Annahme, daß ich überhaupt praktischer Bienenzüchter geworden, ist freundlicher Irrtum.
Auch mich zog es unwiderstehlich abseits in das Reich der Naturwissenschaften. Ich las Darwin, ich las Schopenhauer damals mit Leidenschaft. Doch so etwas läßt nach mit der Zeit. Ihre Schlüssel passen ja zu verschiedenen Türen in dem verwunschenen Schlosse dieser Welt; aber kein „hiesiger" Schlüssel, so scheint's, und wär's der Asketenschlüssel, paßt je zur Ausgangstür.
Von Lüethorst trieb mich der Wind nach München, wo bei der grad herrschenden akademischen Strömung mein kleines flämisches Schifflein, das wohl auch schlecht gesteuert war, nicht

recht zum Schwimmen kam und gar bald auf dem Trocknen saß.

Um so angenehmer war es im Künstlerverein, wo man sang und trank und sich nebenbei karikierend zu necken pflegte. Auch ich war solchen persönlichen Späßen nicht abgeneigt. Man ist ein Mensch und erfrischt und erbaut sich gern an den kleinen Verdrießlichkeiten und Dummheiten anderer Leute. Selbst über sich selber kann man lachen mitunter, und das ist ein Extrapläsier, denn dann kommt man sich sogar noch klü=ger und gedockener vor als man selbst. – Die Veröffentlichung der dort verübten Späße, besonders der persönlichen Verhohn=hacklungen, ist mir unerwünscht. Was hilft's? Dummheiten, wenn auch vertraulich in die Welt gesetzt, werden früher oder später doch leicht ihren Vater erwischen, mag er's wollen oder nicht.

Lachen ist ein Ausdruck relativer Behaglichkeit. Der Franzel hinterm Ofen freut sich der Wärme um so mehr, wenn er sieht, wie sich draußen der Hansel in die rötlichen Hände pustet. Zum Gebrauch in der Öffentlichkeit habe ich jedoch nur

Phantasiehanseln genommen. Man kann sie auch besser her=richten nach Bedarf und sie eher tun und sagen lassen, was man will. Gut schien mir oft der Trochäus für biederes Reden, stets praktisch der Holzschnittstrich für stilvoll heitere Gestal=ten. So ein Konturwesen macht sich leicht frei von dem Ge=setze der Schwere und kann, besonders wenn es nicht schön ist, viel aushalten, eh' es uns weh tut. Man sieht die Sach' an und schwebt derweil in behaglichem Selbstgefühl über den Leiden der Welt, ja über dem Künstler, der gar so naiv ist.

Auch das Gebirg', das noch nie in der Nähe gesehene, wurde für längere Zeit aufgesucht. An einem Spätnachmittag kam ich zu Fuß vor dem Dörfchen an, wo ich zu bleiben gedachte. Gleich das erste Häuschen mit dem Plätscherbrunnen und dem Zaun von Kürbis durchflochten sah verlockend idyllisch aus. Feldstuhl und Skizzenbuch wurden aufgeklappt. Auf der Schwelle saß ein steinaltes Mütterlein und schlief, das Kätz=chen daneben. Plötzlich, aus dem Hintergrund des Hauses, kam eine jüngere Frau, faßte die Alte bei den Haaren und schleifte sie auf den Kehrichthaufen. Dabei quäkte die Alte wie ein Huhn, das geschlachtet werden soll. Feldstuhl und Skizzenbuch wurden zugeklappt. Mit diesem Rippenstoße führte mich das neckische Schicksal zu den trefflichen Bauersleuten und in die herrliche Gegend, von denen ich nur ungern wieder Abschied nahm.

Es kann 59 gewesen sein, als zuerst in den „Fliegenden" eine Zeichnung mit Text von mir gedruckt wurde: zwei Männer, die aufs Eis gehen, wobei einer den Kopf verliert. Vielfach, wie's die Not gebot, illustrierte ich dann neben eigenen auch fremde Texte. Bald aber meint' ich, ich müßt' halt alles selber machen. Die Situationen gerieten in Fluß und gruppierten sich zu kleinen Bildergeschichten, denen größere gefolgt sind. Dann hab' ich sie laufen lassen auf den Markt, und da sind sie her=

umgesprungen, wie Buben tun, ohne viel Rücksicht zu nehmen auf gar zu empfindsame Hühneraugen; wohingegen man aber auch annehmen darf, daß sie nicht gar zu empfindlich sind, wenn sie mal Schelte kriegen. Wer sie freundlich in die Hand nimmt, etwa wie Spieluhren, wird vielleicht finden, daß sie, trotz bummligen Aussehens, doch teilweise im Leben geglüht, mit Fleiß gehämmert und nicht unzweckmäßig zusammengesetzt sind. Fast alle hab' ich, ohne wem was zu sagen, in Wiedensahl verfertigt, ausgenommen ein allegorisches Tendenzstück und einige Produkte des drängenden Ernährungstriebes, zum Selbstpläsier. Hätte jedoch die sorglos in Holzschuhen tanzende Muse den einen oder andern der würdigen Zuschauer auf die Zehe getreten, so wird das bei ländlichen Festen nicht weiter entschuldigt. Ein auffällig tugendsames Frauenzimmer ist's freilich nicht. Aber indem sie einerseits den Myrtenzweig aus der Hand des übertriebenen Wohlwollens errötend von sich ablehnt, hält sie anderseits gemütlich den verschleierten Blick eines alten Ästhetikers aus, dem bei der Bestellung des eigenen Ackers ein Stäubchen Guano ins Auge geflogen.

Man hat den Autor, den diese Muse begeistert, für einen Bücherwurm und Absonderling gehalten. Das erste mit Unrecht. Zwar liest er unter anderem die Bibel, die großen Dramatiker, den Augustin, den Pickwick und Don Quijote und hält die Odyssee für das schönste der Märchenbücher, aber ein Bücherwurm ist doch ein Tierchen mit ganz anderen Manierchen.

Ein Sonderling dürfte er schon eher sein. Für die Gesellschaft ist er nicht genugsam dressiert, um ihre Freuden geziemend zu

würdigen und behaglich genießen zu können. Zu einer Abend=unterhaltung jedoch unter vier bis höchstens sechs Augen, in einer neutralen Rauchecke, bringt er noch immer eine Stand=haftigkeit mit, die kaum dem anrückenden Morgen weicht.

Groß war auch seine Nachlässigkeit oder Schüchternheit im schriftlichen Verkehr mit Fremden. Der gewandte Stilist, der seine Korrespondenten mit einem zierlichen Strohgeflechte be=schenkt, macht sich umgehend beliebt, während der Unbehol=fene, der seine Halme aneinanderknotet wie der Bauer, wenn er Seile bindet, mit Recht befürchten muß, daß er Anstoß er=regt. Er zögert und vergißt.

Verheiratet ist er auch nicht. Er denkt gelegentlich eine Steuer zu beantragen auf alle Ehemänner, die nicht nachweisen kön=nen, daß sie sich lediglich im Hinblick auf das Wohl des Vater=landes vermählt haben. Wer eine hübsche und gescheite Frau hat, die ihre Dienstboten gut behandelt, zahlt das Doppelte. Den Ertrag kriegen die alten Junggesellen, damit sie doch auch eine Freud' haben.

Ich komme zum Schluß. Das Porträt, um rund zu erscheinen, hätte mehr Reflexe gebraucht. Doch manche vorzügliche Men=schen, die ich liebe und verehre, für Selbstbeleuchtungszwecke zu verwenden, wollte mir nicht passend erscheinen, und in be=zug auf andere, die mir weniger sympathisch gewesen, halte ich ohnehin schon längst ein mildes gemütliches Schweigen für gut.

So stehe ich denn tief unten an der Schattenseite des Berges. Aber ich bin nicht grämlich geworden; sondern wohlgemut, halb schmunzelnd, halb gerührt, höre ich das fröhliche Lachen von anderseits her, wo die Jugend im Sonnenschein nachrückt und hoffnungsfreudig nach oben strebt.

Soviel wollt' ich von mir selber sagen.

Wer grad in ein Ballett vertieft ist, wer eben seinen Namenstag mit Champagner feiert, wer zufällig seine eigenen Gedichte liest, wer Skat spielt oder Tarock, dem ist freilich geholfen.

Leider stehen diese mit Recht beliebten Mittel temporärer Erlösung nicht immer jedem zur Verfügung. Oft muß man schon froh sein, wenn nur einer, der Wind machen kann, mal einen kleinen philosophisch angehauchten Drachen steigen läßt, geklebt aus altem Papier. Man wirft sein Bündel ab, den Wanderstab daneben, zieht den heißen Überrock des Daseins aus, setzt sich auf den Maulwurfshügel allerschärfster Betrachtung und schaut dem langgeschwänzten Dinge nach, wie's mehr und mehr nach oben strebt, sodann ein Weilchen in hoher Luft sein stolzes Wesen treibt, bis die Schnur sich verkürzt, bis es tiefer und tiefer sinkt, um schließlich matt und flach aufs dürre Stoppelfeld sich hinzulegen, von dem es aufgestiegen.

Wenigstens was mich betrifft, so mag nur einer kommen und mir beweisen, daß die Zeit und dies und das bloß ideal ist, ein Spuk unter dem Dach, ein angeerbtes Kopfübel, hartnäckig, inkurabel, bis der letzte Schädel ausgebrummt; er soll mich nur aufs Eis führen, seine blanken Schlittschuhe anschnallen, auf der gefrorenen Ebene seine sinnreichen Zahlen und Schnörkel schreiben, ich will ihn gespannt begleiten, ich will ihm dankbar sein; nur gar zu kühl darf es nicht werden, daß mir die Nase friert, sonst drücke ich mich lieber hinter irgendeinen greifbaren Ofen, wär' es auch nur ein ganz bescheidener von schlichten Kacheln, bei dem man sich ein bissel wärmen kann.

Ja, die Zeit spinnt luftige Fäden, besonders die in Vorrat, welche wir oft weit hinausziehen in die sogenannte Zukunft, um unsere Sorgen und Wünsche daran aufzuhängen wie die Tante ihre Wäsche, die der Wind zerstreut. – Als ob's mit dem Ge=

drängel des gegenwärtigen Augenblicks nicht grad genug wäre.

Und dann dies liebe, trauliche, teilweis grauliche, aber durchaus putzwunderliche Polterkämmerchen der Erinnerung voll scheinbar welken, abgelebten Zeugs, das dennoch weiterwirkt, drückt, zwickt, erfreut, oft ganz, wie's ihm beliebt, nicht uns; das sitzen bleibt, obwohl nicht eingeladen, das sich empfiehlt, wenn wir es halten möchten. Ein Kämmerchen, in Fächer eingeteilt, mit weißen, roten Türen, ja selbst mit schwarzen, wo die alten Dummheiten hinter sitzen.

Vielleicht ist's grade Winter. Leise wimmeln die Flocken vor deinem Fenster nieder. Ein weißes Türchen tut sich auf. Sieh nur, wie deutlich alles dasteht, wie in einem hellerleuchteten Puppenstübchen. Der Lichterbaum, die Rosinengirlanden, die schaumvergoldeten Äpfel und Nüsse, die braungebackenen Lendenkerle; glückliche Eltern, selige Kinder. Freundlich betrachtest du das Bübchen dort, denn das warst du, und wehmütig zugleich, daß nichts Besseres und Gescheiteres aus ihm geworden, als was du bist.

Mach wieder zu. – Öffne dies rote Türchen. – Ein blühendes Frauenbild. Ernst, innig schaut's dich an, als ob's noch wäre, und ist doch nichts als ein Phantom von dem, was längst gewesen.

Laß sein. – Paß auf das schwarze Türchen. – Da rumort's hinter. – Halt zu! – Schon recht, so lange, wie's geht. – Du kriegst, wer weiß woher, einen Stoß auf Herz, Leber, Magen oder Geldbeutel. Du läßt den Drücker los. Es kommt die stille, einsame, dunkle Nacht. Da geht's um in der Gehirnkapsel und spukt durch alle Gebeine, und du wirfst dich von dem heißen Zipfel deines Kopfkissens auf den kalten und her und hin, bis dir der Lärm des aufdämmernden Morgens wie ein musikalischer Genuß erscheint.

Nicht du, mein süßer Backfisch! Du liegst da in deinem weißen Häubchen und weißen Hemdchen, du faltest deine schlanken

Finger, schließest die blauen, harmlos=träumerischen Augen und schlummerst seelenfriedlich deiner Morgenmilch mit Bröt=chen entgegen, und selbst deiner Klavierstunde, denn du hast fleißig geübt.

Aber ich, Madam! Und Sie, Madam, und der Herr Gemahl, der abends noch Hummer ißt, man mag sagen, was man will. – Doch nur nicht ängstlich! Die bösen Menschen brauchen nicht gleich alles zu wissen. Zum Beispiel ich, ich werde mich wohl hüten, ich lasse hier nur ein paar kümmerliche Gestalten her=aus, die sich so gelegentlich in meinem Gehirn eingenistet haben, als ob sie mit dazugehörten.

Es ist Nacht in der kunst= und bierberühmten Residenz. Ich komme natürlich aus dem Wirtshause, bin aber bereits in der Vorstadt und strebe meinem einsamen Lager zu. Links die Planke, rechts der Graben. Hinter mir eine Stadt voll leerer Maßkrüge, vor mir die schwankende Nebelsilhouette eines be=tagten Knickebeins. Bald drückt er zärtlich die Planke, bald zieht ihn der Graben an, bis endlich die Planke, des falschen Spiels müde, ihm einen solch verächtlichen Schubs gibt, daß er dem Graben, mit Hinterlassung des linken Filzschuhs, sofort in die geschmeidigen Arme sinkt. Ich ziehe ihn heraus bei den Beinen wie einen Schubkarren. Er wischt sich die Ohren und wimmert kläglich: „Wissen S', i siech halt nimma recht!" – Gewiß häufig eine zutreffende Ausrede für ältere Herren in verwickelten Umständen.

Ein andermal derselbe Weg. – Vor mir ein zärtliches Pärchen. Ihr schleift, am Bändel hängend, die Schürze nach. Ich wirble sie auf mit dem Stock und sage in gefälligem Ton: „Fräulein,

Frau Johanna Keßler, Frankfurt

Sie verlieren etwas." Sie hört es nicht. Es ist der Augenblick vor einem Liebeskrach. Er schlägt sie zu Boden, tritt ihr drei= mal hörbar auf die Brust, und fort ist er. – Schnell ging's. – Und was für einen sonderbaren Ton das gibt, so ein Fußtritt auf ein weibliches Herz. Hohl, nicht hell. Nicht Trommel, nicht Pauke. Mehr lederner Handkoffer, voll Lieb und Treu viel= leicht. Ich gebe ihr meinen Arm, daß sie sich aufrichten und erholen kann; denn man ist oft gerührt und galant, ohne be= trunken zu sein.

Ein andermal ein andrer Weg. – Ein berühmter Maler hat mich zu Mittag geladen. Stolz auf ihn und meine silbervergol= dete Dose, geh' ich durch eine einsame Straße und drehe mir vorher noch eben eine Zigarette. Hinter mir kommt wer ange= schlurft; er schlurft an mir vorbei. „Ja, Beddelleit, die hat koana gern; die mag neamed." Er spricht es leise und bescheiden, er schaut nicht seitwärts, er schaut nicht um; er schlurft so weiter. Hände im schwärzlichgrauen Paletot; schwärzlichgrauer Hut im Nacken; Hose schwärzlichgrau, unten mit Fransen dran; da, wo Hut und Paletotkragen ihre Winkel bilden, je ein blasses Stückchen Ohr zu sehen. Ein armer, farbloser Kerl. Schon zehn Mark, vermutlich, würden ihm recht sein. Freilich – der Schneider – die Fahrt ins Tirol – am End' versäuft er's nur. – Macht nichts! Gib's ihm halt! – Inzwischen ist er weg ums Eck, für immer unerwischbar.

Schnell eine andere Tür! – Schau, schau! – Zwischen zwei Hügeln, mitten hindurch der Bach, das Dörflein meiner Kindheit. Vieles im scharfen Sonnenlicht früher Eindrücke, manches überschattet von mehr als vierzig vergangenen Jahren, einiges nur sichtbar durch den Lattenzaun des Selbsterlebten und des Hörensagens. Alles so heiter, als hätt' es damals nie geregnet.
Aber auch hier gibt's arme Leutchen. – Es ist noch die gute alte Zeit, wo man den kranken Handwerksburschen über die Dorfgrenze schiebt und sanft in den Chausseegraben legt, damit er ungeniert sterben kann; obschon der unbemittelte Tote immerhin noch einen positiven Wert hat, unter anderm für den Fuhrmann, der ihn zur Anatomie bringt.
Im Dörflein seitab, hier hinter den trüben Fensterscheiben, da sitzt vielleicht das „Puckelriekchen". Sie spinnt und spinnt. Auf die Lebensfreuden hat sie verzichtet. Aber drei Tage nach ihrem Tode, da wenigstens möchte sie sich mal so ein recht gemütliches Fest bereiten, nämlich ein ehrliches Begräbnis mit heilen Gliedmaßen, im schwarzlackierten Sarge, auf dem heimatlichen Kirchhofe. Nach dem Professor, der die toten Leute kaputtschneidet, will sie nicht; und dann müßte sie sich ja auch so schämen vor den Herren Studenten, weil sie gar so klein und mager und bucklig ist. Darum bettelt sie und sinnt und spinnt von früh bis spät. – O weh! Zu früh schneidet die Parze den Flachs= und Lebensfaden ab. Es hat nicht gelangt. Nun heißt es doch: „Hinein in die ungehobelte Kiste!", und: „Krischan, spann an!" Und dort fährt er hin mit ihr in der frühen Dämmerung, und wer grad verreisen muß, der kann mit aufsitzen. – Das wäre was gewesen für Tante Malchen, die immer so gern per Gelegenheit fuhr!
Der dort langsam und verdrießlich Holz sägt, das scheint der „Pariser" zu sein. „Eine kalte Winternacht", so pflegt er auf plattdeutsch zu sagen, „ein Grenzstein im freien Feld und eine Pulle voll Schluck, das müßte einen bequemen Tod abgeben." Oder: „Hätt' ich nur erst eine Viertelstunde gehangen, mich dünkt, so wollt' ich gleich mit einem um die Wette hängen, der schon ein ganzes Jahr gehangen hat." Gegen die erste Manier schützt er Geldmangel vor, gegen die zweite den bedenklichen Anfang. Er zögert und zögert und muß sich zuletzt mit einem gewöhnlichen Tod begnügen, wie er grad vorkommt.
Hier im Hof, auf dem Steintritt vor der Tür, steht eine hübsche Frau. Sagen wir, Kreuzbänder an den Schuhen, Locken an den Schläfen, Schildpattkamm im Flechtennest. Ein fremder Betteljunge kommt durch die Pforte. Haare wie trockener Stroh=

lehm, Hemd und Haut aus *einem* Topf gemalt, Hose geräumig, vermutlich das Geschenk eines mildtätigen Großvaters, Bettelsack mit scheinbar knolligem Inhalt, Stock einfach, zweckentsprechend. „Heut kriegst du nichts, wir haben selbst Arme genug." — „So bra'r jöck de Düwel wat ower, dat je'r anne sticket!" Nach Abgabe dieses Segenswunsches entfernt er sich, um sein Sammelwerk anderweitig fortzusetzen. Nicht mit Erfolg. Hinter der Mauer hervor, bewehrt mit kurzem Spieß, tritt ihm unerwartet ein kleiner Mann entgegen, entledigt ihn, listig lächelnd, doch rücksichtslos, seiner Vorräte und zeigt ihm sodann unter Zuhilfenahme der umgekehrten Waffe, durch stoßweise Andeutungen auf der Kehrseite, den richtigen Weg zum Dorfe hinaus.

Dieser Wachsame und Gewaltige ist der „alte Danne". Da er körperlich und geistig zu schwach geworden, um Tagelöhner zu sein, so hat man ihm ein Amt verliehen mit dem Titel „Bettelvogt" und als Zeichen seiner Würde den Speer, „dat Baddelspeit". Kraft dessen ist er Herzog und Schirmherr aller einheimischen Bettler. — Er ißt „reihrund". Er schläft nachts im Pferdestall, nachmittags bei günstiger Witterung im Baumgarten hinter dem Hause. Und hier kann man am besten eine Eigentümlichkeit an ihm beobachten, welche hauptsächlich bei alten unbemittelten Leuten vorzukommen scheint, die versäumt haben, sich ein neues Gebiß zu kaufen. Atmet er ein — lautes Schnarchen, atmet er aus — ein leises Flöten. Erst dieser alte, faltige, grauborstige Mümmelmund hübsch weit abgerundet nach innen gezogen: krah!, dann plötzlich bei hohlen Backen hübsch zugespitzt nach außen getrieben und nur ein ganz feines Löchlein drin: püh! — Für den Naturforscher, selbst bei häufiger Wiederholung, ein interessantes Phänomen. — Leider geht der alte Danne nur noch kurze Zeit seinen Erholungen und Amtsgeschäften nach. Es kommt so ein gewisser, schöner, ausdermaßen warmer Nachmittag. Zwei flachsköpfige Buben, sehr bewandert in Obstangelegenheiten, besuchen grad zufällig in einem schattigen Garten einen berühmten Sommerbirnenbaum, um eben mal nachzusehen, wie die Sachen da liegen. — Der alte Danne liegt darunter. Speer im Arm, still, bleich, grade ausgestreckt, die Augen starr nach oben in die vollen Birnen gerichtet, Mund offen, so daß man sah: krah! war sein letzter Laut gewesen; zwei Fliegen krie-chen ein und aus. Der alte Danne ist tot. Um ihn her liegen die goldigsten Sommerbirnen, aber für diesmal mochten wir keine. — Und schlau hat er's abgepaßt, denn der neue Kirchhof wird nächstens eingeweiht. Er kommt noch auf den alten und kann ruhig weiterliegen, ohne von später kommenden Schlaf=gästen gestört zu werden. – Eine geschmackvolle Garnitur von Brennesseln steht um sein Grab herum. –

Ja, mein guter, wohlsituierter und lebendiger Leser! So muß man überall bemerken, daß es Verdrießlichkeiten gibt in dieser Welt und daß überall gestorben wird. Du aber sei froh. Du stehst noch da, wie selbstverständlich, auf deiner angestamm=ten Erde. Und wenn du dann dahinwandelst, umbraust von den ahnungsvollen Stürmen des Frühlings, und deine Seele schwillt mutig auf, als solltest du ewig leben; wenn dich der wonnige Sommer umblüht und die liebevollen Vöglein in allen Zweigen singen; wenn deine Hand im goldenen Herbst die wallenden Ähren streift; wenn zur hellglänzenden Winter=zeit dein Fuß über blitzende Diamanten knistert, hoch über dir die segensreiche Sonne oder der unendliche Nachthimmel voll winkender Sterne – und doch, durch all die Herrlichkeiten hindurch, allgegenwärtig, ein feiner, peinlicher Duft, ein leiser, zitternder Ton –, und wenn du dann nicht so was wie ein heiliger Franziskus bist, sondern wenn du wohlgemut nach Hause gehst zum gutgekochten Abendschmaus und zwinkerst deiner reizenden Nachbarin zu und kannst schäkern und lustig sein, als ob sonst nichts los wäre, dann darf man dich wohl einen recht natürlichen und unbefangenen Humoristen nennen.

Fast wir alle sind welche. – Auch du, mein kleines, drolliges Hänschen, mit deinem Mumps, deiner geschwollenen Backe, wie du mich anlächelst durch Tränen aus deinem dicken, blan=ken, schiefen Gesicht heraus, auch du bist einer; und wirst du vielleicht später mal gar ein Spaßvogel von Metier, der sich berufen fühlt, unsere ohnehin schon große Heiterkeit noch künstlich zu vermehren, so komm nur zu uns, guter Hans, wir werden dir gern unsere alten Anekdoten erzählen, denn du bist es wert.

„Ahem! – Wie war denn das Diner bei dem berühmten Ma=ler?" So unterbrichst du mich, mein Wertester mit dem Doppel=kinn. – Nun! Kurz, aber gut, Wein süperb, Schnepfen exqui=sit. – Doch ich sehe, du hast dich gelangweilt. Das beleidigt mich. Aber ich bin dir unverwüstlich gut. Ich werde sonstwie für dich sorgen; ich verweise dich auf den vielsagenden Aus=spruch eines glaubwürdigen Blattes: „Il faut louer Busch pour ce qu'il a fait, et pour ce qu'il n'a pas fait." Wohlan, mein Freund! Wende deinen Blick von links nach rechts, und vor dir

ausgebreitet liegt das Gelobte Land aller guten Dinge, die ich nicht gemacht habe.

Liebst du herz= und sonnenwarme Prosa, lies Werther. – Suchst du unverwelklichen Scherz, der wohl dauern wird, solange noch eine sinnende Stirn über einem lachenden Munde sitzt, begleite den Ritter von der Mancha auf seinen ruhmreichen Fahrten. – Willst du in einem ganzen Spiegel sehen, nicht in einer Scherbe, wie Menschen jeder Sorte sich lieben, necken, raufen, bis jeder sein ordnungsmäßiges Teil gekriegt, schlag Shakespeare auf. Trägst du Verlangen nach entzückend mutiger Farbenlust, stelle dich vor das Flügelbild Peter Pauls in der Scheldestadt und laß dich anglänzen von der jungfräulichen Mutter mit dem Kinde. – Oder sehnst du dich mehr nach den feierlichen Tönen einer durchleuchteten Dämmerung, besuch den Heiligen Vater in seinem beneidenswerten Gefängnis und schau den Sebastian an. – Und ist dir auch das noch nicht hinreichend, so zieh meinetwegen an den Arno, wo eine gedeckte Brücke zwei wundersame Welten der Kunst verbindet.

Damit, denk' ich, wirst du für acht Tage genug haben, und wärst du so genußfähig wie ein Londoner Schneidermeister auf Reisen.

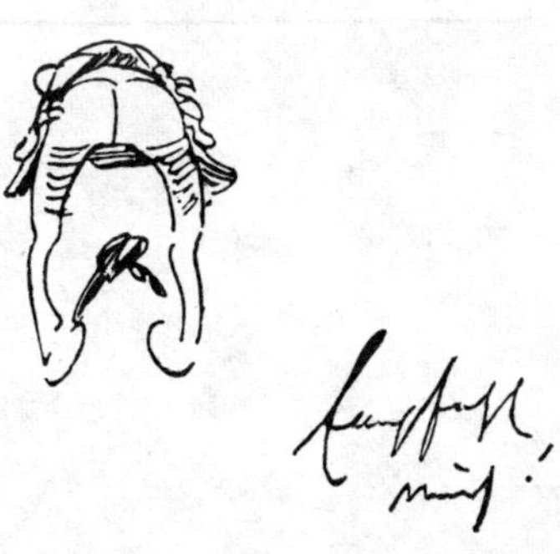

Der heilige

Antonius

von

Padua

Der Heilige Antonius.

von

Padua.

Frankfurt a. Main

1871.

Vorwort.

Ach ja ja! . So seufz ich immer ;
Denn die Zeit wird schlimm und
schlimmer.
Oder kann in unsern Tagen
Einer wagen nein! zu sagen,
Der mit kindlichem Gemüth,
Morgens in die Zeitung sieht!??

Hier Romane, dort Gedichte,
Malzextract und Coursberichte;
Näh= und Mäh= und Waschmaschienen,
Klauenseuche und Trichinen! —
Dieses druckt man gross und breit,
Aber wo ist Frömigkeit???

Hält denn nicht, o Sünd und Schand,
Weltlicher Arm die geistliche Hand,
Dass man also frech und frei
Greife den Beutel der Klerisei???

Wehe! Selbst im guten Oester=
Reiche tadelt man die Klöster ~~

Und so weiter und so weiter —.—.

Doch das Ende ist nicht heiter!

Ja, es ist abscheulich greulig!!!
Aber siehe! wie erfreulich
Ist's dagegen, wenn wir lesen,
Wie man sonsten fromm gewesen;
Wie z. Beispiel Sanct Anton
Unsrer Kirche grosser Sohn
Litt und stritt und triumphirte —
Kurz! ein christlich Leben führte —

Dieses lasst uns mit Bemühn
Heute in Erwägung ziehn. ~

Frühe Talente.

Wennschon der Mensch, eh er was wird
Zuweilen strauchelt oder irrt,
Wennschon die Heiligen vor Allen
Mitunter in Versuchung fallen
So gilt doch dies Gesetz auf Erden:
Wer mal so ist muss auch so werden.

So zeigt auch unser Toni früh
Zum Heiligen mancherlei Genie.

Man rechnet meistens zu den Lasten
Das kirchliche Gebot der Fasten.
Man fastet, weil man meint, man
muss.
Für Toni aber war's Genuss.
Bouillon u. Fleisch u. Leberkloss
Das war ihm alles tutmänischos.
Dagegen jene milden Sachen,
Die wir aus Mehl u. Zucker machen
Wozu man auch wol Milch und
Zimmt
Und gute sanfte Butter nimmt —
Ich will mal sagen Mandeltorten,
Dampfnudeln, Krapfen aller Sorten,

Auch Waffel-, Honig-, Pfannenkuchen –
Dies pflegt er eifrig aufzusuchen.
Den Freitag war er gern allein,
Um sich besonders zu kastein.
Der Tag war ihm besonders heilig.
Früh stund er auf u. schlich sich eilig
Zur Scheune auf die kühle Tenne,
Denn Piccola, die kluge Henne,
Legt hier versteckt in frisches Heu
Behutsam schon ihr Morgenei.

Er trank es aus. – Hier sehen wir,
Dass selbst das unvernünftge Thier
Mit sonst gedankenlosen Werken
Den frommen fördern muss u. stärken.

Ein Gärtner wohnt ganz nahe bei,

Der, im Besitz der Fischerei,
Doch, immer nur auf Fleisch bedacht,
Sich aus dem Freitag wenig macht
Und als ein pflichtvergessner Greis
Den christlichen Familienkreis
An diesem Tag beharrlich flieht,
In dunkle Ketzerkneipen zieht
Und da, als wär's am Kirchweihfest
Sich Wurst und Braten
geben lässt. –
Oh, pfui! – Doch sieh, der Toni kam,
Sobald der Fischer Abschied
nahm –
Im traulich stillen
Gartenraume
Pflückt er die Kirsche u. die Pflaume.
Geht dann hinab am Würmelbach
Und sieht des Fischers Angeln nach
So dass er manchen Fisch sodann
Der guten Mutter bringen kann.
Gesegnet sind die Frommen, ihnen
Muss jedes Ding zum Besten dienen. –
Doch nicht allein die Fastenzeit
Fand ihn stets willig und bereit –
Nein! auch die vielen Feiertage
Trug er geduldig ohne Klage:
So wie die braven guten Alten

Pflegt er die Kirchweih streng zu halten. –
In alle Kirchen nah und fern
Ging er zur Beichte oft und gern,
Und gab der Beichte Zettel willig
An andre Knaben – aber billig.
Wenn Messe war, stets war er da:
Wo Julchen kniete, stand er nah,
Denn dieses Mädchen, ob es gleich
Schon älter war und etwas bleich,
Zog doch durch andachtsvollen Sinn
Den frommen Knaben zu sich hin.
Ihr guten Mädchen! Ach wie schön
Ist dieses Beispiel anzusehn!!!
Zuweilen auch, bei kühler Zeit
Trieb ihn der Geist zur Einsamkeit,

So daß er Morgens auf dem Pfühle,
Entfernt vom Schul- und Weltgewühle,
Bis in den hellen Wintertag,
Ein stiller Klausner, sinnend lag.
Kurzum! Man sah an diesem Knaben
Schon früh die Keime jener Gaben,
Die er in gnadenvoller Zeit
Gepflegt zum Ruhm der Christenheit.

Liebe und Bekehrung.

Ein Irrthum, welcher sehr verbreitet
Und manchen Jüngling irre leitet,
Ist der: dass Liebe eine Sache,
Die immer viel Vergnügen mache.
Antonio dachte dieses, als
Er grösser wurde ebenfalls. —

Denn ach! noch immer liebt er ja
Die schon erwähnte Julia,
Selbst dann noch, als die Auserwählte
Sich einem Manne anvermählte.

An einem Abend, kalt und bitter
Als er, wie öfters schon, die Zitter

Vor ihrem Fenster klagend schlägt,
Ob er vielleicht ihr Herz bewegt:
Pst! pst! ertönt es da hernieder,
Dass durch die halberstarrten Glieder
Ein wonnevoller Schrecken dringt —
Pst! pst! Sieh da! Sie winkt, sie winkt!! — —

Von Hoffnungsflügeln sanft gehoben
Schwebt er treppauf und fliegt
nach oben.
Wer möchte nicht, wenn er durchfroren,
Die halbverglasten, steifen Ohren
An einen warmen Busen drücken
Und so allmählig sich erquicken??

Antonio hoffte dieses, als
Er hergekommen ebenfalls.
Doch ach! Kaum hat er Platz genommen
So hört man draussen schon was kommen.
Mit Husten und mit Sporenklang
Klirrt der Gemahl den Gang entlang.

Schnell unter's Fass! – so ruft das Weib –
Und stülpt's Antonio auf den Leib –
Und auch die Katze, sehr erschreckt,
Wird in der Hast mit zugedeckt!...

Der Hausherr fängt als Biedermann
Mit seiner Frau zu kosen an.
Antonio aber, sehr beengt,
Hat seine Finger eingezwängt.

Derweil verspüret hinterwärts
Am Schwanz die Katze grossen Schmerz.
Sie meint: Antonio hat's gethan;
Die Kralle kratzt, es beisst der Zahn.

Das Fass fällt um, der Lärm wird gross;
Die Katze lässt so leicht nicht loss.

Mit seinem Degen stösst der Mann;
Antonio druckt sich wie er kann ..

Und kommt gekrochen und gefroren
Zu eines Klosters ernsten Thoren.

Oh, Welt! mit uns ist's nun vorbei!
Ihr Weiber fahrt nur aus dem Sinn.
Du Königin des Himmels sei
Auch meines Herzens Königin!
Salve Regina!

Mariae Bildniss.

Ein hoffnungsvoller junger Mann
Gewöhnt sich leicht das Malen an.
Auch Bruder Antonio, welcher nun,
Von seinen Sünden auszuruhn,
Zu Padua im Kloster lebt

Und geistlicher Bildung sich bestrebt,
Hat es gar bald herausgebracht,
Wie man die schönen Bilder macht

Und malt auf Gold schön roth u. blau
Das Bildniss unsrer lieben Frau.
Umflattert von der Englein Chor
Tritt sie hervor aus des Himmels Thor.

Den blauen Mantel fasst die Linke,
Die Rechte sieht man sanft erhoben
Halb drohend, halb zum Gnadenwinke.
So kommt die Königinn von oben . .

Doch ihr zu Füssen windet sich
Der Teufel schwarz und fürchterlich.

Dem Teufel war's nicht einerlei,
Dass er so gar abscheulich sei.
Er fängt alsbald das Grübeln an
Wie er den Bruder kränken kann.

Ein Kloster lag nicht weit von hinnen
Besetzt mit Carmeliterinnen,
Und war als Custorinn allda
Die fromme Jungfrau Laurenzia.

Bescheiden, still und glaubensfroh,
Hat sie der gute Antonio,
Den alles Gute stets ergötzt
Schon längst von Herzen hochgeschätzt
Natürlich im Allgemeinen u. überhaupt,
Wie's unsre heilige Kirche erlaubt.

Einst, als er so in stiller Nacht
Von Träumen umgaukelt, halb schläft
halb wacht

Tritt bei des Mondes Dämmerhelle
Schwester Laurenzia in seine Zelle

Und beugt sich nieder und seufzt und spricht: –
Antonio, Lieber, kennst du mich nicht?
Ich bin entflohn aus des Klosters Zwang,
Konnt nicht widerstehn meines Herzens Drang,
Bin aus Lieb zu dir und grossem Verlangen
Mit dem Silbergeräth davongegangen,
Auf, auf! Antonio! Thue desgleichen
Und lass uns in fremde Lande entweichen!

Dem Bruder thät die Sache scheinen,
Nimmt die heilgen Gefässe aus den Schreinen,
Packt's in die Kutten emsiglich

Und lässt das Kloster hinter sich.
Aber da draussen im freien Feld
Ward ihm die Lieb u. Lust vergällt.
Statt der guten Jungfrau Laurenzia

War plötzlich der leidige Satan da.

Heihei! – lacht der Teufel – so ist's der Brauch!
Du maltest den Teufel, nun zahlt er auch!

Flugs flog er auf und dem Kloster zu
Und rüttelt die Paters aus ihrer Ruh.

Bruder Antonio wär schier verzagt
Ringt seine Hände, weint und klagt,

Vermeinend dass auf dieser Beschwer
Nirgends ein Ausgang zu finden wär.
Doch sieh! Aus dunklem Wolkenflor
Tritt unsre liebe Frau hervor.

"Sei getrost Antonio! ich bin voller Gnaden!
"Der böse Feind soll dir nicht schaden.
"Dein Bildniss in des Klosters Hallen
"Sah ich mit gnädigem Wohlgefallen."

Sprach's und winkte mit der Hand,
Schwebte nach oben und verschwand.

Alsbald so kommt der ganze Haufen
Der Klosterbrüder herzugelaufen
Und führen mit vielem He! und Ho!
Zum Kerker den guten Antonio.

Doch in der Früh, als das Glöcklein läutet,
Und jeder hinab zur Metten schreitet —
O Wunder! – da sitzt schon emsig u. frei

Bruder Antonio vor seiner Staffelei.
Im Gefängniss aber, in einer Ecken,

Hockt der Teufel mit Knurren und Zähne-
blecken.
Der Prior tunkt ein den langen Wedel
Und besprengt ihm den harten Teufelsschädel,

Und plärrend und mit Ach und Krach
Fährt er ab mitsammt dem Fensterfach.

Recht nützlich ist die Malerei,
Wenn etwas Heiligkeit dabei!

Zwei Stimmen von Oben.

In Sachen des Klosters ausgesandt,
Kam Bruder Antonio einst über Land.

Und ihm zur Seite mit leichtem Fuss
Schritt Doctor Alopecius.

Ach! das war auch so Einer von Denen!
Rechts und links begrüsst er die ländlichen
Schönen;
Fasst sie beim Kinn, anmuthig milde,
Schenkt ihnen gar schöne Heiligenbilde,
Und macht auch wohl so hin und wieder

Dominus vobiscum! über das Mieder.
Wie man denn meistens auf der Reis'
Die Schönheit der Natur erst richtig zu
würdigen weiss.
Bruder Antonio aber dagegen,
Dem Nichts an irdischer Liebe gelegen,
Trug einzig allein in Herz und Sinn
Die süsse Himmelskönigin.

Er wandelt abseit und schaut sich nicht um,

Er spricht das Salve Sub tuum präsidium.
So zogen sie weiter. – Der Tag verstrich. –
Der Abend wird schwül. Es thürmet sich
Ein grau Gewölk am Horizonte,
Worin's schon ferne zu donnern begonnte

Doctor Alopecius, in diesen Sachen
Ein arger Spötter, spricht mit Lachen:
„Na, was hat denn wieder der alte Brummer?
Rumort ja erschröcklich in den Wolken rummer!!!

Und näher wälzt sich der Wolkenballen.
Gewaltig braust der Sturm. Die Donner
schallen.

Bruder Antonio schaut sich nicht um,
Er spricht das salve und sub tuum präsidium.
Der Doctor aber nimmt sein Paraplü,
Spannt's auf und spricht: Jetzt kommt die Brüh!
Horch! – plötzlich wie des Gerichts Trompete,
Donnert eine Stimme: Tödte! tödte!

Schon recht!! – ertönt voll Grimme
Eine zweite Stimme.
Tödte! Tö=öte!!!
Huit! Knatteradoms!!! – ein Donnerkeil –

Und Alopecius hat sein Theil . . .
Bruder Antonio schaut sich nicht um,
Er betet das salve und sub tuum praesidium.
So wandelt er weiter in stillem Gebete . .

Und wieder donnert die erste Stimme:
Tödte! Tö-öte!!!
Ja, tödte! tödte!! – Sie leidt's halt nit!
So ruft voll Grimme
Die zweite Stimme.

Und grollend zog das Wetter
hinunter. ~

Antonio aber, getrost und munter,
Zieht seines Weges fürder hin' —

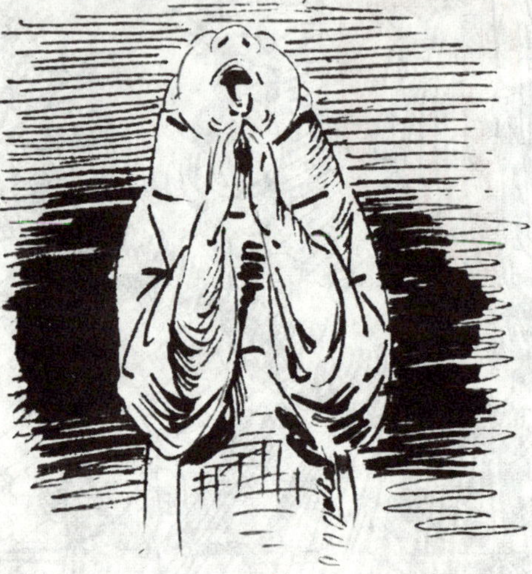

~ Dank dir, o Himmelskönigin! ~

Bis Padua, die werthe Stadt,
Ihn wieder aufgenommen hat.

Kraft des Gebetes.

Zu Padua, wenn Kirchweih ist,
Wallfahrten die Bruderschaften;
Denn da erlangt der fromme Christ
Einen Ablass von grossen Kräften.

· — ·

Die Bruderschaft u. den Jungfernverband
Die thut es gewaltig dürsten;
Drum ist ein Wirthshaus allda zur Hand
Mit Bier und schweinernen Würsten.

· — ·

Und als man Nachts zu Bette ging,
Nahm man sich nicht in Achte;
Das Wirthshaus, welches Feuer fing,
Brann hell, als man erwachte.

· — ·

Das Kloster mit seiner Kellerei
Liegt nahe in grossen Nöthen;
Die Mönche erhuben ein gross Geschrei,
Antonio hub an zu beten:

Ave Maria, mundi spes!
Erhalte uns armen Mönchen –
Du weistes ja, wir brauchen es –
Den Wein in unsern Tönnchen!

Und sieh! Erloschen ist die Gluth
Der giergen Feuerzungen,
Die frommen Brüder fassen Muth,
Sie waren so fröhlich und sungen:"

"Der Saft, der aus der Traube quoll
Kann heut ja wol nicht schaden!
Juchhe! wir sind ja wieder voll=
Ja wieder voller Gnaden."

Bischof Rusticus.

Zu Padua war groß Gedränge
Der andachtsvollen Christenmenge.
Man eilt zu Kanzeln u. Altären,
Den frommen Antonius zu hören,
Der sich alldorten seiner Predigt
Mit wunderbarer Kraft entledigt.
Auch thät er oft, vom Geist getrieben,
Herrliche Zeichen und Wunder
verüben.

Jedoch die Kinder dieser Welt,
Denen so etwas selten gefällt,
Murren und munkeln so allerlei
Von Teufelskünsten und Zauberei
Und verklagen den frommen
Antonius
Beim guten Bischof Rusticus.

Der Bischof lässt den Bruder kommen -
"Ich hab von deiner Kunst vernommen!
Allein, mein Freund, wie steht der Glaube?"
Flugs nimmt Antonius seine Haube
Und hängt sie wie an einen Pfahl
An einen warmen Sonnenstrahl.

Der Bischof sprach: "Bravo! - Allein,
Dies kann auch Teufelsblendwerk sein!!"

Nun spielte da im Sand herum
Ein Findelknabe, taub und stumm;
Und keiner hatte je erfahren
Wer Vater oder Mutter wären. ~

Antonius sprach: Sag an, mein Kind,
Wer deine lieben Eltern sind!!!

O Wunder! Der bis diese Stund
Nicht sprechen konnte, sprach jetzund:

Der Bischof Rusticus der ist - - - -

"Pis-s-s-s-s-s-s-t!!!"
Sprach der Bischof – "es ist schon recht!!!
Antonius du bist ein Gottesknecht!!!"
Seit dieser Zeit sah Gross und Klein
Antonius mit dem Heiligenschein.

Die Beichte.

Es wohnte zu Padua ein Weib,
Bös von Seele, gut von Leib,
Genannt die schöne Monika.

Als die den frommen Pater sah,
Verspürte sie ein gross Verlangen
Auch ihn in ihre Netze zu fangen.

„Geht! rufet mir den heilgen Mann –
So sprach sie – dass ich beichten kann?"

Er kam und trat in's Schlafgemach,
Sie war so krank, sie war so schwach.

„Sei mir gegrüsst o heilger Mann!
Und höre meine Beichte an!"

Antonius sprach mit ernstem Ton:

„Fahre fort meine Tochter, ich höre schon!"

Am Freitag war es vor acht Tagen –
– Ach Gott, ich wag es kaum zu sagen! –
Es war schon spät, ich lag allein –
Da trat ein Freund zu mir herein.
– Gewiss, ich konnte nichts dafür! –
Er setzte sich an's Bett zu mir ...
– Ach, frommer Vater Antonio,
Wie Ihr da sitzt, gerade so!"!"

Antonius sprach mit ernstem Ton:
"Fahre fort, meine Tochter, ich höre schon!"
So sass er da und sprach kein Wort
Und sah mich an in einem fort
Und sah so fromm und freundlich drein,
Ich konnte ihm nicht böse sein!
Die Finger waren schlank und zart,
Blau war sein Auge, blond sein
Bart ...
Ach, guter Vater Antonio,
Grade wie Eurer, gerade so!!"

Antonius sprach mit ernstem Ton:
„Fahre fort meine Tochter, ich höre schon!"
Und leise tändelnd mit der Rechten,
Berührt er meine losen Flechten;
Zieht meine Hand an seine Lippen,
Gar lieb und kosend dran zu nippen ....
– Ach, bester Vater Antonio! – –
So nippte er, gerade so?"

Antonius sprach mit ernstem Ton:
„Fahre fort, meine Tochter, ich höre schon!"

So nippte er – und nippt nicht lange –
Er preßt den Mund an meine Wange.
Geliebte sprach er: Liebst du mich?
Ja, sprach ich, rasend lieb ich dich!!
Ja, liebster, bester Antonio,
Ich liebe Dich rasend, gerade so!!!!

Da sprach Antonius mit barschem Ton:

"Verruchtes Weib, jetzt merk ich's schon!!"
Kehrt würdevoll sich um – und klapp! –
Die Thüre zu – geht er treppab.

Da sprach die schöne Monika,
Die dieses mit Erstaunen sah:
Ich kenne doch so manchen Frommen;
So was ist mir nicht vorgekommen!

Wallfahrt.

Ein Christ verspüret grossen Drang
Das heilge Grab zu sehn;
Drum will Antonius schon lang
Dahin wallfahrten gehn.
Er schickt sich, dass ein frommer Mann
Die Sache überlegt;
Er schafft sich einen Esel an,
Der ihm den Ranzen trägt.

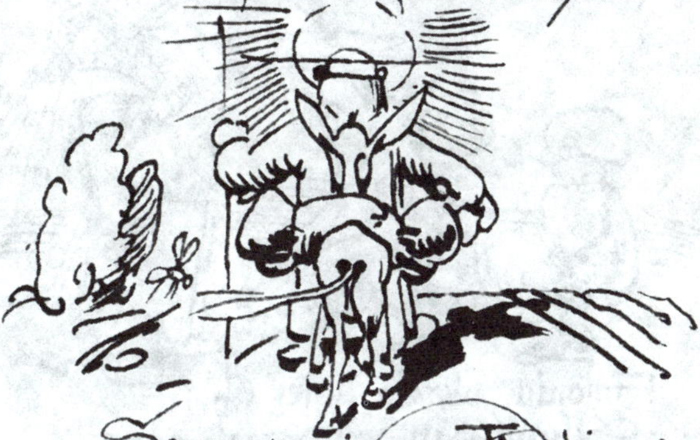

So zogen sie zum Thor hinaus
Und fürder allgemach.
Der Heilige der ging her vor,
Der Esel hinten nach.

Da kam aus seinem Hinterhalt -
Ein Bär in schnellem Lauf.
Und greift den Esel alsobald
Und zehrt ihn mählig auf.
Antonius als ein guter Christ
Schaut's an mit Seelenruh:
"He, Alter, wenn du fertig bist,
Wohlan, so trage Du!"

Der heilige Antonius macht
Sich bald das Ding bequem;

Er setzt sich auf und reitet sacht
Bis nach Jerusalem.

Wo Salomonis Tempel stand
Liegt mancher dicke Stein

Den allerdicksten, den er fand,
Packt Sanct Antonius ein.

Er sprach: "Den Stein den nehm ich mit!"
Der Bär der macht: brumm, brumm!
Das hilft ihm aber alles nit;
Wir kümmern uns nicht drum.
Der Bär, obschon ganz krumm u. matt,

Setzt sich in kurzen Trab
Bis hin nach Padua der Stadt;
Da stieg Antonius ab.
Und milde sprach der heilge Mann:

"Mein Freund, du kannst nun gehn!
Und wie es Einem gehen kann,
Das hast du nun gesehn!"

Der Bär, als er zum Walde schlich,
Der brummte vor sich her:
Mein lebelang bekümmr' ich mich
Um keinen Esel mehr.

Die Versuchung.

Der heilige Antonius von Padua
Saß oftmals ganz alleinig da

Und las bei seinem Heilgenschein
Meistens bis tief in die Nacht hinein.

Einst, als er wieder so sitzt und liest —

Auf einmal, so räuspert sich was und niest—

Und wie er sich umschaut der fromme Mann,
Schaut ihn ein hübsches Mädchen an.
Der heilige Antonius von Padua
War aber ganz ruhig, als dies geschah.
Er sprach: Schau du nur immer zu
Du störst mich nicht in meiner christlichen Ruh!
Als er nun wieder so ruhig saß
Und weiter in seinem Buche las —·—

Husch, husch! — so spürt er auf der Glatzen

Und hinter'm Ohr ein Kribbelkratzen,
Dass ihm dabei ganz sonderbar,
Bald warm, bald kalt zu Muthe war.

Der heilige Antonius von Padua
War aber ganz ruhig, als dies geschah.
Er sprach: So krabble du nur zu!
Du störst mich nicht in meiner christlichen Ruh'!

Auf einmal – er wusste selber nicht wie –
Setzt sich das Mädel ihm gar auf's Knie,

Und giebt dem heilgen Antonius
Links und rechts einen herzhaften Kuss.
Der heilige Antonius von Padua
War aber nicht ruhig als dies geschah.
Er sprang empor, von Zorn entbrannt,
Er nahm das Kreuz in seine Hand:
„Lass ab von mir unsaubrer Geist!!
Sei, wie du bist, wer du auch seist!!!!"

Puh! – da sauste mit grossem Rumor
Der Satanas durch's Ofenrohr. –

Der heilge Antonius, ruhig und heiter,
Las aber in seinem Buche weiter.

O heilger Antonius von Padua,
Du kennst uns ja!
So lass uns denn auf dieser Erden
Auch solche fromme Heilge werden!

Klausnerleben u. Himmelfahrt.

Der heilge Antonius, so wird berichtet,
Hat endlich ganz auf die Welt verzichtet;
Ist tief, tief hinten im Wald gesessen,
Hat Tau getrunken und Moos gegessen,
Und sitzt und sitzt an diesem Ort
Und betet, bis er schier verdorrt
Und ihm zuletzt das wilde Kraut
Aus Nase und aus Ohren schaut.

Er sprach: „Von hier will ich nicht weichen,
Es käme mir denn ein glaubhaft Zeichen!"

Und siehe da! – Aus Waldes Mitten
Ein Wildschwein kommt dahergeschritten,
Das wühlet emsig an der Stelle
Ein Brünnlein auf, gar rein und helle,

Und wühlt mit Schnauben und mit Schnüffeln
Dazu hervor ein Häuflein Trüffeln.

Der heilge Antonius voll Preis und Dank
Setzte sich nieder, aß und trank
Und sprach gerührt: Du gutes Schwein!

Du sollst nun ewig bei mir sein!!!

So lebten die zwei in Einigkeit
Hienieden auf Erden noch lange Zeit,
Und starben endlich und starben zugleich

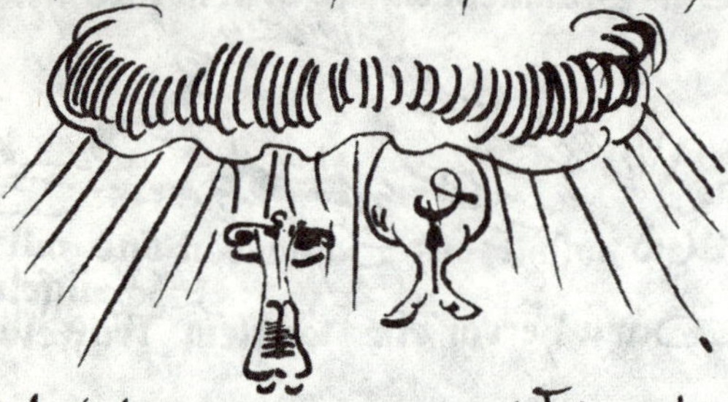

Und fuhren zusammen vor's Himmelreich.
„Au weih geschrien! Ein Schwein, ein Schwein!"
So huben die Juden an zu schrein;
Und auch die Türken kamen in Schaaren
Und wollten sich gegen das Schwein verwahren. –
Doch siehe! Aus des Himmels Thor
Tritt unsre liebe Frau hervor.

Den blauen Mantel hält die Linke,
Die Rechte sieht man sanft erhoben
Zum freundlich ernsten Gnadenwinke;
So steht sie da, von Glanz umwoben.

"Willkommen! gehet ein in Frieden!!
"Hier wird kein Freund vom Freund geschieden.

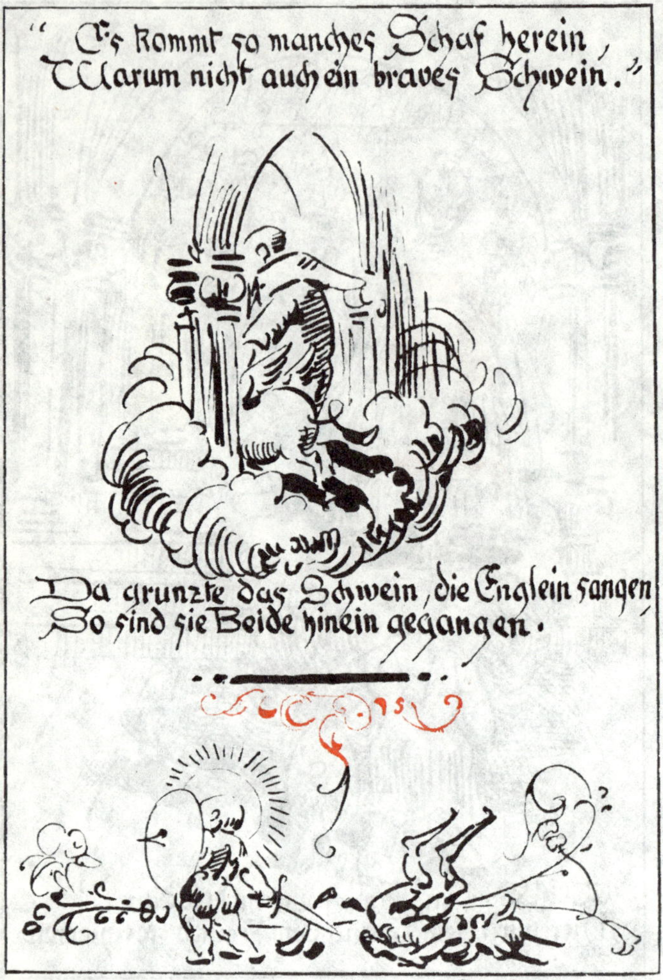

Wilhelm Busch inv. et fec.

Die Versuchung des heiligen Antonius

Ein Ballett

Der heilige Antonius von Padua
Saß oftmals ganz alleinig da
Und las bei seinem Heiligenschein
Meistens bis tief in die Nacht hinein.

Einst als er wieder so sitzt und liest,
Auf einmal – so räuspert sich was und niest;
Und wie er sich umschaut, der fromme Mann,
Steht da ein nettes Mädchen und schaut ihn schmachtend an.

Der heilige Antonius von Padua
Dreht sich wieder um, als dies geschah,
Und dachte bei sich: Schau du nur zu!
Du störst mich nicht in meiner christlichen Ruh! –

Nicht lange, als er wieder so saß
Und weiter in seinem Buche las,
Husch! da krabbelt's ihm auf der Glatze und hinterm Ohr,
Daß er nicht wußte, ob er warm war oder ob er fror.
Der heilige Antonius von Padua
Verhielt sich aber ganz ruhig, als dies geschah,
Und dachte bei sich: Krabble du nur zu!
Du störst mich nicht in meiner christlichen Ruh! –

Nicht lange, als er wieder so saß
Und weiter in seinem Buche las,
Auf einmal, er wußte selber nicht wie,
Setzt sich das Mädchen ihm gar aufs Knie
Und gibt dem heiligen Antonius
Rechts und links einen herzhaften Kuß.

Der heilige Antonius von Padua
War aber nicht ruhig, als dies geschah:
Zornig sprang er vom Stuhl und griff an die Wand
Und nahm sein Kreuz in seine Hand.

Und hielt es der schönen Verführerin vor –
Puh! Da war's der Teufel und fuhr durchs Ofenrohr.
Der heilige Antonius ruhig und heiter
Las aber in seinem Buche weiter. –

O heiliger Antonius von Padua,
Bitte führ mich und bleibe mir nah!
Und laß mich doch auf dieser Erden
Auch so ein frommer Heil'ger werden! –
O heiliger Antonius von Padua, du kennst mich ja!

Bilder
zur Jobsiade

An

Karl Arnold Kortum

Verfasser der Jobsiade

Hier sitz' ich auf dem Meilenstein
Und sehe froh=verwundert,
Wie du auf deinem Rößlein fein
Hertrabst durch das Jahrhundert.

Jetzt bist du da. – Ich zieh' den Hut,
Du ziehst den vollen Säckel
Und wirfst die Batzen wohlgemut
In meinen alten Deckel.

Das Rößlein schüttelt mit dem Kopf,
Es sitzt so stramm der Reiter;
Wie lustig wackelt ihm der Zopf!
Zack zack! So geht es weiter.

Erstes Kapitel

Sintemalen denn alles beisammen allhier:
Feder, Tinte, Tobak und Papier;
So wollen wir dem Hieronymus Jobsen –
Nachdem wir uns eine Pfeife gestopsen –
Sein Leben, Lernen, Leiden und Lieben
Und was er sonst allhier getrieben
Mit allem Fleiße aufnotieren
Und standesgemäß zu skizzieren probieren. –

Dies hier ist Jobs, der Herr Senater,
Des Hieronymus' zukünftiger Vater. –

Die Frau Senaterin aber war
Eine geborene Plappelplar;

Mit welcher indessen der treue Gatte
Bis dato nur weibliche Kinder hatte. –
Darum so war ihr Streben und Sinnen,
Demnächst einen Knaben zu gewinnen.
Einst, als die Frau Senaterin Jobs
Im Bette schlief – recht sanft gottlobs! –,
Da war ihr so, als wenn ihr so wär',
Als hätte sie mit vieler Beschwer
Ein großes allmächtiges Tutehorn
Statt eines kleinen Kindes geborn. –

Drei Wochen nach diesem Traumgesicht
Begab sich ein kleiner Jobs ans Licht. –
Wie freut sich der betreffende Vater,
Nämlich Jobs, der alte Senater.

Es eilten herbei mit freudigem Schnattern
Alle die Tanten, Basen, Gevattern.
Sie sagten, daß es auf ihre Ehre
Ein ganzer reizender Knabe wäre. –
Drauf, als Frau Jobs in ihrer Art
Den neulich gehabten Traum offenbart,
Hub alles die Hände in die Höh:
„Grundgütiger, ojemine!
Was wäre denn das? Was wäre denn das?
So was bedeutet sicher was!"
Frau Schnepperle sprach mit weisem Ton:
„Jaja! Da bringt mich keiner von!
Frau Schnatrin glauben Sie es nur:
Ein Traum, der kommt aus der Natur!"

Zweites Kapitel

Nach allgemeinem Familienbeschluß
Nennt man den Knaben Hieronymus. –
Meistens war er ganz gut zufrieden,
Besonders, wenn ihm ein Schnuller beschieden.

Aber dann kamen diese bösen Insekten,
Welche ihn immer so leckten und neckten,

Daß er sich nicht zu helfen wußte
Und seinen Schnuller entlassen mußte.

Weithin erscholl sein Wehgeschrei
Und lockte die guten Eltern herbei.
Die gaben dann manchen zärtlichen Kuß
Ihrem lieben kleinen Hieronymus.

Als nun Hieronymus sieben Jahr
Und auch bereits in der Schule war,
Da hat es sich leider Gottes gezeigt,
Daß er dem Lernen sehr abgeneigt.
Statt dessen fing er häufig mit Spucke
Zwischen den Fingern sich eine Mucke
Und tat's auch dann noch, wenn es hieß:
„Hieronymus, unterlasse dies!"

Auch trieb er noch manch andre Possen,
Die den Herrn Rektor sehr verdrossen.
Zum Beispiel stutzt er sich seinen Zopf
Und stopft das in den Pfeifenkopf.

Der gute Rektor kommt gegangen,
Greift nach der Pfeife voll Verlangen,

Und da er sie noch geladen findet,
Hat er sie baldigst angezündet.

Aber schon nach den ersten Zügen
Macht ihm die Sache kein rechtes Vergnügen.

„Bäbä!" So spuckt er. – „Ich glaube gar,
Dies schmeckt wie gebratenes Menschenhaar!

Ei ei! Hieronymus, du Tropf!
Da fehlt ja was hinten an deinem Zopf!"

Der Rektor, welcher in heftigem Zorn,
Schlägt nach hinten und zieht nach vorn.

Des Rektors Pfeife ist ruiniert;
Hieronymus ist mit Tinte beschmiert. –
Hieraus ziehet der Rektor den Schluß:
„'s wird nichts aus diesem Hieronymus."

Drittes Kapitel

Öfters noch sprach der Rektor Bax:
„Der Junge, der bleibt ein fauler Lachs!"
Aber die Eltern blieben dabei,
Daß Hieronymus dieses nicht sei. –
Frau Jobs, die noch ihren Traum im Sinn,
Befraget die alte Zigeunerin.

Die sprach: „Aus diesem Horn zum Tuten
Kann man mit Sicherheit vermuten,
Dereinst wird der Herr Sohn auf Erden
Ein Mann von großem Ruhme werden.
Er wird ermahnen, er wird belehren;
Einer wird reden und viele hören.
Die Schläfer wird er auferwecken.
Den Kranken ein Tröster, den Bösen ein Schrecken."
Demnach so ist es denn fest beschlossen,
Obschon der Rektor heftig verdrossen,
Hieronymus soll das Studieren erlernen,
Sich Ostern zur Universität entfernen
Und dorten verbleiben zu Nutz und Ehr,
Bis daß er ein geistlicher Herre wär'. –

Den Beutel mit schönen Dukaten gespickt,
Ist er richtig zu Ostern ausgerückt
Und, von dem alten Hausknecht beglitten,
Recht heiter zur nächsten Post geritten.

In der Stube der Passagiere
Befand sich ein Herr von feiner Tournüre,
Bekleidet mit einer großen Perücke;
Der tät ihn begrüßen mit freundlichem Blicke

Und sagte so unter anderen Sachen,
Sie wollten ein kleines Spielchen machen. –
Anfangs ging die Sache recht gut,
Hieronymus war froh und faßte Mut.
Als aber das Posthorn lustig erklang,
Ward es ihm in der Seele bang.
Mit Schmerzen läßt er sein Geld zurücke
Dem fremden Herrn mit der großen Perücke.

So sitzt er nun im Wageneck,
Gedenkt an seine Dukaten, die weg,
Und ist voll tiefer Melancholie. –
Ein hübsches Mamsellchen sitzt vis=à=vis.

Diese gute Demoiselle
Tröstet den armen Jüngling schnelle.
Dem Mitleid folgt in kurzer Zeit
Die Liebe und dieser die Zärtlichkeit.

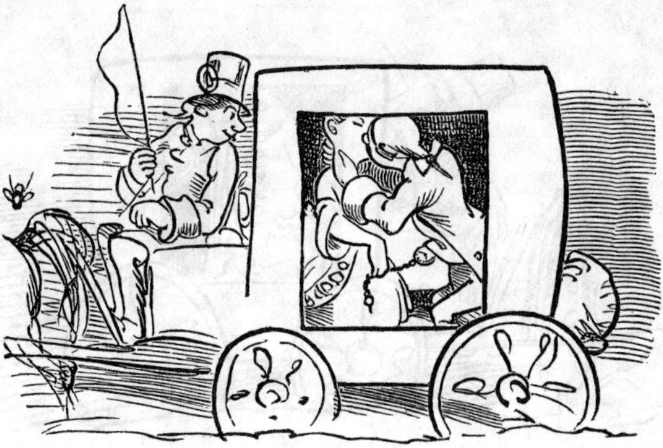

Und auch der Schwager seinerseits
Findet die Sache nicht ohne Reiz. –
Ach, aber kaum lernt man sich kennen,
So muß man sich schon wieder trennen.

Der Schwager bläst traratrara!
Und fort muß die Amalia.
Wie nun Hieronymus weiterfuhr,
Denkt er sich so: Was ist wohl die Uhr?

Er sucht sie vorne, er sucht sie hinten,
Aber er kann die Uhr nicht finden.
Auweh! Jetzt fällt's ihm plötzlich ein:
Man soll mit Vorsicht zärtlich sein.

Viertes Kapitel

Die erste Pflicht der Musensöhne
Ist, daß man sich ans Bier gewöhne.
Hieronymus ward dieses nicht schwer;
Er konnte es schon von der Schule her.
Im goldenen Engel auf der Bank
Saß er fleißig und sang und trank.

Und wenn es dann Feierabend hieß
Und jeder den goldenen Engel verließ,
War's ihm nicht recht. Denn saß er mal,
So verließ er nur ungern das schöne Lokal.

Die Rinnen des Daches, nützlich und gut,
Biegt er nach außen, bis alles kaputt.

Dahingegen leert die Dame vom Haus
Die Schale des Zornes über ihn aus.

Gibt's irgendwo 'ne Paukerei,
Natürlich, Hieronymus ist dabei

Und kriegt denn auch eine schöne Quarte
In seine dicke, fette Schwarte.

Oft wandelt er mit Schmitt's Karlinen,
Selbst wenn der Mond auch nicht geschienen,
In traulich stillem Wechselverkehr
Auf dem Walle der Stadt umher. –
Dieses war stets ein großer Genuß
Für den guten Hieronymus. –

Übrigens hat er unterdessen
Seine guten Alten auch nicht vergessen.

„Liebe Eltern!“ (so schrieb er oft) „Ich melde
Hiebei, daß es mir fehlet an Gelde,
Habet also die Gewogenheit
Und schicket mir bald eine Kleinigkeit.

Nämlich etwa zwanzig Dukaten,
Denn ich weiß mich kaum mehr zu raten,
Weil es alles so knapp geht hier,
Drum sendet doch dieses Geld bald mir.

Kaum begreift Ihr die starke Ausgabe,
Welche ich auf der Universität habe,
Für so viele Bücher und Collegia;
Ach, wären die zwanzig Dukaten da!

Hiermit will ich also mein Schreiben beschließen.
Meine Geschwister tu' ich freundlich grüßen
Und verharre hierauf zum Schluß
Euer gehorsamer Sohn

Hieronymus

Ich setze noch eilig zum Postskripte:
Meine hochgeehrte und sehr geliebte
Eltern, ich bitte kindlich,
Schicket doch bald das Geld an mich.“

Was hierauf des Vaters Antwort gewesen,
Das kann man folgendermaßen lesen:

„Mein herzvielgeliebtester Sohn!
Dein Schreiben hab' ich erhalten schon.

Es sind noch nicht drei Monat vergangen,
Daß Du hundertundfünfzig Taler empfangen;
Fast weiß ich nicht, wo in der Welt
Ich hernehmen solle all das Geld.

Ich höre gerne, daß Du studierest
Und Dich fleißig und ordentlich aufführest;
Aber höchst ungern vernehme ich von Dir,
Daß Du zwanzig Dukaten forderst von mir.

Ich werde es also sehr gern sehen,
Wenn Du von der Universität tust gehen,
Denn es fällt mir wahrlich gar schwer,
Alle die Gelder zu nehmen woher.
Ich verharre übrigens
Dein treuer Vater,
Hans Jobs, pro tempore Senater.

N. S. Dein Schreiben mir zwar gefällt,
Aber verschone mich weiter mit Geld."

Um demnach seiner Eltern Verlangen und Willen,
Die seine Heimkunft begehrten, zu erfüllen,
Tut Hieronymus zu dieser Frist,
Was zum Abmarsche nötig ist.

Fünftes Kapitel

Grad als die Mutter, Frau Senatorin Jobsen,
Ein wenig zankte, weil sie's verdrobsen,
Daß schon wieder in selbigter Wochen
Ein Kaffeetopf entzweigebrochen –
Grad als der Vater im Lehnstuhl saß
Und nach Tisch in der Zeitung las –

Vernahm man draußen ein heftiges Knallen.

Der Vater lässet die Zeitung fallen;
Und jeder eilt mit Schrecken herbei,
Zu sehn, was das für ein Lümmel sei.

Zwar erst erkannte man ihn nicht
Vor seinem dicken Bauch und Gesicht;
Dann aber war die Freude groß. –
Nur tadelnswert fand man es bloß,
Daß Kleidung sowohl wie der Stoppelbart
Nicht passend für seine geistliche Art. –

Hieronymus überlegte es auch
Und tät sich bekleiden nach Standesgebrauch. –

Er hatte mit klugem Vorbedacht
Bereits eine Predigt mitgebracht,
Welche ein Freund in der Musenstadt
Fleißig für ihn verfertigt hat. – -

Schon am nächsten Sonntag betrat
Hieronymus die Kanzel als Kandidat.

Er sagte es klar und angenehm,
Was erstens, zweitens und drittens käm'.

„Erstens, Geliebte, ist es nicht so?
Oh, die Tugend ist nirgendwo!

Zweitens, das Laster dahergegen
Übt man mit Freuden allerwegen.

Wie kommt das nur? So höre ich fragen.
O Geliebte, ich will es euch sagen.

Das machet, drittens, die böse Zeit.
Man höret nicht auf die Geistlichkeit.

Wehehe denen, die dazu raten;
Sie müssen all in der Hölle braten!!

Zermalmet sie! Zermalmet sie!
Nicht eher wird es anders allhie!

Aber Geduld, geliebte Freunde!
Sanftmütigkeit ziert die Gemeinde!"

Als Hieronymus geredet also,
Stieg er herab und war sehr froh.

Die Bürger haben nur grad geschaut.
Und wurde ein großes Gemurmel laut:
„Diesem Jobs sein Hieronymus,
Der erregt ja Verwundernus!"

Sechstes Kapitel

Es blieb aber nunmehro noch etwas zurücke
Als Erfordernis zum geistlichen Glücke –
Nämlich das Examen –, welches zwar
Dem Hieronymus fast zuwider war;
Indes ist doch schließlich das Zögern vergebens.
Die fürchterlichste Stunde seines Lebens
Naht anitzo ernstlich herzu.
Ach, du armer Hieronymus du!
Der Herr Inspektor machte den Anfang;
Hustete viermal mit starkem Klang,
Schneuzte und räusperte auch viermal sich
Und sagte, indem er den Bauch sich strich:

„Ich, als zeitlicher pro tempore Inspektor
Und der hiesigen Geistlichkeit Direktor,
Frage Sie: Quid sit episcopus?"
Alsbald antwortete Hieronymus:

„Ein Bischof ist, wie ich denke,
Ein sehr angenehmes Getränke
Aus rotem Wein, Zucker und Pomeranzensaft
Und wärmet und stärket mit großer Kraft."

Über diese Antwort des Kandidaten Jobses
Geschah allgemeines Schütteln des Kopfes.
Der Inspektor sprach zuerst: „Hem, hem!"
Drauf die andern secundum ordinem.

Nun hub der Assessor an zu fragen:
„Herr Hieronymus, tun Sie mir sagen,
Wer die Apostel gewesen sind?"
Hieronymus antwortete geschwind:

„Apostel nennet man große Krüge,
Darin gehet Wein und Bier zur Genüge;
Auf den Dörfern und sonst beim Schmaus
Trinken die durstigen Bursche daraus."

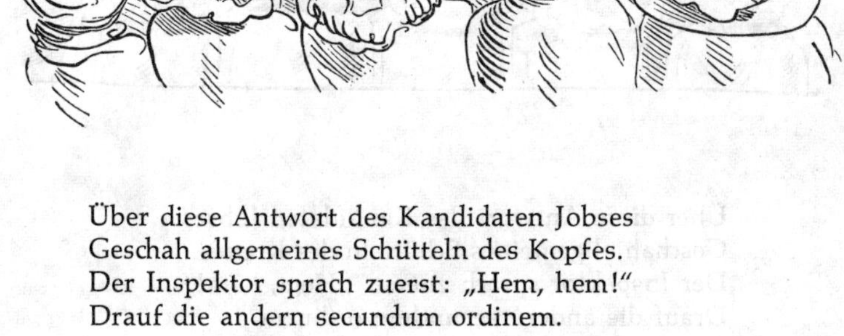

Über diese Antwort des Kandidaten Jobses
Geschah allgemeines Schütteln des Kopfes.
Der Inspektor sprach zuerst: „Hem, hem!"
Drauf die andern secundum ordinem.

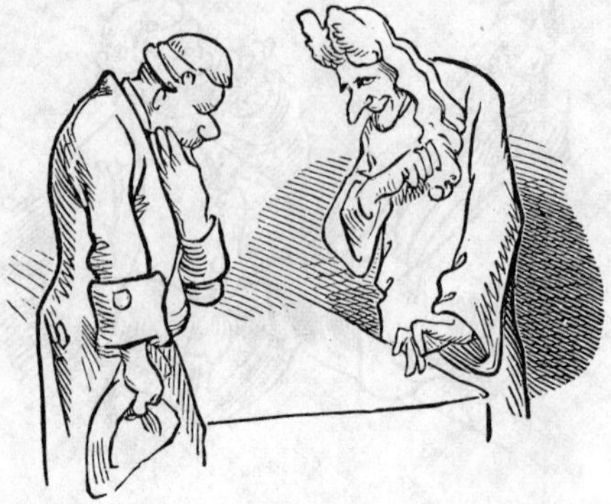

Nun traf die Reihe den Herrn Krager,
Und er sprach: „Herr Kandidat, sag Er,
Wer war der heilige Augustin?"
Hieronymus anwortete kühn:

„Ich habe nie gehört oder gelesen,
Daß ein andrer Augustin gewesen
Als der Universitätspedell Augustin,
Er zitierte mich oft zum Prorektor hin."

Über diese Antwort des Kandidaten Jobses
Geschah allgemeines Schütteln des Kopfes.
Der Inspektor sprach zuerst: „Hem, hem!"
Drauf die andern secundum ordinem.

Nun folgte Herr Krisch ohn' Verweilen
Und fragte: „Aus wieviel Teilen
Muß eine gute Predigt bestehn,
Wenn sie nach Regeln soll geschehn?"

Hieronymus, nachdem er sich eine Weile
Bedacht, sprach: „Die Predigt hat zwei Teile.
Den einen Teil niemand verstehen kann,
Den andern Teil aber verstehet man."

Über diese Antwort des Kandidaten Jobses
Geschah allgemeines Schütteln des Kopfes.
Der Inspektor sprach zuerst: „Hem, hem!"
Drauf die andern secundum ordinem.

Nun fragte Herr Beff, der Linguiste,
Ob Herr Hieronymus auch wohl wüßte,
Was das hebräische Kübbuz sei. –
Und Hieronymus antwortete frei:

„Das Buch, genannt Sophiens Reisen
Von Memel nach Sachsen, tut es weisen,
Daß sie den mürrischen Kübbuz bekam,
Weil sie den reichen Puff früher nicht nahm."

Über diese Antwort des Kandidaten Jobses
Geschah allgemeines Schütteln des Kopfes.
Der Inspektor sprach zuerst: „Hem, hem!"
Drauf die andern secundum ordinem.

Nun kam auch an den Herrn Schreie,
Den Hieronymus zu fragen, die Reihe.
Er fragte also, wie mancherlei
Die Gattung der Engel eigentlich sei.

Hieronymus tat die Antwort geben:
Er kenne zwar nicht alle Engel eben,
Doch wär' ihm ein goldner Engel bekannt
Auf dem Schild an der Schenke „Zum Engel" genannt.

Über diese Antwort des Kandidaten Jobses
Geschah allgemeines Schütteln des Kopfes.
Der Inspektor sprach zuerst: „Hem, hem!"
Drauf die andern secundum ordinem.

Herr Plotz hat nun fortgefahren
Zu fragen: „Herr Kandidate, wie viele waren
Concilia oecumenica?" –
Und Hieronymus antwortete da:

„Als ich auf der Universität studieret,
Ward ich oft vors Concilium zitieret,
Doch betraf solches Concilium nie
Sachen aus der Oekonomie."

Über diese Antwort des Kandidaten Jobses
Geschah allgemeines Schütteln des Kopfes.
Der Inspektor sprach zuerst: „Hem, hem!"
Drauf die andern secundum ordinem.

Nun folgte Herr Keffer, der geistliche Herre;
Seine Frage schien zu beantworten schier schwere
Sie betraf der Manichäer Ketzerei
Und was ihr Glaube gewesen sei.

Antwort: „Ja, diese einfältigen Teufel
Glaubten, ich würde sie ohne Zweifel
Vor meiner Abreise bezahlen noch;
Ich habe sie aber geprellet doch."

Über diese Antwort des Kandidaten Jobses
Geschah allgemeines Schütteln des Kopfes.
Der Inspektor sprach zuerst: „Hem, hem!"
Drauf die andern secundum ordinem.

Als nun die Prüfung zu Ende gekommen,
Hat Hieronymus seinen Abtritt genommen;
Damit man die Sache nach Kirchenrecht
In reife Überlegung nehmen möcht';

Ob es mit gutem Gewissen zu raten,
Daß man in die Klasse der Kandidaten
Des heiligen Ministerii den
Hieronymum aufnehmen könn'.

Es ging also an ein Votieren.
Doch ohne vieles Disputieren
Lautet der Spruch des geistlichen Gerichts:
„Mit Herrn Hieronymus ist es nichts."

Siebentes Kapitel

Die Hoffnung, dereinst ein Pfarrer zu werden,
Ist also vergeblich auf dieser Erden. –
Hieronymus findet es nötig nun,
Anderswohin sich umzutun. –

Es macht sich auch. – Von da nicht fern
Auf dem Gut eines alten gnädigen Herrn
Suchte man längst schon hin und her
Einen passenden Sekretär.
Und, richtig, unser Hieronymus
Wird wirklich Herr Sekretarius.

Eine Kammerjungfer ist auch noch da. –
Schau schau! Es ist die Amalia! –
Das mit der Uhr war freilich abscheulich,
Aber Hieronymus fand es verzeihlich,
Denn Amalia war sehr betrübt,
Machte sich, wo sie konnte, beliebt

Und half ihm mit allen ihren Kräften
Bei seinen schwierigen Amtsgeschäften. –

Aber die Sache wird bald sehr peinlich,
Denn der Alte benimmt sich kleinlich;
Und Hieronymus, ohne Lohn,
Verläßt die bisherige Kondition.

Einem frommen Fräulein, bedeutend bemittelt,
Die längst ihre Jugend abgeschüttelt,
Fehlt eben ein kräftiger Assistente,
Der mit ihr beten und singen könnte. –
Von allen, die kamen, schien ihr am meisten
Hieronymus geeignet, dieses zu leisten.

Drum hieß sie ihn zu Nutz und Frommen
Als Mitgehilfen hochwillkommen.

Als er nun aber singen sullt,
Da fehlt ihm die christliche Geduld. –

So mußte die Alte wieder allein
Bei ihrer Andacht tätig sein. –

Hieronymus, in einer Spelunke,
Findet zwo Lumpen bei ihrem Trunke;
Und ist ihm auch der eine von ihnen
Gewissermaßen bekannt erschienen. –

Hieronymus legt sich bald aufs Ohr.
Die Lumpen ziehen die Börse hervor.
Und als der Morgen kommt – o Schreck! –,
Ist die Börse mitsamt den Lumpen weg. –

Der Wirt, der großes Mitleid hat,
Nimmt sich den Rock an Zahlungs Statt. –
So irret Hieronymus sorgenschwer
Kreuz und quer in einem Walde umher. –

Auf einmal, so höret er Jammern und Klagen
Und Degengeklirr und Knittelschlagen,
Und siehe da, eine Equipage
Ist überfallen von Räuberbagage.

Der Kutscher ist auf der Erde gelegen,
Der Herr, der wehrt sich mit seinem Degen,
Die gnädige Frau steht auch dabei
Und machet ein großes Wehgeschrei. –

Hieronymus aber eilet sofort
An diesen Jammer= und Schreckensort
Und entscheidet die Sache vermittels
Seines kräftig geschwungenen Knittels.

Die Räuber kommen in große Not;
Der eine muß laufen, der andre bleibt tot.
Und schau, der hier zu Tode gekommen,
Hat ihm zu Nacht den Beutel genommen.

Auch fällt dem alten Bösewicht
Sein schwarzes Pflaster vom Gesicht;
Und schau, da ist's der Perückenmann,
Der einst auf der Post die Dukaten gewann.

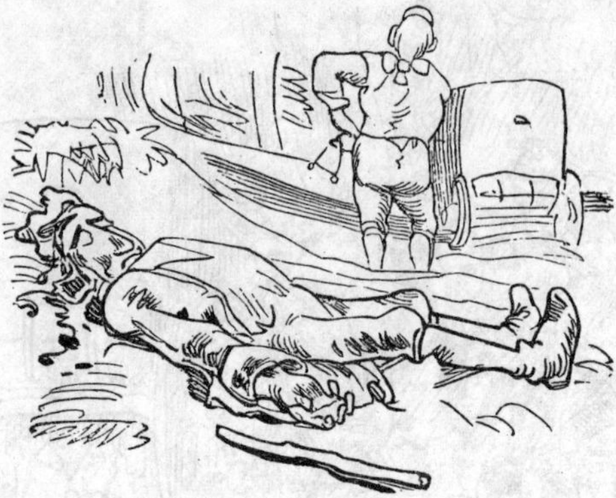

Hieronymus tut ihn nicht beklagen,
Nimmt die Börse und folgt dem Herrschaftswagen.
Die Herrschaft aber preist die Götter
Und ihren mutigen Lebensretter.

Achtes Kapitel

Es war aber grade dazuland
Die Dorfschulmeisterstelle vakant
Und hat darüber die Disposition
Der gnädige Herr als Schutzpatron.
Aus Dankbarkeit auf höchsten Beschluß
Kriegt diese Stelle Hieronymus. –

So hat er nun die Schulmeisterei
Und sieht, was hierbei zu machen sei.
Zuvörderst findet er in der Fibel
Manche veraltete Mängel und Übel;
Wie er dann gleich mit Schrecken sah,
Daß das ff und ph nicht da. –

Auch scheint ihm gar nicht wohlgetan
Der abgemalete Gockelhahn. –
Er streichet ihm hinweg zuvoren
Die überflüssigen Reitersporen.

Er fügt ihm aber dagegen bei
Ein Nest mit eingelegtem Ei;
Damit man sehe, daß eigentlich dies
Der Segen und Nutzen des Federviehs.

Nachdem er also die Lehre verbessert,
Bedenkt er, wie man die Strafe vergrößert.
Nämlich im Schulvermögen war
Ein Eselskopf als Inventar.
Hieronymus, zu größerer Schand und Graus,
Macht einen ganzen Esel daraus. –

Die Bauern aber murren sehr
Über die neu erfundene Lehr.
Sie taten sich hoch und heilig vereiden,
Sie wollten und wollten dieses nicht leiden
Und wollten den neuen Meister der Schule
Herunterstoßen von seinem Stuhle.

Eines Morgens in aller Früh
Wohlausgerüstet marschieren sie.

Hieronymus schlummert noch sanft und gut,
Da tönet die Stimme: „Kum man mal rut!"

Alsbald so fühlt er sich fortgeschoben.
Schwupp da! – Er wird seines Amts enthoben.

Die Bauern, geschmückt mit vielen Trophä'n,
Machen ein großes Siegesgetön.

Sie füllen die Gläser und stoßen an:
„Prost, vivat! Düt hett gude gan!"

Als aber vorüber das erste Feuer,
Ist manchem doch nicht so recht geheuer.
Ja, wenn der gnädige Herr nicht wär'!
Der gnädige Herr, was sagt aber der?

„Mal fünfundzwanzig! Nach altem Brauch!"
Richtig geraten! – So kommt es auch. –

Neuntes Kapitel

Hieronymus nach diesem Mißgeschicke
Will nicht wieder ins Amt zurücke. –
Er hat seinen Wanderstab genommen
Und sucht sich sonstwo ein Unterkommen.
Wie's nun so geht! – Einstmalen hat er
Sich hinbegeben ins Theater,

Und ist da eben auf der Szene
Eine Prinzessin wunderschöne.
Ach Gott! Wie wird ihm zumute da!
's ist seine geliebte Amalia!

Das Stück ist endlich zu Ende gegangen.
Die Liebenden halten sich fest umfangen. –
Hieronymus aber war es zu Stund,
Als riefe in seines Leibes Grund
Der innern Stimme ernster Baß:
Hieronymus, werde auch so was! –

Es ging nicht lange Zeit herum,
So zeigt er sich schon dem Publikum
Als ein verliebter, ländlicher Schäfer.
In andern Rollen ist er noch bräver,

Und überhaupt sehr löb= und preislich.
Aber Amalie benahm sich scheußlich. –
Drum entfernt sich mit Weh und Ach
Hieronymus aus dem Künstlerfach;
Und da man grad in der Vaterstadt
Einen Nachtwächter nötig hat,
So erwirbt er sich diesen schönen Posten
Und stößt ins Horn auf städtische Kosten.

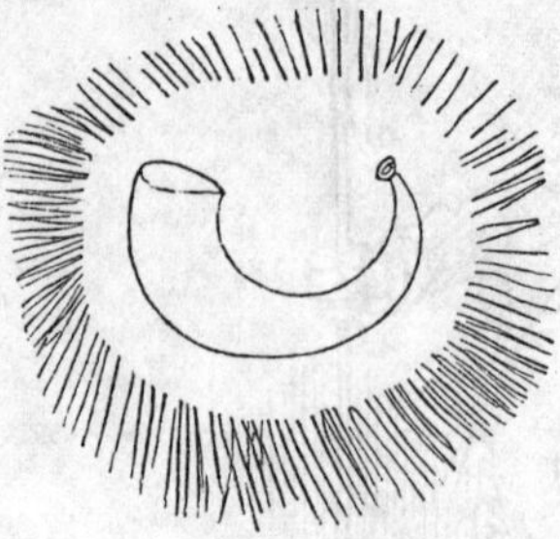

Das mütterliche Traumgebild
Vom großen Horn ist nun erfüllt. –

Hieronymus blies auch wirklich gut:
Kaum schlägt es zehn, so geht's: „Tu=hut!"

Und ruft er dann das: „Hört ihr Herrn!" –
Wacht jeder auf und hört es gern.
Einst da er in einer heftig kalten
Nacht, sein schwieriges Amt zu verwalten,
Den Mund eröffnet, um zwölfe zu schrein,
Bläst ihm der nördliche Wind hinein. –

Zwar um eins geht's noch: „Tuhut!"
Um zwei aber ist's ihm schon gar nicht gut.
Glock drei bereits legt er sich nieder
Mit Schmerzen des Leibes und der Glieder.
Um acht Uhr kommt die Medizin,
Wonach es auch etwas besser schien.

Doch sah man etwa gegen zehn:
Hieronymus wird von dannen gehn!
Punkt zwölf erscheint der Knochenmann
Und hält das Perpendikel an. –

Also geht alles zu Ende allhier:
Feder, Tinte, Tobak und auch wir,
Zum letzten Mal wird eingetunkt,
Dann kommt der große
schwarze

Die Knopp-Trilogie

Abenteuer eines Junggesellen

Herr und Frau Knopp

Julchen

Abenteuer eines Junggesellen

Die Sache wird bedenklich

Sokrates, der alte Greis,
Sagte oft in tiefen Sorgen:
„Ach, wieviel ist doch verborgen,
Was man immer noch nicht weiß."
Und so ist es. – Doch indessen
Darf man eines nicht vergessen;
Eines weiß man doch hinieden,
Nämlich, wenn man unzufrieden. –

Dies ist auch Tobias Knopp,
Und er ärgert sich darob.

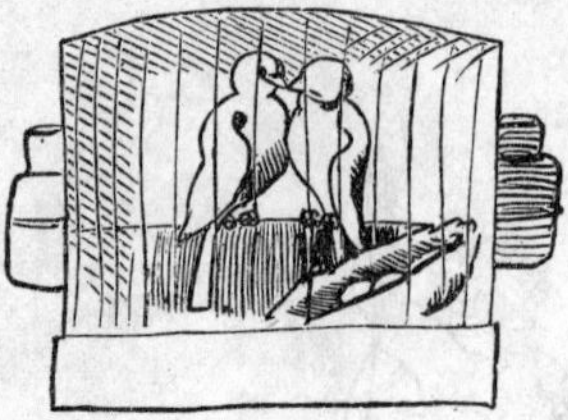

Seine zwei Kanarienvögel,
Die sind immer froh und kregel,

Während ihn so manches quält,
Weil es ihm bis dato fehlt.
Ja, die Zeit entfliehet schnell;
Knopp, du bist noch Junggesell! –
Zwar für Stiefel, Bett, Kaffee
Sorgt die gute Dorothee;

Und auch, wenn er dann und wann
Etwas nicht alleine kann,
Ist sie gleich darauf bedacht,
Daß sie es zurechte macht.
Doch ihm fehlt Zufriedenheit. –

Nur mit großer Traurigkeit
Bleibt er vor dem Spiegel stehn,
Um sein Bildnis zu besehn.

Vornerum ist alles blank;
Aber hinten, Gott sei Dank,
Denkt er sich mit frohem Hoffen,
Wird noch manches angetroffen.
Oh, wie ist der Schreck so groß!
Hinten ist erst recht nichts los;
Und auch hier tritt ohne Frage
Nur der pure Kopf zutage. –

Auch bemerkt er außerdem,
Was ihm gar nicht recht bequem,
Daß er um des Leibes Mitten
Längst die Wölbung überschritten,
Welche für den Speiseschlauch,
Bei natürlichem Gebrauch,
Wie zum Trinken, so zum Essen,
Festgesetzt und abgemessen. –
Doch es bietet die Natur
Hierfür eine sanfte Kur.
Draußen, wo die Blumen sprießen,
Karelsbader Salz genießen
Und melodisch sich bewegen
Ist ein rechter Himmelssegen;
Und es steigert noch die Lust,
Wenn man immer sagt: Du mußt.

Knopp, der sich dazu entschlossen,

Wandelt treu und unverdrossen.

Manchmal bleibt er sinnend stehn;

Manchmal kann ihn keiner sehn.

Aber bald so geht er wieder
Treu beflissen auf und nieder. –

Dieses treibt er vierzehn Tage;
Darnach steigt er auf die Waage;
Und da wird es freudig kund:
Heißa, minus zwanzig Pfund!

Wieder schwinden vierzehn Tage,
Wieder sitzt er auf der Waage,
Autsch, nun ist ja offenbar
Alles wieder, wie es war.

Ach, so denkt er, diese Welt
Hat doch viel, was nicht gefällt.
Rosen, Tanten, Basen, Nelken
Sind genötigt zu verwelken;

Ach, und endlich auch durch mich
Macht man einen dicken Strich.
Auch von mir wird man es lesen:
Knopp war da und ist gewesen.
Ach, und keine Träne fließt
Aus dem Auge, was es liest:
Keiner wird, wenn ich begraben,
Unbequemlichkeiten haben;
Keine Seele wird geniert,
Weil man keinen Kummer spürt.
Dahingegen spricht man dann:
Was geht dieser Knopp uns an?

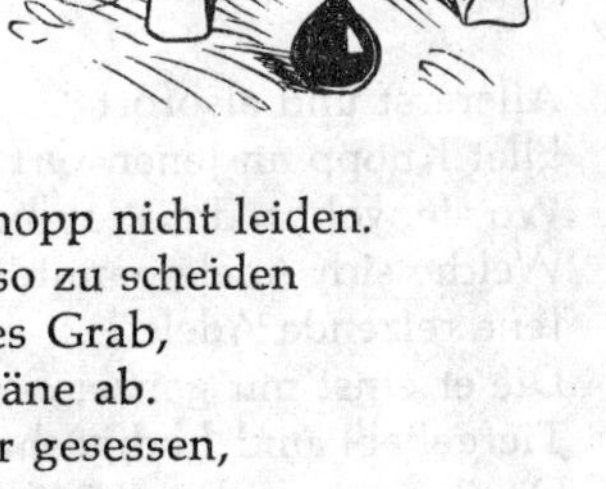

Dies mag aber Knopp nicht leiden.
Beim Gedanken, so zu scheiden
In ein unverziertes Grab,
Drückt er eine Träne ab.
Sie liegt da, wo er gesessen,
Seinem Schmerze angemessen.

Dieses ist ja fürchterlich.
Also, Knopp, vermähle dich.
Mach dich auf und sieh dich um,
Reise mal 'n bissel 'rum.
Sieh mal dies, und sieh mal das,
Und paß auf, du findest was.

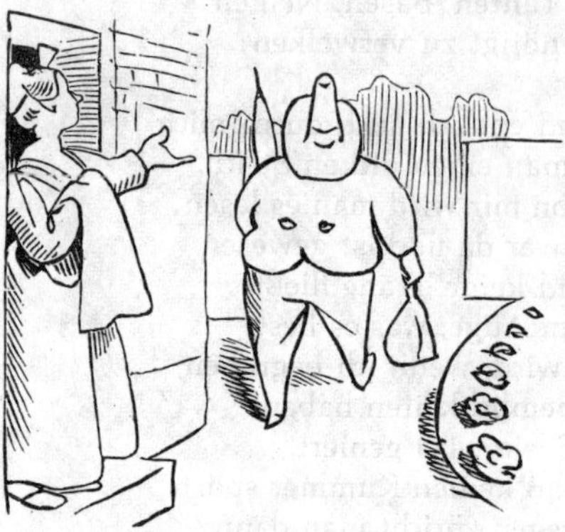

Einfach ist für seine Zwecke
Das benötigte Gepäcke;
Und die brave Dorothee
Ruft: „Herr Knopp, nanu adje!"

Eine alte Flamme

Allererst und alsofort
Eilet Knopp an jenen Ort,
Wo sie wohnt, die Wohlbekannte,
Welche sich Adele nannte;
Jene reizende Adele,
Die er einst mit ganzer Seele
Tiefgeliebt und hochgeehrt,
Die ihn aber nicht erhört,

So daß er, seit dies geschah,
Nur ihr süßes Bildnis sah.
Transpirierend und beklommen
Ist er vor die Tür gekommen,
Oh, sein Herze klopft so sehr,
Doch am Ende klopft auch er.

„Himmel", ruft sie, „welches Glück!"
(Knopp sein Schweiß, der tritt zurück.)

„Komm, geliebter Herzensschatz,
Nimm auf der Berschäre Platz!

Nur an dich bei Tag und Nacht,
Süßer Freund, hab' ich gedacht.

Unaussprechlich inniglich,
Freund und Engel, lieb' ich dich!"
Knopp, aus Mangel an Gefühl,
Fühlt sich wieder äußerst schwül;

Doch in dieser Angstsekunde
Nahen sich drei fremde Hunde.

„Hilfe, Hilfe!“ ruft Adele.
„Hilf, Geliebter meiner Seele!“

Knopp hat keinen Sinn dafür.
Er entfernt sich durch die Tür. –
Schnell verläßt er diesen Ort
Und begibt sich weiter fort.

Ein schwarzer Kollege

Knopp verfügt sich weiter fort
Bis an einen andern Ort.
Da wohnt einer, den er kannte,
Der sich Förster Knarrtje nannte. –
Unterwegs bemerkt er bald
Eine schwärzliche Gestalt,

Und nun biegt dieselbe schräg
Ab auf einen Seitenweg.

Sieh, da kommt ja Knarrtje her!
„Alter Knopp, das freut mich sehr!"

Traulich wandeln diese zwei
Nach der nahen Försterei.

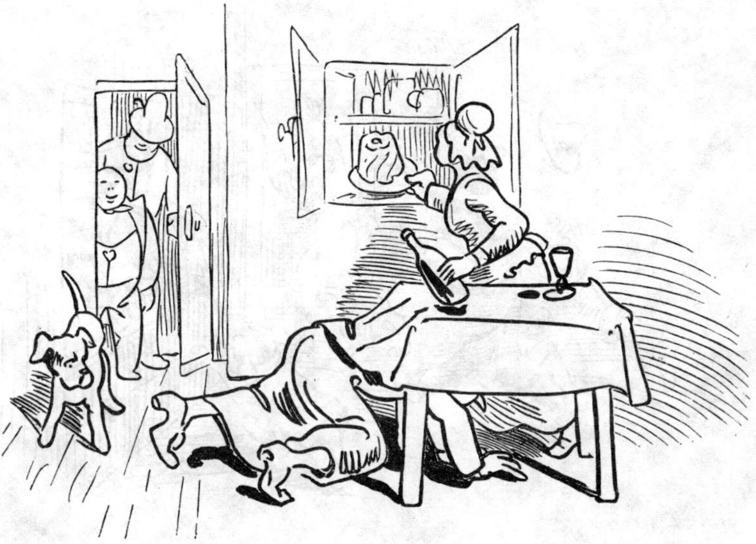

„So, da sind wir, tritt hinein;
Meine Frau, die wird sich freun!"

„He, zum Teufel, was ist das?
Allez, Waldmann, allez faß!

Oh, du du verruchtes Weib,
Jetzt kommt Knarrtje dir zu Leib!"

Knopps Vermittlung will nicht glücken.
Wums! Da liegt er auf dem Rücken.

Schnell verläßt er diesen Ort
Und begibt sich weiter fort.

Rektor Debisch

Knopp begibt sich weiter fort
Bis an einen andern Ort.
Da wohnt einer, den er kannte,
Der sich Rektor Debisch nannte.

Er erteilte seinem Sohn
Eben eine Lektion,

Die er aber unterbricht,
Als er Knopp zu sehen kriegt.

Zu dem Sohne spricht er dann:
„Kuno, sag' ich, sieh mich an!
Höre zu und merke auf!
Richte itzo deinen Lauf
Dahin, wo ich dir befehle,
Nämlich in die Kellerhöhle.
Dorten lieget auf dem Stroh
Eine Flasche voll Bordeaux.
Diese Flasche, sag' ich dir,
Zieh herfür und bringe mir."

Kuno eilet froh und prompt,
Daß er in den Keller kommt,

Wo er still und wohlgemut
Etwas von dem Traubenblut
In sich selbst hinüberleitet,
Was ihm viel Genuß bereitet.

Die dadurch entstandne Leere
Füllt er an der Regenröhre.

Rotwein ist für alte Knaben
Eine von den besten Gaben:

Gern erhebet man das Glas.
Aber Knopp, der findet was.

„Ei", spricht Debisch, „dieses ist
Sozusagen Taubenmist.

Ei, wie käme dieses dann?
Kuno, sag' ich, sieh mich an!"

Drauf nach diesem strengen Blick
Kommt er auf den Wein zurück.

Aber Knopp verschmäht das Glas,
Denn schon wieder sieht er was.

„Dies", spricht Debisch, „scheint mir ein
Neugeborner Spatz zu sein.

Ei, wie käme dieses dann?
Kuno, sag' ich, sieh mich an!
Deiner Taten schwarzes Bild
Ist vor meinem Blick enthüllt;

Und nur dieses sage ich:
Pfui, mein Sohn, entferne dich!"
Das ist Debisch sein Prinzip:
Oberflächlich ist der Hieb.
Nur des Geistes Kraft allein
Schneidet in die Seele ein.

Knopp vermeidet diesen Ort
Und begibt sich weiter fort.

Ländliches Fest

Knopp begibt sich weiter fort
Bis an einen andern Ort.
Da wohnt einer, den er kannte,
Der sich Meister Druff benannte.
Druff hat aber diese Regel:
Prügel machen frisch und kregel
Und erweisen sich probat
Ganz besonders vor der Tat.
Auch zum heut'gen Schützenfeste
Scheint ihm dies für Franz das beste.

Drum hört Knopp von weitem schon
Den bekannten Klageton.

Darnach wandelt man hinaus
Schön geschmückt zum Schützenhaus. –

Gleich verschafft sich hier der Franz
Eines Schweines Kringelschwanz,
Denn er hat es längst beachtet,
Daß der Wirt ein Schwein geschlachtet;

Und an Knoppens Fracke hing
Gleich darauf ein krummes Ding. –

Horch, da tönet Horngebläse,
Und man schreitet zur Française.

Keiner hat so hübsch und leicht
Sich wie unser Knopp verbeugt;

Keiner weiß sich so zu wiegen
Und den Tönen anzuschmiegen;

Doch die höchste Eleganz
Zeiget er im Solotanz.

Hoch erfreut ist jedermann,
Daß Herr Knopp so tanzen kann.
Leider ist es schon vorbei.
Und er schreitet stolz und frei

Wiederum zu seinem Tische,

Daß er etwas sich erfrische.

Rums! – Der Franz entfernt die Bank,
So daß Knopp nach hinten sank! –

Zwar er hat sich aufgerafft,
Aber doch nur mangelhaft.

Und er fühlt mit Angst und Beben:
Knopp, hier hat es Luft gegeben! –

Schnell verläßt er diesen Ort
Und begibt sich weiter fort.

Die stille Wiese

Knopp begibt sich weiter fort
Bis an einen stillen Ort.
Hier auf dieser Blumenwiese,
Denn geeignet scheinet diese,

Kann er sich gemütlich setzen,
Um die Scharte auszuwetzen

Und nach all den Angstgefühlen
Sich ein wenig abzukühlen.
Hier ist alles Fried und Ruh.
Nur ein Häslein schauet zu.

Sieh, da kommt der Bauer Jochen.
Knopp hat sich nur leicht verkrochen,

Doch mit Jochen seiner Frau
Nimmt er es schon mehr genau.

Kurz war dieser Aufenthalt.
Und mit Eifer alsobald
Richtet Knopp sein Augenmerk
Auf das angefangne Werk. –
Kaum hat er den Zweck erreicht,
Wird er heftig aufgescheucht,

Und es zeigt sich, ach herrje,
Jetzt sind Damen in der Näh'.
Plumps! – Man kommt. – Indes von Knopp

Sieht man nur den Kopf, gottlob! –

Wie erschrak die Gouvernante,
Als sie die Gefahr erkannte.

Ängstlich ruft sie: „Oh, mon dieu!
C'est un homme, fermez les yeux!"

Knopp, auf möglichst schnelle Weise,
Schlüpfet in sein Beingehäuse.

Dann verläßt er diesen Ort
Und begibt sich weiter fort.

Babbelmann

Knopp begibt sich weiter fort
Bis an einen andern Ort.

Da wohnt einer, den er kannte,
Der sich Babbelmann benannte,
Der ihm immer so gefallen
Als der Lustigste von allen.

Schau, da tritt er aus der Tür.
„Na", ruft Knopp, „jetzt bleib' ich hier!"

Worauf Babbelmann entgegnet:
„Werter Freund, sei mir gesegnet!"

„Erstens in betreff Logis,
Dieses gibt es nicht allhie,
Denn ein Pater hochgelehrt
Ist soeben eingekehrt.

Zweitens dann: Für Essen, Trinken
Seh' ich keine Hoffnung blinken.
Heute mal wird nur gebetet,
Morgen wird das Fleisch getötet,
Übermorgen beichtet man,
Und dann geht das Pilgern an.

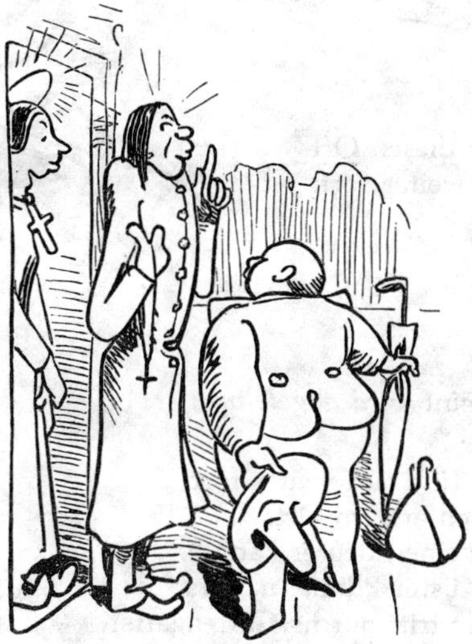

Ferner drittens, teurer Freund –
Pst! –, denn meine Frau erscheint!"

Knopp, dem dieses ungelegen,
Wünscht Vergnügen, Heil und Segen

Und empfiehlt sich alsobald
Äußerst höflich, aber kalt. –

Schnelle flieht er diesen Ort
Und begibt sich weiter fort.

Wohlgemeint wird abgelehnt

Knopp verfügt sich weiter fort
Bis an einen andern Ort.
Da wohnt einer, den er kannte,
Der sich Küster Plünne nannte.
Knopp, der tritt durchs Gartengatter.
Siehe, da ist Hemdgeflatter,
Woraus sich entnehmen läßt:
Plünnens haben Waschefest.

Dieses findet Knopp bekräftigt
Dadurch, wie der Freund beschäftigt.

Herzlich wird er aufgenommen.
Plünne rufet: „Ei, willkommen!

Gleich besorg' ich dir zu essen,
Halte mal das Kind indessen."

Knopp ist dieses etwas peinlich.
Plünne machet alles reinlich.

Knopp, der fühlt sich recht geniert.
Plünne hat derweil serviert.

Jetzt eröffnet er das Bette
Der Familienlagerstätte.
In dem Bette, warm und schön,
Sieht man eine Schale stehn.

Nämlich dieses weiß ein jeder:
Wärmehaltig ist die Feder.
Hat man nun das Mittagessen
Nicht zu knappe zugemessen,
Und, gesetzt den Fall, es wären
Von den Bohnen oder Möhren
Oder, meinetwegen, Rüben
Ziemlich viel zurückgeblieben,
Dann so ist das allerbeste,
Daß man diese guten Reste
Aufbewahrt in einem Hafen,
Wo die guten Eltern schlafen,
Weil man, wenn der Abend naht,
Dann sogleich was Warmes hat.
Diese praktische Methode
Ist auch Plünnens ihre Mode.

„So“, ruft Plünne, „Freund, nanu,
Setz dich her und lange zu.“
Knopp hat aber, wie man sieht,
Keinen rechten Appetit.

Schnell verläßt er diesen Ort
Und begibt sich weiter fort.

Freund Mücke

Knopp begibt sich weiter fort
Bis an einen andern Ort.
Da wohnt einer, den er kannte,
Welcher Mücke sich benannte.

Wie es scheint, so lebt Herr Mücke
Mit Frau Mücke sehr im Glücke.
Eben hier, bemerken wir,
Küßt er sie und spricht zu ihr:
„Also, Schatz, ade derweil!
Ich und Knopp, wir haben Eil.
Im historischen Verein
Wünscht er eingeführt zu sein."

Bald so öffnet sich vor ihnen
Bei der Kirche der Kathrinen
Im Hotel zum blauen Aal
Ein gemütliches Lokal.

Mücke scheinet da nicht fremd,
Er bestellt, was wohlbekömmt.

Junge Hähnchen, sanft gebraten,
Dazu kann man dringend raten,

Und man darf getrost inzwischen
Etwas Rheinwein drunter mischen.

Nötig ist auf alle Fälle,
Daß man dann Mussö bestelle.

Nun erfreut man sich selbdritt,
Denn Kathinka trinket mit! –

„So, jetzt wären wir soweit,
Knopp, du machst wohl Richtigkeit."

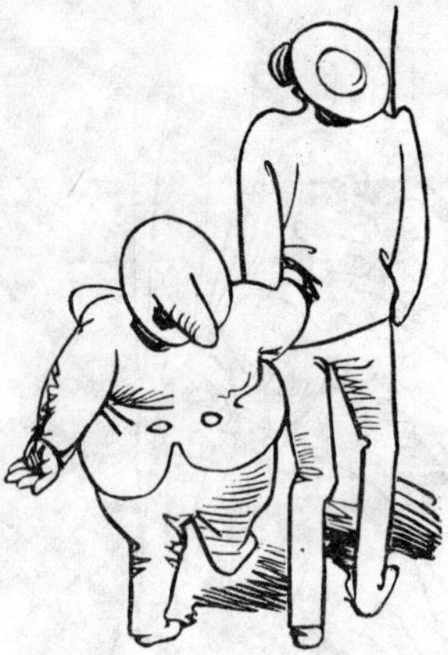

Lustig ist man fortspaziert
Zum Hotel, wo Knopp logiert.

Heftig bollert man am Tor,
Der Portier kommt nicht hervor.

„Komm", ruft Mücke, „Knopp, komm hier,
Du logierst die Nacht bei mir!"

Schwierig, aus verschiednen Gründen,
Ist das Schlüsselloch zu finden.

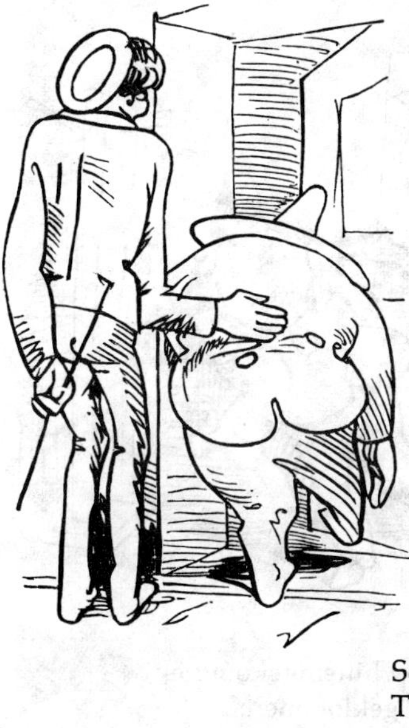

So, so, so! Jetzt nur gemach,
Tritt hinein, ich komme nach.

Knopp schiebt los. Indessen Mücke
Bleibt mit Listigkeit zurücke.

Schrupp! – Wie Knopp hineingekommen,
Wird er an die Wand geklommen.

„Wart!" ruft Mückens Ehgemahl.
„Warte, Lump, schon wieder mal!"
Weil sie ihn für Mücken hält,
Hat sie ihm so nachgestellt.

Hei! Wie fühlt sich Knopp erfrischt,
Als der Besen saust und zischt.

Bums! Er fällt in einen Kübel,
Angefüllt mit dem, was übel.

Oh, was macht der Besenstiel
Für ein schmerzliches Gefühl!

Und als regellose Masse
Findet Knopp sich auf der Gasse.

Schnell verläßt er diesen Ort
Und begibt sich weiter fort.

Ein frohes Ereignis

Knopp verfügt sich weiter fort
Bis an einen andern Ort.
Da wohnt einer, den er kannte,
Der sich Sauerbrot benannte.

Sauerbrot, der fröhlich lacht,
Hat sich einen Punsch gemacht.

„Heißa!" rufet Sauerbrot.
„Heißa! Meine Frau ist tot!!

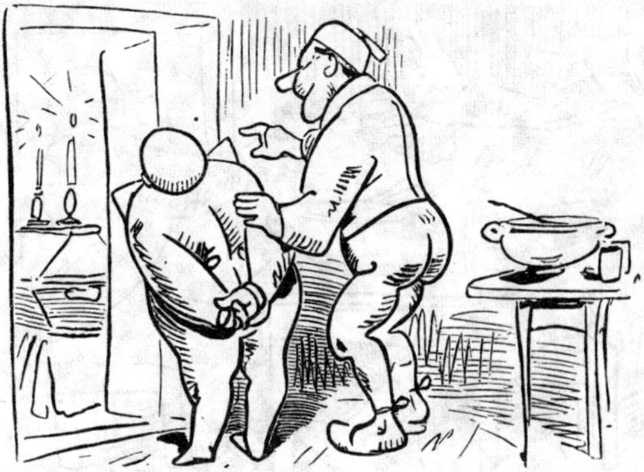

Hier in diesem Seitenzimmer
Ruhet sie bei Kerzenschimmer.

Heute stört sie uns nicht mehr,
Also, Alter, setz dich her,

Nimm das Glas und stoße an,
Werde niemals Ehemann,
Denn als solcher, kann man sagen,
Muß man viel Verdruß ertragen.

Kauf Romane und Broschüren,
Zahle Flechten und Turnüren,
Seidenkleider, Samtjacketts,
Zirkus= und Konzertbilletts –
Ewig hast du Nöckerei.
Gott sei Dank, es ist vorbei!"

Es schwellen die Herzen,
Es blinkt der Stern.
Gehabte Schmerzen,
Die hab' ich gern.

Knarr! – Da öffnet sich die Tür.
Wehe! Wer tritt da herfür?
Madam Sauerbrot, die schein=
Tot gewesen, tritt herein.

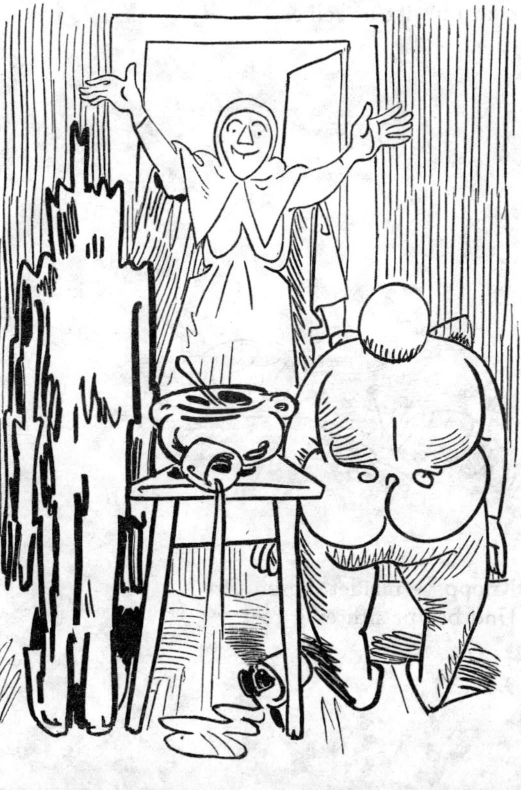

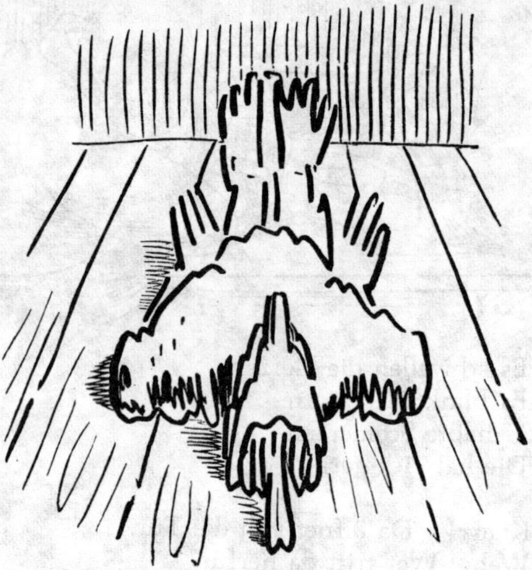

Starr vor Schreck wird Sauerbrot,
Und nun ist er selber tot. –

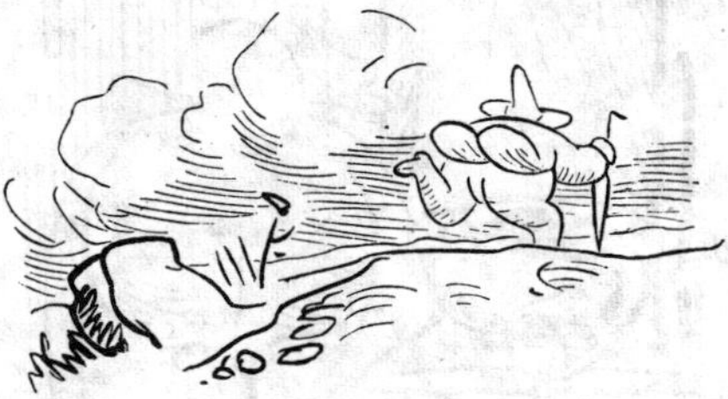

Knopp vermeidet diesen Ort
Und begibt sich eilig fort.

O weh!

Knopp verfügt sich weiter fort
Bis an einen andern Ort.
Da wohnt einer, den er kannte,
Welcher Piepo sich benannte. –

Aus dem Garten tönt Gelächter.
Piepo ist's und seine Töchter.

„Dies, mein lieber Knopp, ist Hilda.
Dort die ältre heißt Klotilda.
Hilda hat schon einen Freier,
Morgen ist Verlobungsfeier,
Doch Klotilda, ei ei ei,
Die ist noch bis dato frei." –

Oh, wie ist der Abend milde!
Knopp der wandelt mit Klotilde,

Die ihm eine Rose pflückt. –
Und er fühlt es tief beglückt:
Knopp, in diesem Augenblick,
Da erfüllt sich dein Geschick. –

Drauf hat Piepo ihn geleitet,
Wo sein Lager zubereitet.

„Hier", so spricht er, „dieser Saal
Ist für morgen Festlokal.

Hier zur Rechten ist die Klause,
Stillberühmt im ganzen Hause;

Und hier links, da schlummerst du.
Wünsche recht vergnügte Ruh!"

Knopp ist durch und durch Gedanke
An Klotilde, jene Schlanke,
Und er drückt in süßem Schmerz
Ihre Rose an sein Herz.
„O Klotilde, du allein
Sollst und mußt die Meine sein." –

Darauf ist ihm so gewesen:
Knopp, du mußt noch etwas lesen. –
Gern erfüllt er sein Verlangen;
Still ist er hinausgegangen
Und bei seiner Kerze Strahl
Hingewandelt durch den Saal. –
Oftmals kann man müde sein,
Setzt sich hin und schlummert ein. –

Erst des Morgens so um achte,
Als die Sonne freundlich lachte,
Dachte Knopp an sein Erwachen. –
Er erwacht durch frohes Lachen. –
Dieses tut die Mädchenschar,
Welche schon beschäftigt war,
Um an dieses Festes Morgen
Für des Saales Schmuck zu sorgen. –
Ewig kannst du hier nicht sein,
Denket Knopp voll Seelenpein.

Und so strömt er wohlverdeckt
Da hervor, wo er gesteckt.
Groß ist seines Laufes Schnelle;

Aber ach, die Kammerschwelle
Ist ihm äußerst hinderlich.
Hopsa! – Er entblättert sich. –

Heimlich flieht er diesen Ort
Und begibt sich weiter fort.

Abschreckendes Beispiel

Knopp begibt sich eilig fort
Bis zum höchsten Bergesort.

Hier in öder Felsen Ritzen
Sieht er einen Klausner sitzen.

Dieser Klausner alt und greis
Tritt aus seinem Steingehäus.
Und aus Knoppen seiner Tasche
Hebt er ernst die Wanderflasche.

„Ich“, so spricht er, „heiße Krökel,
Und die Welt ist mir zum Ekel.

Alles ist mir einerlei.
Mit Verlaub! Ich bin so frei.

O ihr Bürsten, o ihr Kämme,
Taschentücher, Badeschwämme,
Seife und Pomadenbüchse,
Strümpfe, Stiefel, Stiefelwichse,
Hemd und Hose, alles gleich,
Krökel, der verachtet euch.

Mir ist alles einerlei.
Mit Verlaub, ich bin so frei.

O ihr Mädchen, o ihr Weiber,
Arme, Beine, Köpfe, Leiber,
Augen mit den Feuerblicken,
Finger, welche zärtlich zwicken,
Und was sonst für dummes Zeug –
Krökel, der verachtet euch.

Mir ist alles einerlei.
Mit Verlaub, ich bin so frei.

Nur die eine, himmlisch Reine,
Mit dem goldnen Heilgenscheine
Ehre, liebe, bet' ich an;
Dich, die keiner kriegen kann,
Dich, du süße, ei jaja,
Heil'ge Emerentia.

Sonst ist alles einerlei.
Mit Verlaub, ich bin so frei."

Hiermit senkt der Eremit
Sich nach hinten. – Knopp entflieht. –
Knopp, der denkt sich: Dieser Krökel
Ist ja doch ein rechter Ekel;
Und die Liebe per Distanz,
Kurz gesagt, mißfällt mir ganz.

Schnell verlassend diesen Ort,
Eilet er nach Hause fort.

Heimkehr und Schluß

Knopp, der eilt nach Hause fort,
Und, sieh da, schon ist er dort.

Grade lüftet seine nette,
Gute Dorothee das Bette.

„Mädchen", spricht er, „sag mir, ob . . ."
Und sie lächelt: „Ja, Herr Knopp!"

Bald so wird es laut verkündet:
Knopp hat ehlich sich verbündet,

Erst nur flüchtig und zivil,
Dann mit Andacht und Gefühl. –

Tobias Knopp *Dorothea Lickefett*

Na, nun hat er seine Ruh.
Ratsch! – Man zieht den Vorhang zu.

Herr und Frau Knopp

Ermahnungen und Winke

O wie lieblich, o wie schicklich,
Sozusagen herzerquicklich,
Ist es doch für eine Gegend,
Wenn zwei Leute, die vermögend,
Außerdem mit sich zufrieden,
Aber von Geschlecht verschieden,
Wenn nun diese, sag' ich, ihre
Dazu nötigen Papiere,
So wie auch die Haushaltssachen
Endlich mal in Ordnung machen
Und in Ehren und beizeiten
Hin zum Standesamte schreiten,
Wie es denen, welche lieben,
Vom Gesetze vorgeschrieben,
Dann ruft jeder freudiglich:
„Gott sei Dank, sie haben sich!"
Daß es hierzu aber endlich
Kommen muß, ist selbstverständlich. –
Oder liebt man Pfänderspiele?
So was läßt den Weisen kühle.
Oder schätzt man Tanz und Reigen?
Von Symbolen laßt uns schweigen.
Oder will man unter Rosen
Innig miteinander kosen? –

Dies hat freilich seinen Reiz;
Aber elterlicherseits
Stößt man leicht auf so gewisse
Unbequeme Hindernisse,
Und man hat, um sie zu heben,
Als verlobt sich kundzugeben. –
Das ist allerdings was Schönes;
Dennoch mangelt dies und jenes.
Traulich im Familienkreise
Sitzt man da und flüstert leise,
Drückt die Daumen, küßt und plaudert,
Zehne schlägt's, indes man zaudert,
Mutter strickt und Vater gähnt,
Und, eh' man was Böses wähnt,
Heißt es: „Gute Nacht, bis morgen!"
Tief im Paletot verborgen,
Durch die schwarzen, nassen Gassen,
Die fast jeder Mensch verlassen,
Strebt man unmutvoll nach Hause
In die alte, kalte Klause,
Wühlt ins Bett sich tief und tiefer,
Schnatteratt! So macht der Kiefer,
Und so etwa gegen eine
Kriegt man endlich warme Beine.
Kurz, Verstand sowie Empfindung
Dringt auf ehliche Verbindung. –
Dann wird's aber auch gemütlich.
Täglich, stündlich und minütlich
Darf man nun vereint zu zween
Arm in Arm spazierengehen;
Ja, was irgend schön und lieblich,
Segensreich und landesüblich
Und ein gutes Herz ergetzt,
Prüft, erfährt und hat man jetzt.

Ehliche Ergötzlichkeiten

Ein schönes Beispiel, daß obiges wahr,
Bieten Herr und Frau Knopp uns dar.

Hier ruht er
mit seiner getreuen Dorette
Vereint auf
geräumiger Lagerstätte.

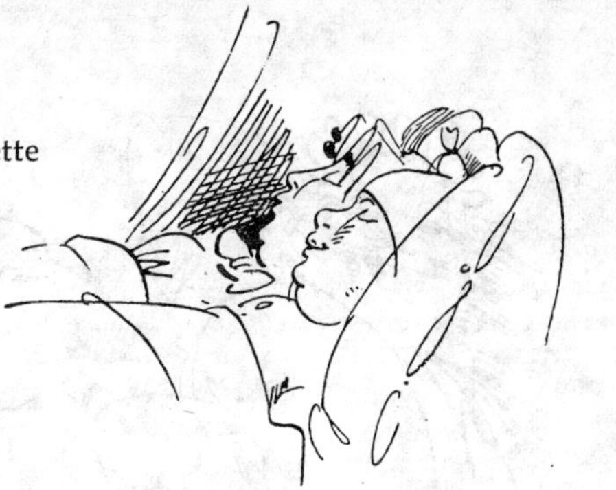

Früh schon erhebt man die Augenlider,
Lächelt sich an und erkennt sich wieder,

Um alsobald mit einem süßen
Langwierigen Kusse sich zu begrüßen.

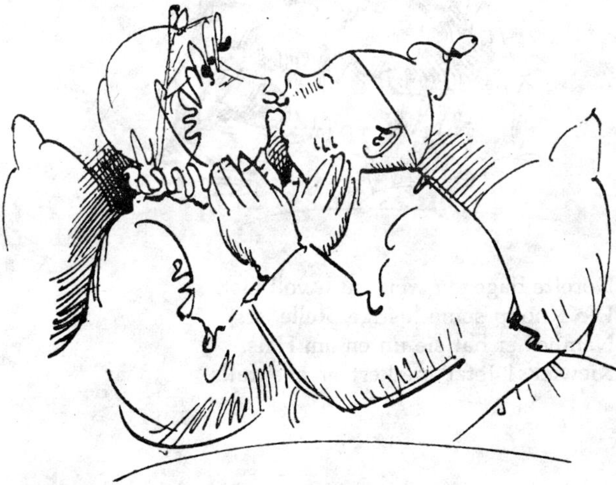

Knopp aber, wie er gewöhnlich pflegt,
Ist gleich sehr neckisch aufgelegt.
Ganz unvermutet macht er: Kieks!
Hierauf erhebt sich ein lautes Gequieks.

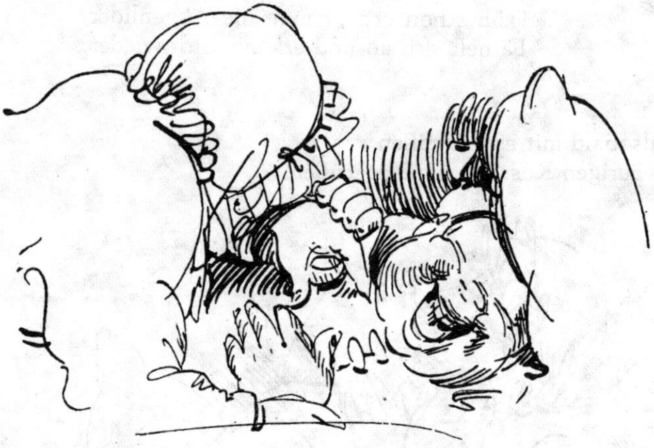

Dorette dagegen weiß auch voll List,
Wo Knopp seine lustige Stelle ist.
Nämlich er hat sie unten am Hals.
Kiewieks! Jetzt meckert er ebenfalls.

Nun freilich möchte sich Knopp erheben
Und schnell vom Lager hinweg begeben,
Wird aber an seines Kleides Falten
Spiralenförmig zurückgehalten.

Husch, er nicht faul, eh' man sich's denkt,
Hat sich nach hinten herumgeschwenkt
Und unter die Decke eingebohrt,
Wo man recht fröhlich herumrumort. –

Nach diesen gar schönen Lustbarkeiten
Wird's Zeit, zur Toilette zu schreiten.
Gern wendet Frau Doris anitzo den Blick
Auf Knopp sein Beinbekleidungsstück,

Welches ihr immer besonders gefiel
Durch Ausdruck und wechselndes Mienenspiel.

Bald schaut's so drein mit Grimm und Verdruß,

Bald voller Gram
und Bekümmernus.

Bald zeigt dies edle Angesicht
Nur Stolz und kennt keinen Menschen nicht.

Aber bald schwindet der Übermut;
Es zeigt sich von Herzen sanft und gut,

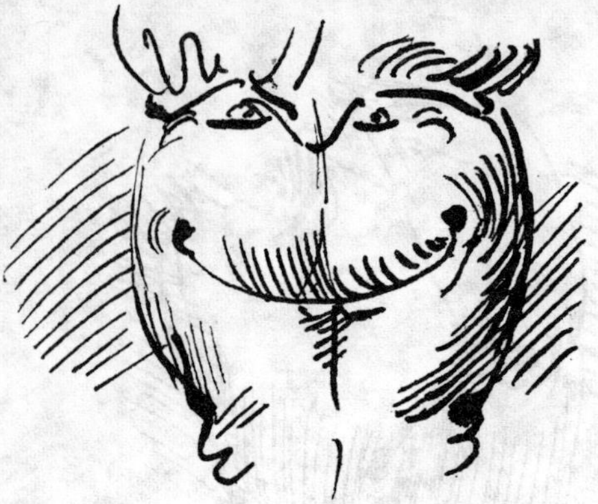

Und endlich nach einer kurzen Zeit
Strahlt es in voller Vergnüglichkeit. –
Dorettens Freude hierüber ist groß.
Knopp aber ist auch nicht freudenlos;
Denn ihm lächelt friedlich und heiter,
Nach unten spitzig, nach oben breiter,
Weißlich blinkend und blendend schön,
Ein hocherfreuliches Phänomen.

Besonders zeigt sich dasselbe beim Sitzen,
In der Mädchensprache heißt man's: Blitzen.

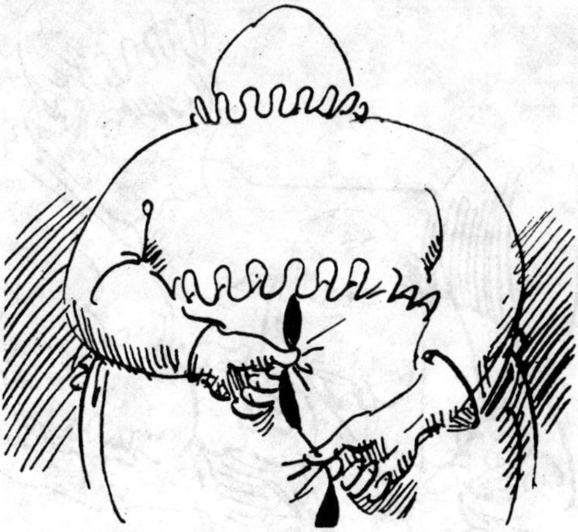

„Madam, es blitzt!" ruft Knopp und lacht.
Schlupp! wird die Sache zugemacht.

Der alte Junge hat's gut

Die Frühstückszeit hat Knopp vor allen,
Weil sehr behaglich, sehr gefallen.
Nachdem die Liese aufgetischt,

Hat Doris ihm den Trank gemischt.

Und außerdem genießt er heute
Noch eine ganz besondre Freude.

Frau Doris schenkt ihm eine Mütze,
Die rings mit Perlen und mit Litze
In Form von einem Kranz der Reben
Gar schön umwunden und umgeben.

Sehr freut ihn dieser Kopfbehälter,
Denn nach Micheli wird es kälter
Und weht schon oft ein herber Hauch,
Und außerdem verziert es auch.

Stolz sitzt er da auf seinem Sitze;
Das Haupt verschönt die Morgenmütze;
Die Pfeife ist ihm Hochgenuß,
Und Doris hält den Fidibus.

Schnell flieht der Morgen. – Unterdessen
Bereitet man das Mittagessen. –
Was dies betrifft, so muß man sagen,
Kann Knopp sich wirklich nicht beklagen.
Zum Beispiel könnt' er lange suchen
Nach solchem guten Pfannekuchen.
Hierin ist Doris ohne Fehl.
Stets nimmt sie einen Löffel Mehl,
Die nöt'ge Milch, dazu drei Eier,
Ja vier sogar, wenn sie nicht teuer,
Quirlt dies sodann und backt es braun,
Mit Sorgfalt und mit Selbstvertraun;

Und jedesmal spricht Knopp vergnüglich:
„Der Pfannekuchen ist vorzüglich!"

Oh, wie behaglich kann er nun
An Doris' treuem Busen ruhn.
Gern hat er hierbei auf der Glatze
Ein loses leises Kribbelkratze.
So schläft er mit den Worten ein:
„Wie schön ist's, Herr Gemahl zu sein!"

Ein Mißgriff

Der Samstag ist meistens so ein Tag,
Den der Vater nicht leiden mag.
Es wirbelt der Staub, der Besen schwirrt,
Man irrt umher und wird verwirrt. –
Hier oben auf der Fensterbank
Steht Liese und macht die Scheiben blank.

Knopp, welcher seine Pfeife vermißt
Und gar nicht weiß, wo sie heute ist,
Schweift sorgenschwer im Haus umher,
Ob sie nicht wo zu finden wär'.
Er denkt: Wo mag die Pfeife sein?
Und zwickt der Liese ins Bein hinein.

Obgleich dies nur ganz unten geschehen,
Frau Doris hat es nicht gern gesehen.
Sie ruft: „Das bitt' ich mir aber aus!
Abscheuliches Mädchen, verlasse das Haus!"

So wären denn Knoppens also mal
Ohne weibliches Dienstpersonal,
Und morgens in früher Dämmerung
Hat Knopp eine schöne Beschäftigung. –

Alsbald so steht es im Wochenblatt,
Daß man Bedienung nötig hat.
Infolgedessen mit sanfter Miene
Erscheint eine Jungfrau Namens Kathrine,
Welche hochheilig und teuer versprochen,
Stets fleißig zu putzen, beten, backen und kochen.
Hierin ist sie auch einerseits rühmlich,
Anderseits aber recht eigentümlich!

Erglänzt zum Beispiel am Siruptopfe
Der unvermeidliche zähe Tropfe –
Schluppdiwutsch! –, so schafft sie ihn dort
Mit schnellem Schwunge der Zunge fort.

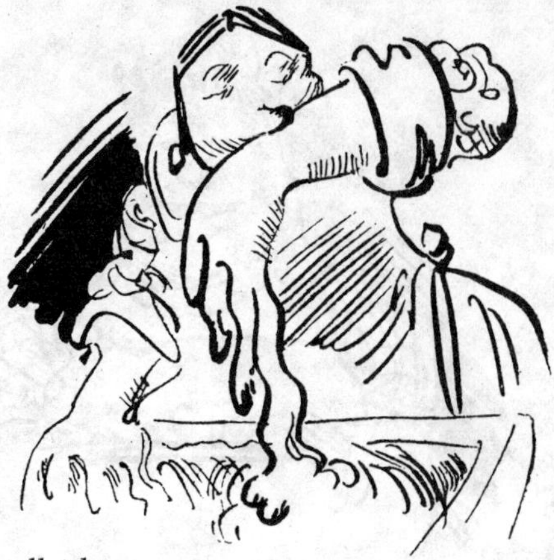

Oder wenn sich beim Backen vielleicht
Irgendwo irgendwie irgendwas zeigt –
Schluppdiwutsch! –, sie entfernt es gleich
Durch einen doppelten Bogenstreich. –
Obschon dies sehr geschickt geschehen,
Frau Knoppen hat es nicht gern gesehen.
Sie ruft: „Das bitt' ich mir aber aus!
Abscheuliches Mädchen, verlasse das Haus!" –

So wären denn Knoppens
zum andern Mal
Ohne weibliches
Dienstpersonal.
Knopp aber
in früher Dämmerung
Hat eine
schöne Beschäftigung.

Alsbald so setzt man ins Wochenblatt,
Daß man ein Mädchen nötig hat!
Hierauf erscheint nach kurzer Zeit
Eine Jungfer mit Namen Adelheid,
Welche hochheilig und teuer versprochen,
Stets fleißig zu putzen, beten, backen und kochen.
Auch kann sie dieses; und augenscheinlich
Ist sie in jeder Beziehung sehr reinlich.
Pünktlich pflegt sie und ohne säumen
Die ehliche Kammer aufzuräumen.

Recht angenehm ist dann der Kamm,
Pomade und Seife von Madam.

Doch für die Zähne verwendet sie gern
Den Apparat des gnädigen Herrn. –
Obgleich dies zu guten Zwecken geschehen,
Frau Knoppen hat es nicht gern gesehen.
Sie ruft: „Das bitt' ich mir aber aus!
Abscheuliches Mädchen, verlasse das Haus!"

Knopp aber in früher Dämmerung
Hat eine neue Beschäftigung. –

Knopp geht mal aus

Bekanntlich möchte in dieser Welt
Jeder gern haben, was ihm gefällt.
Gelingt es dann mal dem wirklich Frommen,
An die gute Gabe dranzukommen,
Um die er dringend früh und spat
Aus tiefster Seele so inniglich bat,
Gleich steht er da, seufzt, hustet und spricht:
„Ach, Herr, nun ist es ja doch so nicht!“ –
Auch Knopp ist heute etwas ergrimmt
Und über sein ehliches Glück verstimmt.

Grad gibt es den Abend auch Frikadellen,
Die unbeliebt in den meisten Fällen.

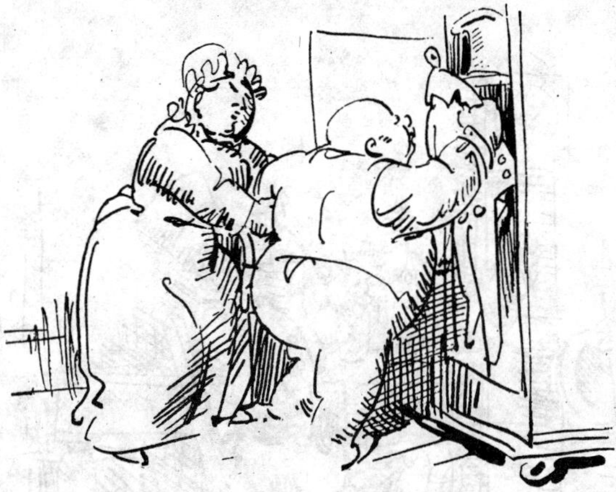

Er lehnt sie ab mit stillem Dank,
Zieht seinen Frack aus dem Kleiderschrank,

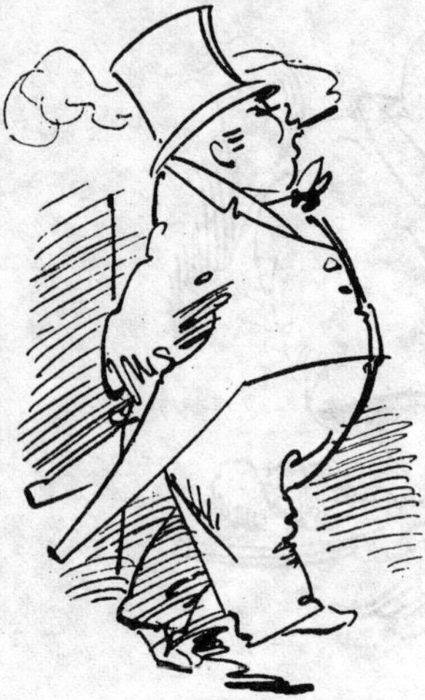

Und, ohne sich weiter an was zu kehren,
Wandelt er trotzig zum Goldenen Bären! –

„Potztausend, also auch mal hier!"
So rufen freudig beim Öffnen der Tür
Der kunstreiche Doktor Pelikan
Und Bello, der Förster und Jägersmann.

Knopp aber redet nicht eben viel;
Hat auch nicht Lust zum Solospiel;

Sondern tief in sich selbst gekehrt,
Hat er sein Schöppchen Bier geleert.

Punkt zehn Uhr schließt er die Rechnung ab

Und begibt sich nach Haus in gelindem Trab.

Unfreundlicher Empfang

Grollend hat Madam soeben
Sich bereits zur Ruh begeben.

Freundlich naht sich Knopp und bang –

„Bäh!“ Nicht gut ist der Empfang.

Demutsvoll und treu und innig
Spricht er: „Doris, schau, da bin ich!“

Aber heftig stößt dieselbe –
Bubb! – ihn auf sein Leibgewölbe.

Dieses hat ihn sehr verdrossen.
Tief gekränkt, doch fest entschlossen,
Schreitet er mit stolzem Blick
Wieder ins Hotel zurück.

Heissa, jetzt ist Knopp dabei,
Kartenspiel und was es sei.

Elfe, zwölfe schlägt die Glocke;
Man genießt verschiedne Grocke.

Dreimal kräht des Hauses Hahn,
Bis der letzte Trunk getan.

Heimkehr

Knopp ist etwas schwach im Schenkel,
Drum so führt man ihn am Henkel.
Glücklich hat es sich getroffen,
Daß das Küchenfenster offen.

Man erhebt ihn allgemach,
Und dann schiebt man etwas nach.

Düster ist der Küchenraum;

Platsch! Man fällt und sieht es kaum.

Ratsam ist es, nachzuspähen,

Wo die Schwefelhölzer stehen.

Kracks! Da stößt das Nasenbein
Auf den offnen Küchenschrein.

Peinlich ist ihm das Gefühl;

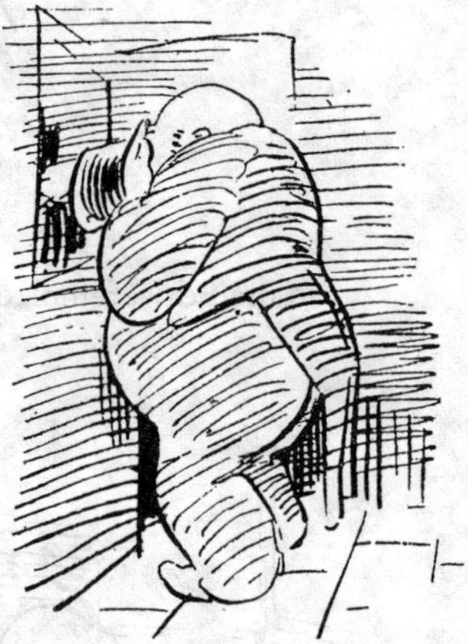

Aber er verfolgt sein Ziel.

Oha! – Wieder geht er irr.
Dieses ist das Milchgeschirr.

Dies dagegen ist die volle

Sanftgeschmeid'ge Butterstolle.

Doch hier hinten in der Ecke
Kommt er jetzt zu seinem Zwecke.

„Autsch!" Er schreit mit lautem Schalle
Und sitzt in der Mausefalle.

Jetzo kommt ihm der Gedanke,
Nachzuspüren auf dem Schranke.

Ach! Von Kopfe bis zu Fuß
Rinnt das gute Zwetschgenmus.

Doch zugleich mit dieser Schwärze
Kriegt er Feuerzeug und Kerze.

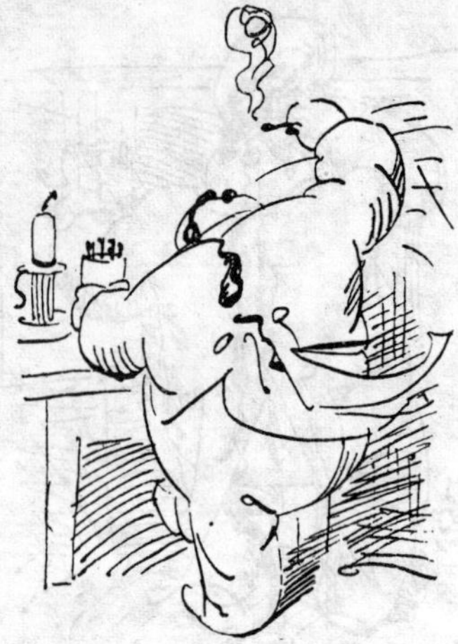

Freilich muß er häufig streichen,
Ohne etwas zu erreichen.

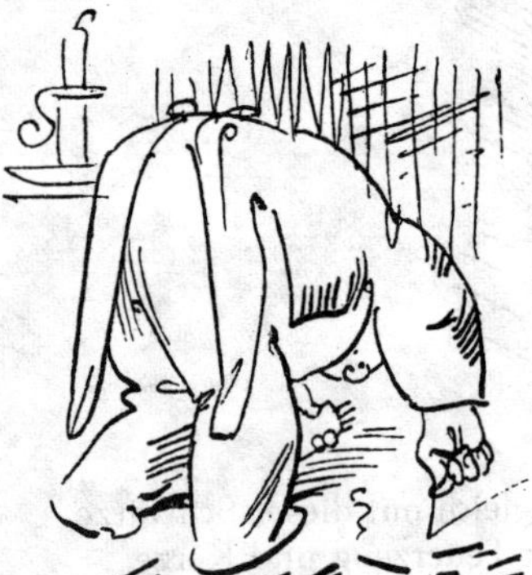

Aber endlich und zuletzt
Hat er's richtig durchgesetzt.

Jetzt zur Ruh sich zu begeben,
Ist sein sehnlichstes Bestreben.

Hier ist nun die Kammertür.
Ach, man schob den Riegel für.

Demnach muß er sich bequemen,
Auf der Schwelle Platz zu nehmen.

So ruht Knopp nach alledem
Fest, doch etwas unbequem.

Donner und Blitz

Hier sitzt Knopp am selbigen Morgen
Greulich brütend im Stuhl der Sorgen;
Tyrann vom Scheitel bis zur Zeh;
Und heftig tut ihm der Daumen weh.

Ei schau! Die Liese ist wiedergekommen!
Ist Knopp egal. Man hört ihn brommen.

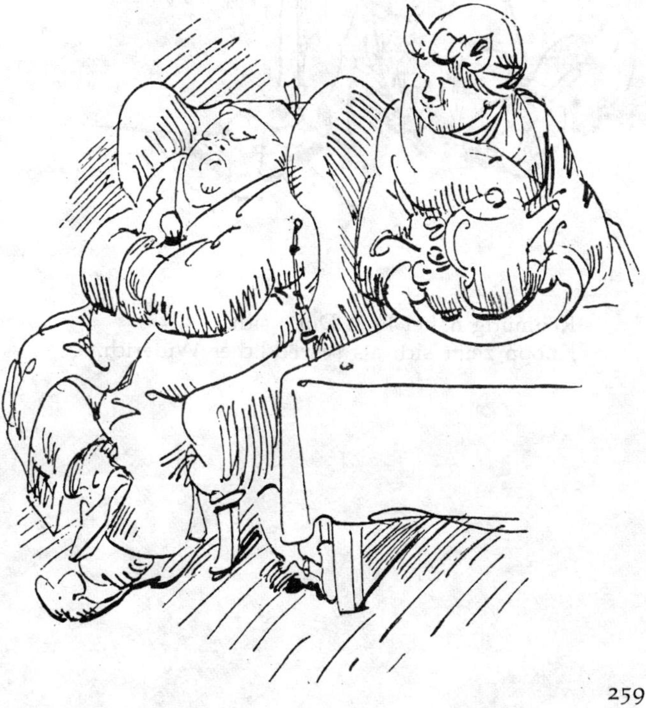

Reumütig nahet Frau Doris sich.
Knopp zeigt sich als schrecklicher Wüterich.

Perdatsch! – Mit einem großen Geklirr
Entfernt er das schöne Porzlangeschirr.

Dann klopft er über den ganzen Graus,
Ohne Rücksicht zu nehmen, die Pfeife aus.

Mit Tränen tritt Frau Doris hervor
Und sagt ihm ein leises Wörtchen ins Ohr.
Dies Wort fährt ihm wie Donner und Blitz
Durch Kopf, Herz, Leib in den Sorgensitz;

Und tief erschüttert und alsogleich
Zeigt er sich milde, gerührt und weich.

Ängstlicher Übergang und friedlicher Schluß

Wohlbekannt im ganzen Orte,
Mit der Klingel an der Pforte,
Ist die Brave, Ehrenwerte,
Ofterprobte, Vielbegehrte,
Welche sich Frau Wehmut schrieb;
Und ein jeder hat sie lieb. –

Mag es regnen oder schneen,
Mag der Wind auch noch so wehen,
Oder wär' sie selbst nicht munter,
Denn das kommt ja mal mitunter –
Kaum ertönt an ihrer Klingel
Das bekannte: Pingelpingel! –
Gleich so ist Frau Wehmut wach
Und geht ihrer Nahrung nach.

Heute ist sie still erschienen,
Um bei Knoppens zu bedienen.
Auf dem Antlitz Seelenruhe,
An den Füßen milde Schuhe,
Wärmt sie sorglich ihre Hände,
Denn der Sommer ist zu Ende.
Also tritt sie sanft und rein
Leise in die Kammer ein.

Auch den Doktor Pelikan
Sieht man ernstbedächtig nahn,
Und es sagt sein Angesicht:
Wie es kommt,
das weiß man nicht. –

Oh, was hat in diesen Stunden
Knopp für Sorgen durchempfunden.

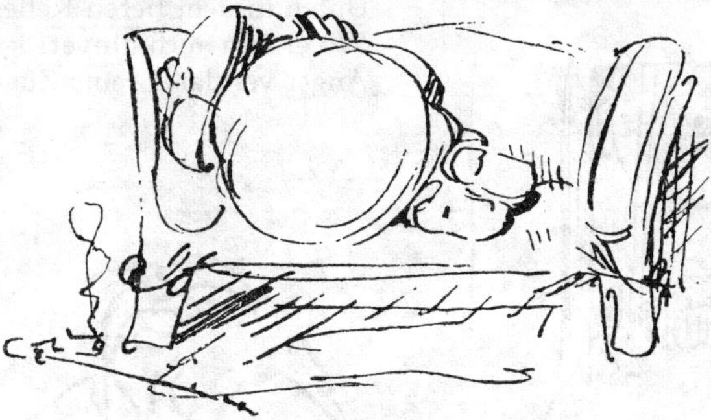

Rauchen ist ihm ganz zuwider.
Seine Pfeife legt er nieder.

Ganz vergebens tief im Pult
Sucht er Tröstung und Geduld.

Oben auf dem hohen Söller,

Unten in dem tiefen Keller,
Wo er sich auch hinverfüge,
Angst verkläret seine Züge.

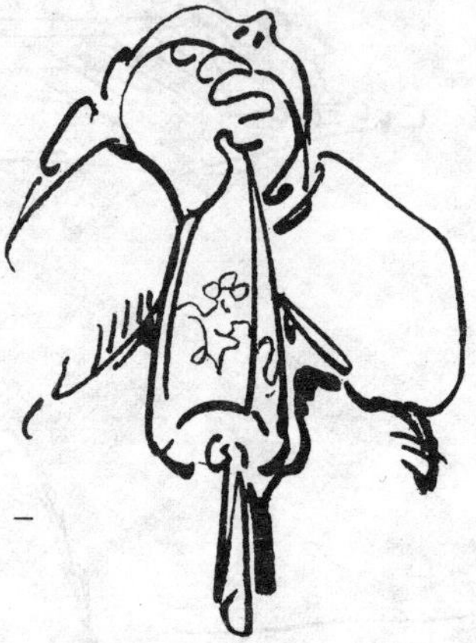

Ja, er greifet zum Gebet,
Was er sonst nur selten tät. –
Endlich öffnet sich die Türe,
Und es heißt: „Ich gratuliere!"
Friedlich lächelnd, voller Demut,
Wie gewöhnlich, ist Frau Wehmut. –
Stolz ist Doktor Pelikan,
Weil er seine Pflicht getan. –
Aber unser Vater Knopp
Ruft in einem fort: „Gottlob!"

Na, jetzt hat er seine Ruh. –

Ratsch! Man zieht den Vorhang zu.

Julchen

Vorbemerk

Vater werden ist nicht schwer,
Vater sein dagegen sehr.

Ersteres wird gern geübt,
Weil es allgemein beliebt.
Selbst der Lasterhafte zeigt,
Daß er gar nicht abgeneigt;
Nur will er mit seinen Sünden
Keinen guten Zweck verbinden,
Sondern, wenn die Kosten kommen,
Fühlet er sich angstbeklommen.

Dieserhalb besonders scheut
Er die fromme Geistlichkeit,
Denn ihm sagt ein stilles Grauen:
Das sind Leute, welche trauen. –

So ein böser Mensch verbleibt
Lieber gänzlich unbeweibt. –
Ohne einen hochgeschätzten
Tugendsamen Vorgesetzten
Irrt er in der Welt umher,
Hat kein reines Hemde mehr,
Wird am Ende krumm und faltig,
Grimmig, greulich, ungestaltig,
Bis ihn denn bei Nacht und Tag
Gar kein Mädchen leiden mag.
Onkel heißt er günst'gen Falles,
Aber dieses ist auch alles. –

Oh, wie anders ist der Gute!
Er erlegt mit frischem Mute
Die gesetzlichen Gebühren,
Läßt sich redlich kopulieren,
Tut im stillen hocherfreut
Das, was seine Schuldigkeit,
Steht dann eines Morgens da
Als ein Vater und Papa
Und ist froh aus Herzensgrund,
Daß er dies so gut gekunnt.

Julchen, das Wickelkind

Also, wie bereits besprochen:
Madame Knoppen ist in Wochen,
Und Frau Wehmut, welche kam
Und das Kind entgegennahm,
Rief und hub es in die Höh:
„Nur ein Mädel, ach herrje!"
(Oh, Frau Wehmut, die ist schlau;
So was weiß sie ganz genau!)

Freilich Knopp, der will sich sträuben,
Das Gesagte gleich zu gläuben;

Doch bald überzeugt er sich,
Lächelt etwas säuerlich
Und mit stillgefaßten Zügen
Spricht er: „Na, denn mit Vergnügen!"

Dieses Kind hat eine Tante,
Die sich Tante Julchen nannte;
Demnach kommt man überein,
Julchen soll sein Name sein.

Julchen, als ein Wickelkind,
Ist so, wie so Kinder sind.

Manchmal schläft es lang und feste,
Tief versteckt in seinem Neste.

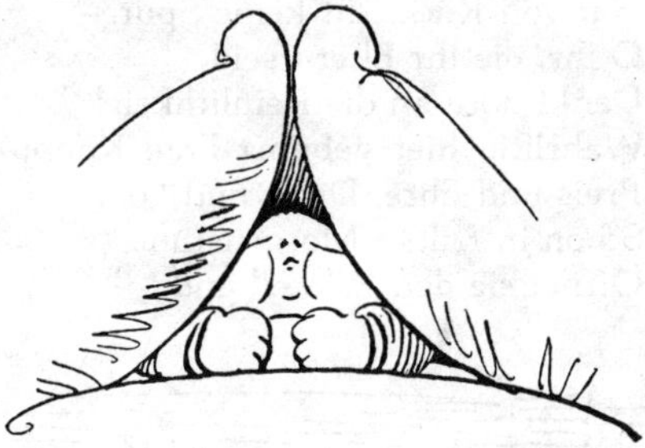

Manchmal mit vergnügtem Sinn
Duselt es so für sich hin.

Manchmal aber wird es böse,
Macht ein lautes Wehgetöse
Und gibt keine Ruhe nicht,
Bis es was zu lutschen kriegt. –

Sein Prinzip ist überhaupt:
Was beliebt, ist auch erlaubt;
Denn der Mensch als Kreatur
Hat von Rücksicht keine Spur. –
O ihr, die ihr Eltern seid,
Denkt doch an die Reinlichkeit!
Wahrlich, hier gebührt Frau Knopp
Preis und Ehre, Dank und Lob.
Schon in früher Morgenstund
Öffnet sie den Wickelbund,

Gleichsam wie ein Postpaket,
Worauf Knopp beiseite geht.
Mit Interesse aber sieht
Er, was fernerhin geschieht.

Macht man Julchens Nase reinlich,
So erscheint ihm „dieses“ peinlich.

Wie mit Puder man verfährt,
Dünkt ihm höchst bemerkenswert.

Freudevoll sind alle drei,
Wenn die Säuberung vorbei.

Nun mag Knopp sich gern bequemen,
Julchen auch mal hinzunehmen.
Flötend schöne Melodien,
Schaukelt er es auf den Knien.

Auf die Backe mit Genuß
Drückt er seinen Vaterkuß.

Eine unruhige Nacht

Eins, zwei, drei! Im Sauseschritt
Läuft die Zeit; wir laufen mit.

Julchen ist hübsch kugelrund
Und schon ohne Wickelbund. –

Es ist Nacht. – Frau Doris ruht,
Während Knopp das Seine tut.
Aber Julchen in der Wiegen
Will partout nicht stille liegen.
Er bedenkt, daß die Kamille
Manchmal manche Schmerzen stille.

Wirkungslos ist dieser Tee.
Julchen macht: „Rabä, rabä!"

Lieber Gott, wo mag's denn fehlen?
Oder sollte sonst was quälen?

Oh, wie gern ist Knopp erbötig,
Nachzuhelfen, wo es nötig.

Aber weh, es will nicht glücken,
Und nun klopft er sanft den Rücken. –

Oder will's vielleicht ins Bette,
Wo auf warmer Liegestätte
Beide Eltern in der Näh?
Nein, es macht: „Rabä, rabä!"

Schau! Auf einmal wird es heiter. –
Knopp begibt sich eilig weiter
Und bemerkt nur dieses noch:
„Ei, potztausend! Also doch!"

Ein festlicher Morgen

Eins, zwei, drei! Im Sauseschritt
Läuft die Zeit; wir laufen mit. –

Julchen ist schon sehr verständig
Und bewegt sich eigenhändig. –

Heut ist Feiertag; und siehe!
Schon streicht Knopp in aller Frühe
Luftig losen Seifenschaum
Auf des Bartes Stachelflaum.

Heut will er zur Messe gehn,
Denn da singt man denn so schön.

Frau Dorette trägt getreu
Frack und Biberhut herbei.

Julchen gibt indessen acht,
Was der gute Vater macht.

Bald ist seine Backe glatt,
Weil er darin Übung hat.

In die Kammer geht er nun.
Julchen macht sich was zu tun.

Gern ergreifet sie die Feder
An des Vaters Schreibkatheder.

Reizend ist die Kunstfigur
Einer Ticktacktaschenuhr.

Ach herrje! Es geht klabum!
Julchen schwebt; der Stuhl fällt um.

Allerdings kriegt Julchen bloß
Einen leichten Hinterstoß,
Doch die Uhr wird sehr versehrt
Und die Tinte ausgeleert. –

Schmiegsam, biegsam, mild und mollig
Ist der Strumpf, denn er ist wollig.

Drum wird man ihn gern benutzen,
Um damit was abzuputzen. –

Wohlbesorgt ist dieses nun.
Julchen kann was andres tun.

Keine Messer schneiden besser
Wie des Vaters Putzemesser.
Wozu nützen, warum sitzen
An dem Frack die langen Spitzen?
Hier ein Schnitt und da ein Schnitt,
Ritscheratsche, weg damit. –

Wohlbesorgt ist dieses nun.
Julchen kann was andres tun. –

In des Vaters Pfeifenkopf
Setzt sich oft ein fester Pfropf,
Ja, was schlimmer, die bewußte
Alte, harte, schwarze Kruste;

Und der Raucher sieht es gerne,
Daß man sie daraus entferne.
Wohlbesorgt ist dieses nun.
Julchen kann was andres tun. –

Stattlich ist der Biberhut;
Manchmal paßt er nur nicht gut.

Niemals soll man ihn benützen,
Um bequem darauf zu sitzen.

Seht, da kommt der Vater nun,
Um den Frack sich anzutun.

Schmerzlich sieht er, was geschehn,
Und kann nicht zur Messe gehn.

Böse Knaben

Eins, zwei, drei! Im Sauseschritt
Läuft die Zeit; wir laufen mit. –

Unsre dicke, nette Jule
Geht bereits schon in die Schule,

Und mit teilnahmsvollem Sinn
Schaut sie gern nach Knaben hin.

Einer, der ihr nicht gefiel,
Das ist Dietchen Klingebiel.

Ferdinandchen Mickefett
Scheint ihr nicht besonders nett.

Peter Sutitt, frech und dick,
Hat natürlich auch kein Glück.

Försters Fritze, blond und kraus,
Ja, der sieht schon besser aus.

Keiner kann wie er so schön
Grade auf dem Kopfe stehn;

Und das Julchen lacht und spricht:
„So wie Fritze könnt ihr's nicht!"

Kränkend ist ein solches Wort.
Julchen eilt geschwinde fort.
Knubbs! Da stoßen die drei Knaben
Julchen in den feuchten Graben.

Und sie fühlen sich entzückt,
Daß der Streich so gut geglückt.

Wartet nur, da kommt der Fritze!
Schwapp, sie liegen in der Pfütze.

Fritz ist brav und sanft und spricht:
„Gutes Julchen, weine nicht!"

Julchens Kleid ist zu beklagen.
Knopp, der muß die Kosten tragen.

Vatersorgen

Eins, zwei, drei! Im Sauseschritt
Läuft die Zeit; wir laufen mit. –

Julchen ist nun wirklich groß,
Pfiffig, fett und tadellos,

Und der Vater ruft: „Was seh' ich?
Die Mamsell ist heiratsfähig!"

Dementsprechend wäre ja
Mancher gute Jüngling da.

Da ist Sutitt; aber der
Praktiziert als Vetrinär.

Da ist Mickefett; doch dieser
Ist Apthekereiproviser.

Da ist Klingebiel; was ist er?
Sonntags Kanter, alltags Küster.

Und dann Fritz, der Forstadjunkt,
Das ist auch kein Anhaltspunkt.
Einfach bloß als Mensch genommen
Wäre dieser höchst willkommen,

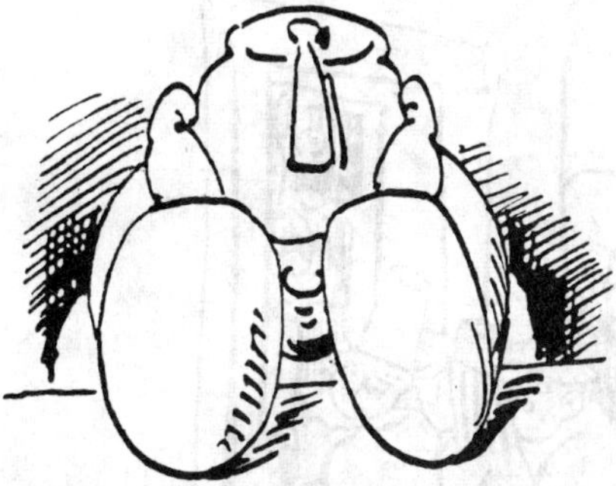

Nur muß Knopp sich dann entschließen,
Ganz bedeutend zuzuschießen. – –
Kurz gesagt mit wenig Worten,
Ob auch Knopp nach allen Orten
Seine Vaterblicke richte,
Nirgends paßt ihm die Geschichte. –

Anderseits, wie das so geht,
Mangelt jede Pietät.
Man ist fürchterlich verliebt,
Ohne daß man Achtung gibt
Oder irgendwie bedenkt,
Ob man alte Leute kränkt.
Selten fragt sich so ein Tor:
„Was geht in den Eltern vor?" –

Ja, so ist die Jugend heute! –
Schrecklich sind die jungen Leute
Hinter Knoppens Julchen her,
Und recht sehr gefällt es der. –
Was hat Knopp doch für Verdruß,
Wenn er das bemerken muß! –

Hier zum Beispiel abends spät,
Wie er still nach Hause geht;
Sieht er nicht mit Stirnefalten,
Wie drei männliche Gestalten

Emsig spähend da soeben
Starr vor Julchens Fenster kleben?

Zornig mit dem Wanderstab
Stochert er sie da herab.
Er verursacht großen Schreck,
Doch den Ärger hat er weg.

Herzverlockende Künste

Wohl mit Recht bewundert man
Einen Herrn, der reiten kann. –

Herzgewinnend zeigt sich hier
Sutitt auf dem Satteltier. –
Doch die Wespen in der Mauer
Liegen heimlich auf der Lauer;
Sie sind voller Mißvertrauen,
Als sie einen Reiter schauen.

Hopps! Der Rappe springt und schnaubt,
Hebt den Schwanz und senkt das Haupt;

Und am Halse hängt der Reiter. –
Er ist ängstlich, Knopp ist heiter. –

Dahingegen Klingebiel
Hofft vermittelst Saitenspiel
Julchens Seele zu entzücken
Und mit Tönen zu umstricken.
Dazu hat er sich gedichtet,
Aufgesetzt und hergerichtet

Ein gar schönes Schlummerlied,
Horch! Er singt es voll Gemüt.

Ständchen

Der Abend ist so mild und schön.
Was hört man da für ein Getön?
„Sei ruhig, Liebchen, das bin ich,
Dein Dieterich,
Dein Dietrich singt so inniglich!
Nun kramst du wohl bei Lampenschein
Herum in deinem Kämmerlein;
Nun legst du ab der Locken Fülle,
Das Oberkleid, die Unterhülle;
Nun kleidest du die Glieder wieder
In reines Weiß und legst dich nieder.
Oh, wenn dein Busen sanft sich hebt,
So denk, daß dich mein Geist umschwebt.
Und kommt vielleicht ein kleiner Floh
Und krabbelt so –
Sei ruhig, Liebchen, das bin ich,
Dein Dieterich,
Dein Dietrich, der umflattert dich!"

Platsch! – Verstummt ist schnell und bang
Nachtgesang und Lautenklang.

Eilig strömt der Sänger weiter;
Er ist traurig, Knopp ist heiter. –

Die Tante auf Besuch

Unvermutet, wie zumeist,
Kommt die Tante zugereist.

Herzlich hat man sie geküßt,
Weil sie sehr vermöglich ist.

Unser Julchen, als es sah,
Daß die gute Tante da,
Weiß vor Freude nicht zu bleiben
Und hat allerlei zu schreiben. –

Sutitt hielt vor großem Kummer
Grade einen kleinen Schlummer.
Froh wird er emporgeschnellt,
Als er dies Billett erhält:

„Weißt Du, wo die Rose blüht?
Komm zu mir, wenn's keiner sieht!"

Stolz und schleunig diese Zeilen
Mickefetten mitzuteilen,
Eilt er zur Aptheke hin.

Ach, wie wurde dem zu Sinn;
Plump! So fällt ihm wie ein Stein
Neidgefühl ins Herz hinein.
Aber sagen tut er nichts. –
Scheinbar heitern Angesichts
Mischt er mancherlei Essenzen,

Um's dem Freunde zu kredenzen
Unter Glück= und Segenswunsch;

Und dem Freunde schmeckt der Punsch. –
Hoffnungsvoll, beredt und heiter
Schlürft er arglos immer weiter.

Aber plötzlich wird er eigen,
Fängt sehr peinlich an zu schweigen

Und erhebt sich von dem Sitz.
„Ei“, ruft Mickefett, „potzblitz!
Bleib doch noch ein wenig hier!“

Schnupp! Er ist schon aus der Tür. –

Mickefett voll List und Tücke
Wartet nicht, bis er zurücke,
Sondern schleicht als falscher Freund,
Wo ihm Glück zu winken scheint. –

Seht, da steigt er schon hinein.
Freudig zittert sein Gebein.

Und er küßt die zarte Hand,
Die er da im Dunkeln fand.

Und er hält mit Liebeshast
Eine Nachtgestalt umfaßt. –
Mickefett! Das gibt Malheur,
Denn die Tante liebt nicht mehr! –

Ängstlich schnelle, laut und helle
Schwingt sie in der Hand die Schelle.

Schwerbewaffnet kommt man jetzt.
Mickefett ist höchst entsetzt.

Schamverwirrt und voller Schrecken
Will er sich sogleich verstecken.
Aber autsch! Der Säbel ritzt,
Weil er vorne zugespitzt.

Schmerzgefühl bei großer Enge
Wirkt ermüdend auf die Länge.

Bratsch! Mit Rauschen und Geklirr
Leert sich jedes Waschgeschirr.

Man ist sehr verwirrt und feucht.
Mickefett entschwirrt und fleucht.

Schmerzlich an den Stoff der Hose
Heftet sich die Dornenrose.

Das Gartenhaus

Liebe – sagt man schön und richtig –
Ist ein Ding, was äußerst wichtig.
Nicht nur zieht man in Betracht,
Was man selber damit macht,
Nein, man ist in solchen Sachen
Auch gespannt, was andre machen. –

Allgemein von Mund zu Munde
Geht die ahnungsvolle Kunde,
Sozusagen ein Gemunkel,
Daß im Garten, wenn es dunkel,
Julchen Knopp mit Försters Fritze
Heimlich wandle oder sitze. –

Diese Sage hat vor allen
Drei Personen sehr mißfallen,
Die sich leider ganz entzweit
Durch die Eifersüchtigkeit.
Jeder hat sich vorgenommen:
Ei, da muß ich hinter kommen.

Hier schleicht Sutitt schlau heraus
Zu Herrn Knoppens Gartenhaus,
Wo das Gartenbaugerät
Wohlverwahrt und trocken steht.

Husch! Er schlüpft in das Salett,
Denn es naht sich Mickefett.

Husch! Der zögert auch nicht viel,
Denn es naht sich Klingebiel.

Husch! Auch der drückt sich hinein,
Denn hier naht im Mondenschein,
Wie wohl zu vermuten war,
Das bewußte Liebespaar.

Oh, wie peinlich muß es sein,
Wenn man so als Feind zu drein
Engbedrückt zusammen sitzt
Und vor Zorn im Dunkeln schwitzt! –

Siehste wohl! Da geht es plötzlich
Rumpelpumpel, ganz entsetzlich.
Alles Gartenutensil
Mischt sich in das Kampfgewühl;

Und, rabum! Zum Überfluß
Löst sich laut der Flintenschuß.

Husch! Da schlupfen voller Schreck
Fritz und Julchen ins Versteck;
Denn schon zeigt sich in der Ferne
Vater Knopp mit der Laterne.

Knipp, der Hund, kratzt an der Tür.
Knopp, der denkt: Was hat er hier?

Starr und staunend bleibt er stehn
Mit dem Ruf: „Was muß ich sehn?"
Dann mit Fassung in den Zügen
Spricht er: „Na, ihr könnt euch kriegen!"
Jetzt kommt Mutter, jetzt kommt Tante,
Beide schon im Nachtgewande.

Oh, das war mal eine schöne
Rührende Familienszene! –

Ende

Feierlich, wie sich's gebührt,
Ward die Trauung ausgeführt. –
Hierbei leitet Klingebiel
Festgesang und Orgelspiel
Unter leisem Tränenregen,
Traurig, doch von Amtes wegen;
Während still im Kabinett
Sutitt und Herr Mickefett
Hinter einer Flasche Wein
Ihren Freundschaftsbund erneu'n.
Knopp, der hat hienieden nun
Eigentlich nichts mehr zu tun. –
Er hat seinen Zweck erfüllt. –
Runzlig wird sein Lebensbild. –
Mütze, Pfeife, Rock und Hose
Schrumpfen ein und werden lose,
So daß man bedenklich spricht:
„Hört mal, Knopp gefällt mir nicht!"

In der Wolke sitzt die schwarze
Parze mit der Nasenwarze,
Und sie zwickt und schneidet, schnapp!
Knopp sein Lebensbändel ab.

Na, jetzt hat er seine Ruh!
Ratsch! Man zieht den Vorhang zu.

Fipps der Affe

Anfang

Pegasus, du alter Renner,
Trag mich mal nach Afrika,
Alldieweil so schwarze Männer
Und so bunte Vögel da.

Kleider sind da wenig Sitte;
Höchstens trägt man einen Hut,
Auch wohl einen Schurz der Mitte;
Man ist schwarz und damit gut. –

Dann ist freilich jeder bange,
Selbst der Affengreis entfleucht,
Wenn die lange Brillenschlange
Zischend von der Palme kreucht.

Kröten fallen auf den Rücken,
Ängstlich wird das Bein bewegt;
Und der Strauß muß heftig drücken,
Bis das große Ei gelegt.

Krokodile weinen Tränen,
Geier sehen kreischend zu;
Sehr gemein sind die Hyänen;
Schäbig ist der Marabu.

Nur die Affen, voller Schnacken,
Haben Vor= und Hinterhand;
Emsig mümmeln ihre Backen;
Gerne hockt man beieinand'.

Papa schaut in eine Stelle,
Onkel kratzt sich sehr geschwind,
Tante kann es grad so schnelle,
Mama untersucht das Kind.

Fipps – so wollen wir es nennen. –
Aber wie er sich betrug,
Wenn wir ihn genauer kennen,
Ach, das ist betrübt genug.

Selten zeigt er sich beständig,
Einmal hilft er aus der Not;
Anfangs ist er recht lebendig,
Und am Schlusse ist er tot.

Erstes Kapitel

Der Fipps, das darf man wohl gestehn,
Ist nicht als Schönheit anzusehn.

Was ihm dagegen Wert verleiht,
Ist Rührig= und Betriebsamkeit.
Wenn wo was los, er darf nicht fehlen;
Was ihm beliebt, das muß er stehlen;
Wenn wer was macht, er macht es nach;
Und Bosheit ist sein Lieblingsfach.

Es wohnte da ein schwarzer Mann,
Der Affen fing und briet sie dann.

Besonders hat er junge gern,
Viel lieber als die ältern Herrn.
„Ein alter Herr ist immer zäh!"
So spricht er oft und macht: „Bäbä!"

Um seine Zwecke zu erfüllen,
Wählt er drei leere Kürbishüllen.
Für auf den Kopf die große eine,
Für an die Hände noch zwei kleine.

So kriecht er in ein Bündel Stroh,

Macht sich zurecht und wartet so. –
Dies hat nun allerdings den Schein,
Als ob hier schöne Früchte sein.

Fipps, der noch nie so große sah,
Kaum sieht er sie, so ist er da.

Er wählt für seinen Morgenschmaus
Sich gleich die allergrößte aus.

Doch wie er oben sich bemüht,
Erfaßt ihn unten wer und zieht,
Bis das an jeder Hinterhand
Ringsum ein Kürbis sich befand.

So denkt ihn froh und nach Belieben
Der böse Mann nach Haus zu schieben.

An dieses Mannes Nase hing
Zu Schmuck und Zier ein Nasenring.
Fipps faßt den Reif mit seinem Schweif.
Der Schwarze wird vor Schrecken steif.

Die Nase dreht sich mehre Male
Und bildet eine Qualspirale.

Jetzt biegt der Fipps den langen Ast,
Bis er den Ring der Nase faßt.

Dem Neger wird das Herze bang,
Die Seele kurz, die Nase lang.

Am Ende gibt es einen Ruck,
Und oben schwebt der Nasenschmuck.

Der Schwarze aber aß seit dieser
Begebenheit fast nur Gemüser.

Zweites Kapitel

Natürlich läßt Fipps die ekligen Sachen,
Ohne neidisch zu sein, von anderen machen.
Dagegen aber, wenn einer was tut,
Was den Anschein hat, als tät' es ihm gut,
Gleich kommt er begierig und hastig herbei,
Um zu prüfen, ob's wirklich so angenehm sei.

Mal saß er an des Ufers Rand
Auf einer Palme, die dorten stand.
Ein großes Schiff liegt auf dem Meer;
Vom Schiffe schaukelt ein Kahn daher.

Im kleinen Kahn, da sitzt ein Mann,
Der hat weder Schuhe noch Stiefel an;
Doch vor ihm steht ganz offenbar
Ein großes und kleines Stiefelpaar.

Das kleine, das er mit sich führt,
Ist innen mit pappigem Pech beschmiert;

Und wie der Mann an das Ufer tritt,
Bringt er die zwei Paar Stiefel mit.

Er trägt sie sorglich unter dem Arm
Und jammert dabei, daß es Gott erbarm'.

Kaum aber ziehet der Trauermann
Sich einen von seinen Stiefeln an,
So mildern sich schon ganz augenscheinlich
Die Schmerzen, die noch vor kurzem so peinlich,

Und gar bei Stiefel Numero zwei
Zeigt er sich gänzlich sorgenfrei.

Dann sucht er im fröhlichen Dauerlauf
Den kleinen Nachen wieder auf
Und läßt aus listig bedachtem Versehn
Das kleine Paar Stiefel am Lande stehn.

Ratsch, ist der Fipps vom Baum herunter,
Ziehet erwartungsvoll und munter

Die Stiefel an seine Hinterglieder,
Und schau! Der lustige Mann kommt wieder.

O weh! Die Stiefel an Fippsens Bein
Stören die Flucht. Man holt ihn ein.

Vergebens strampelt er ungestüm,
Der Schiffer geht in den Kahn mit ihm.

Zum Schiffe schaukelt und strebt der Kahn,
Das Schiff fährt über den Ozean,
Und selbiger Mann (er schrieb sich Schmidt)
Nimmt Fipps direkt nach Bremen mit.

Drittes Kapitel

Zu Bremen lebt gewandt und still
Als ein Friseur der Meister Krüll,

Und jedermann in dieser Stadt,
Wer Haare und wer keine hat,
Geht gern zu Meister Krüll ins Haus
Und kommt als netter Mensch heraus.
Auch Schmidt läßt sich die Haare schneiden.
Krüll sieht den Affen voller Freuden,

Er denkt: Das wäre ja vor mir
Und meine Kunden ein Pläsier.
Und weil ihn Schmidt veräußern will,
So kauft und hat ihn Meister Krüll.
Es kam mal so und traf sich nun,
Daß Krüll, da anders nichts zu tun,
In Eile, wie er meistens tat,
Das Seitenkabinett betrat,
Wo er die Glanzpomade kocht,
Perücken baut und Zöpfe flocht,
Kurz, wo die kunstgeübte Hand
Vollendet, was der Geist erfand.
Zur selben Zeit erscheint im Laden,
Mit dünnem Kopf und dicken Waden,
Der schlichtbehaarte Bauer Dümmel,
Sitzt auf den Sessel, riecht nach Kümmel

Und hofft getrost, daß man ihn schere,
Was denn auch wirklich nötig wäre.
Wipps – sitzt der Fipps auf seinem Nacken,
Um ihm die Haare abzuzwacken.

Die Schere zwickt, die Haare fliegen;
Dem Dümmel macht es kein Vergnügen.

Oha! Das war ein scharfer Schnitt,
Wodurch des Ohres Muschel litt.

„Hör upp!" schreit Dümmel schmerzensbange.
Doch schon hat Fipps die Kräuselzange.

Das Eisen glüht, es zischt das Ohr,
Ein Dampfgewölk steigt draus hervor.

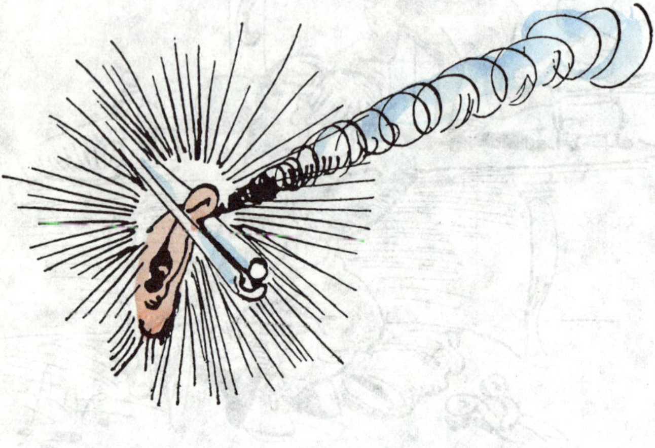

Die Schönheit dieser Welt verschwindet,
Und nur der Schmerz zieht, bohrt und mündet
In diesen einen Knotenpunkt,

Den Dümmel hier ins Wasser tunkt. –

Der Meister kommt. – Hoch schwingt die Rechte,
Wie zum Gefechte, eine Flechte.

Der Spiegel klirrt, die Hand erlahmt;
Der Meister Krüll ist eingerahmt.

Mir scheint, ich bin hier unbeliebt!
Denkt Fipps, der sich hinwegbegibt.

Viertes Kapitel

Dämmrung war es, als Adele
Mit dem Freunde ihrer Seele,
Der so gerne Pudding aß,
Traulich bei der Tafel saß.

„Pudding", sprach er, „ist mein Bestes!"
Drum zum Schluß des kleinen Festes
Steht der wohlgeformte große
Pudding mit der roten Soße
Braun und lieblich duftend da,
Was der Freund mit Wonne sah.

Aber, ach du meine Güte,
Plötzlich stockt das Herzgeblüte. –

Angelockt von Wohlgerüchen
Hat sich Fipps herbeigeschlichen,
Um mit seinen gier'gen Händen
Diesen Pudding zu entwenden,
Hergestellt mit großem Fleiß.

Ätsch! Die Sache ist zu heiß! –

Ärgerlich ist solche Hitze.
Schlapp! Der Freund hat eine Mütze

Tief bis über beide Backen.
Platsch! Und in Adelens Nacken,
Tief bis unten in das Mieder,
Rinnt die rote Soße nieder.

So wird oft die schönste Stunde
In der Liebe Seelenbunde
Durch Herbeikunft eines Dritten
Mitten durch- und abgeschnitten;
Und im Innern wehmutsvoll
Tönt ein dumpfes Kolleroll!

Fünftes Kapitel

Für Fipps wird es dringende Essenszeit. –
Mit fröhlicher Gelenkigkeit
Durch eine Seitengasse entflieht er
Und schleicht in den Laden von einem Konditer.

Da gibt es schmackhafte Kunstgebilde,
Nicht bloß härtliche, sondern auch milde;
Da winken Krapfen und Mohrenköpfe,
Künstlich geflochtene Brezen und Zöpfe;
Auch sieht man da für gemischtes Vergnügen
Mandeln, Rosinen et cetera liegen. –

„Horch!" ruft voll Sorge Konditor Köck.
„Was rappelt da zwischen meinem Gebäck?"

Die Sorge wandelt sich in Entsetzen,
Denn da steht Fipps mit Krapfen und Brezen.
Die Brezen trägt er in einer Reih
Auf dem Schwanz, als ob es ein Stecken sei,
Und aufgespießt, gleich wie auf Zapfen,
An allen vier Daumen sitzen die Krapfen.
Zwar Köck bemüht sich, daß er ihn greife
Hinten bei seinem handlichen Schweife,
Doch weil er soeben den Teig gemischt,
So glitscht er ab, und der Dieb entwischt.

Nichts bleibt ihm übrig als lautes Gebröll,
Und grad kommt Mieke, die alte Mamsell.

Unter hellem Gequieke fällt diese Gute
Platt auf die Steine mit Topf und Tute.
Durch ihre Beine eilt Fipps im Sprunge.
Ihn wirft ein schwärzlicher Schusterjunge

Mit dem Stulpenstiefel, der frisch geschmiert,
So daß er die schönen Krapfen verliert.

Auch wartet ein Bettelmann auf der Brücken
Mit einem Buckel und zween Krücken.

Derselbe verspürt ein großes Verlangen,
Die Brezeln vermittelst der Krücke zu fangen;

Dies kommt ihm aber nicht recht zunütze,
Denn Fipps entzieht ihm die letzte Stütze. –
Da liegt er nun wie ein Käfer am Rücken. –
Fipps aber begibt sich über die Brücken
Und eilet gar sehr beängstigt und matt
Mit der letzten Brezel aus dieser Stadt. –
Schon ist es dunkel und nicht geheuer,

Er schwingt sich über ein Gartengemäuer.
Hier hofft er auf angenehm nächtliche Ruh.

Klapp – schnappt die eiserne Falle zu. –

Sofort tritt aus dem Wohngebäude
Ein Herr und äußert seine Freude.
„Aha!“ So ruft er. „Du bist wohl der,
Der Hühner stiehlt? Na, denn komm her!“

Hiermit schiebt er ihn vergnüglich
In einen Sack. Und unverzüglich

Ohne jede weitre Besichtigung
Beginnt er die schmerzhafte Züchtigung.

Drauf schließt er ihn für alle Fälle
In einen der leeren Hühnerställe,
Damit er am andern Morgen sodann
Diesen Bösewicht näher besichtigen kann.

Sechstes Kapitel

Wer vielleicht zur guten Tat
Keine rechte Neigung hat,
Dem wird Fasten und Kastein
Immerhin erfrischend sein. –

Als der Herr von gestern abend,
Fest und wohl geschlafen habend
(Er heißt nämlich Doktor Fink),
Morgens nach dem Stalle ging,
Um zu sehn, wen er erhascht –
Ei, wie ist er überrascht,
Als bescheiden, sanft und zahm,
Demutsvoll und lendenlahm,

Fipps aus seinem Sacke steigt,
Näher tritt und sich verneigt.

Lächelnd reicht Frau Doktorin
Ihm den guten Apfel hin,
Und das dicke, runde, fette,
Nette Kindermädchen Jette
Mit der niedlichen Elise,
Ei herrje! Wie lachten diese. –

Zwei nur finden's nicht am Platze;
Schnipps, der Hund, und Gripps, die Katze,
Die nicht ohne Mißvertrauen
Diesen neuen Gast beschauen.

Fipps ist aber recht gelehrig
Und beträgt sich wie gehörig.
Morgens früh, so flink er kann,
Steckt er Fink die Pfeife an.

Fleißig trägt er dürre Reiser,
Ja, Kaffee zu mahlen weiß er,
Und sobald man musiziert,
Horcht er still, wie sich's gebührt.
Doch sein innigstes Vergnügen
Ist, Elisen sanft zu wiegen,
Oder, falls sie mal verdrossen,
Zu erfreun durch schöne Possen.

Kurz, es war sein schönster Spaß,
Wenn er bei Elisen saß.
Dafür kriegt er denn auch nun
Aus verblümtem Zitzkattun
Eine bunte und famose
Hinten zugeknöpfte Hose;
Dazu, reizend von Geschmack,
Einen erbsengrünen Frack;

Und so ist denn gegenwärtig
Dieser hübsche Junge fertig.

Siebentes Kapitel

Elise schläft in ihrer Wiegen.
Fipps paßt geduldig auf die Fliegen. –
Indessen denkt die runde Jette,
Was sie wohl vorzunehmen hätte;

Sieht eine Wespe, die verirrt
Am Fenster auf und nieder schwirrt,

Und treibt das arme Stacheltier
In eine Tute von Papier.

Sanft lächelnd reicht sie ihm die Tute,
Damit er Gutes drin vermute.

Er öffnet sie geschickt und gern,
Denn jeder Argwohn liegt ihm fern.

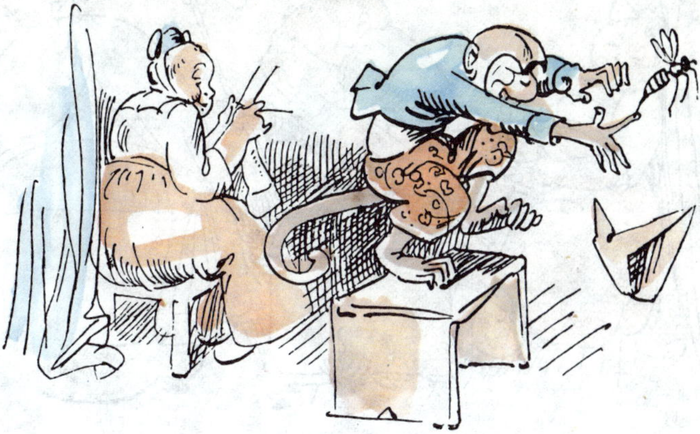

Schnurr pick! Der Stachel sitzt am Finger.
Der Schmerz ist gar kein so geringer.

Doch Fipps hat sich alsbald gefaßt,
Zermalmt das Ding, was ihm verhaßt,

Setzt sich dann wieder an die Wiegen
Und paßt geduldig auf die Fliegen. –
Vor allem eine ist darunter,
Die ganz besonders frech und munter.
Jetzt sitzt sie hier, jetzt summt sie da,
Bald weiter weg, bald wieder nah.

Jetzt krabbelt sie auf Jettens Jacke,

Jetzt wärmt sie sich auf Jettens Backe.
Das gute Kind ist eingenickt.
Kein Wunder, wenn sie nun erschrickt,

Denn, schlapp! Die Fliege traf ein Hieb,

Woran sie starb und sitzenblieb. –
Fipps aber hockt so friedlich da,
Als ob dies alles nicht geschah,

Und schließet seine Augen zu
Mit abgefeimter Seelenruh.

Achtes Kapitel

Kaum hat mal einer ein bissel was,
Gleich gibt es welche, die ärgert das. –
Fipps hat sich einen Knochen stibitzt,
Wo auch noch ziemlich was drannen sitzt.

Neidgierig hocken im Hintergrund
Gripps, der Kater, und Schnipps, der Hund.

Wauwau! Sie sausen von ihrem Platze.
Happs! macht der Hund, kritzekratze! die Katze,

Daß Fipps in ängstlichem Seelendrang
Eilig auf einen Schrank entsprang,
Allwo man aufbewahren tät
Mancherlei nützliches Handgerät.

Und Gripps, der Kater, und Schnipps, der Hund,
Schleichen beschämt in den Hintergrund.

Fipps aber knüpft mit der Hand gewandt
Den Knochen an ein Band, das er fand,
Und schlängelt dasselbe voller List
Durch einen Korb, welcher löchrig ist.

Sogleich folgt Gripps dem Bratengebein

Bis tief in das Korbgeflecht hinein.

Schwupp – hat ihn der Fipps drin festgedrückt,
Und mit der Zange, die beißt und zwickt,
Entfernt er sorgsam die scharfen Klauen.

Ach, wie so kläglich muß Gripps miauen,
Denn grade in seinen Fingerspitzen
Hat er die peinlichsten Nerven sitzen.

Jetzt wird auch noch der Schweif gebogen
Und durch des Korbes Henkel gezogen.
Mit einer Klammer versieht er ihn,
Damit er nicht leichtlich herauszuziehn.
Schnipps, der Hund, schnappt aber derweilen
Den Knochen und möchte von dannen eilen.

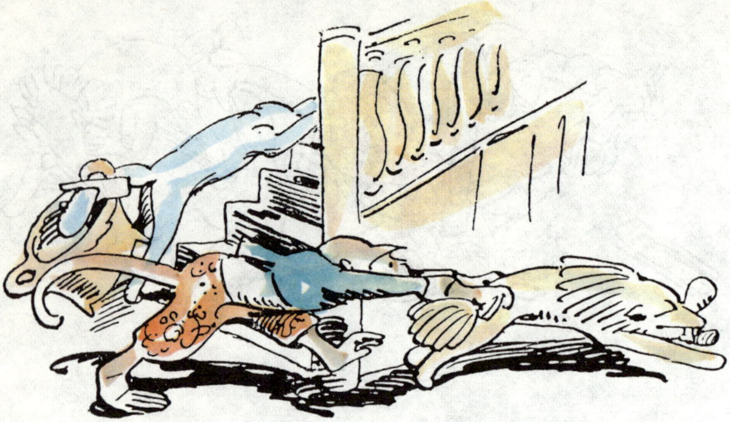

Dieses gelingt ihm jedoch nicht ganz,
Denn Fipps erwischt ihn bei seinem Schwanz

Und schwingt ihn solchermaßen im Kreis,
Bis er nichts Gescheits mehr zu denken weiß.

Hiernach, gewissermaßen als Schlitten,
Zieht er ihn durch des Hofes Mitten

Und läßt ihn dorten mal soeben
Über dem Abgrund des Brunnens schweben,
Wo ein schwäch= und ängstlich Gemüt
Nur ungern hängt und hinuntersieht.

Drauf so führt er ihn hinten nach
An des Daches Rinne bis auf das Dach

Und lehnt ihn über den Schlot allhier.
Daraus geht ein merklicher Dampf herfür. –
Dem Auge höchst peinlich ist der Rauch,
Auch muß man niesen und husten auch,
Und schließlich denkt man nichts weiter als bloß:
Jetzt wird's mir zu dumm, und ich lasse los.
So wird dieser Rauch immer stärker und stärker,
Schnipps fällt rücküber und auf den Erker,

Doch Gripps, der grad aus der Luke fährt,
Fühlt plötzlich, ihm wird der Korb beschwert.

Hulterpulter, sie rumpeln in großer Hast
Vom Dach und baumeln an einem Ast.

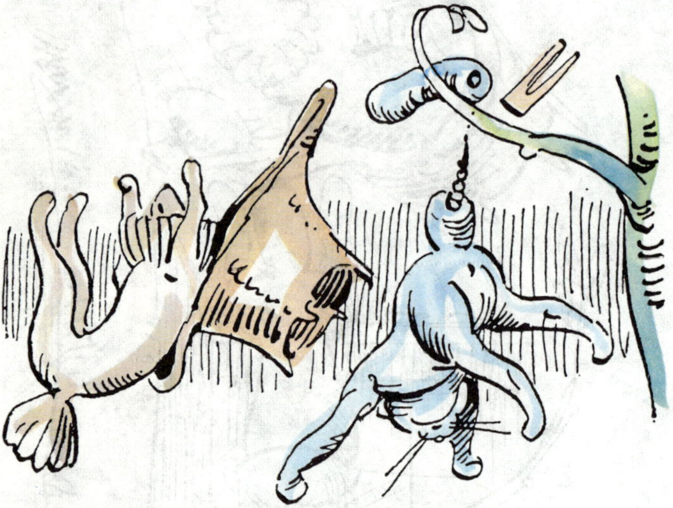

Hier trennt man sich nicht ohne Pein.

Und jeder ist wieder
für sich allein.

Seitdem war Fipps von diesen zween
Als Meister verehrt und angesehn.

Neuntes Kapitel

Mit Recht erscheint uns das Klavier,
Wenn's schön poliert, als Zimmerzier.
Ob's außerdem Genuß verschafft,
Bleibt hin und wieder zweifelhaft.

Auch Fipps fühlt sich dazu getrieben,
Die Kunst in Tönen auszuüben.
Er zeigt sich wirklich sehr gewandt,
Selbst mit der linken Hinterhand.

Und braucht er auch die Rechte noch,
Den Apfel, den genießt er doch.

Zu Kattermäng gehören zwei,
Er braucht sich bloß allein dabei.

Piano klingt auf diese Weise
Besonders innig, weich und leise.

Jetzt stimmen ein mit Herz und Mund
Der Kater Gripps und Schnipps, der Hund.

Bei dem Duett sind stets zu sehn
Zwei Mäuler, welche offenstehn.

Oft wird es einem sehr verdacht,
Wenn er Geräusch nach Noten macht.
Der Künstler fühlt sich stets gekränkt,
Wenn's anders kommt, als wie er denkt.

Zehntes Kapitel

Wöhnlich im Wechselgespräch
beim angenehm schmeckenden Portwein

Saßen Professor Klöhn und Fink, der würdige Doktor.
Aber jener beschloß, wie folgt, die belehrende Rede:
„O verehrtester Freund!
Nichts gehet doch über die hohe Weisheit
der Mutter Natur. –
Sie erschuf ja so mancherlei Kräuter,

Harte und weiche zugleich,
doch letztere mehr zu Gemüse.
Auch erschuf sie die Tiere, erfreulich,
harmlos und nutzbar;

Hüllte sie außen in Häute,
woraus man Stiefel verfertigt,
Füllte sie innen mit Fleisch
von sehr beträchtlichem Nährwert;
Aber erst ganz zuletzt,
damit er es dankend benutze,
Schuf sie des Menschen Gestalt
und verlieh ihm die Öffnung des Mundes.
Aufrecht stehet er da,
und alles erträgt er mit Würde."

Also sprach der Professor,
erhub sich
und setzte den Hut auf.

Wehe, die Nase hernieder
ins Mundloch rieselt die Tinte.

Wehe, durch Gummi verklebt,
fest haftet das nützliche Sacktuch.

Drohend mit Zorngebärde
erhebt er den schlanken Spazierstock.

Autsch! Ein schmerzlich Geflecht
umschlingt den schwellenden Daumen.

Hastig begibt er sich fort;
indessen die Würde ist mäßig.

Elftes Kapitel

Wie gewöhnlich liest die Jette
Wieder nachts in ihrem Bette.

Auf dem Kopf hat sie die Haube,
In der Hand die Gartenlaube.
Hieran will sie sich erfreu'n,

Duselt, nickt und schlummert ein.
An das Unschlittkerzenlicht,
Daran denkt sie freilich nicht. –
Erst brennt nur die Zeitungsecke.

Dann der Vorhang, dann die Decke.
Schließlich brennt das ganze Haus;

Unten läuft man schon heraus. –

Vater Fink, er läuft nicht schlecht,
Trägt den treuen Stiefelknecht.

Mutter Fink, besorgt vor allen,
Rettet ihre Mausefallen.

Jette schwebt vom Fensterrand;
Sie ist etwas angebrannt.

Doch sie sinkt ins Regenfaß,

Wo es drinnen kühl und naß. –

Also sicher wären diese. –
Aber ach, wo ist Elise?

Seht nach oben! Fipps, der Brave,
Hält das Kind, was fest im Schlafe.

Aus dem Fenster, hoch im Raume,
Schwingt er sich zum nächsten Baume.

Höchst besorgt wie eine Amme
Rutscht er abwärts an dem Stamme.

Sanft legt er Elisen nieder.
Sie hat ihre Eltern wieder;

Und die Flasche steht dabei,
Falls Elise durstig sei. –

Zwölftes Kapitel

Fink hat versichert, Gott Lob und Dank,
Bei der Aachener Feuerversicherungs=Bank,
Und nach zwei Jahren so ungefähr
Wohnt er weit schöner als wie vorher. –

Fipps natürlich, der hat es seitdem
In jeder Hinsicht sehr angenehm. –
Dies aber wird ihm im höchsten Grad
Unerträglich und wirklich fad.
Denn, leider Gottes, so ist der Schlechte,
Daß er immer was anderes möchte,
Auch hat er ein höchst verruchtes Gelüst,
Grad so zu sein, wie er eben ist.
Mal traf es sich, daß die Familie Fink
Zusammen aus= und spazierenging,

Um nebst Besorgung von anderen Sachen
Professor Klöhn einen Besuch zu machen. –

Fipps sehnt sich förmlich nach bösen Streichen.
Sein Plan steht fest. Er will entweichen.

Schon ist er im Feld. Die Hasen fliehn.
Einen Wanderer sieht man des Weges ziehn.

Sehr heftig erschrickt der Wandersmann.
Die Töpfersfrau geht still voran.

Zuweilen fällt das Topfgeschirr,
Und dann zerbricht es mit großem Geklirr.
In jenem Haus da, so fügt's der Himmel,
Wohnt grad der bewußte Bauer Dümmel;

Und Dümmels Küchlein piepsen bang,
Denn Fipps zieht ihnen die Hälse lang.

Da steht auch Dümmels kleiner Sohn
Mit dem Butterbrot. –

Fipps hat es schon.

Des kleinen Dümmels durchdringender Schrei
Lockt seine erschrockene Mutter herbei.

Mit den Schreckensworten: „Da kummt de Dübel!"
Fällt sie in einen dastehenden Kübel.

Doch Dümmel schreit und kennt ihn gleich wieder:
„Dat is de verdammtige Haaresnieder!"
Schnell faßt er die Flinte, ein Schießeding,
Was da seit Anno fünfzehn hing.

Auch sammeln sich eilig von jeglicher Seite
Die Nachbarsleute, gerüstet zum Streite.

Sie alle machen großmächtige Schritte,
Und plötzlich ruft einer: „Kiek, kiek, da sitt'e!"
Jetzt harrt ein jeglicher ängstlich und stumm.

Dümmel legt an. – Er zielt. – Er – drückt. –
Dann geht es: Wumm!
Groß ist der Knall und der Rückwärtsstoß,
Denn jahrelang ging diese Flinte nicht los.

Ende

Wehe! Wehe! Dümmel zielte wacker.
Fipps muß sterben, weil er so ein Racker. –
Wie durch Zufall kommen alle jene,
Die er einst gekränkt, zu dieser Szene.
Droben auf Adelens Dienersitze
Thront der Schwarze mit dem Nasenschlitze.

Miecke, Krüll und Köck mit seinem Bauch,
Wandrer, Töpfersfrau, der Bettler auch;
Alle kommen, doch von diesen allen
Läßt nicht einer eine Träne fallen,
Auch ist eine solche nicht zu sehn
In dem Auge von Professor Klöhn,
Der mit Fink und Frau und mit Elisen
Und mit Jetten wandelt durch die Wiesen.
Nur Elise faßte Fippsens Hand,
Während ihr das Aug voll Tränen stand.
„Armer Fipps!" So spricht sie herzig treu.
Damit stirbt er. Alles ist vorbei.

Man begrub ihn hinten in der Ecke,
Wo in Finkens Garten an der Hecke
All die weißen Doldenblumen stehn.
Dort ist, sagt man, noch sein Grab zu sehn.
Doch, daß Kater Gripps und Schnipps, der Hund,
Ganz untröstlich, sagt man ohne Grund.

Eduards Traum

Manche Menschen haben es leider so an sich, daß sie uns gern ihre Träume erzählen, die doch weiter nichts sind als die zweifelhaften Belustigungen in der Kinder= und Bedientenstube des Gehirns, nachdem der Vater und Hausherr zu Bette gegangen.
Aber „alle Menschen, ausgenommen Damen", spricht der Weise, „sind mangelhaft!"
Dies möge uns ein pädagogischer Wink sein. Denn da wir insoweit alle nicht nur viele große Tugenden besitzen, sondern zugleich einige kleine Mängel, wodurch andere belästigt werden, so dürften wir vielleicht Grund haben zur Nachsicht gegen einen Mitbruder, der sich in ähnlicher Lage befindet.
Auch Freund Eduard, so gut er sonst war, hub an wie folgt.

Die Uhr schlug zehn. Unser kleiner Emil war längst zu Bette ge= bracht. Elise erhob sich, gab mir einen Kuß und sprach:
„Gute Nacht, Eduard! Komm bald nach!" Jedoch erst so gegen zwölf, nachdem ich, wie gewohnt, noch behaglich grübelnd ein wenig an den Grenzen des Unfaßbaren herumgeduselt, tat ich den letzten Zug aus dem Stummel der Havanna, nahm den letzten Schluck meines Abendtrunkes zu mir, stand auf, gähnte vernehm= lich, denn ich war allein, und ging gleichfalls zur Ruhe.
Eine Weile noch, als ich dies getan, starrte ich, auf der linken Seite liegend, ins Licht der Kerze. Mit dem Schlage zwölf pustete ich's aus und legte mich auf den Rücken. Vor meinem inneren Auge, wie auf einem gewimmelten Tapetengrunde, stand das Bild der Flamme, die ich soeben gelöscht hatte. Ich betrachtete sie fest und aufmerksam. Und nun, ich weiß nicht wie, passierte mir etwas Sonderbares.
Mein Geist, meine Seele, oder wie man's nennen will, kurz, so un= gefähr alles, was ich im Kopfe hatte, fing an, sich zusammenzu= ziehen. Mein intellektuelles Ich wurde kleiner und kleiner. Erst wie eine mittelgroße Kartoffel, dann wie eine Schweizer Pille, dann wie ein Stecknadelkopf, dann noch kleiner und immer noch kleiner, bis es nicht mehr ging. Ich war zum Punkt geworden.
Im selben Momente erfaßte mich's wie das geräuschvolle Sausen des Windes. Ich wurde hinausgewirbelt. Als ich mich umdrehte, sah ich in meine eigenen Naslöcher.
Da saß ich nun auf der Ecke des Nachttisches und dachte über mein Schicksal nach.
Ich war nicht bloß ein Punkt, ich war ein denkender Punkt. Und rührig war ich auch. Nicht nur eins und zwei war ich, sondern ich war dort gewesen, und jetzt war ich hier. Meinen Bedarf an Raum und Zeit also machte ich selber, ganz en passant, gewissermaßen als Nebenprodukt.
Flink sprang ich auf, und frei bewegt' ich mich. Es war eine Bewe= gung nach Art der Schwebefliegen, die — witsch Rose, witsch Nelke und weg biste! — an sonnigen Sommertagen von Blume zu Blume huschen.

Zuerst mal schwebt' ich nach meinem ehemaligen Körper hin. Da lag er; Augen zu, Maul offen, ein stattlicher Mann.

Dann schwebte ich über Elisen.

„Also, so", rief ich, „sieht der Vorgesetzte aus, wenn er schläft!"

Hieraus, meine Lieben, könnt ihr ersehn, wie sehr ich mich im Traume zu meinen Ungunsten verändert hatte, indem ich es wagte, so frech und leichtsinnig einen Gedanken auszusprechen, den ich im wachen und kompletten Zustande doch lieber nicht äußern möchte. —

Darauf stand ich einen Augenblick über Emils Bettchen still. Sein kleines Händchen ruhte unter der Backe, die leere Saugflasche lag daneben.

Ein hübscher Junge! dacht' ich. Und ganz der Vater! —

Ich sehe euch an, meine Freunde! Der zustimmende Ausdruck auf euren lieben Gesichtern beschämt mich, und doch muß ich mir sagen, daß ihr recht habt.

Obwohl ich nun, wie erwähnt, infolge der traumhaften Isolierung meines Innern alle fünf Sinne, man möchte fast sagen, zu Hause gelassen, kam es mir doch vor, als bemerkte ich alles um mich her mit mehr als gewöhnlicher Deutlichkeit, selbst dann noch, als der Mond, der schräg durchs Fenster schien, bereits untergegangen. Es war eine Merkfähigkeit ohne viel drum und dran, was vielleicht manchem nicht einleuchtet.

Die Sache ist aber sehr einfach. Man muß nur noch mehr darüber nachdenken.

Um mal zu prüfen, ob ich überhaupt noch reflexfähig, flog ich vor den Spiegel.

Richtig! Da war ich! Ein feines Zappermentskerlchen von mikroskopischer Niedlichkeit!

„Wie?" rief ich. „Hat man denn, nachdem man seinen alten Menschen so gut wie abgewickelt, doch noch immer was an sich? — Warrrum nicht gaarrrr!"

Hier unterbrach mich plötzlich eine Stimme mit den Worten: „Eduard, schnarche nicht so!"

Nur derjenige, welcher vielleicht mal zufällig durch ein redendes Nebelhorn in seinem Mittagsschläfchen gestört wurde, kann sich eine ungefähre Vorstellung davon machen, wie sehr dies Wort mein innerstes Wesen, man hätte meinen sollen für immer, ins Stocken brachte. Wohl drei ganze Sekunden verliefen, bis ich wieder zu mir selbst kam.

Die Sache hier paßte mir nicht. Ohne Rücksicht auf Frau und Kind beschloß ich, auf Reisen zu gehn.

Telegraphisch gedankenhaft tat ich einen Seitenwitscher direkt durch die Wand, denn das war mir wie gar nichts, und befand mich sofort in einer freundlichen Gegend, im Gebiete der Zahlen, wo ein hübsches arithmetisches Städtchen lag.

Drollig! Daß im Traume selbst Schnörkel lebendig werden!

Der Morgen brach an. Einige unbenannte Ackerbürger vor dem Tore bearbeiteten schon zu so früher Stunde ihr Einmaleins. Diese Leutchen vermehren sich schlecht und recht, und wenn sie auch nicht viel hinter sich bringen, so wollen sie auch nicht hoch hinaus.

Mehr schon auf Rang und Stand geben die städtischen Beamten. Man sprach viel über eine gewisse Null, die schon manchem redlichen Kerl im Wege gestanden, und wenn einer befördert würde, sagten sie, der's nicht verdient hätte, dann steckte, so gewiß, wie zwei mal zwei vier ist, die alte intrigante Null dahinter.

Im Villenviertel hausen die Vornehmen, die ihren Stammbaum bis in die ältesten Abc=Bücher verfolgen können. Ein gewisser X ist der gesuchteste von allen, doch so zurückhaltend, daß täglich wohl tausend Narren nach ihm fragen, ehe ein Weiser ihn treffen kann. Andere sind fast zudringlich zu nennen. Zwei, denen ich auf der Promenade begegnete, stellten sich mir gleich zweimal vor. Erst der Herr A und dann der Herr B und dann der Herr B und drauf der Herr A, und dann fragten sie mit süffisanter Miene, ob das nicht ganz gleich sei, nämlich $A + B = B + A$?

„Mir schon!" gab ich höflich zur Antwort. Und doch wußte ich nur zu gut, daß die Sache, wenigstens in einer Beziehung, nicht richtig war.

Aber solch kleine Ungenauigkeiten aus verbindlicher Rücksicht können auch im Traume wohl mal vorkommen. —

Ich begab mich auf den Markt, wo die benannten Zahlen ihr geschäftliches Wesen treiben.

In glitschiger Eile kam mir eine Wurst im Preise von 93 Pfennig entgegengelaufen. 17 Schneidergesellen, die mit gespreizten Beinen, gespreizten Scheren und gespreizten Mäulern hinter ihr her waren, faßten sie beim Zipfel. Sie hätten ihr Geld bezahlt, schrien sie, und nun wollten sie, schnippschnapp!, dividieren. Das geht ja nicht auf! keuchte die Wurst, welche Angstfett schwitzte, denn die begierigen Schneider hatten sie bereits angeprickelt mit ihren Scheren; macht 34 Löcher. Jetzt kam ein rechenkundiger Schreiber dazu. Er trug eine schwefelgelbe Hose zu 45 Pfennig die Elle, einen gepumpten Frack und einen unbezahlten Zylinder. Sofort stellte er eine falsche Gleichung auf und brachte dabei die Wurst auf seine Seite. Die Schneider verstanden das schlecht. Sie kürzten ihm den Schniepel, sie schnitten ihm die Knöpfe von der Hose, sie trennten die Hinternaht auf, und wäre er nicht eilig, unter Zurücklassung der Wurst, in ein unendlich kleines Nebengäßchen entsprungen, sie hätten ihn richtig aufgelöst. Nun aber, als sie eben wieder die Wurst ins Auge faßten, erhub sich ein neues Geschrei. Es war die Metzgersgattin = 257 Pfund Lebendgewicht. Sie hätte kein Geld gesehen, tobte sie, und 93 Pfennig gleich so nur in den rauchenden Schonstein zu schreiben, das ginge gegen ihr menschliches Defizit.

Sofort gegen die runde Summe ihres empörten Busens gerichtet, erklirrten die Scheren der beleidigten Schneider. Der Lärm war groß. Die Menge wuchs. 50 Stück gesalzene Heringe, 1/2 Schock Eier, 3 Dutzend Harzkäse. 1 Pulle Schnaps, 3/4 Pfund Amtbutter, 6 Pfund Bauernbutter, 15 Lot Schnupftabak und zahlreiche Ditos vermehrten den Aufruhr.
Hart bedrängt von den spitzigen Scheren der Schneider, tat die Metzgerin einen Rückschritt. Sie tritt auf die 3/4 Pfund Amtbutter, gleitet aus, setzt sich in die 6 Pfund Bauernbutter, zieht im Fallen 2 Lot Schnupftabak in die Nase, in jedes Loch eins, muß niesen, schlägt infolgedessen einen Purzelbaum vornüber, zerdrückt 3 Harzkäse und die Schluckpulle und trifft mit ihren zwei schwunghaften Absätzen zwei Heringen dermaßen auf die Bauchflossen, daß ihnen ihre zwei armen Seelen aus dem Leibe rutschen wie geschmiert. Plötzlich, als die Verwicklung am schwierigsten schien, zerstreute sich die Menge. Eine überwiegende Größe, der Stadtsoldat, ist hinzugekommen. Schleunig drücken sich die Heringe in ihre Tonnen; die Schneider, mit den noch schnell erwischten zwei Seelen, machen sich dünne; die Käse verduften; der Schnupftabak verkrümelt sich, aber sämtliche Eier, die nun doch weniger gut rochen, als man's ihnen bei Lebzeiten allgemein zugetraut, verquirlt mit den sonst noch Verdrückten und Verunglückten, blieben zermatscht auf dem Platze, während die Metzgersfrau, die inmitten der ganzen Bescherung saß, die erschlaffte Wurst in der erhobenen Rechten schwang und in einem fort blärrte: „Es gibt keine Richtigkeit mehr in der Stadt, und das sag' ich", bei welcher Gelegenheit ihr die zwei Lot Schnupftabak wieder aus der Nase liefen, aus jedem Loch eins, und auch noch glücklich entwischten. Der Stadtsoldat, seiner Aufgabe völlig gewachsen, notierte sich die entseelten Heringe, behielt die Käse, die Butter und die Glasscherben einfach im Kopfe, addierte Frau und Wurst, setzte sie in Klammern und transportierte sie auf die Stadtwaage, wo man richtig die eine zu schwer, die andere zu leicht erfand. Subtraktion war die gerichtliche Folge. Die Wurst wurde abgezogen für den Fiskus, der Rest wegen Verleumdung der Obrigkeit dreimal kreuzweis durchgestrichen, und zwar mit Tinte, der brave Stadtsoldat dagegen vom unendlich großen Bürgermeister noch selbigen Tags zur dritten Potenz erhoben.
Übrigens schwebten vor der Verrechnungskammer gleichzeitig noch mehrere Fälle, die ebenso prompt erledigt wurden.
Jugendliche Schiefertafelschnitzer verknurrte man einfach zur Durchwischung mit Spucke; schon ältere in Blei zur eindringlichen Radierung mit Gummi, erstmalig mit weichem, bei Wiederholung mit hartem.
Was aber die weiblichen Additionsexempel anbelangt, deren sehr viele vorgeführt wurden, so mußten sie allesamt freigesprochen werden, weil sie sämtlich ihr geistiges Alibi nachweisen konnten.
Es fanden sich hübsche Lustgärten in dieser Stadt und Obstbäume

voll goldener Prozentchen, und auf und nieder an papierenen Leitern stiegen die Dividenden, und einige fielen herunter, und dann rieben sie sich die Verlustseite und hinkten traurig nach Hause.
Kummer und Elend gab's auch sonst noch genug. An allen Straßenecken hockten die gebrochenen Zahlen; arme geschwollene Nenner, die ihre kleinen schmächtigen Zählerchen auf dem Buckel trugen und mich flehentlich ansahen. Es ließ mich kühl. Ich hatte kein Geld bei mir; aber wenn auch, gegeben hätt' ich doch nichts.
Ich hatte meine Natur verändert; denn daß es mir sonst da, wo die Not groß ist, auf zwei Pfennig nicht ankommt, wißt ihr, meine Lieben!

Es mochte so nachmittags gegen fünf Uhr sein, als ich weiterreiste und, eine unbestimmte Gegend durchstreifend, auf der Gemeindetrift anlangte, wo grad das Völklein der Punkte sein übliches Freischießen feierte. Schwarz war heute der Punkt, worauf's ankommt, und Tüpfel war Schützenkönig.
Je kleiner die Leute, je größer das Pläsier. Alles krimmelte und wimmelte durcheinander wie fröhliche Infusorien in einer alten Regentonne.
Im Zelte ging's hoch her. Mit mückenhafter Gelenkigkeit wirbelten die „denkenden Punkte" mit ihren geliebten kleinen Ideen über den Tanzboden dahin. Auch ich engagierte eine, die schimmelte, ein simples Dorfkind, und walzte ein paarmal herum mit ihr.
Noch gewandter und windiger als wir, und das will doch was sagen, trieben die nur gedachten, die rein mathematischen Punkte ihre terpsichorischen Künste. Sie waren aber dermaßen schüchtern, daß sie immer kleiner und kleiner wurden, je mehr man sie ansah; ja, einer verschwand gänzlich, als ich ihn schärfer ins Auge faßte. — Gelungene Burschen, diese Art Punkte! Der alte Brennecke, mein Mathematiklehrer, pflegte freilich zu sagen: „Wer sich keinen Punkt denken kann, der ist einfach zu faul dazu!" Ich hab's oft versucht seitdem. Aber just dann, wenn ich denke, ich hätt' ihn, just dann hab' ich gar nichts. Und überhaupt, meine Freunde! Geht's uns nicht so mit allen Dingen, denen wir gründlich zu Leibe rücken, daß sie grad dann, wenn wir sie mit dem zärtlichsten Scharfsinn erfassen möchten, sich heimtückisch zurückziehen in den Schlupfwinkel der Unbegreiflichkeit, um spurlos zu verschwinden wie der bezauberte Hase, den der Jäger nie treffen kann? Ihr nickt; ich auch. —
Mehr behäbig, so fuhr Freund Eduard in der Erzählung seines Traumes fort, als diese gedachten Punkte zeigten sich die gemachten in Tusche und Tinte. Sie saßen still und versimpelt auf ihren Reißbrettern an der Wand herum und freuten sich, daß sie überhaupt da waren.
Die kritischen Punkte dagegen, mit ihren boshaften Gesichtern, standen natürlich jedem im Wege. Einer von ihnen, ein besonders

frecher, trat einer noch hübsch jugendlichen Idee auf die Schleppe und zugleich ihrem denkenden Herrn dermaßen aufs Hühnerauge, daß ihm die Gründe stockten, sein Geschrei also losging. Da sämtliche Streit= und Ehrenpunkte, deren viele zugegen, sich dreinmischten, so gab's einen netten, aufgeweckten Skandal, der alle erfreute, welche dabeistanden.

Der Kontrapunkt ließ weiterblasen. Ich wandte mich einer entfernteren Gesellschaft zu.

Es waren Atome, die eben zur Française antraten. Mit großer Sicherheit tanzten sie ihre verzwickten molekülarischen Touren durch, und als sie aufhörten und sich niedersetzten, war's allen hübsch warm geworden. Sie sind nicht so stupid, wie man sonst wohl zu glauben pflegt, sondern haben ihre interessanten und interessierten Seiten, so daß selbst so was wie ein zärtliches Verhältnis zwischen ihnen nicht selten ist.

Eine ihrer Damen kam mir bekannt vor. Wo hatt' ich sie nur gesehn? Richtig! Bei Leibnizens. Die alte Monade, und ordentlich wieder jung geworden! Schon hat auch sie mich erkannt. Sie fliegt auf mich zu, sie umklammert mich mit ihren mageren Valenzen, sie preßt mir einen rotglühenden Kuß auf die Lippen und ruft schwärmerisch:

„Mein süßer Freund! Oh, laß uns ewig zusammenhaften!"

Ich verhielt mich abstoßend. Mit unglaublicher Schnelligkeit schoß ich oben durchs Zeltdach und eilte sodann, nicht ohne ängstliche Rückblicke, in die möglichste Ferne hinaus. Wie sich zeigte, nicht ganz allein.

Dicht neben mir ließ sich ein kümmerliches Hüsteln vernehmen. Es war der mathematische Punkt, den ich vorhin zu fixieren versuchte. Zu Hause, so klagte er lispelnd, brächte er's doch zu nichts. Nun wollte er mal sehen, ob dort drunten in der geometrischen Ebene für ihn nichts zu machen sei.

Da lag sie vor uns, die Horizontalebene, im Glanze der sinkenden Abendsonne. Kein Baum, kein Strauch, kein Fabrikschornstein ragte draus hervor. Alles flach wie Judenmatzen, ja noch zehntausendmal flacher; und doch befanden wir uns am Eingang eines betriebsamen Städtchens, welches nur platt auf der Seite lag.

Das Tor, welches wir passieren mußten, hatte nur Breite, aber nicht die mindeste Höhe. Es war so niedrig, daß ich mir, obgleich ich mich bückte, doch noch die Glatze etwas abschabte, und selbst mein winziger Begleiter konnte nur eben drunter durch. Er fand noch am selben Abend eine Anstellung bei einem tüchtigen Geometer, der ihn sofort in die Reißfeder nahm, um ihn an den Ort seiner künftigen Wirksamkeit zu übertragen, wozu ich ihm besten Erfolg wünschte. Ich selber suchte, da es schon spät, eine nahe liegende Herberge auf.

Hier nun trat mir zum erstenmal in Gestalt des Herrn Oberkellners

eine richtige mathematische grade Linie entgegen. Etwas Schlankeres gibt's nicht. Mir fiel gleich dabei ein, was Peter, mein kleiner Neffe, mal sagte.
„Onkel Eduard!" sagte er. „Ein Geist muß aber recht mager sein, weil man ihn gar nicht sieht!"
Und wie lächerlich dünn so ein mathematischer Strich ist, das sah ich so recht des Nachts, als ich zu Bette gegangen. In der Kammer nebenan schliefen ihrer dreißig in einer Bettstelle, die nicht breiter war als ein Zigarrenetui, und doch blieb noch Platz übrig. Freilich, erst schalten sie sich, denn es war ein Pole dabei, der an unruhigen Träumen litt und sich viel hin und her wälzte, bis sie ihn schließlich durch zwei Punkte festlegten; dann gab er Ruh. Ich bemühte mich, seinen Namen auszusprechen: Chrr — Chrrr — Chrrrrr —
Im selben Augenblick ließ sich wieder die Stimme vernehmen:
„Eduard, schnarche nicht so!"
Ich fuhr heftig zusammen. Aber während ich das erste Mal fast volle drei Sekunden nötig hatte, um mein inneres Gleichgewicht wiederzufinden, brauchte ich diesmal kaum zwei; dann ging ich schon wieder meinen gewohnten Gedanken nach, als sei weiter nichts vorgefallen.
Vielleicht, meine Freunde, möchte nun dieser oder jener unter euch geneigt sein, von mir zu erfahren, woher die erwähnte Stimme denn wohl eigentlich kommen konnte. Darauf erwidere ich, daß ich in der Regel viel zuviel Takt besitze, um auch nur die allergeringste Mitteilung über Dinge zu machen, die keinen andern was angehn. Entschuldigt meine Entschiedenheit!
Am nächsten Morgen besah ich mir die Stadt. Selbstverständlich muß jedermann platt auf dem Bauche rutschen. Vornehme und Geringe sind auf den ersten Blick nur schwer zu unterscheiden, und wer genötigt ist, höflich zu sein, muß riesig aufpassen; denn da nichts Höhe hat, also gar keinen Schatten wirft, so erscheint vorläufig jeder, auch der quadratisch Gehaltvollste und Eckigste, der einem begegnet, als gewöhnlicher Strich.
Natürlich zieht der Mangel an Schatten auch den Mangel an Photographen nach sich, und so müssen denn die Leute den schönen Zimmerschmuck entbehren, wofür wir unsererseits diesen Künstlern so dankbar sind. Aber man behilft sich, so gut es geht. Man läßt seinen Schreiner kommen; man läßt sich ausmessen; er macht einen kleinen proportionalen Abriß in das Album des betreffenden Freundes, notiert den wirklichen Quadratinhalt nebst Jahr und Datum in die Mitte der werten Figur, und das Andenken ist fertig.
Was nun das ewige Rutschen betrifft, so wollte mir ein Eingeborener, der durchaus treuherzig und vollkommen glaubwürdig aussah, die feste Versicherung geben, daß es, obwohl hier jeder von Haus aus unendlich dünn sei, doch einige Briefträger gäbe, die sich mit der Zeit so abgeschabt hätten, daß sie auf ihre alten Tage nur halb so dünn waren wie möglich.

Dies schien mir bemerkenswert wegen der Kongruenz. Denn erwies sich die Angabe als richtig, so war eine tatsächliche Deckung ganz gleicher Figuren, welche mir bei den äußerst gedrückten Ortsverhältnissen unmöglich schien, doch unter Umständen nicht ausgeschlossen. Ich erkundigte mich nach dem Kongruenzamte, eine Einrichtung, die ungefähr unserem Standesamte entsprechen würde. Da mir niemand Auskunft zu geben vermochte, wandte ich mich direkt an den Magistrat.
„Solche Dummheiten", hieß es, „machen wir hier nicht. Die das wollen, müssen sich gefälligst in die dritte Dimension bemühen, und die Symmetrischen erst recht!"

Ihr altes Ratszimmer war ungemein dumpf und niedrig. Daher empfahl ich mich umgehends mit einem lustigen Vertikalsprunge nach oben durch den Plafond und atmete auf im dreidimensionalen Raume, wo stereometrische Freiheit herrschte, wo der Kongruenz räumlich gleichgestimmter Paare keine Ehehindernisse im Wege standen.
So dachte ich. Aber Ausnahmen, wie überall, gab's leider auch hier.
Grad kamen zwei sphärische Dreiecke, eines genau das geliebte Spiegelbild des andern, sehr gerötet vom Kongruenzamte, wo man sie abgewiesen. Sie trug ein schön krummgebügeltes Sacktuch von unendlich durchsichtigem Batist und weinte die landesüblichen Tränen, gleich niedlichen Seifenbläschen, die der Zephir entführte. Ein Paar unendlich feiner Handschuhe, ein linker und ein rechter, er Brautführer, sie Kranzjungfer, versuchten, ihr Trost zu spenden, indem sie sagten: ihnen ginge es ja auch so, und wenn alle Stricke rissen, dann könnte man ja immer noch durchbrennen in die vierte Dimension, wo nichts mehr unmöglich sei.
„Ach", schluchzte die Braut. „Wer weiß, wie es da aussieht!" Und ihre Tränen säuselten weiter.
Fürwahr, ein herbes Schicksal! Aber, meine Freunde, seien wir nicht zu voreilig mit unserem sonst löblichen Mitgefühl. Es war alles Getus.
Nämlich die Bewohner dieses unwesentlichen Landes sind hohl. Es scheint Sonne und Mond hindurch, und wer hinter ihnen steht, der kann ihnen mit Leichtigkeit die Knöpfe vorn an der Weste zählen. Einer durchschaut den andern; und doch reden diese Leute, die sich durch und durch kennen, die nicht so viel Eingeweide haben wie ein ausgepustetes Sperlingsei, von dem edlen Drange ihres Inneren und sagen sich darüber die schönsten Flattusen. Ja, einer war da, der wollte behaupten, er hätte einen fünf Pfund schweren Gallenstein, und verfluchte sein Dasein und schnitt Gesichter, und seine Familie sprang nur so, wenn er pfiff, und tat ganz so, als wär's so, und seine Nachbarn machten ihm Kondolenzvisiten unter kläglichem Mienenspiel.

Wie heuchlerisch man hier ist und zugleich wie wesenlos, das bewiesen so recht zwei alte Freundinnen, die sich in den Tod nicht ausstehen konnten und nun, nach langer Trennung, sich wieder begegneten. Sie küßten sich so herzlich und durchdringend, daß ihnen die gegenseitigen Nasen eine Elle lang hinten aus den gegenseitigen Chignons hervorstanden.

Schwere gab's hier nicht. Man bewegte sich am Boden oder in der Luft, gleichviel, mit einer unabhängigen Leichtigkeit, wie sie nur bei solch rein förmlichen Blasengestalten und Windbeuteln sich denken läßt.

Ich sah einen neckischen alten Geißbock, der turmhohe Sätze machte. Und was die Flöhe sind, wer da nicht aufpaßt beim ersten Griff, weg hupften s' bis in die Wolken.

Zwar hupfen konnt' ich auch wie nur einer. Aber mit mir war das was anders. Ich hatte Fond. –

Wie ihr seht, meine Lieben, eine Ausrede zugunsten der eigenen Vortrefflichkeit stellt selbst im Traum sich ein!

Übrigens hatt' ich die leeren Gestalten dieser eingebildeten Welt jetzt satt gekriegt und beeilte mich, wegzukommen. Am Ausgange wurde ich mit einer fetten Baßstimme von einem Unbekannten angeredet, der so rund und dick war, daß er die ganze Türe versperrte.

Er entpuppte sich als mein ehemaliger Reisebegleiter, das mathematische Pünktchen.

Durch eine gewandte Drehung in der Ebene hatte er's dort bald zu einem umfangreichen Kreise gebracht, war darauf in den dreidimensionalen Raum ausgewandert, hatte sich hier durch ähnliche Umtriebe zur wohlbeleibten Kugel entwickelt und wollte sich nun mit Hilfe eines geeigneten Mediums materialisieren lassen, um dann später, ein Streber, wie er war, als Globus an die Realschule zu gehn.

Aus dem nichtssagenden Kerlchen war ein richtiger Protz geworden, der mich behaglich wohlwollend zu behandeln gedachte. Da ich mir das aber von einem bloß aufgeblasenen Punkte, denn das sind alle seinesgleichen, nicht gefallen lassen wollte, so tat ich, ohne mich weiter zu verabschieden, einen eleganten Seitensatz durch die Bretterwand, hinter welcher, so meint' ich, die vollständige Welt lag. Es war aber nur Stückwerk.

Zunächst geriet ich in ein Kommunalwesen von lauter Köpfen, die sich auf der Höhe eines Berges in einem altdeutschen Gehölze eingenistet hatten. Hinter jedem Ohre besitzt jeder einen Flügel; eine zweckentsprechende Umbildung des bekannten Muskels, den wir Kopfnicker nennen. An den Sümpfen herum sitzen die Wasserköpfe, blinzeln träge mit den Augen und lassen sich die Sonne ins Maul scheinen. Querköpfe, welche die Eitelkeit ihrer Meinung besitzen, streiten und stoßen sich in der Luft herum; fast jeder hat

Beulen grün und blau. Sie leben von Wind. Was sie sonst brauchen, verdienen sie sich als Redner und Bänkelsänger. Zum Ohrfeigen, zum Hinausschmeißen, zum Balbieren und Frisieren mieten sie sich die geeigneten Hände; ebenso, um sich die Nase putzen zu lassen, was besonders kostspielig, wenn einer den Schnupfen hat. Hosenstoffe gebrauchen sie nicht. Manche sind niedlich; ihrer zwei, ein Männchen und ein Weibchen, saßen zärtlich zusammengeschmiegt in einem Baum voll grüner Notenblätter und sangen das schöne Duett: „Du hast mein Herz und ich das deine", und wie's weitergeht.

Etwas tiefer am Berg hinab, in Hütten und Krambuden, leben, weben und schweben die Hände apart für sich. Sie sind teils Schreiber und Schrubber und sonst dergleichen für die Köpfe weiter oben, teils Strumpfwirker und Streichmusikanten und sonst dergleichen für die Füße, die unten im Tale hausen. Ihre Geschicklichkeit ist mitunter nicht unerheblich. Ein Barbier, der mit wenig Seife viel Schaum schlagen konnte, war kürzlich unter die Literaten gegangen. Er hatte großen Erfolg, wie ich hörte, trug bereits drei Brillantringe an jedem Finger und wollte sich demnächst mit einer Köchin verheiraten, die ohne Schwierigkeiten ein einziges Eiweiß zu mehr als fünfzig Schaumklößen aufbauscht, also auch noch was leisten konnte. — Übrigens muß ich sagen, meine Freunde, prätendierten eigentlich diese sich immerhin nicht als ganz unreell aufspielenden Extremitäten ein recht unverschämt unbefangenes Dasein. Das lästige Gummibändel z. B., womit sonst die Frackschöße aller Dinge hienieden, kein Mensch weiß, wie, am Kernpunkte der Erde haften, schienen sie gänzlich zu ignorieren, während die Köpfe wenigstens Flügel hatten. Und doch fiel mir's nicht auf in meinem Traume, und doch hielt ich mich für sehr scharfsichtig, und doch war ich's oft gar nicht; genauso, wie's uns geht, wenn wir wachen. —

Eben, als ich mich von hier entfernt hatte, umwölkte sich der Himmel. Es donnerte und blitzte. Es war eins jener schrecklichen Unwetter, die dem Wanderer, dem Mitgliede des Alpenklubs, der auf steilen Pfaden ohne Führer herniedersteigt, so häufig verderblich werden. Meiner Wenigkeit dagegen war es sogar ganz lieb, als mich nun plötzlich ein heftiger Windstoß ins Tal entführte, wo das heiterste Wetter herrschte.

Auf einem sanft ansteigenden Wiesenflecke, umgeben von zopfigen Hecken, tanzten die zierlichsten Füße in rosa Trikot ein anmutiges Kunstballett. Einige fette Hammel wie auch viele kleine Meerschweinchen sahen zu, und zwei größere Zunftverbände von wohlgeleiteten Händen sorgten für Musik und ergiebigen Beifall.

Noch ehe das Stück zu Ende, verließ ich das Gebiet der aparten Körperteile vermittelst eines parabolischen Sprunges über die benachbarten Berge in die gewöhnliche Welt hinein, wo jeder seine gesunden Gliedmaßen beieinander hat.

Wohl zehn Meter hoch schwebt' ich nun über einem regelmäßig

karierten Ackergefilde, in dessen Mitte ein freundliches Dörfchen lag.
Es war Sommer. Schon zog hie und da auf sanft bewegter Luft ein silbernes Fädchen dahin. Auf eines derselben ließ ich mich nieder, neben einer kleinen verschrumpften Spinne, die, kaum daß sie mich bemerkt hatte, sich auch schon gedrungen fühlte, mich mit der Geschichte ihres Lebens zu beglücken.
Einst, so fing sie an zu wehmüteln, vor zirka zweitausend Jahren, da sei sie eine ungewöhnlich reizende Walküre gewesen, hoch=sausend auf stolzem Roß und beliebt bei den Mannsleuten. Dann, als sie alt geworden, habe sich keiner mehr um sie bekümmert, außer der Teufel. So wäre sie zur Hexe geworden und wär' durch die Lüfte geritten auf dem Besenstiel, in böswilliger Absicht. Aber selbst der Teufel, nachdem sie ihren tausendsten Geburtstag ge=feiert, sei ihr nicht treu geblieben. Da habe sie den Salbentopf her=gekriegt und habe sich wirkungsvoll murmelnd in eine Spinne ver=wandelt und sich dann rückwärts dies Luftschiff verfertigt und segle mit gutem Winde all die Zeit her, und wenn die Leute riefen: „Altweibersommer!" so sei ihr das schnuppe. Apa!
„Madame!" sprach ich. „Sie haben was durchgemacht. Reisen Sie glücklich."
Damit sprang ich ab und setzte mich auf den vorstehenden Ast einer stattlichen Linde.
Drunten am Boden kneteten zwei Bauernknaben schöne Klöße aus Lehm, den sie selber befeuchtet hatten. Ein Zwist brach aus. Sie klatschten sich ihr Backwerk auf die beiderseitigen Nasen, und die Töne, die sie dabei ausstießen, lauteten a! e! i! o! u!
Im Wipfel saß ein liebendes Taubenpärchen. Oben, hoch drüber, kreiste spähend ein Habicht. „Nurdu, nurdu!" girrt zärtlich der Tauberich. „Hihi!" kreischt der Habicht und hat ihn.
In Anbetracht der soeben vernommenen Naturlaute schickte ich mich an, eine wichtige Bemerkung zu machen.
„Der Urrsprrung der Sprrraaache" — fing ich an —
„Eduard, schnarche nicht so!"
unterbrach mich schon wieder die Stimme. Ich fuhr zusammen. Doch während ich das vorige Mal fast zwei volle Sekunden nötig hatte, um meine Haltung wiederzugewinnen, brauchte ich diesmal nur eine.
Als ich mich gesammelt hatte, saß ich auf der Spitze eines Gras=halms am Rande eines Teiches, der inmitten eines hübschen Ge=höftes lag.
Drei lebenslustige Fliegen schwärmten dicht über dem Wasser. Drei genußfrohe Fischlein erschnappten sie. Indem, so schwammen drei Enten herbei. Jedwede erfaßte ein Fischlein beim Frack, erhob den Schnabel und ließ es hinunterglitschen ins dunkle Selbst hinab. Die erste hieß Mäs, die zweite hieß Bäs, die dritte hieß Tricktrack=trilljäs. Diese letztere nun, um den Grund des Wassers zu er=

forschen, nahm eine Stellung an, wobei sich der Kopf nach abwärts richtet.
„Guck mal!“ schnatterte die Frau Mäs der Frau Bäs ins Ohr. „Was hat unsere Frau Tricktracktrilljäs für ein dickes Gesäß!“
Hätten sie ahnen können, was die nächste Zukunft unter der Schürze trug; sie hätten wohl nicht so lieblos geurteilt über die körperlichen Verhältnisse einer Freundin, welche nun bald ebenso tot sein sollte wie sie selber.
Die freundliche Bauersfrau, nämlich, trat aus der Tür des Hauses, lockte unter dem Vorwande von Brotkrumen die Schnabeltiere in den Küchenraum und hackte ihnen die Köpfe ab.
Sie hackte sich aber auch, weil sie natürlich mal wieder zu hastig war, in den Zeigefinger. Das Beil war rostig. Der Finger verdickte sich. Schon zeigten sich alle Symptome einer geschwollenen Blutwurst.
Der Doktor kam. Er wußte Bescheid. Erst schnitt er ihr den Finger ab, aber es half nicht; dann ging er höher und schnitt ihr den Ärmel ab, aber es half nicht; dann schnitt er ihr den Kopf ab, aber es half nicht; dann ging er tiefer und schnitt ihr die Trikotaille ab, und dann schnitt er ihr die wollenen Strümpfe ab, aber es half nicht; als er aber an die empfindlichen Hühneraugen kam, vernahm man einen durchdringenden Schrei, und im Umsehn war sie tot.
Der Bauer war untröstlich, denn das Honorar betrug 53 Mark 75 Pfennig. Der Doktor steckte das Honorar in sein braunledernes Portemonnaie; der Bauer schluchzte. Der Doktor steckte sein braunledernes Portemonnaie in die Hosentasche; der Bauer sank auf einen geflochtenen Rohrstuhl und starrte seelenlos in die verödete Welt hinaus.
Der Doktor besaß Takt. Andante ritt er vom Hofe weg, und erst dann, als er die Landstraße erreichte, fing er scherzando zu traben an, und zwar englisch. Er wußte noch nicht, daß seine Hosentasche im stillen ein Loch hatte.
Inzwischen begab sich der betrübte Witwer in den Schweinestall und besah seine Ferkel. Es waren ihrer dreizehn, à Stück 22 Mark. Seine Tränen flossen langsamer. Als er wieder ins Freie trat, war er ein neuer Mensch geworden.
Ich flog ins Nachbarhaus.
Der Landmann, welcher hier wohnte, war ein Vetter des vorigen. Er hackte Holz entzwei, während seine Gemahlin sich mal eben entfernt hatte, um im nahen Gebüsch für die Meckerziege ein schmackhaftes Futter zu pflücken. „Oh, meine Mamme ist weg!“ schrie das Kind und kam aus dem Hause gelaufen und weinte sehr heftig. „Da weinst du über!“ sprach der besonnene Vater. „Mach dich doch nicht lächerlich!“
Dieser Vater, so scheint's, hatte bereits den Gipfel der ehelichen Zärtlichkeit erklommen, wo die Schneeregion anfängt.
Ich flog ins Nachbarhaus.

Der Landmann, welcher hier wohnte, war ein Onkel des vorigen. Soeben, mit dem Stabe in der Hand, von einem erfolgreichen Besuche der Schenke zurückkehrend, betrat er das Zimmer, wo ihn seine zahlreiche Familie voller Spannung erwartete. Er warf seinen Hut auf die Erde und rief: „Wer ihn aufhebt, kriegt Hiebe, wer ihn liegenläßt, auch!" Er war ein höchst zuverlässiger Mann. Er hielt sein Wort. –

Ach, meine Lieben! Wie oft im Leben wirft uns das Schicksal seinen tragischen Hut vor die Füße, und wir mögen tun, was wir wollen, Verdruß gibt's doch. –

Ich flog ins Nachbarhaus.

Im Kuhstall, den er soeben gereinigt, steht ein denkender Greis. Er schließt die Luke. „Merkwürdig!" sprach er und stützte das Kinn auf die Mistgabel. „Merkwürdig! Wenn man die Klappe zumacht, daß es dann dunkel wird!" Und so stand er noch lange und dachte und dachte; als ob es nicht schon Sorgen genug gäbe in der Welt auch ohne das. Und es war sehr düster in diesem Kuhstalle.

Ich flog ins Nachbarhaus.

Die hübsche stramme Bäuerin hat ihr hübsches strammes Bübchen auf dem Schoße liegen, sein Gesichtchen nach unten gekehrt. Sie lüftet ihm das Hemdchen; sie reibt ihm den Rücken; er strampelt mit den Beinen vor lauter Behagen. „Oh, tu, tu, tu mit tein klein ticken tinketen Popösichen!" So ruft sie in mütterlich-kindischem Stoppeldeutsch; und während sie dies tut, gibt sie dem Herzensbengel bei jedem Worte einen klatschenden Schmatz auf die rosigen Hinterbäckchen. –

Ach, meine Freunde! Wieviel Liebes und Gutes passiert uns doch in der Jungend, worauf wir im Alter nicht mehr mit Sicherheit rechnen dürfen!

Ich flog ins Nachbarhaus.

Ein zehnjähriger Junge kommt grad aus der Schule, und, noch ganz rot vor Begeisterung, ruft er: „Hör mal, Vater! Unser Schulmeister hat aber einen ganz verflixten Stock. Hier vorne schlägt er hin, und da hinten kneift es!" –

Dieser heimtückische Stock stammte vermutlich aus der nämlichen Hecke, wo die abscheulichen Menschen ihre ironischen Gerten schneiden, die auch immer so hintenherum kommen. Ein treuherziger Mensch tut so was nicht. –

Ich flog – doch der Abwechslung wegen will ich lieber mal sagen: ich schwirrte.

Ich schwirrte ins Nachbarhaus.

Im wohnlichen Stübchen voll sumsender Fliegen steht das tätige Mütterlein. Sie sucht Fliegenbeine aus der Butter, die sie demnächst zu kneten gedenkt; denn Reinlichkeit ist die Zierde der Hausfrau. Aber ihr Stolz ist die Klugheit. Mit mildem Kartoffelbrei füllt sie die Butterwälze, denn morgen ist Markttag in der Stadt.

Ich schwirrte ins Nachbarhaus.

Des Bauern Töchterlein sitzt am Klavier. Es klopft. „Sind der Herr Vater zu Hause?" So fragt der Hammelkäufer. „Bedaure sehr!" erwidert sie zierlich. „Papa fährt Mist!" —
Ein erfreuliches Beispiel frisch aufblühender Bildungsverhältnisse, die noch etwas von dem kräftigen Dufte des humushaltigen Erdreichs an sich haben, worauf sie gewachsen sind. —
Ich schwirrte ins Nachbarhaus.
Ein altes, ehrwürdiges Gebäude. Der Besitzer schien etwas zerstreut zu sein. Er hält eine lange Unschlittkerze in der Hand, umwickelt sie unten mit Werg, das er mit Petroleum tränkt, steigt damit unters Dach, stellt sie sorgsam ins Stroh, zündet sie an, greift zu Hut und Stock, schließt das Tor und geht über Feld.
Solche Art Leute, dachte ich, sind doch zuweilen recht unvorsichtig. Ich flog dem Manne ans Ohr und warnte ihn; nicht aus Mitleid, sondern bloß, um zu zeigen, daß er der Dümmere und ich der Gescheitere sei. Ich war nicht vorhanden für ihn. Es war klar. Durch die Konzentration meines Inneren unter Zurücklassung des Äußeren hatte ich die Fähigkeit zum Wechselverkehr mit der gewöhnlichen Menschheit verloren.
Ich schwirrte ins Nachbarhaus.
Und dies war das Wirtshaus. Am Haupttische tranken sich drei lustige Gesellen zu. Sie können wohl lachen. Sie haben in der Frühe drei handfeste Meineide abgeliefert und bereits wieder drei neue in Akkord gekriegt. Am Tisch im Winkel saß ein bescheidener Wandersmann. Nachdem er langsam, aber gründlich seine Mahlzeit beendigt, steht er auf, um zu zahlen. Er läßt sich auf ein falsches Fünfmarkstück herausgeben und entfernt sich mit einem herzlichen „Gott befohlen!".
Auch ich machte, daß ich weg kam, und sah mal zu, was auf der Landstraße passierte.
Schlicht und sinnig, den Korb gefüllt mit den Produkten seiner Kunstfertigkeit, wandelt des Weges daher der Besen- und Rutenbinder. Wie's das Geschäft so mit sich bringt, denkt er viel nach über die Erziehung des Menschengeschlechts. Sein Blick ist zur Erde gerichtet. Infolgedessen hat er Gelegenheit, einen Gegenstand zu bemerken, den der flüchtige Beobachter vermutlich für nichts weiter angesprochen hätte als einen Roßapfel in gedrückten Verhältnissen. Doch der aufmerksame Naturfreund, gewohnt, stets scharf zu prüfen, was vorkommt, erkannte sofort sein eigentliches Wesen. Es ist ein braunledernes Portemonnaie. Er blickt umher, und da die Wetteraussichten ringsum günstig sind, hebt er's auf und läßt es sanft in das Rohr seines Stiefels gleiten.
„Da wird er nicht dümmer nach!" So sprach er bedeutsam im wohlwollenden Hinblick auf den, der's verloren, und in Erwägung der so oft heilsamen Folgen eines gehabten Verlustes. Und schon kommt der Doktor dahergeritten, und zwar im Galopp. Er fragt, ob nichts gefunden sei.

„Nein, Herr!" entgegnete der Besenknüpfer mit überzeugender Mimik, und fort sprengt der Doktor mit ängstlicher Schnelligkeit.
So hatte der Weise einem seiner unerfahrenen Mitmenschen eine wertvolle Lehre gespendet, ohne ihn in die peinliche Lage zu bringen, sich bedanken zu müssen. Er konnte aber auch, nachdem er eine gute Tat verrichtet, zugleich mit dem angenehmen Bewußtsein nach Hause zurückkehren, daß dieselbe nicht unbelohnt geblieben, was sonst so selten ist; und daß er sich auch fernerhin ein enthaltsames Schweigen auferlegt haben wird, das darf man ihm bei seinen Fähigkeiten wohl zutrauen.
An der Gegend, über der ich schwebte, konnte ich nicht viel Rares finden. Doch auf die Gegend kommt's nicht an; denn, wie die Tante zu sagen pflegt:
„Wer nur das richtige Auge hat, kann überall einen ‚reizenden Blick' haben."
So ging's auch dem gebildeten Landwirt, der mir auf der Straße entgegenkam. Er hatte seine Kartoffeln besichtigt. Sie standen prachtvoll. Durch seine transparenten Ohren scheint die verklärende Abendsonne. Er ist glücklich.
„Oh, wie schön ist doch die Welt!" ruft er schwärmerisch. „Oh, so schön! So schön! A a !"
Er hatte den Stellwagen nicht bemerkt, der hinter ihm her fuhr. Dieser fuhr ihm ein Bein ab.
Zum Glück war der Doktor, dem beim Anblick eines neuen Patienten wieder Friede und Heiterkeit, die noch soeben vermißten, auf der denkenden Stirne glänzten, sofort zur Stelle, um den nötigen Verband anzulegen.
Mittlerweile war es Nacht geworden. Im Dörfchen brannte ein Haus ab.
„Aha!" rief ich beim Anblick der Flammen. „Unvorsichtigkeit ist eine hervorragende Eigenschaft derjenigen Menschen, welche morgen genau wissen, was sie heute zu tun haben. Hehe!"

Fast hätte mich in diesem Augenblick eine alte Fledermaus erschnappt und aufgefressen, weil sie mich wahrscheinlich für eine kleinere Abart der Kleidermotte ansah; aber ich war schneller als sie und flog in einen dichten Wald und legte mich in das Näpfchen einer ausgefallenen Eichel; und hier, dachte ich, kannst du, wenn auch nicht aus Bedürfnis, so doch aus Prinzip, deiner nächtlichen Ruhe pflegen. Der Mond war aufgegangen und spiegelte sein fettes, glänzendes Gesicht in einem Wassertümpel, den wilde Rosen umkränzten. Schon hatte ich die Absicht, mich in die allergrößten Gedanken zu vertiefen, da ging der Spektakel los.
Siebenundneunzig dumpftönende Unken, dreihundertvierundvierzig hellquakende Wasserfrösche und zweitausendzweihundertundzweiundzwanzig hochzirpende Grillen gebrauchten ihre ausreichenden Stimmittel und emsigen Kunstgelenke zum Vortrage einer sympho=

nischen Dichtung. Ein hohler Weidenbaum mit seinen zwei unteren Seitenästen dirigierte. Sein künstlerischer Chignon wehte im Winde der Begeisterung. Die Sache war langwierig; aber schließlich ging ihnen doch der Faden aus, und das bisher nur mit Mühe unterdrückte Bedürfnis des Beifalls konnte sich Luft machen.
Entzückt und befriedigt raschelten die Rosen mit den Blättern und dufteten sogar, was die wilden sonst kaum zu tun pflegen.
„Brravo!" quakten wie aus einem Munde fünf dicke grüne Laubfrösche. „Brravo! Geschmackvoll! Geschmackvoll!" Und sieben alte graue Käuze, die im Hinterteil einer morschen Erle ihre Logenplätze hatten, quiekten maßgebend über alle hinweg:
„Manjifiek! Manjifiek!"
Ich meinerseits, um doch auch ein hohes Verständnis zu zeigen, suchte mein schönstes falsches Pathos hervor und brüllte, wie laut oder wie leise, das weiß ich nicht mehr:
„Offenbaarrung! Musikalische Offenbaaarrrung!" —
„Eduard, schnarche nicht so!"
ließ sich wieder mal die Stimme vernehmen. Kaum, daß ich danach hinhörte. Ich saß gemütlich in meinem Eichelnäpfchen, höchst sorglos versimpelt in den Gedankengang, der mir grad Spaß machte.
Müdigkeit, hatte ich bisher immer geglaubt, gäb's für mich nicht. Nun aber sollt' ich so recht erfahren, welch unwiderstehlich wohltätige Wirkungen eine gute Musik hat. Schon nach fünf Minuten war ich in einen richtigen rücksichtslosen Schlummer versunken.
Ich mußte wohl ausgiebig geschlafen haben, denn als ich erwachte und mir gewissermaßen die Augen rieb, stand die Sonne schon tief am westlichen Himmel.

In bummeligem Fortschritt schwebte ich nun einer bedeutenden Stadt entgegen, deren hochragende Türme und hochrauchende Schornsteine ich gestern schon von weitem bemerkt hatte.
Eben kam der nachmittägliche Kurierzug über die Brücke dahergesaust.
Im ersten Coupé hatte ein gewiegter Geschäftsmann Platz genommen, der, nachdem er seine Angelegenheiten geregelt hatte, nun inkognito das Ausland zu bereisen gedachte.
Im zweiten Coupé saß ein gerötetes Hochzeitspärchen; im dritten noch eins.
Im vierten erzählten sich drei Weinreisende ihre bewährten Anekdoten; im fünften noch drei; im sechsten noch drei.
Sämtliche noch übrigen Coupés waren vollbesetzt von einer Kunstgenossenschaft von Taschendieben, die nach dem internationalen Musikfeste wollten.
Auf dem Bahndamme standen mehrere Personen. Ein Greis ohne Hoffnung, eine Frau ohne Hut, ein Spieler ohne Geld, zwei Liebende ohne Aussichten und zwei kleine Mädchen mit schlechten Zeugnissen.

Als der Zug vorüber war, kam der Bahnwärter und sammelte die Köpfe. Er hatte bereits einen hübschen Korb voll in seinem Häus=chen stehn.
In den Anlagen der Handelsgärtnerei, die in der Nähe der Brücke lag, wandeln zwei Damen, Frau Präsidentin nebst Tochter. Letztere hatte sich Pflaumen gekauft. „O Mama!" spricht sie beklommen. „Ich kriege so ..." — „Pfui, Pauline!" unterbrach sie die zart=fühlende Mutter. „Von so etwas spricht man nicht!" — „Guten Morrrgen!" schnarrte des Gärtners zahmer Rabe dazwischen. „Oh, sieh mal, Mama!" rief die bereits wieder heitere Pauline. „Welch ein himmlischer Vogel! Bitte, gutes Papchen, sprich doch noch mal!" — „Drrreck!" schnarrte der Rabe. „Komm her, mein Kind!" sprach die indignierte Frau Präsidentin. „Jetzt wird er gemein!"
Hieran bemerkte ich so recht, daß ich mich nicht mehr im Bezirke der annähernd zwanglosen Gemütsäußerungen befand, sondern in der Nähe einer feinen und hochgebildeten Metropole.
Mir entgegen aus dem Tore bewegte sich ein herrlicher Trauerzug. Im Sarg befand sich ein angesehener, aber toter Bankier, beweint und begleitet von hoch und gering. Ich konnte deutlich bemerken, wie er aussah. Er lächelte so recht pfiffig und selbstzufrieden in sich hinein, als ob er sich amüsierte, daß er ein solch schönes Begräbnis weg hatte und ein so langes Gefolge und daß so viele geschmack=volle Kränze seinen Triumphwagen schmückten.
Das wäre was gewesen für Peter, meinen kleinen Neffen! Die Freude hätte ich ihm wohl gönnen mögen. Als vergangenen Herbst die alte Frau Amtmann zur letzten Ruhe bestattet wurde, rief er entzückt: „Ah! Was hat unsere selige Frau Amtmann für eine prachtvolle Kommode!" Wohnungsumzüge und Leichenzüge hält er für die zwei unterhaltlichsten Schaustellungen dieser Welt; und eine ge=wisse Ähnlichkeit zwischen beiden läßt sich auch nicht ableugnen, obwohl der ruhige Erfolg vielleicht mehr auf seiten der letzte=ren ist.
Ich flog weiter. Eine leichte heidnische Dunstwolke mit einem aromatischen Anhauch von Pomade und Knoblauch, die über der christlichen Stadt schwebte, umfing mich.
Auf Straßen und Promenaden flutet das bunte Publikum und er=gießt sich in die hochragenden Speise= und Schenkpaläste, die fürst=lich geschmückten, wo der altbewährte Grundsatz gilt: Lieber ein bissel zu gut gegessen als zu erbärmlich getrunken. Freilich, manch Ach und Krach, was anscheinend vielleicht stören könnte, ist auch in der Nähe; wer aber mal einen gesunden Appetit hat, den geniert es nicht viel, wenn er auch mal ein paar unglückliche Fliegen in der Suppe findet.
Das Geschäft steht in Blüte; der Israelit gleichfalls. Warum wollte er auch nicht? Seine Sandalenfüße, seine getreulich überlieferte Nase, die merklich abgewetzt wurde vom wehenden Wüstensande, dem die Väter einst vierzig Jahre lang entgegenmarschierten, geben

ihm das Zeugnis einer schönen Beständigkeit. Mit Vorsicht wählt er die Kalle, und nimmt er sie mal, so pflegt er sie auch zu behalten, es sei, wie's sei, und nicht, wie die andern, so häufig zu wechseln. Nüchtern geht er zu Bett, wenn die andern noch saufen; alert steht er auf, wenn die andern noch dösig sind. Schlau ist er wie nur was, und wo's was zu verdienen gibt, da läßt er es nicht aus, bis „die Seel' im Kasten springt".
Daß man sich durch dergleichen bürgerliche Tugenden nicht viel beliebter macht als Ratten und Mäuse, ist allerdings selbstverständlich.
Übrigens befand ich mich in diesem Augenblicke grade über dem Hause eines antisemitischen Bauunternehmers, und so witschte ich mal eben durchs Dach hinein.
Im vierten Stock legt ein Fräulein Hut und Handschuh ab. Sie hat Einkäufe gemacht, unter anderm ein Glas voll Salpetersäure. Nicht ohne einen gewissen Zug von Entschlossenheit sieht sie dem Besuche ihres Verlobten entgegen.
Eine kleine Betriebsstörung im Verkehr zweier Herzen kann immerhin vorkommen.
Im dritten Stock öffnete sich etwas hastig die Türe des Eßzimmers. „Babett!" ruft eine weibliche Stimme. „Komm mit dem Wischtuch! Mein Mann hat das Sauerkraut an die Wand geschmissen!"
Ach, wie bald verläßt der Friede den häuslichen Herd, wenn er an maßgebender Stelle keine kulinarischen Kenntnisse vorfindet!
Im zweiten Stock — Madame sind ins Theater gefahren — führt sich das Kindermädchen den Inhalt der Saugflasche zu. Das Mädchen ist fett, der Säugling ist mager. Der Säugling schreit auch.
Allerdings! Die Säuglinge schreien mitunter. Aber wie man auch sonst über Säuglinge denken mag, so rechte Denunzianten, gottlob, das sind sie noch nicht!
Im ersten Stock, beim Scheine der Lampe, sitzt ein altes trauliches Ehepaar. Fast fünfzig Jahre sind's her, daß sie sich liebend verbunden haben. Sie muß niesen. „War das eine Katze, die da prustet?" fragt er. „War das ein Esel, der da fragt?" spricht sie.
So soll's sein! Wenn man auch früher verliebt war, das schadet nichts; wenn man nur später gemütlich wird.
Im Erdgeschoß befinden sich Geschäftsräume. Bequem im Sessel ruht der Kassierer. Er hat soeben unter Aufwand seiner vorzüglichsten Geisteskräfte eine neue Art helldunkler Buchführung erfunden, die genauso aussieht, als ob alles in Ordnung wäre, und raucht nun zur Erholung eine echte Havanna.
Es poltert auf der Treppe.
Als ich das Haus verließ, sprang ein Herr aus der Tür, der emsig wischte und spuckte.

Ich beschloß, das Theater zu besuchen. Ich kam am Gefängnis vorbei. Unter gefälliger Nachhilfe dem schlichten Omnibus entsteigend,

wurde eben ein neuer Gast abgeliefert. Es ist der Landbewohner von gestern, der seine Kerze so unvorsichtig ins Stroh gestellt. Oder sollte ich mich doch am Ende in den Absichten dieses Mannes ... Unmöglich! Das konnt' ich mir im Traume nicht zumuten. — Wie ihr seht, meine Freunde! Als Inspektor bei der Brandkasse hätten sie mich auch nicht gebrauchen können.
Im Theater gab man ein frisch importiertes Stück, wo es grausam natürlich drin zuging. Als es zu Ende, traten mehrere Dichter, die sich auch schon immer was vorgenommen hatten, ohne recht zu wissen, wieso, voll entschiedener Klarheit auf die Straße heraus. „Nur immer natürlich, Kinder!" rief einer. „Ein natürliches Bauernmädel, und spränge es im Lehm herum bis an die Knie, dringt mehr zum Herzen und ist mir zehntausendmal lieber als elftausend einbalsamierte Prinzessinnen, die an Drähten tanzen!" Und dann stellten sie sich alle in einen Kreis und sangen, und ich sang mit: „Natur und nur Natuurrr!"
„Eduard, schnarche nicht so!"
ließ sich sofort die Stimme vernehmen. — Schon recht! dacht' ich und hörte nicht weiter hin, sondern blieb bei dem, was ich mir vorgenommen hatte. —
Was nun aber das Kunstwerk betrifft, meine Lieben, so meine ich, es sei damit ungefähr so wie mit dem Sauerkraut. Ein Kunstwerk, möcht' ich sagen, müßte gekocht sein am Feuer der Natur, dann hingestellt in den Vorratsschrank der Erinnerung, dann dreimal aufgewärmt im goldenen Topfe der Phantasie, dann serviert von wohlgeformten Händen, und schließlich müßte es dankbar genossen werden mit gutem Appetit.
Nachdem sich Freund Eduard dieser Meinung entledigt hatte, fuhr er fort in der Erzählung seines Traumes, wie folgt.
Unbefangen im Bewußtsein meiner, sozusagen, Nichtweiterbemerkbarkeit, huscht' ich in einen schönen Salon hinein, welcher festlich gefüllt war. Und das muß ich gestehen, dieses flimmernde Flunkerwerk von Lächeln, Fächeln und Komplimentieren, nicht selten mit der Angel im Wurm, fand meinen ganzen verständnisvollen Beifall.
Was ist doch der „alte Adam" für ein prächtiger Kerl. Er rackert sich ab, er hackt und gräbt und schabt und schindet, er schlägt sich und verträgt sich jahrelang, generationenlang, je nach Glück und Geschick, hat er aber mal was auf die hohe Kante gelegt, hat er Geld und Zeit, flugs schrubbt er sich und macht sich schmuck, daß man kaum noch sieht, was eigentlich dran ist. Und Eva? Wer weiß, was Grazie heißt, wem es jemals vergönnt war zu bemerken, mit welch zweckmäßiger Anmut sie die immerhin etwas verdächtigen Erbstücke einer paradiesischen Vergangenheit teils traulich zu umwölken, teils freundlich zu enthüllen, teils anheimelnd zu schmücken versteht, dem wird es weder unerklärlich noch unverzeihlich erscheinen, daß ich, als der unerbittliche Morgen ans Fenster klopfte,

nur mit Bedauern eine Kulturstätte verließ, wo mir's so wohl war, obwohl mich doch niemand beachtet hatte.
Noch sind Markt und Gassen umschleiert von erfrischendem Nebel=dunst. Doch schon, geweckt und angetrieben durch den gewinnver=heißenden Handelsgeist oder durch einen vorsorglichen Hinblick auf den leider unvermeidlich bevorstehenden Tagesbedarf der häuslichen Wirtschaft, hat mancher sein nächtliches Lager verlassen, um auf dem Markte womöglich der erste zu sein. Ein freundlicher Kleinbürger, vermutlich ein Junggesell, hat sich bereits sein Päck=chen Butter erstanden und tritt befriedigt die Heimkehr an. Doch prüft er noch einmal unter Zuhilfenahme des Zeigefingers. Der Er=folg ist schreckhaft. Das Auge starrt, der Mund steht geöffnet. Er eilt auf den Markt zurück. Er umhalst die ländliche Butterfrau. Er drückt ihr Haupt an seinen Busen. Und während er dies mit der Linken tut, schmiert ihr seine Rechte unter fortwährend mahlender Kreisbewegung die „gefüllte" Butterwälze in das ängstlich gerötete Angesicht. Die Frau kam mir bekannt vor. Der herbeigerufene Schutzmann knüpfte mit ihr ein näheres Verhältnis an.
Zu gleicher Zeit entstand vor einem in der Nähe liegenden ge=schmackvollen Rokokohause ein wehmütig klagendes Volksgetüm=mel. Meist Witwen und Waisen. Bankiersfirma. Geschäft geschlos=sen. Besitzer gestern begraben. Passiva bedeutend.
Doch die Sonne, den Nebel zerteilend, schien nun strahlend an den Tempel der Wissenschaft, dem mein nächster Besuch galt.
Ich sah sie, ich sah sie leibhaftig, die hohen Forscher, ich sah sie sitzen zwischen ihren Mikroskopen, Retorten und Meerschweinchen; ich erwog den Nutzen, den Vorschub, den berechtigten Stolz und alles, was ihnen die Menschheit sonst noch zu verdanken hat, und in gedrückter Ehrfurcht verließ ich die geheiligten Räume.
Aber ein Kritiker — denn Flöhe gibt's überall — sagte zu einem anderen, mit dem er vorüberging: „Da drinnen hocken sie, Zahlen im Kopf, Bazillen im Herzen. Alles pulverisieren sie: Gott, Geist und Goethe. Und dann die Besengilde, die gelehrte, die den Kehricht zusammenfittchet von den Hintertüren der Jahrtausende. — Siehst du das Fuhrwerk da? Siehst du den Ziegenbock, der jeden Morgen sein Wägelchen Milch in die Stadt zieht? Sieht er nicht so stolz aus, als ob er selber gemolken wäre?"
Ich flog ins Museum, in die Verpflegungsanstalt für bejahrte Ge=mälde, und als ich sie mit Verständnis besichtigt hatte, begab ich mich nebenan in die Bilderklinik, wo die Bresthaften geflickt und kuriert werden. „Restauriert und überlackiert!" So seufzte ein würdiger Kunstfreund. „Und wenn's gut geht, ein paar geistige Pinselhaare bleiben immer drauf kleben!"
Wie? dacht' ich. Soll denn Tobias seinen alten Vater nicht salben, der blind ist? Soll denn eine liebende Enkelin ihre gute Großmutter nicht schminken, wenn sie runzlig geworden? Und für alle Fälle, was Neues gibt's auch noch. Wo hängt es? Im Kunstverein.

Witsch! war ich da. Der Anblick, der mir zuteil wurde, steht unauslöschlich in meiner Seele geschrieben. Alles mußt' ich loben; das herbe Elend, wie es leibt und lebt; die anregenden Visionen der Mystik; ja, beinahe auch die anziehenden Gestalten der Frauenwelt, die so unbefangen dastanden, obgleich sie aus der Überschwemmung der Kleider nichts weiter als das nackte Leben gerettet hatten.

Jedoch leider traf ich auch hier wieder störende Leute, denen die Tätigkeit ihrer kunstfertigen Mitmenschen nicht recht war.

So ein ruppiger alter Junge schnüffelte an allen Bildern herum und suchte nach Zweideutigkeiten, um sich sittlich zu entrüsten. Man nannte ihn den „Mann mit der schmutzigen Brille", weil er überall den Unrat wittert, den er mitbringt.

Und noch ein anderer war da mit einem Gesicht so boshaft wie das eines tausendjährigen Kolkraben, der im Revier das entscheidende Wort führt. „Nichts als Quark!" krächzte er, um sich blickend. „Malen kann jeder, geschickt sind viele, gescheit sind wenige, ein Mensch ist keiner. Gebt mir einen ganzen Menschen, ein komplettes Individuum, das sich aufs Malen verlegt und so unerschöpflich im Finden, Formen und Färben, daß alles aus ist. Das ist's, was ich von der Kunst verlange!"

Was so ein Schlingel, dacht' ich, nicht alles von der Kunst verlangt und noch mehr von seinem Schöpfer, dem er noch nie was geschenkt hat.

Zwei berühmte Künstler, die eben vorüberschritten, machten dem Kritikus zwei ergebenste Bücklinge; denn Furcht heißt die Verfasserin des Komplimentierbuchs für alle. Als sie unter sich waren, nannten sie ihn Schafskopf.

Wie ihr wohl bemerkt haben werdet, meine Freunde, war ich entrüstet, und komplett war ich auch nicht. Entrüstung ist ein erregter Zustand der Seele, der meist dann eintritt, wenn man erwischt wird.

Mit der Politik gab ich mich nur so viel ab als nötig, um zu wissen, was ungefähr los war. Vor wenigen Tagen war der größte Mann seines Volkes vom Bocke gestiegen und hatte die Zügel der Welt aus den Händen gelegt. Nun, hätte man meinen sollen, gäb's ein Gerassel und Kopfüber, Kopfunter. Doch nein! Jeder schimpfte und schacherte und scharwenzelte so weiter und spielte Skat und Klavier oder sein Los bei Kohn und leerte sein Schöppchen genau wie vorher, und der große Allerweltskarren rollte die Straße entlang, ohne merklich zu knarren, als wär' er mit Talg geschmiert.

Die Welt ist wie Brei. Zieht man den Löffel heraus, und wär's der größte, gleich klappt die Geschichte wieder zusammen, als wenn gar nichts passiert wäre.

Während ich noch hierüber nachdachte, fiel mir plötzlich was ein. Soviel Wunderbares und Herrliches mir nämlich bisher auch begegnet war, ein wahrhaft guter Mensch war mir nicht vorgekom=

men. Nicht, daß ich mich so recht herzlich danach gesehnt hätte; es war nur der Vollständigkeit wegen.

Wie ich munkeln hörte, sollte einer da und da, Hausnummer soundso, gleich draußen vor der Stadt leben; ein auffälliger Menschenfreund, dem der Besitz eine Last sei und das Verteilen ein Bedürfnis, und ich beeilte mich, ihm sofort einen heimlichen Besuch abzustatten.

Er hatte grad von der Heerstraße, die vor seiner Tür vorüberführte, fünf das Land durchstreifende Wanderer hereingeholt. „Brüder!" So sprach er mild. „Tut, als ob ihr zu Hause wäret. Wir wollen alle gleich viel haben!"

Die Fremden zeigten sich einverstanden. Man aß gemeinsam, man trank gemeinsam, man rauchte gemeinsam, und was die Stiefel anlangt, so wurde freudig beschlossen, daß sie in der Früh gemeinsam geputzt werden sollten. — Da der Fall immerhin merkwürdig schien, beschloß ich, bis zum folgenden Tage zu bleiben.

Am nächsten Morgen versammelten sich die sechs Herren im gemeinsamen Frühstückszimmer, und als der Menschenfreund seine fünf Brüder ebenso propper gekleidet sah wie sich selbst, trat ihm eine Träne ins Auge, und jedem die Hand reichend, sprach er seine Freude darüber aus, daß nun jeder befriedigt sei.

Ein gewesener Maurerpolier fing an, sich zu räuspern. „Ja!" sprach er. „Das ist wohl so! Indessen, da du deinerseits, mein Bruder, nun so lange Zeit mehr gehabt hast wie wir, wär's da nicht recht und billig, wenn wir unsererseits nun auch mal ebenso lange Zeit mehr hätten als du?"

Der gerechte Menschenfreund, dem inzwischen noch eine zweite Träne ins Auge getreten, nickte ihm Beifall zu.

Demnach trank jeder seinen Mokka, ausgenommen der Menschenfreund, demnach nahm jeder seinen Kognak, ausgenommen der Menschenfreund, demnach rauchte jeder seine Havanna, ausgenommen der Menschenfreund, demnach putzte keiner die Stiefel, ausgenommen der Menschenfreund.

Als dieser nun seine fünf Brüder noch propperer dastehen sah als sich selber, trat ihm eine dritte Träne ins Auge, und jeden umumarmend, drückte er jedem seine Freude darüber aus, daß endlich jeder befriedigt sei.

Hier fing der Maurerpolier wieder an, sich zu räuspern, und sagte, ja, das wäre wohl so, aber jetzt sollte er sich mal draußen unters Fenster stellen, und dann wollten sie ihm mal richtig auf den Kopf spucken und wollten mal zusehen, ob der Herr Bruder noch stolz sei.

Der Menschenfreund, dem inzwischen noch eine vierte Träne ins Auge getreten, zeigte sich abgeneigt.

Als das die fünf Brüder bemerkten und sahen, daß er sich sträuben wollte, faßte ihn einer hinten am Rockkragen und zog dran, bis die Ohren oben verschwanden, und ein anderer faßte ihn hinten am

Hosenbund und zog daran, bis die Waden unten zum Vorschein kamen, und so führten sie ihn rings in der Stube herum und ließen ihn „stolz gehen", wie sie es nannten, und dann hielten sie ihn horizontal in der Schwebe und trugen ihn auf den Hausflur, und dann zählten sie eins, zwei, drei, indem sie ihn pendulieren ließen, und bei drei flog er zum Tore hinaus und tat einen günstigen Fall in warmen Spinat und erschreckte eine Kuh, die sich hier einen Augenblick verweilt hatte, und als er so dalag, rannen ihm die an=gesammelten vier Tränen auf einmal aus den Augen heraus, und schimpfen tat er auch. Daraus, daß er letzteres tat, sah ich nur zu deutlich, daß er doch kein recht guter Mensch war.

Wer der Gerechtigkeit folgen will durch dick und dünn, muß lange Stiefel haben. Habt ihr welche? Habe ich welche? Ach, meine Lieben! Lasset uns mit den Köpfen schütteln!

In meinem Traume aber hatte ich die Hoffnung, einen guten Men=schen zu finden, noch nicht aufgegeben. Ich folgte auf gut Glück einem Kollektanten, der mit seiner Sammelliste in eine nahe ge=legene Villa ging.

Der nicht unbeleibte Besitzer derselben gab eine Mark für die äußere Mission und fünfzig Pfennige für die innere. Nachdem er dies getan und der Kollektant sich entfernt hatte, verfiel er in Schwermut. „Ich bin zu gut! Ich bin viel zu gut!" rief er seufzend und war ganz gerührt über sich selber wegen seiner fast straf=baren Herzensgüte.

Ich war befriedigt. Ich hatte sogar einen mehr als guten Menschen gesehn.

Erleichtert, sozusagen, flog ich nach dem Nymphengarten, wo vor versammelten Zuschauern ein Ballon in die Lüfte stieg.

Der großartige Anblick brachte plötzlich einen kleinen Plan in mir zur Reife, den ich längst schon gehegt hatte. Ich wollte doch eben mal nachsehn, ob die Welt eigentlich ein Ende hätte oder nicht.

Pfeilschnell stieg ich auf und befand mich sogleich in unmittelbarer Nähe des Ballons. Wir schwebten über der Stadt. Den Fallschirm in kundigen Händen, sprang der Luftschiffer aus der Gondel. Der Schirm versagte; und der kühne Aeronaut, soeben noch schnell nach oben strebend, strebt nun noch schneller nach unten mit einer zunehmenden Geschwindigkeit, die er kaum selber zu ermessen vermag. Er setzt sich auf den spitzigen Blitzableiter der Synagoge. Er zappelt unwillig mit Händen und Füßen, denn er war Antisemit. Dann ließ er nach und gab sich zufrieden.

Ja, meine Lieben! Im ersten Augenblicke ist einem manches nicht angenehm, aber mit der Zeit gewöhnt man sich an alles. Ach ja!

Nicht lange, so hatt' ich ihn und seinen Luftball, ja, sogar den atmo=sphärischen Dunstkreis unseres Erdballes weit hinter mir.

Es sauste bereits ein Komet an mir vorüber, jedoch so eilig, daß ich nur konstatieren konnte, es war eine runde, hohle, durch=

scheinende Kuppel von Milchglas, die ein Loch hatte, aus dem geräuschvoll ein leuchtendes Gas entströmte, welches nach hinten den Schweif, nach vorne, vermutlich durch Rückstoß, die rapide Bewegung dieses merkwürdigen Sternes erzeugte.
Wenige Sekunden später passierte ich den Tierkreis.
Die hübsche „Jungfrau" mit den gesunden „Zwillingen", auf jedem Arm einen, schielte zärtlich nach dem „Schützen" hinüber, einem schmucken, blonden, krausköpfigen Burschen, dessen Flügel schön bunt, dessen Köcher, Bogen und Pfeile von Gold sind.
Nicht weit davon in seiner Butike saß der schlaue krummnasige „Wassermann" — Juden gibt's doch allerwärts! — und regulierte die „Waage" zu seinen Gunsten.
Nun aber tat ich einen Satz, den ich mir selber, und das will was heißen, kaum zugetraut hätte. Der Aufschwung, den ich mir gegeben, war dermaßen kräftig, daß ich nicht bloß die äußere Kruste der Welt durchstieß, sondern auch noch eine erkleckliche Strecke weit hinaus flog in den leeren, unermeßlichen Raum. Hier stand ich still, drehte mich um und verschnaufte mich. Durch die gemachte Anstrengung war ich weißglühend geworden. Und nun kam der erhabenste Augenblick meines Lebens.
Von meinem Ich allein, von einem einzigen Punkte aus, durch die unendliche Nacht, warf ich einen elektrisch leuchtenden Strahlenkegel auf die Weltkugel, die in ziemlicher Entfernung mir grad gegenüber lag. Sie hatte wirklich ein Ende und sah von weitem aus wie ein nicht unbedeutender Knödel, durchspickt mit Semmelbrocken.
Tief versunken in das überwältigende Schauspiel, hatt' ich fast nicht beachtet, daß ich anfing, mich abzukühlen. Mein Licht brannte matter. Die Aussicht, im nächsten Augenblick ganz allein in der leeren Dunkelheit zu sitzen, wo es obendrein kalt wurde, erschreckte mich doch. Es war die höchste Zeit.
So schnell ich nur konnte, eilt' ich der Welt wieder zu und fand auch glücklich das Loch wieder, wo ich herausgekommen. Ich bohrte tiefer und tiefer; aber noch geblendet von meinem eigenen Lichte von vorhin, kam mir alles so dunkel vor. Ich tappte hierhin und dahin. Endlich fühlt' ich was Rauhes. Es war der Schwanz des „Kleinen Bären". Sofort orientierte ich mich, rutschte ein gutes Stück weit an der Himmelsachse hinunter und sprang dann, sobald unser kleines Erdel in Sicht kam, nach seitwärts in der Richtung der gemäßigten Zone hinab.

Die geographische Lage des Ortes, wo ich mich niederließ, war mir ganz und gar unbekannt. Ich weiß nur, daß ich auf der linken Hand eines jungen Mädchens saß, welches mich scharf fixierte, während es mit der Rechten zu einem Klapse ausholte, der mich sicher zermatscht hätte wie eine Stechmücke, wär' ich nicht schnell auf und davon gewitscht.

So war ich denn zum ersten Mal auf meiner Reise unter Menschen geraten, welche scharfsinnig genug waren, mich trotz meiner Wenigkeit zu bemerken.
Um zu probieren, ob ich auch verstanden wurde, näherte ich mich einem Schäfer, der, unter einem schattigen Baume liegend, sein Vesperbrot verzehrte, bestehend aus einer Flasche Rotwein nebst drei gebratenen Tauben.
Ohne irgendwelches Erstaunen, ohne seine Tätigkeit im geringsten zu unterbrechen, nickte er mir auf meinen Gruß: „Prostemahlzeit!" sein gemütsruhiges: „Danke!" zu.
Während er nach Erledigung der Flasche seine dritte Taube entknöchelte, sagt' ich zu ihm:
„Ihr lebt hier, scheint's, im Reiche der Behaglichkeit, guter Freund!"
„Mag wohl sein!" gab er schon halb träumend zur Antwort. Dann mümmelte er noch ein Weilchen so hin an dem letzten Taubenflügel, der ihm halb aus dem Munde stand, und verfiel in einen dermaßen erquicklichen Schlummer, daß es weithin vernehmlich war.
„Eduard, schnarche nicht so!"
ließ sich wieder die Stimme verlauten.
Wieso? dacht' ich und flog wohlgemut weiter, um über Sitten und Bräuche des Landes meine näheren Erkundigungen einzuziehn.
Durch das einmütige Zusammenwirken sämtlicher Forscher auf sämtlichen Gebieten der Wissenschaft war hier in der Tat ein solch angenehmes Kommunalwesen zustande gekommen, daß selbst ein im Hergebrachten verhärteter Kopf hätte zugeben müssen, es sei mehr als er jemals für möglich gehalten.
Gewöhnliches Mehl, soviel man brauchte, wurde einfach aus Sägespänen gemacht, das feinere für die Konditer auf etwas weitläufigerem Wege aus Bettstroh und Seegrasmatratzen. Zucker hatte man gelernt ohne weiteres herzustellen, ohne auch nur einer einzigen Rübe ein gutes Wort geben zu müssen. Aber das wichtigste war, daß man keine Kohlen mehr nötig hatte. Vermittelst sinnreicher Brennglasapparate sammelte man während der guten Jahreszeit nicht bloß so viel Sonnenwärme, als zum Betriebe aller Maschinen, Öfen, Lampen, Töpfe und Wärmflaschen des Landes erforderlich war, sondern auch zu bloßen Belustigungszwecken noch immer was drüber. Daß dadurch den Leuten hier die Einrichtung einer bequemen bürgerlichen Gemeinschaft bedeutend erleichtert wurde, war überall ersichtlich. Man tut gleich wenig und hat gleich viel. Nur der, welcher grad Dünger fährt, kriegt einen Schnaps extra. Mit dem fünfunddreißigsten Jahre zieht man auf die Leibzucht. Stehlen hat keiner mehr nötig; höchstens wird von kleinen Knaben noch mal hin und wieder eine Zigarre stibitzt. Man betrachtet dergleichen als angeborenen Schwachsinn, wo der Betreffende im Grunde nichts für kann, und bringt ihn deshalb in die Anstalt für Staatstrottel zu den übrigen. Auch andere Krankheiten gibt's wohl noch, doch hat man Mittel gefunden, daß keine mehr weh tut, und was das Faul=

fieber betrifft, welches, besonders in den wärmeren Monaten, nicht eben sehr selten ist, so kuriert man es nach und nach durch Wohl=wollen und nachsichtige Behandlung. Man muß nur Geduld haben.
Der Tod ist freilich auch hierzulande nicht ausgeschlossen; nur ist man viel zu aufgeklärt und besitzt im Hinblick auf die Höhe der eigenen Leistungen ein viel zu edles Selbstgefühl, um sich der Be=fürchtung hinzugeben, es könne hernach am Ende doch etwas passieren, woran niemand eine rechte Freude hat.
So weit wäre ja alles recht schön! dacht' ich. Aber wie sah's aus mit der Neidhammelei der Dummen gegen die Gescheiten und der Garstigen gegen die Wohlgeformten, besonders bei den Herren? Wie, vor allen Dingen, verhielt es sich mit der Strebsamkeit der Liebe, so daß der Zappermentshansel immer obendrauf sein möchte im Herzen der Grete und es partout nicht leiden will, daß sie den Malefizjochen noch lieber hat als ihn?
„Ja!" sagte mir ein phlegmatischer Leibzüchter. „War schlimm! Früher auch viel Last gehabt damit. Jetzt vorbei. Schon längst die Kon—kurrr—renz—drrrüüse . . ."
„Eduard, schnarche nicht so!"
rief die Stimme. Ich hörte aber nicht hin danach.
„. . . die Konkurrenzdrüse entdeckt!" fuhr der Leibzüchter fort; und dann beschrieb er das Weitere: „Sie sitzt hinter dem einen Ohre, tief in der Gehirnkapsel. Ausbohrung obligatorisch. Erfolg durch=schlagend."
Er hatte recht. Mit dem Gedrängel und der Haßpasserei war's aus daselbst. Man gönnte jedem seine Schönheit und seine Gescheitheit und seine Frau auch, sie mochte so verlockend sein, wie sie wollte, und ob die Grete den Hans kriegte oder den Jochen oder den alten Nepomuk, das war ihr und überhaupt jedem egal.
So lebten denn daherum die Leute in einer solch wöhnlichen und wohldurchdachten Gemeinschaft, daß sie unsern Herrgott und seine Zehn Gebote nicht mehr nötig hatten.
Nur eins war schade. Das Lachen hatte aufgehört. Zwar hat man Lachklubs und Lachkränzchen für jung und alt; man läßt sich den dümmsten Stoffel und die garstigste Trine aus dem Spital kommen und besichtigt sie von allen Seiten; man lacht, aber es geht nicht so recht. Es ist ein heiseres, hölzernes, heuchlerisches Lachen.
Und natürlich, meine Lieben! Jenes selige Gefühl, wobei das ganze Gesicht glanzstrahlend aus dem Leime geht; jenes wonnige Be=wußtsein, daß wir wen vor uns haben, der noch dümmer oder häß=licher ist als wir selber; diese aufrichtige Freude an der Bestätigung unserer überwiegenden Konkurrenzfähigkeit, deren lauten oder leisen Ausdruck wir Lachen oder Schmunzeln nennen, konnte unter derartig geregelten Verhältnissen nicht mehr vorkommen. Daß sich aber dagegen eine gewisse sanfte Eintönigkeit herbeischleichen würde, deren Wert man nur selten zu schätzen weiß, das ließ sich wohl annehmen.

Und so war's. Sie hatten gemütliche Parkanlagen; aber an jedem Baum hing wer. Die Eingeborenen freilich spazierten herum dazwischen und hatten nichts weiter dabei. Ich konnte mich aber nicht mehr recht daran gewöhnen.
Es war eine größere Insel, auf der ich mich befand. Ich flog übers Meer.

Unterwegs, als ich bei einer ganz kleinen Insel vorüberkam, sah ich mehrere antike Sirenen auf ihren Nestern sitzen. Ihre Gesichter waren faltig wie dem Großvater sein lederner Tabaksbeutel, und Stimme hatten sie auch nicht mehr, sondern schnatterten wie die Gänse. Da sie nicht länger weder durch Gesang noch durch Händewinken und Augenzwinkern den Schiffer bezaubern konnten, versuchten sie's vermittelst goldener Eier, die sie selbst gelegt hatten, und als ich mich auf nichts einließ, schmissen sie damit, und ich merkte wohl an einem, welches dicht an mir vorbeiflog, daß sie nicht echt waren, und freute mich, daß mich keines traf wegen meiner Geringfügigkeit, und so erreichte ich wohlbehalten das Festland, ohne vergoldet zu werden.

Zunächst besucht' ich, um endlich mal zu erfahren, was eine Sache ist, abgesehen davon, wie sie uns vorkommt, einen weltberühmten Naturphilosophen, der mir zu diesem Zwecke besonders empfohlen war.
Derselbe begrüßte mich unter der Haustür und führte mich, als er gehört, was ich wollte, sogleich mit überlegener Höflichkeit in sein geräumiges Arbeitszimmer.
Er trug ein rotes Samtkäppchen mit grüner Hahnenfeder, einen Schlafrock von Maulwurfsfellen, eine hirschlederne Hose und spitze Pantoffeln von Krokodilshaut. Seine Nase glich der Mohrrübe, sein Auge der Walnuß, sein Mund der Sparbüchse, sein Bart den Fischgräten, und auf dem Kinn hatte er eine Warze sitzen, die aussah wie ein vollgesogener Zeck.
Obgleich sein Benehmen durchaus ernsthaft erschien, war mir's doch, als müßte sich unter der Haut seines ehrwürdigen Gesichtes ein verschmitztes Lächeln verbergen; ein Argwohn, der zusehends verschwand, als ich die wundersamen Gegenstände bemerkte, welche dieser außerordentliche Mann nicht bloß zu sammeln gewußt, sondern auch auf das liebenswürdig bereitwilligste zu zeigen geruhte.
Auf Tischen, Stühlen, Schränken standen und lagen durcheinander Bücher, Präparate in Spiritus, ausgestopfte Vögel, Automaten und sonstige Schosen.
Drei Papageien, die stets wiederholten, was der Meister gesagt hatte, schaukelten sich auf einer schwebenden Stange.
„Vorerst, mein Wertester", so begann er, „betrachtet Euch gefälligst dies automatische Kunstwerk!"

Knarrend zog er es auf. Es war ein Fischreiher, in einer Schale voll Wasser stehend, worin sich ein Aal befand. Der Reiher bückte sich, erfaßte den Aal, hob ihn in die Höhe, verschluckte ihn und stand dann gleichsam befriedigt in Gedanken. Aber bereits im nächsten Augenblicke schlüpfte der geschmeidige Fisch wieder hinten heraus. Wieder mit unfehlbarer Sicherheit ergriff ihn der langgeschnäbelte Vogel, ließ ihn hinuntergleiten, und wieder kam der Schlangenfisch am angeführten Orte zum Vorschein, um nochmals verschlungen zu werden, und so ging's fort und fort.

„Dies", erklärte der Meister, „ist der Kreislauf der Dinge!"

Darauf nahm er ein unscheinbares Gerät vom Schranke. Es war eine kleine Wehmühle. Er blies den Staub davon, hielt sie mir vor und sprach bedeutungsvoll: „Hier, mein Geschätzter, seht Ihr das ‚Ding an sich', das vielberufene, welches vor mir noch niemand erkannt hat."

Er drückte auf einen Knopf. Die Mühle fing langsam zu fächeln an. Ein ungemein molliges Gefühl überkam mich, als würd' ich von zarten Händen so recht sanft hinter den Ohren gekraut.

Er drückte zum zweiten Male auf den Knopf. Nur das feinste Diner kann der Zunge ein solches Wohlgefallen bereiten, wie es mir jetzt zuteil wurde.

Er drückte zum dritten Male. Nun kam der Geruchssinn an die Reihe. Erschrocken blickt' ich den Meister an. Doch nicht der leiseste Zug einer verdächtigen Heiterkeit störte den Ausdruck seines ehrbaren Gesichtes.

Schon berührte er den Knopf zum vierten Male. Ein prachtvoller Parademarsch erklang.

Er drückte zum fünften Male. Ein Feuerwerk sprühte auf, so herrlich, daß es sich der Prinz an seinem Geburtstage nicht schöner hätte wünschen können.

„So ist denn", sprach er erklärend, „alles das, was zwischen uns und den Dingen an sich passiert, nichts weiter als eine Bewegung, bald schneller, bald langsamer, in einer Äther- oder Luftschicht, die bald dicker, bald dünner ist."

„Auch die Gedanken?" fragt' ich.

„Auch sie!" erwiderte der Meister. „Wir werden gleich sehen!"

Er stellte die Wehmühle weg und kriegte eine Windmühle her. Sie war nach dem gleichen System gearbeitet wie diejenigen, welche man in die Wipfel der Kirschbäume stellt, um die Spatzen zu verscheuchen, nur war sie viel kleiner und hatte Flügel von Papier. Indem er mir dieselbe entgegenhielt, rief er ermunternd:

„Wohlan, mein Bester! Jetzt denkt mal drauflos!"

Ich nahm mich zusammen und dachte, was ich nur konnte, und je eifriger ich dachte, je eifriger drehten sich die Papierflügel der Mühle, und klappern tat sie, daß es selbst ein erfahrener alter Sperling nicht gewagt hätte, in ihre Nähe zu kommen.

„Je mehr Wind, je mehr Lärm!" sprach der Gelehrte erläuternd.

„Und Lust und Leid des Herzens", forschte ich weiter, „sind die gleichfalls Bewegung?"
„Gewiß!" erhielt ich zur Antwort. „Nur schraubenförmig!"
Damit nahm er vom Gesimse ein zierliches Gestell, worin horizontal ein Pfropfenzieher lag, den man vermittelst einer Kurbel in drehende Bewegung setzen konnte.
„Nur zu!" rief ich erwartungsvoll.
Er schloß das linke Auge und fixierte mich blinzelnd mit dem rechten.
„So geht es noch nicht!" sprach er zögernd. „Denn wie ich bemerke, mein Lieber, ist Eure Konstitution etwas anders beschaffen, als es sonst üblich ist. Darum bitt' ich zuvörderst, hier Platz zu nehmen in dem Sessel der höheren Empfindsamkeit!"
Dies war ein ungemein weich gepolsterter Lehnstuhl. Ich ließ mich darauf nieder. Der Meister näherte sich mit der Schraube und fing an, vorwärts zu drehen.
Ein unsagbar peinliches Gefühl durchbohrte mein innerstes Wesen. Ich hätte laut aufschreien mögen. Es war, als wäre meine alte Großtante gestorben.
„Der Schmerz ist positiv!" sprach der Meister gelassen.
Und nun drehte er rückwärts. Der Schmerz ließ nach. Es durchströmte mich wie ein großes unerwartetes Glück. Es war, als hätte mir die Selige eine halbe Million vermacht.
„Die Freude ist negativ!" erklärte der Meister, indem er die Seelenschraube wieder an ihren Platz stellte.
Um die Geduld des freundlichen Gelehrten nicht übermäßig in Anspruch zu nehmen, hielt ich es jetzt für angemessen, mich bestens zu empfehlen.
„Noch eins!" sprach er und führte mich an seinen Schreibtisch.
In einem großen Glase voll Spiritus saß ein wunderliches Geschöpf, welches die größte Ähnlichkeit hatte mit einem überreifen Kürbis, woran unten, anscheinend als Gliedmaßen, ein paar kümmerliche Ranken hingen.
„Dies", so demonstrierte der Meister, „ist der Mensch von vor tausend Millionen Jahren, ehe er herabsank zum verächtlichen Lanzettierchen, von welch letzterem wir uns wenigstens in der Gegenwart so weit wieder aufgerappelt haben, daß wir hoffen dürfen, auch in der Zukunft noch mal wieder etwas Rechtes zu werden."
„Schön ist er nicht!" meint' ich enttäuscht.
„Aber schlau!" fiel mir der Forscher ins Wort. „Ich hab' ihm den Kopf visitiert. Die zweifelhafte Unterscheidung zwischen hier und dort, zwischen heute und übermorgen, die uns jetzt so viele Verlegenheiten bereitet, gab's damals nicht: die Frage, ob zwei mal zwei vier sei oder sonst was, ließ man unentschieden; und was die Grundsätze der Geometrie betrifft, so kann ich wenigstens so viel mit Bestimmtheit versichern, daß zu jenen Zeiten die krummste Linie der kürzeste Weg zwischen zwei Punkten war."

Hier machte der Naturphilosoph eine Pause, die mir Zeit ließ, ihm meine Bewunderung auszudrücken und zugleich noch ein weiteres Problem zu berühren.
„Hochverehrtester!" hub ich an. „Darf ich mir zum Schluß noch eine kleine Anfrage gestatten?"
Er nickte verbindlich.
„Wie", fragt' ich, „steht es mit der Ethik? Was muß der Mensch tun, damit es ihm schließlich und ein für allemal gut geht?"
Ohne sich lange zu besinnen, öffnete der Weise eine Schublade, nahm eine Flöte heraus, schob sie auf seine Nase, kniff den Mund zu, blies die Backen auf und fing an zu trillern und zu quinquilieren wie ein gut geschulter Kanarienvogel, der auf der Geflügelausstellung den ersten Preis gekriegt hat.
Als er hiermit aufgehört, fragte er kurz:
„Verstanden? Überzeugt?"
„Nicht so ganz!" gab ich verlegen zur Antwort.
Nun begann er aufs neue, indem er abwechselnd sang und flötete und dabei den Kopf gar gefällig von einer Seite zur andern wiegte.

„Wer nicht auf gute Gründe hört, trideldi!
Dem werde einfach zugekehrt, trideldi!
Das Instrument, was wir benützen,
Um drauf zu liegen und zu sitzen, triddellitt!"

Hiermit brach er kurz ab, legte die Flöte beiseite, drehte sich um, wickelte sich stramm in seinen Schlafrock, nahm eine gebückte Stellung an, krähte wie ein alter Cochinchinagockel und verschwand im Hinterstübchen.
Die Papageien krähten gleichfalls. Einen Augenblick stand ich starr. Dann entfernt' ich mich mit fabelhafter Geschwindigkeit.

Links vor mir lag ein anmutiges Tal, durchschnitten von einer breiten, musterhaft angelegten Chaussee, an deren Seiten die köstlichsten Obstbäume standen; rechts aber erhob sich, allmählich ansteigend, das Gebirge, immer höher und höher, bis es zuletzt fern oben in den Wolken verschwand.
Zu Fuß, zu Roß, zu Wagen bewegte sich eine Menge fröhlich erhitzter Menschenkinder den breiten Weg entlang, als ob irgendwo etwas besonderes los wäre; alle in der nämlichen Richtung. Nur einer kam zurückgelaufen. Er sah lumpig, geschunden und verstört aus, sprang über den Graben und rannte querfeldein, wie besessen, ohne sich umzusehen. „Der Franzel ist närrisch geworden!" sagten die Leute so beiläufig und zogen lachend vorüber.
Bald bemerkt' ich, wo sie hin wollten.
Ungefähr da, wo der breite Weg, dem felsigen Walde sich nähernd, in einen dunklen Tunnel verlief, stand das Wirtshaus „Zum lustigen Hinterfuß", ein altes, geräumiges, neu wieder aufgeputztes

Gebäude und allgemein beliebt als Vergnügungsort schon seit undenklichen Zeiten.
Der Wirt, im übrigen ein jovialer Mann, zog das eine Bein etwas nach. Er hatte mal in seiner Jugend, so wurde gemunkelt, bei einer Schlägerei, die nicht günstig für ihn ablief, einen ekligen Fall getan.
Seine sieben reizenden Töchter, die man scherzweise die „sieben Todsünden" zu nennen pflegte und die dem väterlichen Geschäfte natürlich sehr förderlich waren, begrüßten mit Kußhänden vom hohen Balkon herab die ankommenden Gäste.
Unten aber, aus einem Fenster des Erdgeschosses, wo sich die Küche befand, streckte eine verwitterte Hexe, die uralte Großmutter des Wirts, ihren spähenden Kopf hervor. Sie war die Köchin des Hotels, und ihre Nase war schwarz von Ofenruß.
Obgleich sich in den Gesellschaftsräumen des gastlichen Hauses eine etwas drückende Schwüle bemerklich machte, herrschte doch durchgehends unter jung und alt und hoch und niedrig die ungezwungenste Heiterkeit. Besonders abends, nachdem bei festlicher Beleuchtung Musik und Tanz begonnen, ging es so lustig zu, daß vom „Heimgehen" nicht gern wer was hören wollte, und als dennoch einer sich erhob und auf etwas Derartiges anspielte, riefen einige: „Maul halten!" und „Raus mit ihm!" — aber die meisten hörten gar nicht hin, sondern taten genauso, als ob dies einer wäre, der nicht da ist.
Unter den anwesenden Gästen erkannte ich verschiedene Personen, die mir während meiner Reise schon mal vorgekommen waren, z. B. den optimistischen Landwirt, der unter den Stellwagen geriet. Er wurde glücklich geheilt. Das Bein war krumm geblieben. Doch bekam er, wie er triumphierend erzählte, im Spätherbst die dicksten Kartoffeln.
Wie es im Traume zu geschehen pflegt, empfand ich über diese Begegnungen nicht das geringste Erstaunen. Nur eins machte mich stutzig. Nämlich der viel zu gute Mensch, dessen Vorhandensein mich damals so ausnehmend befriedigt hatte, daß der auch mit hier war und sogar mit einer von den Töchtern des Wirtes in einer lauschigen Nische Champagner trank, das konnt' ich nicht klein kriegen.
Nachdenklich und erhitzt flog ich zum Dach hinaus, um mich in der Nachtluft etwas abzukühlen, und setzte mich auf die Wetterfahne, und wie sie sich drehte ging es immer: Züh, knarr! Züh, knarr!
„Eduard, schnarche nicht so!"
ließ sich wieder mal die bewußte Stimme vernehmen. — Schon recht! dacht' ich und fuhr Karussell auf der wirbelnden Fahne, daß es noch viel ärger knarrte als zuvor.
Von hier bemerkte ich etwas immerhin Auffälliges.
Es mochte so um Mitternacht sein, als ein eigentümlicher Hotelomnibus an der Hintertüre vorfuhr. Er war schwarz angestrichen

und hatte silberne Beschläge. Er war nicht zum Sitzen eingerichtet, sondern zum Liegen. Er wurde nicht hinten aufgemacht, sondern oben. Er holte keine Gäste her, sondern brachte nur welche weg. Einige derselben, die „abgefallen“ waren, wurden von den Hausknechten herbeigetragen und hineingelegt. Der Kutscher, mit schwarzem Hut und schwarzem Mantel, sah recht vergnügt aus, obgleich er so blaß und mager war wie ein Hungerapostel. Er rief seinen gleichfalls mageren Rappen ein hohl klingendes „Hü!“ zu, und langsam bewegte sich das Fuhrwerk in den „Tunnel“ hinein.
Inzwischen nahm das Tanzvergnügen seinen ungestörten Fortgang.

Morgens früh, sobald es anfing zu dämmern, begab ich mich ein paar Meilen zurück und suchte den Fußweg auf, welcher, rechts neben der Chaussee allmählich im Walde aufsteigend, nach der „Bergstadt“ führte, von der ich so viel Rühmliches und Wunderbares gehört hatte, daß ich den Entschluß faßte, sie aufzusuchen.
Ich gesellte mich zu vier munteren Wanderburschen, die auch schon dahin unterwegs waren. Sie sahen sehr unternehmend aus und hatten ein großes Wort und sagten, da wollten sie bis Mittag schon droben sein, noch ehe der Löffel ins Warme ginge. Sie erzählten mir auch gleich, wie sie hießen und wo sie her wären und was sie für ein Metier hatten.
Es waren vier „gute Vorsätze“.
Sie stammten aus einer fetten Gegend, aus Hinnum bei Herrum, wo man die guten Schmalzkücheln backt und die Kirchweih acht Tage dauert.
Der eine hieß Willich, der andere Wolltich, der dritte hieß Wennaber und der vierte hieß Wohlgemut.
Willich hatte eine rote Nase. Wolltich ein rundes Bäuchlein, Wennaber eine schwarze Hornbrille, und wie verdammt hübsch der Wohlgemut aussah, das wußte er schon selber.
Natürlich fragten sie jetzt auch nach meinen Verhältnissen, worauf ich erwiderte: „Ich bin aus leer, ich denke sehr und weiß noch mehr, wie ich heiße, das sag’ ich euch nicht.“
„Dann soll er Spirrlifix heißen!“ rief der neckische Wohlgemut.
Und darüber lachten die drei andern, daß dem Willich die Nase blau wurde, dem Wolltich drei Knöpfe aus der Weste sprangen und dem Wennaber die Brille anlief vor Freudentränen.
Ich war nicht erbaut von solchen Späßen. Ich schwang mich nach oben und schwebte mindestens drei Meter hoch über der Gesellschaft.
Unter lebhaften Gesprächen marschierten sie bergan.
Mittlerweile stieg die Sonne auch höher und schien schon recht warm durch die Bäume. Wolltich, der Dicke, zog seine Joppe aus und hängte sie an den Stock; Wohlgemut fing an zu flöten.
„Jungens, rennt nicht so!“ sagte Willich. „Ich habe mir am linken Hacken eine Blase gelaufen!“

„Wenn wir nur kein Gewitter kriegen!" meinte der bedenkliche Wennaber.
Unter etwas weniger belebten Gesprächen marschierten sie bergan. Inzwischen stieg die Sonne noch höher und schien brühwarm durch die Bäume.
Willich blieb stehen.
„Was meint ihr zu dieser?" sprach er lächelnd und zog eine bedeutende Flasche hervor.
Wolltich blieb auch stehen.
„Was meint ihr zu der?" sprach er schmunzelnd und zog eine noch bedeutendere Wurst aus dem Ranzen.
Wennaber blieb gleichfalls stehen.
„Wenn wir nur nicht ...", fing er zögernd an, aber Wohlgemut, der ebenfalls stehengeblieben, schnitt ihm das Wort ab und rief freudig: „Heraus mit der Klinge!" — und klappte unternehmend sein Taschenmesser auf.
Dann suchten sie sich ein kühles Plätzchen, breiteten ihre Schnupftücher auf den Rasen und servierten das Frühstück. Ich setzte mich auf einen dürren Ast und sah zu.
„Spirrlifix, komm 'runter!" rief mir der gutmütige Wolltich zu und zeigte die Wurst her, und Willich schwenkte die Flasche. Ich dankte. Ich war erhaben über dergleichen.
„Wer nichts mag, ist der Beste!" scherzte Wohlgemut, und das brachte Wolltich ins Lachen, und dann kriegte dieser einen Hustenschauer, und der ängstliche Wennaber klopfte ihm den Rücken, daß er nur wieder zu Atem kam.
Und nun langten sie zu und zeigten, was sie konnten und daß sie tatkräftige Leute waren, wenn's ernstlich drauf ankam.
Willich ließ den Wein leben, Wohlgemut die Weiber, und Wennaber fing an: „Es lebe die Weis ..." Aber ehe er ausgesprochen, schrie Wolltich: „Es lebe die Wurst!"
Darauf, als sie sich ausreichend erquickt hatten, marschierten sie unter den lebhaftesten Gesprächen wieder bergan.
Inzwischen stieg die Sonne so hoch, wie sie nur konnte. Fast perpendikulär von oben blickte sie durchdringend auf die Schädel der Wanderer. Das Gespräch stockte. Die Schritte erlahmten.
Zuerst blieb Willich zurück. Rechts vom Wege stand ein dicker Baum. Hinter diesen setzte sich Willich, zog seinen linken Schuh aus und rieb sich überhaupt mit Hirschtalg ein.
Dann blieb Wolltich zurück. Rechts vom Wege stand noch ein dicker Baum. Hinter diesen setzte sich Wolltich.
Wennaber und Wohlgemut, welche nichts davon bemerkt hatten, marschierten schweigsam bergan.
Wir zogen am Rande eines sandigen Abhangs hin, der sich bis unten ins Tal erstreckte, und befanden uns nun an einer Stelle, von wo man eine dankbare Aussicht nach links hatte. Am Fuße des Berges sah man deutlich das reizende Etablissement liegen, welches

ich in der Frühe verlassen hatte. Es tönte Musik herauf. Es war Gartenkonzert.
Jetzt blieb Wohlgemut auch zurück. Rechts am Wege stand noch ein dritter dicker Baum. Hinter diesen stellte sich Wohlgemut, kriegte sein Perspektiv heraus, und als er durch dasselbe bemerkte, daß unten im Garten viele hübsche Mädchen saßen, schob er's wieder ein, schlich sich an den Abhang und ließ sich hinunterrutschen.
Willich, der eben wieder hinter seinem Baum hervortrat und sogleich sah, wo Wohlgemut hin wollte, fing gleichfalls das Rutschen an, und Wolltich, der ebenfalls wieder hinter seinem Baume hervorgetreten war und dem die Sache auch gleich einleuchtete, rutschte auch hinterher.
So marschierte denn nun der nachdenkliche Wennaber, welcher die Abwesenheit seiner Kollegen nicht beachtet hatte, nur allein noch bergan.
„Kinder!" sprach er. „Je mehr ich mir diese Sache, die wir vorhaben, überlege, je mehr finde ich, daß diese Sache, die wir vorhaben, sehr zweifelhaft ist. Wie denkt ihr darüber?"
Bei diesen Worten drehte er sich um, und als er niemanden sah, sprach er:
„Meine Brille ist angelaufen, denn ich habe transpiriert!"
Er setzte sie ab und putzte sie mit Hilfe seines Rockschlappens, und dann setzte er sie wieder auf. Aber seine Kollegen konnte er nicht dadurch wahrnehmen. Doch ja! Dort unten rutschten sie.
Wennaber war sehr geneigt zum Überlegen. Wenn er aber mal wußte, was er eigentlich wollte, dann war sein Entschluß kurz, fest und unabänderlich.
So auch jetzt. Er setzte sich rittlings auf seinen Wanderstab und rutschte gleichfalls den Berg hinunter und kam fast noch eher an als die drei anderen.
Ich stieg weiter. Der Weg machte eine steile Wendung nach rechts hinauf.
Auf einmal gab's ein Gerassel. Erst kam mir etwas Steingeröll entgegengekollert, dann ein Sack voll Geld, dann ein runder Filzhut, dann eine goldene Schnupftabaksdose, dann ein runder Herr mit einem mannigfaltigen Charivari an der Uhrkette, was hauptsächlich das Rasseln tat, und dann rutschten sie alle nacheinander den Abhang hinunter bis unten in den Chausseegraben. Hier angelangt inmitten seiner Effekten, verharrte der Reisende zunächst in einer liegenden Stellung. Darnach setzte er sich zunächst auf den Geldsack und nahm eine Prise und besah sich die Rutschbahn, die er soeben durchmessen hatte. Darnach klopfte er seinen staubigen Filzhut aus, warf den Sack auf die Schulter und begab sich in das Wirtshaus zum lustigen Hinterfuß.
Ich stieg weiter. Der Weg wurde steiler und steiler.
Vor mir schritt ein Wanderer, ein Handelsmann, wie's schien, welcher eine Kiepe mit Glaswaren auf dem Rücken trug. Er ging müh=

sam und bedächtig, und als er einen passenden Baumstumpf fand, stellte er die Kiepe darauf und setzte sich ins Gras daneben, um auszuruhn.
„Ach Gott!" sprach er seufzend. „Wie muß der Mensch sich plagen!"
Sofort, nachdem er diese Äußerung getan hatte, kam ein Wirbelwind durchs Gebüsch dahergerauscht und warf den Korb auf die Erde, daß alle Gläser zerbrachen.
„Sieh!" rief der erschrockene Handelsmann. „Kaum sagt man ein Wort, so stößt Er einem die Kiepe auch noch um!"
Er war sehr niedergeschlagen. Aber bald faßte er sich wieder, ging an den sandigen Abhang, setzte sich in die leere Kiepe, benutzte seinen Stecken als Steuer und kutschierte eilig ins Tal hinunter. Es dauerte auch nicht lange, so sah ich ihn drunten im Wirtsgarten, und der Herr mit dem Charrivari und die vier guten Vorsätze hießen ihn bestens willkommen. Es mußten wohl alte Bekannte sein. Und die Musik spielte gerade ein herrliches Potpourri.

Ich stieg weiter. Die Bäume wurden knorriger, die Felsen schroffer. In einer Höhle, auf seinem Sitze festgebunden, den Rücken nach dem Lichte, das Gesicht nach der Wand gekehrt, saß der unglückliche Mensch, der nun schon mehr als zehntausendmal wiedergeboren, doch noch immer von den Dingen, welche draußen vorbeipassierten, nichts weiter zu erkennen vermochte als ihre Schatten, die sie vor ihm auf die Wand warfen.
Als ich vor der Öffnung der Höhle einige Sekunden stillstand, hielt er mich für einen schwarzen Fliegenklecks an seiner Mauer und begrüßte mich als solchen.
Mit überlegenem Lächeln verließ ich ihn.
Noch ehe ich um die nächste Felsenecke gebogen, vernahm ich ein klatschendes Geräusch, ähnlich dem, welches die Köchin verursacht, wenn sie den Braten klopft.
Nicht lange, so befand ich mich einem tätigen Manne gegenüber, der sich vermittelst eines Ochsenziemers dermaßen den entblößten Rücken zerpeitschte, daß man wohl sah, es waren Schläge, die Öl gaben.
„Was treibt Ihr denn da, guter Freund?" So fragte ich ihn.
„Das Leben ist ein Esel! Ich prügle ihn durch!" So schrie er und arbeitete weiter.
Ich begab mich höher hinauf.
Nicht lange war ich gestiegen, als ich auf einem kahlen Platze einen kahlen Mann sitzen sah, der immer in dieselbe Stelle guckte.
„Was treibt Ihr denn da, bester Freund?" So fragte ich ihn.
„Das Leben ist ein Irrtum! Ich denke ihn weg!" gab er zur Antwort. Er hatte sich schon alle Haare weggedacht und dachte doch immer noch weiter.
Ich begab mich höher hinauf; und alsbald, so erreichte ich eine ver=

fallene Einsiedelei, worin auf einem bemoosten Steine ein bemooster Klausner sich niedergelassen hatte, der kein Glied rührte.
„Was treibt Ihr denn da, alter Freund?" So fragte ich ihn.
„Das Leben ist eine Schuld! Ich sitze sie ab!" So gab er zur Antwort und saß ruhig weiter.
Er mußte wohl schon lange gesessen haben, denn ein Faulbaum war ihm kreuz und quer durch die Kutte gewachsen, und in seiner Kapuze saß ein Wiedehopfnest mit sechs Jungen, die sich weiter keinen Zwang antaten.

Nicht lange, nachdem ich diesen würdigen Eremiten respektvoll verlassen hatte, wurde der Wald weniger knorrig und plötzlich ganz hell.
Vor mir ausgebreitet lag eine weite, grüne, blumenreiche Wiese, in deren Mitte sich ein mächtiges Schloß erhob. Es hatte weder Fenster noch Scharten, noch Schornsteine, sondern nur ein einziges fest verschlossenes Tor, zu dem eine Zugbrücke über den Graben führte. Es war aus blankem Stahl erbaut und so hart, daß ich trotz verschiedener Anläufe, die ich nahm, doch partout nicht hinein konnte. Eine peinliche Tatsache. Die Freiheit des unverfrorenen Überalldurchkommens, auf die ich mir immer was eingebildet, war entweder merklich geschwunden, oder es gab Sachen, die mir sowieso schon zu fest waren.
Ich fragte einen steinalten Förster, der am Rande des Waldes stand, was denn das hier eigentlich wäre. Er schien nicht gut hören zu können, legte die Hand hinters Ohr, sah mich stumpfsinnig an und sog dabei heftig an seiner kurzen Pfeife, die er jedenfalls lange nicht rein gemacht hatte. Sie gurgelte und schmurgelte.
„Eduard, schnarche nicht so!"
rief die Stimme. Ich hörte nicht weiter hin, sondern fragte den Förster zum zweiten Male:
„Alter Knasterbart! Könnt Ihr mir nicht sagen, was das hier für ein Schloß ist?"
„Kleiner Junker!" gab er zur Antwort. „Zu denen, die das nicht wissen, gehöre auch ich. Dahingegen mein Großvater, der hat mir oft gesagt, daß er es auch nicht wüßte, aber was sein Großvater gewesen wäre, der hätte ihm oft erzählt, es wäre so alt, daß das Ende davon weg wäre; und daß da ein heimlicher Tunnel wäre zwischen dem Schloß hier oben und dem Wirtshaus da unten, das hat er auch noch gesagt!"
Was? dachte ich. Kleiner Junker? Ich drehte dem alten Trottel den Rücken zu und sah nach dem Schlosse.
Auf der Wiese trieben sich viele kleine pechschwarze Teufelchen umher. Sie schwangen Netze, erhaschten Schmetterlinge und spießten sie auf feine Insektennadeln.
Jetzt öffnete sich das Tor. Ein langer Zug von ganz kleinen rosigen Kinderchen drängte heraus über die Brücke. Sofort ein heiteres

Spiel beginnend, purzelten sie lachend zwischen den Blumen herum. Aber auch die Teufelchen kamen herbeigesprungen und neckten und balgten sich mit ihnen, und da die Teufelchen abfärbten, so kriegte jedes seinen kleinen Wischer weg, als hätten sie „Schwarzer Peter" gespielt.
Auf den Bäumen, welche die Wiese begrenzten, saßen zahlreiche Storchnester. In jedem stand ein Storch auf einem Bein und sah bedächtig prüfend den kindlichen Spielen zu. Plötzlich flogen sie alle zusammen auf die Wiese hinunter. Jeder nahm sein Bübchen oder Mädchen, welches er sich ausgesucht hatte, in den langen Schnabel, und fort ging's hoch über den Wald weg.
Ein allgemeines Wehgeschrei erfüllte die Lüfte. Und die Teufelchen schrien lustig hinterher:

„Storch, Storch, Stöckerbein,
Kehr bei meiner Großmutter ein!
Triffst du sie zu Hause,
Laß dich von ihr lause."

Und dann schlugen sie freudige Purzelbäume mit großer Behendigkeit.
Da der Fußweg, welchen ich bislang verfolgt hatte, hier zu Ende war und ich über die Stadt am Berge auch keine nähere Auskunft erwarten konnte, schwenkte ich auf gut Glück etwas nach rechts in den Wald hinein, wo ich denn nach kurzer Zeit an einen Wildbach gelangte, der rauschend vorübereilte.
Ein dichtes Dorngestrüpp versperrte mir die Aussicht. Als ich mich mühsam hindurchgearbeitet, tat sich weithin das Land auf; und nun sah ich erst, daß an der rechten Seite des Gebirges aus dem tiefen fernen Tale noch ein zweiter Pfad zu der beträchtlichen Höhe führte, die ich von links her erreicht hatte.
Der Pfad war sehr schmal. Stille Pilger, jeder sein Päckchen tragend, zogen herauf.
„Nur langsam, Freundchen! Ich will auch noch mit!" rief ich, als sie an mir vorüberkamen, einem der Wanderer zu.
Mit ruhig mildem Blicke mich ansehend, sprach er: „Armer Fremdling! Du hast kein Herz!"
Betroffen blieb ich stehn und sah ihnen nach. Sie wandelten bescheiden ihres Weges weiter. Sie kamen an das Wasser. Ein schmaler Steg führte hinüber. Hinter dem Stege, in einem Gemäuer, tat sich ein enges Pförtchen auf. Die Pilger traten ein. Das Pförtchen schloß sich wieder.
Neugierig, wie ich war, versuchte ich gleichfalls hineinzugelangen; aber das Pförtchen hatte nicht einmal ein Schlüsselloch, und auch die Mauer, welche sich rechts und links unabsehbar weit ausdehnte, war undurchdringlich für mich. Ich erhob mich und schaute hinüber. Eine herrliche Tempelstadt, ganz aus Edelsteinen erbaut und durch-

leuchtet von wunderbarem Lichte, viel schöner als Sonnenschein, stieg zum Gipfel des majestätischen Berges empor.

Mit kräftigem Schwunge versucht' ich, dahin zu fliegen. Ein heftiger Stoß war die Folge. Über der ersten Mauer stand noch eine zweite, die ich nicht bemerkt hatte, unendlich hoch, vom reinsten, durchsichtigsten Kristall.

Eine Weile noch schwirrt' ich dran auf und nieder wie eine Stubenfliege an der Fensterscheibe; dann fiel ich erschöpft zu Boden, daß es klirrte wie eine „tönende Schelle".

Da lag er nun, der kleine, eingebildete Reiseonkel; ein Häufchen, kaum der Rede wert, und doch beleidigt über die ungefällige Hartnäckigkeit mancher Dinge, die ihm verquer kamen.

Plötzlich kam was über mich wie ein Schatten. Als ich aufblickte, war's einer von den kleinen abscheulichen schwarzen Teufeln von vorhin auf der Wiese.

„Aha! Bist da, du Lump!" schrie er und zog sein grinsendes Maulwerk auseinander, daß es von Ostern bis Pfingsten reichte.

Erschrocken und verdattert fing ich an, zu schwitzen und zu stottern und zu beteuern und kläglich zu rufen:

„Ich b=b=in ja gar nicht so übel! Ich b=b=b=bin ja gar nicht so übel!"

„Also auch das noch!" kreischte der Schwarze. „Warte nur, dich wollen wir schon kriegen!" Und damit streckte er seine lange rote geräucherte Zunge heraus und hob sein Schmetterlingsnetz in die Höhe und wollte mich einfangen.

Ich, nicht faul, tat einen Satz hoch in die Luft; der Teufel auch. Ich flog im Zickzack; der Teufel auch. Dann schoß ich wieder tief in den Wald hinab; der Teufel auch. Ich lief um einen Baum herum, in einem fort, wohl hundertmal hintereinander; der Teufel auch, dicht hinter mir; und jetzt wär' ich sicher erwischt worden, hätte nicht grad ein baumlanger Riese dagelegen, Maul offen, Augen zu, ein stattlicher Mann — mir war, als müßt' ich ihn kennen —, der fest zu schlafen schien.

Die Not war groß. Besinnungslos stürzte ich mich in den offenen Rachen hinein.

Als ich wieder zu mir selbst gekommen, befand ich mich in einer Art von Oberstübchen mit zwei Fenstern. Der Morgen dämmerte herein. An den Wänden hingen Bilder, die, so schien's mir, nicht viel Ähnlichkeit hatten mit dem, was sie vorstellten. Der Zeiger der Wanduhr stand auf halb sieben. Es war noch nicht aufgeräumt. Ein Geruch von gebrannten Kaffeebohnen machte sich bemerklich.

Noch halb und halb in Verwirrung stolperte ich die dunkle Treppe hinunter. Behutsam drückte ich eine Tür auf. Es war ein matt erhelltes Zimmer mit roten Vorhängen. Auf einem goldenen Thrönchen saß die schönste der Frauen, ein Abbild meiner angebeteten Elise.

Ich warf mich zu ihren Füßen. Anmutig lächelnd öffnete sie die Lippen.

Und wieder vernahm ich eine Stimme, aber sanft und lieblich, und es klang wie Flötentöne, als sie rief:

„Eduard, steh auf, der Kaffee ist fertig!“

Ich erwachte. Meine gute Elise, unsern Emil auf dem Arm, stand vor meinem Bette.

Wer war froher als ich. Ich hatte mein Herz wieder und Elisen ihres und dem Emil seins, und, Spaß beiseit, meine Freunde, nur wer ein Herz hat, kann so recht fühlen und sagen, und zwar von Herzen, daß er nichts taugt. Das Weitere findet sich.

Hiermit beschloß Freund Eduard die Geschichte seines Traumes.

Mit der größten Nachsicht hatten wir zugehört. Wir erwachten aus einer Art peinlicher Betäubung, in die man ja immer zu verfallen pflegt, wenn einer einem länger was vordröhnt, ohne daß man Gelegenheit findet, sein Wörtchen mit dreinzureden. Wir waren auch sonst nicht so befriedigt, wie es wohl wünschenswert. Wir hatten doch mancherlei Dinge vernommen, die dem Ohre eines feinen Jahrhunderts recht schmerzlich sind. Wozu so was? Und dann ferner. Warum gleich lumpig einhergehen und es jedermann merken lassen, daß die Bilanzen ein Defizit aufweisen? Würde es nicht vielmehr schicklich und vorteilhaft sein, sich fein und patent zu machen, wie es der Kredit des „Hauses“ erfordert, dem als Teilhaber anzugehören wir sämtlich die Ehre haben?

Übrigens ist es nicht schlimm mehr, nun die Sache gedruckt ist; denn man mag sagen, was man will, der passendste Stoff, um Schrullen, die sich nun mal nicht unterdrücken lassen, auf das bescheidenste drin einzuwickeln und im Notfall zu überreichen, ist der Stoff des Papiers.

Ein Buch ist ja keine Drehorgel, womit uns der Invalide unter dem Fenster unerbittlich die Ohren zermartert. Ein Buch ist sogar noch zurückhaltender als das doch immerhin mit einer gewissen offenen Begehrlichkeit von der Wand herabschauende Bildnis. Ein Buch, wenn es so zugeklappt daliegt, ist ein gebundenes, schlafendes, harmloses Tierchen, welches keinem was zuleide tut. Wer es nicht aufweckt, den gähnt es nicht an; wer ihm die Nase nicht grad zwischen die Kiefer steckt, den beißt's auch nicht.

Plisch und Plum

Erstes Kapitel

Eine Pfeife in dem Munde,
Unterm Arm zwei junge Hunde
Trug der alte Kaspar Schlich. –
Rauchen kann er fürchterlich.
Doch, obschon die Pfeife glüht,
Oh, wie kalt ist sein Gemüt! –
„Wozu", lauten seine Worte,
„Wozu nützt mir diese Sorte?
Macht sie mir vielleicht Pläsier?
Einfach nein! erwidr' ich mir.
Wenn mir aber was nicht lieb,
Weg damit! ist mein Prinzip."

An dem Teiche steht er still,
Weil er sie ertränken will.
Ängstlich strampeln beide kleinen
Quadrupeden mit den Beinen;
Denn die innre Stimme spricht:
Der Geschichte trau' ich nicht! –

Hubs! fliegt einer schon im Bogen.

Plisch! Da glitscht er in die Wogen.

Hubs! Der zweite hinterher.

Plum! Damit verschwindet er.

„Abgemacht!" rief Kaspar Schlich,
Dampfte und entfernte sich.

Aber hier, wie überhaupt,
Kommt es anders, als man glaubt.
Paul und Peter, welche grade
Sich entblößt zu einem Bade,
Gaben still verborgen acht,
Was der böse Schlich gemacht.

Hurtig und den Fröschen gleich
Hupfen beide in den Teich.

Jeder bringt in seiner Hand
Einen kleinen Hund ans Land.
„Plisch", rief Paul, „so nenn' ich meinen."
Plum – so nannte Peter seinen.

Und so tragen Paul und Peter
Ihre beiden kleinen Köter
Eilig, doch mit aller Schonung,
Hin zur elterlichen Wohnung.

Zweites Kapitel

Papa Fittig, treu und friedlich,
Mama Fittig, sehr gemütlich,

Sitzen, Arm in Arm geschmiegt,
Sorgenlos und stillvergnügt
Kurz vor ihrem Abendschmause
Noch ein wenig vor dem Hause,
Denn der Tag war ein gelinder,
Und erwarten ihre Kinder.

Sieh, da kommen alle zwei,
Plisch und Plum sind auch dabei. –
Dies scheint aber nichts für Fittig.
Heftig ruft er: „Na, da bitt' ich!"
Doch Mama mit sanften Mienen,
„Fittig!" bat sie. „Gönn es ihnen!"

Angerichtet stand die frische
Abendmilch schon auf dem Tische.
Freudig eilen sie ins Haus;
Plisch und Plum geschwind voraus.

Ach, da stehn sie ohne Scham
Mitten in dem süßen Rahm
Und bekunden ihr Behagen
Durch ein lautes Zungenschlagen.

Schlich, der durch das Fenster sah,
Ruft verwundert: „Ei, sieh da!

Das ist freilich ärgerlich –
Hehe! –, aber nicht für mich!"

Drittes Kapitel

Paul und Peter, ungerührt,
Grad als wäre nichts passiert,
Ruhn in ihrem Schlafgemach;
Denn was fragen sie danach.
Ein und aus durch ihre Nasen
Säuselt ein gelindes Blasen.

Plisch und Plum hingegen scheinen
Noch nicht recht mit sich im reinen

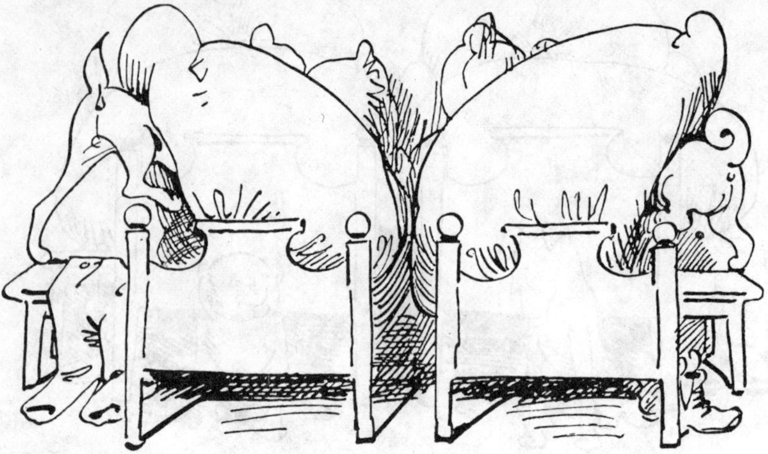

In betreff der Lagerstätte.
Schließlich gehn sie auch zu Bette.

Unser Plisch, gewohnterweise,
Dreht sich dreimal erst im Kreise.
Unser Plum dagegen zeigt
Sich zur Zärtlichkeit geneigt.
Denen, die der Ruhe pflegen,
Kommen manche ungelegen.

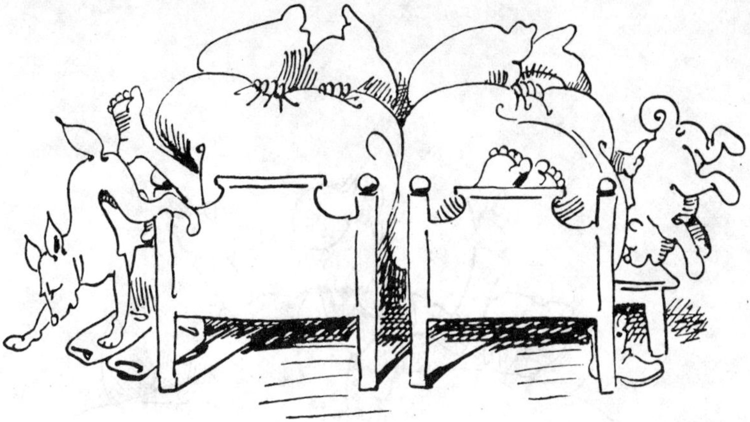

„Marsch!" – Mit diesem barschen Wort
Stößt man sie nach außen fort. –
Kühle weckt die Tätigkeit;
Tätigkeit verkürzt die Zeit.

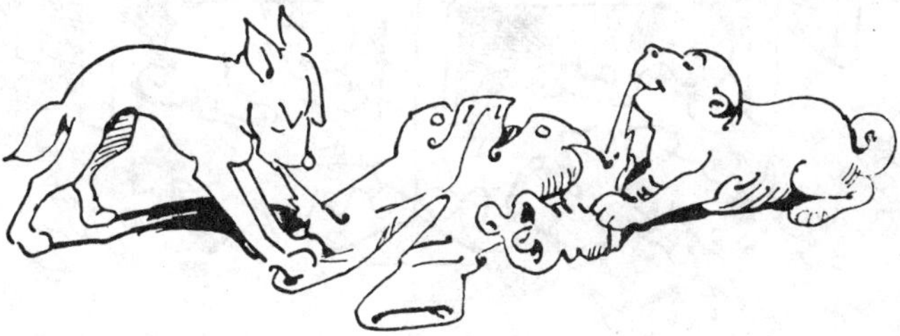

Sehr willkommen sind dazu
Hier die Hose, da der Schuh;
Welche, eh' der Tag beginnt,

Auch bereits verändert sind.

Für den Vater, welch ein Schrecken,
Als er kam und wollte wecken.
Der Gedanke macht ihn blaß,
Wenn er fragt: Was kostet das?

Schon will er die Knaben strafen,
Welche tun, als ob sie schlafen.
Doch die Mutter fleht: „Ich bitt' dich,
Sei nicht grausam, bester Fittig!"
Diese Worte liebevoll
Schmelzen seinen Vatergroll.

Paul und Peter ist's egal.
Peter geht vorerst einmal
In zwei Schlapp=Pantoffeln los,
Paul in seiner Zackenhos.

Plisch und Plum, weil ohne Sitte,
Kommen in die Hundehütte.

„Ist fatal!" bemerkte Schlich.
„Hehe! Aber nicht für mich!"

Viertes Kapitel

Endlich fing im Drahtgehäuse
Sich die frechste aller Mäuse,
Welche Mama Fittig immer,

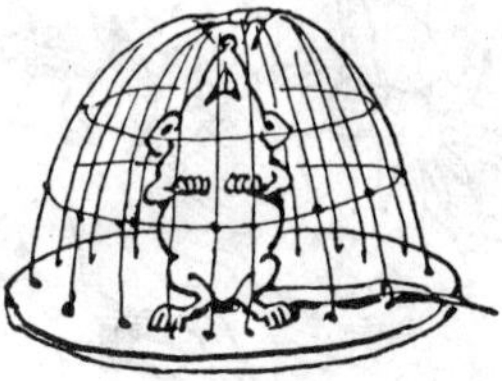

Bald im Keller, bald im Zimmer
Und besonders bei der Nacht
Fürchterlich nervös gemacht.

Dieses gibt für Plisch und Plum
Ein erwünschtes Gaudium;
Denn jetzt heißt es: „Mal heraus,
Alte, böse Knuspermaus!"

Husch! Des Peters Hosenbein,
Denkt sie, soll ihr Schutz verleihn.

Plisch verfolgt sie in das Rohr;
Plum steht anderseits davor.

Knipp! In sein Geruchsorgan
Bohrt die Maus den Nagezahn.

Plisch will sie am Schwanze ziehn,

Knipp! Am Ohre hat sie ihn.

Siehst du wohl, da läuft sie hin
In das Beet der Nachbarin.

Kritzekratze, wehe dir,
Du geliebte Blumenzier!

Madam Kümmel will soeben
Öl auf ihre Lampe geben.
Fast wär' ihr das Herz geknickt,
Als sie in den Garten blickt.

Sie beflügelt ihren Schritt,
Und die Kanne bringt sie mit.

Zornig, aber mit Genuß,
Gibt sie jedem einen Guß;
Erst dem Plisch und dann dem Plum.
Scharf ist das Petroleum;

Und die Wirkung, die es macht,
Hat Frau Kümmel nicht bedacht.

Aber was sich nun begibt,
Macht Frau Kümmel so betrübt,
Daß sie, wie von Wahn umfächelt,
Ihre Augen schließt und lächelt.

Mit dem Seufzerhauche: „Uh!“
Stößt ihr eine Ohnmacht zu.

Paul und Peter, frech und kühl,
Zeigen wenig Mitgefühl;
Fremder Leute Seelenschmerzen
Nehmen sie sich nicht zu Herzen.

„Ist fatal!" bemerkte Schlich.
„Hehe! Aber nicht für mich."

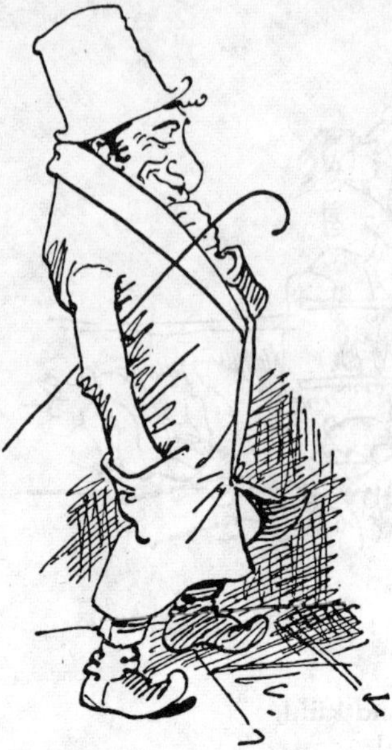

Fünftes Kapitel

Kurz die Hose, lang der Rock,
Krumm die Nase und der Stock,
Augen schwarz und Seele grau,
Hut nach hinten, Miene schlau –
So ist Schmulchen Schievelbeiner.
(Schöner ist doch unsereiner!)

Er ist grad vor Fittigs Tür;
„Rauwauwau!" erschallt es hier. –

Kaum verhallt der rauhe Ton,
So erfolgt das Weitre schon.

Und, wie schnell er sich auch dreht,
Ach, er fühlt, es ist zu spät;

Unterhalb des Rockelores
Geht sein ganze Sach kapores.

Soll ihm das noch mal passieren?
Nein, Vernunft soll triumphieren.

Schnupp! Er hat den Hut im Munde.
Staunend sehen es die Hunde,
Wie er so als Quadruped
Rückwärts nach der Türe geht,

Wo Frau Fittig nur mal eben
Sehen will, was sich begeben. –
Sanft, wie auf die Bank von Moos,

Setzt er sich in ihren Schoß.

Fittig eilte auch herbei. –
„Wai!" rief Schmul. „Ich bin entzwei!
Zahlt der Herr von Fittig nicht,
Werd' ich klagen bei's Gericht!"

Er muß zahlen. – Und von je
Tat ihm das doch gar so weh.

Auf das Knabenpaar zurück
Wirft er einen scharfen Blick,
So als ob er sagen will:
„Schämt euch nur, ich schweige still!"
Doch die kümmern sich nicht viel
Um des Vaters Mienenspiel. –

„Ist fatal", bemerkte Schlich.
„Hehe! Aber nicht für mich!"

Sechstes Kapitel

Plisch und Plum, wie leider klar,
Sind ein niederträchtig Paar;
Niederträchtig, aber einig,
Und in letzter Hinsicht, mein' ich,

Immerhin noch zu verehren;
Doch wie lange wird es währen?
Bösewicht mit Bösewicht –
Auf die Dauer geht es nicht.

Vis=à=vis im Sonnenschein
Saß ein Hündchen hübsch und klein,
Dieser Anblick ist für beide
Eine unverhoffte Freude.

Jeder möchte vorne stehen,
Um entzückt hinaufzuspähen.
Hat sich Plisch hervorgedrängt,
Fühlt der Plum sich tief gekränkt.

Drängt nach vorne sich der Plum,
Nimmt der Plisch die Sache krumm.
Schon erhebt sich dumpfes Grollen,
Füße scharren, Augen rollen,

Und der heiße
Kampf beginnt;

Plum muß laufen,
Plisch gewinnt.

Mama Fittig machte grad
Pfannenkuchen und Salat,
Das bekannte Leibgericht,
Was so sehr zum Herzen spricht.

Hurr! Da kommt mit Ungestüm
Plum, und Plisch ist hinter ihm.

Schemel, Topf und Kuchenbrei
Mischt sich in die Beißerei. –
„Warte, Plisch! Du Schwerenöter!“
Damit reichte ihm der Peter

Einen wohlgezielten Hieb. –
Das ist aber Paul nicht lieb.

„Warum schlägst du meinen Köter?“
Ruft der Paul und haut den Peter.

Dieser, auch nicht angefroren,
Klatscht dem Paul um seine Ohren.

Jetzt wird's aber desperat. –
Ach, der köstliche Salat

Dient den aufgeregten Geistern,
Sich damit zu überkleistern.

Papa Fittig kommt gesprungen
Mit dem Stocke hochgeschwungen.
Mama Fittig, voller Güte,
Daß sie dies Malheur verhüte,
„Bester Fittig", ruft sie, „faß dich!"
Dabei ist sie etwas hastig.

Ihre Haube, zart umflort,
Wird von Fittigs Stock durchbohrt.

„Hehe!" lacht der böse Schlich.
„Wie ich sehe, hat man sich!"

Wer sich freut, wenn wer betrübt,
Macht sich meistens unbeliebt.

Lästig durch die große Hitze
Ist die Pfannenkuchenmütze.

„Höchst fatal!" bemerkte Schlich.
„Aber diesmal auch für mich!"

Siebentes Kapitel

Seht, da sitzen Plisch und Plum
Voll Verdruß und machen brumm!
Denn zwei Ketten, gar nicht lang,
Hemmen ihren Tatendrang.

Und auch Fittig hat Beschwerden.
Dies – denkt er – muß anders werden!
Tugend will ermuntert sein,
Bosheit kann man schon allein!

Daher sitzen Paul und Peter
Jetzt vor Bokelmanns Katheder;
Und Magister Bokelmann
Hub, wie folgt, zu reden an:

„Geliebte Knaben, ich bin erfreut,
Daß ihr nunmehro gekommen seid,
Um, wie ich hoffe, mit allen Kräften
Augen und Ohren auf mich zu heften. –
Zum ersten: Lasset uns fleißig betreiben
Lesen, Kopf=, Tafelrechnen und Schreiben,
Alldieweil der Mensch durch sotane Künste
Zu Ehren gelanget und Brotgewinste.

Zum zweiten: Was würde das aber besagen
Ohne ein höfliches Wohlbetragen;
Denn wer nicht höflich nach allen Seiten,
Hat doch nur lauter Verdrießlichkeiten,
Darum zum Schlusse – denn sehet, so bin ich –
Bitt' ich euch dringend, inständigst und innig,
Habt ihr beschlossen in eurem Gemüte,
Meiner Lehre zu folgen in aller Güte,
So reichet die Hände und blicket mich an
Und sprechet: Jawohl, Herr Bokelmann!"

Paul und Peter denken froh:
Alter Junge, bist du so?
Keine Antwort geben sie,
Sondern machen bloß hihi!
Worauf er, der leise pfiff,
Wiederum das Wort ergriff.

„Dieweil ihr denn gesonnen", so spricht er,
„Euch zu verhärten als Bösewichter,
So bin ich gesonnen, euch dahingegen
Allhier mal über das Pult zu legen,
Um solchermaßen mit einigen Streichen
Die harten Gemüter euch zu erweichen."

Flugs hervor aus seinem Kleide,
Wie den Säbel aus der Scheide,

Zieht er seine harte, gute,
Schlanke, schwanke Haselrute,
Faßt mit kund'ger Hand im Nacken
Paul und Peter bei den Jacken
Und verklopft sie so vereint,
Bis es ihm genügend scheint.

„Nunmehr", so sprach er in guter Ruh,
„Meine lieben Knaben, was sagt ihr dazu?
Seid ihr zufrieden, und sind wir uns einig?"
„Jawohl, Herr Bokelmann!" riefen sie schleunig.

Dies ist Bokelmanns Manier.
Daß sie gut, das sehen wir.
Jeder sagte, jeder fand:
„Paul und Peter sind charmant!"

Aber auch für Plisch und Plum
Nahte sich das Studium
Und die nötige Dressur,
Ganz wie Bokelmann verfuhr.

Bald sind beide kunstgeübt,
Daher allgemein beliebt,
Und, wie das mit Recht geschieht,
Auf die Kunst folgt der Profit.

Schluß

Zugereist in diese Gegend,
Noch viel mehr als sehr vermögend,
In der Hand das Perspektiv,
Kam ein Mister namens Pief.
„Warum soll ich nicht beim Gehen",
Sprach er, „in die Ferne sehen?
Schön ist es auch anderswo,
Und hier bin ich sowieso."

Hierbei aber stolpert er
In den Teich und sieht nichts mehr.

„Paul und Peter, meine Lieben,
Wo ist denn der Herr geblieben?"
Fragte Fittig, der mit ihnen
Hier spazierengeht im Grünen.

Doch wo der geblieben war,
Wird ihm ohne dieses klar.
Ohne Perspektiv und Hut
Steigt er ruhig aus der Flut.

„Allez, Plisch und Plum, apport!"
Tönte das Kommandowort.
Streng gewöhnt an das Parieren,
Tauchen sie und apportieren
Das Vermißte prompt und schnell.
Mister Pief sprach: „Weriwell!
Diese zwei gefallen mir!

Wollt ihr hundert Mark dafür?"
Drauf erwidert Papa Fittig
Ohne weiters: „Ei, da bitt' ich."
Er fühlt sich wie neu gestärkt,
Als er soviel Geld bemerkt.

„Also, Plisch und Plum, ihr beiden,
Lebet wohl, wir müssen scheiden,
Ach, von dieser Stelle hier,
Wo vor einem Jahr wir vier
In so schmerzlich süßer Stunde
Uns vereint zum schönen Bunde;
Lebt vergnügt und ohne Not,
Beefsteak sei euer täglich Brot!"

Schlich, der auch herbeigekommen,
Hat dies alles wahrgenommen.
Fremdes Glück ist ihm zu schwer.
„Recht erfreulich!" murmelt er.
„Aber leider nicht für mich!"

Plötzlich fühlt er einen Stich,
Kriegt vor Neid den Seelenkrampf,
Macht geschwind noch etwas Dampf,

Fällt ins Wasser, daß es zischt,
Und der Lebensdocht erlischt. –

Einst belebt von seinem Hauche,
Jetzt mit spärlich mattem Rauche
Glimmt die Pfeife noch so weiter

Und verzehrt die letzten Kräuter.
Noch ein Wölkchen blau und kraus. –
Phüt! ist die Geschichte

Balduin Bählamm

der verhinderte Dichter

Erstes Kapitel

Wie wohl ist dem, der dann und wann
Sich etwas Schönes dichten kann!

Der Mensch, durchtrieben und gescheit,
Bemerkte schon seit alter Zeit,
Daß ihm hienieden allerlei
Verdrießlich und zuwider sei.
Die Freude flieht auf allen Wegen;
Der Ärger kommt uns gern entgegen.
Gar mancher schleicht betrübt umher;
Sein Knopfloch ist so öd und leer.
Für manchen hat ein Mädchen Reiz,
Nur bleibt die Liebe seinerseits.
Doch gibt's noch mehr Verdrießlichkeiten.
Zum Beispiel läßt sich nicht bestreiten:
Die Sorge, wie man Nahrung findet,
Ist häufig nicht so unbegründet.
Kommt einer dann und fragt: „Wie geht's?"
Steht man gewöhnlich oder stets
Gewissermaßen peinlich da,
Indem man spricht: „Nun, so lala!"
Und nur der Heuchler lacht vergnüglich
Und gibt zur Antwort: „Ei, vorzüglich!"
Im Durchschnitt ist man kummervoll
Und weiß nicht, was man machen soll. –

Nicht so der Dichter. Kaum mißfällt
Ihm diese altgebackne Welt,
So knetet er aus weicher Kleie
Für sich privatim eine neue
Und zieht als freier Musensohn
In die Poetendimension,
Die fünfte, da die vierte jetzt
Von Geistern ohnehin besetzt.
Hier ist es luftig, duftig, schön,
Hier hat er nichts mehr auszustehn,
Hier aus dem mütterlichen Busen
Der ewig wohlgenährten Musen
Rinnt ihm der Stoff beständig neu
In seine saubre Molkerei.
Gleichwie die brave Bauernmutter.

Tagtäglich macht sie frische Butter.
Des Abends spät, des Morgens frühe
Zupft sie am Hinterleib der Kühe
Mit kunstgeübten Handgelenken
Und trägt, was kommt, zu kühlen Schränken,
Wo bald ihr Finger, leicht gekrümmt,
Den fetten Rahm, der oben schwimmt,
Beiseite schöpft und so in Masse
Vereint im hohen Butterfasse.
Jetzt mit durchlöchertem Pistille
Bedrängt sie die geschmeidge Fülle.
Es kullert, bullert, quitscht und quatscht,
Wird auf und nieder durchgematscht,
Bis das geplagte Element
Vor Angst in Dick und Dünn sich trennt.
Dies ist der Augenblick der Wonne.
Sie hebt das Dicke aus der Tonne,
Legt's in die Mulde, flach von Holz,
Durchknetet es und drückt und rollt's,
Und sieh, in frohen Händen hält se
Die wohlgeratne Butterwälze.

So auch der Dichter. – Stillbeglückt
Hat er sich was zurechtgedrückt
Und fühlt sich nun in jeder Richtung
Befriedigt durch die eigne Dichtung.

Doch guter Menschen Hauptbestreben
Ist, andern auch was abzugeben.
Der Dichter, dem sein Fabrikat
Soviel Genuß bereitet hat,
Er sehnt sich sehr, er kann nicht ruhn,
Auch andern damit wohlzutun;

Und muß er sich auch recht bemühn,
Er sucht sich wen und findet ihn;
Und sträubt sich der vor solchen Freuden,
Er kann sein Glück mal nicht vermeiden.
Am Mittelknopfe seiner Weste
Hält ihn der Dichter dringend feste,
Führt ihn beiseit zum guten Zwecke
In eine lauschig stille Ecke,
Und schon erfolgt der Griff, der rasche,
Links in die warme Busentasche,
Und rauschend öffnen sich die Spalten
Des Manuskripts, die viel enthalten.
Die Lippe sprüht, das Auge leuchtet,
Des Lauschers Bart wird angefeuchtet,
Denn nah und warm, wie sanftes Flöten,
Ertönt die Stimme des Poeten. –
„Vortrefflich!" ruft des Dichters Freund;
Dasselbe, was der Dichter meint;
Und, was er sicher weiß zu glauben,
Darf sich doch jeder wohl erlauben.
Wie schön, wenn dann, was er erdacht,
Empfunden und zurechtgemacht,
Wenn seines Geistes Kunstprodukt,
Im Morgenblättchen abgedruckt,
Vom treuen Kolporteur geleitet,
Sich durch die ganze Stadt verbreitet:
Das Wasser kocht. – In jedem Hause,
Hervor aus stiller Schlummerklause,
Eilt neu gestärkt und neu gereinigt,
Froh grüßend, weil aufs neu vereinigt,
Hausvater, Mutter, Jüngling, Mädchen
Zum Frühkaffee mit frischen Brötchen.
Sie alle bitten nach der Reihe
Das Morgenblatt sich aus, das neue,
Und jeder stutzt, und jeder spricht:
„Was für ein reizendes Gedicht!"
Durch die Lorgnetten, durch die Brillen,
Durch weit geöffnete Pupillen,
Erst in den Kopf, dann in das Herz,
Dann kreuz und quer und niederwärts
Fließt's und durchweicht das ganze Wesen
Von allen denen, die es lesen.
Nun lebt in Leib und Seel der Leute,

Umschlossen vom Bezirk der Häute
Und andern warmen Kleidungsstücken,
Der Dichter fort, um zu beglücken,
Bis daß er schließlich abgenützt,
Verklungen oder ausgeschwitzt.

Ein schönes Los! Indessen doch
Das allerschönste blüht ihm noch.
Denn Laura, seine süße Qual,
Sein Himmelstraum, sein Ideal,
Die glühend ihm entgegenfliegt,
Besiegt in seinen Armen liegt,
Sie flüstert schmachtend inniglich:
„Göttlicher Mensch, ich schätze dich!
Und daß du so mein Herz gewannst,
Macht bloß, weil du so dichten kannst!"

Oh, wie beglückt ist doch ein Mann,
Wenn er Gedichte machen kann!

Zweites Kapitel

Ein guter Mensch, der Bählamm hieß
Und Schreiber war, durchschaute dies.
Nicht, daß es ihm an Nahrung fehlt.
Er hat ein Amt, er ist vermählt.

Und nicht bloß dieses ist und hat er;
Er ist bereits auch viermal Vater.
Und dennoch zwingt ihn tiefes Sehnen,
Sein Glück noch weiterauszudehnen.
Er möchte dichten, möchte singen,
Er möchte was zuwege bringen
Zur Freude sich und jedermannes;
Er fühlt, er muß, und also kann es.
Der Muße froh, im Paletot,
Verläßt er abends sein Büro.

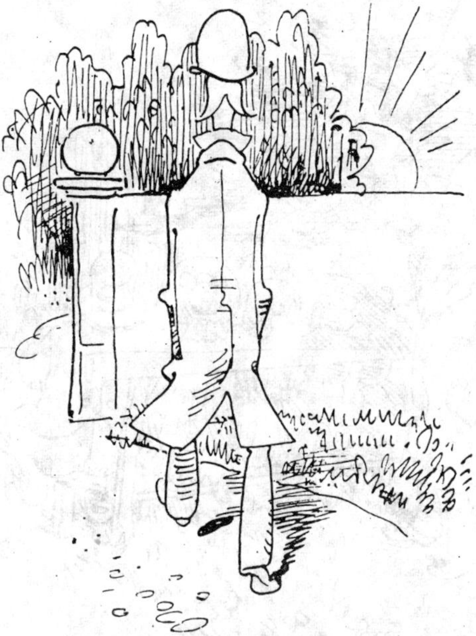

Er eilt zum Park, um hier im Freien
Den holden Musen sich zu weihen.
Natürlich einer, der wie er
Gefühlvoll und gedankenschwer,
Mag sich an weihevollen Plätzen
Beim Dichten gern auch niedersetzen.

Doch schon besetzt ist jeder Platz
Von Leuten mit und ohne Schatz.

Da lenkt er doch die Schritte lieber
Zum Keller, der nicht fern, hinüber.

Er wählt sich unter vielen Bänken
Die Bank, die angenehm zum Denken.

Zwar erst verwirrte seinen Sinn
Das Nahgefühl der Kellnerin;

Doch führt ihn bald ein tiefer Zug
Zu höherem Gedankenflug.
Schon brennt der Kopf,
Schon glüht der Sitz,
Schon sprüht ein heller Geistesblitz;

Schon will der Griffel ihn notieren;
Allein es ist nicht auszuführen.

Der Hut als Dämpfer
der Ekstase
Sinkt plötzlich
tief auf Ohr und Nase.
Ein Freund,
der viel Humor besaß,
Macht sich von hinten
diesen Spaß.

Empört geht Bählamm
fort nach Haus,
Der Freund trinkt
seinen Maßkrug aus.

Zu Hause hängt er Hut und Rock
An den gewohnten Kleiderstock

Und schmückt in seinem Kabinett
Mit Joppe sich und Samtbarett,
Die, wie die Dichtung Vers und Reim,
Den Dichter zieren, der daheim.

Scharfsinnend geht er hin und wider,
Bald schaut er auf, bald schaut er nieder.

Jetzt steht er still und ruft: „Aha!"
Denn schon ist ein Gedanke da.

Schnell tritt Frau Bählamm in die Tür,
Sie hält in Händen ein Papier.
Sie ruft: „Geliebter Balduin!
Du mußt wohl mal den Beutel ziehn.
Siehst du die Rechnung breit und lang?
Der Schuster wartet auf dem Gang."
Besonders tief und voll Empörung
Fühlt man die pekuniäre Störung.

's ist abgetan. – Das Haupt gesenkt,
Steht er schon wieder da und denkt.

Begeistert blickt er in die Höh:
„Willkommen, herrliche Idee!"

Auf springt die Tür. An Bein und Arm
Geräuschvoll hängt der Kinderschwarm. –

„Ho!“ ruft der Franzel. „Kinder hört!
Jetzt spielen wir mal Droschkenpferd!
Papa ist Gaul und Kutscher ich.“
„Ja!“ ruft die Gustel. „Fahre mich!“
„Ich“, ruft der Fritz, „will hinten auf!
Hopp hopp, du altes Pferdchen, lauf!“

„Hü!“ ruft der kleine Balduin.
„Will er nicht ziehn, so hau' ich ihn!“

Wer kann bei so bewandten Dingen
Ein Dichterwerk zustande bringen? –
Nun meint man freilich, sei die Nacht,
Um nachzudenken, wie gemacht.
Doch oh! Wie sehr kann man sich täuschen!
Es fehlt auch ihr nicht an Geräuschen.
Der Papa hat sich ausgestreckt,
Gewissenhaft sich zugedeckt;
Warm wird der Fuß, der Kopf denkt nach;
Da geht es Bäh! – vielleicht nur schwach.
Doch dieses Bäh erweckt ein zweites,
Dann bäh aus jeder Kehle schreit es.
Aus Mamas Mund ein scharfes Zischen,
Bedrohlich schwellend, tönt dazwischen,

Und Papas Baß, der grad noch fehlte,
Verstärkt zuletzt das Tongemälde.
Wie peinlich dies, ach, das ermißt
Nur der, der selber Vater ist.

Drittes Kapitel

Ein großer Geist wie Bählamm seiner
Ist nicht so ratlos wie ein kleiner.
Er sieht, ihm mangelt bloß im Grunde
Der stille Ort, die stille Stunde,
Um das, was nötig ist zum Dichten,
Gemächlich einsam zu verrichten;
Und alsogleich spricht der Verstand:
Verlaß die Stadt und geh aufs Land!
Wo Biederkeit noch nicht veraltet,
Wo Ruhe herrscht und Friede waltet! –
Leicht reisefertig ist zumeist
Ein Mensch, wenn er als Dichter reist.

Die kleine Tasche, buntgestickt,
Ist schnell gefüllt und zugedrückt.
Ein Hut von Stroh als Sommerzier,
Ein Dichterkragen von Papier,
Das himmelblaue Flattertuch,
Der Feldstuhl, das Notizenbuch,
Ein Bleistift Nr. 4 und endlich
Das Paraplü sind selbstverständlich.

Zum Bahnhof führt ihn die Familie.

Hier spricht er: „Lebe wohl, Cäcilie!
Ich bring' euch auch was Schönes mit!"
Dann schwingt er sich mit leichtem Schritt,
Damit er nicht die Zeit verpasse,
In die bekannte Dichterklasse.

Der Pfiff ertönt, die Glocke schlug.

Fort schlängelt sich der Bummelzug.

Vorüber schnell und schneller tanzen,
Durch Draht verknüpft zu einem Ganzen,
Die schwesterlich verwandten langen
Zahlreichen Telegrafenstangen.

Der Wald, die Wiesen, das Gefilde,
Als unstet wirbelnde Gebilde,
Sind lästig den verwirrten Sinnen.
Gern richtet sich der Blick nach innen.
Ein leichtes Rütteln, sanftes Schwanken
Erweckt und sammelt die Gedanken.

Manch Bild, was sich versteckt vielleicht,
Wird angeregt und aufgescheucht.

Bald fühlt auch Bählamm süßbeklommen
Die herrlichsten Gedanken kommen. –

Ein langer Pfiff. – Da hält er schon
Auf der ersehnten Bahnstation. –

Ein wohlgenährter Passagier
In Nägelschuhen wartet hier.

Er zwängt sich hastig ins Kupee.

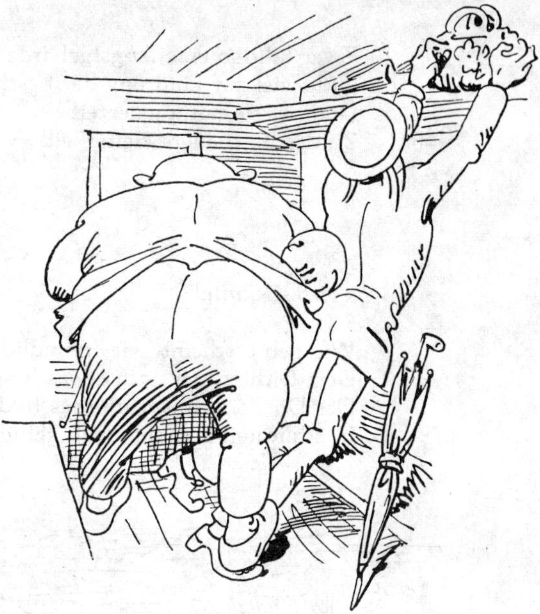

Pardon! – Er tritt auf Bählamms Zeh. –
Des Lebens Freuden sind vergänglich;
Das Hühnerauge bleibt empfänglich.
Wie dies sich äußert, ist bekannt.
Krumm wird das Bein und krumm die Hand;
Die Augenlöcher schließen sich,
Das linke ganz absonderlich;
Dagegen öffnet sich der Mund,
Als wollt er flöten, spitz und rund.

Zwar hilft so eine Angstgebärde
Nicht viel zur Lindrung der Beschwerde;
Doch ist sie nötig jederzeit
Zu des Beschauers Heiterkeit.

Viertes Kapitel

Wie lieb erscheint, wie freundlich winkt
Dem Dichter, der noch etwas hinkt,
Des Dörfleins anspruchloses Bild,
In schlichten Sommerstaub gehüllt.

Hier reitet Jörg, der kleine Knabe,
Auf seinem langen Hakenstabe,
Die Hahnenfeder auf der Mütze,
Kindlich naiv durch eine Pfütze.

Dort, mit dem kurzen Schmurgelpfeifchen,
Auf seinem trauten Düngerhäufchen
Steht Krischan Bopp und füllt die Luft
Mit seines Krautes Schmeichelduft.

Er blickt nach Rieke Mistelfink,
Ein Mädel sauber, stramm und flink.
Sie reinigt grad den Ziegenstall;
Und Friede waltet überall.

Sofort im ländlichen Logis
Geht Bählamm an die Poesie.
Er schwelgt im Sonnenuntergang,

Er lauscht dem Herdenglockenklang,
Und ahnungsfroh empfindet er's:
Glück auf! Jetzt kommt der erste Vers!

Klirrbatsch! Da liegt der Blumentopf.
Es zeigt sich ein gehörnter Kopf,
Das Maulwerk auf, die Augen zu,
Und blärrt posaunenhaft: „Ramuh!"
Erschüttert gehen Vers und Reime
Mitsamt dem Kunstwerk aus dem Leime.
Das tut die Macht der rauhen Töne.

Die Sängerin verläßt die Szene.

Fünftes Kapitel

Die Nacht verstrich. Der Morgen schummert.
Hat unser Bählamm süß geschlummert?
Kennst du das Tierlein leicht beschwingt,
Was, um die Nase schwebend, singt?
Kennst du die andern, die nicht fliegen,
Die leicht zu Fuß und schwer zu kriegen?
Betrachte Bählamm sein Gesicht.
Du weißt Bescheid, drum frage nicht.

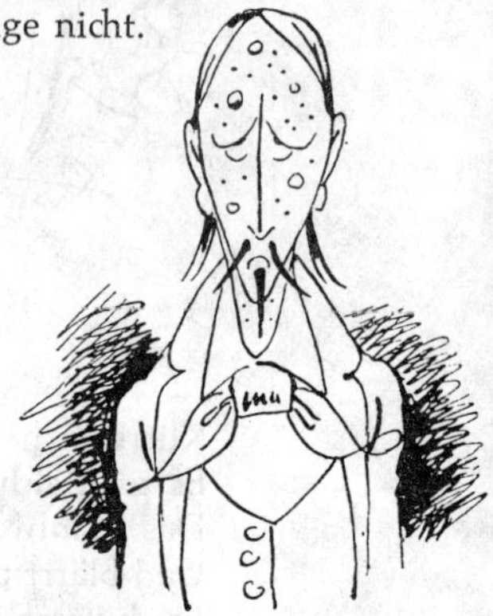

Hier auf dem Dreifuß unter'm Flieder
Sitzt er bereits und dichtet wieder.
Der Knabe Jörg, in froher Laune,
Bemerkt ihn durch ein Loch im Zaune.

Er zieht die Nadel aus der Mütze,
Durchbohrt damit die Hakenspitze

Und hat verschmitzt auch schon begonnen
Den kleinen Scherz, den er ersonnen.

Der Dichter greift sich ins Genicke.
Mal wieder, denkt er, eine Mücke.

Er nimmt die Hand in Augenschein.
Es mußte doch wohl keine sein.

Kaum hat er dies als wahr befunden,
So kommt ein Stich direkt von unten.

Um diese Gegend zu beschützen,
Kann man das Sacktuch auch benützen.

Insoweit wäre alles gut.
O weh! Wohin entschwebt der Hut?

„Ein leichtes Kräusellüftchen!" rief er,
Holt seinen Hut und setzt ihn tiefer.
Ganz arglos will er sich soeben
Zurück auf seinen Sitz begeben.
Doch die gewohnte Stütze mangelt.
Der Dreifuß wird hinweggeangelt.

Anstatt in den bequemen Sessel,
Setzt er sich in die scharfe Nessel.

Und hell durchblitzt ihn der Gedanke:
Es sitzt wer hinter dieser Planke!
Sehr gut in solchen Fällen ist
Bedachtsamkeit, gepaart mit List.

Verlockend und zugleich gespannt
Setzt er sich wieder vor die Wand.

Aha! Und jetzt wird zugefaßt,
Und trefflich hat er's abgepaßt;
Denn grad im Zentrum bohrte sich
Durch seine Hand der Nadelstich.

Natürlich macht ihn das nervos.
Der Jörg entfernt sich sorgenlos.

Sechstes Kapitel

In freier Luft, in frischem Grün,
Da wo die bunten Blümlein blühn,
In Wiesen, Wäldern, auf der Heide,
Entfernt von jedem Wohngebäude,
Auf rein botanischem Gebiet,
Weilt jeder gern, der voll Gemüt.
Hier legt sich Bählamm auf den Rücken
Und fühlt es tief und mit Entzücken,

Nachdem er
Bein und Blick erhoben:
Groß ist die Welt,
besonders oben!

Wie klein dagegen und beschränkt
Zeigt sich der Ohrwurm, wenn er denkt.
Engherzig schleicht er durch das Moos,
Beseelt von dem Gedanken bloß,
Wo's dunkel sei und eng und hohl,
Denn da nur ist ihm pudelwohl.

Grad wie er wünscht und sehr gelegen
Blinkt ihm des Dichters Ohr entgegen.
In diesen wohl erwärmten Räumen,
So denkt er, kann ich selig träumen.

Doch wenn er glaubt, daß ihm hienieden
Noch weitre Wirksamkeit beschieden,
So irrt er sich. – Ein Winkelzug
Von Bählamms Bein, der fest genug,

Zerstört die Form, d. h. so ziemlich,
Die diesem Wurme eigentümlich,
Und seinem Dasein als Subjekt
Ist vorderhand ein Ziel gesteckt.
Sogleich und mit gewisser Schnelle
Vertauscht der Dichter diese Stelle

Für eine andre, mehr erhöht,
Allwo ein Bäumlein winkend steht.

Ein Vöglein zwitschert in den Zweigen;
Dem Dichter wird so schwül und eigen.
Die Stirn umsäuseln laue Lüfte;
Es zuckt der Geist im Faberstifte.

Pitschkleck! – Ein Fleck. Ein jäher Schreck. –
Erleichtert fliegt das Vöglein weg.

Indessen auch der andre Sänger
Verweilt an diesem Ort nicht länger.

Den Himmel, der noch eben blau,
Umwölkt ein ahnungsvolles Grau.
Vor Regen schützt die Scheidewand
Des Schirmes, wenn er aufgespannt.

Verquer durch Regen und Gestrüppe
Kommt Krischan mit der scharfen Hippe.
Vom Regen ist der Blick umflort,
Und richtig wird der Schirm durchbohrt.

Betrübend ist und wenig nütze
Das Paraplü mit einem Schlitze;

Doch ist noch Glück bei jedem Hieb,
Wobei der Kopf heroben blieb.
Auch braucht man, läßt der Regen nach,
Ja sowieso kein Regendach.

Und hier, begleitet von der Ziege,
Kommt Rieke über eine Stiege;

Und Bählamm, wie die Dichter sind,
Will diesem anmutsvollen Kind
Als Huldigung mit Scherz und Necken
Ein Sträußlein an den Busen stecken.

Ein Prall – ein Schall – dicht am Gesicht –

Verloren ist das Gleichgewicht.

So töricht ist der Mensch. – Er stutzt,
Schaut dämisch drein und ist verdutzt,

Anstatt sich erst mal solche Sachen
In aller Ruhe klarzumachen. –
Hier strotzt die Backe voller Saft;
Da hängt die Hand, gefüllt mit Kraft.
Die Kraft, infolge von Erregung,
Verwandelt sich in Schwungbewegung.
Bewegung, die in schnellem Blitze
Zur Backe eilt, wird hier zu Hitze.
Die Hitze aber, durch Entzündung
Der Nerven, brennt als Schmerzempfindung
Bis in den tiefsten Seelenkern,
Und dies Gefühl hat keiner gern.
Ohrfeige heißt man diese Handlung,
Der Forscher nennt es Kraftverwandlung.

Siebentes Kapitel

Der Mond. Dies Wort, so ahnungsreich,
So treffend, weil es rund und weich –
Wer wäre wohl so kaltbedächtig,
So herzlos, hart und niederträchtig,
Daß es ihm nicht, wenn er es liest,
Sanftschauernd durch die Seele fließt? –

Das Dörflein ruht im Mondenschimmer,
Die Bauern schnarchen fest wie immer.
Es ruhn die Ochsen und die Stuten,
Und nur der Wächter muß noch tuten,
Weil ihn sein Amt dazu verpflichtet,

Der Dichter aber schwärmt und dichtet.

Was ist das drüben für ein Wink?
Ist das nicht Rieke Mistelfink?

Ja, wie es scheint, hat sie bereut
Die rücksichtslose Sprödigkeit.
Der Dichter fühlt sein Herz erweichen.
Er folgt dem liebevollen Zeichen.

Er drängt sich, nicht ganz ohne Qual,
In ein beschränktes Stallokal.

Mit einem Mäh, mit einem langen,
Sieht er sich unverhofft empfangen.

Doch nur ein kurzes Meck begleitet
Den Seitenstich, der Schmerz bereitet.

Ein Stoß grad in die Magengegend
Ist aber auch sehr schmerzerregend.

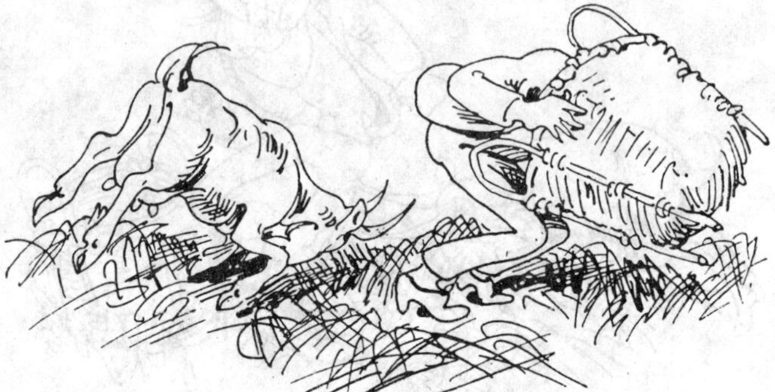

Daß selbst ein Korb in solcher Lage
Erwünscht erscheint, ist keine Frage.

Bedeckung findet sich gar leicht;
Es fragt sich nur, wie weit sie reicht. –
Und grade kommt die Rieke hier,
Der Krischan emsig hinter ihr;

Sie mit vergnügtem Mienenspiel,
Er mit dem langen Besenstiel.

Er schiebt ihn durch des Korbes Henkel
Und zwischen Bählamm seine Schenkel.
Nachdem er sicher eingesackt,
Wird er gelupft und aufgepackt.

Er strampelt sehr, denn schwer im Sinn
Liegt ihm die Frage: Ach, wohin?

Ein Wasser, mondbeglänzt und kühl,
Ist das erstrebte Reiseziel,
Und angelangt bei diesem Punkt,
Wird fleißig auf und ab getunkt;

Worauf, nachdem der Korb geleert,
Das Liebespaar nach Hause kehrt.

Achtes Kapitel

Es tut nicht gut, wenn man im Bad
Und nur die Füße draußen hat. –
Auch Bählamm hat's nicht wohlgetan.
Es zog ihm in den Backenzahn. –

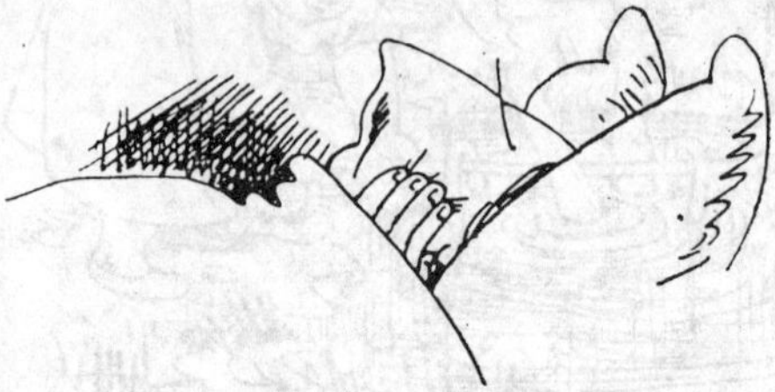

Das Zahnweh, subjektiv genommen,
Ist ohne Zweifel unwillkommen;
Doch hat's die gute Eigenschaft,
Daß sich dabei die Lebenskraft,
Die man nach außen oft verschwendet,
Auf einen Punkt nach innen wendet
Und hier energisch konzentriert.
Kaum wird der erste Stich verspürt,
Kaum fühlt man das bekannte Bohren,
Das Rucken, Zucken und Rumoren –
Und aus ist's mit der Weltgeschichte,
Vergessen sind die Kursberichte,
Die Steuern und das Einmaleins.
Kurz, jede Form gewohnten Seins,
Die sonst real erscheint und wichtig,
Wird plötzlich wesenlos und nichtig.

Ja, selbst die alte Liebe rostet –
Man weiß nicht, was die Butter kostet –
Denn einzig in der engen Höhle
Des Backenzahnes weilt die Seele,
Und unter Toben und Gesaus
Reift der Entschluß: Er muß heraus! –

Noch eh' der neue Tag erschien,
War Bählamm auch soweit gediehn.

Er steht und läutet äußerst schnelle
An Doktor Schmurzel seiner Schelle.

Der Doktor wird von diesem Lärme
Emporgeschreckt aus seiner Wärme.
Indessen kränkt ihn das nicht weiter;
Ein Unglück stimmt ihn immer heiter!
Er ruft: „Seid mir gegrüßt, mein Lieber!
Lehnt Euch gefälligst hintenüber!

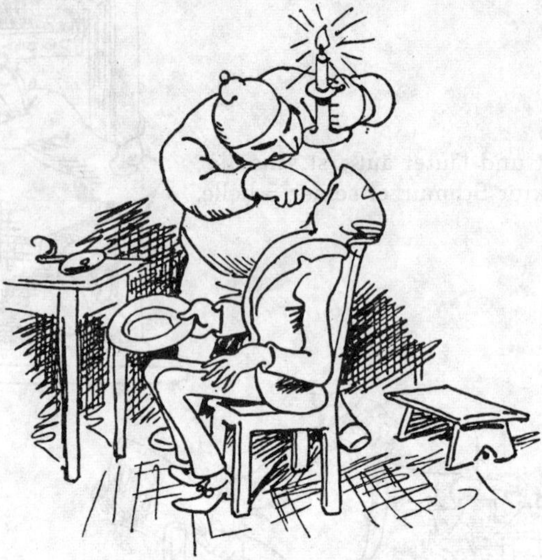

Gleich kennen wir den Fall genauer!"
(Der Finger schmeckt ein wenig sauer.)

„Nun stützt das Haupt auf diese Lehne
Und denkt derweil an alles Schöne!

Holupp!
Wie ist es? Habt Ihr nichts gespürt?"
„Ich glaub', es hat sich was gerührt!"

„Da dies der Fall, so gratulier' ich!
Die Sache ist nicht weiter schwierig!

Hol – – – upp!!!“
Vergebens ist die Kraftentfaltung;
Der Zahn verharrt in seiner Haltung.

„Hab's mir gedacht!" sprach Doktor Schmurzel.
„Das Hindernis liegt in der Wurzel.

Ich bitte bloß um drei Mark zehn!
Recht gute Nacht! Auf Wiedersehn!"

Neuntes Kapitel

Dem hohen lyrischen Poeten
Ist tiefer Schmerz gewiß vonnöten;
Doch schwerlich, ach, befördert je
Das ganz gewöhnliche Wehweh,
Wie Bählamm seines zum Exempel,
Den Dichter in den Ruhmestempel.

Die Backe schwillt. – Die Träne quillt.
Ein Tuch umrahmt das Jammerbild.
Verhaßt ist ihm die Ländlichkeit
Mit Rieken ihrer Schändlichkeit,
Mit Doktor Schmurzels Chirurgie,
Mit Bäumen, Kräutern, Mensch und Vieh,
Und schmerzlich dringend mahnt die Backe:
Oh, kehre heim! Doch vorher packe! –
Gern möcht' er still von dannen scheiden,
Gern jede Ovation vermeiden,
Allein ihm bleibt bei seiner Fahrt
Ein Lebewohl nicht ganz erspart.

„Meckmeck!" So schallt's aus jener Ecke.
„Meckmeck!" ruft einer durch die Hecke.

„Meckmeck!" So schmettert's in der Näh,
Und Riekens Ziege macht „Mähä!" –

Da wundert sich wohl mancher sehr,
Wie's möglich sei, daß ein Malheur
So schleunige Verbreitung finde.
Der Weise schweigt. Er kennt die Gründe. –

Als Bählamm sein Kupee erreicht,
Wird ihm verhältnismäßig leicht.

'ne Frau, 'n Kind und eine Tasche,
Worin die Gummistöpselflasche,
Sind unsers Reisenden Begleiter.
Der Säugling zeigt sich äußerst heiter.
Er strebt und webt mit Händ' und Füßen,
Er läßt sein Mäulchen überfließen;
Er ist so süß, daß fast mit Recht
Ein Junggesell ihn küssen möcht.
O weh! Die Fröhlichkeit entweicht.
Wohlmeinend wird ihm dargereicht
Das Glas, woraus er sich ernährt;

Er lehnt es ab; er ist empört;
Und penetrant, gleich der Trompete,
Klagt er in Tönen seine Nöte. –
Die Mutter seufzt. Der Trank ist kalt.
Wohl uns! Hier hat man Aufenthalt.

„Ach!" bat sie. „Halten S' ihn mal eben.
Ich muß ihm etwas Warmes geben!"
Sie eilt hinaus ins Restaurant.
Der Zug hält drei Minuten lang.

„Einsteigen! Fertig!" – Pfüt! – Und los,
Mit seinem Säugling auf dem Schoß,
Mit dicker Backe, wehem Zahn,
Rollt er dahin per Eisenbahn
Der Heimat zu und trifft um neun
Präzise auf dem Bahnhof ein. –
Der Säugling, des Gesanges müde,
Ruht aus von seinem Klageliede,
Umhüllt mit einer warmen Windel
Auf Bählamms Arm als stilles Bündel.
Trotzdem hat Bählamm das Bestreben,
Ihn möglichst baldig abzugeben.

Der Schaffner, ohne Mitgefühl,
Bedankt sich höflich, aber kühl.

Desgleichen auch der Bahnverwalter,

Desgleichen auch der Mann am Schalter.
So muß er sich denn wohl bequemen,
Sein Bündel mit nach Haus zu nehmen.

„Der Papa kommt!" So rufen hier
Die frohen Kinder alle vier.

„Und", sprach die Mutter, „gebt mal acht!
Er hat was Schönes mitgebracht!"
Jedoch bei näherer Belehrung,
Wie wenig schätzt sie die Bescherung.

„Oh!" ruft sie. „Aber Balduin!"
Dann wird's ihr vor den Augen grün.

Zum Glück, in diesem Ungemach,
Kommt bald des Knaben Mutter nach.

Zwar ist die Flasche kalt wie nie,
Doch weil's pressiert, so nimmt er sie. –
Der Abschied war nicht sehr beschwerlich,
Was auch bei Bählamm sehr erklärlich;
Denn gerne gibt man aus der Hand
Den Säugling, der nicht stammverwandt.

Schluß

Sofort legt Bählamm sich zur Ruh.
Die Hand der Gattin deckt ihn zu.

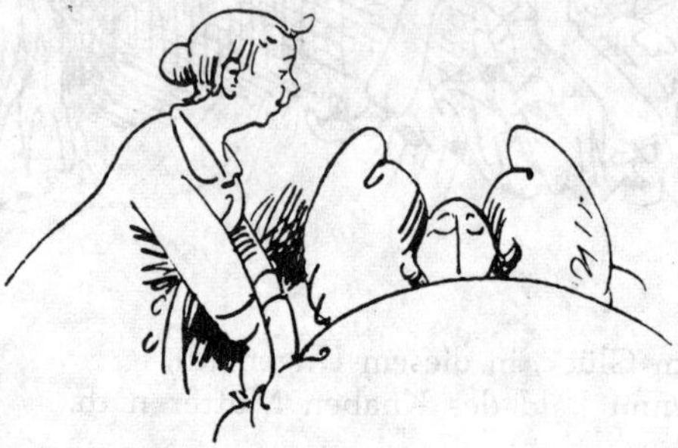

Der Backe Schwulst verdünnert sich;
Sanft naht der Schlaf, der Schmerz entwich,
Und vor dem innern Seelenraum
Erscheint ein lockend süßer Traum. –

Ihm war, als ob, ihm war, als wie,
So unaussprechlich wohl wie nie. –
Hernieder durch das Dachgebälke,
Auf rosenrotem Duftgewölke,
Schwebt eine reizend wundersame
In Weiß gehüllte Flügeldame,
Die winkt und lächelt wie zum Zeichen,
Als sollt er ihr die Hände reichen;
Und selbstverständlich wunderbar
Erwächst auch ihm ein Flügelpaar;

Und selig will er sich erheben,
Um mit der Dame fortzuschweben.

Doch ach! Wie schaudert er zusammen!
Denn wie mit tausend Kilogrammen

Hängt es sich plötzlich an die Glieder,
Hemmt das entfaltete Gefieder
Und hindert, daß er weiterfliege.
Hohnlächelnd meckert eine Ziege.
Die himmlische Gestalt verschwindet,
Und nur das eine ist begründet,

Frau Bählamm ruft, als er erwacht:
„Heraus, mein Schatz! Es ist schon acht!"

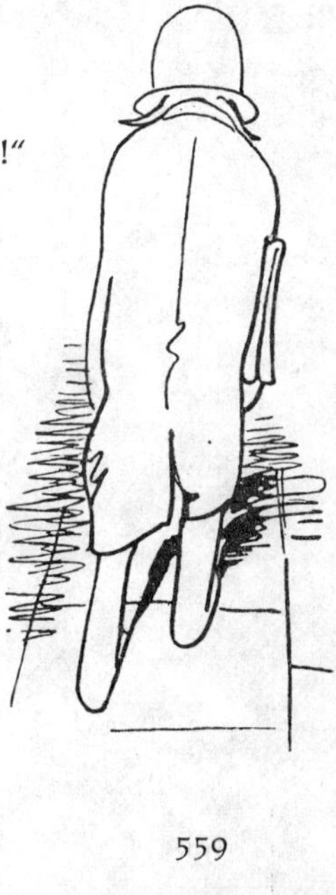

Um neune wandelt Bählamm so
Wie ehedem auf sein Büro. –

So steht zum Schluß am rechten Platz
Der unumstößlich wahre Satz:
Die Schwierigkeit ist immer klein,
Man muß nur nicht verhindert sein.

Zu guter Letzt

Gut und Böse

Tugend will, man soll sie holen,
Ungern ist sie gegenwärtig;
Laster ist auch unbefohlen
Dienstbereit und fix und fertig.

„Gute Tiere", spricht der Weise,
„Mußt du züchten, mußt du kaufen,
Doch die Ratten und die Mäuse
Kommen ganz von selbst gelaufen."

Beschränkt

Halt dein Rößlein nur im Zügel,
Kommst ja doch nicht allzu weit.
Hinter jedem neuen Hügel
Dehnt sich die Unendlichkeit.

Nenne niemand dumm und säumig,
Der das Nächste recht bedenkt.
Ach, die Welt ist so geräumig,
Und der Kopf ist so beschränkt!

Geschmacksache

Dies für den und das für jenen.
Viele Tische sind gedeckt.
Keine Zunge soll verhöhnen,
Was der andern Zunge schmeckt.

Lasse jedem seine Freuden,
Gönn ihm, daß er sich erquickt,
Wenn er sittsam und bescheiden
Auf den eignen Teller blickt.

Wenn jedoch bei deinem Tisch er
Unverschämt dich neckt und stört,
Dann so gib ihm einen Wischer,
Daß er merkt, was sich gehört.

Durchweg lebendig

Nirgend sitzen tote Gäste.
Allerorten lebt die Kraft.
Ist nicht selbst der Fels, der feste,
Eine Kraftgenossenschaft?

Durch und durch aus Eigenheiten,
So und so zu sein bestrebt,
Die sich lieben, die sich streiten,
Wird die bunte Welt gewebt.

Hier gelingt es, da mißglückt es.
Wünsche finden keine Rast.
Unterdrücker, Unterdrücktes,
Jedes Ding hat seine Last.

Die Seelen

Der Fährmann lag in seinem Schiff
Beim Schein des Mondenlichts,
Als etwas kam und rief und pfiff,
Doch sehen tat er nichts.

Ihm war, als stiegen hundert ein.
Das Schifflein wurde schwer.
Flink, Fährmann, fahr uns übern Rhein,
Die Zahlung folgt nachher.

Und als er seine Pflicht getan,
Da ging es klinglingling,
Da warf ein Goldstück in den Kahn
Jedwedes Geisterding.

Husch, weg und weiter zog die Schar.
Verwundert steht der Mann:
So Seelen sind zwar unsichtbar,
Und doch ist etwas dran.

Nachruhm

Ob er gleich von hinnen schied,
Ist er doch geblieben,
Der so manches schöne Lied
Einst für uns geschrieben.

Unser Mund wird ihn entzückt
Lange noch erwähnen,
Und so lebt er hochbeglückt
Zwischen hohlen Zähnen.

Der alte Narr

Ein Künstler auf dem hohen Seil,
Der alt geworden mittlerweil,
Stieg eines Tages vom Gerüst
Und sprach: Nun will ich unten bleiben
Und nur noch Hausgymnastik treiben,
Was zur Verdauung nötig ist.
Da riefen alle: „O wie schad!
Der Meister scheint doch allnachgrad
Zu schwach und steif zum Seilbesteigen!"
Ha! denkt er. Dieses wird sich zeigen!

Und richtig, eh der Markt geschlossen,
Treibt er aufs neu die alten Possen
Hoch in die Luft, und zwar mit Glück,
Bis auf ein kleines Mißgeschick.
Er fiel herab in großer Eile
Und knickte sich die Wirbelsäule.
„Der alte Narr! Jetzt bleibt er krumm!"
So äußert sich das Publikum.

Die Tute

Wenn die Tante Adelheide
Als Logierbesuch erschien,
Fühlte Fritzchen große Freude,
Denn dann gab es was für ihn.

Immer hat die liebe Gute
Tief im Reisekorb versteckt
Eine angenehme Tute,
Deren Inhalt köstlich schmeckt.

Täglich wird dem braven Knaben
Draus ein hübsches Stück beschert,
Bis wir schließlich nichts mehr haben
Und die Tante weiterfährt.

Mit der Post fuhr sie von hinnen.
Fritzchens Trauer ist nur schwach.
Einer Tute, wo nichts drinnen,
Weint man keine Träne nach.

Unberufen

Gestützt auf seine beiden Krücken,
Die alte Kiepe auf dem Rücken,
Ging durch das Dorf ein Bettelmann
Und klopfte stets vergeblich an.
Erst aus dem allerletzten Haus
Kam eine gute Frau heraus,
Die grad den dritten Mann begraben,
Daher geneigt zu milden Gaben,
Und legt in seines Korbes Grund
Ein Brot von mehr als sieben Pfund.
Ein schmaler Steg führt gleich danach
Ihn über einen Rauschebach.
„Jetzt hab' ich Brot, jetzt bin ich glücklich!"

So rief er froh, und augenblicklich
Fiel durch den Korb, der nicht mehr gut,
Sein Brot hinunter in die Flut. —
Das kommt von solchem Übermut.

Kränzchen

In der ersten Nacht des Maien
Läßt's den Hexen keine Ruh.
Sich gesellig zu erfreuen,
Eilen sie dem Brocken zu.

Dorten haben sie ihr Kränzchen.
Man verleumdet, man verführt,
Macht ein lasterhaftes Tänzchen,
Und der Teufel präsidiert.

Nicht beeidigt

Willst du gelobt sein, so verzichte
Auf kindlich blödes Wesen.
Entschließ dich, deine himmlischen Gedichte
Den Leuten vorzulesen.

Die Welt ist höflich und gesellig,
Und eh' man dich beleidigt,
Sagt wohl ein jeder leicht, was dir gefällig,
Denn keiner ist beeidigt.

Sehnsucht

Schon viel zu lang
Hab' ich der Bosheit mich ergeben.
Ich lasse töten, um zu leben,
Und bös macht bang.

Denn niemals ruht
Die Stimme in des Herzens Tiefe,
Als ob es zärtlich klagend riefe:
„Sei wieder gut!"

Und frisch vom Baum
Den allerschönsten Apfel brach ich.
Ich biß hinein, und seufzend sprach ich,
Wie halb im Traum:

„Du erstes Glück,
Du alter Paradiesesfrieden,
Da noch kein Lamm den Wolf gemieden,
O komm zurück!"

Die Schändliche

Sie ist ein reizendes Geschöpfchen,
Mit allen Wassern wohl gewaschen;
Sie kennt die süßen Sündentöpfchen
Und liebt es, häufig draus zu naschen.

Da bleibt den sittlich Hochgestellten
Nichts weiter übrig, als mit Freuden
Auf diese Schandperson zu schelten
Und sie mit Schmerzen zu beneiden.

Bewaffneter Friede

Ganz unverhofft, an einem Hügel,
Sind sich begegnet Fuchs und Igel.
„Halt", rief der Fuchs, „du Bösewicht!
Kennst du des Königs Ordre nicht?
Ist nicht der Friede längst verkündigt,
Und weißt du nicht, daß jeder sündigt,
Der immer noch gerüstet geht? —
Im Namen Seiner Majestät,
Geh her und übergib dein Fell!"
Der Igel sprach: „Nur nicht so schnell!
Laß dir erst deine Zähne brechen,
Dann wollen wir uns weitersprechen."
Und alsogleich macht er sich rund,
Schließt seinen dichten Stachelbund
Und trotzt getrost der ganzen Welt,
Bewaffnet, doch als Friedensheld.

Die Affen

Der Bauer sprach zu seinem Jungen:
„Heut in der Stadt, da wirst du gaffen.
Wir fahren hin und sehn die Affen.
Es ist gelungen
Und um sich schiefzulachen,
Was die für Streiche machen
Und für Gesichter,

Wie rechte Bösewichter.
Sie krauen sich,
Sie zausen sich,
Sie hauen sich,
Sie lausen sich,
Beschnuppern dies, beknuppern das,
Und keiner gönnt dem andern was,
Und essen tun sie mit der Hand,
Und alles tun sie mit Verstand,
Und jeder stiehlt als wie ein Rabe.
Paß auf, das siehst du heute." —

„O Vater", rief der Knabe,
„Sind Affen denn auch Leute?" —

Der Vater sprach: „Nun ja,
Nicht ganz, doch so beinah."

Glaube

Stark in Glauben und Vertrauen
Von der Burg mit festen Türmen
Kannst du dreist herniederschauen,
Keiner wird sie je erstürmen.

Laß sie graben, laß sie schanzen,
Stolze Ritter, grobe Bauern,
Ihre Flegel, ihre Lanzen
Prallen ab von deinen Mauern.

Aber hüte dich vor Zügen
In die Herrschaft des Verstandes,
Denn sogleich sollst du dich fügen
Den Gesetzen seines Landes.

Bald umringen dich die Haufen,
Und sie ziehen dich vom Rosse,
Und du mußt zu Fuße laufen
Schleunig heim nach deinem Schlosse.

Zauberschwestern

Zwiefach sind die Phantasien,
Sind ein Zauberschwesternpaar,
Sie erscheinen, singen, fliehen
Wesenlos und wunderbar.

Eine ist die himmelblaue,
Die uns froh entgegenlacht,
Doch die andre ist die graue,
Welche angst und bange macht.

Jene singt von lauter Rosen,
Singt von Liebe und Genuß;
Diese stürzt den Hoffnungslosen
Von der Brücke in den Fluß.

Die Schnecken

Rötlich dämmert es im Westen,
Und der laute Tag verklingt,
Nur daß auf den höchsten Ästen
Lieblich noch die Drossel singt.

Jetzt in dichtbelaubten Hecken,
Wo es still verborgen blieb,
Rüstet sich das Volk der Schnecken
Für den nächtlichen Betrieb.

Tastend streckt sich ihr Gehörne.
Schwach nur ist das Augenlicht.
Dennoch schon aus weiter Ferne
Wittern sie ihr Leibgericht.

Schleimig, säumig, aber stete,
Immer auf dem nächsten Pfad,
Finden sie die Gartenbeete
Mit dem schönsten Kopfsalat.

Hier vereint zu ernsten Dingen,
Bis zum Morgensonnenschein,
Nagen sie geheim und dringen
Tief ins grüne Herz hinein.

Darum braucht die Köchin Jettchen
Dieses Kraut nie ohne Arg.
Sorgsam prüft sie jedes Blättchen,
Ob sich nichts darin verbarg.

Sie hat Furcht, den Zorn zu wecken
Ihres lieben gnädgen Herrn.
Kopfsalat, vermischt mit Schnecken,
Mag der alte Kerl nicht gern.

Seelenwanderung

Wohl tausendmal schon ist er hier
Gestorben und wiedergeboren,
Sowohl als Mensch wie auch als Tier,
Mit kurzen und langen Ohren.

Jetzt ist er ein armer blinder Mann,
Es zittern ihm alle Glieder,
Und dennoch, wenn er nur irgend kann,
Kommt er noch tausendmal wieder.

Pst

Es gibt ja leider Sachen und Geschichten,
Die reizend und pikant,
Nur werden sie von Tanten und von Nichten
Niemals genannt.

Verehrter Freund, so sei denn nicht vermessen,
Sei zart und schweig auch du!
Bedenk: Man liebt den Käse wohl — indessen,
Man deckt ihn zu.

Die Meise

Auguste, wie fast jede Nichte,
Weiß wenig von Naturgeschichte.
Zu bilden sie in diesem Fache,
Ist für den Onkel Ehrensache.
„Auguste", sprach er, „glaub es mir,
Die Meise ist ein nettes Tier.
Gar zierlich ist ihr Leibesbau,
Auch ist sie schwarz, weiß, gelb und blau.
Hell flötet sie und klettert munter
Am Strauch kopfüber und kopfunter.
Das härtste Korn verschmäht sie nicht,
Sie hämmert, bis die Schale bricht.
Mohnköpfen bohrt sie mit Verstand
Ein Löchlein in den Unterrand,
Weil dann die Sämerei gelind
Von selbst in ihren Schnabel rinnt.
Nicht immer liebt man Fastenspeisen,
Der Grundsatz gilt auch für die Meisen.
Sie gucken scharf in alle Ritzen,
Wo fette Käferlarven sitzen,
Und fangen sonst noch Myriaden

Insekten, die dem Menschen schaden;
Und hieran siehst du außerdem,
Wie weise das Natursystem." —
So zeigt' er, wie die Sache lag.
Es war kurz vor Martinitag.
Wer da vernünftig ist und kann's
Sich leisten, kauft sich eine Gans.
Auch an des Onkels Außengiebel
Hing eine solche, die nicht übel,
Um, nackt im Freien aufgehangen,
Die rechte Reife zu erlangen.
Auf diesen Braten freute sich
Der Onkel sehr und namentlich
Vor allem auf die braune Haut,
Obgleich er sie nur schwer verdaut.
Martini kam, doch kein Arom
Von Braten spürt' der gute Ohm.
Statt dessen trat voll Ungestüm
Die Nichte ein und zeigte ihm
Die Gans, die kaum noch Gans zu nennen,
Ein Scheusal, nicht zum Wiederkennen,
Zernagt beinah bis auf die Knochen.
Kein Zweifel war, wer dies verbrochen,
Denn deutlich lehrt der Augenschein,
Es konnten nur die Meisen sein.
Also, ade, du braune Kruste! —
„Ja, lieber Onkel", sprach Auguste,
Die gern, nach weiblicher Manier,
Bei einem Irrtum ihn ertappt:
„Die Meise ist ein nettes Tier.
Da hast du wieder recht gehabt."

Pfannkuchen und Salat

Von Fruchtomletts, da mag berichten
Ein Dichter aus den höhern Schichten.
Wir aber, ohne Neid nach oben,
Mit bürgerlicher Zunge loben
Uns Pfannekuchen und Salat.
Wie unsre Liese delikat
So etwas backt und zubereitet,
Sei hier in Worten angedeutet.
Drei Eier, frisch und ohne Fehl,
Und Milch und einen Löffel Mehl,
Die quirlt sie fleißig durcheinand
Zu einem innigen Verband.
Sodann, wenn Tränen auch ein Übel,

Zerstückelt sie und mengt die Zwiebel
Mit Öl und Salz zu einer Brühe,
Daß der Salat sie an sich ziehe.
Um diesen ferner herzustellen,
Hat sie Kartoffeln abzupellen.
Da heißt es, fix die Finger brauchen,
Den Mund zu spitzen und zu hauchen,
Denn heiß geschnitten nur allein
Kann der Salat geschmeidig sein.
Hierauf so geht es wieder heiter
Mit unserm Pfannekuchen weiter.
Nachdem das Feuer leicht geschürt,
Die Pfanne sorgsam auspoliert,
Der Würfelspeck hineingeschüttelt,
So daß es lustig brät und brittelt,
Pisch, kommt darüber mit Gezisch
Das ersterwähnte Kunstgemisch!
Nun zeigt besonders und apart
Sich Lieschens Geistesgegenwart,
Denn nur zu bald, wie allbekannt,
Ist solch ein Kuchen angebrannt.
Sie prickelt ihn, sie stockert ihn,
Sie rüttelt, schüttelt, lockert ihn
Und lüftet ihn, bis augenscheinlich
Die Unterseite eben bräunlich,
Die, umgekehrt, geschickt und prompt
Jetzt ihrerseits nach oben kommt.
Geduld, es währt nur noch ein bissel,
Dann liegt der Kuchen auf der Schüssel.
Doch späterhin die Einverleibung,
Wie die zu Mund und Herzen spricht,
Das spottet jeglicher Beschreibung,
Und darum endet das Gedicht.

Der kluge Kranich

„Ich bin mal so", sprach Förster Knast,
„Die Flunkerei ist mir verhaßt;
Doch sieht man oft was Sonderbares.
Im Frühling vor fünf Jahren war es,
Als ich stockstill, den Hahn gespannt,
Bei Mondschein vor dem Walde stand.
Da läßt sich plötzlich flügelsausend
Ein Kranichheer, wohl an die tausend,
Ganz dicht zu meinen Füßen nieder.
Sie kamen aus Ägypten wieder
Und dachten auf der Reise nun

Sich hier ein Stündchen auszuruhn.
Ich selbstverständlich, schlau und sacht,
Gab sehr genau auf alles acht.
‚Du, Hans', so rief der Oberkranich,
‚Hast heut die Wache, drum ermahn' ich
Dich ernstlich, halt dich stramm und paß
Gehörig auf, sonst gibt es was!' –
Bald schlief ein jeder ein und sägte.
Hans aber stand und überlegte.
Er nahm sich einen Kieselstein,
Erhob ihn mit dem rechten Bein
Und hielt sich auf dem linken nur
In Gleichgewicht und Positur.
Der arme Kerl war schrecklich müd.
Erst fiel das linke Augenlid,
Das rechte blinzelt zwar noch schwach,
Dann aber folgt's dem andern nach.
Er schnarcht sogar. – Ich denke schon:
Wie wird es dir ergehn, mein Sohn? –
So denk' ich, doch im Augenblick,
Als ich es dachte, geht es klick!
Der Stein fiel Hänschen auf die Zeh,
Das weckt ihn auf, er schreit: ‚Auweh!'
Er schaut sich um, hat mich gewittert,
Pfeift, daß es Mark und Bein erschüttert,
Und alsogleich im Winkelflug
Entschwebt der ganze Heereszug.
Ich rief ‚Hurra!' und schwang den Hut.
Der Vogel, der gefiel mir gut.
Er lebt auch noch. Schon oft seither
Sah man ihn fern am Schwarzen Meer
Auf einem Bein auf Posten stehn.
Dies schreibt mein Freund, der Kapitän,
Und was er sagt, ist ohne Frage
So wahr, als was ich selber sage."

Kopf und Herz

Wie es scheint, ist die Moral
Nicht so bald beleidigt,
Während Schlauheit allemal
Wütend sich verteidigt.

Nenn den Schlingel liederlich,
Leicht wird er's verdauen;
Nenn ihn dumm, so wird er dich,
Wenn er kann, verhauen.

Fink und Frosch

Auf leichten Schwingen frei und flink
Zum Lindenwipfel flog der Fink
Und sang an dieser hohen Stelle
Sein Morgenlied so glockenhelle.
Ein Frosch, ein dicker, der im Grase
Am Boden hockt, erhob die Nase,
Strich selbstgefällig seinen Bauch
Und denkt: Die Künste kann ich auch.
Alsbald am rauhen Stamm der Linde
Begann er, wenn auch nicht geschwinde,
Doch mit Erfolg, emporzusteigen,
Bis er zuletzt von Zweig zu Zweigen,
Wobei er freilich etwas keucht,
Den höchsten Wipfelpunkt erreicht
Und hier sein allerhöchstes Quacken
Ertönen läßt aus vollen Backen.
Der Fink, dem dieser Wettgesang
Nicht recht gefällt, entfloh und schwang
Sich auf das steile Kirchendach.
„Wart", rief der Frosch, „ich komme nach!"
Und richtig ist er fortgeflogen,
Das heißt, nach unten hin im Bogen,
So daß er schnell und ohne Säumen
Nach mehr als zwanzig Purzelbäumen
Zur Erde kam mit lautem Quack,
Nicht ohne großes Unbehagen.
Er fiel zum Glück auf seinen Magen,
Den dicken, weichen Futtersack,
Sonst hätt' er sicher sich verletzt. —
Heil ihm! Er hat es durchgesetzt.

Verwunschen

„Geld gehört zum Ehestande,
Häßlichkeit ist keine Schande,
Liebe ist beinah absurd.
Drum, du nimmst den Junker Jochen
Innerhalb der nächsten Wochen!" —
Also sprach der Ritter Kurt.

„Vater", flehte Kunigunde,
„Schone meine Herzenswunde,
Ganz umsonst ist dein Bemühn.
Ja, ich schwör's bei Erd und Himmel,
Niemals nehm' ich diesen Lümmel,
Ewig, ewig hass' ich ihn!"

„Nun, wenn Worte nicht mehr nützen,
Dann so bleibe ewig sitzen,
Marsch mit dir ins Burgverlies!"
Zornig sagte dies der Alte,
Als er in die feuchte, kalte
Kammer sie hinunterstieß.

Jahre kamen, Jahre schwanden,
Nichts im Schlosse blieb vorhanden
Außer Kunigundens Geist.
Dort, wo graue Ratten rasseln,
Sitzt sie zwischen Kellerasseln,
Von dem Feuermolch umkreist.

Heut noch ist es nicht geheuer
In dem alten Burggemäuer
Um die Mitternacht herum.
„Wehe!" ruft ein weißes Wesen.
„Will denn niemand mich erlösen?"
Doch die Wände bleiben stumm.

Ungenügend

Sei es freundlich, sei es böse,
Meist genügend klar und scharf
Klingt des Mundes Wortgetöse
Für den täglichen Bedarf.

Doch die Höchstgefühle heischen
Ihren ganz besondern Klang;
Dann sagt Grunzen oder Kreischen
Mehr als Rede und Gesang.

Der Wetterhahn

Wie hat sich sonst so schön der Hahn
Auf unserm Turm gedreht
Und damit jedem kundgetan,
Woher der Wind geweht.

Doch seit dem letzten Sturme hat
Er keinen rechten Lauf;
Er hängt so schief, er ist so matt,
Und keiner schaut mehr drauf.

Jetzt leckt man an den Finger halt
Und hält ihn hoch geschwind.
Die Seite, wo der Finger kalt,
Von daher weht der Wind.

Scheu und treu

Er liebte sie in aller Stille.
Bescheiden, schüchtern und von fern
Schielt er nach ihr durch seine Brille
Und hat sie doch so schrecklich gern.

Ein Mücklein, welches an der Nase
Des schönen Kindes saugend saß,
Ertränkte sich in seinem Glase.
Es schmeckt' ihm fast wie Ananas.

Sie hatte Haare wie 'ne Puppe,
So unvergleichlich blond und kraus.
Einst fand er eines in der Suppe
Und zog es hochbeglückt heraus.

Er rollt es auf zu einem Löckchen,
Hat's in ein Medaillon gelegt.
Nun hängt es unter seinem Röckchen,
Da, wo sein treues Herze schlägt.

Querkopf

Ein eigner Kerl war Krischan Bolte.
Er tat nicht gerne, was er sollte.
Als Kind schon ist er so gewesen.
Religion, Rechtschreiben und Lesen
Fielen für ihn nicht ins Gewicht:
Er sollte zur Schule und wollte nicht.

Später kam er zu Meister Pfriem.
Der zeigte ihm redlich und sagte ihm,
Jedoch umsonst, was seine Pflicht:
Er sollte schustern und wollte nicht.
Er wollte sich nun mal nicht quälen,
Deshalb verfiel er auf das Stehlen.
Man faßt' ihn, stellt' ihn vor Gericht:
Er sollte bekennen und wollte nicht.
Trotzdem verdammt man ihn zum Tode.
Er aber blieb, nach seiner Mode,

Ein widerspenstiger Bösewicht:
Er sollte hängen und wollte nicht.

Noch zwei?

Durch das Feld ging die Familie,
Als mit glückbegabter Hand
Sanft errötend Frau Ottilie
Eine Doppelähre fand.

Was die alte Sage kündet,
Hat sich öfter schon bewährt:
Dem, der solche Ähren findet,
Wird ein Doppelglück beschert.

Vater Franz blickt scheu zur Seite.
Zwei zu fünf, das wäre viel.
„Kinder", sprach er, „aber heute
Ist es ungewöhnlich schwül."

Die Teilung

Es hat einmal, so wird gesagt,
Der Löwe mit dem Wolf gejagt.
Da haben sie vereint erlegt
Ein Wildschwein, stark und gut gepflegt.
Doch als es ans Verteilen ging,
Dünkt das dem Wolf ein mißlich Ding.
Der Löwe sprach: „Was grübelst du?
Glaubst du, es geht nicht redlich zu?
Dort kommt der Fuchs, er mag entscheiden,
Was jedem zukommt von uns beiden."
„Gut", sagt der Wolf, dem solch ein Freund
Als Richter gar nicht übel scheint.
Der Löwe winkt dem Fuchs sogleich:
„Herr Doktor, das ist was für Euch.
Hier dieses jüngst erlegte Schwein,
Bedenkt es wohl, ist mein und sein.
Ich faßt' es vorn, er griff es hinten;
Jetzt teilt es uns, doch ohne Finten."
Der Fuchs war ein Jurist von Fach.
„Sehr einfach", spricht er, „liegt die Sach.
Das Vorderteil, ob viel, ob wenig,
Erhält mit Fug und Recht der König.
Dir aber, Vetter Isegrim,
Gebürt das Hinterteil. Da nimm!"
Bei diesem Wort trennt er genau
Das Schwänzlein hinten von der Sau.
Indes der Wolf verschmäht die Beute,
Verneigt sich kurz und geht beiseite.
„Fuchs", sprach der Löwe, „bleibt bei mir.
Von heut an seid Ihr Großwesir."

Wie üblich

Suche nicht apart zu scheinen,
Wandle auf betretnen Wegen.
Meinst du, was die andern meinen,
Kommt man freundlich dir entgegen.

Mancher, auf dem Seitensteige,
Hat sich im Gebüsch verloren,
Und da schlugen ihm die Zweige
Links und rechts um seine Ohren.

Gemartert

Ein gutes Tier
Ist das Klavier,
Still, friedlich und bescheiden,
Und muß dabei
Doch vielerlei
Erdulden und erleiden.

Der Virtuos
Stürzt darauf los
Mit hochgesträubter Mähne.
Er öffnet ihm
Voll Ungestüm
Den Leib gleich der Hyäne.

Und rasend wild,
Das Herz erfüllt
Von mörderlicher Freude,
Durchwühlt er dann,
Soweit er kann,
Des Opfers Eingeweide.

Wie es da schrie,
Das arme Vieh,
Und unter Angstgewimmer
Bald hoch, bald tief
Um Hilfe rief,
Vergess' ich nie und nimmer.

Strebsam

Mein Sohn, du hast allhier auf Erden
Dir vorgenommen, was zu werden,
Sei nicht zu keck;
Und denkst du, sei ein stiller Denker!

Nicht leicht befördert wird der Stänker.
Mit Demut salbe deinen Rücken,
Voll Ehrfurcht hast du dich zu bücken,
Mußt heucheln, schmeicheln, mußt dich fügen,
Denn selbstverständlich nur durch Lügen
Kommst du vom Fleck.
Oh, tu's mit Eifer, tu's geduldig,
Bedenk, was du dir selber schuldig!
Das Gönnerherz wird sich erweichen,
Und wohl verdient wirst du erreichen
Den guten Zweck.

Der innere Architekt

Wem's in der Unterwelt zu still,
Wer oberhalb erscheinen will,
Der baut sich, je nach seiner Weise,
Ein sichtbarliches Wohngehäuse.
Er ist ein blinder Architekt,
Der selbst nicht weiß, was er bezweckt.
Dennoch verfertigt er genau
Sich kunstvoll seinen Leibesbau.
Und sollte mal was dran passieren,
Kann er's verputzen und verschmieren,
Und ist er etwa gar ein solch
Geschicktes Tierlein wie der Molch,
Dann ist ihm alles einerlei,
Und wär's ein Bein, er macht es neu.
Nur schad, daß, was so froh begründet,
So traurig mit der Zeit verschwindet,
Wie schließlich jeder Bau hienieden,
Sogar die stolzen Pyramiden!

Das Brot

Er saß beim Frühstück äußerst grämlich,
Da sprach ein Krümchen Brot vernehmlich:
„Aha, so ist es mit dem Orden
Für diesmal wieder nichts geworden.
Ja, Freund, wer seinen Blick erweitert
Und schaut nach hinten und nach vorn,
Der preist den Kummer, denn er läutert.
Ich selber war ein Weizenkorn.
Mit vielen, die mir anverwandt,
Lag ich im rauhen Ackerland.
Bedrückt von einem Erdenkloß,

Macht' ich mich mutig strebend los.
Gleich kam ein alter Has gehupft
Und hat mich an der Nas gezupft.
Und als es Winter ward, verfror,
Was peinlich ist, mein linkes Ohr.
Und als ich reif mit meiner Sippe,
O weh, da hat mit seiner Hippe
Der Hans uns rutschweg abgesäbelt
Und zum Ersticken festgeknebelt
Und auf die Tenne fortgeschafft,
Wo ihrer vier mit voller Kraft
In regelrechtem Flegeltakte
Uns klopften, daß die Schwarte knackte.
Ein Esel trug uns nach der Mühle.
Ich sage dir, das sind Gefühle,
Wenn man, zerrieben und gedrillt
Zum allerfeinsten Staubgebild,
Sich kaum besinnt und fast vergißt,
Ob Sonntag oder Montag ist.
Und schließlich schob der Bäckermeister,
Nachdem wir erst als zäher Kleister
In seinem Troge baß gehudelt,
Vermengt, geknetet und vernudelt,
Uns in des Ofens höchste Glut.
Jetzt sind wir Brot. Ist das nicht gut?
Frischauf, du hast genug, mein Lieber,
Greif zu und schneide nicht zu knapp,
Und streiche tüchtig Butter drüber,
Und gib den andern auch was ab!"

Nicht artig

Man ist ja von Natur kein Engel,
Vielmehr ein Welt= und Menschenkind.
Und ringsumher ist ein Gedrängel
Von solchen, die dasselbe sind.

In diesem Reich geborner Flegel,
Wer könnte sich des Lebens freun,
Würd' es versäumt, schon früh die Regel
Der Rücksicht kräftig einzubleun.

Es saust der Stock, es schwirrt die Rute.
Du darfst nicht zeigen, was du bist.
Wie schad, o Mensch, daß dir das Gute
Im Grunde so zuwider ist!

Sonst und jetzt

Wie standen ehedem die Sachen
So neckisch da in ihrem Raum,
Schwer war's, ein Bild davon zu machen,
Und selbst der Beste konnt' es kaum.

Jetzt, ohne sich zu überhasten,
Stellt man die Guckmaschine fest
Und zieht die Bilder aus dem Kasten
Wie junge Spatzen aus dem Nest.

Drum

Wie dunkel ist der Lebenspfad,
Den wir zu wandeln pflegen.
Wie gut ist da ein Apparat
Zum Denken und Erwägen.

Der Menschenkopf ist voller List
Und voll der schönsten Kniffe;
Er weiß, wo was zu kriegen ist,
Und lehrt die rechten Griffe.

Und weil er sich so nützlich macht,
Behält ihn jeder gerne.
Wer stehlen will, und zwar bei Nacht,
Braucht eine Diebslaterne.

Reue

Die Tugend will nicht immer passen.
Im ganzen läßt sie etwas kalt,
Und daß man eine unterlassen,
Vergißt man bald.

Doch schmerzlich denkt manch alter Knaster,
Der von vergangnen Zeiten träumt,
An die Gelegenheit zum Laster,
Die er versäumt.

Unverbesserlich

Wer Bildung hat, der ist empört,
Wenn er so schrecklich fluchen hört.
Dies „Nasowolltich", dies „Parblö",
Dies ewige „Ojemine",
Dies „Eipotztausendnocheinmal",

Ist das nicht eine Ohrenqual?
Und gar „Daßdichdasmäusleinbeiß",
Da wird mir's immer kalt und heiß.

Wie oft wohl sag' ich: „Es ist häßlich,
Ist unanständig, roh und gräßlich."
Ich bitt' und flehe: „Laßt es sein,
Denn es ist sündlich." — Aber nein,
Vergebens ring' ich meine Hände,
Die Flucherei nimmt doch kein Ende!

Der Schatz

Der Stoffel wankte frohbewegt
Spät in der Nacht nach Haus.
Da ging, wie das zu kommen pflegt,
Ihm seine Pfeife aus.

Wer raucht, der raucht nicht gerne kalt.
Wie freut sich Stoffel da,
Als er ganz dicht vor sich im Wald
Ein Kohlenfeuer sah.

Die Kohlen glühn in einem Topf.
Der frohe Stoffel drückt
Gleich eine in den Pfeifenkopf
Und zieht als wie verrückt.

Wohl sieht er, wie die Kohle glüht.
Nur daß sie gar nicht brennt.
Da überläuft es sein Gemüt,
Er flucht: „Potzzapperment!"

Das Wort war hier nicht recht am Platz.
Es folgt ein Donnerschlag.
Versunken ist der Zauberschatz
Bis an den Jüngsten Tag.

Die Pfeife fällt vor Schreck und Graus
Auf einen harten Stein.
Ein Golddukaten rollt heraus
Blitzblank im Mondenschein.

Von nun an, denkt der Stoffel schlau,
Schweig' ich am rechten Ort. —
Er kehrte heim zu seiner Frau
Und sprach kein einzig Wort.

Der Kohl

Unter all den hübschen Dingen
In der warmen Sommerzeit
Ist ein Korps von Schmetterlingen
Recht ergötzlich insoweit.

Bist du dann zu deinem Wohle
In den Garten hinspaziert,
Siehst du über deinem Kohle
Muntre Tänze aufgeführt.

Weiß gekleidet und behende
Flattert die vergnügte Schar,
Bis daß Lieb und Lust zu Ende
Wieder mal für dieses Jahr.

Zum getreuen Angedenken,
Auf den Blättern kreuz und quer,
Lassen sie zurück und schenken
Dir ein schönes Raupenheer.

Leidest du, daß diese Sippe
Weiterfrißt, wie sie begehrt,
Kriegst du, nebst dem Blattgerippe,
Nur noch Proben ohne Wert.

Also ist es zu empfehlen,
Lieber Freund, daß du dich bückst
Und sehr viele Raupenseelen,
Pitsch, aus ihren Häuten drückst.

Denn nur der ist wirklich weise,
Der auch in die Zukunft schaut.
Denk an deine Lieblingsspeise:
Schweinekopf mit Sauerkraut.

Der gütige Wandrer

Fing man vorzeiten einen Dieb,
Hing man ihn auf mit Schnellbetrieb,
Und meinte man, er sei verschieden,
Ging man nach Haus und war zufrieden.
Ein Wandrer von der weichen Sorte
Kam einst zu solchem Galgenorte
Und sah, daß oben einer hängt,
Dem kürzlich man den Hals verlängt.
Sogleich, als er ihn baumeln sieht,
Zerfließt in Tränen sein Gemüt.
Ich will den armen Schelm begraben,

Denkt er, sonst fressen ihn die Raben.
Nicht ohne Müh, doch mit Geschick,
Klimmt er hinauf und löst den Strick;
Und jener, der im Wind geschwebt,
Liegt unten, scheinbar unbelebt.
Sieh da, nach Änderung der Lage
Tritt neu die Lebenskraft zutage,
So daß der gute Delinquent
Die Welt ganz deutlich wiederkennt.
Zärtlich, als wär's der eigne Vetter,
Umarmt er seinen Lebensretter,
Nicht einmal, sondern noch einmal,
Vor Freude nach so großer Qual.
„Mein lieber Mitmensch", sprach der Wandrer,
„Geh in dich, sei hinfür ein andrer.
Zum Anfang für dein neues Leben
Werd' ich dir jetzt zwei Gulden geben."
Das Geben tat ihm immer wohl.
Rasch griff er in sein Kamisol,
Wo er zur langen Pilgerfahrt
Den vollen Säckel aufbewahrt.
Er sucht' und sucht' und fand ihn nicht,
Und länger wurde sein Gesicht.
Er sucht' und suchte wie ein Narr,
Weit wird der Mund, das Auge starr,
Bald ist ihm heiß, bald ist ihm kalt.
Der Dieb verschwand im Tannenwald.

Die Freunde

Zwei Knaben, Fritz und Ferdinand,
Die gingen immer Hand in Hand,
Und selbst in einer Herzensfrage
Trat ihre Einigkeit zutage.
Sie liebten beide Nachbars Käthchen,
Ein blondgelocktes kleines Mädchen.
Einst sagte die verschmitzte Dirne:
„Wer holt mir eine Sommerbirne,
Recht saftig, aber nicht zu klein?
Hernach soll er der Beste sein."
Der Fritz nahm seinen Freund beiseit
Und sprach: „Das machen wir zu zweit;
Da drüben wohnt der alte Schramm,
Der hat den schönsten Birnenstamm;
Du steigst hinauf und schüttelst sacht,
Ich lese auf und gebe acht."
Gesagt, getan. Sie sind am Ziel.

Schon als die erste Birne fiel,
Macht' Fritz damit sich aus dem Staube,
Denn eben schlich aus dunkler Laube,
In fester Faust ein spanisch Rohr,
Der aufmerksame Schramm hervor.
Auch Ferdinand sah ihn beizeiten
Und tät am Stamm heruntergleiten
In Ängstlichkeit und großer Hast,
Doch eh' er unten Fuß gefaßt,
Begrüßt ihn Schramm bereits mit Streichen,
Als wollt' er einen Stein erweichen.
Der Ferdinand, voll Schmerz und Hitze,
Entfloh und suchte seinen Fritze.
Wie angewurzelt blieb er stehn.
Ach, hätt' er es doch nie gesehn:
Die Käthe hat den Fritz geküßt,
Worauf sie eine Birne ißt. –
Seit dies geschah, ist Ferdinand
Mit Fritz nicht mehr so gut bekannt.

Der Kobold

In einem Häuschen, sozusagen
(Den ersten Stock bewohnt der Magen),
In einem Häuschen war's nicht richtig,
Darinnen spukt' und tobte tüchtig
Ein Kobold, wie ein wildes Bübchen,
Vom Keller bis zum Oberstübchen.
Fürwahr, es war ein bös Getös.
Der Hausherr wird zuletzt nervös,
Und als ein desperater Mann
Steckt er kurzweg sein Häuschen an
Und baut ein Haus sich anderswo
Und meint, da ging es ihm nicht so.
Allein, da sieht er sich betrogen.
Der Kobold ist mit umgezogen
Und macht Spektakel und Rumor
Viel ärger noch als wie zuvor.
„Ha", rief der Mann, „wer bist du, sprich?"
Der Kobold lacht: „Ich bin dein Ich!"

Bestimmung

Ein Fuchs von flüchtiger Moral
Und unbedenklich, wenn er stahl,
Schlich sich bei Nacht zum Hühnerstalle

Von einem namens Jochen Dralle,
Der, weil die Mühe ihn verdroß,
Die Tür mal wieder nicht verschloß.
Er hat sich, wie er immer pflegt,
So, wie er war, zu Bett gelegt.
Er schlief und schnarchte auch bereits.
Frau Dralle, welche ihrerseits
Noch wachte, denn sie hat die Grippe,
Stieß Jochen an die kurze Rippe.
„Du", rief sie flüsternd, „hör doch bloß,
Im Hühnerstall, da ist was los;
Das ist der Fuchs, der alte Racker!"
Und schon ergriff sie kühn und wacker,
Obgleich sie nur im Nachtgewand,
Den Besen, der am Ofen stand,
Indes der Jochen leise flucht
Und erst mal Licht zu machen sucht.
Sie ging voran, er hinterdrein.
Es pfeift der Wind, die Hühner schrein.
„Nur zu", mahnt Jochen, „sei nur dreist,
Und sag Bescheid, wenn er dich beißt!"
Umsonst sucht sich der Dieb zu drücken
Vor Madame Dralles Geierblicken.
Sie schlägt ihm unaussprechlich schnelle
Zwei=, dreimal an derselben Stelle
Mit ihres Besens hartem Stiel
Aufs Nasenbein. Das war zuviel. —
Ein jeder kriegt, ein jeder nimmt
In dieser Welt, was ihm bestimmt.
Der Fuchs, nachdem der Balg herab,
Bekommt ein Armesündergrab.
Frau Dralle, weil sie leichtgesinnt
Sich ausgesetzt dem Winterwind
Zum Trotz der Selbsterhaltungspflicht,
Kriegt zu der Grippe noch die Gicht.
Doch Jochen kriegte hocherfreut
Infolge der Gelegenheit
Von Pelzwerk eine warme Kappe
Mit Vorder= und mit Hinterklappe.
Stets hieß es dann, wenn er sie trug:
Der ist es, der den Fuchs erschlug!

Beiderseits

„Frau Welt, was ist das nur mit Euch?"
Herr Walter sprach's, der alte.

„Ihr werdet grau und faltenreich
Und traurig von Gestalte."

Frau Welt darauf erwidert schnippsch:
„Mein Herr, seid lieber stille.
Ihr scheint mir auch nicht mehr so hübsch
Mit eurer schwarzen Brille."

Die Welt

„Es geht ja leider nur soso
Hier auf der Welt", sprach Salomo.
Dies war verzeihlich. Das Geschnatter
Von tausend Frauen, denn die hatt' er,
Macht auch den Besten ungerecht.
Uns aber geht es nicht so schlecht.
Wer, wie es Brauch in unsern Tagen,
Nur eine hat, der soll nicht sagen
Und klagen, was doch mancher tut:
„Ich bin für diese Welt zu gut."
Selbst wem es fehlt an dieser einen,
Der braucht darob nicht gleich zu weinen
Und sich kopfüber zu ertränken.
Er hat, das mag er wohl bedenken,
Am Weltgebäude mitgezimmert
Und allerlei daran verschlimmert.
Und wenn er so in sich gegangen,
Gewissenhaft und unbefangen,
Dann kusch er sich und denke froh:
Gottlob, ich bin kein Salomo;
Die Welt, obgleich sie wunderlich,
Ist mehr als gut genug für mich!

Die Mücken

Dich freut die warme Sonne.
Du lebst im Monat Mai.
In deiner Regentonne,
Da rührt sich allerlei.

Viel kleine Tierlein steigen
Bald auf=, bald niederwärts,
Und, was besonders eigen,
Sie atmen mit dem Sterz.

Noch sind sie ohne Tücken,
Rein kindlich ist ihr Sinn.
Bald aber sind sie Mücken
Und fliegen frei dahin.

Sie fliegen auf und nieder
Im Abendsonnenglanz
Und singen feine Lieder
Bei ihrem Hochzeitstanz.

Du gehst zu Bett um zehne,
Du hast zu schlafen vor,
Dann hörst du jene Töne
Ganz dicht an deinem Ohr.

Drückst du auch in die Kissen
Dein wertes Angesicht,
Dich wird zu finden wissen
Der Rüssel, welcher sticht.

Merkst du, daß er dich impfe,
So reib mit Salmiak
Und dreh dich um und schimpfe
Auf dieses Mückenpack.

Überliefert

Zu Olims Zeit, auf der Oase,
Am Quell, wo schlanke Palmen stehen,
Saß einst das Väterchen im Grase
Und hatte allerlei Ideen.

Gern sprach davon der Hochverehrte
Zu seinen Söhnen, seinen Töchtern,
Und das Gelehrte, oft Gehörte
Ging von Geschlechte zu Geschlechtern.

Auch wir, in mancher Abendstunde,
Wenn treue Liebe uns bewachte,
Vernahmen froh die gute Kunde
Von dem, was Väterchen erdachte.

Und sicher klingt das früh Gewußte
So lang in wohlgeneigte Ohren,
Bis auf der kalten Erdenkruste
Das letzte Menschenherz erfroren.

Verstand und Leidenschaft

Es ist ein recht beliebter Bau.
Wer wollte ihn nicht loben?
Drin wohnt ein Mann mit seiner Frau,
Sie unten und er oben.

Er, als ein schlaugewiegter Mann,
Hält viel auf weise Lehren,
Sie, ungestüm und drauf und dran,
Tut das, was ihr Begehren.

Sie läßt ihn reden und begeht,
Blind, wie sie ist, viel Wüstes,
Und bringt sie das in Schwulität:
„Na", sagt er kühl, „da siehst es."

Vereinen sich jedoch die zwei
Zu traulichem Verbande,
Dann kommt die schönste Lumperei
Hübsch regelrecht zustande.

So geht's in diesem Hause her.
Man möchte fast erschrecken.
Auch ist's beweglich, aber mehr
Noch als das Haus der Schnecken.

Lache nicht

Lache nicht, wenn mit den Jahren
Lieb und Freundlichkeit vergehen,
Was Paulinchen ist geschehen,
Kann auch dir mal widerfahren.

Sieh nur, wie verändert hat sich
Unser guter Küchenbesen,
Er, der sonst so weich gewesen,
Ist jetzunder stumpf und kratzig.

Im Herbst

Der schöne Sommer ging von hinnen,
Der Herbst, der reiche, zog ins Land.
Nun weben all die guten Spinnen
So manches feine Festgewand.

Sie weben zu des Tages Feier
Mit kunstgeübtem Hinterbein
Ganz allerliebste Elfenschleier
Als Schmuck für Wiese, Flur und Hain.

Ja, tausend Silberfäden geben
Dem Winde sie zum leichten Spiel,
Sie ziehen sanft dahin und schweben
Ans unbewußt bestimmte Ziel.

Sie ziehen in das Wunderländchen,
Wo Liebe scheu im Anbeginn,
Und leis verknüpft ein zartes Bändchen
Den Schäfer mit der Schäferin.

Befriedigt

Gehorchen wird jeder mit Genuß
Den Frauen, den hochgeschätzten,
Hingegen machen uns meist Verdruß
Die sonstigen Vorgesetzten.

Nur wenn ein kleines Mißgeschick
Betrifft den Treiber und Leiter,
Dann fühlt man für den Augenblick
Sich sehr befriedigt und heiter.

Als neulich am Sonntag der Herr Pastor
Eine peinliche Pause machte,
Weil er den Faden der Rede verlor,
Da duckt' sich der Küster und lachte.

Es spukt

Abends, wenn die Heimchen singen,
Wenn die Lampe düster schwelt,
Hör' ich gern von Spukedingen,
Was die Tante mir erzählt.

Wie es klopfte in den Wänden,
Wie der alte Schrank geknackt,
Wie es einst mit kalten Händen
Mutter Urschel angepackt,

Wie man oft ein leises Jammern
Grad um Mitternacht gehört,
Oben in den Bodenkammern,
Scheint mir höchst bemerkenswert.

Doch erzählt sie gar das Märchen
Von dem Geiste ohne Kopf,
Dann erhebt sich jedes Härchen
Schaudervoll in meinem Schopf.

Und ich kann es nicht verneinen,
Daß es böse Geister gibt,
Denn ich habe selber einen,
Der schon manchen Streich verübt.

Daneben

Stoffel hackte mit dem Beile.
Dabei tat er sich sehr wehe,
Denn er traf in aller Eile
Ganz genau die große Zehe.

Ohne jedes Schmerzgewimmer,
Nur mit Ruh, mit einer festen,
Sprach er: „Ja, ich sag' es immer,
Nebenzu trifft man am besten."

Die Birke

Es wächst wohl auf der Heide
Und in des Waldes Raum
Ein Baum zu Nutz und Freude,
Genannt der Birkenbaum.

Die Schuh, daraus geschnitzet,
Sind freundlich von Gestalt.
Wohl dem, der sie besitzet,
Ihm wird der Fuß nicht kalt.

Es ist die weiße Rinde
Zu Tabaksdosen gut,
Als teures Angebinde
Für den, der schnupfen tut.

Man zapfet aus der Birke
Sehr angenehmen Wein,
Man reibt sich, daß es wirke,
Die Glatze damit ein.

Dem Birkenreiserbesen
Gebühret Preis und Ehr;
Das stärkste Kehrichtwesen,
Das treibt er vor sich her.

Von Birken eine Rute,
Gebraucht am rechten Ort,
Befördert oft das Gute
Mehr als das beste Wort.

Und kommt das Fest der Pfingsten,
Dann schmückt mir fein das Haus,
Ihr, meine liebsten Jüngsten,
Mit Birkenzweigen aus.

Jaja!

Ein weißes Kätzchen, voller Schliche,
Ging heimlich, weil es gerne schleckt,
Des Abends in die Nachbarküche,
Wo man es leider bald entdeckt.

Mit Besen und mit Feuerzangen
Gejagt in alle Ecken ward's.
Es fuhr zuletzt voll Todesbangen
Zum Schlot hinaus und wurde schwarz.

Ja, siehst du wohl, mein liebes Herze?
Wer schlecken will, was ihm gefällt,
Der kommt nicht ohne Schmutz und Schwärze
Hinaus aus dieser bösen Welt.

Der Begleiter

Hans, der soeben in der Stadt
Sein fettes Schwein verwertet hat,
Ging spät nach Haus bei Mondenschein,
Ein Fremder folgt und holt ihn ein.
„Grüß' Gott!" rief Hans. „Das trifft sich gut,
Zu zweit verdoppelt sich der Mut."
Der Fremde denkt: Ha, zapperlot!
Der Kerl hat Geld, ich schlag' ihn tot!
Nur nicht von vorn, daß er es sieht,
Dagegen sträubt sich mein Gemüt.
Und weiter gehn sie allgemach,
Der Hans zuvor, der Fremde nach. –
Jetzt, denkt sich dieser, mach' ich's ab.
Er hob bereits den Knotenstab. –
„Was gilt die Butter denn bei euch?"
Fragt Hans und dreht sich um zugleich.
Der Fremde schweigt, der Fremde stutzt,
Der Knittel senkt sich unbenutzt.

Und weiter gehn sie allgemach,
Der eine vor, der andre nach.
Hier, wo die dunklen Tannen stehn,
Hier, denkt der Fremde, soll's geschehn. —
„Spielt man auch Skat bei euch zuland?"
Fragt Hans und hat sich umgewandt.
Der Fremde nickt und steht verdutzt,
Der Knittel senkt sich unbenutzt.
Und weiter gehn sie allgemach,
Der eine vor, der andre nach.
Hier, denkt der Fremde, wo das Moor,
Hier hau' ich fest ihm hinters Ohr. —
Und wieder dreht der Hans sich um.
„Prost!" rief er fröhlich. „Mögt Ihr Rum?"
Und zog ein Fläschlein aus dem Rock.
Der Fremde senkt' den Knotenstock,
Tat einen Zug, der war nicht schwach,
Und weiter gehn sie allgemach.
Schon sind sie aus dem Wald heraus,
Und schau, da steht das erste Haus!
Es kräht der Hahn, es bellt der Spitz.
„Dies", rief der Hans, „ist mein Besitz!
Tritt ein, du ehrlicher Gesell,
Und nimm den Dank für dein Geleit!"
Doch der Gesell entfernt sich schnell —
Vermutlich aus Bescheidenheit.

Die Unbeliebte

„Habt ihr denn wirklich keinen Schimmer
Von Angst, daß ihr noch ruhig schlaft?
Wird denn in dieser Welt nicht immer
Das Leben mit dem Tod bestraft?

Ihr lebt vergnügt trotz dem Verhängnis,
Das näher stets und näher zieht.
So stiehlt der Dieb, dem das Gefängnis
Und später gar der Galgen blüht."

„Hör auf", entgegnet frech die Jugend,
„Du altes Jammerinstrument!
Man merkt es gleich, du bist die Tugend,
Die keinem sein Vergnügen gönnt."

Der Ruhm

Der Ruhm, wie alle Schwindelware,
Hält selten über tausend Jahre.
Zumeist vergeht schon etwas eh'r
Die Haltbarkeit und die Kulör.
Ein Schmetterling voll Eleganz,
Genannt der Ritter Schwalbenschwanz,
Ein Exemplar von erster Güte,
Begrüßte jede Doldenblüte.
Und holte hier und holte da
Sich Nektar und Ambrosia.
Mitunter macht er sich auch breit
In seiner ganzen Herrlichkeit
Und zeigt den Leuten seine Orden
Und ist mit Recht berühmt geworden.
Die jungen Mädchen fanden dies
Entzückend, goldig, reizend, süß.
Vergeblich schwenkten ihre Mützen
Die Knaben, um ihn zu besitzen.
Sogar der Spatz hat zugeschnappt
Und hätt' ihn um ein Haar gehabt.
Jetzt aber naht sich ein Student,
Der seine Winkelzüge kennt.
In einem Netz mit engen Maschen
Tät er den Flüchtigen erhaschen,
Und da derselbe ohne Tadel,
Spießt er ihn auf die heiße Nadel.
So kam er unter Glas und Rahmen
Mit Datum, Jahreszahl und Namen
Und bleibt berühmt und unvergessen,
Bis ihn zuletzt die Motten fressen.
Man möchte weinen, wenn man sieht,
Daß dies das Ende von dem Lied.

Der Philosoph

Ein Philosoph von ernster Art,
Der sprach und strich sich seinen Bart:
„Ich lache nie. Ich lieb' es nicht,
Mein ehrenwertes Angesicht
Durch Zähnefletschen zu entstellen
Und närrisch wie ein Hund zu bellen;
Ich lieb' es nicht, durch ein Gemecker
Zu zeigen, daß ich Witzentdecker;
Ich brauche nicht durch Wertvergleichen
Mit andern mich herauszustreichen,

Um zu ermessen, was ich bin,
Denn dieses weiß ich ohnehin.
Das Lachen will ich überlassen
Den minder hochbegabten Klassen.
Ist einer ohne Selbstvertraun
In Gegenwart von schönen Fraun,
So daß sie ihn als faden Gecken
Abfahren lassen oder necken,
Und fühlt er drob geheimen Groll
Und weiß nicht, was er sagen soll,
Dann schwebt mit Recht auf seinen Zügen
Ein unaussprechliches Vergnügen.
Und hat er Kursverlust erlitten,
Ist er moralisch ausgeglitten,
So gibt es Leute, die doch immer
Noch dümmer sind als er und schlimmer.
Und hat er etwa krumme Beine,
So gibt's noch krümmere als seine.
Und tröstet sich und lacht darüber
Und denkt: Da bin ich mir doch lieber.
Den Teufel lass' ich aus dem Spiele.
Auch sonst noch lachen ihrer viele,
Besonders jene ewig Heitern,
Die unbewußt den Mund erweitern,
Die, sozusagen, auserkoren
Zum Lachen bis an beide Ohren.
Sie freuen sich mit Weib und Kind
Schon bloß, weil sie vorhanden sind.
Ich dahingegen, der ich sitze
Auf der Betrachtung höchster Spitze,
Weit über allem Was und Wie,
Ich bin für mich und lache nie."

Höchste Instanz

Was er liebt, ist keinem fraglich;
Triumphierend und behaglich
Nimmt es seine Seele ein
Und befiehlt: „So soll es sein."
Suche nie, wo dies geschehen,
Widersprechend vorzugehen,
Sintemalen im Gemüt
Schon die höchste Macht entschied.
Ungestört in ihren Lauben
Laß die Liebe, laß den Glauben,
Der, wenn man es recht ermißt,
Auch nur lauter Liebe ist.

Erneuerung

Die Mutter plagte ein Gedanke.
Sie kramt im alten Kleiderschranke,
Wo kurz und lang, obschon gedrängt,
Doch friedlich, beieinander hängt.
Auf einmal ruft sie: „Ei sieh da,
Der Schwalbenschwanz, da ist er ja!"
Den blauen, längst nicht mehr benützten,
Den hinten zwiefach zugespitzten,
Mit blanken Knöpfen schön geschmückt,
Der einst so manches Herz berückt,
Ihn trägt sie klug und überlegt
Dahin, wo sie zu schneidern pflegt,
Und trennt und wendet, näht und mißt,
Bis daß das Werk vollendet ist.
Auf die Art aus des Vaters Fracke
Kriegt Fritzchen eine neue Jacke.
Grad so behilft sich der Poet.
Du liebe Zeit, was soll er machen?
Gebraucht sind die Gedankensachen
Schon alle, seit die Welt besteht.

Plaudertasche

Du liebes Plappermäulchen,
Bedenk dich erst ein Weilchen,
Und sprich nicht so geschwind.
Du bist wie unsre Mühle
Mit ihrem Flügelspiele
Im frischen Sausewind.

Solang der Müller tätig
Und schüttet auf, was nötig,
Geht alles richtig zu;
Doch ist kein Korn darinnen,
Dann kommt das Werk von Sinnen
Und klappert so wie du.

Die Kleinsten

Sag Atome, sage Stäubchen.
Sind sie auch unendlich klein,
Haben sie doch ihre Leibchen
Und die Neigung dazusein.

Haben sie auch keine Köpfchen,
Sind sie doch voll Eigensinn.
Trotzig spricht das Zwerggeschöpfchen:
„Ich will sein, so wie ich bin."

Suche nur, sie zu bezwingen,
Stark und findig, wie du bist.
Solch ein Ding hat seine Schwingen,
Seine Kraft und seine List.

Kannst du auch aus ihnen schmieden
Deine Rüstung als Despot,
Schließlich wirst du doch ermüden,
Und dann heißt es: „Er ist tot."

Duldsam

Des Morgens früh, sobald ich mir
Mein Pfeifchen angezündet,
Geh' ich hinaus zur Hintertür,
Die in den Garten mündet.

Besonders gern betracht' ich dann
Die Rosen, die so niedlich;
Die Blattlaus sitzt und saugt daran
So grün, so still, so friedlich.

Und doch wird sie, so still sie ist,
Der Grausamkeit zur Beute;
Der Schwebefliegen Larve frißt,
Sie auf bis auf die Häute.

Schlupfwespchen, flink und klimperklein,
Sosehr die Laus sich sträube,
Sie legen doch ihr Ei hinein
Noch bei lebendgem Leibe.

Sie aber sorgt nicht nur mit Fleiß
Durch Eier für Vermehrung;
Sie kriegt auch Junge hundertweis
Als weitere Bescherung.

Sie nährt sich an dem jungen Schaft
Der Rosen, eh' sie welken;
Ameisen kommen, ihr den Saft
Sanft streichelnd abzumelken.

So seh' ich in Betriebsamkeit
Das hübsche Ungeziefer
Und rauche während dieser Zeit
Mein Pfeifchen tief und tiefer.

Daß keine Rose ohne Dorn,
Bringt mich nicht aus dem Häuschen.
Auch sag' ich ohne jeden Zorn:
„Kein Röslein ohne Läuschen!"

Hund und Katze

Miezel, eine schlaue Katze,
Molly, ein begabter Hund,
Wohnhaft an demselben Platze,
Haßten sich aus Herzensgrund.

Schon der Ausdruck ihrer Mienen
Bei gesträubter Haarfrisur
Zeigt es deutlich: Zwischen ihnen
Ist von Liebe keine Spur.

Doch wenn Miezel in dem Baume,
Wo sie meistens hin entwich,
Friedlich dasitzt wie im Traume,
Dann ist Molly außer sich.

Beide lebten in der Scheune,
Die gefüllt mit frischem Heu.
Alle beide hatten Kleine,
Molly zwei und Miezel drei.

Einst zur Jagd ging Miezel wieder
Auf das Feld. Da geht es bumm.
Der Herr Förster schoß sie nieder.
Ihre Lebenszeit ist um.

Oh, wie jämmerlich miauen
Die drei Kinderchen daheim.
Molly eilt, sie zu beschauen,
Und ihr Herz geht aus dem Leim.

Und sie trägt sie kurz entschlossen
Zu der eignen Lagerstatt,
Wo sie nunmehr fünf Genossen
An der Brust zu Gaste hat.

Mensch, mit traurigem Gesichte,
Sprich nicht nur von Leid und Streit.
Selbst in Brehms Naturgeschichte
Findet sich Barmherzigkeit.

Der Knoten

Als ich in den Jugendtagen
Noch ohne Grübelei,
Da meint' ich mit Behagen,
Mein Denken wäre frei.

Seitdem hab' ich die Stirne
Oft auf die Hand gestützt
Und fand, daß im Gehirne
Ein harter Knoten sitzt.

Mein Stolz, der wurde kleiner.
Ich merkte mit Verdruß:
Es kann doch unsereiner
Nur denken, wie er muß.

Der Asket

Im Hochgebirg vor seiner Höhle
Saß der Asket;
Nur noch ein Rest von Leib und Seele
Infolge äußerster Diät.
Demütig ihm zu Füßen kniet
Ein Jüngling, der sich längst bemüht,
Des strengen Büßers strenge Lehren
Nachdenklich prüfend anzuhören.
Grad schließt der Klausner den Sermon
Und spricht: „Bekehre dich, mein Sohn!
Verlaß das böse Weltgetriebe.
Vor allem unterlaß die Liebe,
Denn grade sie erweckt aufs neue
Das Leben und mit ihm die Reue.
Da, schau mich an. Ich bin so leicht,
Fast hab' ich schon das Nichts erreicht,
Und bald verschwind' ich in das reine
Zeit=, raum= und traumlos Allundeine."
Als so der Meister in Ekstase,
Sticht ihn ein Bienchen in die Nase.
Oh, welch ein Schrei!
Und dann das Mienenspiel dabei.
Der Jüngling stutzt und ruft: „Was seh' ich?
Wer solchermaßen leidensfähig,
Wer so gefühlvoll und empfindlich,
Der, fürcht' ich, lebt noch viel zu gründlich
Und stirbt noch nicht zum letztenmal."
Mit diesem kühlen Wort empfahl
Der Jüngling sich und stieg hernieder
Ins tiefe Tal und kam nicht wieder.

Der Narr

Er war nicht unbegabt. Die Geisteskräfte
Genügten für die laufenden Geschäfte.
Nur hatt' er die Marotte,
Er sei der Papst. Dies sagt' er oft und gern,
Für jedermann zum Ärgernis und Spotte,
Bis sie zuletzt ins Narrenhaus ihn sperrn.
Ein guter Freund, der ihn daselbst besuchte,
Fand ihn höchst aufgeregt. Er fluchte:
„Zum Kuckuck, das ist doch zu dumm.
Ich soll ein Narr sein und weiß nicht warum."
„Ja", sprach der Freund, „so sind die Leute.
Man hat an einem Papst genug.
Du bist der zweite.
Das eben kann man nicht vertragen.
Hör zu, ich will dir mal was sagen:
Wer schweigt, ist klug."
Der Narr verstummt, als ob er überlege.
Der gute Freund ging leise seiner Wege.
Und schau, nach vierzehn Tagen grade,
Da traf er ihn schon auf der Promenade.
„Ei", rief der Freund, „wo kommst du her?
Bist du denn jetzt der Papst nicht mehr?"
„Freund", sprach der Narr und lächelt schlau,
„Du scheinst zur Neugier sehr geneigt.
Das, was wir sind, weiß ich genau.
Wir alle haben unsern Sparren,
Doch sagen tun es nur die Narren.
Der Weise schweigt."

Abschied

Ach, wie eilte so geschwinde
Dieser Sommer durch die Welt.
Herbstlich rauscht es in der Linde,
Ihre Blätter mit dem Winde
Wehen übers Stoppelfeld.

Hörst du in den Lüften klingend,
Sehnlich klagend das Kuru?
Wandervögel, flügelschwingend,
Lebewohl der Heimat singend,
Ziehn dem fremden Lande zu.

Morgen muß ich in die Ferne.
Liebes Mädchen, bleib mir gut.
Morgen lebt in der Kaserne,
Daß er exerzieren lerne,
Dein dich liebender Rekrut.

Röschen

Als Kind von angenehmen Zügen
War Röschen ein gar lustig Ding.
Gern zupfte sie das Bein der Fliegen,
Die sie geschickt mit Spucke fing.

Sie wuchs, und größere Objekte
Lockt sie von nun an in ihr Garn,
Nicht nur die jungen, nein, sie neckte
Und rupft' auch manchen alten Narrn.

Inzwischen tat in stillem Walten
Die Zeit getreulich ihre Pflicht.
Durch wundersame Bügelfalten
Verziert sie Röschens Angesicht.

Und locker wurden Röschens Zähne.
Kein Freier stellte sich mehr ein.
Und schließlich kriegt sie gar Migräne,
Und die pflegt dauerhaft zu sein.

Dies führte sie zum Aberglauben,
Obwohl sie sonst nicht gläubig schien.
Sie meinte fest, daß Turteltauben
Den Schmerz der Menschen an sich ziehn.

Zwei Stück davon hat sie im Bauer,
Ein Pärchen, welches zärtlich girrt;
Jetzt liegt sie täglich auf der Lauer,
Ob ihnen noch nicht übel wird.

Der Schadenfrohe

Ein Dornstrauch stand im Wiesental
An einer Stiege, welche schmal,
Und ging vorüber irgendwer,
Den griff er an und kratzte er.

Ein Lämmlein kam dahergehupft.
Das hat er ebenfalls gerupft.

Es sieht ihn traurig an und spricht:
„Du brauchst doch meine Wolle nicht,
Und niemals tat ich dir ein Leid.
Weshalb zerrupfst du denn mein Kleid?
Es tut mir weh und ist auch schad."

„Ei", rief der Freche, „darum grad!"

Tröstlich

Nachbar Nickel ist verdrießlich,
Und er darf sich wohl beklagen,
Weil ihm seine Pläne schließlich
Alle gänzlich fehlgeschlagen.

„Unsre Ziege starb heut morgen.
Geh und sag's ihm, lieber Knabe!
Daß er nach so vielen Sorgen
Auch mal eine Freude habe."

Schreckhaft

Nachdem er am Sonntagmorgen
Vor seinem Spiegel gestanden,
Verschwanden die letzten Sorgen
Und Zweifel, die noch vorhanden.

Er wurde so verwegen,
Daß er nicht länger schwankte.
Er schrieb ihr. Sie dagegen
Erwidert: Nein, sie dankte.

Der Schreck, den er da hatte,
Hätt' ihn fast umgeschmissen,
Als hätt' ihn eine Ratte
Plötzlich ins Herz gebissen.

Immer wieder

Der Winter ging, der Sommer kam.
Er bringt aufs neue wieder
Den vielbeliebten Wunderkram
Der Blumen und der Lieder.

Wie das so wechselt Jahr um Jahr,
Betracht' ich fast mit Sorgen.
Was lebte, starb, was ist, es war,
Und heute wird zu morgen.

Stets muß die Bildnerin Natur
Den alten Ton benützen
In Haus und Garten, Wald und Flur
Zu ihren neuen Skizzen.

Hahnenkampf

Ach, wie vieles muß man rügen,
Weil es sündlich und gemein,
So, zum Beispiel, das Vergnügen,
Zuzusehn bei Prügelein.

Noch vor kurzem hab' ich selber
Mir zwei Gockel angesehn,
Hier ein schwarzer, da ein gelber,
Die nicht gut zusammen stehn.

Plötzlich kam es zum Skandale,
Denn der schwarze macht die Kur,
Was dem gelben alle Male
Peinlich durch die Seele fuhr.

Mit den Krallen, mit den Sporen,
Mit dem Schnabel, scharf gewetzt,
Mit den Flügeln um die Ohren
Hat es Hieb auf Hieb gesetzt.

Manche Feder aus dem Leder
Reißen und zerschleißen sie,
Und zum Schlusse ruft ein jeder
Triumphierend: „Kickriki!"

Voller Freude und mit wahrem
Eifer sah ich diesen Zwist,
Während jedes Huhn im Harem
Höchst gelassen weiterfrißt.

Solch ein Weibervolk mit Flügeln
Meint, wenn Gockel früh und spät
Seinetwegen sich verprügeln,
Daß sich das von selbst versteht.

Fuchs und Gans

Es war die erste Maiennacht.
Kein Mensch im Dorf hat mehr gewacht.
Da hielten, wie es stets der Fall,
Die Tiere ihren Frühlingsball.
Die Gans, die gute Adelheid,
Fehlt nie bei solcher Festlichkeit.
Obgleich man sie nach altem Brauch
Zu necken pflegt. So heute auch.
„Frau Schnabel", nannte sie der Kater.
„Frau Plattfuß!" rief der Ziegenvater.
Doch sie, zwar lächelnd, aber kühl,

Hüllt sich in sanftes Selbstgefühl.
So saß sie denn in ödem Schweigen
Allein für sich bei Spiel und Reigen,
Bei Freudenlärm und Jubeljux.
Sieh da, zum Schluß hat auch der Fuchs
Sich ungeladen eingedrängelt.
Schlau hat er sich herangeschlängelt.
„Ihr Diener", säuselt er galant,
„Wie geht's der Schönsten in Brabant?
Ich küss' der gnäd'gen Frau den Fittich.
Ist noch ein Tänzchen frei, so bitt' ich."
Sie nickt verschämt: „O Herr Baron!"
Indem so walzen sie auch schon.
Wie trippeln die Füße, wie wippeln die Schwänze
Im lustigen Kehraus, dem letzten der Tänze.
Da tönt es vier mit lautem Schlag.
Das Fest ist aus. Es naht der Tag. —
Bald drauf, im frühsten Morgenschimmer,
Ging Mutter Urschel aus, wie immer,
Mit Korb und Sichel, um verstohlen
Sich etwas fremden Klee zu holen.
An einer Hecke bleibt sie stehn.
„Herrje, was ist denn hier geschehn?
Die Füchse, sag' ich, soll man rädern.
Das sind wahrhaftig Gänsefedern.
Ein frisches Ei liegt dicht daneben.
Ich bin so frei, es aufzuheben.
Ach, armes Tier", sprach sie bewegt,
„Dies Ei hast du vor Angst gelegt."

Dunkle Zukunft

Fritz, der mal wieder schrecklich träge,
Vermutet, heute gibt es Schläge,
Und knöpft zur Abwehr der Attacke
Ein Buch sich unter seine Jacke,
Weil er sich in dem Glauben wiegt,
Daß er was auf den Buckel kriegt.
Die Schläge trafen richtig ein.
Der Lehrer meint es gut. Allein
Die Gabe wird für heut gespendet
Mehr unten, wo die Jacke endet.
Wo Fritz nur äußerst leicht bekleidet
Und darum ganz besonders leidet.
Ach, daß der Mensch so häufig irrt
Und nie recht weiß, was kommen wird!

Hinten herum

Ein Mensch, der etwas auf sich hält,
Bewegt sich gern in feiner Welt,
Denn erst in weltgewandten Kreisen
Lernt man die rechten Redeweisen,
Verbindlich, aber zugespitzt,
Und treffend, wo die Schwäre sitzt.
Es ist so wie mit Rektor Knaut,
Der immer lächelt, wenn er haut.
Auch ist bei Knaben weit berüchtigt
Das Instrument, womit er züchtigt.
Zu diesem Zweck bedient er nämlich,
Als für den Sünder gut bekömmlich,
Sich einer schlanken Haselgerte,
Zwar biegsam, doch nicht ohne Härte,
Die sich, von rascher Hand bewegt,
Geschmeidig um die Hüfte legt.
Nur wer es fühlte, der begreift es:
Vorn schlägt er zu, und hinten kneift es.

Die Trud

„Wahrlich", sagte meine Tante,
Die fast alle Geister kannte,
„Keine Täuschung ist die Trud.
Weißt du nicht, daß böse Seelen
Nächtlich aus dem Leibe rücken,
Um den Menschen zu bedrücken
Und zu treten und zu quälen,
Wenn er auf dem Rücken ruht?
Lautlos durch verschloßne Türen
Immer näher siehst du's kommen,
Zauberhaft und wunderlich.
Und dir graust es vor dem Dinge,
Und du kannst dich doch nicht rühren,
Und du fühlst dich so beklommen,
Möchtest rufen, wenn's nur ginge,
Und auf einmal hat es dich.
Doch wer klug, weiß sich zu schützen:
Abends beim Zurruhegehn
Brauchst du bloß darauf zu sehn,
Daß die Schuhe mit den Spitzen
Abgewandt vom Bette stehn.
Außerdem hab' ich gehört:
Leichtes Herz und leichter Magen,
Wie in andern Lebenslagen,
Sind auch hier empfehlenswert."

Bedächtig

Ich ging zur Bahn. Der Abendzug
Kam erst um halber zehn.
Wer zeitig geht, der handelt klug,
Er kann gemütlich gehn.

Der Frühling war so warm und mild,
Ich ging wie neubelebt,
Zumal ein wertes Frauenbild
Mir vor der Seele schwebt.

Daß ich sie heut noch sehen soll,
Daß sie gewiß noch wach,
Davon ist mir das Herz so voll,
Ich steh' und denke nach.

Ein Häslein, das vorüberstiebt,
Ermahnt' ich: „Laß dir Zeit!
Ein guter Mensch, der glücklich liebt,
Tut keinem was zuleid."

Von ferne aus dem Wiesenteich
Erklang der Frösche Chor,
Und überm Walde stieg zugleich
Der goldne Mond empor.

„Da bist du ja, ich grüße dich,
Du traulicher Kumpan.
Bedächtig wandelst du wie ich
Dahin auf deiner Bahn."

Dies lenkte meinen Denkersinn
Auf den Geschäftsverlauf;
Ich überschlug mir den Gewinn.
Das hielt mich etwas auf.

Doch horch, da ist die Nachtigall,
Sie flötet wunderschön.
Ich flöte selbst mit sanftem Schall
Und bleib ein wenig stehn.

Und flötend kam ich zur Station,
Wie das bei mir Gebrauch.
O weh, was ist das für ein Ton?
Der Zug, der flötet auch.

Dort saust er hin. Ich stand versteint.
Dann sah ich nach der Uhr
Wie jeder, der zu spät erscheint.
So will es die Natur.

Lebensfahrt

Lange warst du im Gedrängel
Aller Dinge tief versteckt,
Bis als einen kleinen Bengel
Unser Auge dich entdeckt.

Schreiend hast du Platz genommen,
Zum Genuß sofort bereit,
Und wir hießen dich willkommen,
Pflegten dich mit Zärtlichkeit.

Aber eh' du recht empfunden,
Was daheim für Freuden blühn,
Hast dein Bündel du gebunden,
Um in fremdes Land zu ziehn.

Leichte lustige Gesellen
Finden sich an jedem Ort.
Weiber schelten, Hunde bellen,
Lachend zogst du weiter fort.

Sahst die Welt an beiden Enden,
Hast genippt und hast genascht.
Endlich fest mit Klammerhänden
Hat die Liebe dich erhascht.

Und du zogst den Kinderwagen.
Und du trugst, was dir bestimmt,
Seelenlast und Leibesplagen,
Bis der Rücken sich gekrümmt.

Nur Geduld. Es steht ein Flieder
An der Kirche, grau und alt.
Dort für deine müden Glieder
Ist ein kühler Aufenthalt.

Gestört

Um acht, als seine werte Sippe
Noch in den Federn schlummernd lag,
Begrüßt' er von der Felsenklippe
Bereits den neuen Frühlingstag.

Und wie die angenehme Sonne
Liebreich zu ihm herniederschaut,
Da ist in süßer Rieselwonne
Sein ganzes Wesen aufgetaut.

Es schmilzt die schwere Außenhülle.
Ihm wird so wohl, ihm wird so leicht.
Er schwebt im Geist als freier Wille
Hinaus, so weit das Auge reicht.

Fort über Tal, zu fernen Hügeln,
Den Strom entlang, bis an das Meer,
Windeilig, wie auf Möwenflügeln,
Zieht er in hoher Luft einher.

Hier traf er eine Wetterwolke.
Die wählt er sich zum Herrschersitz.
Erhaben über allem Volke
Thront er in Regen, Sturm und Blitz.

O weh, der Zauber ist zu Ende!
Durchweicht vom Hut bis in die Schuh,
Der Buckel steif und lahm die Lende,
So schleicht er still der Heimat zu.

Tum Trost für seine kalten Glieder
Empfängt ihn gleich ein warmer Gruß.
„Na", hieß es, „jetzt bekommst du wieder
Dein Reißen in den Hinterfuß."

Der Geist

Es war ein Mägdlein froh und keck,
Stets lacht' ihr Rosenmund,
Ihr schien die Liebe Lebenszweck
Und alles andre Schund.

Sie denkt an nichts als an Pläsier,
Seitdem die Mutter tot,
Sie lacht und liebt, obgleich es ihr
Der Vater oft verbot.

Einst hat sie frech und unbedacht
Den Schatz, der ihr gefällt,
Sich für die Zeit um Mitternacht
Zum Kirchhof hinbestellt.

Und als sie kam zum Stelldichein,
O hört, was sich begab,
Da stand ein Geist im Mondenschein
Auf ihrer Mutter Grab.

Er steht so starr, er steht so stumm,
Er blickt so kummervoll.
Das Mägdlein dreht sich schaudernd um
Und rennt nach Haus wie toll.

Es wird, wer einen Geist gesehn,
Nie mehr des Lebens froh.
Er fühlt, es ist um ihn geschehn.
Dem Mägdlein ging es so.

Sie welkt dahin, sie will und mag
Nicht mehr zu Spiel und Tanz.
Man flocht ihr um Johannistag
Bereits den Totenkranz.

Der Spatz

Ich bin ein armer Schreiber nur,
Hab' weder Haus noch Acker,
Doch freut mich jede Kreatur,
Sogar der Spatz, der Racker.

Er baut von Federn, Haar und Stroh
Sein Nest geschwind und flüchtig,
Er denkt, die Sache geht schon so,
Die Schönheit ist nicht wichtig.

Wenn man den Hühnern Futter streut,
Gleich mengt er sich dazwischen,
Um schlau und voller Rührigkeit
Sein Körnlein zu erwischen.

Maikäfer liebt er ungemein,
Er weiß sie zu behandeln;
Er hackt die Flügel, zwackt das Bein
Und knackt sie auf wie Mandeln.

Im Kirschenbaum frißt er verschmitzt
Das Fleisch der Beeren gerne;
Dann hat, wer diesen Baum besitzt,
Nachher die schönsten Kerne.

Es fällt ein Schuß. Der Spatz entfleucht
Und ordnet sein Gefieder.
Für heute bleibt er weg vielleicht,
Doch morgen kommt er wieder.

Und ist es Winterzeit und hat's
Geschneit auf alle Dächer,
Verhungern tut kein rechter Spatz,
Er kennt im Dach die Löcher.

Ich rief: „Spatz, komm, ich füttre dich!"
Er faßt mich scharf ins Auge.
Er scheint zu glauben, daß auch ich
Im Grunde nicht viel tauge.

Teufelswurst

Das Pfäfflein saß beim Frühstückschmaus.
Er schaut und zieht die Stirne kraus.
„Wer“, fragt er, „hat die Wurst gebracht?“
Die Köchin sprach: „Es war die Liese,
Die Alte von der Gänsewiese.“
„Drum“, rief er, „sah ich in letzter Nacht,
Wie durch die Luft in feurigem Bogen
Der Böse in ihren Schlot geflogen.
Verdammte Hex,
Ich riech', ich schmeck's,
Der Teufel hat die Wurst gemacht.
Spitz, da geh her!“ — Der Hund, nicht faul,
Verzehrt die Wurst und leckt das Maul.
Er nimmt das Gute, ohne zu fragen,
Ob's Beelzebub unter dem Schwanz getragen.

Der Wiedergänger

Es fand der geizige Bauer Kniep
Im Grabe keine Ruhe.
Die Sehnsucht nach dem Gelde trieb
Ihn wieder zu seiner Truhe.

Die Erben wollten diesen Gast
Im Haus durchaus nicht haben,
Weil ihnen der Verkehr verhaßt
Mit einem, der schon begraben.

Sie dachten, vor Drudenfuß und Kreuz
Ergebenst verschwinden sollt' er.
Er aber vollführte seinerseits
Nur um so mehr Gepolter.

Zum Glück kam gerade zugereist
Ein Meister, der vieles erkundet.
Der hat gar schlau den bösen Geist
In einem Faß verspundet.

Man fuhr es bequem, als wär' es leer,
Bis an ein fließend Gewässer.
Da plötzlich macht sich Kniep so schwer
Wie zehn gefüllte Fässer.

Gottlieb, der Kutscher, wundert sich.
Nach rückwärts blickt er schnelle.
Wumm, knallt der Spund. Der Geist entwich
Und spukt an der alten Stelle.

Wie sonst besucht er jede Nacht
Die eisenbeschlagene Kiste
Und rumpelt, hustet, niest und lacht,
Als ob er von nichts was wüßte.

Kein Mittel erwies sich als probat.
Der Geist ward nur erboster.
Man trug, es blieb kein andrer Rat,
Den Kasten zum nächsten Kloster.

Der Pförtner sprach: „Willkommen im Stift
Und herzlich guten Morgen!
Was Geld und böse Geister betrifft,
Das wollen wir schon besorgen."

Oben und unten

Daß der Kopf die Welt beherrsche,
Wär' zu wünschen und zu loben.
Längst vor Gründen wär' die närr'sche
Gaukelei in nichts zerstoben.

Aber wurzelhaft natürlich
Herrscht der Magen nebst Genossen,
Und so treibt, was unwillkürlich,
Täglich tausend neue Sprossen.

Der Einsame

Wer einsam ist, der hat es gut,
Weil keiner da, der ihm was tut.
Ihn stört in seinem Lustrevier
Kein Tier, kein Mensch und kein Klavier,
Und niemand gibt ihm weise Lehren,
Die gut gemeint und bös zu hören.
Der Welt entronnen, geht er still
In Filzpantoffeln, wann er will.
Sogar im Schlafrock wandelt er
Bequem den ganzen Tag umher.
Er kennt kein weibliches Verbot,
Drum raucht und dampft er wie ein Schlot.
Geschützt vor fremden Späherblicken,
Kann er sich selbst die Hose flicken.
Liebt er Musik, so darf er flöten,
Um angenehm die Zeit zu töten,
Und laut und kräftig darf er prusten,
Und ohne Rücksicht darf er husten,

Und allgemach vergißt man seiner.
Nur allerhöchstens fragt mal einer:
„Was, lebt er noch? Ei Schwerenot,
Ich dachte längst, er wäre tot."
Kurz, abgesehn vom Steuerzahlen,
Läßt sich das Glück nicht schöner malen.
Worauf denn auch der Satz beruht:
„Wer einsam ist, der hat es gut."

Zu gut gelebt

Frau Grete hatt' ein braves Huhn,
Das wußte seine Pflicht zu tun.
Es kratzte hinten, pickte vorn,
Fand hier ein Würmchen, da ein Korn,
Erhaschte Käfer, schnappte Fliegen
Und eilte dann mit viel Vergnügen
Zum stillen Nest, um hier geduldig
Das zu entrichten, was es schuldig.
Fast täglich tönte sein Geschrei:
„Viktoria, ein Ei, ein Ei!"
Frau Grete denkt: Oh, welch ein Segen,
Doch könnt' es wohl noch besser legen.
Drum reicht sie ihm, es zu verlocken,
Oft extra noch die schönsten Brocken.
Dem Hühnchen war das angenehm.
Es putzt sich, macht es sich bequem,
Wird wohlbeleibt, ist nicht mehr rührig,
Und sein Geschäft erscheint ihm schwierig.
Kaum daß ihm noch mit Drang und Zwang
Mal hie und da ein Ei gelang.
Dies hat Frau Greten schwer bedrückt,
Besonders, wenn sie weiterblickt;
Denn wo kein Ei, da ist's vorbei
Mit Rührei und mit Kandisei.
Ein fettes Huhn legt wenig Eier.
Ganz ähnlich geht's dem Dichter Meier,
Der auch nicht viel mehr dichten kann,
Seit er das Große Los gewann.

Zu zweit

Frau Urschel teilte Freud und Leid
Mit ihrer lieben Kuh,
Sie lebten in Herzinnigkeit
Ganz wie auf du und du.

Wie war der Winter doch so lang,
Wie knapp ward da das Heu,
Frau Urschel rief und seufzte bang:
„O komm, du schöner Mai!

Komm schnell und lindre unsre Not,
Der du die Krippe füllst;
Wenn ich und meine Kuh erst tot,
Dann komme, wann du willst."

Verlust der Ähnlichkeit

Man sagt, ein Schnäpschen, insofern
Es kräftig ist, hat jeder gern.
Ganz anders denkt das Volk der Bienen,
Der Süffel ist verhaßt bei ihnen,
Sein Wohlgeruch tut ihnen weh.
Sie trinken nichts als Blütentee,
Und wenn wer kommt, der Schnäpse trank,
Gleich ziehen sie den Stachel blank.
Letzthin hat einem Bienenstöckel
Der brave alte Schneider Böckel,
Der nicht mehr nüchtern in der Tat,
Aus Neubegierde sich genaht.
Sofort von einem regen Leben
Sieht Meister Böckel sich umgeben.
Es dringen giftgetränkte Pfeile
In seine nackten Körperteile,
Ja, manche selbst durch die nur lose
Und leichtgewirkte Sommerhose,
Besonders, weil sie stramm gespannt.
Zum Glück ist Böckel kriegsgewandt.
Er zieht sich kämpfend wie ein Held
Zurück ins hohe Erbsenfeld.
Hier hat er Zeit, an vielen Stellen
Des Leibes merklich anzuschwellen,
Und als er wiederum erscheint,
Erkennt ihn kaum sein bester Freund.
Natürlich, denn bei solchem Streit
Verliert man seine Ähnlichkeit.

Spatz und Schwalben

Es grünte allenthalben.
Der Frühling wurde wach.
Bald flogen auch die Schwalben
Hell zwitschernd um das Dach.

Sie sangen unermüdlich
Und bauten außerdem
Am Giebel rund und niedlich
Ihr Nest aus feuchtem Lehm.

Und als sie eine Woche
Sich redlich abgequält,
Hat nur am Eingangsloche
Ein Stückchen noch gefehlt.

Da nahm der Spatz, der Schlingel,
Die Wohnung in Besitz.
Jetzt hängt ein Strohgeklüngel
Hervor aus ihrem Schlitz.

Nicht schön ist dies Gebahren
Und wenig ehrenwert
Von einem, der seit Jahren
Mit Menschen viel verkehrt.

Ein Maulwurf

Die laute Welt und ihr Ergötzen
Als eine störende Erscheinung
Vermag der Weise nicht zu schätzen.
Ein Maulwurf war der gleichen Meinung.
Er fand an Lärm kein Wohlgefallen,
Zog sich zurück in kühle Hallen
Und ging daselbst in seinem Fach
Stillfleißig den Geschäften nach.
Zwar sehen konnt' er da kein bissel,
Indessen sein getreuer Rüssel,
Ein Nervensitz voll Zartgefühl,
Führt sicher zum erwünschten Ziel.
Als Nahrung hat er sich erlesen
Die Leckerbissen der Chinesen,
Den Regenwurm und Engerling,
Wovon er vielfach fette fing.
Die Folge war, was ja kein Wunder,
Sein Bäuchlein wurde täglich runder,
Und wie das häufig so der Brauch,

Der Stolz wuchs mit dem Bauche auch.
Wohl ist er stattlich von Person
Und kleidet sich wie ein Baron,
Nur schad, ihn und sein Sammetkleid
Sah niemand in der Dunkelheit.
So trieb ihn denn der Höhensinn
Von unten her nach oben hin,
Zehn Zoll hoch oder gar noch mehr,
Zu seines Namens Ruhm und Ehr
Gewölbte Tempel zu entwerfen
Und denen draußen einzuschärfen,
Daß innerhalb noch einer wohne,
Der etwas kann, was nicht so ohne.
Mit Baulichkeiten ist es mißlich.
Ob man sie schätzt, ist ungewißlich.
Ein Mensch von anderm Kunstgeschmacke,
Ein Gärtner, kam mit einer Hacke.
Durch kurzen Hieb nach langer Lauer
Zieht er ans Licht den Tempelbauer
Und haut so derb ihn übers Ohr,
Daß er den Lebensgeist verlor.
Da liegt er nun, der stolze Mann.
Wer tut die letzte Ehr ihm an?
Drei Käfer, schwarz und gelb gefleckt,
Die haben ihn mit Sand bedeckt.

Der Traum

Ich schlief. Da hatt' ich einen Traum.
Mein Ich verließ den Seelenraum.
Frei vom gemeinen Tagesleben,
Vermocht' ich leicht dahinzuschweben.
So, angenehm mich fortbewegend,
Erreicht' ich eine schöne Gegend.
Wohin ich schwebte, wuchs empor
Alsbald ein bunter Blumenflor,
Und lustig schwärmten um die Dolden
Viel tausend Falter, rot und golden.
Ganz nah auf einem Lilienstengel,
Einsam und sinnend, saß ein Engel,
Und weil das Land mir unbekannt,
Fragt' ich: „Wie nennt sich dieses Land?"
„Hier", sprach er, „ändern sich die Dinge.
Du bist im Reich der Schmetterlinge."
Ich aber, wohlgemut und heiter,
Zog achtlos meines Weges weiter.
Da kam, wie ich so weiterglitt,

Ein Frauenbild und schwebte mit
Als ein willkommenes Geleite,
Anmutig lächelnd mir zur Seite,
Und um sie nie mehr loszulassen,
Dacht' ich die Holde zu erfassen;
Doch eh' ich Zeit dazu gefunden,
Schlüpft sie hinweg und ist verschwunden.
Mir war so schwül. Ich mußte trinken.
Nicht fern sah ich ein Bächlein blinken.
Ich bückte mich hinab zum Wasser.
Gleich faßt ein Arm, ein kalter blasser,
Vom Grund herauf mich beim Genick.
Zwar zog ich eilig mich zurück,
Mein Hals war steif und krumm,
Nur mühsam dreht' ich ihn herum,
Und ach, wie war es ringsumher
Auf einmal traurig, öd und leer.
Von Schmetterlingen nichts zu sehn,
Die Blumen, eben noch so schön,
Sämtlich verdorrt, zerknickt, verkrumpelt.
So bin ich seufzend fortgehumpelt,
Denn mit dem Fliegen, leicht und frei,
War es nun leider auch vorbei.
Urplötzlich springt aus einem Graben,
Begleitet vom Geschrei der Raben,
Mir eine Hexe auf den Nacken
Und spornt mich an mit ihren Hacken
Und macht sich schwer wie Bleigewichte
Und drückt und zwickt mich fast zunichte,
Bis daß ich matt und lendenlahm
Zu einem finstern Walde kam.
Ein Jägersmann, dürr von Gestalt,
Trat vor und rief ein dumpfes Halt.
Schon liegt ein Pfeil auf seinem Bogen,
Schon ist die Sehne straff gezogen.
Jetzt trifft er dich ins Herz, so dacht' ich,
Und von dem Todesschreck erwacht' ich
Und sprang vom Lager ungesäumt,
Sonst hätt' ich wohl noch mehr geträumt.

Auf Wiedersehn

Ich schnürte meinen Ranzen
Und kam zu einer Stadt,
Allwo es mir im ganzen
Recht gut gefallen hat.

Nur eines macht beklommen,
So freundlich sonst der Ort:
Wer heute angekommen,
Geht morgen wieder fort.

Bekränzt mit Trauerweiden,
Vorüber zieht der Fluß,
Den jeder beim Verscheiden
Zuletzt passieren muß.

Wohl dem, der ohne Grauen,
In Liebe treu bewährt,
Zu jenen dunklen Auen
Getrost hinüberfährt.

Zwei Blinde, müd vom Wandern,
Sah ich am Ufer stehn,
Der eine sprach zum andern:
„Leb wohl, auf Wiedersehn."

Maler Klecksel

Erstes Kapitel

Das Reden tut dem Menschen gut;
Wenn man es nämlich selber tut;
Von Angstprodukten abgesehn,
Denn so etwas bekommt nicht schön.

Die Segelflotte der Gedanken,
Wie fröhlich fährt sie durch die Schranken
Der aufgesperrten Mundesschleuse
Bei gutem Winde auf die Reise
Und steuert auf des Schalles Wellen
Nach den bekannten offnen Stellen
Am Kopfe, in des Ohres Hafen
Der Menschen, die mitunter schlafen.

Vor allem der Politikus
Gönnt sich der Rede Vollgenuß;
Und wenn er von was sagt, so sei's,
Ist man auch sicher, daß er's weiß.

Doch andern, darin mehr zurück,
Fehlt dieser unfehlbare Blick.
Sie lockt das zartere Gemüt
Ins anmutreiche Kunstgebiet,
Wo grade, wenn man nichts versteht,
Der Schnabel um so leichter geht.

Fern liegt es mir, den Freund zu rügen,
Dem Tee zu kriegen ein Vergnügen
Und im Salon mit geistverwandten,
Ästhetisch durchgeglühten Tanten
Durch Reden bald und bald durch Lauschen
Die Seelen säuselnd auszutauschen.
Auch tadl' ich keinen, wenn's ihn gibt,
Der diese Seligkeit nicht liebt,
Der keinen Tee mag, selbst von Engeln,
Dem's da erst wohl, wo Menschen drängeln.
Ihn fährt die Droschke, zieht das Herz
Zu schönen Opern und Konzerts,
Die auch im Grund, was nicht zu leugnen,
Zum Zwiegespräch sich trefflich eignen.

Man sitzt gesellig unter vielen
So innig nah auf Polsterstühlen,
Man ist so voll humaner Wärme,
Doch ewig stört uns das Gelärme,
Das Grunzen, Blärren und Gegirre
Der musikalischen Geschirre,
Die eine Schar im schwarzen Fracke
Mit krummen Fingern, voller Backe,
Von Meister Zappelmann gehetzt,
Hartnäckig in Bewegung setzt.
So kommt die rechte Unterhaltung
Nur ungenügend zur Entfaltung.

Ich bin daher, statt des Gewinsels,
Mehr für die stille Welt des Pinsels;
Und, was auch einer sagen mag,
Genußreich ist der Nachmittag,
Den ich inmitten schöner Dinge
Im lieben Kunstverein verbringe;
Natürlich meistenteils mit Damen.
Hier ist das Reich der goldnen Rahmen,
Hier herrschen Schönheit und Geschmack,
Hier riecht es angenehm nach Lack;
Hier gibt die Wand sich keine Blöße,
Denn Prachtgemälde jeder Größe
Bekleiden sie und warten ruhig,
Bis man sie würdigt, und das tu' ich.

Mit scharfem Blick, nach Kennerweise,
Seh' ich zunächst mal nach dem Preise,
Und bei genauerer Betrachtung
Steigt mit dem Preise auch die Achtung.
Ich blicke durch die hohle Hand,
Ich blinzle, nicke: „Ah, scharmant!
Das Kolorit, die Pinselführung,
Die Farbentöne, die Gruppierung,
Dies Lüster, diese Harmonie,
Ein Meisterwerk der Phantasie.
Ach, bitte, sehn Sie nur, Komteß!"
Und die Komteß, sich unterdes
Im duftigen Batiste schneuzend,
Erwidert schwärmrisch: „Oh, wie reizend!"

Und wahrlich! Preis und Dank gebührt
Der Kunst, die diese Welt verziert.

Der Architekt ist hochverehrlich
(Obschon die Kosten oft beschwerlich),
Weil er uns unsre Erdenkruste,
Die alte, rauhe und berußte,
Mit saubern Baulichkeiten schmückt,
Mit Türmen und Kasernen spickt.

Der Plastiker, der uns ergötzt,
Weil er die großen Männer setzt,
Grauschwärzlich, grünlich oder weißlich,
Schon darum ist er löb= und preislich,
Daß jeder, der z. B. fremd,
Soeben erst vom Bahnhof kömmt,
In der ihm unbekannten Stadt
Gleich den bekannten Schiller hat.

Doch größern Ruhm wird der verdienen,
Der Farben kauft und malt mit ihnen.

Wer weiß die Hallen und dergleichen
So welthistorisch zu bestreichen?
Alfresko und für ewig fast,
Wenn's mittlerweile nicht verblaßt.
Wer liefert uns die Genresachen,
So rührend oder auch zum Lachen?
Wer schuf die grünen Landschaftsbilder,
Die Wirtshaus= und die Wappenschilder?
Wer hat die Reihe deiner Väter
Seit tausend Jahren oder später
So meisterlich in Öl gesetzt?
Wer wird vor allen hochgeschätzt?
Der Farbenkünstler! Und mit Grund!
Er macht uns diese Welt so bunt.

Darum, o Jüngling, fasse Mut;
Setz auf den hohen Künstlerhut
Und wirf dich auf die Malerei;
Vielleicht verdienst du was dabei!

Nach diesem ermunterungsvollen Vermerke
Fahren wir fort im löblichen Werke.

Zweites Kapitel

Nachdem die Welt so manches Jahr
Im alten Gleis gegangen war,
Erfuhr dieselbe unvermutet,
Daß, als der Wächter zwölf getutet,
Bei Klecksels, wohnhaft Nr. 3,
Ein Knäblein angekommen sei. –

Bald ist's im Kirchenbuch zu lesen;
Denn wer bislang nicht dagewesen,
Wer so als gänzlich Unbekannter,
Nunmehr als neuer Anverwandter
Ein glücklich Elternpaar besucht,
Wird flugs verzeichnet und gebucht.
Kritzkratz! Als kleiner Weltphilister
Steht Kuno Klecksel im Register. –

Früh zeigt sich seine Energie,
Indem er aus dermaßen schrie;
Denn früh belehrt ihn die Erfahrung:
Sobald er schrie, bekam er Nahrung.

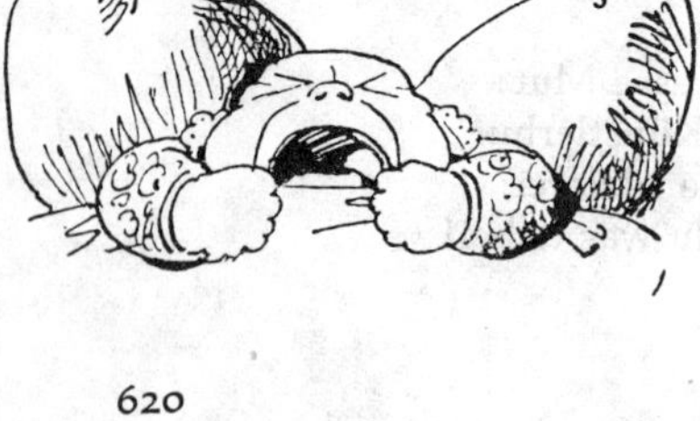

Dann lutscht er emsig und behende,
Bis daß die Flüssigkeit zu Ende.
Auch schien's ihm höchst verwundersam,
Wenn jemand mit der Lampe kam.
Er staunt, er glotzt, er schaut verquer,
Folgt der Erscheinung hin und her
Und weidet sich am Lichteffekt.
Man sieht bereits, was in ihm steckt.

Schnell nimmt er zu, wird stark und feist
An Leib nicht minder wie an Geist
Und zeigt bereits als kleiner Knabe
Des Zeichnens ausgeprägte Gabe.

Zunächst mit einem Schieferstiele
Macht er Gesichter und Profile;
Zwei Augen aber fehlen nie,
Denn die, das weiß er, haben sie.

Durch Übung wächst der Menschenkenner.
Bald macht er auch schon ganze Männer,
Und zeichnet fleißig, oft und gern
Sich einen wohlbeleibten Herrn.

Und nicht nur, wie er außen war,
Nein, selbst das Innre stellt er dar.
Hier thront der Mann auf seinem Sitze
Und ißt z. B. Hafergrütze.
Der Löffel führt sie in den Mund,
Sie rinnt und rieselt durch den Schlund,
Sie wird, indem sie weiterläuft,
Sichtbar im Bäuchlein angehäuft. –

So blickt man klar, wie selten nur,
Ins innre Walten der Natur. –

Doch ach! Wie bald wird uns verhunzt
Die schöne Zeit naiver Kunst;
Wie schnell vom elterlichen Stuhle
Setzt man uns auf die Bank der Schule!

Herr Bötel nannte sich der Lehrer,
Der, seinerseits kein Kunstverehrer,
Mehr auf das Praktische beschränkt,
Dem Kuno seine Studien lenkt.

Einst an dem schwarzen Tafelbrett
Malt Kuno Böteln sein Portrett.

Herr Bötel, der es nicht bestellt,
Auch nicht für sprechend ähnlich hält,
Schleicht sich herzu in Zornerregung;
Und unter heftiger Bewegung

Wird das Gemälde ausgeputzt.
Der Künstler wird als Schwamm benutzt.

Bei Kuno ruft dies Ungemach
Kein Dankgefühl im Busen wach. –

Ein Kirchenschlüssel, von Gestalt
Ehrwürdig, rostig, lang und alt,
Durch Kuno hinten angefeilt,
Wird fest mit Pulver vollgekeilt.
Zu diesem ist er im Besitze
Von einer oft erprobten Spritze;
Und da er einen Schlachter kennt,
Füllt er bei ihm sein Instrument.

Die Nacht ist schwarz, Herr Bötel liest.
Bums! hört er, daß man draußen schießt.

Er denkt: Was mag da vor sich gehn?
Ich muß mal aus dem Fenster sehn.

Es zischt der Strahl, von Blut gerötet;
Herr Bötel ruft: „Ich bin getötet!"

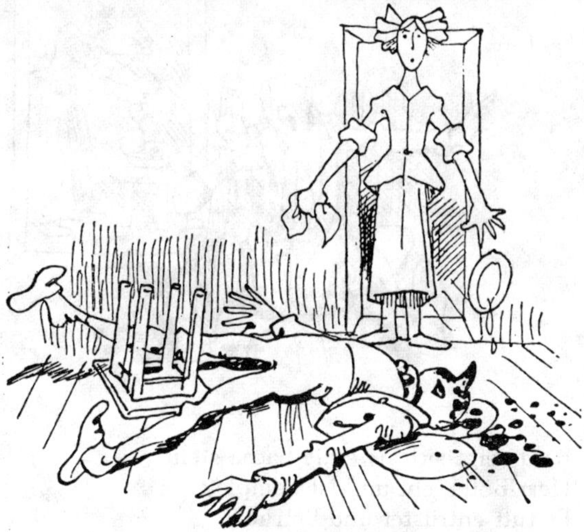

Mit diesen Worten fällt er nieder
Und streckt die schreckgelähmten Glieder.
Frau Bötel war beim Tellerspülen;
Sie kommt und schreit mit Angstgefühlen:

„Ach, Bötel! Lebst du noch, so sprich!"
„Kann sein!" sprach er. – „Man wasche mich."

Bald zeigt sich, wie die Sache steht.
Herr Bötel lebt und ist komplett.
Er ruft entrüstet und betrübt:
„Das hat der Kuno ausgeübt!“ –

Wenn wer sich wo als Lump erwiesen,
So bringt man in der Regel diesen
Zum Zweck moralischer Erhebung
In eine andere Umgebung.
Der Ort ist gut, die Lage neu,
Der alte Lump ist auch dabei. –

Nach diesem schon öfters erprobten Vermerke
Fahren wir fort im löblichen Werke.

Drittes Kapitel

Alsbald nach dieser Spritzaffäre
Kommt unser Kuno in die Lehre
Zum braven Malermeister Quast;
Ein Mann, der seine Kunst erfaßt,
Ein Mann, der trefflich tapeziert
Und Ofennischen marmoriert
Und dem für künstlerische Zwecke
Erreichbar selbst die höchste Decke.

Der Kunstbetrieb hat seine Plagen.
Viel Töpfe muß der Kuno tragen.
Doch gerne trägt er einen Kasten
Mit Vesperbrot für sich und Quasten.

Es fiel ihm auf, daß jeder Hund
Bei diesem Kasten stillestund.
Ei! denkt er. Das ist ja famos!

Und macht den Deckel etwas los.
Ein Teckel, der den Deckel lupft,

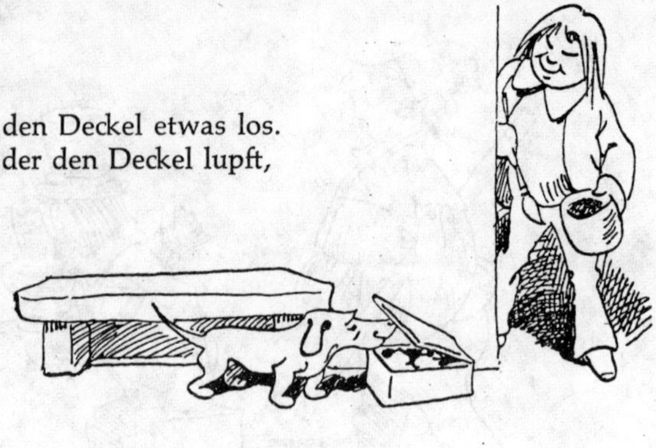

Wird eingeklemmt und angetupft,
So daß er buntgefleckelt ward,
Fast wie ein junger Leopard.

Ein Windspiel, das des Weges läuft
Und naschen will, wird quer gestreift;
Es ist dem Zebra ziemlich ähnlich,
Nur schlanker, als wie dies gewöhnlich.

Ein kleiner Bulldogg, der als dritter
Der Meinung ist, daß Wurst nicht bitter,
Wird reizend grün und gelb kariert,
Wie's einem Inglischmän gebührt.

Ungern bemerkt dies Meister Quast.
Ihm ist die Narretei verhaßt;
Er liebte keine Zeitverschwendung
Und falsche Farbestoffverwendung.
Er schwieg. Doch als die Stunde kam,
Wo man die Vespermahlzeit nahm,

Da sprach er mild und guten Mutes:
„Ein guter Mensch kriegt auch was Gutes!"

Er schnitt vom Brot sich einen Fladen.
Der Kuno wird nicht eingeladen.

Er greift zur Wurst. Er löst die Haut.
Der Kuno steht dabei und schaut.

Die Wurst verschwindet allgemach.
Der Kuno blickt ihr schmachtend nach. –

Die Wurst verschwand bis auf die Schläue.
Der Kuno weint der Tränen zweie.

Doch Meister Quast reibt frohbedächtig
Den Leib und spricht: „Das schmeckte prächtig!
Heut abend lass' ich nichts mehr kochen!" –
Er hält getreu, was er versprochen;

Geht ein durch seine Kammerpforte
Und spricht gemütlich noch die Worte:
„Sei mir willkommen, süßer Schlaf!
Ich bin zufrieden, weil ich brav!"

Der Kuno denkt noch nicht zu ruhn.
Er hat was Wichtiges zu tun.

Zunächst vor jeder andern Tat
Legt er sein Ränzel sich parat.
Sodann erbaut er auf der Diele
Aus Töpfen, Gläsern und Gestühle
Ein Werk im Stil der Pyramiden
Zum Denkmal, daß er abgeschieden;
Apart jedoch von der Verwirrnis
Stellt er den Topf, gefüllt mit Firnis;

Zuletzt ergreift er, wie zur Wehre,
Die mächtige Tapetenschere.

Quasts Deckbett ist nach altem Brauch
Ein stramm gestopfter Federschlauch.
Mit einem langen leisen Schnitte
Schlitzt es der Kuno in der Mitte.

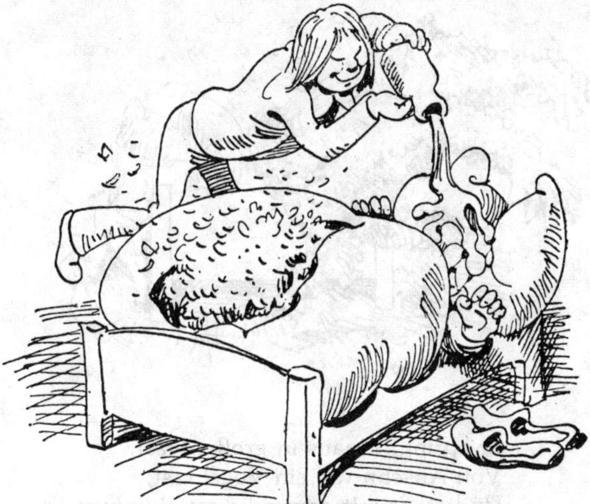

Rasch leert er jetzt den Firnistopf
Auf Quastens ahnungslosen Kopf.

Quast fährt empor voll Schreck und Staunen,
Greift, schlägt und tobt und wird voll Daunen.

Er springt hinaus in großer Hast,
Von Ansehn wie ein Vogel fast,
Und stößt mit schrecklichem Rumbum
Die neuste Pyramide um.
Froh schlägt das Herz im Reisekittel,
Vorausgesetzt, man hat die Mittel.
Nach diesem ahnungsvollen Vermerke
Fahren wir fort im löblichen Werke.

Viertes Kapitel

Recht gern empfängt die Musenstadt
Den Fremdling, welcher etwas hat. –
Kuno ist da. Gedankentief
Verfaßt derselbe diesen Brief:

„Geehrter Herr Vater! Bei Meister Quast
Hat es mir leider nicht recht gepaßt.
Seit vorigen Freitag bin ich allhie,
Um zu besuchen die Akademie.
Geld hab' ich bereits schon gar nicht mehr.
Um solches, o Vater, ersuch' ich Euch sehr.
Logieren tu' ich auf hartem Gestrüppe.
Euer Sohn, das Hunger= und Angstgerippe."

Der Vater, kratzend hinterm Ohr,
Sucht hundert Gulden bang hervor.
Eindringlich warnend vor Verschwendung,
Macht er dem Sohn die schwere Sendung.

Jetzt hat der Kuno Geld in Masse.
Stolz geht er in die Zeichenklasse.
Von allen Schülern, die da sitzen,
Kann keiner so den Bleistift spitzen.
Auch sind nur wenige dazwischen,
Die so wie er mit Gummi wischen.
Und im Schraffieren, was das Schwerste,
Da wird er unbedingt der erste.

Jedoch zu Nacht, wenn er sich setzte,
Beim Schimmelwirt, blieb er der letzte.
Mit Leichtigkeit genießt er hier
So seine ein, zwei, drei Glas Bier.

Natürlich, da er so vorzüglich,
Sitzt er zu Ostern schon vergnüglich
Im herrlichen Antikensaale,
Dem Sammelplatz der Ideale.

Der Alten ewig junge Götter –
Wenn mancher auch in Wind und Wetter
Und sonst durch allerlei Verdrieß
Kopf, Arm und Bein im Stiche ließ –
Ergötzen Kuno unbeschreiblich,
Besonders, wenn die Götter weiblich.

Er ahmt sie nach in schwarzer Kreide.
Doch kann er sich auch diese Freude
An schönen Sommernachmittagen,
Wenn's grade nötig, mal versagen

Und eilt mit brennender Havanna
Zum Schimmelwirt zu der Susanna.
Hier in des Gartens Lustrevier
Trinkt er so zwei, drei, vier Glas Bier.
Daher man denn auch bald erfuhr,
Der Klecksel malt nach der Natur.

Am linken Daumen die Palette,
Steht er schon da vor seinem Brette
Und malt die alte Runzeltante,
Daß sie fast jeder wiederkannte.

Doch eh' die Abendglocke klang,
Macht er den hergebrachten Gang
Zur Susel und vertilgt bei ihr
So seine vier, fünf, sechs Glas Bier.

Da eines Abends sagt ganz plötzlich,
Grad als der Kuno recht ergötzlich,
Dies sonst so nette Frauenzimmer:
„Jetzt zahlen, oder Bier gibt's nimmer!"
Ach! Reines Glück genießt doch nie,
Wer zahlen soll und weiß nicht wie!

Nach diesem mit Wehmut gemachten Vermerke
Fahren wir fort im löblichen Werke.

Fünftes Kapitel

Ganz arglos auf dem Schillerplatzel
Geht Kunos Freund, der Herr v. Gnatzel,

Ein netter Herr, ein lieber Mann.
Der Kuno pumpt ihn freudig an.

Freund Gnatzels Züge werden schmerzlich.
Er spricht gerührt: „Bedaure herzlich!
Recht dumm! Vergaß mein Portemonnaie!
Geduld bis morgen früh! Adieu!"
Von nun an ist es sonderbar,
Wie Gnatzel schwer zu treffen war.

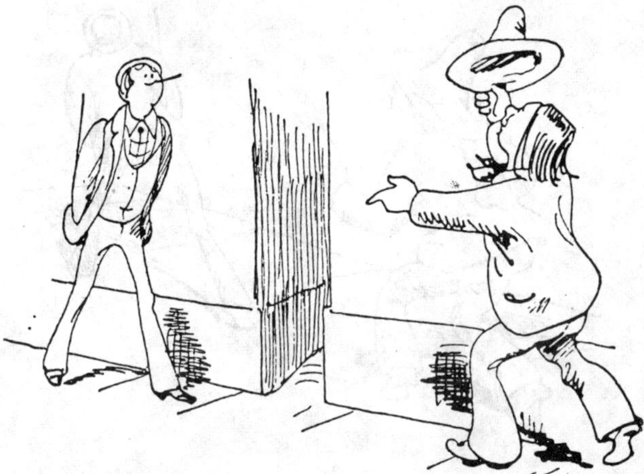

Oft naht sich dieser Freund von ferne,
Und Kuno grüßte ihn so gerne;

Doch kommt er nie zu seinem Zwecke;
Freund Gnatzel biegt um eine Ecke.

Oft sucht ihn Kuno zu beschleichen,
Um ihn von hinten zu erreichen;
Freund Gnatzel merkt es aber richtig,
Grad so, als ob er hintersichtig,

Schlüpft in die Droschke mit Geschick
Und läßt den Kuno weit zurück.

Der Kuno blickt in eine Schenke.
Sieh da! Freund Gnatzel beim Getränke!

Doch schnell entschlüpft er dem Lokal
Durchs Hinterpförtchen wie ein Aal. –

Der Kuno sieht in dieser Not
Nur noch ein einzig Rettungsboot.
Er hat, von Schöpfungsdrang erfüllt,
Verfertigt ein historisch Bild:
Wie Bertold Schwarz vor zwei Sekunden
Des Pulvers große Kraft erfunden.
Dies Bildnis soll der Retter sein.
Er bringt es auf den Kunstverein.

Leicht kommt man an das Bildermalen,
Doch schwer an Leute, die's bezahlen.
Statt ihrer ist, als ein Ersatz,
Der Kritikus sofort am Platz.

Nach diesem – ach leider! – so wahren Vermerke
Fahren wir fort im löblichen Werke.

Sechstes Kapitel

In selber Stadt ernährte sich
Ganz gut ein Dr. Hinterstich
Durch Kunstberichte von Bedeutung
In der von ihm besorgten Zeitung,
Was manchem das Geschäft verdirbt,
Der mit der Kunst sein Brot erwirbt.

Dies Blatt hat Klecksel mit Behagen
Von jeher eifrig aufgeschlagen.
Auch heute hält er's in der Hand
Und ist auf den Erfolg gespannt.
Wie düster wird sein Blick umnebelt!
Wie hat ihn Hinterstich vermöbelt!

Sogleich in eigener Person
Fort stürmt er auf die Redaktion.
Des Autors Physiognomie
Bedroht er mit dem Paraplü.

Der Kritikus, in Zornekstase,
Spießt mit der Feder Kunos Nase;

Ein Stich, der um so mehr verletzt,
Weil auch zugleich die Tinte ätzt.

Stracks wird der Regenschirm zur Lanze.

Flugs dient der Tisch als eine Schanze.

Vergeblich ist ein hoher Stoß;

Auch bleibt ein tiefer wirkungslos.

Jetzt greift der Kritikus voll Haß
Als Wurfgeschoß zum Tintenfaß.
Jedoch der Schaden bleibt gering,
Weil ihn das Paraplu empfing.

Der Kritikus braucht eine Finte.

Er zieht den Kuno Kuno durch die Tinte.

Der Tisch fällt um. Höchst penetrant
Wirkt auf das Augenlicht der Sand.

Indessen zieht der Kuno aber
Den Bleistift Numro 5 von Faber;

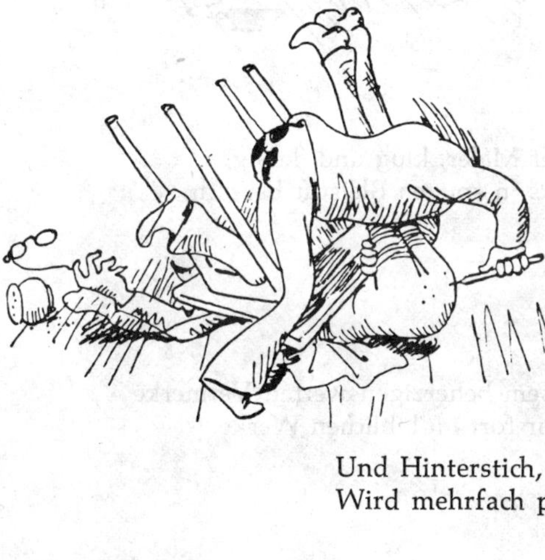

Und Hinterstich, der sehr rumort,
Wird mehrfach peinlich angebohrt.

Der Kuno, seines Sieges froh,
Verläßt das Redaktionsbüro.

Ein rechter Maler, klug und fleißig,
Trägt stets 'n spitzen Bleistift bei sich.

Nach diesem beherzigenswerten Vermerke
Fahren wir fort im löblichen Werke.

Siebentes Kapitel

So ist denn also, wie das vorige
Ereignis lehrt, die Welthistorie
Wohl nicht das richtige Gebiet,
Wo Kunos Ruhm und Nutzen blüht.
Vielleicht bei näherer Bekanntschaft
Schuf die Natur ihn für die Landschaft,
Die jedem, der dazu geneigt,
Viel nette Aussichtspunkte zeigt.

Zum Beispiel dieses Felsenstück
Gewährt ihm einen weiten Blick.

Wer kommt denn über jenen Bach?
Das ist das Fräulein von der Ach,
Vermögend zwar, doch etwas ältlich,
Halb geistlich schon und halb noch weltlich,
Lustwandelt sie mit Seelenruh
Und ihrem Spitz dem Kloster zu.

Zwei Hunde kommen angehüpft,
Die man durch eine Schnur verknüpft.

Der Spitz, gar ängstlich, retiriert,

Das gute Fräulein wird umschnürt.

Der Spitz enteilt, die Hunde nach;

Mit ihnen Fräulein von der Ach.
Der Kuno springt von seinem Steine.
Ein Messerschnitt zertrennt die Leine.

Der Kuno zeigt sich höchst galant.
Das Fräulein fragt, eh' sie verschwand:
„Darf man Ihr Atelier nicht sehn?" –
„Holzgasse 5." – „Ich danke schön!" –

Vielleicht daß diese gute Tat
Recht angenehme Folgen hat!

Nach diesem hoffnungsvollen Vermerke
Fahren wir fort im löblichen Werke.

Achtes Kapitel

Sie blieb nicht aus. Sie kam zu ihm.
Hold lächelnd sprach sie und intim:
„Mein werter Freund! Seit längst erfüllt
Mich schon der Wunsch, ein lieblich Bild
Zu stiften in die Burgkapelle,
Was ich bei Ihnen nun bestelle.
So legendarisch irgendwie.
Vorläufig dies für Ihre Müh!"

Mit sanftem Druck legt sie in seine
Entzückte Hand zwei größre Scheine. –
Der Kuno, fremd in der Legende,
Verwendet sich zu diesem Ende
An einen grundgelehrten Greis,
Der folgende Geschichte weiß:

Der kühne Ritter und der greuliche Lindwurm

Es kroch der alte Drache
Aus seinem Felsgemache
Mit grausigem Randal.
All' Jahr ein Mägdlein wollt' er,
Sonst grollt' er und radollt' er,
Fraß alles ratzekahl.

Was kommt da aus dem Tore
In schwarzem Trauerflore
Für eine Prozession?
Die Königstochter Irme
Bringt man dem Lindgewürme,
Das Scheusal wartet schon.

Hurra! Wohl aus dem Holze
Ein Ritter keck und stolze
Sprengt her wie Wettersturm.
Er sticht dem Untier schnelle
Durch seine harte Pelle;
Tot liegt und schlapp der Wurm.

Da sprach der König freudig:
„Wohlan, Herr Ritter schneidig,
Setzt Euch bei uns zur Ruh.
Ich geb' Euch sporenstreiches
Die Hälfte meines Reiches,
Mein Töchterlein dazu!"

„Mau, mau!" So rief erschrocken
Mit aufgesträubten Locken
Der Ritter stolz und keck.
„Ich hatte schon mal eine,
Die sitzt mir noch im Beine!
Ade!" Und ritt ums Eck.

O altes blaues Wunder!
Da han wir doch jetzunder
Mehr Herz im Kamisol.

Wir ziehen unsre Kappe
Vor solchem Schwiegerpappe
Und sprechen: „Ei jawohl!"

Der Stoff ist Kuno sehr willkommen,
Die zweite Hälfte ausgenommen,
Um ihn mit Kohle zu skizzieren
Und dann in Farben auszuführen. –

Gar oft erfreut das Fräulein sich
An Kunos kühnem Kohlenstrich,
Obgleich ihr eigentlich nicht klar,
Wie auch dem Künstler, was es war.
Wie's scheint, will ihm vor allen Dingen
Das Bild der Jungfrau nicht gelingen.
„Nur schwach, Natur, wirst du verstanden",
Seufzt er, „wenn kein Modell vorhanden!"
„Kann ich nicht dienen?" lispelt sie.
„Schön!" rief er. „Mittwoch in der Früh!"

Als nun die Abendglocke schlug,
Zieht ihn des Herzens tiefer Zug
Zum Schimmelwirt wie ehedem;
Und Susel macht sich angenehm.
Denn alte Treu, sofern es nur
Rentabel ist, kommt gern retour.

Ja, dies Verhältnis hier gedieh
Zu ungeahnter Harmonie. –
Mit zween Herrn ist schlecht zu kramen;
Noch schlechter, fürcht' ich, mit zwo Damen.

Nach diesem mit Zittern gemachten Vermerke
Fahren wir fort im löblichen Werke.

Neuntes Kapitel

Es war im schönen Karneval,
Wo, wie auch sonst und überall,
Der Mensch mit ungemeiner List
Zu scheinen sucht, was er nicht ist.
Dem Kuno scheint zu diesem Feste
Ein ritterlich Gewand das beste.

Schön Suschen aber schwebt dahin
Als holdnaive Schäferin.

Schon schwingt das Bein, das graziöse,
Sich nach harmonischem Getöse
Bei staubverklärtem Lichterglanze
Im angenehmsten Wirbeltanze. –

Doch ach! Die schöne Nacht verrinnt,
Der Morgen kommt; kühl weht der Wind.
Zwei Menschen wandeln durch den Schnee
Vereint in Kunos Atelier.

Und hier besiegeln diese zwei
Sich dauerhafte Lieb und Treu. –
Hoch ist der Liebe süßer Traum
Erhaben über Zeit und Raum. –
Der Kuno, auch davon betäubt,
Vergaß, daß man heut Mittwoch schreibt.
Es rauscht etwas im Vorgemach.
O weh! Das Fräulein von der Ach!

„Herzallerliebster Schatz, allons!
Verbirg dich hinter dem Karton!“

„Willkommen, schönste Gönnerin!
Hier, bitte, treten Sie mal hin!“

Begonnen wird das Konterfei.
Der Spitz schaut hinter die Stafflei.

Der Künstler macht sein Sach genau.
Der Spitz, bedenklich, macht wau, wau!

Entrüstet aber wird der Spitz
Infolge eines Seitentritts.

Die Haare sträuben sich dem Spitze.
Die Staffel schwankt. Aus rutscht die Stütze;

Und mit Gerassel wird enthüllt
Der Schäferin verschämtes Bild.

Nach dieser Krisis, wie ich bemerke,
Geht es zu End' mit dem löblichen Werke.

Schluß

Hartnäckig weiter fließt die Zeit;
Die Zukunft wird Vergangenheit.
Von einem großen Reservoir
Ins andre rieselt Jahr um Jahr;
Und aus den Fluten taucht empor
Der Menschen bunt gemischtes Korps.
Sie plätschern, traurig oder munter,
'n bissel 'rum, dann gehens unter
Und werden, ziemlich abgekühlt,
Für längre Zeit hinweggespült. –

Wie sorglich blickt das Aug' umher!
Wie freut man sich, wenn der und der,
Noch nicht versunken oder matt,
Den Kopf vergnügt heroben hat.

Der alte Schimmelwirt ist tot.
Ein neuer trägt das Reichskleinod.
Derselbe hat, wie seine Pflicht,
Dies Inserat veröffentlicht:

Kund sei es dem hohen Publiko,
Daß meine Frau Suse, des bin ich froh,
Hinwiederum eines Knäbleins genesen.
Als welches bis dato das fünfte gewesen.
Viel Gutes bringet der Jahreswechsel
Dem Schimmelwirte – Kuno Klecksel. –

So tut die vielgeschmähte Zeit
Doch mancherlei, was uns erfreut;
Und, was das beste, sie vereinigt
Selbst Leute, die sich einst gepeinigt. –
Das Fräulein freilich, mit erboster
Entsagung, ging vorlängst ins Kloster.
Doch Bötel, wenn er in den Ferien
Die Stadt besucht und Angehörigen,
Und Meister Quast, der allemal
Von hier entnimmt sein Material,
Wie auch der vielgewandte Gnatzel
(Jetzt schon bedeckt mit einer Atzel),

Ja, selbst der Dr. Hinterstich,
Dem alter Groll nicht hinderlich,
Sie alle trinken unbeirrt
Ihr Abendbier beim Schimmelwirt. –

Oft sprach dann Bötel mit Behagen:
„Herr Schimmelwirt! Ich kann wohl sagen:
Wär' nicht die rechte Bildung da,
Wo wären wir? Jajajaja!"

Nach diesem von Bötel gemachten Vermerk
Schließen wir freudig das löbliche Werk.

Hernach

Brauner Schnaps.

„Mein Kohl, mein Hase!“
dachte Brauner Schnaps.

Unwillkommener Besuch.

Wird man im Mittagsschlaf gestört
Das ist verdrießlich, das empört.

Rast im Walde.

Sie hielten auf Wandern
Im Walde Ruh,
Die Bäume zum Büblein
Und schauten zu.

Ständchen

Ein Würmchen in der Frühlingsnacht
Hat Musik gebracht.
Nun ist es fraglich, ob's gelingt,
Daß es zu Röschens Herzen dringt.

Abendkonzert.

Ein Konzert von Dilettanten.
Stimmt auch grad nicht jeder Ton,
Wie bei rechten Musikanten,
Ihnen selbst gefällt es schon.

—

Maitanz

Fritz Grashupf spielte Schnippdiddedellitt!
Auf seinem Violinchen;
Der Käferkavalier tanzte mit
Dem Schmetterlingskatrinchen.

Es ist das Osterfest alljährlich
Doch für den Hasen recht beschwerlich.

Der Vorsichtige.

Trau keinem Filou
Und hält er auch beide Augen zu.

Kartoffelidyll.

Die brave Großmutter.

Großmütterchen thut alles gern
für Hänschen, ihren kleinen Herrn.

Der Gefällige · I

Die Grete steigt zum Hühnernest.
Der Hansel hält die Leiter fest.

Der Gefällige · II.

Die Leiter bricht von dem Gewicht.
Erfreulich ist's für beide nicht.

Die Zeit. I.

So ist nun mal die Zeit allhier
Erst trägt sie dich,

Die Zeit. II.

— dann trägst du sie ;

Die Zeit. III.

Und wenn's vorüber, weißt du nie.

Dorfpolitiker. I.

Altenteiler liest mit Ruh
In der Landeszeitung;
Friedlich grast die brave Kuh
Unter seiner Leitung.

Dorfpolitiker. II.

Wenn sich zwei so einig sind
Und sich lange kennen,
Ach, wie kommt denn oft geschwind
Einer, sie zu trennen.

Dorfpolitiker. III.

Daß die Trennung möglichst kurz,
Die die zwei betroffen,
Daß nicht gar zu hart der Sturz,
Nun, wir wollen's hoffen.

Überraschung. I.

Stets findet Überraschung statt
Da, wo man's nicht erwartet hat;

Überraschung. II.

Daß der dieselbe überall
Gern angenommen, ist nicht der Fall.

Überraschung. III.

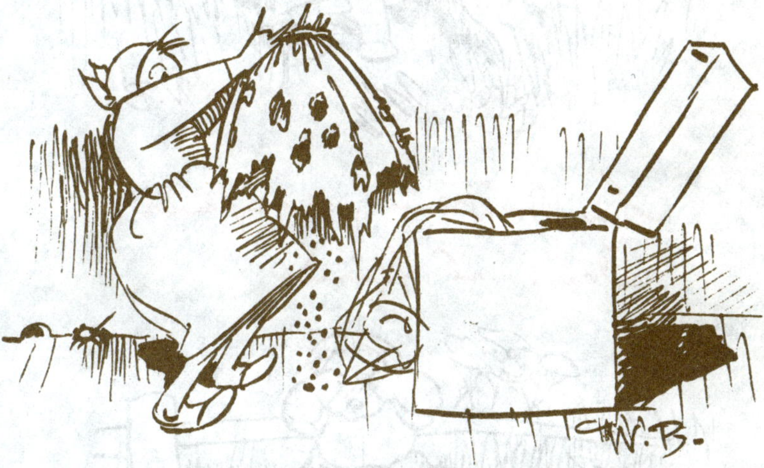

Wie oft erschreckt uns eine sehr
Und eine andre auch viel mehr

Die böse Ziege.

Ein Sträußlein, abgepflückt,
Damit zu schmücken,

Wird oft, eh das es schmückte,
Ein Raub der Ziegen.

Eule und Star.

Guten Tag, Frau Eule!
Habt Ihr Langeweile? —
Ja, eben jetzt,
Solang Ihr schwätzt!

Schnauz.

Derweil sein Herr Besuche macht
Hält Schnauz bei Hut und Schirm die Wacht.

Der Vater schleift das Messer schön,
Gemüthlich thut er das.
Das Hänschen muß den Schleifstein drehn,
Thät lieber andres was.

Komm, komm!

Mit Güte lockt jetzt überall
Die Frau ihr Schweinchen in den Stall.

Immer Wurst. –

Ein kluger Mann verehrt das Schwein;
Er denkt an dessen Zweck.
Von außen ist es ja nicht fein,
Doch drinnen sitzt der Speck.

Das Nilpferd pflückt sich oft gemüthlich
ein Blümchen ab. Das macht sich niedlich!

Glück im Unglück.

„Das war noch 'n Glück!"
Rief der Heuschreck. Da ließ er
ein Bein zurück.

W. Busch
W. Busch
92.

Alter schützt vor Torheit nicht.

Nein sowas! Ein alter anständiger Schwein,
und fällt kopfüber in's Faß hinein!!

W. Busch
Wilh. Busch

Drohendes Verhängnis

Der Spritzefisch ist ein
Gar listiger Geselle.
Gieb acht und hüt' dich fein,
Leichtsinnige Libelle!!

W.B.
W.B.
W.B
W.B.
W.B.
W.B
W.B.

Prosit Neujahr.

Das Schwein sei Dein!

Prosit Neujahr!

Geld laßt von Herzen Allen uns gönnen;
So wird die Welt nur sorgen können.

Kapitel Ausgabe!

Er sitzt und brütet er.
Vielleicht gewinnt er.

—

Prosit Neujahr!

Das alte Jahr gar schnell entwich.
Es konnte sich kaum gedulden
Und ließ mit Freuden hinter sich
Den dicken Sack voll Schulden.

—

Nachhilfe.

Dem Esel, störrisch im Geschäfte,
Verleiht der Knüttel neue Kräfte.

Drohendes Verhängnis

Es machen sich die Fliegen
Ein luftig Tanzvergnügen.
Der Frosch, der denkt: Nur munter!
Ihr kommt schon noch herunter!

Mutter und Sohn mit frohem Gesichte
Gingen zu Markt. – Es sind die Eier
heuer hübsch theuer,
Das Stück zwei Dreier. –
Klackatsch! Da liegt die ganze Geschichte!

Abkühlung.

Es ging Professor Schwetter
Ins Feld bei heißem Wetter

Er bückt sich tief, auf daß er mal trinken, über's Wasser.

Da kam die Geiß, und bubbs!
Giebt sie ihm einen Schubbs.

Und wenn er sitzt, er fühlt:
Jetzt ist er abgekühlt.

Der Gratulant.

Zu spät, mein Lieber!
Der Namenstag ist längst vorüber.

Wenn der Rhinozeros, der schlimme,
Dich kriegen will in seinem Grimme,
Dann steig auf einen Baum bei Zeiten,
Sonst hast Du Unannehmlichkeiten.

Ein
Muster der Schnelligkeit.

Die Panzerkröte sprach zur Schnecke:
Pfui! Schäme dich!
Du kommst ja gar nicht recht vom Flecke!
Da sieh mal mich!!

Unverhofft. —

Der Negerknabe ging so still
Am Nil dahin. Plötzlich erblickt er
Ein unverhofftes Krokodil.
Oh, wie erschrickt er!!

Der fliegende Frosch. I.

Wenn einer, der mit Mühe kaum
Geklettert ist auf einen Baum,

Der fliegende Frosch. II

Schon meint, daß er ein Vogel wär,

Der fliegende Frosch. III.

So irrt sich der.

Künstler's Hoffnung.
Armer Künstler bist du sauer,
Doch Erfolg kommt allgemach:
Zeigt sich nur erst ein Verehrer,
Folgen wohl die andern nach.
W. B.

Der unverschämte Igel.

(Text zu beiliegenden zwölf Zeichnungen)

In einem Baumstamm, unten hohl,
Da sitzt der Has' und fühlt sich wohl.
Ein Igel, dem der Ort gefiel,
Möcht' auch hinein, weil's draußen kühl.
Der Hase, voller Gütigkeit,
Macht höflich Platz und rückt beiseit.
Doch kaum ist er beiseit gerückt,
Fühlt er bereits, daß ihn was drückt.
Und plötzlich so geprickelt hat's,
Er muß heraus mit einem Satz.
Oh, unverschämtes Stachelthier!
Aha, der Fuchs ist auch schon hier.
Zuvor gleich macht sich der Igel dick
Und zieht sich in sich selbst zurück.
Der Fuchs, der gern den Igel frisst,
Weiß aber, was zu machen ist.
Und weiß, wie man ihn fassen kann,
Und schüttelt und verzehrt ihn dann.
Hier liegt die Haut, ganz hohl und leer.
Den Hasen, scheint's, erfreut es sehr.
Doch innerlich, so wie man sieht,
Ging ihm die Sache zu Gemüth.
Gottlob, nun sitzt der gute Has
Gemüthlich wieder, wo er saß.

Der unerwünschte Igel · I ·

Der ungewaschene Igel. II.

Der ungewaschene Igel. III.

IV.
W. Busch.

Gestörtes Duett. I.

Melodisch sangen Katz und Kater
Ihr zärtlich Lied zur Abendzeit.
Den Stock ergreift der Hausherr Vater,
Die Mutter nimmt das Waschgeräth.

Gestörtes Duett. II.

Die sanften Liebestöne schwingen;
Es zischt und kracht im Treppenhaus.
Der Vater purzelt von der Stiegen,
Die Mutter gießt die Schale aus.

Prosaischer Kauz.

Der holde Mond erhebt sich leise.
Ein alter Kauz denkt nur an Mäuse.

[illegible]

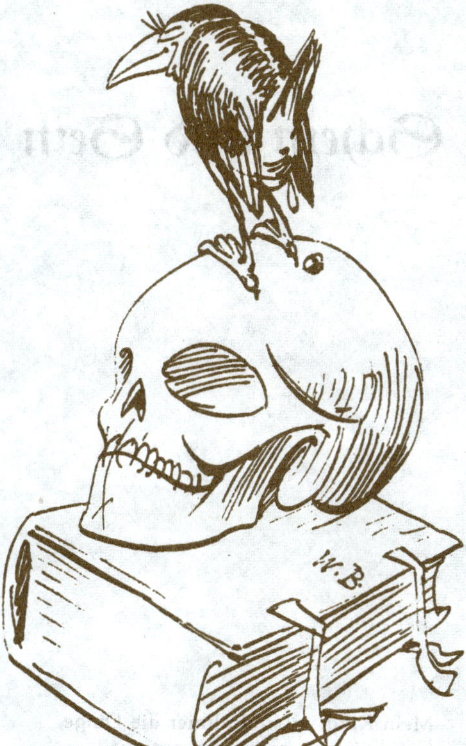

Selbstzufriedne Läuse
beziehn ein leeres Denkgehäuse
Mit Lust und Verlangen. —
Der Rabe ist ganz unbefangen.

—

Schein und Sein

Mein Kind, es sind allhier die Dinge,
Gleichviel, ob große, ob geringe,
Im wesentlichen so verpackt,
Daß man sie nicht wie Nüsse knackt.

Wie wolltest du dich unterwinden,
Kurzweg die Menschen zu ergründen.
Du kennst sie nur von außenwärts.
Du siehst die Weste, nicht das Herz.

Woher, wohin?

Wo sich Ewigkeiten dehnen,
Hören die Gedanken auf,
Nur der Herzen frommes Sehnen
Ahnt, was ohne Zeitenlauf.

Wo wir waren, wo wir bleiben,
Sagt kein kluges Menschenwort;
Doch die Grübelgeister schreiben:
„Bist du weg, so bleibe fort."

Laß dich nicht aufs neu gelüsten.
Was geschah, es wird geschehn.
Ewig an des Lebens Küsten
Wirst du scheiternd untergehn.

Der Stern

Hätt' einer auch fast mehr Verstand
Als wie die drei Weisen aus Morgenland
Und ließe sich dünken, er wär' wohl nie
Dem Sternlein nachgereist wie sie;
Dennoch, wenn nun das Weihnachtsfest
Seine Lichtlein wonniglich scheinen läßt,
Fällt auch auf sein verständig Gesicht,
Er mag es merken oder nicht,
Ein freundlicher Strahl
Des Wundersterns von dazumal.

Leider!

So ist's in alter Zeit gewesen,
So ist es, fürcht' ich, auch noch heut.
Wer nicht besonders auserlesen,
Dem macht die Tugend Schwierigkeit.

Aufsteigend mußt du dich bemühen,
Doch ohne Mühe sinkest du.
Der liebe Gott muß immer ziehen,
Dem Teufel fällt's von selber zu.

Selbstgefällig

Mein Büdelein
Is noch so tlein,
Is noch so dumm,

Ein ames Wum,
Muß tille liegen
In seine Wiegen
Und hat noch keine Hos'.
Ätsch, ätsch!
Und ich bin schon so goß.

Waldfrevel

Ein hübsches Pärchen ging einmal
Tief in des Waldes Gründe.
Sie pflückte Beeren ohne Zahl,
Er schnitt was in die Rinde.

Der pflichtgetreue Förster sieht's.
Was sind das für Geschichten?
Er zieht sein Buch, er nimmt Notiz
Und wird den Fall berichten.

Abschied

Die Bäume hören auf zu blühn,
Mein Schatz will in die Fremde ziehn;
Mein Schatz, der sprach ein bittres Wort:
„Du bleibst nun hier, aber ich muß fort.

Leb wohl, mein Schatz, ich bleib' dir treu,
Wo du auch bist, wo ich auch sei.
Bei Regen und bei Sonnenschein,
Solang ich lebe, gedenk' ich dein.

Solang ich lebe, lieb' ich dich,
Und wenn ich sterbe, bet für mich.
Und wenn du kommst zu meinem Grab,
So denk, daß ich dich geliebet hab'."

Doppelte Freude

Ein Herr warf einem Bettelmann
Fünf Groschen in den Felber.
Das tat dem andern wohl, und dann
Tat es auch wohl ihm selber.

Der eine, weil er gar so gut,
Kann sich von Herzen loben;
Der andre trinkt sich frischen Mut
Und fühlt sich auch gehoben.

Zum Geburtstag im Juni

Den Jahreszeiten allen
Selbviert sei Preis und Ehr!
Nur sag' ich: „Mir gefallen
Sie minder oder mehr."

Der Frühling wird ja immer
Gerühmt, wie sich's gebührt,
Weil er mit grünem Schimmer
Die graue Welt verziert.

Doch hat in unsrer Zone
Er durch den Reif der Nacht
Schon manche grüne Bohne
Und Gurke umgebracht.

Stets wird auch Ruhm erwerben
Der Herbst, vorausgesetzt,
Daß er mit vollen Körben
Uns Aug und Mund ergötzt.

Indes durch leises Zupfen
Gemahnt er uns bereits:
Bald, Kinder, kommt der Schnupfen
Und's Gripperl seinerseits.

Der Winter kommt. Es blasen
Die Winde scharf und kühl;
Rot werden alle Nasen,
Und Kohlen braucht man viel.

Nein, mir gefällt am besten
Das, was der Sommer bringt,
Wenn auf belaubten Ästen
Die Schar der Vöglein singt.

Wenn Rosen, zahm' und wilde,
In vollster Blüte stehn,
Wenn über Lustgefilde
Zephire kosend wehn.

Und wollt' mich einer fragen,
Wann's mir im Sommer dann
Besonders tät behagen,
Den Juni gäb' ich an.

Und wieder dann darunter
Denselben Tag gerad,
Wo einst ein Kindlein munter
Zuerst zutage trat.

Drum flattert dies Gedichtchen
Jetzt über Berg und Tal
Und grüßt das liebe Nichtchen
Vom Onkel tausendmal.

Greulich

Er hatte, was sich nicht gehört,
Drei Bräute an der Zahl
Und nahm, nachdem er sie betört,
'ne vierte zum Gemahl.

Allein, es war ein kurzes Glück.
Kaum waren sie getraut,
So hat der Hund auch diesen Strick
Schon wieder abgekaut.

So und so

Zur Schenke lenkt mit Wohlbehagen
Er jeden Abend seinen Schritt
Und bleibt, bis daß die Lerchen schlagen.
Er singt die letzte Strophe mit.

Dagegen ist es zu beklagen,
Daß er die Kirche nie betritt.
Hier, leider, kann man niemals sagen:
„Er singt die letzte Strophe mit."

Unbeliebtes Wunder

In Tours, zu Martin Bischofs Zeit,
Gab's Krüppel viel und Bettelleut.
Darunter auch ein Ehepaar,
Was glücklich und zufrieden war.
Er, sonst gesund, war blind und stumm;
Sie sehend, aber lahm und krumm
An jedem Glied, bis auf die Zunge
Und eine unverletzte Lunge.
Das paßte schön. Sie reitet ihn
Und, selbstverständlich, leitet ihn
Als ein geduldig Satteltier,
Sie obenauf, er unter ihr,
Ganz einfach mit geringer Müh,
Bloß durch die Worte Hott und Hü,
Bald so, bald so, vor allen Dingen

Dahin, wo grad die Leute gingen.
Fast jeder, der's noch nicht gesehn,
Bleibt unwillkürlich stillestehn,
Ruft: „Lieber Gott, was ist denn das?"
Greift in den Sack, gibt ihnen was
Und denkt noch lange gern und heiter
An dieses Roß und diesen Reiter.
So hätten denn gewiß die zwei
Durch fortgesetzte Bettelei,
Vereint in solcherlei Gestalt,
Auch ferner ihren Unterhalt,
Ja, ein Vermögen sich erworben,
Wär' Bischof Martin nicht gestorben.
Als dieser nun gestorben war,
Legt man ihn auf die Totenbahr
Und tät' ihn unter Weheklagen
Fein langsam nach dem Dome tragen
Zu seiner wohlverdienten Ruh.
Und sieh, ein Wunder trug sich zu.
Da, wo der Zug vorüberkam,
Wer irgend blind, wer irgend lahm,
Der fühlte sich sogleich genesen,
Als ob er niemals krank gewesen.
Oh, wie erschrak die lahme Frau!
Von weitem schon sah sie's genau,
Weil sie hoch oben, wie gewohnt,
Auf des Gemahles Rücken thront.
„Lauf", rief sie, „laufe schnell von hinnen,
Damit wir noch beizeit entrinnen."
Er läuft, er stößt an einen Stein,
Er fällt und bricht beinah ein Bein.
Die Prozession ist auch schon da.
Sie zieht vorbei. Der Blinde sah,
Die Lahme, ebenfalls kuriert,
Kann gehn, als wie mit Öl geschmiert,
Und beide sind wie neu geboren
Und kratzen sich verdutzt die Ohren.
Jetzt fragt es sich: Was aber nun?
Wer leben will, der muß was tun.
Denn wer kein Geld sein eigen nennt
Und hat zum Betteln kein Talent
Und hält zum Stehlen sich zu fein
Und mag auch nicht im Kloster sein,
Der ist fürwahr nicht zu beneiden.
Das überlegten sich die beiden.
Sie, sehr begabt, wird eine fesche
Gesuchte Plätterin der Wäsche.

Er, mehr beschränkt, nahm eine Axt
Und spaltet Klötze, daß es knackst,
Von morgens früh bis in die Nacht.
Das hat Sankt Martin gut gemacht.

Der Renommist

In einem Winkel, genannt die Butze,
Wo allerlei Kram,
Der nichts mehr nutze,
Zusammenkam,
Bei alten Hüten, alten Vasen,
Bei Töpfen ohne Henkel und Nasen
Befand sich ein Reiterstiefel auch,
Jetzt nur noch ein faltiger Lederschlauch.
Großmächtig hat er das Wort geführt
Und ganz gewaltiglich renommiert:
„Ha, damals! Ich und mein Kamerad!
Immer fein gewichst von hinten und vorn,
Blitzblank der Sporn,
Durch die Straßen geklirrt,
Alle Herzen verwirrt,
Es war ein Staat!
Hurra, der Krieg,
Maustot oder Sieg!
Unser Herr Leutenant,
Schneidig, Schwert in der Hand;
Doch hätt' ich nicht gespornt sein Pferd,
Verloren wär' die Schlacht von Wörth."
In dem Moment, zu aller Schrecke,
Trat plötzlich hervor aus seiner Ecke
Ein strammer Reiserbesen.
„Hinaus!" rief er. „Du alter Renommist!
Was schert es uns, was du gewesen,
Wir sehen, was du bist!"
Ein Schubs. Ein Schwung.
Der Stiefel liegt draußen auf dem Dung.

Empfehlung

Du bist nervös. Drum lies doch mal
Das Buch, das man dir anempfahl.
Es ist beinah wie eine Reise
Im alten wohlbekannten Gleise.
Der Weg ist grad und flach das Land,
Rechts, links und unten nichts wie Sand.

Kein Räderlärm verbittert dich,
Kein harter Stoß erschüttert dich,
Und bald umfängt dich sanft und kühl
Ein Kaumvorhandenseinsgefühl.
Du bist behaglich eingenickt.
Dann, wenn du angenehm erquickt,
Kehrst du beim „stillen Wirte" ein.
Da gibt es weder Bier noch Wein.
Du schlürfst ein wenig Apfelmost,
Ißt eine leichte Löffelkost
Mit wenig Fett und vieler Grütze,
Gehst früh zu Bett in spitzer Mütze
Und trinkst zuletzt ein Gläschen Wasser.
Schlaf wohl und segne den Verfasser!

Modern

„Hinweg mit diesen alten Herren,
Sie sind zu nichts mehr nütz!"
So rufen sie und nähmen gern
Das Erbe in Besitz.

Wie andre Erben, die in Not,
Vergeblich warten sie.
Der alte reiche Hoffetot,
Der stirbt bekanntlich nie.

Zum Geburtstag

Der Juni kam. Lind weht die Luft.
Geschoren ist der Rasen.
Ein wonnevoller Rosenduft
Dringt tief in alle Nasen.

Manch angenehmes Vögelein
Sitzt flötend auf den Bäumen,
Indes die Jungen, zart und klein,
Im warmen Neste träumen.

Flugs kommt denn auch dahergerennt,
Schon früh im Morgentaue,
Mit seinem alten Instrument
Der Musikant, der graue.

Im Juni, wie er das gewohnt,
Besucht er einen Garten,
Um der Signora, die da thront,
Mit Tönen aufzuwarten.

Er räuspert sich, er macht sich lang,
Er singt und streicht die Fiedel,
Er singt, was er schon öfter sang;
Du kennst das alte Liedel.

Und wenn du gut geschlafen hast
Und lächelst hold hernieder,
Dann kommt der Kerl, ich fürchte fast,
Zum nächsten Juni wieder.

So war's

Der Teetopf war so wunderschön.
Sie liebt ihn wie ihr Leben.
Sie hat ihm leider aus Versehn
Den Todesstoß gegeben.

Was sie für Kummer da empfand,
Nie wird sie es vergessen.
Sie hielt die Scherben aneinand
Und sprach: „So hat's gesessen!"

Der fremde Hund

Was fällt da im Boskettgesträuch
Dem fremden Hunde ein?
Geht man vorbei, so bellt er gleich
Und scheint wie toll zu sein.

Der Gärtner holt die Flinte her.
Es knallt im Augenblick.
Der arme Hund, getroffen schwer,
Wankt ins Gebüsch zurück.

Vier kleine Hündchen liegen hier
Nackt, blind und unbewußt.
Sie saugen emsig alle vier
An einer toten Brust.

Die Nachbarskinder

Wer andern gar zuwenig traut,
Hat Angst an allen Ecken;
Wer gar zuviel auf andre baut,
Erwacht mit Schrecken.

Es trennt sie nur ein leichter Zaun,
Die beiden Sorgengründer;
Zuwenig und zuviel Vertraun
Sind Nachbarskinder.

Auch er

Rührend schöne Herzgeschichten,
Die ihm vor der Seele schweben,
Weiß der Dichter zu berichten.
Wovon aber soll er leben?

Was er fein zusammenharkte,
Sauber eingebundne Werklein,
Führt er eben auch zu Markte
Wie der Bauer seine Ferklein.

Von selbst

Spare deine guten Lehren
Für den eigenen Genuß.
Kaum auch wirst du wen bekehren,
Zeigst du, wie man's machen muß.

Laß ihn im Galoppe tollen,
Reite ruhig deinen Trab.
Ein zu ungestümes Wollen
Wirft von selbst den Reiter ab.

Eitelkeit

Ein Töpfchen stand im Dunkeln
An stillverborgner Stelle.
„Ha", rief es, „wie wollt' ich funkeln,
Käm' ich nur mal ins Helle!"

Ihm geht es wie vielen Narren.
Säß einer auch hinten im Winkel,
So hat er doch seinen Sparren
Und seinen aparten Dünkel.

Die alte Sorge

Er kriegte Geld. Die Sorge wich,
Die ihn bisher beklommen.
Er hat die Jungfer Fröhlich sich
Zu seinem Schatz genommen.

Sie tranken Wein, sie aßen fein,
Sie sangen zum Klaviere;
Doch wie sie sich so recht erfreun,
Da klopft es an die Türe.

Die alte Sorge war's, o weh,
Die magerste der Sorgen.
Sie setzte sich ins Kanapee
Und wünschte guten Morgen.

Wanderlust

Die Zeit, sie orgelt emsig weiter,
Sein Liedchen singt dir jeder Tag,
Vermischt mit Tönen, die nicht heiter,
Wo keiner was von hören mag.

Sie klingen fort. Und mit den Jahren
Wird draus ein voller Singverein.
Es ist, um aus der Haut zu fahren.
Du möchtest gern woanders sein.

Nun gut. Du mußt ja doch verreisen.
So fülle denn den Wanderschlauch.
Vielleicht vernimmst du neue Weisen,
Und Hühneraugen kriegst du auch.

Beruhigt

Zwei mal zwei gleich vier ist Wahrheit.
Schade, daß sie leicht und leer ist,
Denn ich wollte lieber Klarheit
Über das, was voll und schwer ist.

Emsig sucht' ich aufzufinden,
Was im tiefsten Grunde wurzelt,
Lief umher nach allen Winden
Und bin oft dabei gepurzelt.

Endlich baut' ich eine Hütte.
Still nun zwischen ihren Wänden
Sitz' ich in der Welten Mitte,
Unbekümmert um die Enden.

Gedankenvoll

Ich weiß ein stilles Fensterlein,
Liegt heimlich und versteckt,
Das hat mit Laub der grüne Wein
Und Ranken überdeckt.

Im Laube spielt der Sommerwind,
Die Rebe schwankt und nickt,

Dahinter sitzt ein hübsches Kind
Gedankenvoll und stickt.

Im jugendklaren Angesicht
Blüht wundersüß der Mund
Als wie ein Rosenknösplein licht
Früh in der Morgenstund.

Im Netzgeflecht das blonde Haar
Umfaßt ein braunes Band,
Das liebe blaue Augenpaar
Blickt sinnend auf die Hand.

Und's Köpfchen scheint so still zu sein.
Ist doch ein Taubenschlag.
Gedanken fliegen aus und ein
Den lieben langen Tag.

Sie fliegen über Wald und Flur
Ins weite Land hinaus.
Ach, käm' ein einzig Täubchen nur
Und flöge in mein Haus.

Vielleicht

Sage nie: „Dann soll's geschehen!"
Öffne dir ein Hinterpförtchen
Durch „Vielleicht", das nette Wörtchen,
Oder sag: „Ich will mal sehen!"

Denk an des Geschickes Walten.
Wie die Schiffer auf den Plänen
Ihrer Fahrten stets erwähnen:
„Wind und Wetter vorbehalten!"

Niemals

Wonach du sehnlich ausgeschaut,
Es wurde dir beschieden.
Du triumphierst und jubelst laut:
„Jetzt hab' ich endlich Frieden!"

Ach, Freundchen, rede nicht so wild.
Bezähme deine Zunge.
Ein jeder Wunsch, wenn er erfüllt,
Kriegt augenblicklich Junge.

Unbillig

Nahmst du in diesem großen Haus
Nicht selbst Quartier?
Mißfällt es dir, so zieh doch aus!
Wer hält dich hier?

Und schimpfe auf die Welt, mein Sohn,
Nicht gar zu laut,
Eh' du geboren, hast du schon
Mit dran gebaut.

Er ist mal so

Zwar mit seinem losen Mund
Neigt er zum Krakeele.
Dabei ist er doch im Grund
Eine treue Seele.

Die er seine Freunde nennt,
Dulden seine Witze,
Denn ein jeder, der ihn kennt,
Kennt auch seine Mütze.

Befriedigt

Er 'hört als einer von den Lichtern,
Die höher stets und höher steigen,
Bereits zu unsern besten Dichtern,
Das läßt sich leider nicht verschweigen.

Was weiß man von den Sittenrichtern? —
Er lebt von seiner Frau geschieden,
Hat Schulden, ist nicht immer nüchtern —
Aha, jetzt sind wir schon zufrieden!

Fehlgeschossen

Fritz war ein kecker Junge
Und sehr geläufig mit der Zunge.
Einstmals ist er beim Ährenlesen
Draußen im Felde gewesen,
Wo die Weizengarben, je zu zehn,
Wie Häuslein in der Reihe stehn.
Ein Wetter zog herauf.
Da heißt es: „Lauf!"

Und flink wie ein Mäuslein
Schlüpft er ins nächste Halmenhäuslein.
Krach! — Potztausend noch mal!
Dicht daneben zündet der Wetterstrahl.
„Ätsch!" rief der Junge, der nicht bange,
Und streckt die Zunge aus, die lange:
„Fehlgeschossen, Herr Blitz!
Hier saß der Fritz!"

Verzeihlich

Er ist ein Dichter, also eitel.
Und, bitte, nehmt es ihm nicht krumm,
Zieht er aus seinem Lügenbeutel
So allerlei Brimborium.

Juwelen, Gold und stolze Namen,
Ein hohes Schloß im Mondenschein
Und schöne, höchstverliebte Damen,
Dies alles nennt der Dichter sein.

Indessen ist ein enges Stübchen
Sein ungeheizter Aufenthalt.
Er hat kein Geld, er hat kein Liebchen,
Und seine Füße werden kalt.

Armer Haushalt

Weh, wer ohne rechte Mittel
Sich der Poesie vermählt!
Täglich dünner wird der Kittel,
Und die Milch im Hause fehlt.

Ängstlich schwitzend muß er sitzen,
Fort ist seine Seelenruh,
Und vergeblich an den Zitzen
Zupft er seine magre Kuh.

Ärgerlich

Aus der Mühle schaut der Müller,
Der so gerne mahlen will.
Stiller wird der Wind und stiller,
Und die Mühle stehet still.

„So geht's immer, wie ich finde!"
Rief der Müller voller Zorn.
„Hat man Korn, so fehlt's am Winde.
Hat man Wind, so fehlt das Korn."

Gedrungen

Schnell wachsende Keime
Welken geschwinde;
Zu lange Bäume
Brechen im Winde.
Schätz nach der Länge
Nicht das Entsprungne;
Fest im Gedränge
Steht das Gedrungne.

Gestört

Ich gedachte still zu sitzen,
Doch sogleich begann das Treiben:
„Du mußt gehen, laufen, schwitzen,
Um so forsch wie wir zu bleiben."

Und sie wollten mir nach ihrer
Mode keine Ruhe gönnen,
Gleich wie Boten und Hausierer
Sollt' ich hin und wider rennen.

Ich besah mir diese Geister,
Diese ungestümen Treiber.
Oft sind solche weisen Meister
Grad die ärgsten Klageweiber.

So nicht

Ums Paradies ging eine Mauer
Hübsch hoch vom besten Marmelstein.
Der Kain, als ein Bub, ein schlauer,
Denkt sich: Ich komme doch hinein.

Er stieg hinauf zu diesem Zwecke
An einer Leiter mäuschenstumm.
Da schlich der Teufel um die Ecke
Und stieß ihn samt der Leiter um.

Der Vater Adam, der's gesehen,
Sprach, während er ihn liegenließ:
„Du Schlingel! Dir ist recht geschehen.
So kommt man nicht ins Paradies."

Im Sommer

In Sommerbäder
Reist jetzt ein jeder
Und lebt famos.
Der arme Dokter,
Zu Hause hockt er
Patientenlos.

Von Winterszenen,
Von schrecklich schönen,
Träumt sein Gemüt,
Wenn, Dank ihr Götter,
Bei Hundewetter
Sein Weizen blüht.

Künftig

O komm herbei, du goldne Zeit,
Wenn alle, die jetzt bummeln,
In schöner Unparteilichkeit
Sich bei der Arbeit tummeln.

Der Lärm, womit der Musikant
Uns stört, wird dann geringer.
Wer Dünger fuhr, wer Garben band,
Dem krümmen sich die Finger.

Vergeblich

Schon recht. Du willst als Philosoph
Die Wahrheit dir gewinnen;
Du machst mit Worten ihr den Hof,
Um so sie einzuspinnen.

Nur sage nicht, daß zwischen dir
Und ihr schon alles richtig.
Sie ist und bleibt, das wissen wir,
Jungfräulich, keusch und züchtig.

Versäumt

Zur Arbeit ist kein Bub geschaffen,
Das Lernen findet er nicht schön;
Er möchte träumen, möchte gaffen
Und Vogelnester suchen gehn.

Er liebt es, lang im Bett zu liegen.
Und wie es halt im Leben geht:
Grad zu den frühen Morgenzügen
Kommt man am leichtesten zu spät.

Wassermuhmen

In dem See die Wassermuhmen
Wollen ihr Vergnügen haben,
Fangen Mädchen sich und Knaben,
Machen Frösche draus und Blumen.

Wie die Blümlein zierlich knicksen,
Wie die Fröschlein zärtlich quacken,
Wie sie flüstern, wie sie schnacken,
So was freut die alten Nixen.

Das. Blut

Wie ein Kranker, den das Fieber
Heiß gemacht und aufgeregt,
Sich herüber und hinüber
Auf die andre Seite legt —

So die Welt. Vor Haß und Hader
Hat sie niemals noch geruht.
Immerfort durch jede Ader
Tobt das alte Sünderblut.

Laß ihn

Er ist verliebt, laß ihn gewähren,
Bekümmre dich um dein Pläsier,
Und kommst du gar, ihn zu bekehren,
Wirft er dich sicher vor die Tür.

Mit Gründen ist da nichts zu machen.
Was einer mag, ist seine Sach,
Denn kurz gesagt: In Herzenssachen
Geht jeder seiner Nase nach.

Bis auf weiters

Das Messer blitzt, die Schweine schrein,
Man muß sie halt benutzen,
Denn jeder denkt: Wozu das Schwein,
Wenn wir es nicht verputzen?

Und jeder schmunzelt, jeder nagt
Nach Art der Kannibalen,
Bis man dereinst „Pfui Teufel!" sagt
Zum Schinken aus Westfalen.

Frisch gewagt

Es kamen mal zwei Knaben
An einen breiten Graben.
Der erste sprang hinüber,
Schlankweg, je eh'r, je lieber.
War das nicht keck?
Der zweite, fein besonnen,
Eh' er das Werk begonnen,
Sprang in den Dreck.

Gründer

Geschäftig sind die Menschenkinder,
Die große Zunft von kleinen Meistern,
Als Mitbegründer, Miterfinder
Sich diese Welt zurechtzukleistern.

Nur leider kann man sich nicht einen,
Wie man das Ding am besten mache.
Das Bauen mit belebten Steinen
Ist eine höchst verzwickte Sache.

Welch ein Gedrängel und Getriebe
Von Lieb und Haß bei Nacht und Tage,
Und unaufhörlich setzt es Hiebe,
Und unaufhörlich tönt die Klage.

Gottlob, es gibt auch stille Leute,
Die meiden dies Gewühl und hassen's
Und bauen auf der andern Seite
Sich eine Welt des Unterlassens.

Wiedergeburt

Wer nicht will, wird nie zunichte,
Kehrt beständig wieder heim.
Frisch herauf zum alten Lichte
Dringt der neue Lebenskeim.

Keiner fürchte zu versinken,
Der ins tiefe Dunkel fährt.

Tausend Möglichkeiten winken
Ihm, der gerne wiederkehrt.

Dennoch seh' ich dich erbeben,
Eh' du in die Urne langst.
Weil dir bange vor dem Leben,
Hast du vor dem Tode Angst.

Entrüstet

Zu gräßlich hatt' er mich geneckt.
Wie weh war mir zu Sinn.
Und tief gekränkt und aufgeschreckt
Zum Kirchhof lief ich hin.

Ich saß auf einem Leichenstein,
Die Augen weint' ich rot.
„Ach, lieber Gott, erbarm dich mein
Und mach mich endlich tot.

Sieht er mich dann in meinem Sarg,
So wird er lebenssatt
Und stirbt vor Gram, weil er so arg
Mein Herz behandelt hat."

Kaum war's gesagt, so legten sich
Zwei Arme um mich her,
Und auf der Stelle fühlte ich,
Wer das getan, war er.

Wir kehrten Arm in Arm zurück.
Ich sah ihn an bei Licht.
Nein, solchen treuen Liebesblick
Hat doch kein Bösewicht.

Immerfort

Das Sonnenstäubchen fern im Raume,
Das Tröpfchen, das im Grase blinkt,
Das dürre Blättchen, das vom Baume
Im Hauch des Windes niedersinkt —

Ein jedes wirkt an seinem Örtchen
Still weiter, wie es muß und mag,
Ja selbst ein leises Flüsterwörtchen
Klingt fort bis an den Jüngsten Tag.

Glückspilz

Geboren ward er ohne Wehen
Bei Leuten, die mit Geld versehen.
Er schwänzt die Schule, lernt nicht viel,
Hat Glück bei Weibern und im Spiel,
Nimmt eine Frau sich, eine schöne,
Erzeugt mit ihr zwei kluge Söhne,
Hat Appetit, kriegt einen Bauch,
Und einen Orden kriegt er auch,
Und stirbt, nachdem er aufgespeichert
Ein paar Milliönchen, hochbetagt;
Obgleich ein jeder weiß und sagt:
„Er war mit Dummerjan geräuchert!"

Verfrüht

„Papa, nicht wahr,
Im nächsten Jahr,
Wenn ich erst groß
Und lesen kann und schreiben kann,
Dann krieg' ich einen hübschen Mann
Mit einer Ticktackuhr
An einer goldnen Schnur.
Der nimmt mich auf den Schoß
Und sagt zu mir: ‚Mein Engel',
Und gibt mir Zuckerkrengel
Und Kuchen und Pasteten.
Nicht wahr, Papa?"
Der Vater brummt: „Na, na,
Was ist das für Gefabel.
Die Vögel, die dann flöten,
Die haben noch keinen Schnabel."

Nörgeln

Nörgeln ist das allerschlimmste,
Keiner ist davon erbaut;
Keiner fährt, und wär's der Dümmste,
Gern aus seiner werten Haut.

Vertraut

Wie liegt die Welt so frisch und tauig
Vor mir im Morgensonnenschein.

Entzückt vom hohen Hügel schau' ich
Ins frühlingsgrüne Tal hinein.

Mit allen Kreaturen bin ich
In schönster Seelenharmonie.
Wir sind verwandt, ich fühl' es innig,
Und eben darum lieb' ich sie.

Und wird auch mal der Himmel grauer;
Wer voll Vertraun die Welt besieht,
Den freut es, wenn ein Regenschauer
Mit Sturm und Blitz vorüberzieht.

Tröstlich

Die Lehre von der Wiederkehr
Ist zweifelhaften Sinns.
Es fragt sich sehr, ob man nachher
Noch sagen kann: „Ich bin's."

Allein was tut's, wenn mit der Zeit
Sich ändert die Gestalt?
Die Fähigkeit zu Lust und Leid
Vergeht wohl nicht so bald.

Unfrei

Ganz richtig, diese Welt ist nichtig.
Auch du, der in Person erscheint,
Bist ebenfalls nicht gar so wichtig,
Wie deine Eitelkeit vermeint.

Was hift es dir, damit zu prahlen,
Daß du ein freies Menschenkind?
Mußt du nicht pünktlich Steuern zahlen,
Obwohl sie dir zuwider sind?

Wärst du vielleicht auch, sozusagen,
Erhaben über gut und schlecht,
Trotzdem behandelt dich dein Magen
Als ganz gemeinen Futterknecht.

Lang bleibst du überhaupt nicht munter.
Das Alter kommt und zieht dich krumm
Und stößt dich rücksichtslos hinunter
Ins dunkle Sammelsurium.

Daselbst empfängt dich das Gewimmel
Der Unsichtbaren wie zuerst,
Eh' du erschienst, und nur der Himmel
Weiß, ob und wann du wiederkehrst.

Rechthaber

Seine Meinung ist die rechte,
Wenn er spricht, müßt ihr verstummen,
Sonst erklärt er euch für Schlechte
Oder nennt euch gar die Dummen.

Leider sind dergleichen Strolche
Keine seltene Erscheinung.
Wer nicht taub, der meidet solche
Ritter von der eignen Meinung.

Zwei Jungfern

Zwei Jungfern gibt es in Dorf und Stadt.
Sie leben beständig im Kriege,
Die Wahrheit, die niemand gerne hat,
Und die scharmante Lüge.

Vor jener, weil sie stolz und prüd
Und voll moralischer Nücken,
Sucht jeder, der sie nur kommen sieht,
Sich schleunigst wegzudrücken.

Die andre, obwohl ihr nicht zu traun,
Wird täglich beliebter und kecker,
Und wenn wir sie von hinten beschaun,
So hat sie einen Höcker.

Bös und gut

Wie kam ich nur aus jenem Frieden
Ins Weltgetös?
Was einst vereint, hat sich geschieden,
Und das ist bös.

Nun bin ich nicht geneigt zum Geben,
Nun heißt es: Nimm!
Ja, ich muß töten, um zu leben,
Und das ist schlimm.

Doch eine Sehnsucht blieb zurücke,
Die niemals ruht.
Sie zieht mich heim zum alten Glücke,
Und das ist gut.

Erbauliche Bescheidenheit

Sehr schlecht befand sich Mutter Klöhn.
Sie kann nicht gehn,
Ist krumm und lahm
Und liegt zu Bett und rührt sich nicht.
Seit zwanzig Jahren hat sie schon die Gicht.
Herr Küster Bötel, welcher häufig kam,
Um gute Beßrung ihr zu wünschen,
Erzählt ihr auch des weitern,
Um sie ein wenig zu erheitern,
Die Mordgeschichte, die man jüngst verbrochen.
„Ja, denken Sie nur mal,
Der Präsident von Frankreich ist erstochen
Von einem Strolch
Mit einem Dolch.
Ist das nicht ein Skandal?"
„Oh, Lü und Kinners", rief sie voller Graun,
„Wat gift et doch vär Minschen.
Sau wat könn eck doch nich e daun!"
Herr Bötel sprach und sah sie freundlich an:
„Dies Wort von Ihnen mag ich leiden.
Ein guter Mensch ist niemals unbescheiden
Und tut nicht mehr, als was er kann.
Adieu, Frau Klöhn!
Auf fröhlich Wiedersehn!"

Unbequem

Ernst und dringend folgt mir eine
Mahnung nach auf Schritt und Tritt:
Sorge nicht nur für das Deine,
Sondern für das andre mit.

Demnach soll ich unterlassen,
Was mir von Natur genehm,
Um das Gute zu erfassen?
Ei, das ist mal unbequem.

Immerhin

Mein Herz sei nicht beklommen,
Noch wird die Welt nicht alt.
Der Frühling ist wiedergekommen,
Frisch grünt der deutsche Wald.

Seit Ururvätertagen
Stehen die Eichen am See,
Die Nachtigallen schlagen,
Zur Tränke kommt das Reh.

Die Sonne geht auf und unter
Schon lange vieltausendmal,
Noch immer eilen so munter
Die Bächlein ins blühende Tal.

Hier lieg' ich im weichen Moose
Unter dem rauschenden Baum,
Die Zeit, die wesenlose,
Verschwindet als wie ein Traum.

Von kühlen Schatten umdämmert,
Versink' ich in selige Ruh;
Ein Specht, der lustig hämmert,
Nickt mir vertraulich zu.

Mir ist, als ob er riefe:
„Heija, mein guter Gesell,
Für ewig aus dunkler Tiefe
Sprudelt der Lebensquell."

Beneidenswert

Sahst du noch nie die ungemeine
Und hohe Kunstgelenkigkeit,
Sowohl der Flügel wie der Beine,
Im Tierbereich mit stillem Neid?

Sieh nur, wie aus dem Felsgeklüfte
Auf seinen Schwingen wunderbar
Bis zu den Wolken durch die Lüfte
In stolzen Kreisen schwebt der Aar.

Sieh nur das Tierchen, das geringe,
Das zu benennen sich nicht ziemt,
Es ist durch seine Meistersprünge,
Wenn nicht beliebt, so doch berühmt.

Leicht zu erlegen diese beiden,
Das schlag dir lieber aus dem Sinn.
Wer es versucht, der wird bescheiden,
Sei's Jäger oder Jägerin.

Zu Neujahr

Will das Glück nach seinem Sinn
Dir was Gutes schenken,
Sage Dank und nimm es hin
Ohne viel Bedenken.

Jede Gabe sei begrüßt,
Doch vor allen Dingen:
Das, worum du dich *bemühst*,
Möge dir gelingen.

Ich bin Papa

Mitunter schwitzen muß der Schreiner,
Er stößt auf manchen harten Ast.
So geht es auch, wenn unsereiner
Sich mit der Grübelei befaßt.
Zum Glück hat meine gute Frau,
Die liebevoll an alles denkt,
Mir einen kleinen Fritz geschenkt,
Denn oft erfreut mich dieser Knabe
Durch seinen kindlichen Radau,
Wenn ich so meine Schrullen habe.
Heut mittag gab es wieder mal
Mein Leibgericht, gespickten Aal,
Und wie ich dann zur Körperpflege,
Die Weste auf, die Augen zu,
Die Hände friedlich auf dem Magen,
Im Polsterstuhl mich niederlege,
O weh, ein Schwarm von dummen Fragen
Verscheucht die heißersehnte Ruh.
Ach, wird es mir denn niemals klar,
Wo ich gewesen, eh' ich war?
Schwamm ich, verkrümelt in Atome,
Gedankenlos im Wirbelstrome,
Bis ich am Ende mich verdichtet
Zu einer denkenden Person?
Und jetzt, was hab' ich ausgerichtet?
Was war der Mühe karger Lohn?
Das Geld ist rar, die Kurse sinken,
Dagegen steigt der Preis der Schinken.
Fast jeden Morgen klagt die Mutter:
„Ach, Herr, wie teuer ist die Butter!"
Ja, selbst der Vater wird gerührt,
Wenn er sein kleines Brötchen schmiert.

Und doch, trotz dieser Seelenleiden
Will keiner gern von hinnen scheiden.
Wer weiß?
Ei sieh, wer kommt denn da?
Hallo, der Fritz! Nun wird es heiter,
Nun machen wir den Eselreiter.
Flugs stell' ich mich auf alle viere,
Indem ich auf und ab marschiere,
Und rufe kräftig mein „Ih — ah!"
Vor Wähligkeit und Übermut.
„Ih — ah!" Die Welt ist nicht so übel.
Wozu das närrische Gegrübel?
Ich bin Papa, und damit gut.

Gründliche Heilung

Es saß der fromme Meister
Mit Weib und Kind bei Tisch.
Ach, seine Lebensgeister
Sind nicht wie sonst so frisch.

Er sitzt mit krummem Nacken
Vor seinem Leibgericht,
Er hält sich beide Backen,
Worin es heftig sticht.

Das brennt wie heiße Kohlen.
„Au", schreit er, „au, verdammt!
Der Teufel soll sie holen,
Die Zähne allesamt!"

Doch gleich, wie es in Nöten
Wohl öfter schon geschah,
Begann er laut zu beten:
„Hilf, Apollonia!"

Kaum daß aus voller Seele
Er diesen Spruch getan,
Fällt aus des Mundes Höhle
Ihm plötzlich jeder Zahn.

Und schmerzlos, Dank dem Himmel,
Schmaust er, wie sonst der Brauch,
Nur war es mehr Gemümmel,
Und lispeln tät er auch.

„Pohsit!" Wie klingt so niedlich
Des Meisters Säuselton.
Er trank, entschlummert friedlich,
Und horch, da schnarcht er schon.

Frühlingslied

In der Laube von Syringen,
Oh, wie ist der Abend fein.
Brüder, laßt die Gläser klingen,
Angefüllt mit Maienwein.

Heija, der frische Mai,
Er bringt uns mancherlei.
Das Schönste aber hier auf Erden
Ist lieben und geliebt zu werden,
Heija, im frischen Mai.

Über uns die lieben Sterne
Blinken hell und frohgemut,
Denn sie sehen schon von ferne,
Auch hier unten geht es gut.

Wer sich jetzt bei trüber Kerzen
Der Gelehrsamkeit befleißt,
Diesem wünschen wir von Herzen,
Daß er bald Professor heißt.

Wer als Wein= und Weiberhasser
Jedermann im Wege steht,
Der genieße Brot und Wasser,
Bis er endlich in sich geht.

Wem vielleicht sein altes Hannchen
Irgendwie abhanden kam,
Nur getrost, es gab schon manchen,
Der ein neues Hannchen nahm.

Also, eh' der Mai zu Ende,
Aufgeschaut und umgeblickt,
Keiner, der nicht eine fände,
Die ihn an ihr Herze drückt.

Jahre steigen auf und nieder;
Aber wenn der Lenz erblüht,
Dann, ihr Brüder, immer wieder
Töne unser Jubellied.

Heija, der frische Mai,
Er bringt uns mancherlei,
Das Schönste aber hier auf Erden
Ist lieben und geliebt zu werden,
Heija, im frischen Mai.

In trauter Verborgenheit

Ade, ihr Sommertage,
Wie seid ihr so schnell enteilt,
Gar mancherlei Lust und Plage
Habt ihr uns zugeteilt.

Wohl war es ein Entzücken,
Zu wandeln im Sonnenschein.
Nur die verflixten Mücken
Mischten sich immer darein.

Und wenn wir auf Waldeswegen
Dem Sange der Vögel gelauscht,
Dann kam natürlich ein Regen
Auf uns herniedergerauscht.

Die lustigen Sänger haben
Nach Süden sich aufgemacht,
Bei Tage krächzen die Raben,
Die Käuze schreien bei Nacht.

Was ist das für Gesause!
Es stürmt bereits und schneit.
Da bleiben wir zwei zu Hause
In trauter Verborgenheit.

Kein Wetter kann uns verdrießen.
Mein Liebchen, ich und du,
Wir halten uns warm und schließen
Hübsch feste die Türen zu.

Was das Großmütterlein sang

Surre, surre, surre!
Mein gutes Rädchen schnurre!
Für unser kleines Kätchen
Dreh mir ein feines Fädchen
So lang von hier bis Köllen,
Wohl mehr als tausend Ellen.
Wir wollen es winden
Und Docken von binden,
Meister Weber es geben,
Soll Leinen uns weben,
Das breiten wir beide
Auf blumige Heide,
Auf Anger und Wiesen
Und wollen es sonnen,
Benetzen und gießen
Aus Bächen und Bronnen.

Ach, komm, du lieber Sonnenschein,
Und bleiche unser Leinen rein.
Dann kriegt mein Herzenstäubchen
Wohl manch ein feines Hemd
Und Tüchlein oder Häubchen,
Bis daß ein Freier kömmt.
„Schön' guten Tag, Herr Freiersmann!
Was schaut er so mein Kätchen an?
Das Kätchen geben wir nicht her,
Und wenn's für tausend Taler wär'."
„Ei, Mutter, nur nicht gleich geschmält!
Den hübschen jungen Knaben,
Den will und muß ich haben;
Den Krauskopf, den Krauskopf
Hab' ich mir auserwählt."
„Und willst du denn ein Bräutchen sein,
So geb' ich meinen Segen drein.
So manches Blümlein wachsen mag
Von Ostern bis Michelistag,
So manches Körnlein, als man sät,
So mancher Halm in Ähren steht,
So vielmal Gutes wünsch' ich dir
Aus meines Herzens Grund herfür.
Und wenn die Pfeifen klingen,
Dann tanzen wir und springen;
Dann spring' ich wohl und tanz' ich
Von Danzig bis nach Nanzig —
Knipp, knapp!
Da reißt mein Faden ab!"

Am Vorabend von Rosens Geburtstag

Lauschend am Fenster sitzt der Poet. —
Draußen die Blumen und Pflänzchen
Halten ihr Abendkränzchen
Auf dem Gartenbeet.
Der Mond in Silberlivree,
Leise geschäftig,
Kredenzt den Tau, den Blütentee,
Anregend und kräftig.
Und von Kelch zu Kelche
Geht ein Geflüster:
„Also morgen ist er!"

Frau Ehrenpreis (Veronika): Ja, morgen feiert sie
Ihren werten Entsprießungstag —

Taubnessel (mit dem Hörrohr): Hä was? Hä welche?

Frau Ehrenpreis (lauter): — Drüben im Garten die schöne Frau Rose —

Taubnessel: Ah! Mit den zwei Knospen die!

Frau Ehrenpreis: — die tadel= und dornenlose —

Distel (für sich): Wer's glauben mag!

Frau Ehrenpreis: — Von Duft und Glanz umwoben.

Distel: Man weiß, man weiß!
Die gute Frau Ehrenpreis
Muß immer loben.
Und doch hat unser Röschen, das feine,
Allerlei kleine
Grillen und Räupchen
Unter dem zierlichen Häubchen.

Gänseblümchen: O wie reizend!

Distel: Bald steht sie da so mildiglich
Und senkt die Blätter,
Bald rüttelt, schüttelt und spreizt sie sich,
Je nach dem Wetter.

Gänseblümchen: O wie reizend!

Klatschrose: Ja reizend, das wollt' ich meinen!
Drum sieht man auch häufig den Löwenzahn,
Den Rittersporn und den Baldrian
Dort wachsen und erscheinen.

Gänseblümchen: O wie reizend!

Klatschrose: Ja reizend, ganz recht!
Und dann dieser Musenknecht,
Dieser Dichter —

Distel: Der Versetrichter —

Klatschrose: — mit langen Locken —

Distel: — mit dem Loch im Socken.

Gänseblümchen: O wie reizend!

Klatschrose: Alltäglich kläglich mit Gefühl
In ihrer Nähe
Entlockt er seinem Saitenspiel
Lieblich Getön
Und singt so schön —

Distel: — wie n'e Mantelkrähe.

Klatschrose: Zum Beispiel, noch gestern —

Lilie (sanft): Geliebte Schwestern! —

Frau Ehrenpreis: Ihr Muster der Milde!
Ihr Tugendgebilde!

Lilie: Wen sollte der festliche Tag nicht rühren!
Ich denke doch —

Levkoje, Tulpe, Päonie, Phlox: Jaja, wir alle gratulieren!

Frau Ehrenpreis: Ein Schöngeist blüht in unsrer Mitte,
Ein hochgeschickter —
Fräulein Federnelke —

Federnelke: O bitte!

Distel (für sich): Blaustrumpf, verrückter!

Frau Ehrenpreis: — Federnelke, die wundersame,
So lautet ihr holder botanischer Name.
Vielleicht läßt sie sich freundlich erweichen
Und schreibt und dichtet ein Billett,
Duftend, geistvoll und nett.
Das möge dann die dienende Biene,
Unsere süße geflügelte Schleckerkathrine,
Hinschwebend im frühesten Morgenwind,
Dem hohen Geburtstagskind
Ehrfurchtsvoll sumsend überreichen.

Gänseblümchen: O wie reizend!

Federnelke (schreibt und liest): „Veredelte Rose und Nachbarin!
Nehmet dies Brieflein gnädig hin,
Sintemalen dasselbe geschrieben
Von allerlei Pflanzen, welche Euch lieben.
Verleihe der Himmel Euer Gnaden
Beständig ein sanftes Sonnenlicht
Und frischen Tau und meinetwegen
Auch hie und da ein wenig Regen,
Nur Sturmwind nicht,
Denn dieser tut der Schönheit Schaden.
Ergebenst mit Herz und Honigmund
Das Blumenkränzchen: Tugendbund."

Gänseblümchen: O wie reizend!

Federnelke: Ich denke, es macht sich so!

Alle: Bravo bravissimo!

Mond: Noch 'n Täßchen Tee gefällig?

Levkoje: Ich trank schon drei.

Phlox: Ich fünf.

Tulpe: Ich acht.

Päonie: Mein Mieder kracht!

Alle: Gute Nacht, gute Nacht!
(Die Blumen nicken. Der Mond geht unter. Der Poet, nachdem er noch einen Blick in die Nacht hinaus gebohrt, schließt leise das Fenster.)

Peinlich berührt

Im Dorfe wohnt ein Vetter,
Der gut versichert war
Vor Brand und Hagelwetter
Nun schon im zehnten Jahr.

Doch nie seit dazumalen
Ist ein Malheur passiert,
Und so für nichts zu zahlen,
Hat peinlich ihn berührt.

Jetzt, denkt er, überlasse
Dem Glück ich Feld und Haus.
Ich pfeife auf die Kasse.
Und schleunig trat er aus.

O weh, nach wenig Tagen
Da hieß es: „Zapperment!
Der Weizen ist zerschlagen
Und Haus und Scheune brennt."

Ein Narr hat Glück in Masse,
Wer klug, hat selten Schwein.
Und schleunigst in die Kasse
Trat er halt wieder ein.

Das traurige Röslein

Ein Röslein war gar nicht munter,
weil es im Topfe stand,
Sah immer traurig hinunter
Auf die Blumen im freien Land.
Die Blumen nicken und winken:
„Wie ist es im Freien so schön,
Zu tanzen und Tau zu trinken
Bei lustigem Windeswehn.

Von bunten Schmetterlingen
Umgaukelt, geschmeichelt, geküßt;
Dazwischen der Vöglein Singen
Anmutig zu hören ist.
Wir preisen dich und loben
Dich, fröhliche Sommerzeit;
Ach, Röslein am Fenster droben,
Du tust uns auch gar zu leid."
Da ist ins Land gekommen
Der Winter mit seiner Not.
In Schnee und Frost verklommen,
Die Blumen sind alle tot.
Ein Mägdlein hört es stürmen,
Macht fest das Fenster zu.
Jetzt will ich dich pflegen und schirmen,
Du liebes Röslein du.

Der Türmer

Der Türmer steht auf hohem Söller
Und raucht sein Pfeifchen echten Kneller,
Wobei der alte Invalid
Von oben her die Welt besieht.
Es kommt der Sommer allgemach.
Die Schwalben fliegen um das Dach,
Derweil schon manche stillbeglückt
Im Neste sitzt und fleißig drückt.
Zugleich tritt aus dem Gotteshaus
Ein neuvermähltes Paar heraus,
Das darf sich nun in allen Ehren
Getreulich lieben und vermehren. —
Der Sommer kam, und allenthalben
Schwebt ungezählt das Heer der Schwalben,
Die, wenn sie flink vorüberflitzen,
Des Türmers alten Hut beschmitzen.
Vom Platze unten tönt Juchhei,
Die Klosterschüler haben frei.
Sie necken, schrecken, jagen sich,
Sie schlagen und vertragen sich
Und grüßen keck mit Hohngelächter
Des Turmes hochgestellten Wächter. —
Der Sommer ging, die Schwalben setzen
Sich auf das Kirchendach und schwätzen.
Sie warten, bis der Abend da,
Dann flogen sie nach Afrika.
Doch unten, wo die Fackeln scheinen,
Begraben sie mal wieder einen

Und singen ihm nach frommer Weise
Ein Lebewohl zur letzten Reise.
Bedenklich schaut der Türmer drein.
Still geht er in sein Kämmerlein
Zu seinem großen Deckelkrug,
Und als die Glocke zehne schlug,
Nahm er das Horn mit frischem Mut
Und blies ein kräftiges Tuhut.

Buch des Lebens

Haß, als minus und vergebens,
Wird vom Leben abgeschrieben.
Positiv im Buch des Lebens
Steht verzeichnet nur das Lieben.
Ob ein Minus oder Plus
Uns verblieben, zeigt der Schluß.

Polizei

Der Nachlaß

Kinder, Käuze, Kreaturen

Illustrationen zu den Texten anderer Autoren

Fliegende Blätter 1859–1863

Unruhiger Posten

Ein verstorbener Offizier Napoleons I. wurde unter dem Ehrensalut schwerer Kanonen begraben. Da hörte man Lärm in dem Sarg, man öffnete ihn, und siehe da: Der alte Offizier, wieder erwacht aus seinem ewigen Schlummer, bittet, man möge ihm einen ruhigeren Posten anweisen.

Enthusiastische Huldigung

In einem Pariser Ballett geriet ein Zuschauer so in Ekstase, daß er einer Dame, die neben ihm saß, die Blumen aus den Haaren und das Bukett aus der Hand riß und sie zu Füßen der Tänzerin warf.

Zwei Mißverständnisse

Arzt: „Also Appetit habt Ihr." — Bauer: „Jo!" — A.: „Habt Ihr vielleicht keinen Stuhl?" — B.: „Gar kanen!" — A.: „Aha! Also keinen Stuhl. Hm! Und wie lange denn." — B.: „No! Es könnt' schon seit letzten Weihnachten sein." — A.: „Aber bedenkt, heute haben wir den 23. September, und Ihr behauptet, schon seit Weihnachten keinen Stuhl zu haben!" — B.: „Es ist halt doch so, voriges Jahr hab mer noch anen ghabt, und zu Weihnachten hat mei Bub, der Hans, den letzten Stuhl zerbrochen, und seitdem behelfen mir uns mit einer Bank."

In einen Hafen einlaufen!

Der Freimaurer

Ein Bäckergeselle soll seine Wanderschaft antreten. „Ich will dir einen guten Rat geben", sagt der Nachbar, „wie du in der Fremde Freunde und Beschützer finden kannst. Halte dich an die Frei= maurer! Kommst du mit anständigen Leuten zusammen, so gib dich auch als Freimaurer aus." Der Geselle fragte: „Woran aber kann ich die Freimaurer erkennen?" — „Die Freimaurer", wurde er belehrt, „zeigen sich gegenseitig die Zungenspitze."
In Waiblingen angekommen, begab sich der Handwerksbursch ins beste Wirtshaus, beobachtete einen vornehmen Gast am Nebentisch und schob vorsichtig seine Zungenspitze zwischen die Lippen. Als der vermeintliche Freimaurer — es war der Landgerichtsrat — keine Notiz davon nahm, kam die Zunge immer weiter heraus, endlich in ganzer Länge. Zwei schallende Ohrfeigen des empörten Gegen= über warfen ihn in die Sofaecke.
„Aha!" stöhnte der Bäckerjunge und rieb sich die Backen. „Das ist keiner!"

Ein altes Sprichwort
in moderner Form

„Scheue Recht und tue nie was!"

Der kurzsichtige Administrator

Bauer, der seine Schweine füttern will: „Guten Morgen, Herr Ad= ministrator!"
Der kurzsichtige Administrator: „Morgen, mein Lieber! Bitte, be= decke Er sich."

Musiklehrer gesucht. Alleestr. 1

„Kommen Sie nur, Herr Musikmeister, hier ist mein talentvoller Junge, Ihr künftiger Zögling!"

Übertriebene Gefälligkeit

Wie dem Herrn Verwalter sein neuer Hut davonfliegt

und wie ihn der Sinsenbauer von Michelhausen dienstfertig auffängt.

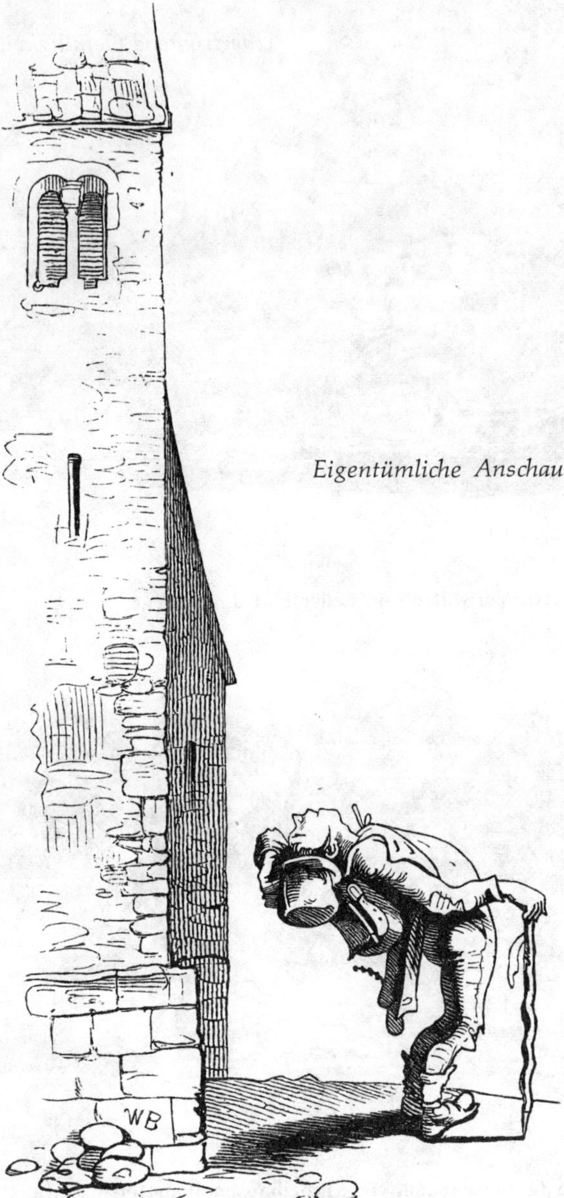

Eigentümliche Anschauung

Vorlesungen aus dem Gebiet der Naturgeschichte

Wird der *Bär* alt und weiß=haarig, so wird er als Eisbär auf Expeditionen verwendet, um Matrosen zu fressen.

Das *Schwein* hält sich an Orten auf, wo sich nur ein Schwein aufhalten kann, und wird als Vorwurf für Kinder benutzt, die sich nicht waschen wollen.

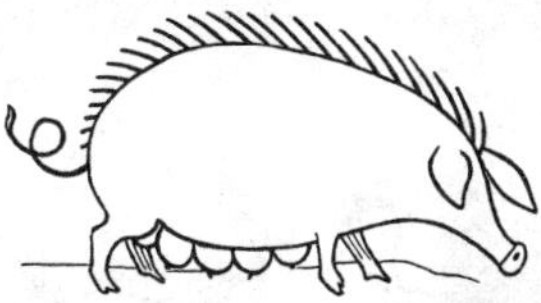

Der *Bock* kann auch als Bier getrunken oder zum Springen in der Turnhalle benutzt wer=den.

Die *Giraffe* hat so einen lan=gen Hals, daß selbst der Ele=fant einen kürzeren hat.

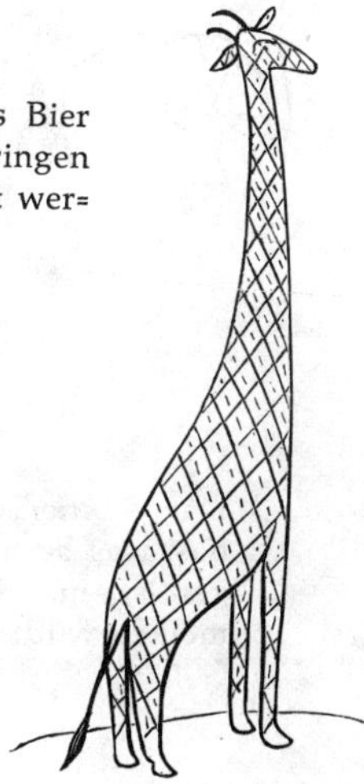

Das *Pferd* ist der Esel des Menschen.

Wirft der *Hirsch* sein Geweih ab, bekommt er im Karneval ein neues.

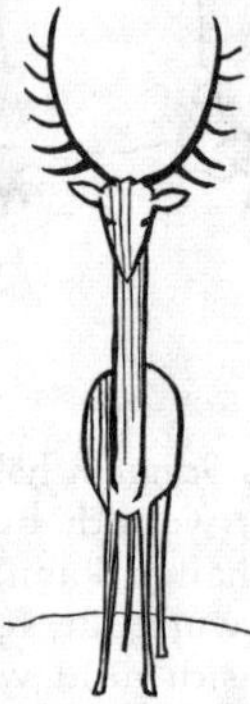

Der *Ochse* ist unter den Kühen so häufig wie unter den Menschen.

Das *Rentier* ist in Lappland das, was bei uns der Briefträ= ger ist, nur daß es noch ge= molken wird.

Mancher musiziert ...

... daß selbst ein Krokodil Reißaus nimmt.

„Ich frühstücke jetzt jeden Morgen Mehlsuppe, keinen Kaffe mehr." — „Hat Ihnen die Mehlsuppe geschmeckt, Herr Rat?" — „Sehr gut, aber von morgen an wollen wir wieder einmal aussetzen."

Peter und Michel

Peter und Michel plündern aus Rache für erhaltene Schläge die Milchkammer: „Ha, die Rache ist süß!"

Das kranke Maxl

Montag

„Herr Lehrer, ich kann mein' Maxl nit in d' Schul schick'n, er hat's so arg in seine Füß!"

Dienstag

„Heut kann ich mein' Maxl nit in d' Schul schick'n, heut hat er's in sein'm Arm!"

Mittwoch

Heut ist mein Maxl gar übel dran, heut ist's ihm in d' Achseln zogen!"

Donnerstag

„Heut kann ich mein' Maxl wieder nit in d' Schul schick'n, heut hat er so was in beiden Händen!"

Freitag

„Denkens, heut liegt's ihm gar im Rücken!"

Samstag

„Heut ist Maxl gar übel dran, denkens, jetzt is ihm ganz drehend!"

Aber morgen ist Sonntag, da dürft' i vielleicht den Herrn Lehrer bitten, daß Sie mein' Maxl a paar Extrastunden gäben; das arme Büberl käm' sonst doch gar zu arg z'rück!"

Wie sich der Girgelbauer . . .

sein Sacktüchel hergerichtet

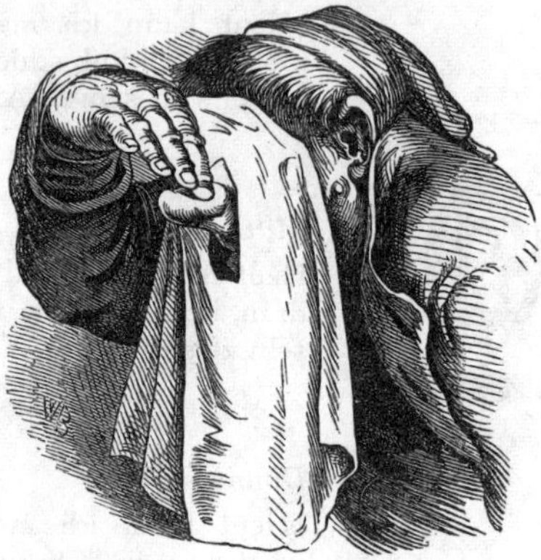

und warum er's hat nie in die Wäsch' zu geben brauchen.

Am St. Nikolaustage

„Oje, Herr Geheimer Registrator, Sie begegnen mir wie gerufen; möchten Sie nicht so gut sein und für meine Kinder den Wauwau machen!"

Messe=Angebote

Gezähmte Tiere, die bei Theateraufführungen mitwirken können:

Amerikanische Schildkröte

Australische Riesen=Hummel

Die Rettung des Capitols

Daniel in der Löwengrube

Ein interessanter Fall

Meyer und Isolde
oder Die dreifache giftgrüne Moritat zu Leipzig

Zum allgemeinen Besten und zur Entlarvung grüngefärbter Ab=scheulichkeiten an das Licht der öffentlichen Verachtung gebracht.

Motto: *Ach, bedenkt, ihr lieben Mädchen,*
Schwach nur ist des Lebens Fädchen.

Hört ihr Leute die Geschichte,
Die in Leipzig jetzt passiert.
Ach, man sieht in dies Gedichte,
Bis wohin die Mode führt.
Durch ein Kleid von grüner Farben
Kürziglich drei Menschen starben;
Lausche, liebes Publikum,
Und sei vor Entsetzen stumm.

War ein Mädchen, hieß Isolde,
Blondgelockt im Angesicht;
Keinen Ball die Holde wollte
Gar niemals versäumen nicht.
Vater, Mutter, Onkels, Tanten
Dieses sehr gefährlich fanden,
Doch ein tanzend Mädchenherz
Fühlt noch keinen Elternschmerz.

Ihr Geliebter war noch flötter,
Obgleich Meyer er nur hieß,
Tanzen tat er fast wie Götter,
Bis der Atem ihn verließ.

Meyer fürchte dein Geschicke,
Schon greift es dir nachs Genicke,
Und ihr andern Meyers hört,
Welch ein Schicksal ihm beschert.

An ein' Kaufmannsladenfenster
Lag giftgrüner Tarlatan,
Und weil so verführend glänzt' er,
Schuf sich ihn Isolde an.
Bracht' das Zeug zu ihrem Schneider,
Dieser näht das Kleid auch, leider;
Fertig bracht' er es mit Not,
Noß noch einmal und — war tot.

Ungerührt von diesem Falle
Zeigte, ach, Isolde sich,
Ging des Abends noch zu Balle,
Als der Schneider früh verblich.
Dort kam sie im grünen Kleide,
Meyer stürzt fast um vor Freude
Engagiert sie gleich, hopp, hopp,
Auf dem schottischen Galopp.
Und so tanzten sie wie rasend,
Viermal um den Saal herum,
Da stürzt' Meyer — bauz! —, erblassend,
Tot mitsamt Isolden um.

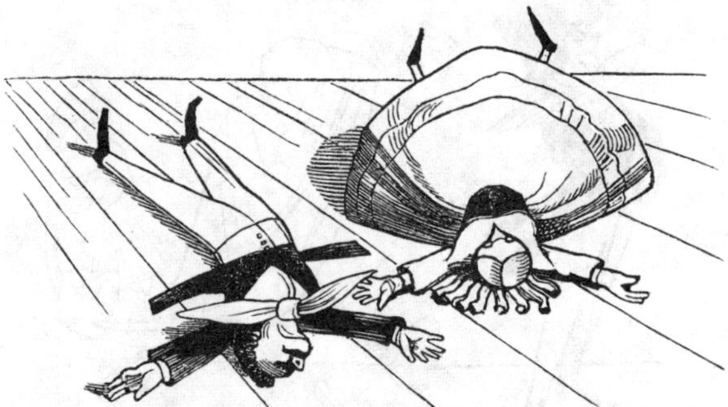

Durch das grüne Kleid, vergiftet,
Ward dies Unheil angestiftet,
Liegen, die erst froh man sah,
Jetzt als tote Leichen da.

Doch das Volk verlangte wütend
Rache für der dreie Mord,
Und man stürmte, Böses brütend,
Zu dem Fabrikanten fort.

Dort faßt man den grünen Färber,
„Der ist schuld", schrie man, „drum sterb' er!"
Und eh' wieder er entschlüpft,
Ward der Färber aufgeknüpft.

Die Feuerprobe

Fabrikant Quirl probiert seine feuerfesten Geldschränke aus, indem er seinen Lehrjungen in den Schrank sperrt und unter dem Tresor ein mächtiges Feuer entzündet. Der beste Qualitätsbeweis: wenn der Stift dann mit erfrorenen Füßen wieder herauskommt.

Alles Gute kommt von oben

Schreckliche Folgen der Neugierde in der Barbierstube

Gute Ratschläge

„Jetzt, Mutter, hab' ich's heraus, wie wir Geld kriegen können! Der Maler unten sucht ein altes Weib als Modell!"

Wo man singt, da laß dich ruhig nieder!

Was kostet so an Teppich?

Wohlgemeinter Zuspruch

Gerichtsdiener: „Versuchen Sie einmal Ihr Heil, Herr Justiz=rat, reden Sie dem Delinquenten ins Gewissen, damit wir die Exe=kution womöglich ohne Gewaltanwendung vollziehen können.“

Justizrat (zu dem Deliquenten): „Aber, Heß, so tu mir doch den einzigen Gefallen, und laß dich köppe!“

Liebe –

einst

und jetzt

Freche Antwort

„Ah, ah! Ich hab' was im Hals,
ich hab' was im Hals!"
„Ja, um Gottes willen, Büberl,
was hast denn im Hals?"

„A Züngerl!"

Rebus

Eisenoxyd

Aus dem Regen in die Traufe

Bahnhofsgaststätte

Auch im Tierleben wechseln die Gewalten

Die Belagerung von Ofen

Selbstkarikatur Buschs als Geiger

Fidelio, mein Hündchen

„Aber, Fidelio, mein Hündchen, wirst du dich denn niemals an die Töne der Musik gewöhnen!"

Unbehagliche Situation

Vorschläge eines Tierschutzvereins

W. B.

Soviel Rauch

„Es ist ein Elend mit den Zigarren, jetzt kosten diese Empresas 60 Gulden das Tausend und brenzeln doch abscheulich."

Illustrationen zu den deutschen Klassikern

„Ziehen Sie die Hand nicht weg, Graf Piccolomini!"

Wird manchem die Lösung der wichtigsten politischen Fragen heutzutage nicht ebenso unmöglich sein wie dem Peter von Simpelhausen das Aufheben seines Koffers, solange er droben sitzt?

Fester Glauben

Professor: „Und nun will ich Ihnen diesen Lehrsatz auch beweisen.“
Junge: „Wozu beweisen, Herr Professor? Ich glaube es Ihnen so.“

Der Komfort in den modernen Wohnungen

Ansicht einer Türwohnung in der neuen Straße in München von der Vorder= und Rückseite.

Das erste Bad im Freien

Figuren zu einer Schöpfungsgeschichte

Figuren zu einer populären Zoologie

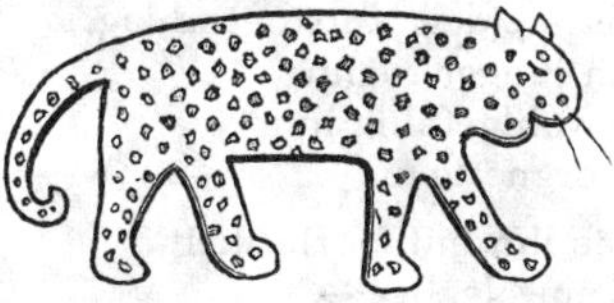

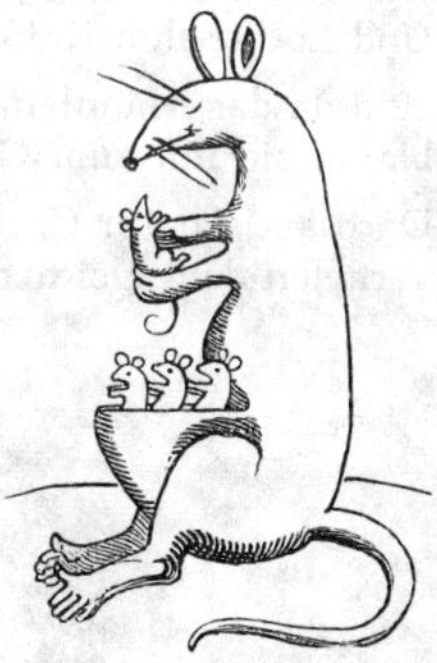

Die weibliche Räuberhöhle

Eine reiche Kaufmannstochter aus Ungarn, die auf Heiratsschwindel hereingefallen war, erschoß ihren hochstaplerischen Gatten. Seelisch und finanziell am Ende, gründete sie nun eine weibliche Räuberbande. Einmal überfielen sie einen Reisewagen:

Sie fallen den Pferden ins Geschirr,
Zerren den Kutscher vom Bock herab —
Die Kaufmannstochter holt 'nen Strick,
Den sie zum Kau'n ihm gab.

Drauf öffnet sie den Kutschenschlag,
Drin saß ein junger Mann;
Sie schaute wohlgefällig ihn
Durch die Lorgnette an.

Dann lud sie ihn mit Höflichkeit
— Obgleich im Negligé —
Ins feste Räuberschloß hinein
Und kochte ihm Kaffee.

Und da das Männlein ihr gefiel,
Nahm sie ihn zum Gemahl...

Doch auch dieser Gatte — und drei weitere noch — verfielen dem gleichen Schicksal wie der erste.

Der dritte war ein Studio —
Von Leipzig kam er her,

Der vierte war ein Fiaker,
Der fünft' ein Militär.

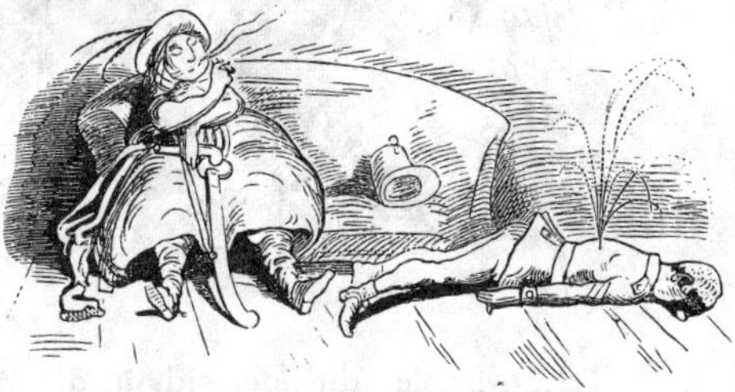

Eine Kompanie Soldaten konnte den Räubern das Handwerk nicht legen, sondern wandte sich an einen Jäger mit der Bitte, die bösen Weiber gegen eine große Geldsumme aus der Welt zu schaffen. Doch der Jäger, statt die Hauptmännin zu erschießen, wurde ihr Geliebter und — sie erschoß ihn.

Sie schießt den armen Jäger tot,
Gerade in das Herz —
Indessen dieser brave Mann
Verbeißt den bittern Schmerz.

Er sinkt von seinem Stuhl herab;
Es färbt die Dielen rot
Des grünen Jägers schwarzes Blut.
So starb er sich zu Tod.

Fritz Mäusle schneidet sich in die Wange, als er sich im Urwald rasiert.
Vom Blutgeruch angelockt, naht ein Königstiger — und nimmt wieder Reißaus, als er im Spiegel ein ebenso starkes Tier auf sich zukommen sieht.

Weil der Spiegel ihn gerettet hat, benutzt Mäusle ihn nun auch daheim, wo seine Frau ihn jeden Tag verfolgt.

Verschiedene Wirkungen des Dampfes

Erster: „Ach, ich fühle mich so unbehaglich voll, wie wohl würde es mir bekommen, wenn ich einige Dampfbäder nehmen könnte!"

Zweiter: „Ach, ich fühle mich so unbehaglich leer, wie wohl würde es mir bekommen, wenn ich einige Dampfnudeln zu mir nehmen könnte!"

Drohend schwang er seine Hippe,
Drohend sprach das Furchtgerippe:
„Fort von hier, du Bacchusknecht!
Fort, du hast genug gezecht!"

Am Ugley=See bei Eutin

Jubelndes Singen und Gläserklingen
Tief in der stillen Waldeinsamkeit!
Über den See die Töne dringen,
Und im Echo verhallen sie weit.

Unten der Nix auf des Sees Grunde
Schreckt empor und lauscht und lauscht,
Bis er zuletzt mit murrendem Munde
Auf zu der Fläche des Sees rauscht.

Jetzt naht ein Gewitter, es schäumen die Wellen,
Regen verwandelt die Erde in Schlamm,
Zuckende Blitze mit Krachen zerschellen
Einer Buche uralten Stamm.

Wo sind die lustigen Leutchen geblieben?
Wo ihr verwegener Übermut?
Lachend sieht sie der Nix zerstieben,
Steigt ans Ufer aus wallender Flut.

Schilfbekränzt die triefenden Haare,
Teilweis silbergrau, wie ein Fisch,
Listig lächelnd das Auge, das klare,
Setzt er sich an den verlassenen Tisch.

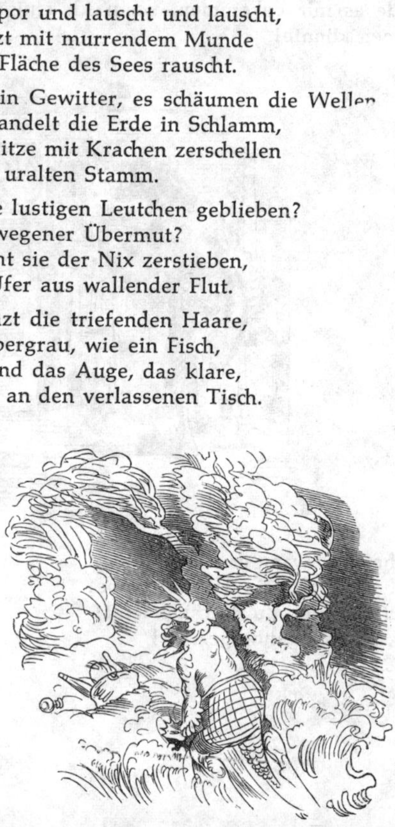

Und allmählich bei seinem Trinken
Wird es ruhig wieder umher,
Leise läßt er die Wellen sinken,
Und die Winde brausen nicht mehr.

Und dem Nix wird wunderbar schwüle,
Beine so schwer und der Kopf so warm,
Sehnt sich hinab in der Wellen Kühle
Und in der Nixen schimmernden Arm.
Da umfaßt er in süßen Gedanken
Schnell die letzte der Flaschen in Glut —
Mit ihr vereinigt nach kurzem Schwanken,
Fällt er kopfüber hinab in die Flut. —

Irregeleitete Reinlichkeit

„Dat Ding is weech!" sagte der Bauer, als er zum Stadtbäcker kam, und hielt einen zur Abkühlung vor die Türe gestellten Quarkkuchen für den Strohteller oder Abtreter.

Weib: „Aber, Hans=Adam, jetzt bist schon neunmal ins Holz g'fahren und hängst dei' Büchs auf'n Rücken, 's zehnt' Mal läßt du sie da, das Kind im Mutterleib lacht dich ja aus!"

Hans=Adam: „Ja, mein' Seel, du kannst recht haben, da nimm 's G'wehr 'nein!"

Hans=Adam: „Da sollt' ja grad ein kreuzsiedigs Millione=Dunder=wetter alles ang'spitzt in Boden 'neinschlag'n — zweimal bei meiner Urschel ja g'sagt und all'mal noch ärger ang'führt!"

Der freie deutsche Rhein

Eine traurige Handwerksburschen=Geschichte

Liebe Leut und Kinder, hört mich an,
Was dem Handwerksbursch passieren kann
Einzig und allein
Auf dem freien Rhein
Von die böse Herrn Schandarmibus.

Ich und Bruder Leipz'ger und zugleich
Bruder Kassler aus das Hessenreich,
Schneider von Geblut,
Wegen Kriegesmut
War'n geworben vor das Niederland.

Mit das Handgeld schon vons Militär
Stiegen wir aufs Dampfschiff mit Vapeur

Und wir setzten uns aufs Hinterdeck,
Spielten Schafkopf lustig auf dem Fleck,
Aber schon bei Kehl
Kamen meiner Seel
Zwei Badenser von die Schandarmerie.

Sie durchsuchten nun das ganze Schiff,
Machten nach den Karten einen Griff,
Sprachen „Sapperment",
Hier hat es ein End'
Mit den Karten der Franzosen.

Darauf mit deutschen Karten ohne Furcht
Spielten Schafkopf wir bis Lauterburg,
Doch da kam, o weh!
Aus das Bayrische
Ein Schandarm mit Schreck=Physiognomie.

Sprach: „Was ist mich das?“ und dreht den Bart.
„Dieses ist ja eine bad'sche Kart'!
Bayren ist ja hier,
Darum konfiszier'
Ich die Kart' und denunziere Sie.“

Nächsten Morgens, als die Nacht verstrich,
Fuhren weiter wir bis Biberich,
Ein Nassauer kam,
Und zum Schauer nahm
Er uns unsre preußischen Karten fort.

Von Schandarm vons hess'sche Steueramt
Wurden zu zehn Gulden wir verdammt,
Und aufs neue — ach! —
Stieß in Bacharach
Zu das Schiff ein scharfer Polizist.

Aber plötzlich schrie er: „Eseleien!
Justement fahr'n wir in Wesel ein.
Euch, ihr Herrn Patron,
Hab' ich lange schon
Auf dem Strich von wegen Kartibus.“

Ach, da half uns keine Renitenz,
Mit ihm mußten wir nach Koblenz,
Und in nächster Stund'
Waren eingespunnt
Wir gefangen in ein finster Loch.

Also schloß sich unsre Heldenbahn,
Eh' wir sie noch selbst g'treten an,
Jetzt ist — großer Gott! —
Holland schier in Not,
Weil das Heer nicht ganz vollzählig ist.

Ein grausamer Hauswirt

Hauswirt: „Meine Herren! Das geht nicht, das leiden die andern Mitbewohner nicht; Quartette können Sie gern spielen, aber jeder seines allein, daß es — keinen solchen Lärm macht!"

Tiersprache

Ein Pendant zur Blumensprache

Hund

Ich bin argloser Natur; aber wehe dem, der *auf mich kommt.*

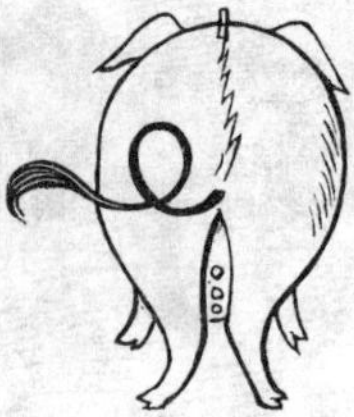

Schwein

Und doch gibt es Dinge, die *rein* unmöglich sind.

Schnecke

Wer mit dem *Zins* die *Zinsen* bezahlt, ist kein Hausherr.

Hahn

Die beste Verfassung ist und bleibt immer die *absolute Monarchie*

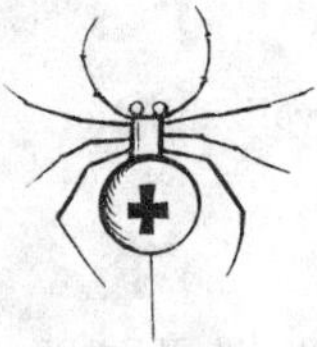

Spinne

Warum ehrt ihr uns nicht? Weil wir nur *weben* und *nicht flechten.*

Rind

Dulce est pro patria mori.

Storch

Es ist viel angenehmer, in Italien als in Wein zu reisen.

Schlange

Eine starke Regierung erlaubt das Singen verbotener Lieder.

Bär

Die Aufhebung der Grenadier-Bataillone war eine verfehlte Idee vom Standpunkte — der Prager Dienstmädchen.

Gimpel

Es ist oft sehr lästig, zuviel zu wissen.

Pferd

Zwei Dinge verleihen einem Steeple=Chase Interesse: schönes und hohe *Wetter*.

Blutegel

Es gibt direkte und indirekte Steuern.

Moderne Malerschnaderhüpfeln

Je jrößer Bild und Fijuren,
Desto jrößer det Schenie!
Ne! Unter'm Militärmaß
Mal' ich schon jar nie!

Nur Farb' drauf in Häufn,
Als wenn g'mauert werdn müßt',
Daß's d' Nachwelt kann greif'n,
Wenn d' Farb eppa schießt.

Der Kritikus im Blattl,
Des is mein Kamerad,
Der macht mir zuweiln
Von Lorbeer an Salat.

Und dieser König von Thule,
Stolz blickend vom Thron,
Der war früher in Dillingen
Bei der dritt'n Eskadron.

A Papier hab i aufg'spannt
So glatt — und so fein!
Ja komponier'n kunnt i scho, woaßt:
Aber 's fallt mir nix ein.

Mein! Sei net so g'spassi.
Ideen gibt's ja g'nue!
Mal oane, die drein schaugt,
Und die ander' schaugt zu.

Ja, is ja wahr a!
In Kritisieren da sand's fix;
Aber selber was macha
Na — macha könnens nix!

Polizeilicher Scharfsinn

Meier: „Polizeisergeant Huber — eben ist mir ein Paket vom Wagen gestohlen worden; ich bemerkte einen verdächtigen Kerl mit wüstem Backenbart und einer alten Schirmmütze."
Polizeisergeant: „Ja, ich ging vorbei und hab' ihn auch bemerkt."
Meier: „Nun, könnten Sie dem nicht auf die Spur kommen?"
Polizeisergeant (nach einigem Nachdenken:) „Ja, wenn Sie nur die Hausnummer von seiner Wohnung wüßten, nachher hätt' ich ihn gleich!"

Figuren zu einer „Wallfahrt"

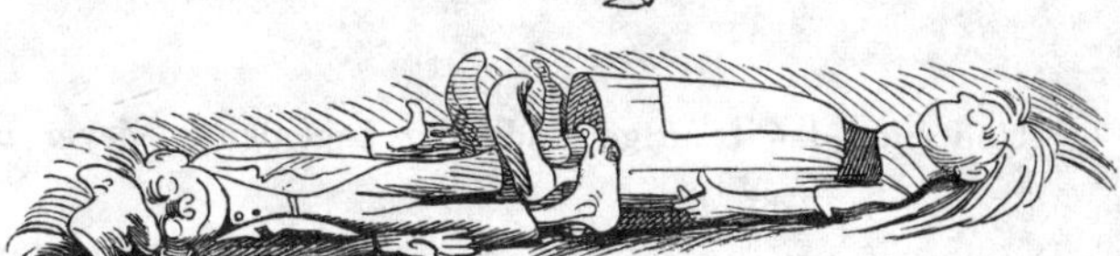

Wie Anno 1863 drei Eisenbahningenieure auf Vermessungsreisen fahren.

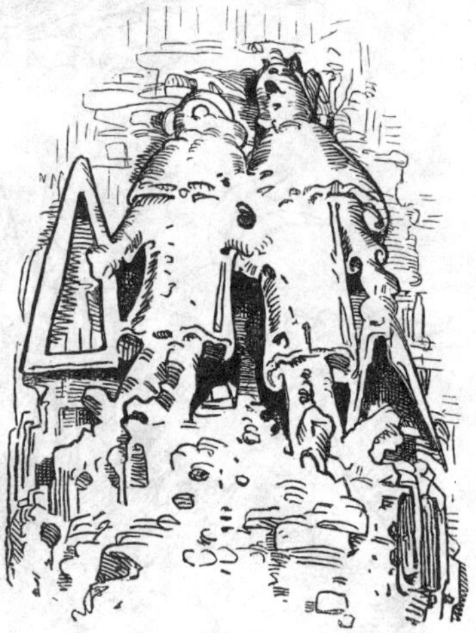

Und hier das traurige Ende der Ingenieure Meyer und Müller

Meister: „Kerl ich reiße dir die Ohren ab, wenn du nit besser aufschaust, du Tropf, miserabliger!"

Mutter: „Nu, Maxl, was ist's denn mit dir?"
Maxl: „Mir ist durch den Meister was recht Unangenehmes zu Ohren gekommen!"

Da der Auerhahn nur bis drei zählen kann, schicke man vier Jäger nach ihm aus. Sie sollen sich verstecken. Dann sollen drei vor den Augen des Auerhahns wieder nach Hause gehen. Der vierte, im Gebüsch zurückgebliebene, kommt dann gleich zum Schuß.

Wie man den hochmütigen Löwen, den König der Tiere, in eine Grube locken kann.

Wal, der Mann mit der langen Nase

Herr Wal ritt im Regen, der strömend goß,
Ihm bis auf die Haut sich erstreckte;
Doch trocken blieben Hals und Kopf seinem Roß,
Da seine Nase sie deckte.

Wal hat einen Pudel, den sucht er fein
Aufs drolligste zu dressieren;
Zum Beispiel läßt er über sein Nasenbein
Den Pudel balancieren.

Ein Gerücht sagt, bei Ostende, vom Ufer nicht weit,
Sei die Seeschlang' in Sicht gekommen;
Nun — es hat alldort zur selben Zeit
Herr Wal ein Seebad genommen.

Herr Wal ist Witwer und bleibt's auch hinfort,
Er liebte sein Weib mit Ekstase.
Die Arme! Man fand eines Tags sie durchbohrt
Von des lieben Ehemanns Nase.

Wal schlief beim Turnfest auf der Wiese ein
Und lag auf dem Rücken im Grase,
Da kamen die Turner und übten sich fein
Im Mastklettern an seiner Nase.

Wal blickt in die Zukunft
mit strahlendem Blick,
Da Enkel ihn werden umgaukeln,
Und diese Enkel, o seltenes Glück!
Wird auf der Nase er schaukeln.

Der talentvolle Micherl
in der Schule

Lehrer: „Also, eine Klafter hat 6 Schuh, und 1 Schuh hat 12 Zoll – Micherl, merk es dir recht gut! – Alles, was man in der Schule lernt, muß uns Früchte bringen."

Micherls Gedächtnisübung

Auf dem Weg nach Hause wird Micherl von einer Kundschaft seines Vaters angerufen.
Herr v. Fuchtl: „Du, Kleiner, sage deinem Vater, er möge bald zu mir kommen, ich brauche 3 Paar Schuhe für meine Frau, auch werde ich ihm einen Schuh von ihr zum Ausbessern mitgeben."
Micherl: „Ich werd's ihm schon sagen, Herr v. Fuchtl."
Im Weitergehen denkt Micherl über den erhaltenen Auftrag und über das in der Schule Gelernte nach und spricht zu sich selbst: „3 Paar Schuh, das sind 6 Schuh, richtig, und einen Schuh extra — ja so ist's."

Anwendung des Gelernten

Micherl: „Vater, du sollst bald zu Herrn v. Fuchtl hinkommen, er braucht eine Klafter."
Vater: „Wa — was — eine Klafter? — Spitzbub, hast wieder nicht aufgemerkt!"

Micherl: „Ja, Vater, Herr v. Fuchtl braucht eine Klafter für seine Frau, und 12 Zoll von ihr — hat er gesagt — wird er dir gleich mitgeben."
Der Meister fragt wiederholt sein Söhnlein, da aber dasselbe bei der nämlichen Antwort verblieb, glaubte er, seine alte Kundschaft sei verrückt geworden; dessenungeachtet geht er zum Maurer=

polier, leiht sich ein Klaftermaß aus und be= gibt sich damit zu Herrn v. Fuchtl, dem er gleich beim Eintritt zuruft:
„Schönen guten Tag, Herr v. Fuchtl, hier bring' ich die Klafter, die Sie durch meinen Buben begehren lie= ßen! Auch hat mir mein Micherl gesagt, ich kriege 12 Zoll von — von Ihrer Frau! Ich bitte, was meinens denn damit?"
Jetzt war es an Herrn v. Fuchtl, den Meister und seinen Buben für verrückt zu halten. Nach einigem Hin= und Widerreden fand je= doch Herr v. Fuchtl den richtigen Schlüssel des Rätsels.

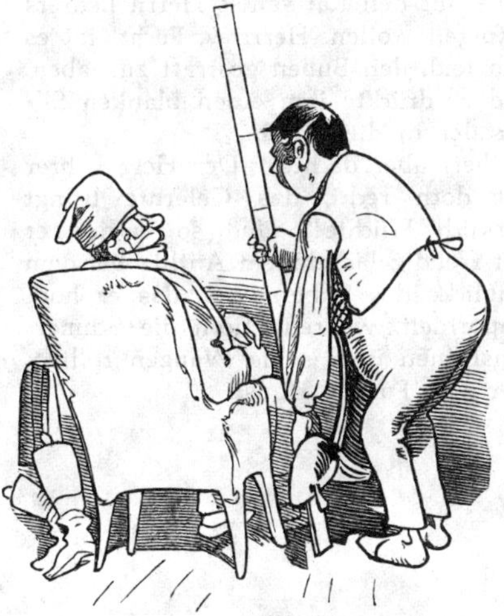

Früchte des Gelernten

Mit klarem Auftrag kehrte der Meister heim. Nichts an ihm verriet den Ärger und seine Absicht.
„Micherl, geh mir zu Herrn v. Fuchtl, ich lasse ihn schön bitten, er möge dir die Wichs geben, die ich bei ihm zu= rückgelassen habe."
Und nichts argwöhnend, ging Micherl zu Herrn v. Fuchtl, bekam aber eine ganz andere Wichs, als er erwartete.

Nach empfangener Züchtigung erfährt Micherl erst, wofür er sie bekommen hat; er beteuert Herrn v. Fuchtl, er habe nur den Rat seines Herrn Lehrers befolgen wollen. Herrn v. Fuchtl tat es nun leid, den Buben gestraft zu haben, und er drückte ihm einen blanken Silbertaler in die Hand.
Micherl aber dachte: „Der Herr Lehrer hat doch recht, das Gelernte bringt wirklich Früchte!" Und so verließ er mit freudig lächelndem Antlitz bei dem Anblicke des Silberstücks, das er hoch emporhielt, während noch die Schmerzenstränen über seine Wangen rollten, Herrn v. Fuchtls Haus.

Die Weisheit

In der nächsten Vorlesung werde ich Ihnen ein Bild mitbringen, nämlich die Zerstörung Heidelbergs durch den Hofmaler Dietz.

Neue Lesart von der Bürgschaft

Zu Dionys, dem Tyrannen, schlich
Möros, den Dolch im Gewande;
Ihn schlugen die Häscher in Bande.
„Was wolltest du mit dem Dolche, sprich?"
Entgegnet ihm finster der Wüterich.
„Na, dös wird doch dem Herrn Tyrannen nix verschlage,
Wenn ich mein' Dolch zum Schleifen trage!"

Soweit heute noch feststellbar, hat Wilhelm Busch an den Texten dieses Kapitels nicht mitgearbeitet. Sie wurden deshalb mit Einverständnis des Originalverlegers Braun & Schneider, München, fast ausnahmslos einschneidend gekürzt oder verändert und überhaupt nur herangezogen, soweit es zur Erläuterung der – hier verkleinerten – Illustrationen nötig war.

Bühnenstücke

Der Vetter auf Besuch

Komische Oper in 1 Aufzuge. Musik: Georg Kremplsetzer.
Personen: Der Müller, die Müllerin, die Base, der Vetter, Bauern.
Ort: Zimmer in einer ländlichen Mühle.

ERSTE SZENE

Der Müller. Die Müllerin. Später die Base.
Der Müller kommt rückwärts herein und geht an den Tisch zur Müllerin, die spinnt.

Müller: Frau! Margarethe! Hör einmal, woher kennst du den Verwalter vom Schloß Zörvelstein?
Müllerin: Den Verwalter? Ich sah und sprach ihn vor einigen Wochen, als wir auf dem Jahrmarkt zu Berneck waren, weiter kenn' ich ihn nicht.
Müller: Was hat der Laffe denn die Frechheit, wie er vorhin vorbeireitet, den Müllerburschen am Hoftor zu fragen: Was macht die schöne Frau Müllerin? Sag Er ihr einen schönen Gruß vom Verwalter Hornmayer.
Müllerin: Ja, ich weiß nicht...
Müller: Ich weiß aber, daß ich Lust habe, dem Hornmayer das Genick zu brechen, wenn er noch einmal sich untersteht...
Müllerin: Ach! Lieber Mann, ich dachte gar...
Base (kommt mit einem Brief): Base Margareth! Ein Brief! Ein Brief!
Müller: Vom Verwalter Hornmayer? Her damit!
Müllerin: Ei, das ist ja des Vetters Schrift!
Müller: So, vom Vetter, na, das ist dein Glück!
Base (zur Base): Bitte! Lest nur schnell den Brief! Ich bin zu neugierig, was er schreibt, der Vetter.
Müllerin (liest): „Liebe Base! In acht Tagen beginnen die Gerichtsferien; was ich schon längst gewünscht, werde ich dann ausführen. Nach drei Jahren der Abwesenheit werde ich Euch und die alte, lustig rauchende Mühle einmal wieder aufsuchen, in der ich als Student noch bei Lebzeiten des alten Müllers so manche fröhliche Stunde verlebte. — Grüße mein liebes, liebes Bäschen Nannette!"
Base: Zeig mal! Schreibt er das wirklich? Wahrhaftig, da steht's: „liebes Bäschen!"
Müllerin (weiterlesend): „Grüße auch Deinen Mann. Ich bin sehr begierig, ihn kennenzulernen und hoffe, daß Ihr recht glücklich zusammen seid. — Lebt wohl! Bis in acht Tagen — Dein getreuer Vetter."

Müller (kleidet sich an, um ins Wirtshaus zu gehen, und pfeift währenddessen): Danke! (Pfeift.)
Müllerin: Weiß Gott! Er will schon wieder ins Wirtshaus.

Nr. 1. Terzett

Müllerin (steht auf und geht auf den Müller zu):
Ei, lieber Mann! Bleib doch zu Hause,
mußt du denn jeden Abend ins Wirtshaus gehn?
Müller (pfeift fort, als ob er nichts hörte):
Tralala! Tralala! Tralala!
Base: Ei, Herr Gevatter! Bleibt doch zu Hause,
Müßt Ihr denn jeden Abend ins Wirtshaus gehn?
Müller: Tralala! Tralala!
Müllerin: Nein, das ist von dir nicht schön.
Müller: Tralala! Tralala!
Base: Nein, das ist von Euch nicht schön!
Müllerin: Bleib zu Hause! Geh nicht aus,
Draußen ist es kalt und windig.
Base: Und Ihr könntet Euch erkälten!
Müllerin: Und du könntest dich erkälten!
Müller (komisch): O entsetzlich! O entsetzlich!
Müllerin: Bleib zu Hause, bleib zu Hause.
Laßt uns nicht so ganz allein!
Base: Gesetzt den Fall, es kämen Diebe —
Müller (komisch ernst): Ja Diebe!
Base: Oder Räuber?
Müller: Oder Räuber!
Base: Oder Mörder?
Müller: Oder Mörder!
Müllerin: Und sie brächen bei uns ein?
Base: Und sie brächen bei uns ein?
Müller: Hu! Die Diebe, die Räuber, die Diebe!
Die Räuber! Hu, die Mörder!
Aber dennoch, aber dennoch,
Dennoch geh' ich jetzt zum Wein.
Müllerin: Bleib zu Hause, geh nicht aus!
Base: Laßt uns nicht so ganz allein!
Müllerin: Bleib zu Hause, geh nicht aus!
Base: Laßt uns nicht so ganz allein!
Müller: Potz Element! Ich sage nein!
Müllerin: Da hilft kein Bitten und kein Flehn,
Er muß, er muß ins Wirtshaus gehn;
(ärgerlich) Nun, so geh doch, geh doch!
Ich mach' mir ja gar nichts draus,
Nicht (schnippisch) so viel, nicht so viel!
(Setzt sich wieder an den Spinnrocken.)

Müller: Aber dennoch, aber dennoch,
Dennoch geh' ich jetzt zum Wein.
Base (welche während der Zeit nachdenklich herumgegangen, beiseite): Jaja, so wird es gehn!
(Den Müller zurückhaltend.)
Auf ein Wort noch, Herr Gevatter.
(Nimmt ihn beiseite.)
Wer ein hübsches Weibchen hat,
Der nehme sich in acht
Und bleibe fein zu Hause,
Besonders bei der Nacht.
Gesetzt den Fall, es kämen Diebe.
Müller (komisch): Ja, Diebe!
Base: Oder Räuber?
Müller: Oho!
Base: So ein hübscher, junger Räuber
Steigt durchs Fenster, hier durchs Fenster,
Und er faßt das hübsche Weibchen
So bei der Hand, und er küßt
Das hübsche Weibchen recht zärtlich — so — so!
Müller (aufgeregt): Und das Weibchen?
Base: Je nun, je nun!
Das Weibchen küßt ihn wieder,
Weil sie sich nicht wehren kann.
Müller: Oh, das scheint mir sehr verdächtig!
So ein hübscher junger Räuber
Steigt durchs Fenster, hier durchs Fenster,
Faßt das Weibchen
Um das Leibchen,
Er küßt sie,
Sie küßt ihn wieder;
(Höhnisch.) Denn sie kann sich ja nicht wehren,
Weil im Wirtshaus sitzt ihr Mann.
(Fürchterlich.) Aber wehe! Wenn ich ihn fasse,
Diesen Räuber, er muß sterben.
(Beiseite.) Heimlich bleib' ich in der Nähe,
Wehe! Wenn ich was erspähe;
Potz Element, ich bringe ihn um.
Müllerin: Ei, so geh doch! Ei, so geh doch!
Base: Geht doch fort!
Müller (sich freundlich stellend):
Liebes Weibchen, sei nicht böse,
Ich muß gehen, ich muß fort;
Muß noch heut ins Wirtshaus gehen,
Denn (sich besinnend) ich hab' Geschäfte dort.
Müllerin: Ei, so geh doch endlich fort!
Base: Ei, so geht doch endlich fort!

Beide: Ei, so geh (geht) doch endlich fort!
Ei, so geh (geht) doch!
Müller: Seid nicht ängstlich!
Beide: Geh (geht) doch fort!
Müller: Habt nur Mut!
Beide: So geh (geht) doch endlich fort!
Ei, so geh (geht) doch endlich fort!
Müller (für sich): Das Fenster lass' ich offen.
Müllerin: Ei, so geh doch!
Müller: Schau, wie's pressiert!
Nun gute Nacht.
Beide: Ei, so geh (geht) doch!
Müller: Seid nicht ängstlich!
Beide: Geh (geht) doch fort!
Müller: Habt nur Mut!
Beide: Ei, so geh (geht) doch endlich fort!
Müller: Und verschließt die Türe gut!
Base: Fort! Was zögerst du?
Wir schließen schon die Türe zu.
Was zögerst du?
Müllerin: Was zögerst du?
Base: Was zögerst du?
Wir schließen schon die Türe zu.
Ei, so geht doch!
Müller: Nun, gute Nacht!
(Alle drei gehen durch die Türe ab.)

ZWEITE SZENE

Der Vetter

(Wenn alle hinausgegangen sind, steigt der Vetter zum Fenster herein.)

Vetter: So! (Steigt vollends herein und sieht sich um.)
Ja, da sieht's ja noch gerade so aus wie sonst.
(Tritt vor.)

Nr. 2. Lied

Sei gegrüßt, du liebe Mühle!
Rausche nur, du kühler Bach!
Längst vergessene Gefühle
Rufst du in der Seele wach.
Draußen blüht der alte Flieder,
Und ich träume mich zurück,

Und mir ist's, als säh' ich wieder
In Nannettens Kindesblick.
Sei gegrüßt, du liebe Mühle!
Rausche nur, du kühler Bach,
Längst vergessene Gefühle
Rufst du in der Seele wach.
Wie sich schon die Blicke fanden,
Wie ihr Mund von Liebe sprach,
Halb empfunden, halb verstanden
Und vergessen bald danach.
Sei gegrüßt, du liebe Mühle,
Rausche, Bächlein, nur vorbei,
O wie selig! Denn ich fühle,
Daß mein Herz das alte sei.
Rausche, Bächlein, nur vorbei!

Still! — Es kommt jemand!

Das werden meine Basen sein! Ich möchte sie wohl belauschen, ob sie von mir sprechen, und sie dann recht überraschen. Also geschwind versteckt! Aber wohin? — Halt! Da ist eine große Kiste — schnell hinein. (Er steigt in den Mehlkasten und macht den Deckel zu.)

DRITTE SZENE

Der Vorige. Die Müllerin und die Base treten ein.

Müllerin: Ach! nun sind wir ganz allein.
Base: Jaja, leider ganz allein! — Wenn nur erst der Vetter käme, der liebe, lustige Vetter! Ach, das müßte herrlich sein! (Seufzt.)
Vetter (aus der Kiste): Aha! Das bin ich!
Base: Ach, der liebe, gute Vetter!
Müllerin: Ei, Nannette! Ei, Nannette! Mir scheint, du kannst ihn kaum erwarten.
Base: Ja, ich lieb' ihn recht von Herzen, bin ihm recht von Herzen gut.
Vetter (wie oben): Hm! Das ist mir lieb zu hören.
Müllerin: Und wenn er käme —
Base: Ich wollt', er wäre schon da.
Müllerin (neidisch): — und sagte, liebes Bäschen!
Base: Ei geh!
Müllerin: Liebes Bäschen! Ach, ich bitte, nimm mich doch zu deinem Mann!
Vetter (aus der Kiste, beiseite): Oho! Nur sachte an!

Base: Laß mich, laß mich!
Müllerin: Und sagte, liebes Bäschen! Ach, ich bitte!
Nimm mich doch zu deinem Mann!
Base: Je nun!
Müllerin: Nun?
Vetter (wie oben): Nun?
Base (schnippisch entschlossen): Je nun! Ich sagte ja!
Müllerin (lachend): Ha, ha! Sie sagte ja!
Vetter: So, so! Sie sagte ja!
Müllerin (die Base auslachend): Ha, ha, ha! (Wichtig.)
Der Vetter ist ein höchst studierter Mann,
(Der Vetter macht sich wichtig in der Kiste.)
Und sieht ein solches Mädchen wie dich nicht an.
Ja, wenn und wenn das Wenn nicht wär',
So freiten wohl die Mädchen mehr.
Aber das Geld. — Da sitzt der Knoten — jaja!
(Setzt sich ans Spinnrad.)
Komm und laß uns eins singen.

Nr. 3. Lied

Beide: Die Bäume hören auf zu blühn,
Mein Schatz will in die Fremde ziehn.
Mein Schatz, der sprach ein bittres Wort:
Du bleibst nun hier, und ich muß fort!
Leb wohl, mein Schatz, ich bleib' dir treu,
Wo du auch bist, wo ich auch sei,
Bei Regen und bei Sonnenschein!
Vetter (muß laut niesen).
Beide (erschreckt): Horch! — Was war das?
Base: Es schrie wie eine Eule!
Müllerin: Warum nicht gar! Ich glaube, es war unsere Braune im Kuhstall! — Brr! Es ist doch recht schaurig hier so ganz allein! Brr! Da fallen einem alle grausigen Geschichten ein, die man früher einmal gehört hat.
Base: Grausige Geschichten? Erzähle doch! Die hör' ich für mein Leben gern.

Nr. 4. Ballade

Müllerin (singt): Es war ein Fräulein, schön und stolz,
Die ging wohl in das Tannenholz,
Sie ging so tief in den Wald hinaus,
Bis an das hohe Räuberhaus.
Da klopfte sie, bis die Tür aufging,
Mit ihrem goldenen Siegelring.
Ach, großer Gott im Himmelreich,
Ach, Liebster, wie bist du totenbleich!

Und bin ich bleich, so ist's vor Lust,
Weil du noch heute sterben mußt.

Vetter (erhebt sich, weiß von Mehl, fürchterlich niesend, aus der Kiste).

Müllerin und *Base:* O Gott! — Ein Räuber!

Vetter (niesend): Verdammtes Mehl!

Beide (vor ihm niederkniend):
Habt Erbarmen, laßt uns leben! Tut uns doch kein Leides an!

Vetter: Seid doch nicht närrisch! Kennt ihr denn euern Vetter nicht?

Müllerin: Wie? — Ihr?

Vetter: Nun ja, seht mich nur an!

Base (freudig): Jaja, er ist's!

Beide: Sei willkommen tausendmal!

Müllerin: Aber, Vetter, sag doch einmal, woher kommst du denn?

Vetter: Na, das seht ihr ja! Aus der Mehlkiste!

Müllerin: Ach du armer Vetter! Hahaha! Aber müd' wirst du sein und hungrig? Gleich, gleich! — Mach dir's bequem, Vetter, ich will zu essen holen. Nannette mag dich derweil unterhalten. (Geht ab, um das Essen zu holen.)

Base (beiseite, verlegen): O weh! Ich glaube fast, er hat uns belauscht.

Vetter: Nun, Nannette, warum redest du denn nicht? Ist es dir etwa nicht recht, daß ich um acht Tage früher gekommen bin, als ich schrieb?

Base (voller Freude): O nein! Nein, sehr recht!
(Für sich, ängstlich.)
Ach, wenn er mich vorhin gehört hätte!
(laut.) Sagt mir, Vetter, ganz aufrichtig! Kann man dort in jener Kiste etwas hören, wenn man hier im Zimmer spricht?

Vetter (stellt sich dumm): Gott behüte! Nicht ein Wort!

Base: Ei, das muß ich selbst probieren, denn *so* glaube ich es nicht.
(Sie steigt in die Kiste.)
Vetter! Nun, jetzt rede!
(Sie schließt den Deckel.)

Vetter (bleibt stumm).

Base: Vetter! Hast du gesprochen?

Vetter: Versteht sich, ganz laut!

Base (beiseite aus der Kiste): Gott sei Dank! Man hört kein Wort! (Laut.) Sprich noch einmal! (Taucht unter.)

Vetter (die Base imitierend): Ach! Der liebe, gute Vetter!
Ja, ich lieb' ihn recht von Herzen, bin ihm recht von Herzen gut.

Base (beiseite): Großer Gott! Man hört ja alles! Und er hat vorhin gelauscht! O abscheulich!
(Taucht beleidigt unter.)

Nr. 5. Duett

Vetter (an der Kiste): Liebes Nettchen! Sei nicht böse,
Bin dir recht von Herzen gut.
Base: O abscheulich! Ganz abscheulich!
Vetter (zärtlich): Liebes Nettchen, ach, ich bitte,
Nimm mich doch zu deinem Mann!
Nun, was sagst du?
Base (zornig, den Deckel hebend):
Nein, nein, nein! Das kann nicht sein!
Vetter: Bitte, bitte, sage ja!
Base: Nein, nein, nein! Das kann nicht sein.
Vetter: Soll ich gehn? Nun, so geh' ich.
Base: Ach nein!
Vetter: Soll ich gehn? Nun, so geh' ich.
Base: Ach nein! Bleib lieber da!
Vetter: So sage ja! So sage ja!
Base: So warte doch! Ich muß mich erst besinnen!
(Sie zieht sich in die Kiste zurück.)
Vetter: Nun, was sagst du?
Base: Und wenn sich gleich die Mädchen alle darüber zu Tode ärgern sollten: Ich sage ja! Ich sage ja!
Base und *Vetter:*
Ewig bleiben wir verbunden,
Dir nur ist mein Herz geweiht;
Base: Von der Treue Band umwunden
Vetter: Werden Jahre uns zu Stunden —
Beide: Werden Jahre uns zu Stunden,
Liebe währt in Ewigkeit.
(Sie halten sich umschlungen.)

VIERTE SZENE

Vorige. Die Müllerin (bringt das Essen), dann der Müller (am Fenster)

(Beide fahren auseinander.)

Müllerin: So! Da bin ich schon!
Vetter: Hm! Hm! Jawohl! Ganz recht!
Recht schlechtes Wetter heute!
Müllerin: Kümmert uns nicht. Wir sind im Trocknen.
Nun setz dich! Und iß und trink!
Vetter: Und ihr, ihr singt das Lied zu Ende, was ihr vorhin angefangen habt.
Base und *Müllerin* (setzen sich an die Spinnräder).

Vetter (setzt sich an den Tisch).
Müller (schaut durch das Fenster wütend beiseite):
Potz Wetter, Element! — Schon recht! Der Kerl muß sterben!
(Er lauscht noch eine Weile und verschwindet.)
Vetter: War da nicht jemand draußen am Fenster?
Müllerin: Der Wind in den Blättern wird dich getäuscht haben.
Vetter: So singt denn.

Nr. 6. Zweistimmiges Lied

Beide: Leb wohl, mein Schatz, ich bleib' dir treu,
Wo du auch bist, wo ich auch sei,
Bei Regen und bei Sonnenschein,
Bei Tag und Nacht gedenk' ich dein.
So lang ich lebe, lieb' ich dich,
Und wenn ich sterbe, bet' für mich.
Und wenn du kommst zu meinem Grab,
So denk, daß ich dich geliebet hab'!

Müllerin: Jetzt, Nannette, wollen wir den Vetter allein lassen. Er wird müd' sein. Morgen früh, wenn er ausgeschlafen, dann wollen wir recht ordentlich zusammen plaudern. Dort, Vetter, ist dein Bett! Komm, Nannette, wir wollen in unsere Kammer gehen. Schlaf wohl und träume süß!
Vetter: Schlaft wohl, ihr herzigen Basen!
Base: Schlaf wohl und träume süß!! (Beiseite.) Nimm dich in acht — Vetter, daß dir kein Geist erscheint!
(Ab mit der Müllerin.)

FÜNFTE SZENE

Vetter: (Allein, packt seine Reisetasche aus und präpariert sich zum Schlafengehen): Hm, hm! — Sonderbar! Kaum angekommen und schon Bräutigam! (Er packt die Nachtmütze aus.) Komm her, Nachtmütze! Und in der Hitze der Aktion hab' ich gar nicht einmal daran gedacht, nach dem Manne meiner Base, dem Herrn Gevatter, zu fragen. So! (Setzt die Nachtmütze auf.) Ich bin doch begierig, wie der gute Mann ausschaut. (Gähnt.) Ach ja! Ich bin wirklich recht schläfrig. — Hu! Wie der Wind draußen pfeift! (Legt sich ins Bett.) Ah, das tut gut! Ich glaube, ich werde recht sanft und ruhig schlafen. — (Fängt an zu schnarchen.)

SECHSTE SZENE

Der Vorige. Der Müller.

Müller (steigt ein, schleicht herum und findet den Schläfer. Es donnert während der folgenden Szene): Weiß Gott! — Da liegt er!

Nr. 7. Finale

Müller (vortretend): Ha! Mich treibt der Rache Wut!
In meinen Adern kocht das Blut!
Er muß erblassen!
Jetzt fort um das Beil! (Ab.)
Vetter (springt aus dem Bette): O weh!
Was hab' ich gehört? (Er rennt hin und her.) Ein Dieb! Ein Räuber!
Was treib' ich?
Wo bleib' ich?
(Er stößt an einen Hafen unter dem Bette, setzt demselben die Nachtmütze auf und legt ihn ins Bett.)
Hier, dieser Topf!
Die Mütze ihm auf den Kopf!
Da liege — und ich —
Schon hör' ich ihn kommen! —
Hier in der Kiste verberg' ich mich!
(Versteckt sich in der Kiste.)
Müller (kommt herein mit einem Beil — dumpf):
Dein Lebenslicht ist nun verglommen.
Dein letztes Stündlein ist gekommen.
Dein letztes Stündlein — jetzt hau' ich zu!
(Er haut auf den Hafen — schüttelt sich.)
Brr! Das hat gekracht! (In großer Angst.) Horch, was war das?
Hu! Er rührt sich noch! Nein! — Doch nicht. — Horch! Da draußen auf dem Gange — dort — hier — nein da!
(Er springt in die Kiste.)

SIEBTE SZENE

Die Vorigen. Die Base.

(In der Kiste wird Lärm. Nannette schlüpft in den Schrank.)

Müller und *Vetter* (durcheinanderschreiend):
Au Teufel! Laß los!
(Die Kiste fällt um, der Müller stürzt heraus, springt in den

Schrank, stürzt hervor, Nannette ihm nach. Alle laufen ans Fenster und schreien.)

Alle: Zu Hilfe! Diebe! Räuber!

Vetter (springt zum Fenster hinaus).

Müller (stößt an Nannette und fällt auf den Boden).

ACHTE SZENE

Vorige. Die Müllerin (stürzt herein mit dem Licht).

Müllerin: Was gibt's? Was ist geschehen?
(Sie erblickt den Müller am Boden — leuchtet.)
Gott! — Es ist mein Mann! Er rührt sich nicht!
(Gegen das Bett.) Vetter! — Vetter! — Er schläft und hört mich nicht!

Müller: Ach! — Ach! — Ach! Ach! —

Müllerin: Rede doch! — Rede doch! O sprich, was ist geschehn?

Müller (plötzlich grimmig): Du Ungetreue!
Zum Mörder hast du mich gemacht.
Den dort im Bett,
Den hab' ich umgebracht.

Base: O Gott! Es war der Vetter!

Müller: Ich bin verloren!

Base und *Müllerin:*
Ach, der arme, gute Vetter!
Ach, er hat ihn umgebracht!

Müller: Schon hör' ich sie kommen,
Sie werden mich fangen!
Ich bin verloren! Ich werde gehangen!
Ach! Ach! Ach! Ach!

Base: Du Bösewicht!

Müllerin: Du Ungeheuer!

Müller: Ach, verratet mich doch nicht!

NEUNTE SZENE

Vorige. Die Bauern. (Schleppen den Vetter herein.)

Die Bauern: Wir haben ihn! Wo brennt es denn?
Hier ist der Dieb! Wo ist das Feuer?

Base und *Müllerin* (auf den Vetter zu): O Gott! Der Vetter!

Die Bauern: Laßt ihn los, es ist der Vetter!
Es ist der Vetter aus der Stadt.

Base: Ist es möglich! Bist du's wirklich?
O sprich! Bist du es wirklich?
Vetter! Vetter!
Bist du denn nicht tot?
Vetter: Gott sei Dank! Gott sei Dank!
Ich entkam noch mit genauer Not.
Müller: Ach verzeiht! Ach verzeiht!
Verehrtester Herr Vetter!
Vetter (zurückfahrend): Das ist der Kerl! Ich kenn' ihn an der Stimme.
Die Bauern: Ha, ha! Der Müller ist es ja!
Müllerin: Das ist ja mein Mann.
Vetter: Ja so! Das ist dein Mann!
Jaja, aber bester Herr Gevatter,
Warum bringt Er mich denn um?
Müller: Ja, ich, wenn ich es sagen sollte —
Ich weiß es selber nicht.
Base: Gesteht es nur, es war die Eifersucht!
Die Bauern: Gesteht es nur, es war die Eifersucht!
Hahahaha! Die Eifersucht! Ha!
Die Eifersucht, die macht ihn dumm!
Müller: Freunde, bleibt noch ein wenig hier
Und trinkt ein Glas Wein mit mir.
Base: Wer ein hübsches Weibchen hat,
Der nehme sich in acht!
Und bleibe fein zu Hause.
Müller: Ich bleib' zu Hause —
Base: Besonders bei der Nacht!
Besonders bei der Nacht!

Einlage

Der Wein ist ein vortrefflich Ding,
Die Weiber achten's leider zu gering
Und haben's nicht bedacht.
Er stärket den Mut,
Bewegt das Herz in frischer Glut,
Er stärket den Mut,
Bewegt das Herz
Bei Tage und bei Nacht!

Vetter: Und wollt die Mordtat gut ihr machen,
Gebt Nettchen mir zum Weibe!
Müller: Wie, was denkt ihr, dem Gelehrten?
Nein, das tu' ich nicht, beileibe!
Vetter: Ein Gelehrter bin ich nicht!
Müller: Ein Gelehrter kriegt sie nicht!

Vetter: Ein Gelehrter bin ich nicht,
Ich bekenne es vor allen:
Bin im Examen durchgefallen.
Müller: Wie, was hör' ich? Gott sei Dank!
(Führt ihm Nannette zu.)
So nehmt sie und seid mein Vettermann.
O Eifersucht, o Eifersucht,
Ich lass' dich künftig sein.
O wär' ich nur die ganze Nacht
Geblieben bei dem Wein.
Die Bauern: Zu rechter Zeit zu Hause,
Zu rechter Zeit beim Wein,
So soll es sein,
Jaja, so soll es sein!
Vetter: Und nennt der Mann, der Glückliche,
Ein solches Weibchen sein,
Dann geht er wohl nach Hause gern
Und bleibt nicht lang beim Wein.
Die Bauern: Zu rechter Zeit zu Hause,
Zu rechter Zeit beim Wein,
So soll es sein,
Jaja, so soll es sein!
Base u. *Müllerin:* Der Mann, der stets zu Hause sitzt,
Dem fällt das Brummen ein.
Drum Männchen, sei kein Haustyrann
Und geh zu deinem Wein.
Alle: Zu rechter Zeit zu Hause,
Zu rechter Zeit beim Wein,
Jaja, so soll es sein!

München.

Heute Mittwoch den 8. Februar 1860.

Liebestreu und Grausamkeit.

Romantische Oper in 3 Acten von Motzhoven.

ERSTER AUFZUG

Prinzessin: Keiner, keiner ist mir recht.
  Alle sind sie mir zu schlecht.
  Der eine zu grad,
  Der andere zu krumm,
  Der dritte zu fad,
  Der vierte zu dumm,
  Der fünfte ist mir gar zu klug,
  Und der sechste nicht reich genug.
Hofmeisterin: Früher hab' ich's auch gedacht,
  Hab's ebenso gemacht,
  Aber heute, liebe Leute,
  Wäre mir ein jeder recht,
  Wenn mich nur noch einer möcht'.
  Sehn Sie, Fräulein, welch ein Graus,
  Alle Haare gehn mir aus!

Duett

Prinzessin, Hofmeisterin: Keiner, keiner ist mir recht ... usw.
Aber heute, aber heute, wenn mich
Nur noch einer möcht' ... usw.

Rezitativ

Ritter: Was seh' ich? War das nicht die Prinzessin?
O ich Unglückseliger! Sie liebt mich nicht!

Arie

Vergebens ist mein Sehnen.
So fließet denn, ihr Tränen,
Wie ihr so oft getan,
Zum fernen Ozean.
Doch nun will ich mich ermannen,
Meiner Liebsten nachzurannen!

Knappe: Ach, welch ein erbärmlich Leben,
So im Wald herumzuschweben,
Denn der Mensch wird endlich matt,
Wenn er nichts zu essen hat!
Einen Vogel seh' ich fliegen,
Warte nur, ich will dich kriegen!
Nur behutsam, leise, leise!
So, jetzt werd' ich dich gleich haben,
Mich an deinem Fleische laben.
Ritter: Ach, du Holde, ach, du Holde,
Höre meine Klagen,
Denn vor lauter Liebeskummer,
Ohne Appetit und Schlummer
Irr' ich nun seit vierzehn Tagen
Hier in diesem Wald herum.

Duett

Ritter, Prinzessin: Ach, du Holde, höre mich ... usw.
Gott, wie ist der Mensch so dumm!

Rezitativ

Prinzessin: Jedoch, Herr Ritter, wollt Ihr mir Euere
Liebe zeigen, so bringt in diesem Wald die Ungeheuer um.
Behüt Euch Gott, und damit Punktum!
Ritter: Ha! Ich will es mutig wagen,
Alle Drachen zu erschlagen,

Doch eh' ich sie attackier',
Nehm' ich einen Schnaps zu mir.

Arie

O Kranewitter, du schmeckst nicht bitter,
Du warst mein Trost bei Tag und Nacht,
Sonst hätt' die Lieb' mich umgebracht.
Ha! Ich spüre Heldenfeuer!
Kommt heran, ihr Ungeheuer!

Chor der Ungeheuer

Wir Ungeheuer in dem Wald,
Wir singen, wie es uns gefallt.
Und wen's geniert, wird massakriert,
Wir Ungeheuer in dem Wald ... usw.

ZWEITER AUFZUG

Rezitativ

Seht, die.Viecher sind erschlagen,
Darf ich nun zu hoffen wagen?

Rezitativ und Arie

Prinzessin: Nein, nein, geht weiter, nein, nein,
Ihr seid mir viel zu wüst!
Die rote Nase, Gott, wie greulich!
Die langen Zähne sind ganz abscheulich.
Und daß Ihr keinen Schnurrbart habt,
Das find' ich unverzeihlich.
Ritter: Schreckliche Wahrheit, die mein Ohr vernommen!
Woher soll, ihr Götter, eine andere Nase kommen?
Und ein schöner Bart,
Ein schnipp, schnapp, Schnurrbart!
Doktor: Ich bin der Doktor, der Wundermann,
Ihr Herrn und Damen, kommt heran!
Ja, ohne viel zu renommieren:
Ich kann jedes Ding kurieren.
Kopfweh, Zahnweh, Podraga,
Rheumatismus, Cholera,
Hühneraugen und dergleichen
Müssen meinem Willen weichen.
Ja, ohne viel zu renommieren:
Krumme Haxen mach' ich grade,

Kahlen Köpfen hilft Pomade,
Ja selbst die Pein im Herzen,
Heil' ich ohne Schmerzen!
Und wird das Ding nicht besser,
So nehm' ich gleich das Messer,
Die Nasen, die Ohren,
Die Arme, die Beine,
Und wär's der Kopf,
Schnipp, schnapp, ich schneid' sie ab!

Ritter: Ja, der Prinzessin Grausamkeit
Bereitet mir viel Herzeleid.
Meine Nase findet sie abscheulich,
Meine Zähne nennt sie greulich,
Doch vor allem fehlt mir ein Bart,
Ein schöner, schnipp, schnapp, Schnurrbart!

Duett

Doktor: So, jetzt seid Ihr wirklich schön.
Ritter: So, jetzt bin ich wirklich schön!
Beide: Wie Adonis anzusehn!
Doktor: Fürs Geld geht alles.
Ja, ohne viel zu renommieren:
Ich kann jedes Ding kurieren.
Auch mich hat der Liebe Grausamkeit
Einst zu meiner Kunst getrieben,
Doch bin ich seit jener Zeit
Ein Junggesell geblieben.
Sind's auch keine Leckerbissen,
Ein Junggesell muß sich zu helfen wissen;
Denn hat er keine Frau,
Geht's mit der Wirtschaft nicht genau.

Rezitativ

Sieh, dort naht die Prinzessin,
Mein Zauberspruch wiegt sie in Schlaf.
Abrakadabra: Eins und zwei,
Daß dein Aug' von Schlaf befangen sei!
So, jetzt reich' ich ihr den Zaubertrank,
So wird ihr Herz von Liebe krank.
Durch Zauber ist der Trank gesegnet,
Du liebst, was dir zuerst begegnet.

Knappe: Du siehst zwar nicht besonders appetitlich aus.
Und wenn der Teufel Hunger hat,
So frißt er Mücken.

Doktor: Ei! Wer war denn hier?

Mein Mittagessen stahl er mir.
Wart, wart, ich will dich kriegen!
Abrakadabra, hier und dort,
Ein Esel sei der Dieb sofort!

Prinzessin: Wie ist mir, welch unbekanntes Sehnen füllt die Brust?
O wonnige Tränen, o schmerzliche Lust!

Knappe: I — ah!

Prinzessin: Was seh' ich! Welch unbekanntes Bildnis
Zeigt sich meinen Blicken?
Oh, verweile, laß mich dem Silberklang
Deiner Stimme lauschen!
Weh mir! Er flieht!

DRITTER AUFZUG

Knappe: Oje, oje, oje,
Mir tut der Bauch so weh!
Es drückt mich und zwickt mich,
Es reißt mich und beißt mich.
O weh! Ich hab' mich übernommen,
Mein Mittagessen ist mir schlecht bekommen!
O weh, o weh,
I — ah! I —ah!

Doktor: Aha, aha, das ist der Tropf!
Ich kenn' ihn gleich am Eselskopf.
O du verdammter Bösewicht,
Du stahlst mir heute mein Leibgericht!

Knappe: Ach, Herr Doktor! Helfen S' doch,
Sonst z'reißt's mich endlich noch!

Doktor: Her mit dem Bauch!
Da hilft nichts anders mehr,
Den Bauch muß ich aufschneiden
Mit einer großen Scher'.

Knappe: Ach nein, ach nein, das leid' ich nicht,
Das gäbe ja ein Loch!

Doktor: So mußt du sterben, Bösewicht!

Knappe: Nun ja, dann leid' ich's doch.

Prinzessin: Endlich hab' ich dich gefunden, schöner Jüngling,
Dem mein Herz geweiht.
Schöner Jüngling! Dir verbunden,
Werden Jahre mir zu Stunden,
Liebe wird zur Ewigkeit.

Knappe: I — ah!

Prinzessin: Oh, verweile, geh nicht fort von hier!

Knappe: Ei, nicht übel scheint sie mir!
Prinzessin: Laß mich deine Rosenlippen küssen!
Knappe: Aber verdammt hohl ist mir im Leibe!
Ich muß wahrhaftig schauen, wo ich Disteln zu fressen kriege.
Prinzessin: Oh, kehre bald zurück!
Ritter: Gnädiges Fräulein, es ist geschehn.
Seht, ich bin nun wirklich schön,
Wie Adonis anzusehn.
Prinzessin: Nein, nein, für allemal,
Hinweg! Ich folge meinem Ideal!
Ritter: Bist auch ewig mir abwendig,
Meine Liebe bleibt beständig,
Meine Lieb' ist überschwenglich,
Meine Treue unvergänglich.
Aber etwas muß der Mensch doch haben,
Sein krankes Herz daran zu laben.
Darum ist es wohl natürlich
Und durchaus nicht ungebührlich,
Wenn ein Herz, das treu geliebt,
Endlich sich dem Schnaps ergibt.
O Kranewitter, du schmeckst nicht bitter!
Du warst mein Trost bei Tag und Nacht,
Sonst hätt' die Lieb' mich umgebracht.
Nichts ist mehr dein, o düstere Ahnung,
Die mein Herz beschleicht,
Ich selbst vielleicht bin auch bald hin!

Rezitativ

Wer bist du, der sich naht auf stolzem Rosse?

Unbekannter Ritter: Ich komme her aus fernem Land,
Zur Rache ward ich ausgesandt,
Sieben Brüder waren mein,
Tot sind sie durch Liebespein.
Tot durch Stolz und Grausamkeit
In der Jugend Blütezeit.
Drum komm' ich her aus fernem Land,
Zur Rache ward ich ausgesandt,
Doch kann ich nur lachen, hahaha, seit ich erfuhr,
Daß die Prinzessin einen Esel liebt.

Duett

Knappe, Prinzessin: Ach, wie schön geht sich's spazieren,
Fest geschmiegt an Liebchens Arm!
Sturm und Regen nicht genieren,

Denn im Herzen ist es warm.
Fester schmiegt man sich zusammen,
Einer fühlt des andern Näh',
Sturmwind schüret so die Flammen
Treuer Lieb' bei Winterschnee.

Ritter: Hölle und Teufel, was muß ich sehn?
Die Prinzessin mit einem Esel spazierengehn?
Heraus mein Schwert! Ich sterbe!

Geisterchor: Weh! Im Herzen sitzt die Todeswund'.
Wir steigen aus des Grabes Grund,
Wir steigen aus des Grabes Nacht,
Weil Liebesgram uns umgebracht.
Die Zeit ist kurz, die Zeit vergeht,
Kehr um, kehr um, eh' es zu spät!

Doktor: Abrakadabra, sechs und acht,
Was durch Zauber ist vollbracht,
Sei gelöst durch Zaubers Macht.
Leben geb' ich nun dem Ritter,
Abrakadabra, Kranewitter!

Ritter: O Kranewitter ... usw.

Prinzessin: Wie ist mir, welch wirrer Traum
Hielt meinen Sinn befangen!
War's nicht ein Esel, dem ich meine Liebe schenkte?

Ritter: O Himmel! Die Prinzessin!

Prinzessin: Ach, verzeihe, ich bereue,
Daß ich dich so schwer gekränkt!
Ewig sei dir meine Treue,
Ewig dir mein Herz geschenkt!

Ritter: Wäre es möglich, liebst du mich?

Prinzessin: Jaja! Ich liebe dich!

Duett

Schmerz und Traurigkeit
Schwinden mit der Zeit.
Was getrennt, hat sich gefunden,
Ewig, ewig dein
Soll mein Herz nun sein,
Dein zu allen Stunden!
Grausamkeit ist nun vorbei,
Ewig währet Liebestreu!

Schlußchor: Seht, wer hätte das gedacht,
Liebestreue hat noch alles gut gemacht!

Schuster und Schneider in der Herberge

Die Schuster und die Schneider sitzen an zwei Tischen; über demselben Herbergszeichen; jeder Geselle einen Maßkrug vor sich.

Chor der Schuster und Schneider:
O Dannabaum, o Dannabaum,
Wie grün sind deine Blätter!

Altgesell der Schuster:
Ihr Brüder, nehmt das Glas zur Hand
Und reichet euch die Hände!
Die Schuster und die Schneider leben hoch!
Die Schuster und die Schneider leben hoch!
Die Schneider, die Schneider, die Schneider leben hoch!

Altgesell der Schuster:
Was hab' ich nur im Bauche drin,
Daß ich so schrecklich durstig bin?

Altgesell und beide Chöre:
Das muß der Vogel Bierol sein,
Mit sieben Jungen obendrein,
Die können noch nicht laufen
Und wollen alle saufen,
Die Alte ein Maß,
Die Jungen ein Glas.
Frischauf, Gesellen, stoßet an,
Daß unser Vogel saufen kann!

Altgesell der Schuster:
Und nun, Gesellen, sagt mir an,
Ob auch der Vogel singen kann!

Altgesell und beide Chöre:
Leer du das Glas bis auf den Grund,
So fliegt der Vogel in den Schlund
Und singt in deiner Kehle
Wie eine Philomele.
Tralirum, trala!
Kein Bier ist mehr da.
Frischauf, Gesellen, stoßet an,
Daß unser Vogel saufen kann!

Chor der Schuster:
Mir Schuster, mir, mir, mir,
Mir trinken doch das allermeiste Bier.
Mir Schuster, mir, mir Schuster, mir.

Chor der Schneider:
Mir Schneider mir, mir, mir,
Mir sind die allerschöneren allhier.
Mir Schneider, mir, mir Schneider, mir.

Altgesell der Schuster:
Es war einmal ein Schneiderlein
Mit Nadel und mit Scher',
Der liebt ein Mädel hübsch und fein,
Ach Gott, so sehr, so sehr!

Chor der Schuster:
Meck, meck, meck!

Altgesell der Schuster:
Er kam zu ihr in später Stund' und redt so hin und her,
Ob er ihr etwa helfen kunnt mit Nadel und mit Scher'.

Chor der Schuster:
Meck, meck, meck!

Altgesell der Schuster:
Da dreht das Mädel sich herum
Und sagt: „O ja, haha!
Dein Nadel ist so klein und krumm,
Geh, geh, mein Schneider, geh!"

Chor der Schuster:
Meck, meck, meck!

Altgesell der Schuster:
Der Schneider schrie: „Du falsche Dirn,
Hätt' ich dich nie gekannt!"
Er kauft sich einen Faden Zwirn
Und hängt sich an die Wand.

Chor der Schuster:
Meck, meck, meck!

Altgesell der Schneider:
Es war ein Schuster schwarz und frech,
Der wippt' und pappte ganz von Pech
Und wollte ohne Zagen
In der Dämmerung
Ein Madel jung
Über den Leisten schlagen.
Ein braver Schneider kam dazu —

Chor der Schuster:
Meck, meck, meck!

Potzsaprament! Hat's bald a End?
So wie uns scheint, sind wir gemeint!

Altgesell der Schneider:
Was hat das Meck
Für einen Zweck?

Altgesell der Schuster:
Dös kümmert di an Dreck!

Chor der Schneider:
Dreck?
Der Dreck, der fordert Blut!

Chor der Schuster:
Nur Mut!

Chor der Schneider:
Will einer sich erdreisten, so seid mir nur nicht faul,
So schlagt ihn mit den Fäusten aufs Maul!

Chor der Schuster:
Und kommt er dann in Zoren
Und hat noch nicht genug,
So haut ihm um die Ohren
Den Krug!

(Hier tritt der Nachtwächter ein.)

Silentium! Wer wagt es,
Noch so spät die Ruhe der Nacht zu stören?
Schon tönte längst vom Turm
Zu Notre=Dame die zwölfte Stunde;
Auseinander, meine Herren, auseinander!

Beide Chöre:
Stille, still, wir müssen gehn, schon hat es zwölf geschlagen!
Wir wollen uns vertragen, bis wir uns wiedersehn!

Hinter der Bühne hört man noch eine große Schlägerei.

Hansel und Gretel

Musik von G. Kremplsetzer

Personen: Hansel, Gretel · Der Menschenfresser (dicker Gourmand) Urschel (eine alte Hexe), seine Frau · Ein Bär (verwunschener Prinz) Polizeisoldaten

ERSTER AUFZUG

Wald, Abend, rechts das Hexenhaus; Kuchen bilden Dach und Fensterläden, Brezeln die Fenster. Hansel mit der Trompete, Gretel mit der Puppe kommen gesprungen.

Hansel und *Gretel:* Juchhe! Juchhe!
Stiefmutter, die hatte ein Hühnernest,
Sind Hühnchen und Hähnchen darin gewest.
Da kommt die alte Stiefmutter daher
Und findet kein Hühnchen, kein Hähnchen nicht mehr.
Juchhe! Juchhe! Die Not ist aus!
Jetzt gehen wir nimmer und nimmer nach Haus;
Die alte Stiefmutter, die wundert sich sehr,
Sie findet kein Hansel, keine Gretel nicht mehr.

Hansel: Jaja! Gretel — Unserer alten grandigen Stiefmutter wären wir nun glücklich entwischt. Jetzt ist's aus mit den dünnen Wassersuppen, und Schläge kriegen wir auch nicht mehr. Juchhe! Jetzt wollen wir ein fideles Leben führen.

Gretel: Ach, Hansel! Es ist aber doch recht schaurig hier im Walde.

Hansel: Geh, geh! Wovor wirst dich denn fürchten?

Gretel: Nun, vor den Geistern und vor den Hexen.

Hansel: Brrr! Ja, damit sieht's freilich sehr bedenklich aus.

Gretel: Weißt du noch wohl, was unsere alte Muhme vom Wassermann gesungen hat?

Ballade: Die Nacht bricht an, der Mond scheint bleich;
Lieb Kind, lieb Kind! Geh nicht an den Teich!
Der Wassermann in Rohr und Sumpf,
Der sang so hohl, der sang so dumpf:
Bald naht der Knabe, bald schlägt die Stund,
Dann zieh' ich ihn nieder in tiefen Grund!
Der Knabe, wohl hört er das warnende Wort,
Doch heimlich, da zieht's ihn zum Teiche fort;
Haha! Da lachte der Wassermann

Und faßt' ihn mit froschkalten Händen an.
Er faßt ihn, er zieht ihn, ein kurzer Schrei!
Auf rauschen die Wellen — nun ist's vorbei.
Mir wird so schwer, mir wird so bang!
Lieb Kind, lieb Kind! Wo bleibst du so lang?
Das Wasser, das ist von Blut so rot;
O weh! Mein einzig lieb Kind ist tot! —
Da rauscht es im Schilfe, ein kurzer Schrei!
Der Mond geht unter — nun ist's vorbei.

Hansel: Geh, Gretel! Fürcht dich nur nicht! Solange ich bei dir bin, tut dir keiner was.

(In diesem Augenblick wackelt der Bär heran und legt Hansel die Tatze auf die Schulter; die Kinder flüchten sich auf die andere Seite der Bühne. Sie schreien: Ein Bär! Ein Bär!)

Bär: Mummum! Mummum!
Das ist schon zu dumm!
Einst war ich ein König,
Das bin ich nicht mehr;
Man hat mich verwunschen,
Nun bin ich ein Bär!
Sonst hatten die zierlichen
Mädchen mich gern;
Heut mag mich nicht eine,
Mich armen Brummbär'n!

(Während des Singens treibt der Bär, Gretel verfolgend, die Kinder bald auf die eine, bald auf die andere Seite der Bühne.)

Hansel: Wart nur! Dem werd' ich's gleich zeigen.

(Er bläst auf der Trompete, der Bär unwillig brummend, druckt sich; die Kinder ihm nach.)

Menschenfresser: Ah! Puh! (Trocknet sich die Stirne.)
Man hätte so gerne seine Ruh'
Und raucht' eine Pfeife Tabak dazu.
Gleich schreit der Doktor: Entweder — oder!
Spazieren — oder das Leben verlieren!
Drum lauf, du dicker Fettwanst, lauf!
Du dicker Fettwanst, lauf!
Man äße so gerne dann und wann,
Soviel man eben essen kann.
Gleich schreit der Doktor: Entweder — oder!
Spazieren — oder das Leben verlieren!
Drum lauf, du dicker Fettwanst, lauf!
Du dicker Fettwanst, lauf!

Man tränke so gerne dann und wann,
Soviel man eben trinken kann.
Gleich schreit der Doktor: Entweder — oder!
Spazieren — oder das Leben verlieren!
Drum lauf, du dicker Fettwanst, lauf!
Du dicker Fettwanst, lauf!
(Er klopft an dem Hause.)
He! Urschel! — Urschel!
(Hexe steckt den Kopf aus dem Fenster.)
Aha! — Bist da?

Menschenfresser: Nix gefangen?

Hexe: Nix. (Macht das Fenster zu.)

Menschenfresser (brummend):
Hm, hm! — Es ist doch ein rechtes Kreuz! — Lass' ich mir vom Kuchenbäcker für schweres Geld das Haus da herrichten, und was hab' ich davon? — Nix! — Der Himmel dürfte wohl ein Einsehn haben mit einem guten alten, schwächlichen Manne, wie ich es bin, und ihm recht bald einen saftigen Braten schicken. (Ab in das Haus.)

(Hansel und Gretel kommen zurück.)

Hansel Ha, ha! Der kommt so bald nimmer!
(Der Bär kommt zurück und singt das Lied zu Ende.)

Bär: Mummum! Mummum!
Das ist schon zu dumm!
Und mag mich denn keine,
Mich armen Brummbär'n,
So muß ich am End' noch
'n Einsiedl wer'n. (Er trollt sich.)

Hansel: So, der ist fort! — Sonderbar! — Weiß Gott! Es riecht hier wie lauter Mandeln und Honigkuchen!
(Er stößt auf das Hexenhaus.) Oho! Was ist denn das für ein gespaßiges Haus?
Gretel, Gretel! Da geh her!
Solch ein Häuslein gibt's nicht mehr!

Gretel: Ach, das ist ja wunderschön!
So was hab' ich nie gesehn!

Hansel und *Gretel:* Brezeln und Wecken,
Mandeln zum Schlecken,
Nudeln und Strudeln!
Ein ganzes Haus, ein ganzer Hauf'!
Mund, sperr auf, Hand, schieb ein!
Heut wollen wir nudel=strudel=pudellustig sein.

(Sie brechen am Haus herum. Die Hexe steckt den Kopf zum Fenster heraus.)

Hexe: Hoho! hoho! Das bitt' ich mir aus!
Wer rüttelt, wer schüttelt,
Wer reißt da, wer beißt da,
da drauß' an meinem Haus?

Hansel und *Gretel* (leise):
Der Wind, der Wind, das himmlische Kind!

Hexe: So rüttle nur weiter, du loser Wicht;
Nur verdirb mir mein schönes Häuslein nicht!
(Sie schlägt das Fenster zu.)

Hansel und *Gretel* (jedes eine ungeheure Brezel in der Hand):
Ei, das ist ja wunderschön!
So was hab' ich nie gesehn! (Mit vollen Backen.)
Nam, nam, nam, nam! (Schließlich werfen sie die Brezeln fort.)
Jetzt haben wir genug schnabuliert, jetzt gehen wir ins Bett.

Gretel: Dort in jenes Haus hinein?

Hansel: Nein, nein! Nein, nein! Das tun wir nicht!
Hast du es nicht gesehen,
Das alte verdächtige Galgengesicht?

Hansel und *Gretel:* Nein, nein! Nein, nein!
Das tun wir nicht!
Ich hab' es wohl gesehn,
Das alte verdächtige Galgengesicht.
Wir schlafen im Moos,
Im weichen Moos,
Bis der Tag anbricht.

Gebet: Lieber Gott, ich bitte dich,
Wache heute nacht für mich!
Oder wird es dir zu schwer,
Schicke deine Engel her,
Deine lieben Engelein
Mit dem goldnen Heil'genschein.
Schicke einen oder zwei,
Oder schicke lieber drei!
Lieber Gott, ich bitte dich,
Zwei für Gretel (Hansel) und für mich,
Und das dritte Engelein
Soll für unser Püppchen sein.
Nun gute Nacht!
Liebe Englein, haltet Wacht!

(Sie legen sich nieder und schlafen ein; die Hexe kommt mit einer Laterne aus dem Hause geschlichen, herumleuchtend.)

Hexe: Wartet nur! Gleich, gleich find' ich euch!
Aha, da hab' ich sie schon! (Beleuchtet die schlafenden Kinder.)

(Der Menschenfresser steckt den Kopf zum Fenster heraus.)

Menschenfresser: Urschel! Urschel! — Was treibst denn du drauß' in der kalten Nachtluft? Denk doch an deinen Rheumatismus!

Hexe: Sei nur ruhig, mein lieber Mann,
Ich habe meine wollene Unterjacke an.

Menschenfresser: Geh her und bring mir die Wärmflasche!
Ich möchte schlafen gehn.

Hexe: Geh, geh heraus zu mir!

Menschenfresser: Mach keine Dummheiten, sag' ich dir!

Hexe: So willst du wirklich schlafen gehn?

Menschenfresser (gähnend): Ich kann auf keinem Bein mehr stehn!

Hexe (mit Absicht): Nun denn, so will ich die Kinder nur wieder laufen lassen.

Menschenfresser (gleich munter):
Was? Kinder? — Wie? — Wo? — Gleich bin ich da!
(Schlägt das Fenster zu.)

Hexe: Mein Mann ist doch ein ganz außerordentlicher Kinderfreund.

(Der Menschenfresser kommt, die Hexe beleuchtet die schlafenden Kinder.)

Sieh da, zwei Kinder fein und schön!

Menschenfresser: Ei! Ei! Zwei Kinder fein und schön!
Die möcht' ich erst gebraten sehn.

Hexe: Die brat' ich dir.

Menschenfresser: Die brätst du mir!

Hexe und *Menschenfresser:* Jaja, die braten wir!

Menschenfresser: Die braten wir gleich auf der Stell'.

Hexe: Nur nicht so schnell, nur nicht so geschwind!

Menschenfresser: Was helfen mir die Kinder,
Wenn sie nicht gebraten sind!

Hexe: Nur ruhig, nur ruhig! Sie sind noch zu mager.
Wir wollen sie mästen, dann werden sie fett.

Menschenfresser: Wenn ich sie nur erst gebraten hätt'!

Hexe: Sei nur freundlich! Sei nur manierlich!
Sonst werden sie lange, noch lange nicht fett.

Hexe und *Menschenfresser:* Liebe Kinder, süße Kinder!
Wachet auf!

Hansel und *Gretel:* O weh! Was sind das für Leute?

Hexe und *Menschenfresser:* Liebe Kinder! Süße Kinder!
Kommt in unser Haus herein!
Wir haben ein schönes Bett für euch.
Von lauter Nudeln und Strudeln;
Da liegt sich's weich.

Hansel und *Gretel:* O weh! Was sind das für Leute?

Hexe und *Menschenfresser:* Liebe Kinder, süße Kinder!
Kommt herein!
Ein großer süßer Zuckerkuchen
Soll eure Decke sein.

Hansel und *Gretel:* Tut ihr uns auch nichts zuleide?

Hexe und *Menschenfresser:* Wir sind zwei gute alte Leute
Und haben an Kindern unsre Freude.

Menschenfresser (beiseite): Wenn sie gebraten sind!

Alle: Ei, das wird ein lustig Leben! Kuchen ißt man in der Früh,
Und des Abends und des Abends deckt man sich mit Kuchen zu
Trala, juchhe, trala!

(Während sie in das Haus gehen, fällt der Vorhang.)

ZWEITER AUFZUG

(Inneres des Hexenhauses; rechts der Käfig, links der Backofen; im Mittelgrunde die Tür; Hansel und Gretel sitzen im Käfig.)

Hansel und *Gretel:* Da draußen in dem Walde,
Da ist es wunderschön,
Da sah ich miteinander
Zwei Rehlein grasen gehn.
Kastanienbraun das eine,
Das andere weiß wie Schnee;
Die sprangen auf und nieder
In Blumen und in Klee.
Der Jäger spannt den Bogen
Und schießt die Rehlein tot;
Da färben von dem Blute
Sich Klee und Blumen rot.

Hexe (mit einem Korb voll Backwerk):
Da, liebe Kinderchen! Da habt ihr euer Frühstück!

Lauter schöne Sachen! Nun eßt nur tüchtig drauflos!

Hansel: Ich mag nicht!

Hexe: Schau, schau! Da, Gretel, nimm du!

Gretel: Ich mag auch nicht.

Hexe: So nehmt doch nur! Ihr habt doch sonst tüchtig zugegriffen.

Hansel und *Gretel:* Wir mögen nicht! — Wir wollen fort!

(Der Menschenfresser kommt.)

Menschenfresser: Nun, Urschel, was machen denn unsere beiden Vögel? Sind sie bald fett?

Hexe (pantomimisch bejahend).

Menschenfresser: Dann müssen die beiden Kinder noch heut gebraten werden.

Hansel und *Gretel* (lauschend): O weh!

Hexe: Pst! Nicht so laut! — Ich muß sehen, daß ich sie mit guter Manier in den Backofen bringe.

(Sie geht zum Backofen und heizt ein.)

Menschenfresser: Ha, trala! Heute gibt's Braten! (Singt.)

Was duftet so lieblich
Wie Blumen der Au'n? —
Das ist der Braten,
So freundlich und braun.
A—h! A—h!
Was strahlet so prächtig
Wie Sonnenschein? —
Das ist im Glase
Der perlende Wein.
Was stimmt uns die Seele
So gut und so mild? —
Das ist der Braten,
Von Soße umhüllt.

Was schafft uns zum Guten
Dann freudigen Mut? —
Das ist des Weines
Belebende Glut.

Drum sollen die beiden
Verbunden stets sein.
Bräunlicher Braten
Und perlender Wein. (Ab in den Keller.)

Hexe (den Käfig öffnend):
Jetzt kommt heraus, liebe Kinder! — So, nun müßt ihr mir

noch einen Gefallen tun, und dann könnt ihr gehen, wohin ihr wollt (kichernd). Hihi! Ja, dann könnt ihr meinetwegen gehen, wohin ihr wollt. (Sie legt den Ofenschieber an.)

Gretel: Ach, Hansel, wir sind verloren! Die Alte will uns ganz gewiß in den Ofen schieben!

Hansel (heimlich): Sei nur still, liebes Gretel! Und tu mir nur alles nach, was du siehst, das ich tue!

Hexe (am Backofen): Nun, wo bleibt ihr denn? Kommt doch!
Kommt doch näher! (Sie kommen.)
Jetzt, Hansel, setz dich einmal auf diesen Ofenschieber!
Jetzt: Eins! Zwei! —

(Wenn ihn die Hexe in den Ofen schieben will, läßt er sich herunterfallen.)

Du ungeschickter Kerl, du! —
Komm, Gretel! Versuch du's einmal!
Eins — Zwei! (Sie läßt sich herunterfallen.)
Aber nein! Ihr seid doch wirklich auch gar zu ungeschickt!

Hansel: Ja, wir wissen nicht, wie wir es anfangen sollen!
Mach du es uns doch einmal vor!

Hexe: Da, haltet!

(Die Kinder halten den Schieber, die Hexe setzt sich darauf.)

Seht! So! — So müßt ihr es machen!

Hansel und *Gretel:* Hahaha! (Schieben die Hexe ins Feuer.)

Hexe: Uhu — uh — uh — uh!

Hansel: Komm, komm, Gretel! Jetzt laufen wir fort!

(Wenn sie nach der Tür gehen, tritt ihnen der Bär mit einem Blumenstrauß entgegen.)

Bär: Mum, mum! Mum, mum!
Das ist schon zu dumm!
Du zierliches Mädchen,
Was fliehst du mich so?
Ich bin ja ein König
Inkognito.
Mum, mum! Mum, mum!

(Die Kinder flüchten sich und schlüpfen durch den Käfig, der Bär ihnen nach, sie schließen den Käfig auf beiden Seiten zu, so daß der Bär gefangen ist.)

Hansel: Jetzt fort, es ist die höchste Zeit!

(Wenn sie an der Tür sind, begegnet ihnen der Menschenfresser, der mit einer Flasche Wein zurückkommt.)

O weh! Es ist zu spät!

Menschenfresser: Hoho! Was gibt's denn da? Puh! Was riech' ich? Puh! Das riecht ja wie lauter verbrannte Lumpen!

(In den Ofen sehend.)

Wie? Was? Das ist ja meine alte Urschel! Und
ganz zusammengehutzelt wie ein Bratapfel!
Wartet nur, ihr Bösewichter! Das habt ihr getan!
Jetzt müßt ihr sterben! (Wetzt das Messer.)

Hansel und *Gretel:* Hab Erbarmen! Laß uns leben!
Tu uns doch kein Leides an!

Menschenfresser: Nein, nein, nein, nein!

Hansel: Bitte, bitte! Hab Erbarmen!
Laß mein liebes Gretel leben!

Menschenfresser: Nein, nein, nein, nein!
Ihr müßt sterben! — Nun wohlan!!!

(Trompetenstoß.)

Chor der Polizeisoldaten:
Wehe dem, der Böses tut!
Denn das tut ihm selten gut.
Die Polizei
Kommt schnell herbei,
Ihr Arm ist lang
Und leise ihr Gang,
Ihr Auge wacht
In dunkler Nacht:
Habt acht, habt acht!
Es naht die Polizei,
Eh' man's gedacht!

(Die Polizeisoldaten sind nach und nach im Zimmer aufmarschiert.)

Man greife ihn! (Der Menschenfresser wird gebunden.)

Prinz (im Käfig): He! Ihr Leute, macht doch auf!

Chor: Wer ist denn das? Wer ist denn das?

(Ein Polizeisoldat öffnet den Käfig, der Prinz tritt hervor.)

Polizeisoldat: Mein Herr, ich bitte! Ihren Paß!!!
(Der Prinz wirft den Mantel ab.)

Prinz: Ich bin der Prinz von Zuckerkand,
Und mir gehören Leut und Land.

Prinz: Nun, Gretel, reich mir deine Hand!
So wirst du Königin von Zuckerkand.

Prinz: Und du, mein liebes Hänselein,
Du sollst Generalfeldmarschall sein.

Hänsel: Juchhe! Jetzt krieg' ich ein blankes Schwert
Und goldene Sporen und ein mutiges Pferd! Hurra!
Ade! Lieb Gretel! Geschieden muß sein!
Jetzt reit' ich in die weite, weite Welt hinein! Hurra!
Und tausend Husaren und noch viel mehr,
Wir reiten wohl über die Heide daher! Hurra!
Wir reiten mit lautem Trompetenschall;
Hurra! Jetzt bin ich ein Feldmarschall! Hurra!

Chor: Sie reiten mit lautem Trompetenschall,
Und Hansel, der ist ihr Feldmarschall!

Prinz: Nun ziehen wir fort
An den grünen Rhein,
Da glänzet mein Schloß
Im Sonnenschein.
Da stehen wir beid'
An des Söllers Rand
Und schauen hinaus
In das weite Land.

Chor: Nun ziehen wir fort
An den grünen Rhein,
Da glänzet ein Schloß
Im Sonnenschein.
Die Berge umkränzt
Von der Reben Grün,
Hinunter den Strom
Viele Schiffe ziehn.
Und alles ist mein,
Und alles ist dein,
Das herrliche Land
An dem grünen Rhein.

(Der Vorhang fällt.)

Aphorismen und Reime

Musik ist angenehm zu hören ...

Musik ist angenehm zu hören,
Doch ewig braucht sie nicht zu währen.

Kunst: Verzierung dieser Welt.

Ethische Bedeutung der Kunst zweifelhaft — der Maler hält bei den Augen, der Musiker bei den Ohren in der Welt fest.

Ganzes Genie und Brockengenie.
Letzteres gewöhnlich.

Saft, der nicht stark genug eingekocht ist,
verdirbt. — Kunstwerk.

Gestaltungsdrang, der sich in Formen gießt.

Leichter und schwerer Erfolg: Der eine betut sich im Traum, der andere muß drücken, daß ihm der Kopf berstet.

Töpfe sind auch Kunstgeschöpfe.

Neues Klavier: ungeborener Lärm im Leib.

Musikalischer Floh im Ohr.

Es ist die Länge der Gesänge
Zu lang für meines Ohres Länge.

Oft trifft man wen, der Bilder malt,
Viel seltener wen, der sie bezahlt.

Gedanken sind nicht stets parat,
Man schreibt auch, wenn man keine hat.

Nicht, wer selbst ein Lautenschläger,
Sondern ein Gedichtsverleger
Ist der rechte Kritikus,
Nämlich, weil er zahlen muß.

Oft ist das Denken schwer, indes,
Das Schreiben geht auch ohne es.

Er läßt sich nicht helfen beim Dichten.
Der Bauer macht seine Kinder jetzt selbst.

In des Dichters Herzen
Brennen oft mehrere Kerzen.

Neue Gedanken sind nicht häufig;
Sag uns die alten nur geläufig.

Jeder hat mal Flut, mal Ebbe; dazwischen liegt sein natürliches Wesen, je nachdem ihn der Mond, sein Genius, sinken läßt oder hebt. Was darunter, vielleicht auch was darüber, soll er nicht veröffentlichen.

Wer zur Puppenbühne geht, sieht die Drähte.

Wer rudert, sieht den Grund nicht.

Wer zusieht, sieht mehr, als wer mitspielt.

Wer beobachten will, darf nicht mitspielen.

Seine Liebe war ewig . . .

Seine Liebe war ewig. Als seine Frau starb,
nahm er sich eine andere.

Ein Haar in der Suppe mißfällt uns sehr,
Selbst wenn es vom Haupt der Geliebten wär'.

Böses Weib soll man dem Teufel zum Geburtstag schenken.

Auch unter Tournüren wohnt Gerechtigkeit!

Schlimmster Dienst: Sklavin eines bösen Weibes.

„Habe sieben Töchter.
Schlechte Ware; man muß, will man sie los sein, was zugeben.
Ich wollt', ich hätt' lauter Hittchenfelle dafür!" sagte Moder Meier.

Wie traulich sitzt im Sonnenschein,
Vor ihrer Tür auf einem Stein,
Die Mutter mit dem Kind im Schoß
Und schaut, was auf dem Kopfe los.

Sie ist sehr begabt — mit Geld.

Weib, Schatzhüterin des Lebens:
Verantwortung, Zurückhaltung, Sorgenahnung.

Selbst der Sperling, dieser nichtsnutzige Vogel, ist besorgt um seine Eier.

Böse Weiber holt der Teufel auf der Mistgabel.

„So, nu kratze!" sagte die Frau, da hatte sie dem Nachbarshuhn die Füße ins Feuer gehalten.

Sind doch die Damen geborene Philosophen;
sie denken, was sie wollen, und wissen alles am besten.

Sie ist ein Weib! Weiß der Teufel, was sie tut!

Daß sie einen anderen liebte, kam besonders in Betracht.

Böse Tanten werden Hausspinnen nach ihrem Tode.

Eifersucht ist Liebesneid.

Wohl dem, der noch erröten kann!

Er melkt zwei Zitzen zugleich.

Bäume werden „geritzt", damit sie tragen.

Wenn aus des Bettes Vollgenuß
Er früh hinaus ins Kalte muß.

Unzucht: Jede Befriedigung des Geschlechtstriebes,
ohne Kinder zu wollen.

Tiresias, der die Athene im Bade belauscht, erblindet (Herodot).

Platonische Liebe kommt mir vor wie ein ewiges Zielen und
Niemals=Losdrücken.

Er leidet an einseitiger Liebe.

Wenn man auch früher verliebt war, das schadet nichts;
wenn man nur später gemütlich wird.

Geldheirat: Er hat vom Schwiegervater ein gutes Stück Brot gekriegt,
aber ein schlechtes Stück Fleisch dazunehmen müssen.

Eine Schwäre peinigt mich . . .

Eine Schwäre peinigt mich.
Wo denn sitzt sie? Da wo ich.

Mitunter sitzt die ganze (größte) Seele
In eines Zahnes dunkler (kleiner) Höhle.

Ein weher Zahn — schlechter Schlafkumpan.

Ein Zahn, ein hohler, macht mitunter
Sogar die faulsten Leute munter.

Ein hohler Zahn ist ein Asket,
Der allen Lüsten widersteht.

Sie hat viel zu tun mit ihren Schmerzen.

Viel besser als ein guter Wille
Wirkt manchmal eine gute Pille.

Gesunder Magen bleibt unbeachtet,
viel Arbeit, wenig Dank.

Wie stark leidet einer? Verschiedene Dicke der Haut.
Ausdruck nicht zu prüfen auf seine Richtigkeit.

Schuster: Kein Hühnerauge sticht und brennt,
Was ihn nicht seinen Vater nennt.

Kalte Füße sind lästig, besonders die eigenen.

Doktor aus dem Fenster: „Noch kein Ostwind,
noch immer keine Lungenentzündung?"

Wenn ich und meine Kuh . . .

Wenn ich und meine Kuh tot sind,
dann kann Maitag kommen, wann er will.

Juli trocken und heiß,
Klebt dem Bauern die Hose am Steiß.

Bei Regenwetter fliegen die Schwalben niedrig.

Die Bäume fahren im Frühling aus der Haut.

Dezemberwind macht die Nasen rot,
die es nicht schon sind.

Wenn es Silvester schneit,
Ist Neujahr nicht weit.

Dauerhaftem schlechtem Wetter
Mußt du mit Geduld begegnen,
Mach es wie die Schöppenstedter:
Regnet es, so laß es regnen.

Zu Weihnachten getanzt im Schnee,
Zu Ostern Frost im Zeh.

Ein Onkel, der Gutes mitbringt ...

Ein Onkel, der Gutes mitbringt,
Ist besser als eine Tante, die bloß Klavier spielt.

Das Lachen ist ein alter Brauch,
Beelzebub, der tut es auch.

Lacher gibt's vom Trottel bis zum Teufel.

Lachen: Ausdruck der gekitzelten Eitelkeit.

Lachen: Ausdruck relativer Behaglichkeit.

Der gute Unterhalter braucht nichts Gescheutes zu sagen, sondern muß was Dummes anhören können.

Lachen, Bedauern, Verachten sind nach der Wurzel zu intime Verwandte, gemeinsam erzeugt von dem wohltuenden Gefühl der Überlegenheit.

Zuweilen lacht man über sich selber, sofern man sich mal bei einer mäßigen Dummheit erwischt, indem man sich nun sogar noch gescheiter vorkommt, als man ist.

Es ist halt schön,
Wenn wir die Freunde kommen sehn. –
Schön ist es ferner, wenn sie bleiben
Und sich mit uns die Zeit vertreiben. –
Doch wenn sie schließlich wieder gehn,
Ist's auch recht schön.

Mit den Besuchsplänen ist's wie mit den Schiffahrtsplänen:
Wind und Wetter vorbehalten.

Dummheit, die man bei den anderen sieht ...

Dummheit, die man bei den anderen sieht,
Wirkt meist erhebend aufs Gemüt.

Dummheit ist auch eine natürliche Begabung.

Alte Dummheiten treten uns früher oder später
doch immer wieder auf die Hacken.

Wenn andere klüger sind als wir,
Das macht uns selten nur Pläsier,
Doch die Gewißheit, daß sie dümmer,
Erfreut fast immer.

Warum er immer so vergnügt?
Weil er die anderen für dümmer hält als sich selbst.

Tröste Gott, wenn der Mensch
auf sich selber zu sprechen kommt!

Dem warmen, alles umfassenden Mitgefühl wird nichts lächerlich, dem eisigen, hochgesetzten Intellekt mag am Ende nichts ernsthaft erscheinen.

Ungeduld hat häufig Schuld.

Klatschen heißt anderer Leute Sünde beichten.

Er hat den Hals zu voll, um danke zu sagen.

Schwäche ist mißtrauisch.

Der eine trägt Holz, der andere wärmt sich dran.

Lehrling: Auch alles soll ich getan haben. Wenn nun die Meisterin 'n Kind kriegt, dann soll ich das wohl auch getan haben.

Denn eine Störung seiner Freuden
Sucht jeder möglichst zu vermeiden.

Mußte erst mit dem Kopf gegen die Bäume rennen,
ehe er merkte, daß er auf dem Holzweg war.

Ich hörte mal, daß man Verdruß —
Womöglich streng vermeiden muß.

Knabendrohung: Sperrst du mich in den Keller,
fang' ich Mäuse und setze sie an den Speck.

Jung ein Gimpel, alt ein Simpel.

Er hatte ihr nichts zu verzeihen,
denn er hatte sie nicht beleidigt.

So dich jemand auf die linke Backe schlägt, so reiße ihm
das rechte Auge aus und wirf es von dir.

Wenigstens Selbstironie sollte der Sünder haben — also jedermann.

Die Reue wegen Unterlassung einer bösen Tat
ist, fürcht' ich, nur zu häufig.

Höflichkeit: Der Affe der Herzensgüte.

„Bitte, treten Sie näher!" sagte der Teufel.

Was man besonders gerne tut,
Ist selten ganz besonders gut.

Die Frage ist oft eine Mutter der Lüge.

Wer dir sagt, er hätte noch nie gelogen, dem traue nicht, mein Sohn.

Der Beste muß mitunter lügen;
Zuweilen tut er's mit Vergnügen.

Ach, mitunter muß man lügen,
und mitunter lügt man gern!

Tugend wohnt im Dachstübchen, Laster in der Beletage (Ober= und Unterkörper).

Erwischtes Laster verzeiht, nicht erwischte Dummheit.

Zur Tugend, wie man zu sagen pflegt,
Ist eigentlich keiner recht aufgelegt.

Die Welt ist groß ...

Die Welt ist groß, weil der Kopf so klein.

Punkt — nullte Dimension.

Materie — Hartnäckigkeit der kleinsten Lebewesen.

Wer kann behaupten, daß die Naturgesetze ewig sind.
Wir kennen nur das eine Ende davon.

Auf dem Gebiet des Verstandes
muß man sich den Gesetzen des Landes fügen.

Auch das kleinste Ding hat seine Wurzel in der Unendlichkeit,
ist also nicht völlig zu ergründen.

Die Geschichte mit einem Floh kann so interessant sein
wie die Geschichte Griechenlands.

Herr meines Lebens! An der Welt sitzt noch lange kein Ende!

Man spürt die Welt in allen Gliedern.

Wer sagt, die ganze Welt sei schlecht,
Der hat wohl nur so ziemlich recht.

Die Welt, obgleich sie wunderlich,
Ist gut genug für dich und mich!

Ist darum schlecht die Welt,
Weil sie dir nicht gefällt?

Kein Festland ist die Welt.

Wir müssen uns nun mal drücken und drängen lassen zwischen den eigenwilligen Dingen dieser Welt, weil wir auch eines sind.

Gar sehr verzwickt ist diese Welt,
Mich wundert's, daß sie wem gefällt.

Die Nationalität ist ein Ding, was keiner bei lebendigem Leibe los wird, er mag kratzen, soviel er will.

Im Land Italien lebt man froh,
Hoch hüpft das Herz und hoch der Floh.

Solange Herz und Auge offen,
Um sich am Schönen zu erfreun,
So lange, darf man freudig hoffen,
Wird auch die Welt vorhanden sein.

Der Philosoph wie der Hausbesitzer . . .

Der Philosoph wie der Hausbesitzer haben immer Reparaturen.

Manche Wahrheiten sollen nicht gesagt werden,
manche brauchen nicht, manche müssen es.

Wahrheit ist zu schlau, um gefangen zu werden.

Ich nahm die Wahrheit mal aufs Korn
Und auch die Lügenfinten.
Die Lüge machte sich gut von vorn,
Die Wahrheit mehr von hinten.

Wo was wächst, gleich ist wer da, der's frißt.

Die Stucken kriegt man fürs Ausroden — Leben.

Wühlender Maulwurf. Die Erde muß doch schließlich heraus.

Wenn man es nur versucht, so geht's,
Das heißt mitunter, doch nicht stets.

Jeder ist ein Sack für sich.

Wie der Wind bläst, so treibt die Spreu.

Das Feinste fällt durchs Sieb.

Wer zu spät kommt, sieht nach der Uhr.

Lästige Gedanken — zudringliche Stechmücken.

Erfüllte Wünsche kriegen Junge, viele wie die Säue.

Wo man am meisten drauf erpicht,
Gerade das bekommt man meistens nicht.

Gewinn anderer wird fast wie Verlust empfunden.

Wir mögen keinem gerne gönnen,
Daß er was kann, was wir nicht können.

Um Neid ist keiner zu beneiden.

In der Regel folgt auf Wenn
Erst ein So und dann ein Denn.

Man kann sein Geld nicht schlechter anlegen
Als in ungezogenen Kindern.

„Genug", wenn's kommt, ist immer zuwenig, wenn's da ist.

Mit dem Bezahlen wird man das meiste Geld los.

Wer kann, hat recht.

Dem Glücklichen schlägt kein Gewissen.

Wem Fortuna ein Haus geschenkt,
dem schenkt sie auch Möbel.

Wem Mutter Natur ein Gärtchen gibt und Rosen, dem gibt sie auch Raupen und Blattläuse, damit er's verlernt, sich über Kleinigkeiten zu entrüsten.

Sehr verständig war der Mann,
Der das Wort „vielleicht" ersann.

Sage nie: „Dann soll's geschehen!"
Öffne dir ein Hinterpförtchen
Durch „vielleicht", das nette Wörtchen,
Oder sag: „Ich will mal sehen."

Gar mancher Schwierigkeit entweicht
Man durch das hübsche Wort „vielleicht".

„Vielleicht“ ist wie ein schlauer Krebs,
Der vor= und rückwärts gehen kann.

Sag nie bestimmt: Es wird erreicht!
Ein hübsches Wörtchen ist „vielleicht“.

Jeder Wunsch hienieden wird begleitet
von einem neckischen „Vielleicht“.

Stets äußert sich der Weise leise,
Vorsichtig und bedingungsweise.

„So ist die Sach'!“ — Oh, wie so leise,
Wenn überhaupt, sagt das der Weise.

Der Weise verschweigt seine Meinung, also bin ich keiner.

Kein altes Übel ist so groß, daß es nicht
von einem neuen übertroffen werden könnte.

Der Weise äußert sich vorsichtig,
der Narr mit Bestimmtheit über das kommende Wetter.

Bemüh dich nur und sei hübsch froh,
Der Ärger kommt schon sowieso.

Willst du das Leben recht verstehn,
Mußt du's nicht nur von vorn besehn.
Von vorn betrachtet, sieht ein Haus
Meist besser als von hinten aus.

Ich bin Pessimist für die Gegenwart,
aber Optimist für die Zukunft.

Eigentlich hat's ja nicht viel auf sich mit dem besten Pessimismus. An dem Glücklichen gleitet er ab wie Wasser an der pomadisierten Ente, und der Unglückliche weiß ohne weiteres Bescheid.

Vergebens predigt Salomo . . .

Vergebens predigt Salomo.
Die Leute machen's doch nicht so.

Wer mal so ist, der bleibt auch so.

Wer auf den rechten Weg will,
Muß durchaus durch sich selbst hindurch.

Fortwährend hinter angenehmen Erwartungen
schleichen die unangenehmen Möglichkeiten.

Der klugen Leute Ungeschick stimmt uns besonders heiter.
Man fühlt doch für den Augenblick sich auch einmal gescheiter.

Er *muß* die letzte Strophe mitsingen.

Mit sich selbst ist man nicht immer in der vornehmsten Gesellschaft.

„Bitte, sagen Sie nichts von der Verlobung!" — „Tut mir leid. Mariechen ist grade damit los."

Ein böses Wort läuft bis ans Ende der Welt.

Ihr ging's wie dem neugierigen Zicklein,
das in den Korb sah, wo die Katze mit den Jungen saß.

„Das erfrischt!" sagte die Katz',
da fiel sie ins Regenfaß.

„Das wird ein warmer Tag!" sagte die Hexe,
da sollte sie verbrannt werden.

„Es wird mir so eng in der Haut!" sagte die Laus,
da wurde sie geknickt.

Oben hält er den Sack zu, der unten ein Loch hat.

Der Ungeduldige fährt sein Heu naß ein.

Lamm: „Warum zerrupfst du mein Kleid?"
Dornenstrauch: „Weil es mich freut."

Bettelleut' hat keiner gern,
Mehr beliebt sind reiche Herrn.

Es geht der Krieger, der gerechte,
Mit frohem Mute zum Gefechte.
Indessen ist es ihm doch lieber,
Wenn alles erst mal gut vorüber.

Horcher: Die Seele guckt ihm aus den Ohren.

Er gräbt ein Loch; ein zweites,
um die Erde hereinzubringen (Schuldenmacher).

Schneid einen Dieb vom Galgen, und er bestiehlt dich.

Niemand holt sein Wort wieder ein.

Den Lasterhaften tadelt oft, wer ihn beneidet.

Der Vater Adam sockte weiter
Nachdem er Kain das verwies.

Er sprach: „Auf seiner eignen Leiter
Kommt keiner in das Paradies."

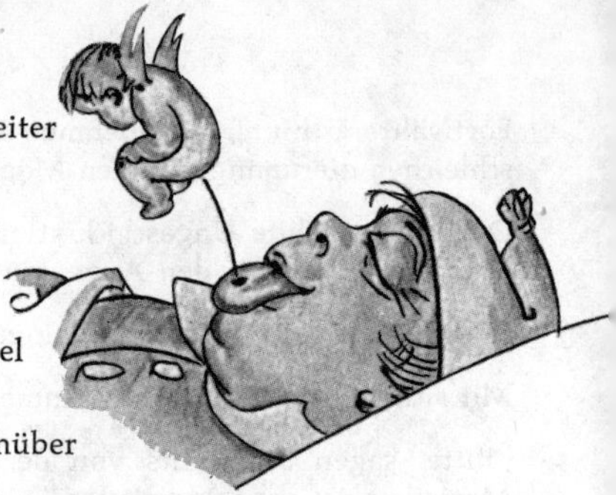

Er wäre was, wenn er was hätte.

Der Gourmand hat im Traum
an Schnepfendreck gedacht.
Er träumt: Es hätte ihm ein Engel
was auf die Zunge gemacht.

Toleranz ist gut, aber nicht gegenüber
den Intoleranten.

Er ist so freudenvoll, daß ihm der Stöpsel
aus der Seele fliegt.

Noch seine tote Hand hielt krampfhaft den
Geldbeutel fest.

Ottilie ist eigen: ißt nur Eier,
Die in einer reinlichen Familie gelegt sind.

Dumme Gedanken hat jeder, nur der Weise verschweigt sie.

Knarr machte der Klotz, als der Keil eindrang.

Leute, die sich immer ärgern, gibt's immer.

Aus faulen Eiern werden keine Küken.

Jeder hat ein extra Töpfchen auf dem Feuer.

Die kleinen Hunde tun das meiste Beißen.
Die kleinen Gläubiger drängen am ärgsten.

Verhaßter Bote, der Verhaßtes meldet.

Denn mancher hat sich schon beklagt:
Ach, hätt' ich das doch nicht gesagt!

Mancher kann nicht aus dem Fenster hinausdenken.

Es fehlt in deinem Wortregister
Mein werter Name? Nun, da ist er!

Die halben Steine besorgt der Maurer.

Beschluß einer Synode:
Die Erde steht still. Heuschrecken haben vier Beine (3. Buch Mose).
Bemerkung: Predigt Salomo, 10. Kapitel, 5, 6: Es ist ein Unglück, das ich sehe unter der Sonne, nämlich Unverstand — daß ein Narr sitzet in großer Würde.

Mancher ertrinkt lieber, als daß er um Hilfe ruft.

Old Pieper ut de Düwelstraat
Drang jeden Dag dre halwe Maat.

Zerbrochener Topf, zum Glück leer (als ein Narr starb).

Das sogenannte böse Gewissen sollte eigentlich das gute heißen, weil's ehrlich die Wahrheit sagt.

Das Ungeziefer! Erst grollt man ihm, dann prüft man sich selbst, dann denkt man gelinder.

Mensch, was bist du für ein Schlingel!

Wir Kinder der Vergangenheit ...

Wer eine Erbschaft übernommen,
Hat für die Schulden aufzukommen,
Denn nicht umsonst ist der Genuß.
Kein Leugnen gilt, kein Widerstreben,
Wir müssen sterben, weil wir leben.
So lautet der Gerichtsbeschluß.

Durch die Kinderjahre hindurchgeprügelt.

Fritz hatte sich vorgesehen und ein Buch unter den Rock geschoben, aber der Lehrer schlug ganz woanders hin.

Willst du Schläge, so tanz auf der Kirchweih.

Es saust der Stock, es schwirrt die Rute,
Du sollst nicht scheinen, was du bist.
Wie schad', o Mensch, daß dir das Gute
Im Grunde so zuwider ist.

Ist Leidenschaft das Wesen der Welt, so werden Schläge wohl mehr wirken als Worte.

Zwischen bös' und gut hat sich ein Streit erhoben,
Gut hat keinen Mut, bös' bleibt oben.

Leben heißt ein Tyrann sein.

So hat es sich von je gefügt,
Daß Edelmut Gewalt erliegt.

Als mir die Zeit entgegenkam,
Erschien sie mir hübsch wundersam
Und angenehm und lecker.
Sie ging vorüber, und — o weh! —
Nun, da ich sie von hinten seh',
Bemerk' ich ihren Höcker.

Je älter man wird, je hastiger tritt sie einem
auf die Hacken, die Zeit, die sogenannte.

Wer längst Vergangnes in der Gegenwart aufsuchen möchte, setzt sich meist einer großen Enttäuschung aus.

Im Alter Ersatz natürlicher Liebenswürdigkeit durch künstliche.

Also spricht der Fatalist:
Du mußt werden, wie du bist.
Widerstreben ist vergebens.
Der Gebieter allen Lebens
Gab dir schon von Anbeginn
Deinen Wunsch und Eigensinn,
Bald mit ja und bald mit nein,
Gerade so und so zu sein.

An all unserem Ärger sind andere schuld. Das beste Mittel aber, um bei guter Laune zu bleiben, ist die stets richtige Erkenntnis, daß man selber nichts taugt.

Was mich betrifft, so kann ich leider nicht umhin, den größten Teil meiner Nichtbefriedigung auf das höchst lästige Gepäck der eigenen Schuld zu schieben.

„Die Zeit ist mir in die Kiepe gestiegen!" sagte Knackstert,
da war er alt geworden.

Bald holterpolter, wie gerädert,
In einem Wagen, der nicht federt,
Bald sanft, wie im Automobil,
So kam er an sein Lebensziel.

Nach dem vierzigsten Jahr ändert keiner mehr
seine Philosophie.

Jeder Jäger wird mal ein Hase.

Tod nur vorläufige Abrechnung . . .

Tod nur vorläufige Abrechnung.

Das fatale Lächeln des Totenschädels.

Alte Bäume behämmert der Specht am meisten.

Frühling, Sommer und dahinter
Gleich der Herbst und bald der Winter —

Ach, verehrteste Mamsell,
Mit dem Leben geht es schnell!

Scheint dir auch mal das Leben rauh,
Sei still und zage nicht;
Die Zeit, die alte Bügelfrau,
Macht alles wieder schlicht.

Unsichtbare Kraft der Toten, der Seelen.
Der Fährmann sieht sie nicht, aber sie beschweren den Kahn.

Die Geister, ob gut oder böse, unbeliebte Gäste.

Tod: Wenn auch das Haus aufbrennt,
der Kobold zieht mit um.

So sind wir nun: kriechen heraus, hantieren hier oben eine Zeitlang scheinbar selbständig hin und her und legen uns dann ganz still wieder unter die Kruste.

Sterben: einwintern.

Jede Geburt ist Wiedergeburt.

Mutter Natur, welche dem Individuum zu seiner Ausstattung erst allerlei vorschießt, hält sich für verpflichtet, es für die gemeinsamen Fonds, woraus es geliehen, wieder zu reklamieren, wenn es, ihrer Meinung nach, lange genug her ist.

Die Ungewißheit über das Wo und Wie unserer Wiedergeburt ist ein Hauptbestandteil unseres Widerwillens gegen den Tod.

Wenn man auch als gescheiter Kerl stirbt, man weiß nie, ob man nicht als Trottel wieder auflebt.

Man verspürt Weltschmerz, wenn man sieht, wie die Bildnerin Natur auch ihre besten Arbeiten in den großen Tonkübel zurückschmeißt und sie einstampft mit den anderen.

Ich stehe auf der Grenze von hier und dort, und fast kommt es mir vor, als ob beides dasselbe wäre.

So geht es nun mal auf der Reise hienieden. Einer nach dem andern steigt aus, und der Zug saust weiter, bis die Station kommt, wo man selber aussteigen muß.

Gute Kinder sterben früh; ihnen sind die Engelsflügel nicht abgeschnitten.

Das Leben wird schließlich mit dem Tode bestraft.

Nur was wir glauben . . .

Nur was wir glauben, wissen wir gewiß.

Wer in Glaubenssachen den Verstand befragt, kriegt unchristliche Antworten.

Glaube durch Verstand gestützt: Vogel, dem man eine Leiter bringt, dran in die Luft zu steigen.

Glaubenssachen sind Liebessachen.
Es gibt keine Gründe dafür oder dagegen.

Glaube beruht auf Ursachen, nicht auf Gründen.

Glück, Freiheit: Negationen der Wirklichkeit.

Frei ist der Anfang, und frei ist das Ende; was dazwischen liegt, ist notwendig.

Mit Gewalt ins Himmelreich:
Durch Wollen, nicht durch Grübeln.

Zuviel und zuwenig Vertrauen sind Nachbarskinder.

Wer anders glaubt, ist schlecht,
wer anders denkt, ist dumm.

Wer auf offener See fährt,
richtet sich nach den Sternen und dem Kompaß
(Kein Baedeker zur See).

An der See hört der Baedeker auf.

Der Zustand vor jedem Dasein war besser, war unsere Heimat.

Dreimännerglaube — Dreimännerwein.

Der philosophische Ballon steigt nicht über die irdische Atmosphäre hinauf.

Gott zieht an einer Hand, der Teufel an beiden Beinen.

Gott zieht nur an der Hand, der einen,
Der Teufel zieht an beiden Beinen.

Wird man aus einem Leben herausgeklopft, huscht man ins andere wieder 'nein.

Methaphysik und Worte! Das ist gerade so, als wenn man einem die Lehre von der Erbsünde auf der Flöte vorspielte.

Gewisse Dinge greift man so vergeblich mit Worten an wie Geister mit Waffen.

Gewißheit gibt allein die Mathematik. Aber leider streift sie nur den Oberrock der Dinge.

Die sogenannten Wahrheiten habe ich doch ein wenig im Verdacht der Unbeständigkeit.

Was Frau Wahrheit betrifft, so zeigt sie sich selbst ihren intimsten Verehrern nur in keuscher Umhüllung.

Worte scharwenzeln um die Wahrheit herum; sie ist keusch.

Es brenzelt schon nach dem Jüngsten Tage.

Wenn Erbstrafe, dann wohl auch Erbsünde.

Der freie Wille: Vor der Vernunft ist er nicht zu erweisen, aber doch muß man ihn fordern, sonst hört alle Selbstverantwortung auf.

Tausend Jahre, mit dem unendlichen Halm gemessen, sind bloß ein Stück Häckerling.

Unsere Philosophie nach dem dreißigsten Jahre heißt Glaube.

Wer je ein gründliches Erstaunen über die Welt empfunden, will mehr. Er philosophiert — und was er auch sagen mag — er glaubt.

Kinder, wie alle, die der Natur noch näher stehen, glauben ans Weiterleben, es komme, was wolle, und sie werden schon recht haben.

Nichts, was war, wacht auf, wie es einstmals gewesen ist.

Ein bigotter Rationalist

So sind wir Menschen. Wir singen und beten in aller Gemütlichkeit. Geht aber mal was quer, dann zeigt sich's, wie erbärmlich wenig Gottvertrauen wir haben.

Nur in der Tiefe der Seele, mit Hilfe jener Kraft, die stärker ist als alle Vernünftigkeit, kann Trost und Ruhe gefunden werden.

Der Glaube soll ruhig auf seiner Burg bleiben, wo er sicher und geborgen ist.

Stichworte

Dürre Zweige, kurz gebrochen,
Etwas dünner oder dicker,
Um Kaffee dabei zu kochen,
Diese Zweige heißen Spricker.

Zur Kirche wandelt Küster Nüssel,
In der Hand den großen Schlüssel:

Daß er, so wie bisher, auch heute
Im Turm die Abendglocke läute.

Salomo: Sohn der Ehebrecherin Bathseba. Baut den Göttern seiner ausländischen Weiber Altäre.

Rhetorische Seilwinder.

Inschrift am Salzfaß: Oh, oh!
Wat hört dar to!

Junge kommt zu langsam mit der Schnapsflasche. Vater: „Wart, der Knüppel kommt dir schon entgegen."

In der Fülle des Nichts.

Bauch — Futterschlauch.

Behandelt wie das Kaninchen im Affenhause.

Heinrich, Heinrich, werde munter,
Denn sonst kömmste einen 'runter.

Er trug einen dunklen Vollbart und einen hellen Handkoffer.

Vizehirn: besorgt die laufenden Geschäfte, auch wenn der Herr nicht daheim ist.

Es schwant mir was, mir ist so wohl,
Gibt's heute mittag Sauerkohl?

Er ist ganz Ruhe, vom Nachtmützenzipfel bis in die Schuhe.

Sobald einer auf eigenem Lande ist, kann ihm der Wehrwolf nichts tun.

Wenn ich mit Denken in mich gehe
Und meinen Seelenraum besehe etc.

Opportunist = Jenachdemer.

Wem ein Floh ins Ohr gesetzt wird,
der muß stochern.

Vexiergeschenk: Wenig Gehalt, viel Papier.

Eine Freude im Stübchen, zehn warten draußen.

Das ist wie Regen ins Wasser.

„Auch das noch!" sagte der Bettler, da fiel ihm das Brot durch die Kiepe.

Lustige Verzweiflung.

Gleichgültig nimmt der Kleiderstock
Entgegen Hut und Überrock.

Hoffetod: stirbt nicht oder ist schon gestorben.

Zaunigel — Bild des bewaffneten Friedens.

Lebenslauf: Reise. Woher? Wohin? Bellende Hunde im Dorf, die kleinen tun das Beißen. Einkehr und Abschied. Wie die Blinden: Auf Wiedersehen! Heimat und Ruhe.

Wirt (zu einem späten Gast): Es schläft schon einer im Saal. Der Gast zieht sich leise aus; der andere war ein vom Blitz erschlagener Schneidergeselle.

„Beizu trifft man am besten", sagte Taps, da hat er sich den Finger abgehackt.

Der Zug ist eben abgelassen —
Ich stehe da und kann's nicht fassen.

Das ist es eben! Man denkt nicht nur, man will auch leben.

Im Eifer der Ernte.

Konditorwahrheit.

Hinter der Kost ist schlecht naschen.

Es ist ein Brauch von alters her,
Wer Sorgen hat, hat auch Likör.
Doch wer zufrieden und vergnügt,
Sieht auch zu, daß er welchen kriegt.

Zu einem Wurstpaket:
Es blüht die Wurst nur kurze Zeit,
Die Freundschaft blüht in Ewigkeit.

Selbstbildnis von 1860

Stationen seines Lebens

in Bildern und Gelegenheitsdichtungen

Mein Lebenslauf ist bald erzählt. –
In stiller Ewigkeit verloren
Schlief ich, und nichts hat mir gefehlt,
Bis daß ich sichtbar ward geboren.

Was aber nun? – Auf schwachen Krücken,
Ein leichtes Bündel auf dem Rücken,
Bin ich getrost dahingeholpert,
Bin über manchen Stein gestolpert,

Mitunter grad, mitunter krumm,
Und schließlich mußt' ich mich verschnaufen.
Bedenklich rieb ich meine Glatze
Und sah mich in der Gegend um.

O weh! Ich war im Kreis gelaufen,
Stand wiederum am alten Platze,
Und vor mir dehnt sich lang und breit,
Wie ehedem, die Ewigkeit.

Wiedensahl

Wiedensahl, platt Wiensaol, hat seinen Namen zum Teil von dem in der Mitte des Ortes befindlichen Teiche, dat Saol genannt, so daß jemand, der Freude am Vermuten findet, sich denken mag, die Bedeutung des Ganzen könnte vielleicht Wald=, Weiden= oder Heiligensee sein.

Neben der Pfarre lag einst der Edelhof. Einer der edlen Herrn, die dort gehaust, ist wohl ein grimmiger Kerl gewesen, denn es heißt, er habe aus Ärger über einen Hahn, der oft über die Hecke flog und im adligen Garten kratzte, seinen Nachbarn, den Pastor, mausetot geschossen.

Draußen, wo sich jetzt die alte Windmühle dreht, hat vorzeiten ein Schloß gestanden. Es ist lange verschwunden. Nur der Brunnen blieb später noch sichtbar, bis schließlich das Gras darüber wuchs. Als die drei Fräulein, denen das Schloß gehörte, nach Bockeloh bei Wunstorf zogen, schenkten sie ihr Land, die Wiäme, der Pfarre, den Wald der Gemeinde. Dafür mußten die Wiedensahler alljähr=lich eine Abgabe in Geld errichten. Mal ließ sich der Mann, der es erhob, mehrere Jahre nicht blicken. Dem damals regierenden Bürger=meister kam es bedenklich vor, wenn das so weiterginge und dann die Summe auf einmal gefordert würde. Darum ging er los, um sich persönlich deshalb zu erkundigen. In Bockeloh, wo die Sache bereits gründlich vergessen war, hat man ihn sehr gelobt und gnä=dig entlassen mit der festen Versicherung, daß die Rückstände ein=gezogen und von jetzt an die Abgabe wieder regelmäßig geholt werden sollte, was denn auch pünktlich geschah.

Nicht weit von der Wiedensahler Grenze zieht sich im Schaum=burger Walde der Schanzgraben oder Drusenwall hin. Eine Stelle, an der er doppelt ist, nennt man den Pferdestall. Rückten nun die Schlüsselburger von der Weser her, wie sie öfters taten, zum Sen=gen und Plündern aus, dann zogen sich die Wiedensahler hinter den Wall zurück, und regelmäßig eilte ihnen der tapfere Ritter von Bückeburg mit seinen Leuten zu Hilfe. Die Wiedensahler waren nicht undankbar. Sooft die gnädige Frau in Wochen kam, brachten sie ihr Eier und junge Hähnchen. Was aber guten Willens geschah, wurde später ein Zwang. Die Eier und Hähnchen mußten nach Bückeburg geliefert werden, ob die Frau in Wochen war oder nicht. Bis um die Mitte des letzten Jahrhunderts ist die Verpflichtung in Kraft geblieben.

Die Zeit kramt alles um; nur tut sie es an einsamen Orten etwas später als anderswo.

Erst mit den zwanziger Jahren verlor sich der Brauch, in der Hespe, einem Fahrweg zwischen zwei Hecken, die Schweine von Gemeinde wegen durchs wilde Feuer zu treiben. Noch zu Ende der dreißiger oder Anfang der vierziger Jahre sah man das Halseisen, ein Wahr=zeichen einstiger Bußen, am steinernen Kirchhofstor.

Neues Wohnhaus der Eltern Buschs von der Straßenseite

Alle ländlichen Häuser waren derzeit mit Stroh gedeckt. Über dem offenen Herde unter der Oosten hing der Kessel. Am drehbaren Holzarm in der Döntzen schwebte abends der Krüsel, mit Tran gefüllt.
Noch immer kaufte man den Tabak, dreißig Pfund für 'nen Taler, auf dem Wiedensahler Jahrmarkt von den Landsberger Bauern. Noch immer holten die Großväter aus dem Wald ihren Zunder und dörrten und klopften ihn tüchtig, damit er gut Funken fing.
So war es einmal. Jetzt sind es Geschichten ut oler Welt.

Meiers Hinnerk

Grad ausgestreckt in der Ebene und Hof an Hof lag das alte friedliche Dorf, die Häuser mit Stroh gedeckt. Und jedes Haus hatte rückwärts sein Gärtchen und hinter jedem Gärtchen sein Ackerfeld, und durch jedes Feld ging ein Grasweg, ein breiter, nach der heckenumgrenzten Wiese, und hinter sämtlichen Wiesen stand der hohe schattige Wald.
Es war ein heiterer Tag zu Anfang des Herbstes, wenn durch die Luft schon die silbernen Mettken schweben. Aus allen Gehöften, wie nachmittags gewöhnlich, kamen die kleinen Hirten und Hirtinnen mit ihren Kühen.
Auch Meiers Hinnerk hatte zwei, eine schwarze und eine braune, am Strick, um sie, zunächst den Grasweg beweidend, allmählich der Wiese entgegenzuführen. Zwölf Jahre war er alt, flachshaarig

und wohlgenährt. Längst war ihm die verblaßte leinene Hose zu eng und zu kurz geworden. Hintendrauf, einander gegenüber, gleich einer blauen Brille, saßen sogar schon, zu seinem Verdruß, zwei zirkelrunde dunklere Flicken; ein Werk der nehrigen Mutter, die immer behaupten wollte, in alten Hosen sähen Jungens am strammsten und gesundesten aus.

Gelehrsamkeit war Hinnerk sein Fall nicht. Dennoch, während die beschränkten Tiere am Boden ihr Futter suchten, zog er sofort seinen Katechismus aus der zugeknöpften Jacke hervor. Mit helltönender Stimme, in steter Wiederholung, prägte er die Aufgabe für den folgenden Schultag in den widerspenstigen Schädel. Seine Kollegen im Felde, weithin vernehmlich, übten dieselbe Lektion. Sie wußten warum. Küster Bokelmann, der Meister der Schule, besaß einen kniffigen Rohrstock, der die schlummernden Seelenkräfte, selbst im voraus, vorzüglich zu ermuntern verstand.

Nachdem das dringende Geschäft der Bildung des Geistes somit glücklich erledigt war, widmete sich unser Hinnerk einer mehr freien, gemütvollen Tätigkeit.

Auf dem Rücken der schwarzen Muhkuh, an geeigneter Stelle, begann er Haare zu zupfen und bildete so auf der entblößten Haut ein großes lateinisches L. Hierbei sinnig vertieft, sang er leise den Namen Lina vor sich hin, indem er auf dem I besonders lange quinquillierend verweilte.

Mittlerweile hatte er die Wiese erreicht, schloß das Tor, nahm den Kühen den Strick ab und ließ sie grasen nach Belieben.

Wo ein Kuhjunge hütet, muß natürlich ein Feuer sein. An sich schon dem Auge ergötzlich, bei kühlem Wetter auch willkommen der Wärme wegen, ist es geradezu unentbehrlich für das Braten der Kartoffeln. Demnach vor allen Dingen sammelte Hinnerk feine Spricker und brach dünne Knüppel aus der Hecke. Da es zur Zeit noch keine Reibhölzchen gab, mußte er erst emsig pinken, bis an den Zunder der richtige Funken sprang. Einen Topp Hede hatte er mitgebracht. In ihn ward der glimmende Schwamm gehüllt, durch Weifen und Pusten die Flamme entfacht, zunächst dünnes, dann dickes Holz regelrecht darüber geschichtet, und hochauf loderte bald ein erfreulicher Scheiterhaufen.

Beiseit, schon früher aus Zweigen und Plaggen erbaut, stand Hinnerks zwar enge, doch trauliche Hütte. Aus dieser entnahm er das von ihm selber geflochtene Weidenkörbchen, begab sich ins Feld hinaus und kehrte zurück mit zwei Dutzend der dicksten Kartoffeln und fünf jungen Mäusen, die er beizu im Neste erwischt und getötet hatte. — Dat sind fief fette Happen vär use Kättken terhus, dachte er schmunzelnd.

Noch waren zum Einlegen der rötlichen Knollen nicht Kohlen genug reif. Infolgedessen kriegte Hinnerk sein Messer heraus, ein wertvolles Werkzeug; für drei Mariengroschen hat's ihm der gute Vater gekauft auf dem Markt in der Stadt. Das kleine Öhr am

Heft, um's mit einer Schnur an der Hosentasche zu befestigen, war übrigens eine Sicherheitsvorrichtung, die Hinnerk verschmähte. Er flötete, prüfte am Daumen die Schneide, fällte eine stattliche Doldenpflanze und verfertigte aus ihren hohlen Stengeln ein niedliches Schmökepfeifchen; denn sich täglich ein wenig im Rauchen zu üben, hielt er für nötig, und was den Tabak betrifft, so schien ihm recht trockenes Haselnußlaub für den Anfang nicht übel.

Sein gestopftes Pfeifchen zu entzünden, näherte sich Hinnerk der Feuerstätte.

„Hutt bäh!" rief eine Mädchenstimme, und Nachbars Gretliesche, ein munteres, hübsches rothaariges Kind von elf Jahren, kroch durch ein Loch in der Hecke.

„Wat wutt du denn hier?" fragte Hinnerk sehr kühl.

„Helpen!" erwiderte sie kurz und keck. Ohne weiteres legte sie die Kartoffeln ins Feuer, hielt dem Hinnerk einen glühenden Span auf die Pfeife, setzte sich aufs Rasenbänkchen in der Hütte und lud ihn ein, zu ihren Füßen sich niederzulassen, wozu er sich nach einigem Zögern auch wirklich entschloß.

Liebkosend nahm sie ihn beim Kopf und unterzog denselben alsbald einer genauen Besichtigung.

„Eck finne jo nix!" rief sie enttäuscht.

„Dat löw eck woll", meinte er, „hat gistern use Grotemeuhme all eknicket."

Aber Gretliesche, ganz leise, leise, krabbelte weiter im Haar. Ein wonniges Rieseln lief ihm den Rücken hinunter. Die Pfeife entsank seiner Hand, die Augen schlossen sich halb. In solch einem dämmrigen Zustande sagt der Mensch manches, was er sonst wohl verschwiegen hätte.

„Segg eis, Hinnerk", fragte sie behutsam, „haste denn ok all 'ne Brut?"

„Swarte Haare hat sie und glinsterswarte Ogen un..." Er stockte.

„Oh, nu weet eck et all!" rief Gretliesche. „Kösters Lina is et! De is jo tein Jahre öller ans du."

„Dat deit nix", sagte er, „und wenn se ok dusend Jahr öller is."

„Ja", meinte Gretliesche dagegen, „wenn man Verwalter Klütke met sinen langen Snurrbart nich wöre!"

„Den Kerl sla eck dot!" rief er heftig.

„Un denn komet se her un hänget di upp!" entgegnete sie.

„Erst hebben!" lachte er. „De längeste Mettwost hal eck un lope weg un vestäke mi baben in der Schüne int Hei."

„O wat'n Narre!" Mit diesen Worten gab ihm die Gretliesche einen verächtlichen Schubs und sprang aus der Hütte.
„Kiek na den Kartuffeln!" rief Hinnerk ihr nach.
„Do et sülbenst!" Und weg war sie durch die Hecke.
Er versuchte auszuspucken. Es ging aber nicht recht.
„Van den Smöken werd 'n ok so dröge in'n Halse", murmelte er in sich hinein.
Eben graste die rote Kuh mit dem strotzenden Euter vorüber. Er strich ihr sanft den Rücken.
„Woha!" Das gute Tier stand still. Dicht hinter ihr setzte er sich in die Hurke, zog eine Zitze zu sich her und melkte einige Spritzer in den weit geöffneten Mund, daß es strullte.
Im selben Augenblick — so war es vorher bestimmt im Laufe der Dinge — hob die Kuh ihren Schwanz, indem sie ihn des größeren Nachdrucks wegen zugleich schraubenförmig verkrümmte, nicht ohne warmen Erfolg.
„Hahaha, dat is di jüst recht!" lachte und rief wer von seitwärts herüber. Oben in einer hainbuchenen Hucht saß die Gretliesche und sah zu mit Vergnügen.
„Ole Ape!" war alles, was Hinnerk darauf sagte.
Vermittels eines Grasbüschels, ohne sich sehr zu erregen, brachte er die Sache bald wieder, sozusagen, ins reine.
Und nun gings an die Kartoffeln. Sie schmeckten ihm trefflich; auch mußte er sich schneuzen mitunter, auf natürliche Art; daher wurde er um Mund und Nase schön schwarz übermusselt.
Jetzt aber fiel ihm das Wichtigste ein. Aus dem Murk, dem heimlichen Versteck unter der Rasenbank, entnahm er ein absonderlich merkwürdiges Schießeding, einen ausgehöhlten Ast, mit Draht umflochten, seitlich mit einem Zündloch versehen. Eine Tute voll Pulver, das er beim Krämer gegen Eier sich eingetauscht — er wußte die verborgensten Hühnernester —, kam gleichfalls zum Vorschein. Kräftig wurde geladen, und mächtig war der Knall.
Das schüchterne Reh, das kurz vorher aus dem Walde in die Wiesen getreten, entfloh in Eile. Angelockt durch den Schuß dagegen wurden drei andere Hütejungens: Kord, Krischan und Dierk.

Zum zweiten Male ward das Geschütz geladen, zum zweiten Male ballerte weithin das Echo im Walde entlang.
Hiernach setzten sich die vier behaglich ans Feuer, alle schwarz um die Mäuler.
Krischan besaß einen richtigen Tonpfeifenstummel, gefüllt mit echtem Bauernkanaster, den er direkt, doch unterderhand, von seinem Alten bezog. Jeder, der Reihe nach, tat einen tüchtigen Zug daraus. Kord danach gab einen saftigen weinsauren Apfel zum besten. Jeder, der Reihe nach, tat einen tüchtigen Biß hinein.
Dierk aber führte bei sich einen knorrigen Eichenstock, dessen Griff ein menschliches Antlitz vorstellte, von Dierk selber geschnitzt. Der Knittel, zur Besichtigung, ging gleichfalls reihrund. Besonders genau sah Krischan das Bildnis sich an.
„Dönnerslag", rief er, „dat is jo de Köster! Ehrgistern hat he mi hauet, un van Dage deit mi de Lenne noch weih!"
Und ehe Dierk es verhindern konnte, brach Krischan den künstlichen Stock vor dem Knie ab und übergab ihn den Flammen.
„Hurra!" jubelten die Jungens, tanzten ums Feuer, häuften grüne Ellernzweige darauf und erzeugten so einen großen herrlichen Dampf, der als duftiger Schleier die Gegend umhüllte.
Die Sonne ging unter. Vom Dorfe her tönte die Abendglocke.
„Et is Tiet", mahnte Hinnerk, „de Bäklocke lutt."
Jeder eilte zu seinen Kühen, um sie am Strick nach Hause zu geleiten.
Angenehme Gerüche, die Vorboten des Abendessens, wehten ihnen entgegen und erregten die Gemüter zu Jauchzen und Gesang.
Küster Bokelmann, die lange Pfeife im Munde, führte an seiner Gartenpforte mit Verwalter Klütke ein gemütliches Dämmergespräch.
„Es gibt ander Wetter", sprach er, „die Kuhjungens schreien heut so im Felde."

„Ganz recht, Herr Kanter; vor der Sonne stand eine verdächtige Wolke", stimmte Klütke ihm bei.
Indem kam Lina gesprungen.
„Papa", rief sie schon von weitem, „der Pfannkuchen wartet! Ei, sieh da, Herr Verwalter, wollen Sie nicht mitessen bei uns?"
„Wer könnte einer Einladung von solch reizender Seite widerstehen?" erwiderte Klütke, verbindlich den Schnurrbart streichend.
„Dat di de Düwel wat backet!" knurrte Hinnerk, der gerade vorüberzog, mit einem grimmigen Seitenblick.

Als er den elterlichen Hof erreichte, strich schon leise miauend die Katze an ihm hin. Dankbar nahm sie ihre fünf kleinen Mäuse in Empfang.
An der Tür stand die Großmutter, ihren Liebling erwartend.
„Minsche, wo swart sühste ut!" rief sie bei seinem Anblick erschrocken.
Eilig führte sie ihn in den Hintergrund des Hauses, wo das Küchengerät stand, rieb ihm Kopf und Gesicht mit dem feuchten, geschmeidigen, fettigen Schüsseltuch und trocknete ihn ab mit der Schürze.
In der Döntze baumelte bereits der brennende Trankrüsel an dem verstellbaren Haken. Auf der Tischplatte lag ein Haufen dampfender Kartoffeln; daneben, auf rundem Brett, stand das köstliche Pannenstippelse, bereitet aus geglühtem Rüböl und gebratenen Zwiebeln. Vater und Mutter tunkten schon ein. Hinnerk nahm dicht bei der Großmutter Platz. Sie pellte ihm sauber die schönsten Kartoffeln ab. Zwei verzehrte er, nicht eben geschwind. Dann klappte er entschieden sein Messer zu.
„Wo vele haste denn all bipacket in der Wisch?" fragte sorglich die Großmutter.
„En Stücker twölwe, mehr nich", erwiderte er gähnend. Die Großmutter befühlte ihm den Leib.
„Na", meinte sie beruhigt, „denn kannste wol fasteliggen düsse Nacht." Das tat er denn auch. –
Überhaupt, seine Herzenssorgen waren nicht so bedrückend, daß sie ihm jemals die nächtliche Ruhe störten; selbst dann nicht, als drei Monate nachher Verwalter Klütke, der ein kleines Gütchen gepachtet hatte, sich mit der schönen Lina vermählte.
Und so geht's zu in dieser neckischen Welt: zehn Jahre später hat die Gretliesche ihren Hinnerk doch noch gekriegt.

Hannover

Die Technische Hochschule zu Hannover,

oder die „Polytechnische", wie man ehdem sagte, habe auch ich mal besucht. Wann war es nur gleich? Die Grundmauern des Theaters stiegen eben aus der Erde herauf, als ich vom Direktor Glünder mich prüfen ließ. Die Prüfung fiel kümmerlich aus; aber er meinte: „Wir wollen's versuchen." Damals ging so was noch. Ich war 16 Jahre alt, und da ich vom Lande eine gewisse Schüchternheit mit=

gebracht hatte, die mich nie eine Stunde versäumen ließ, so gingen meine Studien, besonders im Zeichnen, Modellieren und in den Elementen auch ganz leidlich voran. Anfangs wohnte ich auf der Schmiedestraße bei lieben Verwandten; nachher zog ich woanders hin; denn wer sich im Rauchen und Biertrinken übt, will einen eigenen Hausschlüssel haben.
Das Jahr 48 machte bedenklichen Lärm. Um den Wall die Ketten verschwanden. Aus uns Polytechnikern wurden Kompanien gebildet unter Führung der Lehrer. Den Stock in der Hand, eine weiße Binde um den Arm, zogen wir durch die Straßen und riefen den Frauen „Guten Abend, Bürgerin" zu. Nur waren wir als Schergen der Ordnung beim „Volke" recht unbeliebt. Aus den Haustüren im Rösehof gossen unsichtbare Hände uns Schmutzwasser an die Beine. Bald kriegten wir Waffen; alte Steinschloßflinten, die Ohrfeigen austeilten und die Gesichter schwärzten, wenn wir draußen an der Schwedenschanze im Feuer exerzierten.
Unsere Uniform war bloß kurz angedeutet durch eine Mütze mit schwarz-rot-goldenem Streif drumherum. Das dreikantige Bajonett, im Bandelier zu tragen, diente als furchtbares Seitengewehr.
Meine Kompanie hatte die Ehre, als erste die Hauptwache am Markt abzulösen. Freundlich grinsend standen uns die Soldaten gegenüber. Sie hinterließen uns munter belebte Matratzen zur behaglichen Ruhestatt.
Daß man uns keine scharfen Patronen anvertraute, war ärgerlich. Einstmals, während der Nacht, hatten wir an der Ecke der Ballhof- und Knochenhauerstraße eine leichte Barrikade zu nehmen. Oben aus der Herberge flogen Backsteine herunter, unten bewarf uns von weitem die verwegene Menge. Vergebens verfolgten wir sie. Schießen konnten wir nicht. Da sprang ein langer Kollege, der die Geduld verlor, voran und prickte einem Kerl das Bajonett durch die Hose, daß er bölkte wie ein Ochse. Im Lindener Spital hat man ihn wieder kuriert. Und dies, soviel mir bekannt, ist unsererseits die einzige grausige Bluttat während der ganzen Revolution.
Übrigens gab es unruhige Geister auch in unserer eigenen Mitte. Sie brachten dem Direktor Karmarsch, ich weiß nicht warum, eine Katzenmusik. Für die Radaumacher schloß man die Schule. Für uns andere, die brav gewesen, ging der Unterricht weiter. Allmählich kamen die schwierigen Fächer an die Reihe. Vor allem die Voraussetzungen der höheren Mathematik, von denen Berkeley behauptet, sie wären shocking to good sense, und deren hohe Bedeutung ich erst später erkannte, machten mich stutzig. Mein Eifer erlahmte. Auf Anraten des Malers Klemme ging ich bis auf weiteres nach Düsseldorf zur Akademie.
Die Schule in Hannover aber, die ich verließ, hat sich immer schöner entwickelt. Sie feiert demnächst das Fest ihres 75jährigen Bestehens. Ich wünsche ihr eine dauernde Blütezeit.
Mechtshausen, im Mai 1906

O Vöglein du, du hast es gut,
Du ziehst mit frohem Wandermut
In hoher Luft dem Süden zu.
O Vöglein, könnt' ich fort wie du.

Ein Tag wie alle andern aus dem Leben zweier Junggesellen

8. Februar 1851

Es ist Abend. Der Hammer an der Turmuhr läßt langsam und höchst melancholisch elfmal die Glocke ertönen, ganz auf dieselbe Art und Weise, wie er es schon seit Jahrhunderten zu tun pflegte. Seitdem ist nun schon mancher Tag dahingegangen; die Straße hat ihrer Zeit dicke Ratsherren einherwackeln sehen mit steifen Perük=ken und kupferfarbenen Nasen und wichtigen hochweisen Mienen; auch hat sie ihre Nachtwächter gehabt in rauhen Pudelmützen und aufgeklappten Rockkragen, den mächtigen Spieß in der pelzbeschuh=ten Hand und von Stunde zu Stunde mit aufgepusteten Backen in krumme Rindviehhörner blasend, als wohlbekannte Andeutung auf ihrer Hut zu sein, für derartige Herren, welche sich ein Vergnügen daraus machen, zu nächtlicher Stunde Fensterschei=ben einzudrücken, Visiten abzustatten und sich dann allerlei zum Andenken mitzunehmen; ebenso für solche Leute, welche, den schweren Hausschlüssel in der Tasche, singend und voll süßen

Weines die Gasse fürs Trottoir ansahen, endlich sehr unangenehm für solide Hausväter resp. Mütter, welche sich regelmäßig Schlag zehn aufs rechte Ohr legen, sanft entschlafen und dann durch sonderbare dumpfe Töne geweckt werden aus süßen Träumen. Alles das ist nun schon lange her. Die Ratsherren sind ja jetzt einfache, biedere Leute; die Nachtwächter sind auch mit der Kultur fortgeschritten, tragen keine Hörner mehr wie das liebe Vieh, sparen ihre Lunge und fangen die Spitzbuben lieber, als daß sie dieselben verscheuchen. Mit einem Worte, es ist heute der achte Tag des zweiten Monats im Jahre des Heils 1851. Die alten Gaslaternen gucken in unser Fenster, sie trippeln auf und nieder, als ob sie Frost in den Füßen hätten, und das ist doch gar nicht wahr. Der Wind, der den Regen gegen die Fenster schlägt, pustet sie hin und her. An solch trüben Tagen bin ich immer in einer sehr wohlwollenden Stimmung; ich habe so meine Gedanken über Ewigkeit und Bestimmung des Menschen. Heute war der Tag so recht dazu geeignet, und ich dachte, wie ich so im Sofa lag und aus einer halblangen Weichselrohrpfeife lange Dampfwolken in die Luft blies: Du wirst dir auf jeden Fall und unbedingt den wärmsten Platz im Schoße Abrahams erwerben, wenn du deine Pfeife beiseite setzest und die Feder zur Hand nimmst und dann für Herrn Landchirurg B. in A. zu schreiben anfängst wie folgt: Ein Sonntag aus dem Leben zweier Junggesellen wie alle anderen.
Eins, zwei! Es hat halb acht geschlagen. Der Morgen bricht trübe durch die Kammerfenster; an Sonnenstrahlen ist wegen der rings aufsteigenden Häuser natürlich nicht zu denken. Wir können demnach ungeniert unsere Äuglein aufschlagen, ohne geblendet zu werden; und so geschieht es denn auch. Nun könnte man so auf den ersten Augenblick glauben, wir würden nicht den geringsten Versuch machen, sie wieder zu schließen. Aber weit gefehlt! Wir streichen sie noch einmal recht herzhaft und schwelgen in äußerst behaglicher Bettwärme, bis etwa 10 Minuten verflossen sind. Dann öffnet sich leise und schüchtern die Kammertür; es ist Johann, unser Kammerdiener, welcher hereintritt, zwischen den Stiefeln herumwühlt und endlich mit vieren derselben verschwindet, wie er gekommen. Jetzt ist die Zeit herangenaht, wo wir unsere horizontale Lage verlassen und plötzlich perpendikulär mit bloßen Beinen und struppigem Haar vor dem Bette stehen. Dann haben wir nichts Eiligeres zu tun, als zunächst in die Pantoffeln, darauf in die Hosen und schließlich in den Schlafrock zu fahren. Ist solches geschehen, so eilen wir in die Stube, weil wir recht gut wissen, daß sich dort ein Ofen befindet, der uns einen äußerst warmen Empfang bereitet. Das Wasser in der Kaffeemaschine ist bereits heiß, und das haben wir niemandem anders als unserem guten Johann zu verdanken, der es schon vor unserer Auferstehung vorsichtig in die Ofenröhre gestellt hat. Unsere Leistungen zeigen sich nun in ihrem schönsten Lichte. Die Spirituslampe wird angezündet, und alsobald fährt eine

musikalische Regung in den sonst so stillen Kaffeekessel, welcher ganz leise zu singen anfängt. Bei diesen behaglichen Tönen zünden wir die Pfeife an und ordnen vorläufig unser noch ganz struppiges Haar. Das Wasser hat angefangen, heftig zu kochen; es wird jetzt allmählich auf jenes braune Pulver geschüttet, was man im gemeinen Leben gemahlenen Kaffee zu nennen pflegt, und es währt nicht lange, so verbreitet sich ein lieblicher Duft im ganzen Zimmer, vermischt sich mit dem Tabaksdampf und bildet auf diese Weise ein Aroma, welches, ich darf es kühn behaupten, unsere langen hausbackenen resp. schiefen Nasen vorziehen werden, trotz Weihrauch und Myrrhen. — Der Kaffee ist mit Gemütsruhe und Behaglichkeit heruntergeschlürft; der letzte Zug aus der Pfeife ist getan, und es beginnt nun ein höchst wichtiger Akt im menschlichen Leben; nämlich die Wäsche, welche ich leider aus ästhetischen Rücksichten zu übergehen mir die Freiheit nehmen muß. Ist besagte wichtige Handlung auf das gründlichste durchgeführt, so stehen wir bald sonntäglich geputzt, aber doch noch immer im Schlafrock da, um eben die Gemütlichkeit so lange wie möglich zu erhalten. Eine zweite Pfeife wird angezündet, und jeder geht an diejenige Arbeit, welche er nun gerade am lieben Sonntagmorgen auszuführen sich vorgenommen hat. Karl sehe ich in der Regel an seiner Staffelei stehen, wie aus Figura schlecht genug zu entnehmen ist.

Düsseldorf

Oktroyierte Verfassung für Wilhelm Busch

22. September 1851

§ 1. Besagtem W. B. wird aufgegeben, sich morgens $7^1/_2$ Uhr aus den Federn zu erheben. Notabene früher, wenn's beliebt.

§ 2. Bis $8^1/_2$ muß er mit Anziehen, Kaffeetrinken, seiner Morgenpfeife usw. unwiderruflich zu Ende sein.

§ 3. Von $8^1/_2$ bis 12 Uhr mittags hat er möglichst (!) fleißig auf der Akademie zu arbeiten.

§ 4. Von 12 bis $1^1/_2$ ist Bummel- resp. Essenszeit, wie auch die Zeit für Besuch der Bibliothek.

§ 5. Von $1\frac{1}{2}$ bis Dunkelwerden: Arbeiten auf der Akademie.

§ 6. Vom Dunkelwerden bis zum Aktzeichnen ad libitum zu verfahren.

§ 7. Das Aktzeichnen ist nie zu versäumen.

§ 8. Die übrige Abendzeit ist dem Studium der Geschichte und der Kompositionen zu widmen. Notabene zu Abend zu speisen und Pfeife zu schwelgen ist nicht untersagt.

§ 9. Von diesen Paragraphen ist nur mit Einwilligung des Verstandes und Gemütssinnes eine Abweichung gestattet.

§ 10. Für den Sonntag gelten die Paragraphen nicht; die Benutzung desselben steht ganz in der Willkür des obengenannten Individuums.

Von Mitte Oktober an treten alle Paragraphen in Wirksamkeit. Für jede Widersetzlichkeit wird besagtes Subjekt=Objekt von einem moralischen Katzenjammer höchlichst malträtiert werden.

„Ich schritt den grünen Rhein entlang,
Da sah ich vor mir liegen
Die Trümmer einer alten Burg,
Die Burg, die hab' ich erstiegen.
Und als ich trat in den öden Raum
Bei der Sonne letztem Schein,
Erblickt' ich einen Rosenstrauch
Wohl zwischen bemoostem Gestein.
Ein wundersamer Rosenstrauch,
Dran drei Knospen hangen
Und eine volle Rose auch,
Die herrlich aufgegangen."

Antwerpen

Anvers, 26. Juni 1852

„Von diesem Tage an datiere sich die bestimmtere Gestaltung meines Charakters als Mensch und Maler. Es sei mein zweiter Geburtstag."

Anvers, 14. Mai 1852

„Die Linde nickt an die zerbrochenen Fensterscheiben einer alten Dorfkirche. Ein Vogel hat sein Nest gebaut über dem Altar drinnen hoch oben. Sonntag morgen. Kirche. Die Sonne scheint warm in die Betstühle durch den blühenden Lindenbaum. Nickende Mütterchen fahren auf aus ihrem Schlummer. Sintemalen gepredigt wird,

Tor in Gallifort bei Antwerpen

wie geschrieben steht: Da wird sein Heulen und Zähneklappen. Der Vogel aber über dem Altar begann sein Lied zu zwitschern von des Sommers Lust und Sonnenschein und von dem blühenden Lindenbaume. Gott ist die Liebe! — Doch was weiß der Küster von Poesie; und dann ist es auch so störend des dummen Vogels dummes Lied. — Zerstört ist das Nest; zerrissen hängt es in den weißen Rosen auf dem Kirchhofe. Der Vogel flattert ängstlich in der Linde; die nickt gegen die zerbrochenen Kirchenfenster im Sonnenschein."

Das Lied vom Finken und dem Jägersmann

Ein Finke saß im grünen Hag,
Der sang den lieben langen Tag,
Wie's grad im Herzen ihm aufgeblüht
Sein lustig Lied, sein traurig Lied.
Er sang, wie sich die Sonnenstrahlen
Lieblich durch grüne Zweige stahlen,
Und auch vom Licht im allgemeinen,
Dem ewig schönen, ewig reinen.
Doch wenn er gar den Mond besang
Das Lied jedwedem zu Herzen drang.
Nur einem hatte das Lied nichts an,
Das war der schreckliche Jägersmann.
Im Winde flattert sein zottig Haar,
Schaurig sein Bart zu schauen war.
Die Augen warfen schwarze Reflexe
Wie auf gelbem Pergament zwei Tintenkleckse.

Durchs Hirn ging ihm ein wirrer Traum,
Da legt' er sich unter den grünen Baum
Und zog aus seiner Jägertasche
Die große grüne Branntweinflasche,
Sie war voll echtem Kirschbranntwein,
Den hat ihm geschickt der Alte fein.
Und als er hörte des Finken Lied,
Die Flasche schnell vom Munde schied.
Er legt die Büchse ans Gesicht
Und schießt vom Baum den armen Wicht,
Der liegt nun da und zappelt sehr,
Vom Monde singt er nimmermehr.
Nur einmal noch zu guter Letzt
Tut er den Schnabel auf verhetzt
Und macht mit rührendem Akzent
Dem Jäger noch ein Kompliment.
Grüßt drauf den Mond mit stummem Blick
Und sinket tot ins Gras zurück.
Der Jäger aber aus der Tasche
Zieht seine große Branntweinflasche.
So hat es sich von je gefügt,
Daß Edelmut Gewalt erliegt.

Kneipzeitung, November 1852

Romanze vom Ritter Ossa Sepia

„Ossa Sepia, Ossa Sepia,
Schlanker Ritter, kühn und ädel,
Hast in dem gelobten Lande
Du zerhaun viel Türkenschädel."

Jetzo zieht er nach der Heimat,
Nach der Heimat geht sein Trachten;
Doch in Zons am grünen Rheine
Will der Ritter übernachten.

Hoch zu Roß mit seinen Knappen
Vor der Burg begehrt er Einlaß,
Und der Wächter auf der Zinnen
Denkt verwundert: Wer mag sein das?

Stößt ins Horn mit lautem Schalle,
Daß die alten Fenster zittern,

Fraget dann vom Turm herunter
Nach den Namen von den Rittern.

„Ossa Sepia, Ossa Sepia,
Schlanker Ritter, kühn und ädel,
Hat in dem gelobten Land
Zu Brei zerhaun viel Türkenschädel."

Und dem Burgherrn ist's verkündet,
Tor ist krachend aufgegangen,
In dem hohen Rittersaale
Hat der Burgherr ihn empfangen.

Ossa Sepia bei der Tafel
Kündet flammend seine Taten,
Und als gält es Türkenschädel,
Haut er in den Schweinebraten.

In den Schweinebraten haut er,
Doch die schöne Kunigunde,
Kunigunde, die kredenzt den
Becher ihm mit höhn'schem Munde.

Bleich erscheint der Ritter morgens. —
Sorglich tät der Burgherr fragen:
„Edler Ritter, sprecht, was fehlt Euch?"
„Bitte sehr, hat nichts zu sagen."

Und dann setzt er sich zum Frühstück
Mit gar kläglicher Tournüre.
Plötzlich: „Bitte um Entschuldigung!"
Ruft's, stürzt ängstlich aus der Türe.

Kommt er wieder, schaut er wirre
Auf zur schönen Kunigunde. —
Kunigunde doch kredenzt den
Becher ihm mit höhn'schem Munde.

Boshaft lachend denkt das Fräulein:
Schlanker Ritter, kühn und ädel,
Hast in dem gelobten Lande
Wohl zerhaun viel Türkenschädel.

Traun, du liebst mich wohl? So denkt die
schöne, stolze Kunigunde;
Kunigunde, die den Becher
Ihm kredenzt mit höhn'schem Munde.

Ossa Sepia, Ossa Sepia,
Wie so bleich ziehst du von hinnen.
Kunigunde, Kunigunde
Stehet stolz auf Turmes Zinnen.

Vor dem Burgtor läßt er halten.
Kläglich zieht er aus der Tasche —
Himmel, will er sich vergiften! —
Eine kleine, runde Flasche.

Ha! Er trinkt! Er fährt zusammen!
Reibt den Magen! Sieht gen Himmel!!!
„Wahrlich", spricht er, „ich muß sagen,
Das ist ganz famoser Kümmel!!"

„Jetzo, denk' ich, wird es besser.
Auf, ihr Knappen, rasch von hinnen!"
Spricht's und sprengt davon. Verwundert
Steht das Fräulein auf der Zinnen.

Sommer – Sonntag – Sonnenschein

Sommer — Sonntag — Sonnenschein. —
Blühende Kirchhofslinde
Nickt durchs zerbrochene Fenster hinein
Der Kirche im Morgenwinde.
Vogel fliegt dort ein und aus
Friedlich am Sonntagmorgen,
Oben im stillen Gotteshaus
Glaubt er sein Nest geborgen.
Kirche — Orgel und Choral,
Warm ist's im Kirchenraume;
Dorfes Mütterchen allzumal
Nicken behaglich im Traume.
Still Gesang. Das Wort beginnt:
Gott kommt in Strafgewittern;
Worte so da geschrieben sind:
Heulen und Kniezittern. —
Jeder Schläfer fährt so bang
Auf aus behaglichem Traume.
Doch der Vogel, der Vogel sang
Laut ein Lied in dem Raume.
War ein Lied vom Sonnenschein,
Frühling und Frühlingstriebe:

Der neunzehnjährige Busch

War ein Lied so hell und rein;
Frühling und Gottes Liebe!
Dummen Vogels dummes Lied,
Dachte der Küster verdrossen.
Als er, der letzte, die Kirche mied,
Hat er das Nest zerstoßen.
Ängstlich flattert das Vögelein
In der blühenden Linde,
Die da nickt zum Fenster hinein
Der Kirche im Morgenwinde.

Bruder Gustav Busch als Seemann

München

Selbstkarikatur

Die Freunde Bassermann und Adamo über Busch:

Ich möcht' Wilhelm Busch wohl sein,
Sein geistig Aug ist scharf und fein,
Philosophie ist ihm nur Spiel.
Er spricht gescheit — nur etwas viel.
Und sagt man ja, so sagt er nein!
Ich möchte doch der Busch nicht sein.

6. August 1859

Der Busch da ist ein Bösewicht,
Denn schweigen tut er niemals nicht.

Freunde und Kollegen, Reime und Bilder

Stiftungslied

Reicht den Becher in die Runde!
Freudig preisen wir die Stunde,
Wo wir uns aus fernen Landen
Brüderlich zusammenfanden
Zu dem schönsten Jugendbunde.

Alter Neid, der uns verblieben,
Alter Haß, er sei vertrieben.
Wer da haßt, der lebt vergebens,
Denn die Summe unsres Lebens
Sind die Stunden, wo wir lieben.

Wo wir irren, wo wir fehlen,
Wollen wir uns nicht verhehlen,
Aber heimlich und im Rücken
Der Verleumdung Dolch zu zücken,
Bleibe den gemeinen Seelen.

Was wir denken, was wir streben,
Was wir lieben und erleben,
Sei vereint in diesen Stunden
Doppelt schön von uns empfunden,
Unsre Herzen zu erheben.

Dieser Geist, der uns durchdrungen,
Lebe frisch und unbezwungen
Immer fort in diesen Hallen,
Wenn wir längst in Staub zerfallen
Und dies Lied schon längst verklungen.

Das Festlied des Vereins

So brich hervor, der Freude Festgesang,
Die unsern Busen schwellt, schwing dich empor,
Schwing dich empor mit allerhellstem Klang!
Gleich wie aus goldnem Saatenfeld,
Ein jubelnder Lerchenchor.
Viel ward verweht in kalter Winternacht,
Vom rauhen Nord zerstreut, was wir gesät.
Doch mehr als wir gedacht, verblieb uns,
Das zu dieser Zeit in wallenden Ähren steht,
In wallenden Ähren steht.
Du weiltest, lang ersehnter Erntetag.
Oft hat mein Herz gebebt, doch es gelang!
Vereint beim frohen Festgelag, genießen wir,
Was wir erstrebt in freudigem Jugenddrang.

Hin müßt werden!!! Fritz Schwörer

Das Lied vom dicken Fritz

Warum ist doch der Fritz so rund?
Er sitzt den ganzen Tag im Grund,
Und ist der Tag auch noch so schwül,
Am Wasserfall da ist es kühl,
Da kann er ganz gemütlich sitzen,
Braucht nicht wie andre Leut zu schwitzen,

Und naht die Mittagsstunde sich,
So lagert er sich im Grunde,
Zwölf Eier sind dann auch ein Grund,
Ein schönes Essen und gesund.
(: Chor der Dünnen :)
Seht, seht: Behaglich streicht er sich den Bauch!
Du lieber Gott, ich wollte —
Ich wollte, wir könnten's auch.
Warum ist doch der Fritz so rund?
Er schiebt die Wurscht in seinen Mund,
Und Rindfleisch ißt er gleich für vier
Und leert dazu vom guten Bier
Manch volles Glas bis auf den Grund.
Poussieren, denkt er, macht nicht rund,
Laubobern ist auch nicht gesund,
Drum schleicht er sich ganz still allein
Ins Bett hinauf schon um halb neun.
Und wenn's kein Bier gegeben hätt',
Wer weiß, er läg' noch heut im Bett.

Auf der Reise

1

Mir ist das Herz so voll und weit
Vor Sehnen und Verlangen,
Daß ich zu dieser Sommerzeit
Das Wandern angefangen.

Der Himmel ist so klar und blau,
Die Vöglein singen heiter,
Dieweil ich frisch durch Flur und Au
Hinwandre weit und weiter.

Ja, selig ist der Wandersmann,
Der durch die Welt spazieret,
Durch Flur und Au, bergab, bergan,
Und — keinen Wolf verspüret.

Der kleine Maler

2

Es soll der Wandrer sich den Tag
Nicht vor dem Abend loben!
Dort hat ein Wetter allgemach
Am Himmel sich erhoben.

Und schwüler wird es. — Mehr und mehr
Drückt mich die Sonnenhitze,
Kaum schlepp' ich mich des Wegs daher,
Ich schnaube und ich schwitze.

Ach, ich geplagter Wandersmann,
Wie muß ich mich doch schinden!
Jetzt packt mich gar der Wolf noch an
Und zwickt und drückt mich hinten.

Au weh! Der Wolf zerreißt mich schier,
Ich bet' aus vollem Herzen,
Ach Gott! Gib mir ein Nachtquartier
Und — eine Unschlittkerzen!

3

Der Wolf, das weiß ein jeder Mann,
Der ist ein Vieh ganz eigen,
Dieweil er nicht recht leiden kann
Den Brummbaß und die Geigen.

Drum griff ich abends im Quartier
Alsbald zur Unschlittkerzen
Und strich den Baß von hinten mir,
Das macht dem Wolfe Schmerzen.

Ich tät wohl eine gute Weil
Den Bogen wacker führen,
Bis daß der Wolf mit Wehgeheul
Fuhr aus der Hintertüren.

Probatum est. — Darum, o Christ,
Sei dir daran gelegen,
Daß du den Bogen nicht vergißt,
Es ist der Wölfe wegen.

Der kleine Kaplan

4

Den Bergsee hab' ich nun erreicht,
Ich müder Wandersmann,
Und was sich meinem Blicke zeigt,
Schau' ich mit Staunen an.

Vergoldet von der Sonne Schein,
Die Berge rings in Glut,
Inmitten wie ein Edelstein
Des See's grünklare Flut.

Du grüner, funkelnder Smaragd
Am Busen der Natur,
Bezaubre mich mit deiner Pracht
Noch eine Weile nur!

O halte, schöner Talisman,
Gefangen Sinn und Geist!
Dieweil nicht fern der Wandersmann
Im Grase sitzt und scheißt.

An den Kunstsänger Herrn v. A.

Künstlich singst du genug! — Und es könnten die Kenner dich loben,
Hätt' deine Stimme nur halb deiner Nase Metall.

An die Nase des Herrn v. A.

Purpurgerötete Nase, du scheinst mir von allen die schönste!
Frisch wie die Rose im Tau, ragst du ins Weltall hinaus.

Der Kassenwart des Vereins mahnt einen Beitrag an

Da schau her, Jaussi! Die Häh=nel sind doch rech=te Sauviecher; erst fressen's Scheiß=dreck und hernach fressen wir die Hähnel.

Pixis im Atelier
zu Brannenburg

Es lebt ein Heiligenmaler . .

Es lebt ein Heiligenmaler
Zu Brüssel in der Stadt,
Der viele fromme Bilder
Mit Fleiß gemalet hat.
Sein langes Haar, es wallet
Ganz nach Prophetenart,
Und um die keuschen Wangen
Weht ernst der Mosesbart.
Ins Auge flattert mystisch
Begeisterungs=Flammenglut.
Die heiligen Bedenken
Bedeckt der Felbelhut,
Die Waden, einfach biblisch
Und altdeutsch stilisiert,
Umhüllen Rock und Hosen,
Daß man nichts weiter spürt.
So wandelt er auf Erden
Verkannt und dennoch keck
Im heil'gen Selbstvertrauen —
Die andern sind ihm Dreck.
Das erste Bild, das er gemalt,
Das kostet ihn nicht viel,
Er saß sich selbst dazu Modell,
Drum hat's auch guten Stil.
Er saß sich selbst dazu Modell
Er malte, wie er's fand:
Der Adam sitzt im Paradies,
Den Apfel in der Hand.

Das zweite Bild, das er gemalt,
Das kostet ihn viel Geld,
Dieweil ein weibliches Modell
Er sich dazu bestellt.
Doch läßt man oft beim besten Werk
Den Augenblick entwischen,
So kam auch ihm, eh' er's vernahm,
Ein Hindernis dazwischen.
Das zweite Bild, das er gemalt,
Verriet schon mehr Gefühl.
Der Adam hält den Apfel noch,
Die Eva hält den Stiel.
Nun hätt' er gern das dritte Bild
Zur Arbeit gleich genommen,
Wie Adam und die Eva dann
Zu Falle sind gekommen.
Drum malt er, weil's nicht anders ging,
Die Schulden so zu decken,
Wie Adam und die Eva schnell
Sich vor dem Herrn verstecken.
Ein jedes Ding hat seine Zeit
Und geht einmal zu Ende.
Man kommt vom Alten Testament
Zum Neuen Testamente.
So malte unser Maler nun
Mit christlich frommem Sinne
Der Jungfrau höchstes Ideal,
Die Himmelsköniginne.
Doch wie's im Leben einmal geht,
Das höchste Ideale
Schlägt seine Wurzel insgeheim
Hinab in das Reale.
Sogar ein Heiligenmaler braucht
Am Ende das Reelle.
Drum nahm sich unser Maler auch
'ne Köchin zum Modelle.
Bei Tage tät er sie mit Fleiß
Sich malen und skizzieren
Und führte die Madonna dann
Bei Mondenschein spazieren.
Gar wunderlich geht's manchmal zu
Hienieden auf der Erden!
Die Suppe, die ein andrer kocht,
Muß dennoch gegessen werden.
Kaum daß ein Jahr vergangen war,
Ereilt ihn das Verhängnis —
Ein neues Beispiel zeigte sich
Von unbefleckter Empfängnis.
Die Jungfrau=Mutter konnt' er nun,
Sich selbst als Joseph malen —
Und was der Heil'ge Geist getan,
Das mußt' der Joseph zahlen.

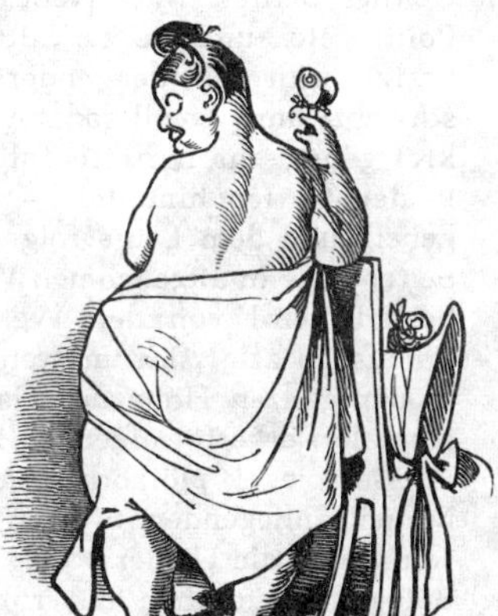

Am Wasser

Droben an der Isar, da, wo ihre blaßgrünen Fluten zuerst in die weltberühmte Kunst= und Residenzstadt München hinüberströmen, dort erhebt sich hart am Gestade von schlanken Akazien und blühendem Flieder umkränzt, ein zierliches Landhaus, dem Auge lieblich anzuschauen. Ein Eckfenster im ersten Stock, mit roter Kapuzinerkresse dicht bewachsen, pflegte die Blicke der Vorüber=gehenden am meisten anzuziehen. Und wem es vergönnt gewesen, wem das seltene Glück zuteil geworden wäre, durch den Blumen=wust, doch selber ungesehen, in jenes Zimmer zu spähen, der hätte an einem frühen sonnigen Sommermorgen, als eben die Schwalben ihr erstes Morgenzwitschern anhuben, der hätte, sage ich, durch jenes Fenster ein schönes schwarzgelocktes Mädchen auf dem Lager bemerken können, als es eben vom Schlummer erwachte und die Augen aufschlug: Die geblümte Decke war zurückgeschlagen, denn die Nacht war schwül gewesen. Ein leichtes weißes Gewand ver=deckte nur zur Hälfte die Reize eines tadellosen Busens, welcher üppig auf und nieder wogte, während die Schöne, den rechten Arm gerade ausgestreckt, den linken übers Haupt zurückgebogen, sich wollüstig dehnte und streckte. Nachdem sie dabei einige Male recht sehnsüchtig geseufzt hatte, erhob sie sich.
Glücklich derjenige, dem es vergönnt gewesen, diesen Moment zu belauschen. Ich sage nichts als dies. Es kam durch die Verschiebung des Gewandes ein Schenkel zum Vorschein, ein Schenkel, der mit Schnee und Rosen in Farbe mit persischem Samt in zarter Weich=heit zu wetteifern schien. Die Schöne erhob sich, sie langte mit ihren Lilienfingern unter die Bettstatt und zog eine anspruchslose weiße Phiole oder etruskische Vase herfür, welche sie jedoch, wie von einem neuen Gedanken erfaßt, ungenützt wieder an ihren Ort stellte und ein auf dem Toilettentisch gelegenes Papier ergriff, welches betitelt war: Neueste Nachrichten auf dem Gebiete der Politik etc., und sie zerknitterte das Papier in der linken Hand, kratzte sich mit der anderen ein wenig die rechte Lende und schwebte anmutsvoll sodann zur Tür hinaus. — Wir aber sind dis=kret genug, ihr nicht zu folgen. Die morgenfrische Luft lockt uns in den Garten hinunter. — Wir vernehmen in der Nähe Hunde=gebell, und dem Laute folgend, gelangen wir auf einem schmalen Seitenwege in angenehmen Windungen an jene Stelle, wo die Villa bespült wird von den Wellen des Stromes. Ein eigentümliches Schauspiel zeigt sich unseren Blicken. In senkrechter Richtung, fast in der ganzen Höhe des Hauses herunter, zieht sich ein äußerst schmaler, erkerförmiger Vorbau, der etwa 3 oder 4 Fuß über dem Wasserspiegel plötzlich abgeschnitten, von 2 schräg gegen die Mauer anliegenden Stützen getragen wird. Hier sah man nun, wenn man die Fliederzweige ein wenig zur Seite bog, ein zierliches Bologneserhündchen mit rotem Halsband unaufhörlich die unter

dem Vorbau befindliche Stelle des Wassers anbellen, welche durch das Herabfallen verschiedener, wie es schien, ziemlich konsistenter Gegenstände in unregelmäßigen Zwischenräumen so heftig erschüttert ward, daß dadurch ein lautes Geplätscher entstand. Ohne Zweifel hatte dies dem Hündlein Veranlassung gegeben, die feierliche Stille des Sommermorgens durch sein Gebell zu unterbrechen; jedoch nur auf kurze Zeit. — Ein Rauschen und Rieseln wie von tropfbarer Flüssigkeit, ein leises Tröpfchen, ein kurzer, schnarrender Laut, das Zuschlagen eines Holzdeckels — dann plötzlich alles still. Die Schwalben zwitschern leise, lautlos zieht der Strom dahin, und gedankenvoll wandern wir das Ufer entlang, dem Treiben und Geräusch der Stadt entgegen. —
Es geschah aber um dieselbe Stunde, daß unser Freund Baptiste Pappendeckel in der Maasschen Schwimmanstalt und eine halbe Stunde später unser Freund Bassermann im Damenbad ihre wohl proportionierten Glieder in den Wellen kühlten. Diese beiden Jünglinge sollen etwas geschmeckt haben.

Die unterzeichnete Militärkommission bescheinigt hiermit, daß der Johann Friedrich Wuzel, genannt ..., geboren leider in München, derzeit Hundshetzer in Trudering, seiner Militärpflicht wegen übergroßer Schönheit enthoben wurde.
Signalement.
Statur: appollonisch, belvederisch, zu Pferde hinreißend, hyperbolisch, besonders für Damen.
Gesicht: bezaubernd, Lossow=Oval
Nase: römisch=antiquarisch
Mund: lüstern, kirschrot
Augen: azurblau mit Brillantenglanzlichtern auf der linken Seite
Stirn: cäsarisch, marmonisch, olympisch
Haare: in seidenen Locken wallend
Bart: üppig, fast martialisch
Anzug: genial
Geschlechtsteile: je nachdem.

Die Militärkommission

Ständchen

Mit deiner lilienweißen Hand,
Im weißen lichten Nachtgewand,
Machst du dein kleines Fenster zu
Und löschst das Licht und gehst zur Ruh!
Oh, schlafe, holdes Liebchen mein,
Schlaf ruhig bis zum Morgenschein!
Doch eh' du dich zur Ruhe legst,
Tust du, was du zu tuen pflegst,
Du beugst die lilienweißen Knie
Und hebst das Hemd und machst pipi!
Oh, schlafe, holdes Liebchen mein,
Schlaf ruhig bis zum Morgenschein!
Nun legst du dich und deckst dich zu.
Ein Engel schütze deine Ruh!
Und käme auch ein kleiner Floh
Und krabbelte dir am Popo,
So schlafe, holdes Liebchen mein,
Schlaf ruhig bis zum Morgenschein.

Die spröden Mädchen

Lange stand ich so. Aber sie kam nicht. –
Der Mond stand tief.
Vom kalten Nachttau troff mein Haar,
und schauerdurchrieselt,
wärmeverlangend
rafft' ich vom Boden mich auf,
dem Hause zuschreitend,
dem wohlbekannten,
das kurze Zeit als Sommergast mich aufgenommen. –
Leise schloß ich die Türe.
Ich dämpfte den polternden Klang
der eisenbeschlagenen Bergschuh,
und behutsam tappend mit schwebendem Schritt
erklomm ich die Treppe. –
Da hielt geheimer Zauber meinen Fuß gelähmt –
Ich stand vor ihrer Kammertür.
Sollt' ich weilen, sollt' ich weitergehen?
Oft schon hatt' ich sie geherzt und oft geküßt;
oft in stiller Dämmerstunde,
wenn die Alte, die keifende,
mit dem Rosenkranz hinab ins Dorf zur Kirche ging. –

Oft hatt' ich dann in fragendem Flüsterton
zu ihr geredet; doch niemals gab sie meinem Wunsch Gehör;
energisch lachend, riß sie sich los und ließ mich stehen. —
Jetzt stand ich da vor ihrer Kammertür
in stiller Nacht.
Ein leiser Druck auf die Klinke,
Nur wenige Schritte, so war ich bei ihr. —
Doch wenn mein unverhofftes Kommen sie erschreckte,
horchend legte ich das Ohr an die Tür
mit klopfendem Herzen.
Keinen Laut vernahm ich.
Sie schlief wohl sanft in ihren Kissen
den süßen, glücklichen Schlaf der Unschuld,
und ich — ich wollte diesen Frieden stören!
Nun! Das sei fern!
Schlafe ruhig weiter und träume süß.
Kurz! Daß ich es gestehe!
Ich blöder Schäfer wandte mich
nun behutsam in mein eigenes Kämmerlein.
Den langen Stecken lehnt' ich an die Wand,
Ich löste die Riemen der Bergschuhe —
Mißmutig warf ich die Kleider ab;
bis ich im Hemd dastand, dem bloßen,
erhellt vom Licht des Mondes.
Ja! Mißmutig war ich, unruhvoll,
ob meiner Wünsche Nichterfüllung —
und aus der Tiefe der Brust hob sich ein tiefer Seufzer,
ein tiefer, sehnsuchtsvoller Seufzer.
Ach ja! Da — plötzlich hinter mir
an der Ecke, wo mein Bett stand —
erklang ein Echo auf meinen Seufzer — ach ja! —,
so recht aus tiefster Brust.
Es fiel ein schräger Strahl des Mondes
gerade an jene Stelle,
ja — denkt euch nur! —,
das liebe, tugendhafte, spröde Schelmenmädchen
lag — in meinem Bett.
Was *ich* nicht wagte, hat sie unternommen,
weil ich zu *ihr* nicht kam, war sie zu mir gekommen.
Nehmt ein Exempel daran, ihr blöden Junggesellen,
Die spröden Mädchen tun sich oftmals nur verstellen.
Gar mancher, der es wagt,
Der könnte viel erlangen;
Doch ist auch mancher schon
Ganz eklig eingegangen.

Seelenwanderung

Der dicke Kämmerer im Ägypterland
War weit und breit als Grobian bekannt,
Bekannt als größter Tier= und Menschenschinder;
Er schlug sein Weib und seine kleinen Kinder.
Er schlug mit seinem Rohr die alten braven
Kamele und die schwarzen Mohrensklaven;
Und als er sie geschlagen manchen Tag,
Da traf ihn eines Tages selbst der Schlag. –
Er starb. – Da tönt des Schicksals Donnerwort:
Die Seele wandre durch Kamele fort
Und komme nicht zur Ruh im sel'gen Land,
Bis sie das größte der Kamele fand! –
Im ersten Schrecken fuhr des Kämmerers Seele
In eines seiner eigenen Leibkamele;
Die Kinder ritten ihn, die eignen Fraun,
Er ward von eignen Sklaven oft gehaun,
Und endlich unterlag er seinen Leiden. –
Die arme Seele muß von hinnen scheiden;
Sie fuhr entsetzt davon und fuhr und flog
In ein Kamel, das durch die Wüste zog.
Die Sonne brennt, es weht der heiße Smum,
Vor Hitze kommen fast die Leute um.
Da schneidet dem Kamel man auf den Bauch
Und zieht hervor den großen Wasserschlauch;
Die Karawane trinkt, der Durst war groß,
Und wieder ist die Seele obdachlos.
Und wieder muß die arme Seele wandern
Durch ein Kamel hinaus, hinein zum andern,
Und findet nicht das größte der Kamele.
Vergebens wandert die geplagte Seele
In das Kamel, das den Propheten trug;
Auch dies sogar war noch nicht groß genug. –
Da ist sie einst nach manchen tausend Jahren
Zu Turkestan in ein Kamel gefahren,
Das man als größtes, das man jemals fand,
Herüberbrachte in den Zollverband.
Man zeigt' es in den Buden, in den Gassen,
Es mußte sich geduldig schinden lassen
Und starb zuletzt von allzu vielem Schinden.
Wo soll die Seele noch ein größres finden? –
Ein Hofrat stand dabei. – Als blauer Rauch
Fuhr ihm die arme Seele in den Bauch.
Da griff er schnell zu Feder und Papiere
Und schrieb ein Buch zum Schutz der lieben Tiere. –
Der Hofrat starb. – Ersehnte Ruhe fand
Des Kämmerers Seele aus Ägypterland.

Des Vollmonds Lieben und Leiden

Ich ging allein — es war schon spät —,
Die Gassen waren leer und öd;
Da sah ich, wie der Vollmond sich
Ganz heimlich durch ein Fenster schlich.
Durchs Fenster in ein Kämmerlein
Zu einem Mädchen, dem zulieb
Ich spät noch in den Straßen blieb.

Und dem ich selbst schon fast ein Jahr
Vergeblich nachgestiegen war.
Seit jener unglücksel'gen Nacht
Hab' ich kein Auge zugemacht;
Die Eifersucht hat mich erfaßt,
Ich hab' dem Monde aufgepaßt.
Doch er, er kam zu meiner Freud
Nicht wieder zu derselben Zeit,
Und erst in letzter Nacht, da schlich
Er wieder durch die Gassen sich. —
Doch ach, wie sah er traurig aus.
Er war so blaß — es war ein Graus.
Er war so blaß, er war so falb,
Er war nicht ganz, er war nicht halb.

Man sah's im an, daß er fürwahr
Bereits im letzten Viertel war.
Als ich darauf ihm nachgespürt,
Da ist ein säuisch Ding passiert.
Zum Mägdlein ging er nicht, o nein!
Er stieg — beim Apotheker ein.
Durchs Fenster stieg er heimlich still —
Ich möcht' nur wissen, was er will.
Du guter Mond, was ist mit dir?
Du kommst mir schon bedenklich für.
Fast scheint es mir — ich glaube fast —,
Daß du, o Mond, den Schnupfen hast,
Hast heut vielleicht zuviel studiert,
Dem Stein der Weisen nachgespürt,
Und steigst beim Apotheker drum
Hinein ins Laboratorium.
Da wandte sich und sah mich an
Und sprach zu mir der blasse Mann,
So ist es nicht, wie du es denkst! —
Vom Schnupfen, Freund, bleib' ich verschont,
Ich bin die Nachtluft schon gewohnt.
Den Stein der Weisen fand ich längst.
Drum steig ich hier nicht heimlich ein —
Ich suche — Hi=Ha=Höllenstein.
Und suchst du Hi=Ha=Höllenstein,
So dauerst du mich sehr;
und jenes schöne Mägdelein,
Das lieb' ich nimmermehr.

Von der doppelten Brille. HB

Vereinspräsident Pixis

Signore Teodore,
der jüngst direkt aus Italien
hier angelangte große Mora=Spieler,
sozusagen der größte Moralist
seiner Zeit, ein Mann, der in mora=
lischer Beziehung so rein und leuch=
tend dasteht, daß alle andern gegen ihn
nur Mohren sind, ein Mann, der alsbald
nach seiner Ankunft dahier vom hiesigen
Künstlerverein, und einem längst ge=
fühlten moralischen Bedürfnisse abzuhelfen,
zum Präsidenten gewählt wurde, der aber
in seiner Bescheidenheit diese Würde
von sich abzulehnen zu müssen gedrungen
zu sein glaubte.

Ein Maler und ein Mägdelein

Es ging einmal spazieren
Ein Maler in den Wald,
Der wollt' sich da skizzieren,
Die Bäumlein jung und alt.

An einer kühlen Quelle,
Da war das Gras so grün,
Da setzt' sich der Geselle
Mit eifrigem Bemühn.

Und als er das Studieren
Mit Fleiß beginnen wollt',
Tät flink daherspazieren
Ein Mägdlein wunderhold.

Er grüßt das Mägdlein zierlich,
Wie sich's für Maler schickt.
Das Mägdlein ganz natürlich,
Hinwieder grüßt und nickt.

Es kam zur kühlen Quelle
Das Mägdlein mit dem Krug,
Auf schaute der Geselle
Von seinem Skizzenbuch.

Komm her, du wunderschönes
Lieb Mägdlein mit dem Krug,
Ich zeig' dir dies und jenes
In meinem Skizzenbuch.

Ach nein, das tu' ich nimmer,
Du bist ja falsch gesinnt,
Die Mutter sagt es immer,
Daß Maler Schelmen sind.

Und hat sie's auch erfahren,
So ist's schon lange her,
So war's vor vielen Jahren,
Das weiß sie nimmermehr.

Das Mägdlein mit dem Kruge
Setzt sich zu ihm ins Gras,
Der Maler in dem Buche,
Der zeigt ihr dies und das.

Er zeigt ihr dies und jenes,
Er sagt ihr noch viel mehr,
Erbauliches und Schönes,
Das Mägdlein freut sich sehr.

Dort bei der kühlen Quellen,
Da war der Wald so dicht,
Die Maid und den Gesellen,
Die sah ich beide nicht.

Das Büchlein und das Krüglein,
Die lagen da im Gras,
Das Krüglein bei dem Büchlein,
O weh, wie dumm war das!

Die Mutter kam gekrochen,
Die hat es gleich gespürt,
Sie hat es gleich gerochen,
Das Ding, das da passiert.

Lied eines versimpelten Junggesellen

Keine Frau befiehlt ihm was,
Hindert ihn durch dies und das,
Und er sorgt für sich allein –
Schön ist's, Junggeselle sein!

Mancherlei gibt's Zeitvertreib
Auf den Gassen, in der Kneip',
Auch gefäll'ge Mägdelein –
Schön ist's, Junggeselle sein!

Sitzt er abends lang beim Bier,
Schilt ihn nicht die Frau dafür,
Darum schenkt noch einmal ein –
Schön ist's, Junggeselle sein!

Geht er endlich selig fort,
Winket Ruh im Bette dort,
Ei wie gut schläft's sich allein –
Schön ist's, Junggeselle sein!

Wenn er morgens schlafen will,
Störet ihn kein Kindsgebrüll,
Keine Frau redt ihm was drein –
Schön ist's, Junggeselle sein!

Zieht ein frisches Hemd er an,
Fehlt gar oft ein Knopf daran,
Fröhlich näht er ihn dann ein –
Schön ist's, Junggeselle sein!

Und noch manche andre Freud
Sich der Junggesell bereit't,
Auch geht er mitunter ein –
Schön ist's, Junggeselle sein!

Harmlos lebt er so dahin
Und versimpelt oft im Sinn;
Manchmal ist er auch ein Schwein –
Schön ist's, Junggeselle sein!

Heut stolziert er auf und ab,
Morgen scheißt der Hund aufs Grab,
Dies ist dann sein Leichenstein –
Schön ist's, Junggeselle sein!

Klagelied eines Junggesellen

Mir fehlt etwas, mir ist nicht recht,
Doch wüßt' ich wohl, was ich wohl möcht',
Ich möchte was und weiß warum,
Das geht mir so im Kopf herum.

Heut sprangen mir von meiner Hos
Schon wieder mal zwei Knöpfe los;
Da setzt' ich mich und näht' herum
Wohl eine Stund, bis ich ganz krumm,
Bin dann zu Probsten hingerennt,
Zu schlürfen, was man Kaffee nennt.
Da fühlt ich wieder mal so recht,
Daß mir was fehlt, was ich wohl möcht'.

Ein Gast, ein traurig schmerzensvoller,
Saß ich zu Mittag dann beim Koller.
Die Serviette war beschmutzt,
Die Gabel war nicht abgeputzt,
Kurzum, ich fühlte da so recht,
Daß mir was fehlt, was ich wohl möcht'.

Und abends in der Dämmerfrist,
Wenn man so ganz alleinig ist,
Da möcht' ich wohl so dann und wann
Etwas zu titscheln=tatscheln ha'n.
Jedoch — da fühlte ich so recht,
Daß mir was fehlt, was ich wohl möcht'.

Was soll der Mensch des Abends tun?
Ich denk', zum Kappler geh' ich nun;
Da sitz' ich so bei meinem Bier
Als wie ein rechtes Murmeltier
Und fühle wieder mal so recht,
Daß mir was fehlt, was ich wohl möcht'.

Nun tönt die Glocke zwölf vom Turm,
Ich muß nach Haus, ich armes Wurm.
Es fällt der Schnee, der Wind geht kühl,
Daß ich's durch Hemd und Hosen fühl',
Und komm' ich endlich dann nach Haus
Und zieh' mich zähneklappernd aus
Und steig ins Bett — so fühl' ich recht,
Daß mir was fehlt, was ich wohl möcht'.

Rhadamant und Zamore

1

O schönes Bild der Liebe!
Heil dir, Ägypterland!
Heil, Königin Zamore
Und König Rhadamant!

Sie löschten aus demselben
Pokale ihren Durst,
Sie aßen miteinander
Von einer Leberwurst.

Dem König ward so übel,
Der Königin noch mehr.
Sie mußten beide sterben
Und liebten sich so sehr.

In einer Pyramide,
Da ruhn sie Hand in Hand,
Die Königin Zamore
Und König Rhadamant.

2

Es steht die Pyramide
Dicht an des Niles Bord,
Da ruhn die Mumienleiber,
Die Seelen wandern fort.

Und auf dem Nilgewässer,
Da schwimmt ein Gänserich,
In diesen fuhr die Seele,
Als Rhadamant verblich.

Zamore aber folgte
Den Spuren Rhadamants
Und fuhr zur gleichen Stunde
In eine wilde Gans.

Sie gickern und sie gackern
Und kosen miteinand;
Er gickert: Ach, Zamore!
Sie gackert: Rhadamant!

3

Es stieg aus ihren Ufern
Des Niles gelbe Flut,
Da faßt die treuen Gänse
Gewaltger Wandermut.

Die Brust erfüllt ein Sehnen
So wonnig und so weh,
Sie heben ihre Schwingen
Und fliegen über See.

Sie flogen hin nach Pommern
Und hatten guten Wind,
Nach Pommern, wo zu Hause
Die besten Gänse sind.

Da legte ihre Eier
Zamore in den Sand,
Heut brütet sie Zamore
Und morgen Rhadamant.

4

Das Glück der treuen Gatten
Zerstörte ein Barbar;
Ein pommerischer Junker,
Der fing das Gänsepaar.

Er fing die treuen Gänse
Und mästet sie nach Brauch,
Und als er sie gemästet,
Hing er sie in den Rauch.

Da hängen sie nun beide
Getreu bis in den Tod:
Die vielgeprüften Seelen,
Die fahren durch den Schlot.

Die Seele fährt von dannen,
Der Leib, der wird versandt,
Als Pommerns Gänsebrüste
Bekannt im ganzen Land.

Romanze von den drei Rittern und dem schönen Edelfräulein

Es waren einmal drei Ritter gut,
Die setzten ihren Sinn und Mut
Zugleich und zu derselben Zeit
Auf *eine* wunderschöne Maid.

Die drei, die saßen und tranken ihr Bier,
Sie tranken der Gläser drei oder vier,
Sie tranken und schwadronierten gar viel,
Und jeder meinte, er käme zum Ziel.

Es stritten die drei bis spät bei Nacht —
An einen vierten hat keiner gedacht.
Herr Kurzbein war der vierte genannt,
Dem schenkte das Fräulein Herz und Hand.

Das Diplomatengastmahl beim Fürsten Krüger

5. April 1863

Es ist sonst nicht eben unsere Sache, die Feder abzunützen bei der Schilderung jener schwelgerischen Mahle der Großen, die, gewürzt mit den Tränen und dem Schweiße des gemeinen Volkes, ein deprimierendes Zeugnis ablegen für die kolossale Frivolität unseres sonst so hoch kultivierten Zeitalters. Was uns aber in diesem Falle veranlaßt, eine Ausnahme zu statuieren, sind nicht allein die irrigen Gerüchte, die über das Argument jenes solennen Osterdiners zirkulieren, welches Fürst Krüger den Deputierten der Republik gegeben; es sind auch, und das absonderlich, die politischen Motive desselben, deren Tendenz, so verdeckt sie angelegt, dem instruktiven Scharfblicke der Patrioten unmöglich entschlüpfen könnte.

Sollte Fürst Krüger im Hinblick auf die Dekadenz des Romains und bei unserer bekannten Vorliebe für den Tyrannen Caligula eine Restauration der Cäsaren wirklich für möglich halten; oder sollte er, unter uns gesagt, vielleicht gar selber die schöne, aber frevelhafte Hand nach der dem Volke anheimgefallenen Krone des Perücklichen ausstrecken?

Wir fragen, und seine Durchlaucht schweigen. — Also gut! Obschon von plebejischer Herkunft, besitzen wir dennoch Delikatesse genug, um sofort von dem Gebiete der Vermutungen auf das der Tatsachen hinüberzutreten und zu denken, was uns beliebt. —

Am ersten Ostertage und 5. April dieses Jahres sah eine erstaunt gaffende Volksmenge die Karossen der Deputierten am Hotel des Fürsten Krüger vorfahren. — Es war präzise 2 Uhr nachmittags, als die Herren, umschwärmt von der reich betreßten Dienerschaft, durch die weitgeöffneten Flügeltüren in den leise duftenden Salon des Fürsten traten. Seine Durchlaucht empfing die Eintretenden mit jener unnachahmlichen Grazie und noblesse naturelle, welche der ewige Neid des Plebejers nur zu oft an Leuten von sehr hoher

Geburt zu bewundern hat. Mit welch fein nuanciertem Lächeln begrüßte er z. B. den geschniegelten Präsidenten v. Spieß, der in leichten Aalwindungen über den Parkettboden darherschwänzelte; welch leicht deternierter Zug von Ironie schwebte dagegen um seinen linken Nasenflügel, als ihm der aufgebürstete, strumpfsocken=eau=de=cologne duftende Provinzialdeputierte Stoeger seine Huldigungen darbrachte. –

Wie distinguiert wurde der päpstliche Nuntius empfangen? Seine Durchlaucht senkten höchst devot den rechten Augendeckel, legten die eine Seite der Stirn in drei bigotte Falten, und indem die linke Hand das Herz berührte, die rechte aber gewissermaßen den Peterspfennig zu halten schien, machten Höchstdieselben eine adorierende Verbeugung. –

Wir brauchen wohl nicht erst zu erwähnen, daß der Kultusminister v. Wangen und der Kriegsminister v. Müller mit gebührender Hochachtung, der Deputierte Beischlag, bekanntlich der Lichnowsky unter den Deputierten, und der jugendliche Stallmeister Lang aber mit einem heidnisch=haremystischen Lächeln begrüßt wurden, welches dem christlichen Beobachter höchst verdächtig erscheinen mußte. Auch wird es uns niemand verübeln, wenn wir über den heimlichen Quäker und Nationalvermieter Rögge, den aufgeschwollenen Ersatzdeputierten Busch, den wollüstigen Stadtrat Rumpf und den Börsenschwindler und Finanzminister Brögler weiter keine Worte verlieren.

Dagegen möchten wir nur höchst ungern den Vorwurf auf uns laden, etwas höchst Wichtiges vergessen zu haben: wir meinen die Orden und Dekorationen.

Vor allem hervorleuchtend erschien die prachtvolle, an feuerrotem Band vom Hals auf die Brust herabhängende Dekoration des Herrn von Schweissel, Großmeister der Ritter von Elefanten, der übrigens von seiner Ordenstracht nur noch die vorschriftsmäßigen gestrickten weißwollenen Fausthandschuhe angelegt hatte. –

Als Stern zweiter Größe aber erglänzte der doppelte Atzelorden erster Klasse mit Haaren und Erdbeerlaub, der, soviel uns bekannt, vom alten Hunnenkönige Atzel bei Gelegenheit seiner Vermählung mit der burgundischen Königstochter Kriemhilde gestiftet, unter den Deputierten allein dem Grafen Glaz zu tragen gestattet ist.

Weniger anspruchsvoll, aber errungen durch bürgerliche Tugend, schimmerte in bescheidenem Glanze die Rettungsmedaille des Hauses Munsch. Dem Herzen jedes guten Patrioten wird es ewig unvergeßlich sein, wie einst Ole Munsch unter Gefahr des eigenen Lebens den allverehrten Bürger Wagmöller aus den Fluten der Isar zog und dadurch eine der liebenswürdigsten Persönlichkeiten dem Wohle des Staates erhalten hat. — Die übrigen Orden und Standeszeichen, die launenhaften Gaben wer weiß welcher Despoten, dürfen wir füglich verschweigen.

Wir lassen dagegen unsere Blicke umherschweifen durch die gold=glänzenden Räume des Speisesaales.

Im Renaissance=Kamin lodert ein heimlich=offenes Feuer, genährt von kostbarer Zimtrinde, wie einst im Saale des Grafen Fugger, als Kaiser Karl V. sein Gast war. Rings im Halbkreise umher, mit ausgebreiteten Armen, steht eine Schar üppiger Sessel, jeden Augenblick bereit, den sybaritischen Gast in den wollüstig schwel=lenden Schoß aufzunehmen, während heiterverwandte Tierstücke auf sie herniederlächeln und die ahnungsvolle Phantasie sanft hinübergeleiten zu der mit exotischer Blumenpracht geschmückten Tafel.

Hier ist der Augenblick, wo wir staunen und schweigen. — Hätten wir den farbenreichen Pinsel eines Paolo Veronese oder die glänzende Phantasie eines Firdusi, wir würden unsere Hand sinken lassen, und unsere Phantasie würde geblendet ihr Haupt verhüllen.

Wir glauben dagegen nicht mit Unrecht, den stillen Wünschen unserer schönen Leserinnen (?) auf halbem Wege entgegen=zukommen, wenn wir nochmals die Blicke auf die Persönlichkeit des edlen Gastgebers selber lenken.

Fürst Krüger ist, was man so sagt, ein schöner Mann. In den besten Jahren und überstrahlt von dem unwiderstehlichen Liebreiz einer routinierten Seele, weiß er um so mehr die Herzen des schönen Geschlechts zu gewinnen, als seine geistreichen „Briefe aus Italien" schon längst und mit Recht auf den Boudoir=Tischen der Damen den ersten Platz für sich erobert haben. Das kastanien=braune Haar schmiegt sich mit liebevoller Hingebung um die phantasiereichen Schläfen. Die würdevolle Stirn, getragen von den kühn gespannten Bögen der Augenbrauen, verengt sich zu einer Nase, die, indem sie zwei feurig matte Augen voneinander scheidet, in schwungvoller Linie mit dem Munde wetteiferte. Ein in kurzem Wellenschlage gekräuselter Bart vereinigt alle diese Teile zu einem Ganzen, welches geradezu unbeschreiblich wäre, wenn man uns nicht gestatten wollte, die Bilder des Nero und des römischen Damenlieblings Antonius zu einem einzigen zu verschmelzen. — Den Hals charakterisiert eine sinnliche Fülle. Die Schultern aber sind von einer interessanten Ungleichheit der Höhe; ein zierlicher Mangel, den man gern vergißt, sobald man an den schwellenden Armen zu den Händen hinabgleitet, die in blendender Weiße mit dem blitzenden Solitär und den sauberen Manschetten zu wetteifern scheinen.

Bei Gelegenheit der Brust und des Bandes bewundern wir das

Gezeichnet von Wilhelm von Diez

kunstvoll gearbeitete Charivari, an dem besonders eine kleine goldene Krone dem argwöhnischen Beobachter höchst verdächtig erscheinen könnte.

Indem wir den nun zunächst folgenden Körperteil nur leicht be=rühren, ein eingehaltenes Urteil darüber jedoch den Damen über=lassen, fahren wir nicht ohne Behagen an den tadellosen Schen=keln und Waden zu der zierlichen Fußbekleidung hinab, sinken überwältigt zu den Füßen Seiner Durchlaucht und brechen in stumme Bewunderung aus — über den Schuster, der die Schuhe gemacht hat.

Das ist in allgemeinen Umrissen die Erscheinung des Fürsten, der eben huldvollst lächelnd seine Gäste zur Tafel führt.

Die Rangordnung der Plätze zeugte von einem solch beneidens=werten Takte, daß nur der Scharfblick eines raffinierten, unter der Etikette ergrauten Höflings imstande gewesen wäre, all die feinen Nuancierungen richtig zu würdigen, die unserm weniger geübten Auge natürlich verborgen bleiben mußten.

Das treffende Menu, zu dem Feuer, Wasser, Luft und Erde ihren schuldigen Tribut gezollt, legen wir im Original unserem Berichte bei und sind boshaft genug, zu erwarten, daß es manchem ge=meinen Bürger das Wasser im Maul zusammentreiben wird, selbst wenn er, um mit Heinrich IV. zu reden, an Sonn= und Feiertagen sein Huhn im Topfe hätte.

Der Wein, gereift zum Teil an den sonnigen Felsküsten Hispaniens, zum Teil in den wonnevollen Gauen des Rheins und an dem un=vergeßlich schönen Rebengelände der Champagne, floß sozusagen in Strömen und zeigte bald seine belebende Wirkung.

Zuerst erhob sich der Provinzialdeputierte Hoeger, um dem edlen Gastgeber im Namen der Gesellschaft seine Gefühle auszusprechen, bei welcher Gelegenheit er ihm jedoch einen prachtvollen Ehren=säbel demnächst leider nicht in Aussicht stellen konnte. Da der Redner mit einem berühmten Ausspruche Palmerstons seinen Vortrag begann, so bestärkte uns dies aufs neue in unserer oft ausgesprochenen und oft bestrittenen Behauptung, daß ihm die feinen Wendungen und schlagenden Antithesen dieses großen britischen Staatsmannes von jeher als Muster vorgeleuchtet haben. Wir wüßten ihm hierin nichts Ebenbürtiges an die Seite zu stel=len, außer der leicht fließenden, wir möchten sagen laxierenden Beredsamkeit eines Hecht, mit der dieser unermüdliche Diplomat so manchen kaltblütigen Gegner aus dem Felde schlug.

Was Fürst Krüger hierauf erwiderte, mußte der Kenner loben, auch wenn er nicht das Glück hatte, sein Gast zu sein.

Nicht ganz so lobenswert, wenigstens ihrer moralischen Tendenz nach, dürfte die Rede des Kultusministers v. Waagen über die „Schnepfen" sein. Unsere sittlich=religiöse Weltanschauung ver=bietet uns, diesen delikaten Punkt hier des weiteren zu berühren. Höchst wohltuend dagegen waren die wenigen, aber herzlichen

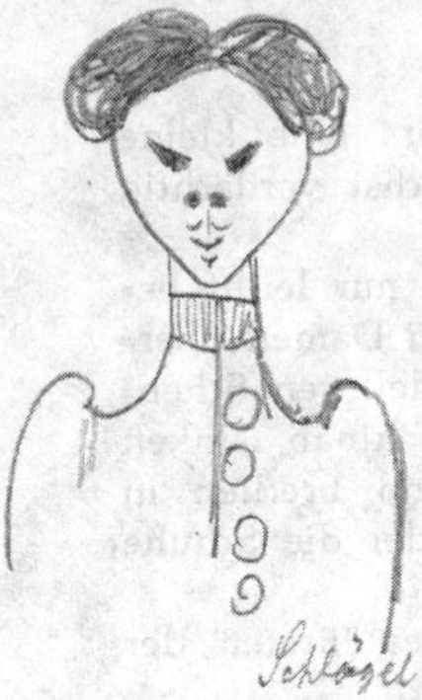

Worte des Grafen Glaz, deren gemütvoller Ton schon oft unsere Seelen bewegt hat.
Indem wir nun so weit in unserem Berichte gediehen sind, befinden wir uns an den Stufen einer eigentümlichen Verlegenheit: Sollen wir den feinen Silberklang der Messer und Gabeln, den vollen Goldton der Schüsseln und Teller, die himmlisch duftenden Pasteten und das verführerische Rosarot des Rheinlachses, den Blumenflor, den Wechselglanz der grünen Römer und perlenden Champagnerkelche, die in gesättigter Wollust strahlenden Angesichter der Diplomaten — sollen wir, frag' ich, dies alles zu schildern versuchen auf die Gefahr hin, den erbitterten Neid des gemeinen Mannes noch mehr zu inflammieren? Oder sollen wir, den Ruhm eines phantasievollen Erzählers mit edler Selbstverleugnung hintansetzend, sofort zum Schlusse unseres Berichtes eilen?
Wir wählen das letztere.
Für ungläubige Seelen aber möge ein Zitat hier seine Stelle finden, welches wir einige Tage nach dem Feste aus dem eigenen Munde eines Diplomaten zu vernehmen die Ehre hatten. Er wandte schwärmerisch den Blick zum Himmel und, eingedenk der dahingeschwundenen Kapaunpasteten, rezitierte er in tiefster Zerknirschung die schöne Stelle aus „Wilhelm Meister":

„Nur wer die Sehnsucht kennt,
weiß, was ich leide."

Zum Schluß und im Vertrauen sei uns noch eine einzige Bemerkung gestattet: Wenn Fürst Krüger, wie das Gerücht geht, durch den Bauch der Diplomaten sich den Weg zum Throne zu bahnen gedenkt, so bemerken wir, daß dieser Weg nicht allein sehr schlüpfrig, sondern auch sehr gefährlich ist. — Nur die Stimme des Volkes ist entscheidend, und nur darauf wird es ankommen, was sie dereinst urteilen wird über: das Diplomaten-Gastmahl des Fürsten Krüger.

Aus dem Abschiedsgedicht an Krüger

Also willst du wirklich scheiden?
Krüger, willst du wirklich fort?
Wie der Wind in Trauerweiden
Säuselt dieses Klagewort.

Nun, so trag' ich denn die Leiden,
Keiner hemmt des Schicksals Lauf!
Lebe wohl! An Trauerweiden
Häng' ich meine Leier auf. —

Künstliche Tranchierung
eines gebackenen
Kalbskopfes

Motto:
Es ist schon greulich,
wie scheußlich schön
die Natur ist.

Brief von Gottschalk

Brannenburg, den 2. Juli 1859

Lieber Busch!

Ich hatte Dir bei meiner letzten Fußreise versprochen, ich wollte Dir einen Brief von dem Gebirge zuschicken, was ich auch schon längst hätte tun sollen. Es ging aber nicht eher, denn Du wirst gleich sehen, warum. Studien habe ich bis jetzt noch keine gemacht. Es war so entsetzlich heiß hier, daß ich sehr gern mit meinem Farbenkasten in den Grund gehe, wo es sehr schöne Motive gibt, um zu schlafen bei der Hitze. Wenn nur nicht so viele Mücken da wären, was bei mir immer sehr aufschwillt und meine Nerven ganz fürchterlich aufgeregt macht. Ich habe mir jetzt Zigarren angekauft, welche aber auch nicht helfen; weshalb ich mir jetzt Knallzigarren von Rosenheim mitbringen lassen will, welche knallen, wenn man daran raucht, wodurch die Mücken vielleicht sehr in Schrecken kommen sollen. –

Jetzt aber will ich Dir schreiben, warum ich Dir noch nicht geschrieben haben kann, oder vielmehr, warum ich Dir eigentlich geschrieben habe.

Es hätte mir nämlich gestern wahrscheinlich ein großes Unglück passieren können, wenn ich nicht zufällig durch einen Zufall daran verhindert wäre.

Ich war wieder wie gewöhnlich in den Grund an den Wasserfall gegangen und hatte mir auch wieder gesottene Eier und ein gebratenes Hähnchen mitgenommen. An meinem sehr schönen, herrlichen Studienplatz wollt' ich nun frühstücken und dachte zuerst die Eier zu verzehren und auf den Mittag das Hähnchen übrigzulassen. Da kam aus dem Gebüsch mit einem Male ein Kerl heraus, der eine Soldatenuniform anhatte sowie auch einen Karabiner, welcher sogleich zu mir trat und meine Eier und mein Hähnchen mir nichts dir nichts in seinen Schubsack steckte, so daß ich sie nicht mehr sehen konnte.

Ich war natürlich sehr erzürnt und sagte ihm, daß ich mir das nicht gefallen ließe. Er aber wollte nicht verstehen, woraus ich schloß, es müsse wohl ein Ausländer sein. Dies bestätigte sich auch. Denn gleich darauf gab er mir durch einige Kolbenstöße auf italienisch zu verstehen, daß ich ihm auch noch meine Kleider geben sollte. Ich verstehe aber leider unglücklicherweise wenig Italienisch oder eigentlich gar nichts; deshalb konnte ich mich nicht anders mit ihm verständlich machen, als meine sämtlichen Kleider auszuziehen, welche er anzog. Mit Hinterlassung seiner eigenen sowie seines Karabiners in einem dunklen Gebüsch, war er kurz darauf nicht mehr zu sehen. Meinen Malkasten, den er für sehr wertvoll zu halten schien, nahm er auch mit.

Ich muß gestehen, ich war anfangs sehr erstaunt. Vor Schrecken konnte ich fast nichts essen, als ich zu der Gewißheit kam, daß alle meine Eßwaren wirklich verschwunden waren. Das Gefühl, mir eine große Blöße gegeben zu haben, brachte mich endlich auf den Gedanken oder zwang mich vielmehr, die zurückgelassenen Kleider des Spitzbuben anzuziehen, welche sehr stark nach Angstschweiß rochen. — Das schien mir verdächtig. — Auf einmal war mir alles klar. — Der Spitzbube mußte einer jener italienischen Deserteure sein, die schon seit mehreren Tagen die Gegend unsicher machten. In meinen Kleidern dachte er unerkannt zu entkommen.

Mein Mut und mein Humor kehrten allmählich zurück. Mir fiel ein kleiner Scherz ein. Ich nahm den Karabiner auf die Schulter und gedachte so im Wirtshaus zu erscheinen und der Mali und dem Walperl eine kleine Überraschung zu bereiten.

Unterwegs begegneten mir drei Holzknechte, die mich sehr mißtrauisch betrachteten. Um die Kerle einmal recht tüchtig zu erschrecken, schoß ich meinen Karabiner über ihren Köpfen ab, worauf sie mich umzingelten, in der Geschwindigkeit tüchtig durchprügelten und in eine nahe gelegene Holzhütte einsperrten. Zwei der Kerle bewachten mich, während der dritte eilig davonlief. Ich schrie, ich drohte, ich stampfte mit den Füßen gegen die Holzwände. Es half nichts. —

Nach einer Stunde erschienen zwei Gendarmen und verhafteten mich. Sie führten mich trotz meiner Gegenvorstellung direkt zum Bahnhof, um mich von da sofort als Deserteur nach Kufstein einzuliefern.

Meine Lage war entsetzlich. Der Tod schien mir gewiß, der Tod durch Pulver und Blei! Entsetzlich! Der Expediteur war zum Unglück verreist. Ich kannte keine Menschenseele am Bahnhof. Schon sollte der Zug abgehen. — Da — auf einmal — kommt der Schrofen dahergelaufen, der Hund des Bauführers. Mit Freudenzähren stürz' ich ihm um den Hals; denn nun konnte auch der Bauführer nicht fern sein. Er kam. Ich setzte ihm meine Lage auseinander. Alles klärte sich auf. Ich war frei.

Schon am folgenden Tage erhielt ich meine Kleider und meinen Malkasten wieder. Der Spitzbube war trotz seiner Verkleidung gefangen, da mein Anzug den Gendarmen verdächtig vorgekommen. Von meinen Sachen fehlt nichts als die Eier und das Hähnchen.

Herzliche Grüße an mehrere von meinen Freunden, die ich zu grüßen bitte.

Dieser „Brief" stammt von Wilh. Busch

Kurzes Referat über die langen Würste des Herrn Lang

Bei dem vor kurzem durch die Mumifizenz des Herrn Lang veranstalteten Wurstessen wurden dem Referenten zur Beurteilung

und chemischen Analyse fünf Regensburger Würste zur Verfügung gestellt, eine Zahl, die, wie jeder begreiflich finden wird, zu gering war, um damit gehörig zu experimentieren und schließlich ein gründliches, reiflich erwogenes Urteil zu fällen; vier und eine halbe waren vom Referenten bereits verzehrt, ehe er zur Unter=suchung der halben fünften schritt.
Es befanden sich unter 100 Teilen Wurst:
3 Teile ungemahlenes Knochenmehl, 45 Teile von dem bekannten kalbshaxensauren Schweinsoxydul, 50 Teile Schindarin und 2 Teile einer noch unbekannten ätzenden Säure; vermittelst welcher letztern sich am natürlichsten das Verschwinden eines Messers des Herrn Rögge erklären läßt, indem jene Säure, mit dem frag=lichen Messer an jenem Abend häufig in Berührung gebracht, das=selbe vielleicht gänzlich zerfetzt und aufgelöst hat. —
Das Endresultat meiner analytisch=chemischen Forschungen ist nun folgendes:
Das Leben ist kurz, die Kunst ist lang; aber noch kürzer als das Leben ist eine Wurst im Vergleich mit der menschlichen Gefräßig=keit, obschon diese letztere eigentlich keine Kunst ist.
Schließlich fordere ich alle Freunde der Wissenschaft noch recht dringend auf, das edle Beispiel des Herrn Lang baldmöglichst nachzuahmen und den Chemikern künftig reichhaltigen Stoff zu weiteren Forschungen zu liefern, auf einem Gebiet, das wohl zu den interessantesten der ganzen Chemie gehört.
Bei etwaigen Einsendungen sind die Herren Vereinschemiker gerne bereit, die Untersuchung mit bekannter Gewissenhaftigkeit gütigst zu übernehmen.

Vom kleinen Männlein und dem langen Häscher

Ein Männlein war's nach Zwergenart,
Mit krummen Beinen und rotem Bart,
Das meistens, da der Abend kam,
Seinen Weg aus dem Hause ins Weite nahm
Und von der Schommergass' über den Platz der Dult
Hinwackelt mit Hast und mit Ungeduld.
Dort, wo mit Freuden ein freundlich Pissoir
Der beklommene Wanderer wird gewahr,
Wo schlanke Pappeln sich erheben,
Wo die Zinnen der Maxburg zu den Wolken streben,
Dort, wo du eines Bächleins Rauschen
Im tiefen Graben magst belauschen,
Dort blieb das Männlein plötzlich stehn,
Tät scheu nach allen Seiten spähn,
Und als es sich unbeachtet fand,
Schlich es zum Graben — und verschwand. —
Ein Gendarm kam da von ungefähr
Gerade desselben Wegs daher.
Der hörte da unten was sich regen,
Leise rascheln und sich bewegen —
Ein Seufzen hört' er — und ein Stöhnen —
Zu sich herauf aus der Tiefe tönen. —
Der Gendarm reckte sein langes Ohr,
Denn dieses kam ihm bedenklich vor. —
Nicht lange, so spitzte wie eine Maus
Das Männlein aus dem Graben heraus,
Es ahnte nichts Böses, es kroch herfür
Und nestelte noch an der Hosentür.
Da faßte es plötzlich mit Häschergewalt
Der Gendarm und schrie ein donnerndes „Halt!
Sie Kleiner, Sie sind ertappt!
Sie haben da unten ein weibliches Mensch gehabt!"
Der Kleine erschrak, es fehlte nicht viel,
Daß ihm von der Nase die Brille fiel,
Doch faßt er sich bald —
Und zornig, die Hände gestemmt in die Seiten,
Ließ an des Häschers riesiger Ungestalt
Er die Blicke hinauf= und heruntergleiten. —
„Mitnichten!" sprach er. „Sie langer Flegel!
Ich aß gestern abend gedünstete Elefantenschlegel
Und trank dazwischen russischen Wein,
Das fuhr mir in die Gedärme hinein;
Drum setzt' ich mich in diesen Graben,
Und wenn Sie nichts dagegen haben
Und wenn Sie mir nicht glauben wollen,

So mögen Sie sich nur hinuntertrollen,
Und folgen Sie Ihrer langen Nase,
So werden Sie nicht fern im Grase
Dort in des Grabens düstren Gründen
Meine Adresse und noch — was anderes finden."
Ob dieser Rede erschrak der Gendarm,
Fast fiel das Gewehr ihm aus dem Arm,
Und eh' er sich noch recht besann,
War auf und davon der kleine Mann.
Ob der Gendarm geglaubt dem Bericht,
Ob er noch nachgeschaut, das weiß man nicht,
Doch sagte man, es habe nach einigen Tagen
Derselbige — hellbraune Absätze getragen.

Die Kirchweih zu Trudering oder die Vorfeier des Viehmarktes zu Keferlohe

Es ist im Verlaufe der Jahrtausende leider nur zu häufig bestätigte Tatsache, daß ein Unternehmen, mit erhabenster Intention und bewundernswerter Kühnheit begonnen, oft durch die an sich geringfügigsten Umstände vereitelt und so der harrenden Menschheit jener Erfolg entzogen wird, welcher als ein unabweisbares Bedürfnis der Zeit von den hellsten Köpfen der Nation bereits im voraus erkannt wurde. Aber so oft diese niederschmetternde Wahrheit dem denkenden Geiste auch entgegentrat, noch in neuester Zeit sollte sie sich manifestieren durch ein Beispiel von höchster Schroffheit und bedeutendster Eklatanz. Der altberühmte und altberüchtigte Viehmarkt zu Keferlohe war nah.
Zwei kühne Waghälse (wenn dieses Wort nicht zu unbescheiden klingt, da der Historiograph von ihnen der eine war), zwei kühne Waghälse unternahmen es, ihre Forschungen auf jenes gefahrvolle Gebiet hinüberzuspielen, Forschungen, deren Früchte durch einen unerwartet eingetretenen Platzregen der Mitwelt leider verlorengingen. —
Es war am Sonntage vor dem ersten Montage im September 1859, als die beiden eben erwähnten Männer, nämlich der lange Tiermaler Wuzel und der Historiograph, in der unscheinbaren Hülle einer grauen Joppe, aber im Gefühl inneren Wertes, beim Cafetier Probst sich einfanden, um im Kreise ihrer Freunde die bis zum Abmarsch noch übrigen wenigen Minuten zu verbringen. Bewundernswert war ihre Ruhe angesichts dieses so gefahrvollen Unternehmens. Der Schmerz der Trennung aber war proportioniert der Größe der Gefahr und des möglichen Verlustes. So schieden sie, begleitet von den Segenswünschen der umsitzenden Freunde. — Es war nachmittags zwei Uhr.

Wie war doch der Tag so schön und vielversprechend! Die Stadt lag hinter uns. Die schönste Herbstsonne beglänzte jene prächtige Ebene, die sich nach dem Osten hin bis in die weiteste Ferne dehnt und deren horizontale Linienzüge, dem Auge wohltuend, hie und da durchschnitten werden, bald von den Kirchtürmen der Dörfer, bald von den Bäumen der Heerstraße. Weiße, leichte Wolkenzüge warfen ihre duftigen Schlagschatten wandelnd über die Stoppelfelder und den fernen Wald; hier fällt ein Schuß, und dort ziehen querüber Jäger mit ihren Hunden, und neben der Straße, an Ufer und Graben, da wimmelt es von braunen, fetten Feldmäusen; bald huschen sie scheu von einem Versteck in das andere, bald schauen sie neugierig hervor mit den blitzenden Augen, als ob sie meinen Freund Wuzel betrachten wollten, dem eben ein leichter Wind in den Locken spielt und Hose und Joppe enger anschmiegt an die üppigen Formen seiner zephirartig dahinschwebenden Gestalt. —
Ja, schön war der Tag, und am andern Morgen, da sollte der Viehmarkt seinen Anfang nehmen, der berühmte Viehmarkt zu Keferlohe. — Als Herolde, gleichsam als Komitee-Mitglieder dieses festlichen Tages, umschwärmte uns ein melodischer Chor von bläulich glänzenden Mistkäfern, deren jeder, in Ermangelung eines Komiteebandes, drei oder vier schön gelbgefärbte Läuse trug, worauf sie sich etwas Rechtes einzubilden schienen. Charakteristisch für diese Festordner war es auch, daß sie es sich *vor* den übrigen Teilnehmern und auf Kosten derselben wohl sein ließen. Wir verfolgten nicht ohne Interesse manches dieser schmutzigen Tiere, wie sie emsig mit ihren krummen, borstigen Beinen auf der Heerstraße dahinrappelten und sich allmählich dem Ziel ihrer kühnsten Wünsche, einem Konglomerat von frischen Roßäpfeln, näherten, in welche sie sich mit einer Wollust hineinarbeiteten wie in Biskuit oder Pasteten, während einer von ihnen am hellichten Tage seine Völlerei bereits so weit getrieben hatte, daß er champagnerbetrunken in einer Pfütze lag und seine blauen Beine gegen den blauen Himmel kehrte. Wir konnten nicht umhin, diesen besoffenen Esel mit unseren Stöcken tüchtig durchzuprügeln, worauf wir weitergingen und diese gemeinen Seelen in ihrem noch gemeineren Berufe schalten und walten ließen. — Immer weiter gehen wir. An uns vorüber rasseln die kleinen Einspänner der Bauern, die ihre nebenan springenden Füllen am folgenden Tage zu Markte bringen wollen. Vor uns liegt Trudering, die Mittelstation zwischen München und Keferlohe.
In Trudering wollen wir die Nacht zubringen. Es wird Abend, die Sonne scheint schräg gegen den Kirchturm des Dorfes, aus den Schallöchern wehen zwei Fahnen und verkünden, daß heute Kirchweih ist, die Mädchen und Buben ziehen ins Wirtshaus zum Tanz. Musik und Pferdegewieher tönt uns dort entgegen. In bunter Verwirrung stehen die Wagen der angekommenen Bauern durch-

einander. Zwei Lebkuchenbuden haben ganze Rudel von lüsternen Kindern herangezogen. Alle Pumpen sind in Bewegung, um die Rosse zu tränken, Kegel rasseln, Klarinetten und Hörner lösen sich ab im Ländlertakte, die Marktochsen brüllen, und die Bauern juchzen.

Wir setzen uns im Hausflur bescheidentlich an einen Tisch. — Da schau dir so einen reichen, jungen Truderinger Bauern an! Welch eine kräftige Gestalt! Wie abgerundet für sich, wie harmonisch vollendet! Von der enganliegenden schwarzen Zipfelhaube über die bunte Weste und die schwarzen, dicken Lederhosen herab bis zu den Sohlen seiner hohen, steifen und blankgewichsten Stiefel ist alles ein Guß; nirgends vermagst du hinwegzunehmen und nirgends hinzuzutun, ohne dies harmonische Gleichgewicht des Ganzen zu zerstören. Wenn auch sein Kopf durch die enge Mütze etwas klein erscheint, so sind seine Hände dafür desto größer; was er nicht im Kopfe hat, das hat er in den Fäusten, und wenn er dir eine Wahrheit begreiflich machen will und seine Gedanken reichen ihm nicht aus dazu, so werden doch seine Fäuste jederzeit bereit sein, die Zahl seiner Gründe zu multiplizieren. Sieh ihn an, wie fest er dasteht! Er weiß, was er will. Er singt so gut oder so schlecht, so leise oder so laut, wie er will; denn er weiß, daß er es darf. Wenn er Bier oder Wurst verlangt, so verlangt er es laut, damit man es hört, und wenn ein andrer über schwache Nerven klagt, so kriegt er Prügel. Er tanzt, daß der Kalk von den Wänden fällt; denn — wenn er neue Stiefel braucht, so kann er sie auch zahlen. Sieh nur, wie ungeniert er dasteht. Er kratzt sich hinten und vorn, wie er mag; er niest, er lacht, wenn er mag, und läßt auch einen fahren, wenn er mag; kurz, er ist in sich abgerundet und vollendet in sich. Ihm gegenüber steht, wenn auch nicht sanft errötend, so doch rot die Truderinger Jungfrau mit dem schwarzen Kopftuch und dem Mieder mit den Silberschnüren. Ihr Mund ist durch eine ewige Heiterkeit ein wenig über das Maß erweitert, aber er zeigt eine Reihe gesunder Zähne. Ihr Busen ist voll, ihre Hüfte breit, aber ihre Füße sind einwärts gerichtet. Auch sie weiß, was sie will. Der junge Bauer fährt ihr mit der Hand bis ans Heft, wer weiß wohin, und — da sie beide *wissen*, was sie wollen, so *tun* sie auch später, was sie wollen.

Du siehst, mein Lieber, daß du es hier mit entschiedenen Leuten zu tun hast; so verhalte dich darum ruhig und schau dir einmal die alten Leute an!

Die Sonne ist untergegangen. Lautlos hat sich der sterndurchwobene Schleier der Dämmerung herabgesenkt über die weite Ebene von Trudering; aber laut und lauter tobt die Kirchweih oder — mit Schiller zu reden „das Fest der Wagen und Gesänge". Feder, Tinte und Papier, diese schwachen Instrumente des Historiographen, wie könnten sie ausreichen, jene große brausende Festoper, betitelt: die Truderinger Kirchweih, wie, sage ich, könn=

Pixis am Fuße des Riesenkopfes. Aug. 58.

ten sie ausreichen, den ganzen Effekt dieses kolossalen Musikwerkes der Neuzeit auch nur entfernt dem Ohre des Menschen zu vergegenwärtigen.

Den heimlich aufgehenden Mond, das hellerleuchtete Wirtshaus, das Jauchzen und Stampfen der Tänzer, die schreienden Klarinetten und schnarrenden Hörner, Wagengerassel, Ochsengebrüll, das Weh und Ach der arbeitenden Wasserpumpen — alles dies in Harmonie zu bringen und im Geiste festzuhalten, muß der Phantasie des einzelnen überlassen bleiben, während der Historiograph sich begnügt, einzelne Motive und Melodien aus dem vollen Orchester herauszuheben und dem Leser gewissermaßen auf der Flöte vorzublasen.

Eine Hauptdekoration des Stückes ist der im Hausflur unmittelbar neben der Eingangstüre stehende Tisch. Er ist fest für alle Fälle; denn er besteht aus einem massiven Wursthackeklotz, über den zum Überflusse noch eine unverwüstliche eichene Platte ihre schützende Hand gebreitet hat. Hier vorüber zieht der Strom der Menge; treppauf, eh' der Tanz beginnt, treppab, wenn er zu Ende ist. Inmitten einer Gruppe alter Bauern sitzen horchend der Tiermaler Wuzel und der Historiograph und beobachten jene biederen Landleute, die ihre braunen, knorrigen Hände gleich verwitterten Baumwurzeln teils in die Henkel der Maßkrüge geschlungen, teils auf die Tischplatte hinausgestreckt haben. Ihre Gesichter sind fest und rauh wie Eichenrinde; wie ein phantastisch knorriger Auswuchs ragt die Nase hervor, unter welcher sich eine gute

Partie braunen Schnupftabaks angesetzt hat, ähnlich der dunklen Baumerde, wie sie der Blumenzüchter im Walde an alten Stämmen zu sammeln pflegt. Ein Alter in weißen Hemdsärmeln repräsentiert die Gelehrsamkeit und den Witz. Er unterhält sich meistens mit einem Vetter Handwerker aus der Stadt von der alten Zeit und von Politik; er scherzt mit der Kellnerin Babette und reimt schwäbisch: „Geh, Bäbele, zeig mir dein weißes Näbele!" Und endlich wendet er sich gar an uns und meint: „Die Babett, die möcht' uns auch wohl lieber sein als wie a alter sechzigjähriger Jud", worin wir ihm natürlich recht gaben. Er erzählt, wie ihn der Herr Rittmeister habe durchs Perspektiv schauen lassen; da habe er aber so wenig gesehen, „als wenn er, mit Respekt zu melden, einem alten Weib in'n Hintern geschaut habe", kurz, er ist witzig, geistreich unterhaltend in seiner Art. Dabei ist er vorsichtig und solid, wie es dem Alter geziemt; schon früh geht er heim, während wir einen andern seiner Genossen später im höchsten Schipf nach Hause schleppen sahen.

Jetzt fährt en pleine carrière eine Kalesche vor. Die dicke Wirtin putzt die Hände an der Schürze, um den angekommenen Gast am Wagen zu bewillkommnen. Die Bauern schauen. Es ist ein Gast von Bedeutung; denn der Neuangekommene ist ein reicher Viehhändler. Vor ihm her schreitet ein riesiger, glatthaariger, geifernder Hund von der Saufänger-Rasse. Der Herr ist solid von oben bis unten und stark beleibt. Grau ist sein Hut, grau seine Weste und Beinkleider, grau ist sein Paletot. Über dem Arm trägt er einen dicken Reisepelz, um den Leib eine dicke Geldkatze, über die eine goldene Uhrkette herunterbaumelt. Alles ist dick an ihm; sein Nacken quillt bis über die Binde; Sohlen, Waden, Bauch, die Ringe an den wulstigen Fingern, alles ist dick, aber fest an ihm; seine grauen Augen sind mißtrauisch und stechend. So schreitet er an uns geringen Leuten vorüber und verschwindet in einem, wie es scheint, eigens für ihn bereitgehaltenen Parterrezimmer. Um diese Zeit war es ungefähr, als wir die siebente Halbe leerten und zugleich einiger Kalk von der Decke fiel. So beschlossen wir denn, für einige Zeit dem Tanze da oben unsere Aufmerksamkeit zu widmen. Die enge Treppe hinaufdrängend, arbeiteten wir uns endlich durch einen Wald von Waden hindurch und drückten uns dann bescheidentlich in eine Ecke des Tanzsaales. Beim Tanzen ging es wirklich ganz ordentlich zu, ordentlicher, als man es a priori hätte vermuten sollen. Der Tanzordner trug zwar eine Zipfelhaube, aber seinen Anordnungen ward prompte Folge geleistet. Keiner rauchte beim Tanze, und so können wir denn den Trude-ringern in dieser Beziehung nur das beste Zeugnis geben. Nur eines sei hier der Wahrheit gemäß erwähnt: als ein junger Bursche seine Dirne am Schluß des Tanzes sehr heftig herumschwenkte und diese neben uns zu stehen kam, verbreitete sich ein so eigentümlicher Odeur, daß wir sofort unsere beiderseitigen Nasen davon und mehr in die Nähe der Musikanten trugen. Und hier sollte sich eine alte Wahrheit bestätigen, nämlich die, daß nichts auf der Welt „einzig in seiner Art" zu nennen ist. Bei dem rot=haarigen Klarinettisten fanden wir nämlich eine zum Erschrecken treue Kopie der berüchtigten grünkarierten Mütze des Histo=riographen . . .

Die Zwerge im Berge

Es war schon spät, als ich mich im Wirtshaus zu Brannenburg von der Bank erhob, den Rest der achten Halbe trank, meinen Hut vom Nagel und meinen Stecken von der Wand nahm und, ins Freie wackelnd, meinem Standquartier, der eine Viertelstunde entfernt gelegenen Mühle, zustieg. Die Nacht war rabenschwarz. Ich stieg und stieg, schon lange lagen das Dorf, der Steg und die bekannte Waldesecke hinter mir, und noch immer hatte ich die Mühle nicht erreicht, mein vielersehntes Nachtquartier. Immer ungewisser ward mein Weg. Steingeröll und wirres Gestrüpp hemmten mir die Schritte. In höchster Aufregung und Finsternis tappte ich umher und konnte doch keinen Ausweg finden. Endlich faßte mich ein dürrer Ast am linken Fuß, ich stolperte und fiel auf einen Haufen trockener Reiser. So wie ich fiel, so blieb ich liegen. Die Lethargie der stillen Verzweiflung hatte sich meiner bemächtigt. Totenstill war alles um mich her, nur das ungestüme Schlagen meines Her=zens, die raschen, aufgeregten Atemzüge, sonst alles stumm und regungslos und totenstill. — Jetzt hörte ich deutlich in der Ferne zwölf schlagen. In diesem Augenblick erhob sich etwas neben meinem rechten Ohr, es hob sich höher und höher, es tappte an mein rechtes Auge, dann kroch es träg und schlüpfrig über mein Gesicht hinweg. — Mein Blut erstarrte vor Ekel und Entsetzen. Eine Schlange, durch meinen Fall in ihrem nächtlichen Versteck beunruhigt, war aus den dürren Reisern, worauf ich lag, hervor= und über mein Gesicht gekrochen. Ich sprang auf — und nun brach mit einem Male der Mond durch den Wolkenschleier. — Wunder=bar schaurige Einsamkeit, die mich umgab! — Aus dem steinigen Bette eines vertrockneten Wildbachs hoben sich zackige Felsen, umklammert von kahlen, verwitterten Tannen, die ihre bleichen Äste wie gespenstische Knochenhände gegen den Mond streckten; eine Eule umkreist mit leisem Geisterfluge dreimal mein Haupt; und wie aus der Brühe und dem Qualm des Hexenkessels, so steigen nun mit einem Male aus meinem verwirrten Schädel die tollen Gestalten und all der langverhaltene Zauberspuk vergange=ner Kinderjahre: das Geisterheer, die bleiche Frau mit der Toten=hand, das blutige Kind mit dem Dolch in der Brust. Hu! Es war entsetzlich! —

Ein eigentümliches Geräusch ganz in meiner Nähe brachte mich aus meinen unheimlichen Phantasien zur Besinnung zurück. Zu=erst kam es mir vor wie ein unartikuliertes Pfeifen, ähnlich dem des Teufels im Puppenspiel, wenn ihn der Kasperl mit dem Kol=ben drangsaliert; als ich aber näher trat, vernahm ich deutlich eine feine, wimmernde Menschenstimme, die rief gar kläglich:

Oje, o weh! Er zwickt mich,
Er drückt mich! Er erstickt mich!

Ich faßte mir ein Herz und rief: „He, holla! Was gibt's denn da!" — Und als ich mich tiefer hinunterbeugte, glaubte ich beim Schein des Mondlichts einen sonderbaren kleinen Kerl zu erkennen, der gekrümmt am Boden lag. Und wieder rief es mit kläglicher Stimme:

Oje, o weh! Er beißt mich, er zerreißt mich!

„Nur Geduld", sprach ich, „so ich kann, werde ich dir helfen." Ich brachte aus meinem Zündholzetui eine kleine Wachskerze, wie ich sie stets bei mir führe, zündete sie an und beleuchtete den Gegenstand meiner Aufmerksamkeit. — Nie in meinem Leben, ich muß es gestehen — ist mir etwas so Wunderliches vorgekom=men, wie es sich nun meinen erstaunten Blicken zeigte. — Ein Zwerg — denn ein solcher war es —, kaum drei Spannen lang, balgte sich mit einem ungeheuren Hirschkäfer, der seine mächtige Zange in die Vorhaut des Geschlechtsteils des Männchens krampfhaft eingekniffen hatte, woraus sich dann das Weh=geschrei desselben leichthin erklären ließ. Mein Entschluß war bald gefaßt. Ich hielt dem Hirschkäfer die brennende Kerze zu=erst unter den After und sodann unter die Nase, worauf er schleunigst ausließ, dreimal nieste, vor Schreck einen fahrenließ und sofort linksum kehrtmachte. Der Zwerg aber rieb den ge=zwickten Gegenstand mit etwas Speichel, nahm mir die brennende Kerze aus der Hand und klebte sie sehr geschickt auf den Rücken des davoneilenden Hirschkäfers. Dann sprang er und sang:

Du Erzschwerenöter, du sakrischer Schröter,
Was hilft dir dein Laufen, was hilft dir dein Schnaufen,
Was hilft dir dein Rennen?
Die Kerze am Hintern, die wird dich schon brennen.

Als er so seiner Rache Genüge getan, erzählte er mir, wie da drinnen große Gesellschaft sei, wie er hinausgegangen und an einen Baum getreten sei, um sein Wasser abzulassen, und wie ihn da der Hirschschröter, den er für einen heimlichen Juden hielt, so heimtückisch erwischt und wider Willen fast beschnitten hätte. Er drückte mir herzlich die Waden, denn höher konnte er nicht hinaufreichen, und fragte mich dann, mit welchem Gegen=dienst er mir gefällig sein könne. „Schon lange", sprach ich, „ist mein sehnlichster Wunsch gewesen, Kunde zu haben von dem Leben und Wirken der Geisterwelt. Darum, wenn es dir möglich

ist, so führe mich zu deinesgleichen, die in dem Felsen hausen, wie du vorhin gesagt hast."
Auf dieses mein Verlangen kratzte sich das Männlein verlegen und bedenklich an den Hinterbacken, was die gewöhnlichen Menschen hinter den Ohren zu tun pflegen. Endlich, nach langem Besinnen, sprach es:

Es sei, es sei.
Es steht dir frei.

Und nun brachte es eine rote Kapuze, welche es mir sogleich über die Ohren zog. In demselben Augenblick spürte ich, daß ich bedenklich zusammenschrumpfte, denn mein Bergstecken fiel mir wie eine dicke schwere Tanne aus den Händen. Wir gingen zusammen an eine etwa türgroße Felsenvertiefung, die von den phantastisch gewundenen Wurzeln einer dürren Tanne überwachsen war. Hier blieb der Kleine stehen und erinnerte mich an einen eigenen Gebrauch unter ihnen, dem ich mich nicht ungestraft entziehen dürfe, nämlich dem, immer in Versen zu sprechen. Ich sagte ihm, daß ich mich schon hinauszubeißen hoffe. Jetzt rief er:

Spring ein und aus im Felsenhaus
Durch Felsenrahmen in Kratzli-Kritzlis Zaubernamen!

„Amen!" sagte ich, um meine Geschicklichkeit im Reimen zu zeigen. Er klopfte mir lobend auf die Schulter und sprach: „Nicht schlecht, schon recht!"
Die Felsenpforte hatte sich aufgetan. Wir traten ein. Was ich nun gesehen, verlohnt sich recht der Mühe, zu erzählen und zu hören.*

* *Hier bricht das Manuskript ab.*

Für einen Porträtmaler

Die gnädige Frau, die alte,
Die hab' ich konterfeit,
Sie hatte manche Falte,
Drob war sie nicht erfreut.

Die Falten und die Runzeln,
Die malt' ich nimmermehr,
Drob tät sie gnädig schmunzeln,
Das freut die Alte sehr.

Sie hatte viele Pocken —
Ich fand den Teint so klar,
Sie hatte falsche Locken —
Ich lobt' ihr schönes Haar.

An ihrer roten Nase
Pries ich den feinen Ton,
Denn jede schöne Phrase,
Die findet ihren Lohn.

Die Alte fand geraten
Ihr gnädig Konterfei,
Sie zahlt' mir zehn Dukaten,
Weil's gar so ähnlich sei.

Lied über die Franzosen

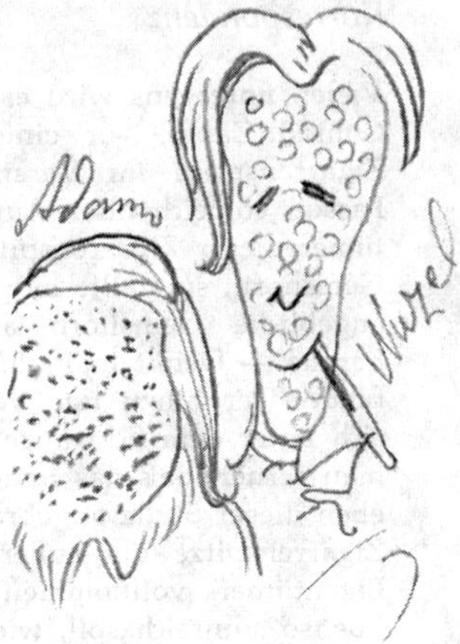

Wir heben an zu singen,
Wie wir schon oft getan,
Das Lied, das traurig schöne,
Von dem Napolian.
Bewahr uns Herr zu allermeist
Vor allem, was Franzosen heißt.
Im kleinen und im großen,
Stets bleiben sie von uns verbannt
Im großen deutschen Vaterland,
Alswie auch in den — Hosen.
Und kommen sie — wir sind gefaßt —,
Wir geben weder Ruh noch Rast,
Bis daß sie weiterwandern.
Wir treiben sie von unserem Herd,
Die einen mit dem blanken Schwert,
Mit Höllenstein die andern.

Conrad Zapfel, seinen Pegasus reitend; hinter ihm ist ein fleißiger Landsmann damit beschäftigt, die Gottesgabe einzusammeln.

November 1858 *v. Huber*

Korrespondenz

Vielen unter uns wird es noch erinnerlich sein, daß unser Freund Conrad Zapfel vor einigen Abenden mit einer eigentümlichen Zigarrenspitze im Verein erschien, die durch ihre sonderbare Fasson sogleich aller Augen auf sich lenkte. Obwohl der Eigentümer dieser Zigarrenspitze hoch und teuer versicherte, es sei ein Gemshorn, so stellte sich doch bei genauerer Untersuchung dieses angebliche Gemshorn als ein schwarz lackierter Sauschwanz heraus. — Denkt man sich nun zu diesem Sauschwanz das betreffende Tier hinzu und vergegenwärtigt sich die Öffnung, welche sich unter dem Schwanze desselben zu befinden pflegt — bedenkt man ferner, daß das Saug- und Mundstück der Zigarrenspitze an eben dieser Stelle angebracht ist —, so muß die Einrichtung dieser Zigarrenspitze als äußerst sinnreich und dem Geschmacke des Eigentümers vollkommen angemessen erscheinen.
Ebenso sinnreich soll, wie man aus sicherer Quelle vernimmt, die reichhaltige Sammlung von Gipsfiguren sein, die derselbe von der kunstgeübten Hand des Herrn Avenarius sich hat verfertigen lassen.

Die geheimnisvolle Ursache

Es war kurz nach Vollendung meiner Studien auf der Universität und im Beginn meiner Praktikantenzeit in München, als mir in dieser Stadt eine kleine eigentümliche Geschichte arrivierte, die meinen Freunden und Bekannten damals Stoff genug gab zu allerlei Neckereien und an die ich selbst noch lange nachher nicht ohne eine gewisse Beschämung zu denken vermochte. Jetzt, nachdem 25 Jahre darüber verflossen, nehme ich keinen Anstand mehr, einen Vorfall zu erzählen, der mir nur noch ein leichtes Lächeln entlocken kann, den ich aber damals lieber ganz verschwiegen hätte. Wer mich zu jener Zeit gekannt, wird mir bezeugen können, daß mein Aussehen gar nicht so übel war. Blaue Augen, rote Wangen und ein wohlkultivierter blonder Schnurrbart, besonders aber eine gesunde Fülle meiner äußeren Erscheinung waren es, die mich trotz meiner kleinen Statur und einer gewissen Unbeholfenheit und Schüchternheit im Benehmen bei den Damen beliebt machten, während eine unverwüstliche Heiterkeit auf der Kneipe mir bei meinen Freunden den Namen der *fidele Fritz* erworben hatte.
Zu Anfang des Sommers 1833 wollten meine Freunde, welche, beiläufig gesagt, meistens Künstler waren, eine auffallende Veränderung in meinem Wesen bemerkt haben. Ich war still zurück-

gezogen und besuchte, ganz gegen meine Gewohnheit, die Kneipe nur äußerst selten. Diese Veränderung war nicht ohne Grund.
Ich hatte damals gerade eine neue Wohnung in der Karolinenstraße bezogen. Mein Fenster im ersten Stock ging nach einem kleinen, reizenden, etwa 20 Schritt breiten Garten hinaus, der zu dem gegenüberliegenden Hause des Kanzleirates Weixel gehörte.
Gleich am ersten Tage meines Einzuges, als ich am Fenster meine Blumenstöcke arrangierte, machte ich eine Entdeckung, die mich äußerst angenehm überraschte. Zwei reizende Mädchen, die Töchter des Kanzleirats, welche mir vom Ansehen schon längst bekannt waren, tändelten unbefangen im Garten umher. Ihre Blicke hatten mich bald erspäht, und ich weiß nicht, wie es kam — war's Verwirrung oder was sonst —, kurz, ich stieß an einen meiner Blumenstöcke, so daß er aus dem Fenster in den Garten hinunterfiel. Überrascht, wie ich war, faßte ich mir doch ein Herz und richtete einige Worte der Entschuldigung an die erschrockenen Mädchen; ob passend oder unpassend, weiß ich nicht, doch wurden sie ein Anknüpfungspunkt für spätere Unterhaltungen.
Seit jenem Augenblick war es um mich geschehen. Ich sah die beiden Mädchen tagtäglich, bei gutem Wetter im Garten, bei schlechtem im Fenster mir vis-à-vis. Bald darauf fand ich Gelegenheit, in die Familie des Kanzleirats eingeführt zu werden. Die Stunden, die ich dort in der Nähe jener reizenden Mädchen verlebte, rechne ich zu den schönsten meines Lebens. Mein Herz, welches zu Anfang schwankte, hatte jetzt entschieden. Mathilde, die jüngere, mit den großen braunen Augen, wurde die Auserwählte meines Herzens, an sie waren meine lyrischen Ergüsse gerichtet, die mir damals außerordentlich schön vorkamen, an die ich aber jetzt nicht ohne Lächeln zu denken vermag. Nur der Gedanke an meine bevorstehende Versetzung in die Provinzialstadt B. schien einen leisen Schatten über die ungetrübte Heiterkeit jener Stunden werfen zu wollen, die mir ewig unvergeßlich bleiben. Doch ach! Nur zu schnell sollte mein Glück zu Ende sein, nur zu schnell die grüne Saat meiner Hoffnungen vom Sturme zerschlagen und verweht werden.
Gewiß wird mir jeder recht geben, wenn ich unter den obwaltenden Umständen die Freunde in der Kneipe fast ganz vernachlässigte.
Nun war es an einem schönen Sommernachmittage, als zwei von ihnen (es waren Maler) zu mir auf mein Zimmer kamen und mir in Scherz und Ernst die heftigsten Vorwürfe machten. Sie wußten schon ganz genau, woher der Wind wehte, und machten allerlei schlechte Witze über mein vis-à-vis, so daß ich nur froh war, die Familie des Kanzleirates auf einem Spaziergang zu wissen, weil sonst die mutwilligen Gesellen am Fenster sicher allerlei Possen getrieben hätten.
Es schellte, und ich wurde hinausgerufen. Der Bediente des Kanz-

leirates überbrachte mir eine Einladung zum Tee auf den Abend. Kurz darauf trat ich wieder ins Zimmer, worauf sich die Freunde entfernten, wie es mir schien, in großer Heiterkeit. Ich gestehe es offen, ich war froh, daß sie fort waren; denn nicht lange darauf waren die Töchter des Kanzleirates von ihrem Spaziergang zurückgekehrt und traten nun mit einer ganzen Gesellschaft junger Freundinnen in den Garten. Natürlich machte ich, als die Mädchen zu meinem Fenster heraufschauten, meinen verbindlichsten Bückling. — Dieser Bückling mußte aber einen sonderbaren Effekt gemacht haben; denn die Mädchen zogen sich schleunigst in den Schatten einer Laube zurück, wo das Kichern und Lachen kein Ende nehmen wollte. Was mir aber noch befremdlicher vorkam, war, daß sie sich später schweigend ins Haus begaben, ohne daß mich auch nur eine von ihnen eines Blickes gewürdigt hätte, selbst meine geliebte Mathilde nicht. Was lag daran? Ich konnte ja abends alles nachholen.
Der Abend kam. Ich versäumte nicht, der Einladung Folge zu leisten, aber kaum trat ich ins Zimmer, so gerieten die Damen in eigentümliche Unruhe, verließen zu zweien und zu dreien das Zimmer, worauf ich sie draußen halblaut kichern hörte. — Sollte an meinem Anzug etwas Lächerliches sein? — Ich besah mich, so gut es in Anwesenheit der Kanzleirätin, mit der ich allein war, gehen wollte, von allen Seiten, aber ohne auch nur das geringste verdächtige Zeichen entdecken zu können. Mir ward ganz unbehaglich, und endlich sagte ich: „Ich bitte Sie, gnädige Frau, wenn Sie etwas wissen, so sagen Sie mir den Grund dieser fremdartigen Heiterkeit der jungen Damen, einer Heiterkeit, die mir außerordentlich peinlich ist!" — Jetzt erst bemerkte ich, daß die Kanzleirätin außerordentlich pikiert war, als sie antwortete: „Es gibt Dinge, Herr von Fillner, die man lieber unmotiviert, und Fragen, die man besser unbeantwortet läßt, besonders wenn man weiß, daß der Frager eigentlich der Befragte sein sollte." —
Mir war der ganze Humor verdorben, schon früh entfernte ich mich. Am andern Tag entdeckte ich zu meinem Erstaunen, daß die Rouleaus mir gegenüber konsequent geschlossen blieben. Kein weibliches Wesen ließ sich im Garten sehen, obwohl das schönste Wetter war. Ich sah Mathilde auf der Straße, sie begegnete mir fremd und schnippisch, ich sah ihre Schwester im Theater, sie tat das gleiche. Ich ging melancholisch und gedankenvoll umher und hörte kaum auf den Gruß meiner beiden Freunde: „Grüß' Gott, Fritz, die Flagge der Liebe soll wehen!" — Kurz, ich war konsterniert. — Acht Tage später ließ sich der Kanzleirat bei mir melden.
„Herr von Fillner", sprach er mit steifem Gruß, „ich komme, Sie zu ersuchen, einen Gegenstand von ihrem Fenster zu entfernen, der bereits seit acht Tagen meiner Familie das größte Ärgernis gegeben hat." — „Großer Gott", rief ich, „was ist es denn?" —

„Schauen Sie selbst, leben Sie wohl und nehmen Sie die Versicherung, daß ich mich in Ihnen sehr geirrt habe!“ Der Kanzleirat ist fort, ich stürze ans Fenster ... Großer Gott, daß ich so etwas erleben mußte! — Vor dem Fenster aufgenagelt, bei den Beinen aufgenagelt, hängt meine alte, zerrissene Unterhose!

Mein erster Gedanke war, mich aus dem Fenster zu stürzen, ein Gedanke, den ich aber nicht weiter verfolgte. Voll Zorn über meine Freunde, die mir diesen Possen gespielt, und voll Beschämung war ich nach drei Tagen auf dem Wege in die Provinzialstadt B.

Wie die Reisenden für eine schlechtverlebteNacht durch einen prachtvollen Sonnen= aufgang entschädigt wur= den.

Ammerland, am 24. 6. 1858

Wie so lieblich er poussiert,
Hier ist's abphotographiert
Wen es ärgert, wen's geniert,
Daß ein anderer poussiert;
Selben hab' ich in Verdacht,
Wenn er dürfte, wenn er könnte,
Daß er's bald nicht besser macht.

Schwoerer im Walde

An einen, der weder Kunst= noch Natursänger ist

Schierholz! Du länglich gelockter! Du leierst mit länglicher Zunge
Lieblich in langer Nacht längst schon dein längliches Lied,
Frei von Kunst und Natur, mit Maß in goldener Mitte. —
Mittelmäßigen Dank brachte die Mitwelt dir mit.
Doch, o Sänger, werde nicht bang und bau auf die Nachwelt!
Denn das bleibet gewiß: daß sie sich bestens bedankt.

Wie St. Korbinianus nach Jerusalem wallfahrten ging

Der heil'ge Korbinianus, das weiß ein jeder wohl,
Das war ein frommer Heil'ger im heil'gen Land Tirol.

Der heil'ge Korbinianus nahm seinen Pilgerstab
Und schnürte seinen Ranzen zur Fahrt ans heil'ge Grab.

Ans heil'ge Grab zu fahren bis nach Jerusalem,
Das ist auch ohne Ranzen schon so recht unbequem.

Der heil'ge Korbinianus, der war gar fromm und klug,
Er kauft sich einen Esel, der ihm den Ranzen trug.

Und zogen selbander des Weges allgemach,
Der Heilige hervorne, der Esel hintennach.

Und als sie eine Weile gezogen, da — o Graus! —,
Da kroch aus seinem Loche ein Zottelbär heraus.

St. Korbinianus betet; der Esel aber schrie:
„Iah, Iah, zu Hilfe! Mich frißt das Bärenvieh!"

Und ehe Korbinianus des Dinges sich versah,
Lag von dem ganzen Esel nur noch der Ranzen da. —

Der heil'ge Korbinianus, der war sehr kummervoll,
Daß er nun selber wieder den Ranzen tragen soll. —

„In aller Heil'gen Namen!" St. Korbinianus schrie.
„Jetzt trägst du meinen Ranzen, du dickes Teufelsvieh!"

Der Bär, gar sehr verdrießlich, erhob ein groß' Gebrumm,
Derweilen Korbinianus ihm schnallt den Ranzen um.

Und mußt es auch noch leiden, daß sich zu guter Letzt
Der heil'ge Korbinianus zu seinem Ranzen setzt.

Der Heil'ge und der Ranzen, die machten sich's bequem,
Sie ritten auf dem Bären bis nach Jerusalem.

Und als St. Korbinianus das heil'ge Grab ersah,
Da waren — ach herjerum! — sehr viele Türken da.

„Mein lieber Bär, nun fange sogleich zu tanzen an,
Daß ich am heil'gen Grabe geruhigt beten kann."

Der Bär fing an zu tanzen, den Türken zum Pläsier,
„O jekel! Allah, Allah! Welch ein gespaßig Tier!"

Da nahm St. Korbinianus vom Kreuz ein gutes Trumm
Und packt es auf den Bären und — kehrte wieder um.

Und als sie wieder kamen ins fromme Land Tirol,
Da sprach St. Korbinianus: „Mein lieber Bär, leb wohl!"

Der Bär, der lief gar schnelle und brummte vor sich her:
„Ich kümmre mich im Leben um keinen Esel mehr."

Das Glöcklein im Walde

Ein Kirchlein steht im Waldrevier,
Da klingt ein Glöcklein für und für,
Das Glöcklein läutet bim, bim!

Ein Knabe und ein Mägdelein,
Die wandeln da im Abendschein,
Im Frühlingswinde rauscht der Baum,
Die zwei, sie wandeln wie im Traum.
Das Glöcklein läutet bim, bim!

Der Knabe sprach: O Mägdlein lieb!
Warum bist du so still und trüb?
Das Glöcklein läutet bim, bim!

Die Maid, sie sprach: Ich bin so stumm
Und weiß doch selber nicht warum.
Mein Herz, das klopft und will nicht ruhn
Als sollt' ich etwas Böses tun,
Und ist mir wieder doch so wohl,
So wonniglich, so ahnungsvoll!
Bald möcht' ich dies, bald möcht' ich das,
Ich möchte wohl und — weiß nicht was.
Das Glöcklein läutet bem, bem!

Der Knabe zu derselben Stund;
Der küßt die Maid wohl auf den Mund;
Das Glöcklein läutet bem, bem!

Im Abendwinde rauscht der Baum,
Die zwei, sie wandeln wie im Traum,
Das Gras ist grün, der Wald ist dicht,
Ich sah die zwei — und seh' sie nicht
Das Glöcklein läutet bum, bum!

Das Glöcklein klingt bald dumpf, bald klar,
So lieb, so süß, so wunderbar,
Bim bim, bem bem, bum bum!

Liebeslust und Herzeleid Wilhelms von Osterkappeln in drei Herzensergießungen

Träumerisch=süßer Abendschatten,
Rührungsvoll begrüß' ich dich,
Ruhe bringst du allen Matten,
Bringst du Ruhe auch für mich?

Alle Pinsel sind gewaschen,
Still befriedigt möcht' ich nun,
Heimlich klimpernd in den Taschen,
Von des Tages Arbeit ruhn.

Fünfe schlug bereits die Glocke,
Und ich bürste Rock und Schopf,
Greife nun zu meinem Stocke
Mit dem schönen Hundekopf.

Zwar sind seine Augen trübe
(Wer es tat, ich weiß es wohl),
Doch nun ist er meiner Liebe
Still geheiligtes Symbol.

Ja, ich fühle süßes Sehnen,
Und es zieht mich Herz und Sinn
Zu Helenen, jener schönen
Kleinen Kaffeekellnerin.

Ach, Helene beugt sich nieder
Mit der Kanne minniglich!
Und ich fasse sie ums Mieder,
Und mir wird ganz wunderlich.

Halb verliebt und halb verlegen
Muß ich ihr ins Auge sehn,
Und es will sich etwas regen —
Doch nun muß sie weitergehn.

Am andern Tisch sah ich sie plaudern —
Nein, nein! Ich kann mich nicht bezwingen,
Ich rufe ihren süßen Namen
Und lasse mir die Zeitung bringen.

Sie kommt! Welch seliges Behagen,
Die weiße Wange zu betatscheln,
Den kleinen, himmlisch runden Hintern
Behaglich schmunzelnd ihr zu patscheln!

Sie geht! Doch nein! Ich möchte zahlen!
Und jetzt — mit süß=verruchten Händen
Kneif' ich sie heimlich in die Waden,
Ach Gott! Auch gar wohl in die Lenden.

Und alles das für einen Sechser!
Nur eines will mir nicht gefallen,
Ich wäre gern der Hahn im Korbe,
Und sie, sie treibt es so mit allen!

Eisenbahnfahrt

Verspätet kam ich an, ein greller Pfiff
Ertönt als letztes Zeichen; ich ergriff
Schnell eine Tür im Fahren; im Coupé,
Da ruht' ich nun, ich atmete das Weh
Des Eilens und des Schreckens aus der Brust
Und sah mich fast allein, zu meiner Lust,
Denn nur ein Mädchen außer mir war da:
Ein himmlisch Wesen, wie ich bald ersah.
Ein Auge dunkler als die schwarze Nacht,
Die Haut, sie glänzte Mondeslichtes Pracht,
Die Lippen wie Korallen üppig=fein,
Sie schlossen perlengleiche Zähne ein.

Der Wuchs, der Busen — doch ich schweige still,
Da überschnappen der Verstand sonst will! —
Und wie ich von Erstaunen ruhiger war,
So bracht' ich meine Huldigung ihr dar.
Ich sprach vom Wetter, unsrer Reise Ziel,
Ich sprach von Kunst, Musik und Dichtung viel;
Ich sprach zuletzt von Liebe voller Innigkeit,
Mein Herz war voll, ich sprach noch nie so weich
Und schilderte die Liebe nie so reich,
Wie es gebraucht nur diese kurze Zeit,
Daß ihr mein Herz für ewig nun geweiht.
Ich faßte ihre Hand, ich sah genau,
Sie wurde bleich, im Auge Tränentau.
Ihr Busen wogte mächtig ab und auf;
Durch meiner Flammenrede mächt'gen Lauf
War sie gerührt, ich wollte voller Lust
Als Braut sie pressen an die heiße Brust.
Doch sie — sprang schnell zum Fenster und, o Graus,
Vom Fahren übel, spie sie lang hinaus!

Der Knabe und der Wiedehopf

Es sang ein Vogel im grünen Wald,
Der Knabe lauschte im Hinterhalt
Und sprach: Dich muß ich kriegen!
Der Vogel sang: Du Tropf, du Tropf!
Ich bin ja der Vogel Wiedehopf
Und kann gar hurtig fliegen.

Der Vogel flog von Ast zu Ast,
Der Knabe lief ihm nach mit Hast
Zu einer alten Eiche.
Da flog der Vogel in ein Loch;
Der Knabe sprach: Ich fang' dich doch,
Gleich werd' ich dich erreichen.

Und als er kam zum selben Loch,
Wo sich der Vogel drin verkroch,
Tät sich der Knabe freuen.
Da sprach der Vogel: Laß ab, du Tropf!
Ich bin ja der Vogel Wiedehopf,
Das wird dich noch gereuen.

Und bist du der Vogel Wiedehopf,
So fass' ich dich doch gleich beim Schopf,
Mir ist vor dir nicht bange. —
Er tappt in des Vogels Nest hinein,
Er hielt den Vogel bei dem Bein,
Doch hielt er ihn nicht lange.

Er schrie: O weh! Ich dummer Tropf!
Du bunter Vogel Wiedehopf,
Du hast dich gut verkrochen.
Du hast dein Nest mit arger List
Gebaut aus purem Schweinemist!
O weh, das hab' ich gerochen!

O Konrad, bunter Vogel du!
Wenn ich dich ferner ließ in Ruh,
Das schiene mir das beste;
Denn niemals faßt man gern beim Schopf
Den bunten Vogel Wiedehopf
In seinem saubern Neste.

Chor der Nachtlichter

Nachtlichter sind wir allzumal,
Wenn es beginnt zu dunkeln;
Das Öl ist uns das braune Bier,
Bis früh zum Morgen trinken wir
Und leuchten hell und funkeln.

Ihr andern seid nur blauer Dunst,
Vom Abendwind vertrieben.
Wenn ihr schon schnarcht, daß Gott erbarm',
Dann singen wir so hell, so warm
Vom Trinken und vom Lieben.

Und zieht ein Fremdling durch die Nacht
So einsam und beklommen,
Auf einmal sieht er hellen Schein,
Zu unsrer Kneipe tritt er ein,
Wir heißen ihn willkommen.

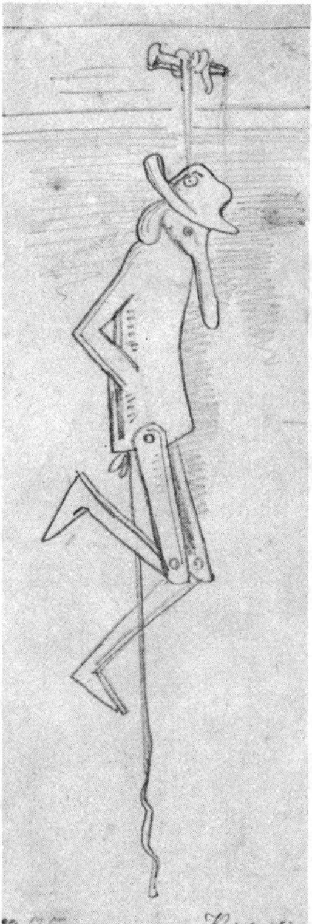

Und endlich all vom Morgenland
Und Abendland die Weisen,
Sie sind nicht dumm, sie sehn von fern
Das helle Licht, den Wunderstern,
Sie rüsten sich und reisen.

Und treten all in unsern Kreis
Zum großen Nachtlichtorden;
Der leuchtet dann in Glanz und Zier
Aus rabenschwarzer Nacht herfür
Bis zu des Meeres Borden.

Wolfenbüttel

Wie das Bild der Abendsonne,
wenn sie längst sich schon geneigt,
fackelglänzend vor den Blicken
gaukelnd auf= und niedersteigt —
so erscheint, ob du auch ferne,
überall und immerdar
vor der tief erregten Seele
mir dein dunkles Augenpaar.

Lüethorst

Eine Gänsehistorie ohne Ende

1 So seid denn still! Und hört, was sich
Begab in diesem Jahre
Zu Lüethorst auf des Pfarrers Hof
Mit einem Gänsepaare!
Herr Kuno hieß der Gänserich,
Sie hieß Frau Adelheide.
Er liebte sie, sie liebte ihn,
So liebten sie sich beide.
Doch ach! Des Nachbars böse Gans,
Die reizende Pauline,
Sah längst schon dieses stille Glück
Mit neiderfüllter Miene.
Sie putzte sich, sie pudert sich,
Sie wackelt mit dem Stüte.
Herr Kuno fühlt schon gleich bereits
Erschüttert sein Gemüte.
Pauline schwimmt den Bach hinab,
Herr Kuno schwimmt ihr nache,
So schwammen sie, wer weiß wohin,
Zusammen mit dem Bache.
Frau Adelheid bleibt ganz allein
Und nimmt den Witwenschleier;
Ihr einz'ger Trost in dieser Not
Sind neun unmündige Eier.
Ihr armen Eier! klagt sie nun
Mit traurigem Geschnatter.
Was soll aus euch nun werden! Ach!
Ihr habt ja keinen Vatter! –

Anmerkung: Bei dieser Stelle hat der Verfasser sich nicht enthalten können, eine stille Träne der Rührung auszudrücken.

2 Im Ziegenstall, wo's dunkel ist,
Da gibt es dürre Kräuter,
Und Bohnenstroh und Haberstroh
Und Federn und so weiter.
Im Ziegenstall, wo's dunkel ist,
Sitzt nun Frau Adelheide
Und brütet ihre Eier aus
Mit stiller Mutterfreude.
Im Ziegenstall, wo's dunkel ist,
Da hat sie Zeit zum Denken;
Und ach! Es kommen ihr so oft
Gedanken, welche kränken.
Im Ziegenstall, wo's dunkel ist,
Gedenkt sie ihres Gatten,
Und wie sie beide sich vordem
So lieb gehabigt hatten.

3 Die Frühlingssonne scheint so warm —
Drei Wochen sind vergangen,
Seitdem die gute Adelheid
Das Sitzen angefangen.
Es ist so eng im Ziegenstall —
Sie muß so schrecklich schwitzen;
Und weil sie Langeweile hat,
Will sie nicht länger sitzen.
Jaja! Frau Adelheid, so geht's!
Man hüte sich beizeiten!
Warum begaben Sie sich so
In Ungelegenheiten? —

4 Ja, glaubt es nur! Die Zeit ist um!
Sprach heut die Frau Pastoren.
Und noch nicht eines aufgepickt,
Die sind gewiß verloren! —
Natürlich, sprach der Vetter Ernst,
Die mußten drin ersticken!
Die Eierschale ist zu hart,
Drum muß man helfen picken!
Zwei Eier nahmen sie heraus
Und fingen an zu klopfen;
Au weh! Da haben wir es schon!
Man sieht drei Blutestropfen.
Ja! Vetter Ernst! Gar manches Ding
Geht nicht mit einem Male!
Nur mit der Zeit und mit Geduld
Löst sich die harte Schale!

Anmerkung: Als das erste Gänseküken aus seiner Schale in die Welt kam, waren folgende Personen zugegen: Frau Pastorin, Fräulein Arnemann, Vetter Ernst, Minna und der dicke Vetter.

Willkommen, du kleines Gänsetier!
Sei tausendmal willkommen hier!
Ei, sprich, wie kamst du nur heraus
Aus deinem festen Eierhaus?
Du feiltest wohl schon lange Zeit
In Dunkelheit und Einsamkeit,
Bis deines Schnabels Diamant
Zerbrach die harte Kerkerwand.
Nicht wahr, hier ist es viel bunter und heller
Als drinnen im engen dunklen Keller?
Und sieh nur, liebes Gänsekind,
Was hier umher für Leute sind!
Zuerst ist hier die Frau Pastoren,
Die sorgte für dich, noch eh' du geboren;
Und hier dies Mädchen mit rosiger Lippe
Und mit der Stippe,
Ja, sieh sie nur an!
Das ist Mariechen Arnemann!
Der dritte, den du nun kennenlernst,
Ist der Vetter Ernst.
Und jetzt kommt Minna, und jetzt komm' ich,
Der dicke Vetter — so nennt man mich.
Wer aber wohnt denn hier nebenan,
Der gar so schöne meckern kann?
Das ist Frau Nachbarin, die Ziege,
Die hat zwei Zicklein in der Wiege;
Ein schwarzes, ein weißes, mit kurzem Schwänzchen,
Das eine heißt Fritz, das andere heißt Fränzchen.
Und dort im Hofe geht einer einher
Mit Sporen, als ob er ein Ritter wär';
Das ist der Hahn, schreit: Kikeriki!
Taktak! Dann kommt das Hühnervieh.
Jetzt betrachte mir auch das Pastorenhaus!
Sieht das nicht alt und gemütlich aus?
Und drinnen sitzt der Herr Pastor,
Umsäuselt vom lieben Tantenchor.
Bald reden sie dies, bald flöten sie jenes;
Oft ist es erbaulich, doch meistens was Schönes!
Ach Gott, was muß man nicht alles ertragen,
Bald fehlt es im Kopfe, bald sitzt es im Magen.
Mathilde und Everding flüstern und küssen
Und müssen wohl wichtige Dinge wissen.
Auch Fanny und Emmi sitzen drinnen,

Des Lohgerbers reizende Fischerinnen!
Doch hinten im Küchenheiligtume
Steht Gustchen, die schmachtende Sonnenblume.
Dicht neben dem Hause ist auch zu sehn
Ein Garten voll Blumen, ganz wunderschön,
Den Fritze Kaste mit stillem Bedacht
In jedem Frühling zurechte macht.
Daneben fließt ein Bächlein kühle
Durchs Dorf hinab, dann treibt's die Mühle,
Dann fließt es durch die frische Au,
Bald dunkelgrün, bald himmelblau,
Im Schatten und im Sonnenscheine,
Bis in den großen Strom, die Leine;
Die zieht nun welfenstolz und heiter
An Burgen, Bergen und Städten weiter,
Bis in das Meer — und um das Meer,
Da zieht sich die weite Welt umher —
Der Weltenraum — ja meiner Treu!
Grad wie ein großes Gänseei!
Sei froh, daß *du* aus *deinem* Ei
Hervorgekrabbelt, daß du frei.
Nun watschle weiter mit frischem Mut,
Such dir dein Futter, doch bleibe gut,
Und geh mir ja zum Walde nicht,
Daß dich der böse Fuchs nicht kriegt!

6 Nachdem das jüngste Gänsekind
Nun auch zur Welt gekommen,
Hat sich die gute Adelheid
Was Wichtiges vorgenommen.
Sie lispelt leise vor sich hin
Mit seligem Geschnatter:
Jetzt bitt' ich Ihre Majestät
Die Königin zu Gevatter!

7 Nun widmet sich Frau Adelheid
Mit redlicher Bemühung
Im traulichen Familienkreis
Der weiblichen Kindererziehung.
Auf daß die Kindlein früh genug
An Tugend und Weisheit wüchsen,
Führt sie gar oft ein ernst Gespräch
Von Mardern und von Füchsen.
Jedoch! Was hilft uns die Moral?
Verstand kommt nicht vor Jahren!
Das, was man hört, begreift man nicht,
Bis man es selbst erfahren!

Was nun weiter aus den kleinen Gänslein werden wird? Ja, wer weiß das! — Ob Herr Kuno zu Frau Adelheid zurückkehrt? Wir wollen das Beste hoffen! — Soviel ist gewiß: seine Geschichte mit der schönen Pauline kann unmöglich ein gutes Ende nehmen. — Vielleicht ist die Zeit nicht mehr fern, wo er, durch das Feuer einer bitteren Erfahrung geläutert, zu den Füßen der guten Adelheid reuig zurückkehrt, um das Bündnis ewiger Liebe zu erneuern. Dann kommt der Winter. — Die Köchin schleift ihr langes spitzes Messer; ergreift die Gänse, schlachtet sie vielleicht in derselbigten Stunde und kocht sie in Gallert ein. Da ruhen dann, in ein und demselben Topfe, durch den Tod vereinigt, die treuen Gänsebrüste nebeneinander — und wenn sie dereinst verzehrt werden, möcht' ich auch mit dabeisein.

Der Geigenseppel

Jaja! sprach meine alte Base
Und kratzte sich bedenklich an der langen Nase.
Jaja! So ist es! — Bei Musik und Tanz,
Da wedelt der Teufel vergnüglich mit dem Schwanz.
Drum geht denn auch bei solchem Teufelsspaß
Ein frommer Christ abseit und denkt sich dies und das
Und freut sich als ein frommer Christ,
Daß der andre allein des Teufels ist. —
Ja, merk nur auf und lache nicht
Und hör vom Geigenseppel die Geschicht:
Der Geigenseppel war ein lustig Haus,
Lebt' in Saus und Braus, jahrein, jahraus,
Und zog als Spielmann von Ort zu Ort;
Bald geigt' er hier, bald trank er dort.
So geigt' er auch einmal beim Kirchweihfest
Von früh bis spät aufs allerbest
Und trank dazu des Weins genug,
Bis daß die Glocke zwölfe schlug;
Nachdem so trank er noch ein Glas
Und zog dann seine Straße fürbaß.
Der Geigenseppel kam alsbald
In einen Wald,
Der war so dicht,
Man sah den Mond und die Sterne nicht;
Auch munkelt man so allerlei,
Daß es da drinnen gar nicht eben geheuer sei.
Ein Weilchen ging nun das Ding recht gut.
Der Geigenseppel trabte mit gutem Mut
Durch dick und dünn, über Stein und Stock;

Hier faßt' ihn ein dürrer Ast am Rock,
Dort kratzt' ihn ein Dorn
Und auf einmal — hat er ganz den Weg verlorn:
Das halte der Teufel länger aus!
Da wollt' ich schon lieber, ich wär' zu Haus
Oder daß ich ein gutes Wirtshaus fänd'!
Kreuz — Himmel — Teufel — Sapperment!
So fluchte der Geigenseppel und sakramentierte,
Bis ihm ein seltsam Ding passierte. —
Es war ihm auf einmal und kam ihm vor,
Als klänge Musik zu seinem Ohr;
Und als er sich Bahn durch die Zweige brach,
Klang's näher und näher allgemach
Und klang so fremd und sonderbar,

Und — plötzlich — stand da hell und klar
Ein mächtig großes Schloß im Mondenschein. —
Hei! dachte der Geigenseppel, da geh' ich hinein,
Denn da drinnen, scheint mir, geht's lustig her. —
Gedacht, getan; er quält sich nicht sehr,
Er tritt durch das Tor, er schlüpft in den Saal;
Da brannten die Kerzen, wohl tausend an der Zahl.
Potz Blitz! War das eine Pracht!
Alles und alles war aus purem Gold gemacht.
Aber am meisten täten ihn doch erbauen
Die vielen wunderschönen Frauen,
Die gar so seltsam und wild und eigen
Hinauf und hinunter sich schwangen im Reigen,
Derweilen sieben alte schwarze Katzen
Die Geigen strichen mit den Tatzen.
Hu, war das ein Gekratz und ein Gequiek!
Eine wahre Teufelskatzenmusik!
Dem Geigenseppel wurden die Ohren lang.
Er sehnte sich nach einem guten Trank
Und blickte verstohlen hin und her,
Ob da nicht irgendwo etwas zu trinken wär'.
Da trat zu ihm eine Frau gar hold,
Die reicht' ihm einen Becher von Gold,
Gefüllt zum Rand mit rotem Wein;
Sie lacht' ihn an, sie grüßt' ihn fein.
Und sprach: Ei Geigenseppel, bist auch hier?
Da trink und spiel uns ein lustig Stücklein für! —
Der Geigenseppel, gar nicht blöd,
Alsbald den Becher leeren tät;
Und schob ihn dann, als müßt' es grad so sein,
Gemächlich in seinen Ranzen hinein. —
Nachdem als zu End der Katzenchor,
Zog der Geigenseppel seine Geige hervor.
Juchhei, wie flogen so lustig und munter
Die Tänzer im Saale hinauf und hinunter,
Hinauf und hinunter im wogenden Reigen,
Sie tanzten so seltsam, so wild und so eigen!
Da tat der Geigenseppel den letzten Strich. —
Und wieder trat zu ihm und verneigte sich
Die schöne Frau und reicht' ihm dar
Eine Geige, die ganz von blankem Golde war:
Die Geige von Gold, so sprach sie, schenk' ich dir,
Spielst du uns noch ein lustig Stücklein für. —
Der Geigenseppel bedacht' sich nicht eben lang,
Er nahm die Geige von Golde blank,
Die alte aber warf er keck
Beiseit ins Eck.

Ei, wie das klang,
Als der Geigenseppel jetzt den Bogen schwang,
So wild, so zaubervoll,
Die Tänzer rasten dahin wie toll;
Und als er den letzten Strich getan,
Sah wieder ihn die schöne Frau so schmachtend an
Und sprach: Was du begehrst, ich gewähr' es dir,
Spielst du uns noch ein lustig Stücklein für. –
Gern, rief er, geigt' ich bis zum Morgenschein,
Dürft' ich, du Holde, dann dein Liebster sein! –
Sie reicht' ihm ihre Hand, sie nickt' ihm zu –
Da war's geschehn um seines Herzens Ruh.
Wild und immer wilder strich er seine Geigen,
Die Tänzer, sie flogen im wogenden Reigen;
Die Augen verglühten, die Wangen verblaßten,
Doch immer noch wollten die Tänzer nicht rasten;
Schon flimmern die Kerzen matt und flau,
Schon scheint durch die Fenster der Morgen grau –
Da hörte man von ferne die Hähne krähn.
Und wie die Nebel vor dem Morgenwind verwehn,
So war zerstoben und verpufft –
Husch, husch! – zu lauter Nebelduft
Das ganze lustige Hexengesindel. –
Den Geigenseppel packte der Schwindel,
Und eh' er's versah,
Lag er rücklings am Boden da. –
Es war am Morgen, die Luft war grau und trüb,
Als sich der Geigenseppel die Augen rieb;
Und da – o weh! – kam's an den Tag,
Daß er unter dem hellichten Galgen lag. –
Die ganze Herrlichkeit, die kehrte sich in Verdruß;
Der Becher war ein alter Pferdefuß,
Und statt der Geigen, von Golde ganz,
Hielt er eine tote Katze am Schwanz;
Und als er endlich mit Weh und Ach
Hinunter ins Städtlein hinkte allgemach,
Da schaut' gleich aus dem ersten Haus
Ein ururaltes Weib heraus,

März 1860

Die rief: Ho, Geigenseppel, wohin, woher?
Kennst du dein Liebchen von heut nacht nicht mehr!
Hoho, du Falscher! Ist das der Brauch?
Du versprachst, mich zu lieben, nun halt es auch! —
Der Geigenseppel aber hat sich schnell beiseite gedruckt
Und dreimal herzhaft ausgespuckt. —

Da sieht nun jeder wohl ganz klar,
Daß hier der Teufel im Spiele war.
Drum hüte dich!
So sprach meine alte Base — und schneuzte sich.

Redacteur: Pastor Kleine in Lüethorst.

Unser Interesse an den Bienen.

Wir leben in den Tagen des Materialismus. — Der lustige blaue Dampf — vorzeiten nur als heiteres Wolkengebilde am Himmel ziehend — aus der friedlichen Pfeife sich kräuselnd oder aus knisterndem Reisig quellend, um das Auge der Jungfrau Köchin mit schmerzlichen Tränen zu füllen — der Opferdampf, das Symbol der emporstrebenden Andacht — der Göttermantel — der vielgestaltige Freund unserer Phantasie —, er ist zum Sklaven geworden. In Büchsen eingezwängt, schleppt er uns ewig Rastlosen mit unwilligem Grunzen von Ort zu Ort. Er webt, er spinnt, er drischt für uns. Aktien! Aktien! So geht es von Mund zu Munde. — Immerhin! — Wir aber als harmlose Biederleute sitzen rauchend im traulichen Dämmerstübchen, schauen den freien Spielen des Dampfes zu und kosen von unseren Bienen.

Wie kommt's denn nur, daß diese unscheinbaren Tierchen unser Interesse so sehr in Anspruch nehmen?
Kopf, Herz und Magen und der äußere Repräsentant des letzteren, der ideale Inbegriff aller Ergötzlichkeiten, der Geldbeutel, schwingen sich, wie immer so auch hier, im lustigen Wechselreigen.
Sehr verdrießlich mag wohl derjenige unserer Vorfahren über das Ungeziefer geschimpft haben, der zuerst unversehens in den Urwäldern einem Bienenneste zu nahe trat; aber wir trauen seinen intellektuellen Fähigkeiten, seiner urwüchsigen Pfiffigkeit hoffentlich nicht zu viel zu, wenn wir annehmen, daß er dem eigentlichen Sachverhalte baldigst auf die Spur geraten. Furchtsam hinter einem Baume versteckt, hat er vielleicht seinem haarigen Waldbruder, dem Bären, zugeschaut, welcher, besser bewandert in diesen Dingen, den süßen Inhalt des Honigstamms mit behaglichem Brummen sich zu Gemüte führte. Es läßt sich annehmen, daß der Bär, von seinem Frühstücke zurückkehrend, den listig lauschenden Zweihänder gar wohl bemerkt und, einen Konkurrenten witternd, ein recht verdrießliches Gesicht geschnitten habe; worauf denn auch die uralte, poetische Strophe:

Gar grimmig ist der wilde Bär,
Wenn er vom Honigbaum kommt her,

ohne allen Zweifel zurückzudeuten ist. Unser geehrter Vorfahr wird sodann ohne Verzug sich ermannt, den Honig verkostet und approbiert, den Baumstumpf aber abgesägt und, in mißtrauischem Hinblick auf den gefräßigen Bären, ganz in der Nähe seiner heimatlichen Hütte aufgestellt haben. Sicher hatte unser Freund auch schon Familie; der Honig fand Beifall, der Bedarf ward größer, und nach Verlauf einer nicht geraumen Zeit zierte wahrscheinlich eine hübsche Reihe von Klotzbeuten sein Gehöfte. Hier hätten wir nun den ersten regelrechten Imker, den Stammvater unserer ehrenwerten Zunft, die nun in vollem Glanze über alle deutschen Gaue sich verbreitet hat.
Das ehemalige Königreich Hannover zählt allein 300 000 Standstöcke (siehe *Kleine*, die Biene und ihre Zucht), welche ein Grundkapital von 1 500 000 Taler mit 100 Prozent, oder 30 000 000 Taler mit 5 Prozent Zinsen repräsentieren. Nehmen wir nun bescheidentlich an, daß jeder Mutterstock zwei Schwärme gibt und jeder Schwarm 15 Pfd. Honig, so liefern jene 300 000 Standstöcke jährlich 9 000 000 Pfd. Honig. Eine 10 Zoll breite und 2 Zoll hohe Stäbchenwabe enthält aber 1 Pfd. Honig, und Hannover zählt etwa 2 000 000 Einwohner. Wollen wir nun einmal freigebig sein und all diese Süßigkeiten unter die Bewohner des Landes verteilen, so können wir männiglich eine recht hübsche anständige Wabe von mehr als 8 Zoll Länge und 10 Zoll Breite in die Hand geben, wozu wir denn auch freundschaftlichst besten Appetit wünschen.
Das wäre nun freilich ein hübscher Ertrag, wenn nur das ewig

unersättliche Menschenherz jemals zufriedengestellt werden könnte. Seitdem *Hantelmanns* Berichte aus *Brasilien* in der Bienenzeitung gestanden, blicken die sehnsüchtigen Augen der Imker nach dem blütenreichen Süden Amerikas hinüber. Es ist auch gar zu ver=lockend, sich in Gedanken mit seinem Bienenstande unter die nektarvollen Blumengirlanden des brasilianischen Urwaldes zu versetzen, wo ein stets blühender Sommer die Bienen in steigender geometrischer Progression zu einer mehr als fünfzigfachen Ver=mehrung anreizt; oder von einer Imkerkolonie zu träumen, deren überschwenglicher Gewinn an Honig, an Ort und Stelle zu künst=lichen Weinen verwendet, sodann in Schiffe verladen und strom=abwärts gleitend, in die großen Straßen des Handels münden würde. Selbst Meister *Dzierzon*, wie wir hören, hat sich vorzeiten verführerischen Bildern dahingegeben, bis ihn die Stiche der vene=zianischen Mücken aus der Sippe der Moskitos wieder auf heimat=liche Gedanken brachten.
Vielmehr aber als der Geldbeutel ist es das Interesse des Kopfes, was den eigentlichen Bienenfreund an seine Lieblinge gefesselt hält. Die Muße, das Freiwerden des Verstandes aus dem Dienste der alltäglichen Bedürfnisse eröffnet ihm die Bahnen der Wissen=schaft, der Analogien und des sinnreichen Experiments. Voll Rührung und Bewunderung folgt er den scharfsinnigen Forschun=gen des blinden *Huber*, der trotz seiner Blindheit tiefer sah als *Bonnet*, wenn er auch das Kardinalproblem der Apistik noch nicht zu lösen vermochte, welches erst *Dzierzon* gelang, dessen technisches Talent den praktisch beweglichen Wabenbau erfand, mit dessen Hilfe sein geniales Aperçu zu jener überraschenden Hypothese der Parthenogenesis hindurchzudringen vermochte, die den Schleier gelüftet hat. Man müßte sich wundern, daß dazu=malen den denkenden Imkern nicht alsobald die Schuppen von den Augen fielen, wenn es nicht aus moralischen Gründen ebenso er=klärlich wäre wie das Gebahren der Männer der Wissenschaft, die sich anfangs unter mitleidigem Achselzucken zur Seite wandten; wofür es denn dem einen von ihnen passierte, daß ihm der andere in der letzten Bestätigung dieser schönen Entdeckung zuvorkam. Pastor *Kleine* war der erste unter den Imkern, der formgewandt und ausgerüstet in den Waffen der Wissenschaft sofort an *Dzier=zons* Seite in die Schranken trat. Baron *v. Berlepsch*, dem es im Lager der Alten allmählich unheimlich werden mochte, trat durch ein kühnes Maneuvre unter die aufgepflanzten Fahnen sei=ner Gegner. Manch wackrer Streiter folgte nach. Und nun beginnt in der Bienenzeitung, sowohl auf theoretischem wie auf praktischem Gebiete, jener denkwürdige Kampf, dessen dramatische Lebendig=keit den Leser noch heute zu spannen vermag; während seine Resultate es sind, auf welche wir apistischen Epigonen fast unser sämtliches Können und Wissen gründen. Wenn wir nun auch die Ehre des Sieges entbehren, so dürfen wir doch seine Früchte ge=

nießen, seine Lehren voll Dankbarkeit in Anwendung bringen. Wir trösten uns mit dem Gedanken, daß wenigstens die alljährlich wiederkehrenden Freuden und Genüsse des Herzens, die uns die Bienen gewähren, eines jeden ungeteilten Eigentum verbleiben.

Sinnig vertieft, steht der Bienenfreund inmitten seiner Scharen und läßt mit harmlosem Stolze die furchtsame Welt an sich vorüberziehen. Er sieht mit Befriedigung unter seinen Augen die wohlgeordneten Staaten aufblühen, in denen Haupt und Glieder, durch innige Bande vereint, in schöner Harmonie zusammenwirken. — Wie der Kopf sich bestrebt, seine mannigfaltigen Begriffe in einem einzigen Prinzip zur Ruhe zu bringen, so betrachtet und genießt ein wahrer Imker Wind, Regen und Sonnenschein, das Aufblühen der Jahreszeiten und ihr Verwelken unter dem gemeinsamen Gesichtspunkte seiner Bienen. Eben darin, in dem ungleich fortschreitenden Jahre, findet er eine beweglich sprudelnde Quelle des Vergnügens, einen immer neuen Reiz zu Experimenten und Beobachtungen, eine Spannung des Interesses, die durch das Interregnum des Winters bis aufs höchste gesteigert wird; so daß ihn sein „ewig blühender" Kollege im amerikanischen Süden um diese Mannigfaltigkeit wohl schließlich beneiden dürfte. Nichts, mein' ich, kann auch eines deutschen Imkers Herz so sehr bewegen, wie der andrängende Frühling seiner Heimat, wenn viel tausend Blüten ihre Schenken und Brotläden auftun, die durstigen Immlein zu erquicken; wenn wir nach den Donnern der Wetternacht durch den Garten ins frisch aufatmende Feld zu unsern kleinen goldgereiften Herzensfreunden hinauswandern, die schon emsig von Blüte zu Blüte schweben; oder wenn wir heiter grübelnd vor den Stöcken sitzend, ihren jugendlichen Spielen zuschaun. Ich muß gestehn, daß ich dann neben den vortrefflichen Kästen auch gern einen alten, malerischen Strohkorb sehe. Er kommt mir immer vor wie ein altes, würdiges Menschenhaupt, wo die Gedanken ein- und ausfliegen. Bald spielen sie gemütlich vor, wie am heiteren Morgen bei Pfeife und Mocca; bald sitzen sie behaglich brummend an der Stirn in traulicher Dämmerstunde; bald fliegen sie emsig ab und zu im Sonnenglanze des vollen Tages und suchen und sammeln, teils in Blüten, teils aber auch in den Häuptern der Herrn Nachbarn, und legen ihre Schätze dann nieder in die goldnen Gefäße der Erinnerung. Wie bös wird solch ein Kopf, wenn man nur ein wenig daran rüttelt und rührt, mit welchem Stolze saust und braust es drinnen; und doch — wenn der Herbst kommt, so muß er sich vielleicht ganz demütig bescheidentlich als Bettelschwarm vor die Tore des Himmels setzen. — Das wäre nun ein ganz respektabler Vergleich, wenn er nicht hinkte; denn leider ist bei vielen unserer Köpfe das Verhältnis umgekehrt wie beim Bienenkorbe: Das Stroh ist drinnen, und die Insekten sitzen draußen.

So sitzt nun der heitere Bienenzüchter stundenlang vor den vielgeliebten Bienen, rauchend und grübelnd, über vieles im klaren, über manches im dunkeln; der Bau, die Brut= und Geschlechtsver=hältnisse sind ihm durch Lehre und Anschauung bekannt genug; aber gewisse absonderliche Dinge, wie die willkürliche Eierlage der Königin, die Anlage der Diagnose bei den Arbeitsbienen und ihr demgemäßes Handeln, alles das, was *er* im Gefühl seiner Men=schenwürde Instinkt zu nennen pflegt, wird seinem Kopfe wohl so lange anstößig bleiben, bis er, in sein eigenes Herz vertieft, sich entschließen kann, den kleinen, aber rechtmäßigen Anteil des ge=meinsamen Erbes seinen bescheidenen Brüdern nicht länger vorzu=enthalten. Er wird dann auch in innerster Seele die Quelle finden, aus der sein Interesse an der Natur, also auch seine Liebe zu den Bienen, hervorströmt; er wird sich das Gefühl der innigen, alles umschlingenden Sympathie zum Bewußtsein bringen, die nur in voller Einheit, in einer gemeinsamen Wurzelverwandtschaft aller Dinge ihren letzten Grund haben kann.

München. *W. Busch*

Kennen die Bienen ihren Herrn?

Jeder von uns, der das Glück gehabt hat, seine Kinder= und Jugend=jahre im wahren, innigen Verkehr mit der freien Natur zu ver=leben, sei er nun auf dem Lande erzogen oder nur zeitweilig hin=ausgewandert aus der staubigen Stadt, durch Wiesen und Felder, unter die schattigen Obstbäume des Dorfes, jeder von uns, denke ich, wird sich aus der Szenerie jener Tage einer eigentümlich interessanten Gestalt erinnern — der Gestalt eines sogenannten Bienenvaters.
Mit heiterem Staunen und lächelnder Bewunderung sehen wir einen schon bejahrten Mann in Zipfelkappe, kurzer blauer Jacke, schwarzen Kniehosen, blauen Strümpfen und Lederpantoffeln, die kurze Pfeife im Munde, an einem heimlichen Gartenplätzchen unter flüsternden Blütenbäumen, abgeschlossen, still und für sich, inmitten der sumsenden Bienen, vor seinen Körben stehen.
Wir kennen die Bienen zu jener Zeit nur aus hübschen Gedichten, Gleichnissen und ernsten Warnungen; wir sehen sie in Garten und Wiese an den Blüten baumeln; aber nur mit scheuem Blick und aus respektvoller Ferne wagen wir auf den Bienenstand eines Imkers zu schauen. Wir können nicht umhin, dem kühnen Manne, der sich so ungescheut den augenscheinlichsten Gefahren aussetzt, unsere aufrichtige Bewunderung zu zollen.
„Kennen denn die Bienen ihren Herrn?" pflegten wir dann wohl zu fragen. — „Gewiß!" — lautete die Antwort. „Die Bienen werden ja doch ihren Vater kennen. Ja, so treu und anhänglich sind sie, daß, wenn der Bienenvater stirbt, auch sie gar bald dahinsiechen und sterben."

Dieses Bild der Biene werden wohl die meisten Menschen, die keine Veranlassung haben, sich näher darüber zu unterrichten, aus ihrer Jugendzeit auch in die späteren Jahre mit hinübernehmen. Frühlingsblume in Garten und Wiese — der süße Geruch des Honigs — warmer Sonnenschein und heimliches Summen — Honigkuchen und Pfeffernüsse — eine dunkle Ahnung von merkwürdigem Haushalte und wunderbar weiser Einrichtung der Natur — vor allen Dingen aber ein Heer geschwollener Nasen und roter Ohren — kurz, ein Gemisch von unbestimmter Bewunderung und heimlichem Grauen — das ungefähr werden die Bilder und Gefühle sein, welche vor der Phantasie und im Herzen des Laien auftauchen, wenn von Bienen die Rede ist. — Auch hier wird man uns gar häufig mit der Frage begegnen: „Nicht wahr, die Bienen kennen ja wohl ihren Herrn?"

Da will ich nun im voraus alle gefühlvollen Seelen um Entschuldigung gebeten haben, wenn ich hier gegen jenes schöne Luftschloß der Poesie einen Angriff unternehme, wenn ich jene zärtlichen Gefühle den Bienen absprechen und die Frage: „Kennen die Bienen ihren Herrn?" mit einem rauhen, prosaischen Nein! beantworten muß. Auch brauche ich wohl nicht zu bemerken, daß diese Antwort nur dem Laien und angehenden Apistiker, nicht aber dem erfahrenen Bienenfreunde und Beobachter gelten kann, denn der würde jene Frage nicht stellen, weil er sie längst selbst beantwortet hat.

Bei der Begründung meiner Antwort gedenke ich nun die Königin nebst den Drohnen sehr kurz abzufertigen und gleich von vornherein auszuschließen.

Was die Drohnen anbelangt, so lungern sie entweder zu Hause bei den Honigtöpfen herum oder gehen als muntere Freier auf galante Abenteuer aus. Die Liebe aber ist teilnahmslos, außer in einem Punkte; den geliebten Gegenstand ausgenommen, will sie niemanden sehen und von niemandem gesehen werden.

Die Königin ihrerseits lebt im Innern des Stocks, von Bienen umgeben. Fliegt sie aus, so tut sie es beim Schwärmen, also mit der Absicht, ihren Bienenvater böswillig zu verlassen; oder aber in einer der dringendsten Herzensangelegenheiten, nämlich sich zu vermählen, wobei begreiflicherweise der Vater Imker keine Berücksichtigung finden kann.

Es bleiben für unsere Betrachtung demnach diejenigen Bienen, welche man vorzugsweise so zu benennen pflegt, also die Arbeitsbienen, noch übrig.

Solch eine Arbeitsbiene ist ein merkwürdig in sich verschlossenes, auf ganz bestimmte Tätigkeiten erpichtes Geschöpf. Geschlechtslos, ohne eigentliche Leidenschaft, tut sie ihre Pflicht mit Ausdauer, mit einer fatalistischen Todesverachtung, als ob sie dazu beeidigt wäre. Sie bedient die Königin, sie stellt die Wachen, sie mißt und mauert die wunderbaren Polygone und Weiselwiegen, sie kocht den Kinderbrei für die heranwachsende Brut, sie lüftet die Gemächer, fegt den Kehricht vor die Tür und begräbt die Toten. Das wären ihre häuslichen Geschäfte. — Aber sie hat auch das Portefeuille der auswärtigen Angelegenheiten. — Schau sie nur an, wie sie am sonnigen Morgen vor dem Flugloche erscheint, sich die Augen ausreibt, die Handschuhe anzieht und dann im Zickzack davonsaust auf den gelben Raps der Domäne, die duftende Linde des Schloßparkes oder die weite rötliche Heide — wie sie dann zurückkehrt mit dem schweren Honigkruge, dem wohlgefüllten Brotkorbe, um sie auszuleeren in die gemeinsamen Zellenmagazine des Staates; und das fort und fort, vom frühen Morgen bis zum Untergange der Sonne. Diese unausgesetzte Tätigkeit führt sie in den meisten Fällen einem frühzeitigen Tode entgegen. Die Flügel nutzen sich ab, die Kräfte erschlaffen; Meisen, Schwalben, Hornissen und sonstige Wegelagerer stellen ihnen nach; der Sturm und der Regen schlägt sie nieder, und der verräterische Spiegel des Stromes lockt sie in die Tiefe. So wird die Sommerbiene, wie *Dzierzon* uns bewiesen, etwa sechs Wochen alt. — Von der Winterbiene kann aber hier natürlich gar nicht die Rede sein, da sie, von jedem Außenverkehr zurückgezogen, nur der stillen Häuslichkeit sich widmet. — Wo würde nun wohl die Flugbiene die Zeit hernehmen, auch noch den guten Bienenvater mit einer besonderen Aufmerksamkeit zu beehren?

Freilich! Diejenigen Arbeitsbienen, welche gerade auf Posten stehen, werden es gewiß nicht unterlassen, den Herrn Imker etwas näher zu fixieren. Aber wenn es erlaubt ist, sich in die Anschauungsweise eines Insekts zu versetzen, und anzunehmen, daß es, wie wir, den Maßstab seiner eigenen Größe anlegt, so möchte in den Augen einer Biene der genannte Herr etwa wie ein bedrohlich dunkler Riese erscheinen, mit listig funkelnden Augen und in eine blaue Dampfwolke gehüllt, welche die Sonne verfinstert. Also nicht sehr liebenswürdig. Übrigens frage ich jeden braven Imker auf sein Gewissen, ob er in derartigen Momenten der Annäherung und Aufmerksamkeit jemals bei der betreffenden Biene eine freundschaftliche Zuneigung oder Bekanntschaft, wie sie die angeregte Frage zu involvieren scheint, beobachtet oder voraussetzen konnte. Ich glaube nicht, daß er ja! sagen, oder gar die erwähnte blaue Dampfwolke wird wegleugnen wollen.

Gut! — wird unser fragender Bienenfreund sagen. Gut! Aber der geehrte Bienenvater wird doch nicht immer nur so dastehen; er wird doch wenigstens im Frühling unter die Körbe schauen, er wird, wenn er Dzierzonkästen hat, hie und da das ganze Ding auseinandernehmen; er wird Ableger machen — kurzum! —, in jeder Beziehung nähere Bekanntschaft anzuknüpfen suchen. — Ganz recht, mein Freund, werde ich sagen. Aber leider muß ich gestehen, daß wir Imker in solchen Augenblicken, wo wir mit unseren Bienen wirklich handgemein werden, von der angestaunten Heldenhöhe unserer Imkercourage gar bedenklich herniedersteigen. Die meisten von uns pflegen dann selten anders zu erscheinen als im allertiefsten Inkognito. Gewappnet mit schönen warmen Fausthandschuhen, das teure Haupt sorgsam vermummt in die Bienenkappe, würden sie im Karneval von ihren besten Freunden schwerlich erkannt werden; wieviel weniger von den Bienen. Und auch selbst unsere kühneren Geister werden es sodann kaum verschmähen, den Bienen einen derartigen Tabaksrauch in Nase und Augen zu blasen, daß ihnen Hören und Sehen vergeht. Es ist unglaublich, wieviel Zigarren der Mensch rauchen oder wie oft er seine Pfeife stopfen muß, wenn er Ableger macht; und da nun Konsum und Geld in gleichem Verhältnis stehen, der verständige Mann aber nicht immer in der Lage ist, sich die beste Qualität zu akquirieren, so ist es begreiflich, daß, abgesehen von anderen Gründen, durch derartige Räucherungen die Sympathie der Bienen wohl schwerlich zu gewinnen ist.

Aber gesetzt den Fall, wir dürften der übrigens löblichen Biene eine so bedeutende Intelligenz zugestehen, daß sie ihre Lage und ihr Verhältnis zu ihrem Herrn in gehörigem Umfange übersehen könnte, so würde sie sich vermutlich gegen den von der Menschenwelt oktroyierten Namen des Bienenvaters gar höflichst zu verwahren suchen. Was tut denn auch dieser sogenannte Bienenvater in den meisten Fällen eigentlich, um sich diesen so wohllautenden, ehrenwerten Namen zu verdienen?! Er schaut eben der ganzen Geschichte recht gemütlich zu, wartet, bis der Herbst kommt, kauft sich den verruchten, mörderischen Schwefel, verpitschirt die Fluglöcher und räuchert, wie der alte Pelissier die Beduinen, das ganze, gute, brave, arbeitsame Völklein so lange, bis es tot ist. Dann hängt er sich an die Presse, drückt und siedet, macht sich sodann flugs auf die Sohlen, verkauft Honig und Wachs für schweres Geld und freut sich, als wenn er den Lork am Stricke hätte. — Das wäre der Körbler. — Aber der Kästler ist auch nicht viel besser. — Da wählt er sich im Herbst seine Opfer aus, nimmt ihnen die Königin nebst allem Hab und Gut, und nachdem *er* den Bienen ihr herkömmliches Bündel geschnürt, gibt er ihnen den Bettelstab in die Hand: Da! Nun geht und sucht euer Brot vor fremder Leute Türen!

Kurzum! Wir Imker sind, aufrichtig gesagt, eigentlich die allergrößten Honigdiebe unter der Sonne; eine Name, bei dem uns die Bienen auch jedenfalls rufen würden, wenn sie nur könnten.

Zum Schlusse will ich nicht versäumen, jener zu Anfang erwähnten, rührenden Sage Gerechtigkeit widerfahren zu lassen, jener Sage, daß dem hingeschiedenen Bienenvater die getreuen Bienen, gewissermaßen in untröstlicher Anhänglichkeit an den hochverehrten Freund, recht baldigst nachzufolgen pflegen. Dieser alten, weitverbreiteten Sage liegt jedenfalls etwas Wahres zum Grunde, und wäre es gar nicht uninteressant, wenn man einige derartige Fälle konstatieren könnte. Es würde sich sodann vermutlich das überraschende Resultat herausstellen, daß diese Todesfälle samt und sonders in die Zeit des Frühjahrs fallen; daß aber von all den betreffenden Imkern die Geschichte etwa Folgendes zu vermelden hätte: Sie winterten im Herbst lauter schwache Stöcke ein; sie kriegten Angst, als der Frühling herannahte; sie gingen hinaus, um zu füttern; sie hatten sich aber unvorsichtigerweise nicht warm angezogen, obschon ein kühler Ostwind wehte; infolgedessen zogen sie sich einen Katarrh zu, woraus eine Lungenentzündung entstand, welche den Tod zur Folge hatte. Die Bienen aber, als die würdigen Väter mit ihren Futtertrögen nicht wiederkamen, verfielen in Purganz und Hungersnot und folgten ihrem Herrn und Meister.

Demnach und nach allem diesem müssen wir die zarte, wohlgemeinte Frage: Nicht wahr, die Bienen kennen ihren Herrn? am Ende wohl mit Nein! beantworten. Unser ganzes schönes Renommé, mit unsern Bienen in einem *gegenseitigen* freundschaftlichen Verhältnisse zu leben, wozu die Bienen ihrerseits weder Zeit, Gelegenheit noch triftige Gründe haben, beschränkt sich eben auf einige Schliche und Kniffe, ein ruhiges, gesetztes, würdevolles Benehmen, wodurch wir der Kreatur zu imponieren und sie zu behandeln wissen. Dies darf der Wahrheit zu Ehren nicht verschwiegen werden, obschon dadurch unsere sonst allbekannte Liebenswürdigkeit nach der Seite der Bienen hin einen empfindlichen Stoß erleidet.

Der wahre Imker ist der Platonische „Philosoph auf dem Throne". Er sagt mit dem großen Politiker der Gegenwart: „Die Immen müssen bedenken, daß sie unter einem absoluten Regiment stehen"; und darum singen wir mit Sarastro in der Zauberflöte:

Zur Liebe kann ich dich nicht zwingen,
Doch geb' ich dir die Freiheit nicht.

München. *W. Busch*

Wiedensahl

Was schreib' ich denn nur?

Es war einmal eine Ticktackuhr;
Die war ein altes gemütliches Ding,
Was immer so in der Ecke hing.

An jedem Morgen in der Früh
Pünktlich um sieben weckte sie.
Um achte rief sie Fritz und Trude
Mit ernstem Tone in die Schule.
Zwölf Schläge erklangen freudig klar,
Wenn's Mittagessen fertig war.
Stets zählt sie der Mama, der guten,
Beim Eierkochen die Minuten.
Stets meldet sie dem Papa es an,
Wenn er zum Klub sich begeben kann.
Und ist es Zeit, ins Bett zu gehn,
Pünktlich um zehn, schlägt sie zehn.
So macht es das Uhrchen gar manches Jahr
Und wußte keiner, wie gut es war,
Bis daß man eines Morgens fand,
Daß es kaputt war und stillestand.

November 1876

Die Uhr

Fürwahr, ein feines Kunstwerk ist die Uhr!
Der Wilde zwar, nach dummer Väterweise,
Besitzt noch nicht ein solches Zeitgehäuse,
Denn was ihn drückt, ist Mangel an Kultur.
Wir dahingegen, die schon mehr gescheit,
Sind längst beseelt vom Geist der Pünktlichkeit.
Unfehlbar sicher trifft die Exzellenz
Bei Hofe ein zur höchsten Audienz.
Der Herr Beamte, immer tatenfroh,
Erscheint auf die Minute im Büro.
Dem Reiseonkel, selbst in größter Hast,
Passiert es nie, daß er den Zug verpaßt.
Der Schüler, dem das Lernen ein Genuß,
Weiß ganz genau, wann er zur Stunde muß.
Und der Soldat erst recht ist prompt am Platz
Bei der Parade wie bei seinem Schatz.
Kurzum, präzis benimmt sich fast ein jeder.
Das macht allein die kleine stramme Feder,
Die innerlich das runde Ding bewegt,
Was man als Mensch von pünktlicher Dressur
Zu Nutz und Zier am warmen Busen trägt.
Sehr häufig zieht der Jüngling sie herfür
Und macht damit auch andern ein Pläsier.

Ob gut, ob schlecht, wird später klar.
Doch bringt's nur Gesundheit und fröhlichen Mut
Und Geld genug, dann ist's schon gut.

Die Uhren

Ein Silvesterkarmen

Es ist Silvester. Eine schlichte Bowle,
Von kluger Hand bereitet, schmückt den Tisch. –
Man war bei Piepenbrinks. Herr Piepenbrink,
Frau Piepenbrink und deren Fritz und Julchen,
Welch letzte beiden heute auch noch auf,
Herr Küster Klöppel, treu bewährt im Amte,
Aptheker Mickefett, den diese Gegend
Von wegen seiner Pillen höchlich pries –
Dies waren die Personen, welche hier
Zum frohen Jahresschlusse sich versammelt. –
Darüber ist man einig, punkto zwölf
Ein kräftig Prost Neujahr sich zuzurufen,
Worauf getrost das Glas zu leeren sei. –
Nun aber, spricht Herr Klöppel mit Bedacht,
Nun aber ist die Frage: Welche Uhr
Soll diesen schönen Augenblick verkünden? –
Die beste Uhr, ruft Fritz ein wenig hastig,
Von allen Uhren ist die Sonnenuhr! –
Jawohl, mein Sohn! erwidert Klöppel sanft,
Die Sonne ist ein pünktlich Element,
Was mit der Dunkelheit von hinnen scheidet.
Insofern kommt sie hier nicht in Betracht.
Dagegen schlag' ich unsre Turmuhr vor! -

Hier lächelt Mickefett verschmitzt und spricht:
Die Geistlichkeit in Ehren! Doch man sagt,
Ein traulich später Trunk am Samstagabend
Wirkt zögernd auf die Sonntagmorgenglocke. —
Herr Klöppel schweigt; denn mild ist sein Charakter.
Nun zieht aus ihres Busens Vorderfalte
Frau Piepenbrink bescheidentlich die Uhr.
Doch Piepenbrink ruft gleich: Ich bitte dich,
Laß doch die Uhr im Stall! Fast alle Monat
Muß ich das Ding da reparieren lassen! —
Nun, nun, spricht sie, sei nur nicht gleich so rauh!
Ist's doch für uns ein lieblich Angedenken
An jene Zeit, da du mir Treue schwurst. —
Ahem! macht Piepenbrink und schaut ins Glas. —
Ach, seufzt das Julchen, wie entzückend schön
Wär' doch so eine Dose, die so Stücke spielt! —
Sehr wahr, mein liebes Kind! entgegnet Klöppel.
Bewundernswert ist solch ein Kunstgetriebe,
Und gern belauscht man seine Melodien;
Nur lehrt es uns viel mehr, die Zeit vergessen,
Statt sie zu schätzen, wie's die Pflicht der Uhr.
Insofern kommt das hier nicht in Betracht. —
Jetzt wird der Fritz schon wieder laut: Ja, aber
Beim reichen Schrepper die Pendüle, die ...
Pst, fällt ihm Mickefett sogleich ins Wort,
Das ist 'ne böse Uhr, die nur die Dauer
Des Wehs im Zeh bemißt, die Stunden schlägt,
Wo's Pulver einzunehmen, welche ewig
Eintönig raunt: Klick, klack, die Aktien fallen! —
Da muß ich meine Taschenuhr hier loben,
Sie ist von einem überseeschen Paten ...
Insofern, meint Herr Klöppel ... Bitte sehr,
Fährt jener fort, sie ist durchaus von Gold. —
Insofern, meint Herr Klöppel ernst und kühl,
Insofern kommt sie hier nicht in Betracht. —
Und, fährt Herr Mickefett gelassen fort,
Und richtig geht sie. Diesen letzten Herbst
Bin ich mit Munkel, dem Kaplan, in Straßburg.
Wir hatten gut gelebt; in jeder Hinsicht.
Das Geld war alle, und so wollten wir
Denselben Abend spät noch weitermachen.
Wir stehn so vor dem Münster. Salbungsvoll
Hub Munkel an und sprach: Geliebter Freund!
Im Angesichte dieses hohen Tempels
Ermahn' ich nochmals dringend dich, kehr um!
Oh, kehre wieder in den weichen Schoß
Der heilgen Mutter Kirche und vertraue

Dich ihrer altbewährten Führung an! –
Ich ziehe meine Uhr und sage: Munkel,
Es ist ein Viertel zwölf; wir müssen eilen,
Wofern wir nicht den Zug verpassen wollen.
Indem so schlägt die Münsterglocke elf. –
Du hörst es! sagt er: Hat noch lange Zeit. –
Na gut, wir bummeln endlich so lala
Zum Bahnhof. Richtig: Tüt! Dort saust er hin!
Freudlos wär' uns die Nacht vergangen, hätt' ich
Dem Herbergsvater nicht die Uhr gereicht.
Seitdem vertrau' ich keiner Kirchenglocke.
Und wenn die Engel selbst vom Turme bliesen,
Ich richte mich nach meiner Taschenuhr. –
Nun aber nimmt Herr Piepenbrink das Wort:
Ich lobe mir, so spricht er, jene Alte,
Die dorten in der Ecke ticktack macht.
Pünktlich um sieben morgens weckt sie uns.
Um achte mahnt sie Fritzen an die Schule.
Zwölfmal mit freud'gem Klang allmittäglich
Ruft sie zu Tisch, und jeder folgt ihr gern.
Getreulich zählt sie meiner lieben Frau
Beim Eierkochen die Minuten ab.
Was mich betrifft, so sorgt sie stets dafür,
Daß ich die Zeit des Klubs niemals verfehle.
Und ist die Ruhestunde dann erschienen,
Gewissenhaft um zehne schlägt sie zehn.
So machte sie's gar manches Jahr,
Und keine Seele dachte was dabei,
Und keiner wußte, wie so gut sie war,
Bis daß sie eines Morgens stillestand.
Da wußte man's. – Ach Gott, fiel Klöppel ein,
So geht's mit mancher stillbescheid'nen Treue.
Allein insofern ... Baum! Da tönt es ernst
Vom nahen Turme zwölf, und: Prost Neujahr!
Ruft jeder klangvoll ausgehöhlte Mund
Und leert das Glas. (Zuerst ist Klöppel fertig.)
Hierauf zieht Mutter Piepenbrink die Uhr
Bescheiden aus des Mieders warmer Spalte. –
Jetzt ist es zwölf auf meiner! ruft sie froh;
Und wieder folgt ein kräftig Prost Neujahr! –
Und jetzt nach meiner! schreit Herr Mickefett,
Und nochmals schallt der festlich=frohe Gruß,
Und nochmals beugt sich jeder gern nach hinten,
Um so das neugefüllte Glas zu leeren.
(Herr Mickefett tut's zweimal hintereinander.)
Kaum ist's vollbracht, so fängt es in der alten,
Höchst ehrenwerten Wand= und Ticktackuhr

Zu schnurren an und — bemm! — und alsofort
Dröhnt sie des Jahres letzte Stunde her. —
Hurra und Prosit Neujahr! — das klang mal schön!
Herr Klöppel hält den Ton noch lange aus. —
Fritz trank zu hastig; drum so muß er auch
Sehr heftig durch die Nase husten, welches
Mama und Julchen recht ins Lachen brachte.
Jedoch der biedre Vater Piepenbrink,
Der sanfte Klöppel, Mickefett, der Schlaue,
Die tranken kreuzweis ew'ge Brüderschaft.
So war man froh nach ganz verschiednen Uhren,
Schlief selig dann in ganz verschiednen Betten
(Der Vater und die Mutter ausgenommen)
Und ging des andern Tages, warm bekleidet,
Mit leichtem Schädelbrummen in die Messe.
(Herr Mickefett natürlich ausgenommen;
der kramt in der Butike und bereitet,
Verdrießlich, doch mit Sorgfalt, einen Bittern.)

Zum Neujahr

Bald, so wird es zwölfe schlagen.
Prost Neujahr! wird mancher sagen;
Aber mancher ohne Rrren!
Denn es gibt vergnügte Herren.
  Auch ich selbst, auf meinen Wunsch,
  Mache mir ein wenig Punsch. –

Wie ich nun allhier so sitze
Bei des Ofens milder Hitze,
Angetan den Rock der Ruhe
Und die schönverzierten Schuhe,
Und entlocke meiner Pfeife
Langgedehnte Wolkenstreife,
Da spricht mancher wohl entschieden:
Dieser Mensch ist recht zufrieden!
Leider muß ich, dementgegen,
Schüttelnd meinen Kopf bewegen. –
  Schweigend lüfte ich das Glas.
  (Ach, wie schön bekömmt mir das!) –

Sonsten wie erfreulich war es,
Wenn man so am Schluß des Jahres
Oder in des Jahres Mitten
Zum bewußten Schrein geschritten
Und in süßem Traum verloren,
Emsig den Kupon geschoren!
Aber itzo auf die Schere
Sickert eine Trauerzähre,
Währenddem der Unterkiefer
Tiefer sinkt und immer tiefer. –
  Traurig leere ich das Glas
  (Ach, wie schön bekömmt mir das!) –

Henriette, dieser Name
Füllt mich auch mit tiefem Grame:
Die ich einst in leichten Stoffen
Herzbeklemmend angetroffen
Nachts auf dem Kasinoballe,
Sie, die später auf dem Walle
Beim Ziewiet der Philomele
Meine unruhvolle Seele
Hoch beglückt und tief beseligt,
Sie ist anderweit verehlicht,
Ist im Standesamtsregister
Aufnotieret als Frau Pfister,
Und es wird davon gesprochen,
Nächstens käme sie in Wochen. –

Grollend lüfte ich das Glas.
(Ach, wie schön bekömmt mir das!) —

Ganz besonders und vorzüglich
Macht es mich so mißvergnüglich,
Daß es mal nicht zu vermeiden,
Von hienieden abzuscheiden,
Daß die Denkungskraft entschwindet,
Daß man sich so tot befindet,
Und es sprechen dann die Braven:
Siehe da, er ist entschlafen.
Und sie ziehn gelind und lose
Aus der Weste oder Hose
Den geheimen Bund der Schlüssel,
Und man rührt sich auch kein bissel,
Sondern ist, obschon vorhanden,
Friedlich lächelnd einverstanden. —
Schaudernd leere ich das Glas.
(Ach, wie schön bekömmt mir das!) —

Wo wird dann die Seele weilen?
Muß sie sich in Duft zerteilen?
Oder wird das alte Streben,
Hübsche Dinge zu erleben,
Sich in neue Form ergießen,
Um zu lieben, zu genießen,
Oder in Behindrungsfällen
Sehr zu knurren und zu bellen?
Kann man, frag' ich angstbeklommen,
Da denn gar nicht hinterkommen?
Kommt, o kommt herbeigezogen,
Ihr verehrten Theologen,
Die ihr längst die ew'ge Sonne
Treu verspundet in der Tonne.
Überschüttet mich mit Klarheit! —
Doch vor allem hoff' ich Wahrheit
Von dem hohen Philosophen;
Denn nur er, beim warmen Ofen,
Als der Pfiffigste von allen,
Fängt das Licht in Mäusefallen. —
Prost Neujahr! — Und noch ein Glas!
(Ei, wie schön bekömmt mir das!) —

Uh, mir wird so wohl und helle!
Himmel, Sterne, Meereswelle,
Weiße Möwen, goldne Schiffe;
Selig schwanken die Be—jiffe,
Und ich tauche in das Bette
Mit dem Seufzer: Hen—i—jette!

Karneval

Auch uns, in Ehren sei's gesagt,
Hat einst der Karneval behagt,
Besonders und zu allermeist
In einer Stadt, die München heißt.
Wie reizend fand man dazumal
Ein menschenwarmes Festlokal,
Wie fleißig wurde über Nacht
Das Glas gefüllt und leer gemacht,
Und gingen wir im Schnee nach Haus,
War grad die frühe Messe aus,
Dann können gleich die frömmsten Frau'n
Sich negativ an uns erbau'n.
Die Zeit verging, das Alter kam,
Wir wurden sittsam, wurden zahm.
Nun sehn wir zwar noch ziemlich gern
Die Sach' uns an, doch nur von fern
(Ein Auge zu, Mundwinkel schief)
Durchs umgekehrte Perspektiv.

Mechtshausen 1905

Fürs Militär: An Frau Lindau

Rieke näht auf die Maschine,
Nischke war beis Miletär;
Dennoch aber ließ sie ihne
Niemals nahe bei sich her.

„Wozu" — fragt sie oft verächtlich —
„Wozu nützt mich der Soldat.
Wenn man bloß durch ihn hauptsächlich
Soviel hohe Steuern hat?"

Einstmals ging sie nach dem Holze;
Nischke wollte gerne mit;
Aber nein, partout nich wollt' se,
Daß er ihr dahin beglitt.

Plötzlich springt aus dem Gebüsche
Auf ihr zu ein alter Strolch!
Stiere Augen wie die Fische,
Kalte Hände wie der Molch.

„Runter", schreit er, „mit die Kleider:
Denn sie lebt im Überfluß;

Da ich ein Fabrikarbeiter,
Der sich was verdienen muß!" –

Weinend fallen Jäck= und Röckchen,
Zitternd löst sich der Tournür;
Nur ein kurzes Unterglöckchen
Schützt vor Scham und Kälte ihr.

Aber jetzt, da tönt es Halte!
Und ein scharfer Säbel blunk.
Aufgeschlitzt mit einer Spalte
Floh sich brüllend der Halunk.

Dies tat Nischke, der trotz allen
Rieken heimlich nachgeschleicht,
Die sich unter Dankeslallen
Jetzt um seinen Hals verzweigt.

O ihr Mädchens, laßt euch raten,
Ehrt und liebet den Soldat,
Weil er sonst für seine Taten
Nicht viel zu verzehren hat.

Göttingen, April 1880

Widmung in ein Kochbuch

Es wird behauptet und mit Grund,
Ein nützlich Werkzeug sei der Mund!
Zum ersten läßt das Ding sich dehnen
Wie Guttapercha, um zu gähnen.
Ach, Grete, wenn du dieses mußt,
Tu es im stillen und mit Lust!
Zum zweiten: Wenn es grad vonnöten,
Kann man ihn spitzen, um zu flöten.
Sitzt dann der Schatz auch mal allein,
Dies wird ihm Unterhaltung sein!
Zum dritten läßt der Mund sich brauchen,
Wenn's irgend passend, um zu rauchen.
Dies kannst du deinem guten Gatten,
Der darum bittet, wohl gestatten.
Zum vierten ist es kein Verbrechen,
Den Mund zu öffnen, um zu sprechen.
Vermeide nur Gemütserregung,
Sprich lieber sanft mit Überlegung,
Denn mancher hat sich schon beklagt:
„Ach, hätt' ich das doch nicht gesagt!"

Zum fünften: Wie wir alle wissen,
So eignet sich der Mund zum Küssen.
Sei's offen oder sei's verhohlen,
Gegeben oder nur gestohlen,
Ausdrücklich oder nebenher,
Bei Scheiden oder Wiederkehr,
Im Frieden und nach Kriegeszeiten:
Ein Kuß hat seine guten Seiten!
Zum Schluß jedoch nicht zu vergessen:
Hauptsächlich dient der Mund zum Essen!
Gar lieblich dringen aus der Küche
Bis in das Herz die Wohlgerüche.
Hier kann die Zunge fein und scharf
Sich nützlich machen, und sie darf!
Hier durch Gebrötel und Gebrittel
Bereitet man die Zaubermittel
In Töpfen, Pfannen oder Kesseln,
Um ewig den Gemahl zu fesseln.
Von hier aus herrscht mit schlauem Sinn
Die Haus= und Herzenskönigin. –
Lieb's Gretchen! Halt dich wohlgemut,
Regiere mild und – koche gut!

Grete Fehlow zur Hochzeit 1883

Dresden

Nachwort
zur
Beethoven=Feier

Das ist fürwahr
der böse Rietz,
Selbst wer ihn gar nicht
kennt, der sieht's.

Doch der dahier —
das ist der Graf,
Ein Mann gar bieder,
ja fast brav!

Heut hat's Theater
großes Fest,
Den Beethoven
man leben läßt.

Wer sitzet
in der Loge bunt?
Das ist
der bleiche Hallermund!

Wer sitzet an dem
Postament?
Das ist der Rietz
als Dirigent!

Schön ist's zu sein
ein Musikus;
Doch schön ist auch
der Spiritus!

Jetzt in der Pause,
die nicht klein,
Da wandeln zweie
Bein an Bein.

Der Rietz, der spricht:
Finden Sie nich
Dies Fest ein wenig
lächerlich?

Beethoven hatte wohl
Talent —
Doch ist er mir
nicht kompetent!

Es fehlte ihm die Poesie,
Weil er die Liebe
kannte nie!

Das lernt sich freilich
sicherlich
Durch eine einz'ge
Liebschaft nich!

Als dies der Rietz
gesprochen, schrumm!
Tat's einen Schlag –
und er fiel um!!!

Frankfurt

An Johanna, Nanda und Letty

Wo ich auch sei – ich denke immer
An die bewußten Frauenzimmer! –
Als ich vor etwa tausend Jahren
Von Frankfurt schnell hinweggefahren
Und im Coupé der Eisenbahn
Den ersten Dämmerschlaf getan,
Da war es Nacht, und an den Wagen
Hört' ich die scharfen Schlossen schlagen,
Und wie bei Kassel der Morgen graute,
Und wie ich hinaus zum Fenster schaute,
Da lag im Tal und auf der Höh
Viel weißer, kalter Winterschnee. –

Doch weiter fuhr ich, immer weiter;
Die Sonne ging auf, der Himmel ward heiter;
Und als ich im alten Wolfenbüttel
Beiseit gestellt den Wanderknittel
Und mir so alles rings besah —
Schau, schau! Da war auch der Frühling da. —
Drei Katzen saßen im Sonnenschein
Und blinzelten so in den Tag hinein,

Zwei Füllen sprangen kreuz und quer,
Hopphopp, auf dem weiten Hofe umher.
Die Hähne krähten kikeriki!
Es gackert und schnattert das Federvieh,
Enten und Hühner, weiß, rot und bunt.

Und vor der Tür stand Hektor, der Hund,
Und war vergnügt und boll und boll,
Daß es von allen Seiten scholl. —
Auch kleideten bald sich weit und breit
Die Bäume in Blütenherrlichkeit,
Darinnen sangen viel Nachtigallen
Zu meinem besonderen Wohlgefallen
Ihre erbauliche Melodie.
Ging ich zur Ruh, so hört' ich sie,

Und am Morgen erwacht' ich wieder
Bei dem Klange der süßen Lieder. —
Dann währt's nicht lang, so tät mir winken
Die Frühstückszeit mit Wurst und Schinken.
Zu Mittag gab es Spargelsprossen,
Welche bei Nacht hervorgeschossen.
Aber beim Abendsonnenschein
Trug man den guten Wein herein. —
Es war recht schön. — Auch dacht' ich immer
An die bewußten Frauenzimmer! —
So waren denn die drei, vier Wochen
Schnell und lustig vorbeigekrochen.
Ich ging spazieren wieder mal
Im lieben, alten Wiedensahl,
Aus dem guten, wohlbekannten Haus
Durch den Garten ins Feld hinaus.
Ich sah den Wind in Wellen ziehn
Über die grünen Saaten hin.
Und ging gemach den schmalen Steig
Bis in die Wiesen blütenreich
Und legte mich ins bunte Kraut,
Da, wo man zum Dorf hinüberschaut,
Und sah grad wie in Kindertagen
Aus den Bäumen die Kirche ragen,
Ums rote Pfarrhausdach daneben

Die weißen Flattertauben schweben,
Derweil die Fenster rötlich blinken;
Denn eben will die Sonne sinken.
Es fällt der Tau, und still erhöht
Der Vollmond überm Walde steht,
So wie er oft so hell und schön
Von Nachbars Garten hergesehn
Durchs Fenster in das Bourdoir
Auf der gestopften Strümpfe Schar
Bis hinten in das linke Ecki
Auf den Calas von Chodowiecki. —
Ja, blinke nur! — Ich denke immer
An die bewußten Frauenzimmer! —
Oft bin ich durch die hohen Bogen
Des Buchenwaldes hingezogen,
Am Ilsbach hin, der murmelnd schleicht,
Bis ich des Waldes Rand erreicht.
Da liegt, vom Horizont umschlossen,
Die Heide fernhin ausgegossen.
Hier Föhren ernst und dunkelgrün,
Hier Wiesen, welche lustig blühn,
Und kleine Teiche, schilfbewachsen —
Der Kiebitz schreit, die Frösche quaksen. —
Dort dehnen sich die braunen Matten;
Es weht der Wind; die Wolkenschatten
Und Wandellichter malen bunt
Im Wechselspiel den Heidegrund. —
Und aus der Heide öder Breite
Wend' ich den Blick nach jener Seite
Stets ferner hin und immer ferner,
Bis zum Gebirg, wo Alpenhörner
Von Fels zu Felsen widerklingen,
Wo Hirten fromme Lieder singen;
Wo, wie man sagt, die Gemsen lauschen,
Die Bäche von den Felsen rauschen,
In Farbenglut der Alpenrosen
Des Berges frische Lüfte kosen,
Wo man sich Herz und Beine stärkt,
Wo man das Alpenglühn bemerkt,
Wo Hugo in des Halses Schlot
Versenkt das große Butterbrot —
Da hüllt die Lina sich in Schweigen,
Doch innen tönt der Alpenreigen;
Und Bertha wandelt ihr zur Seite
Im grünen — ja, im grünen Kleide. —
Ach, hört' ich nur ein ganz klein Weilchen
Das liebe, gute Plappermäulchen! —

Und Sie, Madam, dahint aus Schwaben —
Was muß ich sehn — ei, ei, Sie haben
Mit kaltem Wasser sich vermischt?
Ob's wohl noch zischt??
Zischt oder nicht! — Ich denke immer
An die bewußten Frauenzimmer! —
Nun kommt der Herbst. — Der Sonne Kraft
Erlischt; schon wird es nebelhaft.
Gen Süd wird sich die Schwalbe schwingen,
Von Norden her der Winter dringen;
Am Fenster wird das Eis erblühn,
Die Kohlen glühen im Kamin —
Drei liebe freundliche Gestalten
Seh' ich des Feuers Glut erhalten —
Wo ich auch sei. Ich denke immer
An die bewußten Frauenzimmer!!

Wiedensahl, im August 1872

Zwei Briefe nach Frankfurt

Nanda und Letty, meine Lieben!
Viel schönen Dank, daß Ihr geschrieben!
Ich höre mit Zufriedenheit,
Daß Ihr noch alle munter seid
Und habt seitdem und währenddessen
Den Onkel Wilhelm nicht vergessen,
Der dahingegen, wie Ihr wißt,
Euch auch gar sehr gewogen ist.
Viel oftmals denk' ich stillerfreut
Der letzten schönen Frühlingszeit;
Wie da die Knospen aufgebrochen,
Die Blumen aus der Erde krochen.
Den Pfirsich und den Apfelbaum
Sah man vor lauter Blüten kaum;
Und freudig summt und brummt in ihnen
Das leichtbeschwingte Volk der Bienen,
Die diesen Herbst vor allen Dingen
Dem Doktor süßen Honig bringen.
Wie schnell wuchs da im Gartenraum
Nanda ihr guter Birnenbaum.
Der wird nun wohl in diesen Tagen
Schon große, gelbe Birnen tragen.
Und auch die Bäumchen, welche heuer
Ganz dicht am östlichen Gemäuer

Die Letty oft und unverdrossen
Mit ihrem Kännchen hat begossen,
Die sind nun auch wohl schlank und schön
Und können über die Mauer sehn.

Am schönsten aber — wißt Ihr's noch? —
Am allerschönsten war es doch,
Wenn wir die schönen Nachmittäg,
Am Tische dort im Gartenweg,
Den Maiwein in die Gläser gossen
Und ihn dann still und unverdrossen
Mit Freudigkeit hinunterschlürften —
Wenn wir das nur bald wieder dürften!!
Doch das ist leider nun vorbei!
Vorüber ist der schöne Mai!
Längst hat der Sommer angefangen,
Bald kommt der Herbst herangegangen;
Es weht der Wind, der Regen fällt,
Und voll von Krieg ist nun die Welt.
Jaja! Das ist nicht angenehm!!

Indes trotz diesem und trotzdem
Gedenk' ich doch in dem Oktober
Von meinem Vaterland Hannober
Zurück in Frankfurt an dem Main —
Ihr Kinnercher! — bei Euch zu sein.
Nun lebt recht wohl! Und grüßt mir ja
Zuerst die gute Frau Mama.
Grüßt auch die brave Schwester Lina
Und dann den Johann und die Mina,
Und Bruder Hugo und den Harry.
Wenn Ihr sie seht, grüßt auch die Mary!
Und — liebe Nanda, liebe Letty!
Vergeßt mir's nicht — und grüßt die Betty!

Also adieu! — Es wird schon donkel,
Drum schließt den Brief der gute Onkel!
Doch einmal wird noch eingetunkt —
Seht her! — jetzt kommt der große Punkt.

Euer stets getreuer Onkel Wilhelm

N. B. Eh' ich's vergesse! — Sagt, wie schaut's
Denn aus mit der Familie Schnauz?
Sind Schlupp und Tapp und Pfiff noch immer zu Haus?
Oder sind sie schon in die weite, weite Welt hinaus?

Wiedensahl, 14. September 1870

An Nelly und Hugo Keßler

Gestern abend, als ich so saß und las,
Wobei ich zum Spaß die Welt vergaß,
Und wollte nichts sehn und wollte nichts hören —
Natürlich! Da muß mich doch gleich wieder wer stören.
Klirrtirrklingeling! geht die Schelle sehr helle,
Und über die Schwelle tritt der Postbote schnelle
Und verneigt sich tief und hält einen Brief
In seiner Hand. Ich aber rief:
Potz zapperment! Wie erschreckt Ihr mich!
Ich träumte so schön, warum weckt Ihr mich?
Er sprach: Pardon! Es ist meine Pflicht;
Zu meinem Vergnügen tu' ich es nicht;
Denn wär' ich, zum Beispiel, ein Millionär,
So lief ich nicht mehr mit Briefen umher.
Gute Nacht! Und träumen Sie bestens weiter!
Damit entfernt er sich mild und heiter. —
— Und als ich den Brief genau besah,
Wie angenehm überrascht war ich da,
Wie freudig rief ich: Ei, ei! Schau, schau!
Der ist fürwahr aus der Wiesenau
Von Nelly und Hugo, diesen zwei Lieben,
Die ihn an ihren Onkel geschrieben.
So wünscht denn der Onkel zunächst von Herzen,
Es möchten verschwinden die Hustenschmerzen,
Damit, wie nach bisherigem Brauch,
Ein jedes gut schlafe und's Mamachen drum auch.
— Daß ferner die Würste, wovon vor Wochen,
Oder wie lang ist's her, eine Probe versprochen,
So hier und da und im allgemeinen
Genossen sind und zu gefallen scheinen,
Das freut den Onkel. Dagegen freilich,
Wenn sie einer nicht mag, ist's auch verzeihlich.
— Das Christkindel aber möge Euch bringen
Die schönsten von allen schönen Dingen,
Und was ihr nur irgend träumt, wünscht oder dächtet,
Daß Ihr es gerne wohl haben möchtet.
— Und komm' ich mal wieder nach Frankfurt gefahren
In ein, zwei, drei, vier oder hundert Jahren,
Dann wollen wir alle mal wieder sehn,
Was der Bütschli gebacken, und zu ihm gehn.

Grüßt alle herzlich, und vergeßt mir keins,
In Wiesenau 15 und Wiesenau 1;
Und paßt es Euch mal, so schreibt auch mal,
Wie es Euch geht, nach Wiedensahl.

13. Dezember 1891

Zirrwitt! Diddellitt!

Die Sonne schien;
Kein Lüftchen weht.
Der Dorfpoet
Ergriff seinen Stock, um
Zu spazieren nach Loccum.
Und wie er so geht
Auf der graden Chaussee
Und die Augen verdreht
Nach der Rehburger Höh,
Wo kürzlich
Drei Musen gesessen,
Um roten
Kohlsalat zu essen,
Den sie sonst nicht kriegten,
Fing er natürlich
Gleich an zu dichten.
Es war — es war —
Na, sagen wir mal —
Es war einmal ein reizendes Tal,
Da saß in ihrem Blumenpalais
Eine Sommerfee,
Die göttliche Zephira,
Und spielte auf ihrer Lyra.
Sie klimpert so hübsch,
Sie trillert so schön,
Kann keiner da vorübergehn;
Wer es auch ist,
Der Fußtourist,
Der Ritter zu Roß,
Er muß und muß
In das Zauberschloß.
Und ist er mal dort,
Kommt er nie mehr fort,
Denn die — denn die ...
Hier kann der Poet,
Der Versebereiter,
Urplötzlich nicht mehr weiter.
Die Dichtung stockt,
Der Pegasus bockt.
O diese Nanda!
Schrie nämlich ganz
Dicht bei ihm an da
Ein Klapperstorch,
Der selig allein
In der Wiese stand
Auf dem linken Bein. —
Ei, sieh da! Meister Storch!
Also kennt Ihr die? —
Na, ob und wie!
Bin hübsch lang
In Frankfurt gewesen,
Mein Lieber!
Fünfzig Jahre und darüber;
Könnt jeden fragen,
Den Ihr dort trefft.
Hab' ich doch gehabt
Mein Geschäft
Auf der Bockenheimer Gass',
Links oben am Schlot.
Und flott ging die Sach',
Potz zapperlot!
Hatt' meine Ruhe nie.
Kommt da auch mal,
Es war so im Juni,
Eine schöne Frau
Aus der Wiesenau. —
Herr Storch — hat sie gesagt —,
Könnten S' mir nit für morgen
Wieder etwas besorgen? —
Wieviel, Madam?
Eins oder mehr? —
Nein, danke recht sehr!
Nur eins!
Aber ein Mädel, ein feins. —
Schon recht, Madam,
So prompt wie's geht,
Und prima Qualität.
Also ich fort sogleich
Zu meinem Bäbiliteich.
Hab' gefischt und gefuscht —
Die erst' war nischt,
Die zweit' war nuscht —
Aber beim drittenmal,
Da hab' ich's erwischt.
Fürwahr,
Ein Prachtexemplar!
Und Augen hat's gemacht,
Und gleich hat's gelacht,
Und gestrampelt hat's,
Wie 'ne wilde Katz.
Und wie ich mich aufmach'

Und flieg' zurück —
Bei der Sachsenhäuser Brück'
Hat's mich gerupft und gestupst,
Fast wär' mir's entschlupft
Und in den Main geplumpst.
Und wie ich vorbeikomm'
An Rothschild seinem Haus,
Ruft die Frau Rothschild
Zum Fenster heraus:
Herr von Storch,
Herr von Storch!
Fliegen S' nicht so dorch.
Lassen S' es hier,
Geben S' es mir,
Geb' gleich
10 000 Gulden dafür! —
Frau Baronin —
Hab' ich gesagt —,
Um kein Geld in der Welt.
Die Sach' ist bestellt! —
Und weiter flog ich,
Ohne lang zu warten,
Über Gontards Garten
Und besorgte mein Päckchen. —
Drum heißt sie jetzt Nanda
Und nicht Rebeckchen. —
Der Poet,
Als der Storch so gesprochen,
Verneigt sich tief —
Er wär' in der Mitte
Fast abgebrochen —
Und sprach:
Herr Kommerzienrat!
Wegen dieser
Eurer hochherzigen Tat
Kann Euch die gute Stadt
Frankfurt am Main,
Wo Juden und Christen
Sich überlisten,
Nur dankbar sein. —
Bitte, Herr Hofpoet! —
Aber jetzt muß ich was fragen:
Wollt Ihr mir nicht
Gefälligst mal sagen,
Wie's weiterging
Mit der Zephira
Und ihrer Lyra? —

Stehe zu Diensten! —
Ganz recht — jaja —,
Ist einer mal da —
Und ist mal dort,
Kann er nie mehr fort;
Denn die Hex',
Und wär' er auch noch so kühn,
Behandelt, bezaubert,
Verwandelt ihn,
Bis er schwirrt und girrt
Und auf einmal
Ein richtiger Vogel wird.
Wohl zwanzig und mehre
Hat sie bereits in ihrer Voliere;
Verschiedenerlei,
Specht, Zeisig,
Gimpel und Papagei,
Und sogar einen alten
Uhu mit gräßlichen Falten.
Die sitzen nun da
In Federröcken
Auf Stangen und Pflöcken
Und recken sich
Und necken und packen sich
Und warten, daß ihre
Verehrte Zephire
Herbeikommt mit
Futter und Saitenspiel.
Aber es gibt nicht viel.
Ah! — Da tritt sie aus ihrer
Kemnate
Im luftigen, duftigen
Morgenstaate.
Bon jour, Messieurs!
Bin ich nicht
Eine entzückende Fee? —
Sofort — denn jeder will
Immer der erste sein —
Erhebt sich ein begeisterndes
Piepsen und Schrein:
Heil dir, Zephire!
Du bist die Schönste
Im ganzen Reviere!
Zirrwitt, uhu!
Diddellitt, uhu! —
Bravo, ihr Herrn!
Man weiß es ja selbst,

Aber man hört's doch gern!
Hier, meine lieben
Höflichen Mätzchen,
Habt ihr Hanfkörner
Und Zuckerplätzchen!
Doch du, alter Kauz,
Warum singst du nicht mit
So wie die andern:
Zirrwitt, Diddellitt?
Nur kein Huhuh mehr,
Das bitt' ich mir aus,
Du alter Mucker und
Butzeklaus! —
Dieser Kauz
War früher ein Laienbruder,
Ein kreuzbraves Luder,
Den hatte sein Kloster
Ausgesandt
Nach Lourdes ins Frankenland,
Damit er von dort
In einer Literphiole
Potzwundersam
Kräftiges Wasser hole,
Das besorgt er denn auch,
Bezahlt, was Brauch,
Verstöpselt die Flasche,
Verwahrt sie in seiner
Pilgertasche
Und begibt sich alsbald
Auf den Heimweg
Nach dem Ardenner Wald.
Natürlich ist all sein
Denken und Sinnen
Beschaulichermaßen
Gerichtet nach innen;
Und weil es schon spät
Und dunkel wird —
— Natürlich, so geht's —,
Er hat sich verirrt.
Erst ist er geduldig,
Dann wird er verdrießlich,
Dann schimpft er tüchtig
Und leider schließlich
Flucht er sogar
Ob dieser Bedrängnis.
Das war sein Verhängnis.
Verlockt durch eines
Lichtes Schein,
Kehrt er im Zauberschlosse ein.
Und — ach! — da sitzt sie,
Die himmlische Fee,
Auf dem rosigen kosigen
Kanapee,
Im Abendkleide
Von goldener Seide,
Im Silberschleier
Und singt zur Leier.
Dem Klosterbruder
War's nicht geheuer. —
Hu, 'ne Hex, 'ne Hex!
Geschwind furt, furt!
Oh, hilf mir,
Du heiliges Wasser von Lurd! —
Aber es half nicht —
Versimpelt, berauscht,
Mit offnem Maul,
Steht er da und lauscht,
Und eh' er bemerkt,
Worum es sich handelt,
Ist er schon verwandelt.
Die Kutte wird zum
Federgewand,
Zum Flügel die Hand,
Die Nase wird knöchern,
Starr glotzen die Augen
Aus runden Löchern.
Der Kauz ist fertig, haha, hihi!
Marsch fort,
Zu dem übrigen Federvieh!
So trieb es diese Zauberin,
Mit Lachen
Und mit leichtem Sinn,
Mit Saitenspiel und mit Gesang,
Den ganzen lieben
Sommer lang.
Doch eines Morgens
Ward es kühl,
Das Thermometer fiel und fiel;
Und eines Abends
Wird es kalt. —
O weh, welch eine Mißgestalt?
Was ist das für 'ne alte Frau?
Sie geht am Stock,
Ist krumm und grau.

Sie klopft ans Tor. —
Wer ist davor? —
Mach auf, Zephirchen,
Laß mich ein!
Bin halt ein alt kalt
Mütterlein! —
Weg, weg! Bleib fern!
Die alten Weiber
Hab' ich nicht gern! —
Oho, ohe!
Mein Schatz,
Ich bin die Winterfee! —
Sie tät sich recken,
Sie schwang den
Mächtigen Zauberstecken. —
Verschwinde! rief sie.
Verschwinde!
In alle Winde!
Samt Blumen,
Leier und Hofgesinde! —
Das war ein Schreck.
Puh! Alles ist weg!
Sowohl Zephire
Wie auch ihre sämtlichen
Schnabeltiere. —
Wo ist sie nun?
Kann sie
Noch immer nicht ruhn? —
Sie ist der Hauch,
Der die Wellen kräuselt,
Der in Blättern säuselt,
Der durch die
Aeolsharfen geht,
Der uns neckisch
Den Hut vom Kopfe weht;
Aber manchmal
Ist sie kein bloßer Hauch,
Sondern stürmt wohl auch.
Und ihre getreuen
Vöglein schweifen
Stets um sie her in der Luft
Und pfeifen.
Sind Regenvögel,
Die in der Regel
Nicht sehr beliebt sind
Bei ländlichen Tanten,
Welche Seile spannten,
Um Wäsche zu trocknen
Im Sonnenschein.
Oh! seufzt der Storch —
Und trat vom linken
Auf's rechte Bein.
Wie bin ich froh!
Unsre Fernanda,
Die ist nicht so!
Im übrigen glaub' ich,
Herr Dorfpoet,
Ist's geraten, daß Ihr Euch
Heimwärts dreht,
Falls Ihr nicht etwa
Verregnen wollt —
Zephire grollt!
Schon hör' ich sie rauschen
In den Föhren,
Schon lassen sich ihre
Vögel hören,
Und dort der Kumulus
Über dem Walde verspricht
Einen Regenguß. —
Adieu, Herr Langbein!
Ich empfehle mich! —
Empfehl' mich gehorsamst,
Herr Dichterich!
Schleunigst macht sich der Poet
Auf die Socken.
Im Winde flattern
Die Dichterlocken.
Er schaut nicht um.
Die Wolke naht sich mit
Donnergebrumm.
Und als er sein kleines
Hüttchen erreicht,
Ist er ganz durchweicht
Und durchgewaschen
Bis in die Taschen,
Vom Strohhut oben
Bis tief in die Schuh.
Gottlob!
Jetzt macht er die Türe zu!

Einer liebenswürdigen Frau, die vermutlich demnächst im Juni ihr Wiegenfest feiert, geschrieben und gezeichnet von *Wilh. Busch*

Volksliedchen

Mitten im Garten, da liegt ein schön Paradies
Als ich hinein tat gehen,
Sah ich ein Blümlein stehn.
Brach ich mir ab die Blum
Mir zu mein' Eigentum,
Stellt's in ein Wasserglas.
Als ich nach mein' Blümlein sah,
Steht ein feins Mädchen da:
„Dortchen bin ich genannt,
Als ich im Garten stand."

Fipps der Affe für Kinder

Also jetzt kommt die Geschichte
Von dem Bitterbösewichte,
Schlau, possierlich und behend,
Der sich Fipps der Affe nennt.
Er besitzt nicht nur wie wir
Zween Hände, sondern vier,
Vorne zwei und hinten zwei
Und 'nen langen Schweif dabei.
Hiermit, denkt sich jeder nun,
Wird er recht viel Gutes tun;
Aber nein, im Gegenteile,
Tugend macht ihm Langeweile,
Während er in solchen Dingen,
Welche andern Schaden bringen,
Jederzeit mit größter List
Rührig und betriebsam ist —
Kurz, die Taten der Verbrecher
Sind so seine Lieblingsfächer.
Freilich, einmal will es scheinen,
Und wir hoffen schon und meinen,
Daß uns dieser Fipps gefalle,
Aber gleich ist's wieder alle.
Wie er war, so ist und bleibt er.
Weise schütteln ihre Häupter,
Und so wissen wir bestimmt,
Was er für ein Ende nimmt.
Jeder kriegt, was jeder tut.
Schlechtigkeit bekommt nicht gut.

Fipps ist sehr neugierig, und wo ihn das hinführt

Seht nur mal, da sitzt er ja
Auf dem Baum in Afrika.
Ein Matrose fährt im Kahn
Barfuß auf dem Ozean;
Doch wie er ans Ufer tritt,
Bringt er zwei Paar Stiefel mit,
Ein Paar große, ein Paar kleine,
Also für verschiedne Beine;
Und man sieht und merkt sogleich,
Dieser Mann ist schmerzenreich.
Kaum zieht aber dieser Mann
Einen seiner Stiefel an,
So bemerkt man augenscheinlich,
Daß der Schmerz nicht mehr so peinlich;
Ja bei Stiefel Numro zwei
Wird er gänzlich sorgenfrei,
Sucht in frohem Dauerlauf
Seinen Nachen wieder auf
Und läßt so wie aus Versehn
Das Paar kleine Stiefel stehn. —
Ei, denkt Fipps nach Affenbrauch,
Diesen Spaß mach' ich mir auch! —
Und, o weh, im schönsten Glück
Kehrt der frohe Mann zurück.
Laufen wäre jetzt das beste,
Säßen nicht die Stiefel feste.
Gleich faßt ihn der Mann und spricht:
„Still, mein Sohn, und strample nicht!"
Dieser Mann mit Namen Schmidt
Nimmt ihn nach Europa mit.

Fipps frisiert einen Bauern und geht schnell woanders hin

Meister Krüll, als ein Friseur,
Nährte sich mit Kamm und Scher.
Mancher kam aus seinem Haus
Schon als netter Mensch heraus.
Auch der heimgekehrte Schmidt
Ging nach Krüll zum Haareschnitt.
Wie nun der den Affen sieht,
So belebt sich sein Gemüt.
Teils mit Gelde, teils mit Kosen
Kauft er ihn von dem Matrosen,
Geht zum Seitenkabinette
Seiner stillen Wirkungsstätte,
Wo er Glanzpomade braute,
Zöpfe flocht, Perücken baute
Und vollbringt mit kluger Hand,
Was sein reger Geist erfand.
Und er freut sich ungemein.
Einstmals läßt er ihn allein,

Eben jetzt erscheint im Laden,
Dünn von Kopf und dick von Waden,
Ein gewisser Bauer Dümmel,
Setzt sich nieder, riecht nach Kümmel
Und befiehlt, daß man ihn schere,
Was auch dringend nötig wäre.
Hupp, da sitzt auf seinem Rücken
Schon der Fipps, um ihn zu zwicken!
Schnippdischnapp, die Haare fliegen!
Dümmel macht es kein Vergnügen.
Aujau, dieser scharfe Schnitt
Nimmt ein Stück vom Ohre mit!
Während Dümmels Wehgesange
Faßt der Fipps die Kräuselzange.
Huh, die Nase dampft und zischt!
Dümmel sein Verstand erlischt.
Alle Außendinge schwinden,
Nur die Schmerzen ziehn und münden
In dem einen Knotenpunkt,
Den er hier ins Wasser tunkt. —
Jetzt kommt Krüll aus seinem Zimmer:
Was vernehm' ich für Gewimmer?
Fragt er zornig, und die Rechte
Droht mit einer falschen Flechte.
Aber seine Hand erlahmt.
Meister Krüll ist eingerahmt.
Diese Gegend ist nicht heiter,
Denkt der Fipps und macht sich weiter.

Er stört einen dicken Herrn beim Essen, grade wie das Beste kommt

Wohlbeleibt und rosenfrisch
Sitzt ein Herr an seinem Tisch.
Vor ihm prangt der schöne große
Pudding mit der roten Soße;
Und er spricht und streicht die Weste:
Pudding, du bist doch der Beste! —
Aber, ach, du meine Güte,
Plötzlich stockt das Herzgeblüte!
Angeregt von Wohlgerüchen,
Hat sich Fipps herbeigeschlichen,
Um mit seinen gier'gen Händen
Diesen Pudding zu entwenden.
Ätsch, das Ding hat große Hitze!
Schwapp, der Herr hat eine Mütze,
Und als dünnes Ungemach
Folgt die rote Soße nach!
Unvermutet, unverschuldet
Steht der Dicke da und duldet,
Hört nichts mehr und sieht auch nichts
Wegen dieses Bösewichts.

Diebstahl und Flucht mit Hindernissen.

Weitberühmt durch sein Gebäck
Ist der Hofkonditor Köck.
Seine Krapfen, seine Brezen
Sind besonders hochzuschätzen. —
Horch, sprach er und wurde blaß,
In dem Laden rappelt was! —
Wohlbegründet ist sein Schrecken,
Fipps versieht sich mit Gebäcken.
Seinen langen Wickelschwanz
Ziert ein brauner Brezelkranz.
Auf den Daumen, wie auf Zapfen,
Sitzen vier der besten Krapfen.
Rasch will Köck den Schweif erfassen,
Muß ihn aber fahrenlassen;
Seine Hände sind zu glatt,
Weil er Teig gemengelt hat.
Sieh, da kommt ja grad die gute
Mamsell Kropp mit Topf und Tute.
Schon hat Fipps sie umgerannt,
Rücksicht ist ihm unbekannt.
Seine Krapfen sind zerstreut.
Das kommt von der Heftigkeit.
Froh auf Krücken springt heran
Ein kreuzkrummer Bettelmann,
Ganz beseelt von dem Verlangen,
Sich die Brezeln einzufangen.
Fipps beraubt ihn seiner Stütze;
Putsch, da liegt er in der Pfütze!
Aber, ach, nur eine Brezen
Hat von den geraubten Schätzen

Nachtquartier — und was für eins

Fipps noch glücklich mitgebracht. —
Unterdessen kommt die Nacht.
Hohl im Leibe, voller Trauer,
Springt er über eine Mauer. —
Hier, so denkt er, find' ich Ruh! —
Autsch, da schnappt die Falle zu! —
Alsofort im Abendrocke,
Wohlbewehrt mit Sack und Stocke,
Tritt ein Herr aus dem Gebäude
Und bemerkt mit Seelenfreude:
Endlich hab' ich ihn einmal,
Der mir meine Hühner stahl! —
Schlupp, ist er im Sack versteckt,
Nur der Schwanz bleibt unbedeckt,
Den benutzt der Herr als Griff! —
Uh, wie da der Stecken pfiff!
Und nach langer Züchtigung,
Ohne viel Besichtigung,
Schließt er ihn für jeden Fall
In den leeren Hühnerstall.
Dieses tat Herr Doktor Fink,
Der vergnügt zu Bette ging.

Fipps wird freundlich aufgenommen, fängt aber gleich Streit an

Morgens früh, so gegen achte,
Ging der Doktor hin und dachte:
Will doch sehn, wen ich erhascht! —
Ei, wie ist er überrascht,
Als beschämt und lendenlahm
Fipps aus seinem Sacke kam.
Und Frau Doktern und das nette
Kleine Lieschen und die Jette —
Oh, wie sind sie voll Entzücken,
Einen Affen zu erblicken! —
Aber zwei, die noch dabei,
Sind nicht von Bedenken frei.
Das sind dort im Hintergrund
Gripp, der Kater, Schnipp, der Hund.
Leider ist, wie bald sich findet,
Ihre Sorge sehr begründet.
Fipps, der greift in ihre Schale,
Und schon kommt es zum Skandale.
Fipps ist obenauf gekommen.
Gripp wird hinten festgeklommen.
Raumiau! Mit Korb und Klammer
Geht's treppauf zur Bodenkammer.
Jetzt wird Schnipp von Angst erfaßt;
Fipps ergreift den Hinterquast.
Daran schwingt er ihn herum,
Bis er schwindelduseldumm,
Zieht ihn dann wie einen Schlitten
Rückwärts auf des Hofes Mitten,
Läßt ihn schaudernd mal soeben
Oberhalb des Brunnens schweben,
Führt ihn hierauf hintennach
An der Renne auf das Dach,
Hängt ihn über den Kamin,
Und also verläßt er ihn.
Peinlich wird der Rauch und stärker;
Schnipp rumpumpelt auf den Erker,
Grad, als mit dem Korb beschwert,
Kater Gripp nach außen fährt.
Widerspenstig ist der Ast.
Kater Gripp hat seine Last.
Meistens hat, wenn zwei sich scheiden,
Einer etwas mehr zu leiden;
Und nach ausgestandner Pein
Sind sie wiederum allein.

Jette neckt Fipps und Fipps die Jette

Lieschen schläft in ihrer Wiegen.
Fipps, der achtet auf die Fliegen;
Denn das macht ihm vielen Spaß,
Wenn er so bei Lieschen saß.
Jette, welche unterdessen
Strümpfe strickend dagesessen,
Sieht 'ne Wespe, die verirrt
An der Fensterscheibe schwirrt,
Und sie treibt das Stacheltier
In die Tüte von Papier.
Lächelnd reicht sie Fipps die Tute,
Daß er Gutes drin vermute.

Jeder Argwohn liegt ihm fern,
Darum öffnet er sie gern.
Pick, der Stachel sitzt im Finger,
Und der Schmerz ist kein geringer!
Er zermalmt, sogleich gefaßt,
Das Insekt, was ihm verhaßt,
Setzt sich wieder an die Wiege,
Paßt genau auf jede Fliege,
Und die Jette läßt das Stricken,
Um ein wenig einzunicken.

Eine Fliege ist darunter,
Die besonders frech und munter.
Jetzt sitzt sie auf Jettens Jacke,
Jetzt auf Jettens warmer Backe.
Schlapp, da kriegt sie einen Hieb,
Daß sie starb und sitzenblieb!
Aber Fipps hockt wieder da,
Grad als ob dies nicht geschah,
Und mit sanfter Seelenruh
Schließt er seine Augen zu.

Jette ist sehr unvorsichtig, Fipps macht einen lobenswerten Streich

Wie gewöhnlich liest die Jette
Wieder nachts in ihrem Bette.
Auf dem Kopf hat sie die Haube,
In der Hand die Gartenlaube.
Hieran will sie sich erfreun,
Duselt, nickt und schlummert ein.
An das Unschlittkerzenlicht,
Daran freilich denkt sie nicht.
Erst brennt nur die Zeitungsecke,
Dann der Vorhang, dann die Decke,
Und schon treibt der Brenzelduft
Finkens an die frische Luft.
Vater Fink, er läuft nicht schlecht,
Rettet seinen Stiefelknecht;
Mutter Fink, besorgt vor allen,

Rettet ihre Mausefallen.
Jette schwebt vom Fensterrand,
Sie ist etwas angebrannt;
Doch im Faß, woraus man wäscht,
Wird sie gründlich ausgelöscht. —
Aber, weh, was fällt mir ein?
Wo mag unser Lieschen sein?
Seht nach oben! Fipps, der Brave,
Hält das Kind, das fest im Schlafe.
Aus dem Fenster, hoch im Raum,
Schwingt er sich zum nächsten Baum.
Höchst besorgt, wie eine Amme,
Rutscht er abwärts an dem Stamme.
Oh, welch eine große Freude
Haben nun die Eltern beide!

Ein Böser ist niemals zufrieden mit dem, was er hat

Das war brav, was hier geschehen,
Und sogleich wird jeder sehen,
Daß für Fipps die gute Tat
Angenehme Folgen hat.
Zur Belohnung kriegt er nun
Von verblümtem Zitzkattun
Eine wirklich ganz famose
Hinten zugeknöpfte Hose,
Dazu, reizend von Geschmack,
Einen erbsengrünen Frack,
Ferner seine Leibgerichte,
Kuchen, Wein und süße Früchte,
Für die Ruhe nach Genüssen
Ein bequemes Ruhekissen

Und natürlich warme Decken. —
Doch zu solchen Ruhezwecken
Scheinen ihm noch viel probater
Schnipp, der Hund, und Gripp, der Kater.
Ärgern sie sich dann darüber,
So ist das ihm um so lieber. —
Wahrlich, denkt man jetzt für sich,
Fipps, der hat es königlich. —
Aber, ach, so ist der Schlechte!
Niemals hat er, was er möchte,
Und sein abgefeimtes Herz
Sehnt sich stets nach anderwärts.
Einst an einem stillen Morgen,
Als noch, tief im Bett verborgen,

Schlummert die Familie Fink,
Geht's rumbumklackerackplimpink!
Seht, da liegt der Kaffeetisch
Und in greulichem Gemisch
Kessel, Trichter, Tassen, Töpfe,
Löffel, Gläser, Eiernäpfe,
Butter, Honig, Milch, Zigarren —
Und man hört das Fenster knarren,
Und der Fipps verläßt im Saus
Dieses ehrenwerte Haus,
Um sich ferner zu zerstreun
Und ein rechter Lump zu sein.

Seine letzten Schandtaten
Und wie es Knall und Fall mit ihm zu Ende geht

Frohgelenkig sieht man ihn
Durch die Saatgefilde fliehn.
Mit der Pfeife geht voran
Ahnungslos der Wandersmann.
Plötzlich stutzt er und erschrickt,
Denn der Hut wird eingedrückt.
Und die Frau, die dorten wandelt
Mit Geschirr, wo sie mit handelt,
Oh, wie sehr wird die erschüttert!
Alles Topfgeschirr zersplittert,
Und nun fragt sie wehmutsvoll,
Wo sie denn von leben soll.
In dem Haus da weiterhin
Wohnt der Bauer Dümmel drin,
Dümmel, dem es unvergeßlich
Und noch die Gedanken gräßlich,
Wie ihm Fipps die Haare schor. —
Fipps, ich sage, sieh dich vor! —
Doch was kann das alles nützen!
Schon sieht er die Glucke sitzen.
Dümmels Küchlein piepsen bang,
Ach, das ist ihr Grabgesang. —
Mord ist eine Schaudersache.
Immer näher kommt die Rache. —
Zwar zuerst kommt nur Frau Dümmel;
Sie vernahm das Angstgewimmel.
Mit dem Schrei: Da kummt de Düwel!
Fällt sie rücklings in den Kübel.
Aber jetzt erscheint von hinten
Dümmel mit der Schießeflinten. —
Ho! ruft er und kennt ihn wieder.
Dat is jo min Haaresnieder! —
Fipps bei diesem Donnerworte,
Springt geschwinde aus der Pforte
Und ihm nach durch dick und dünn
Dümmel und die Dümmelin.

Und schon kommen mehr daher:
Töpfersfrau und Wanderer
Und, wie es der Zufall will,
Mamsell Kropp und Köck und Krüll,
Ja, man sieht sogar den Dicken
Und den Bettelmann auf Krücken!
Alle machen lange Schritte.
Plötzlich heißt es: Kiek, da sitte! —
Jeder harret starr und stumm.
Dümmel zielt. — Dann geht es: Wumm!
Heftig ist der Flinte Stoß;
Denn nur schwierig ging sie los,
Aber Fipps, den traf sie doch,
Tief im Herzen sitzt das Loch.
Angelockt von diesem Knalle,
Kommen noch die andern alle:
Schnipp, der Hund, und Gripp, der Kater,
Mutter Fink und Fink, der Vater,
Lieschen und die fette Jette
Sammeln sich an dieser Stätte.
Keiner läßt von diesen allen
Eine Trauerträne fallen,
Ausgenommen nur die Liese:
Arme Fipp, so sagte diese.

Der Dornenstrauch

Es steht in Quesels Hecke
Ein Dornstrauch an der Ecke,
Und stechen tut er auch.
Ach, lieber Herr von Quesel,
Steig ab von deinem Esel,
Hau ab den Dornenstrauch.
Herr Quesel hört die Klagen
Vergnügten Angesichts.
Er spricht mit Wohlbehagen:
Ich spüre nichts!

Es wächst die krause Wolle,
Damit sie wärmen solle
Dem Schäfchen aus der Haut.
Der Dornstrauch tät es rupfen,
Da mußt es ängstlich hupfen
Und blökte gar so laut.
Herr Quesel hört sein Klagen
Vergnügten Angesichts.
Er spricht mit Wohlbehagen:
Ich spüre nichts!

Im Schmuck der neuen Hose,
Beglückt und sorgenlose
Biegt um das Eck der Fritz.
Der Dornstrauch hält ihn feste,
O weh, die Allerbeste
Kriegt einen langen Schlitz.
Herr Quesel hört sein Klagen
Vergnügten Angesichts.
Er spricht mit Wohlbehagen:
Ich spüre nichts!

Hier wandelt, emsig strickend,
Im Freien sich erquickend,
Ein Fräulein tugendsam.
Wie ist sie so erschrocken,
Als plötzlich Hut und Locken
Der Dornstrauch an sich nahm.
Herr Quesel hört ihr Klagen
Vergnügten Angesichts.
Er spricht mit Wohlbehagen:
Ich spüre nichts!

Der Esel aber bebend
Sieht hoch am Dorne schwebend
Die Locken und den Hut.
Es stutzt und bockt der Esel,

Im Dorne hängt Herr Quesel
Und hat es gar nicht gut.
Ein jeder hört sein Klagen
Vergnügten Angesichts.
Man spricht mit Wohlbehagen:
Wir spüren nichts.

Herr Quesel läuft nach Hause
Und kehrt in einem Sause
Zurück mit langer Axt.
Die Axt fängt an zu blitzen,
Herr Quesel an zu schwitzen,
Der Dornstrauch fällt und knackst.
Jetzt kann man ohne Klagen
Vergnügten Angesichts
An Quesels Ecke sagen:
Ich spüre nichts.

Der traurige Bub.

Schneider Bock, Schneider Bock,
Geh, mach mir 'n Rock,
geh, mach mir 'ne Westen
Von seidenen Resten
Und mach mir ein Hosen
Von Veilchen und Rosen
Und was es nur gibt.

Ich hab's so ein Kummer,
Ich kann nicht mehr schlummern,
Ich hab' es im Traume
Still lachen, muß weinen,
Bin gar so betrübt.

Das macht die Therese,
Die ist mir so böse,
Die küßt mich fein [illegible] —,
Sonst lieber mit Großen
Ich bin ihr zu klein.

Fritz Maier, den großen,
Den möcht' ich wohl stoßen,
Den möcht' ich wohl [illegible]

Poetische Dankesworte an Letty Keßler, Frankfurt am Main, für eine prosaische Spargelsendung.

Im Wald von Niedersachsen
Ein alter Heuschreck saß,
Der aß, was da gewachsen,
Bloß Laub und grünes Gras.
Zum Glück kennt er ein Grillchen,
Wohlwollend von Gemüt,
Das fern von ihm ganz stillchen
Die schönsten Spargel zieht.

Zwei Sorten, sehr erquicklich,
Sind's, die man dorten sticht,
Die eine ist verschicklich,
Die andre aber nicht.
Der Heuschreck, der voll Freude
Von beiden was bekam,
Fand, daß sie alle beide
Gleich gut und lobesam.

Die eine schmeckt er gerne,
Wie üblich, mit dem Gaum,
Die andre nur von ferne,
Gar lieblich wie ein Traum.
So ist in seiner Wildnis
Er doppelt sehr vergnügt.
Dies zeigt ja schon sein Bildnis,
Was unten beigefügt.

Wiedensahl, 3. Mai 1894

Sei freundlich gegrüßt, liebe Letty, vom Onkel

Wilhelm.

Das leichtsinnige Mietzel

Schau unser Mietzel, unser gutes!
Was hat das für ein lieb Gesicht. —
Und raufen, balgen — nein, das tut es,
Nein, nein! — das tut das Mietzel nicht.

Ist so ein herzensgutes Kätzchen;
Tut niemals einem was zuleid,
So daß sogar das Gimpelmätzchen
Ganz ohne alle Furchtsamkeit.

Ja, selbst der Schnauz, der doch ein grimmer
Griesgrämlich=alter Knabe ist,
Erlaubt dem Mietzel, daß es immer
Mit ihm aus einer Schüssel frißt.

Es war auch wirklich so possierlich,
Wenn so für sich das kleine Ding
Ein Fadenknäuel rasch und zierlich
Bald von sich stieß, bald wiederfing. —

Einst, als in frohem Jugenddrange
Das Mietzel Schmetterlinge jug,
Da schlich herzu mit leisem Gange
Ein fremder Kater, schwarz und klug.

Der Kater hat das Mietzel gerne,
Das Mietzel hat ihn auch recht gern. —
So schloß sie einst beim Licht der Sterne
Herzfreundschaft mit dem fremden Herrn.

Sie fragte nicht, wie er sich nannte,
Sie wußte nur, er war ihr lieb. —
Ach Gott! — und er war der bekannte
Bruno; ein Mörder und ein D i e b. —

Nun war es Abends in der Regel,
Daß er mit ihr zum Walde ging,
Und er schenkt' ihr schöne Krammetsvögel,
Die Förster Kolb in Fallen fing.

Das war nun wohl ein lustig Leben
Und ging auch eine Weile gut —
— Doch schau! — da kommt der Förster eben —
Paff!! — Bruno schwimmt in seinem Blut!!

Und Mietz entflieht voll Angst und Schrecken
Und kommt durchs enge Gittertor
Den Hunden, welche gierig lecken,
Noch mit genauer Not zuvor.

Gut! — denkst du nun. Die hat's gesehen,
Wie man den bösen Dieb belohnt,
Und wird nicht mehr von Hause gehen.
Ach, nein! Sie war es schon gewohnt.

Auf hohen Bäumen, in Gebüschen,
Wo sie mit ihrer Beute sitzt,
Weiß sie dem Förster zu entwischen,
Dem seine Flinte wenig nützt.

Doch der ist, wie die Jäger alle,
In diesen Sachen auch nicht dumm.
Er stellt dem Mietzel eine Falle —
Schnapp! — Mietzel ist für ewig stumm! —

Der Förster nimmt sie aus der Klappe
Und trägt sie in des Kürschners Haus:
„Vom Schwarzen machen Sie die Kappe,
Hier schneiden Sie den Muff heraus!"

Ein weißer Muff nebst schwarzer Mütze
Sind fertig auf die Weihnachtszeit.
Die Mütze ist für Försters Fritze,
Der Muff für Försters Adelheid!

Frankfurt a/M 1870

Borkum

Dorenkat

Hermine sagte mir, sie wollte,
Daß ich ihr mal was dichten sollte. —
Ich sagte ja! — Und also hü!
Fährt jetzt mein Geist per Phantasie
Nach Borkum, legt sich auf die Düne
Und dichtet was für die Hermine.

Von einer Düne sieht man weit. —
Das Meer ist voller Flüssigkeit.
Das Ostland ist an Möwen reich.
Die jungen Möwen hat man gleich;
Die Eltern aber schrein und tüten
Und schweben über unsern Hüten.

Hier ist der Entoutcas zu loben.
Nicht alles Gute kommt von oben. —

Zu Upholm wird das Schaf gemelkt.
Die Kuh will Futter, wenn sie bölkt.
Der Kuhhirt sammelt viele Kühe
Durch lautes Tuten morgens frühe.
Dies weckt den Fremden unvermutet,
So daß er fragt, wer da so tutet? —

Am Strande aber geht man froh
Erst so hin und dann wieder so;
Man sieht ein Schiff, tritt in die Qualle,
Hat Hunger, steigt in diesem Falle
Zur Giftbutike kühn hinauf,
Erwirbt ein Butterbrot durch Kauf
Und schlürft, wenn man es nötig hat,
Den vielberühmten „Dorenkat";
Ein Elixir, was notgedrungen,
Durch ein Malheur dazu gezwungen,
Vor hundert Jahren hierzuland
Der Pieter Dorenkat erfand. —

Es war 'ne schwüle, dunkle Nacht;
Der Pieter hält am Strande Wacht.
Was ist das für ein heller Schein?
Das ist ein Schifflein, hübsch und klein.
Es leuchtet helle, segelt schnelle,
Schwebt immer auf der höchsten Welle,
Ist ganz von Rosenholz gezimmert,
Sein Segel ganz von Seide flimmert,
Hat eine Flagge aufgehißt,
Worauf ein Herz zu sehen ist;
Und lächelnd steht auf dem Verdeck
Ein Knabe, lockig, blond und keck,
Der durch ein Flügelpaar geziert
Und Köcher, Pfeil und Bogen führt. —
Da geht es kracks! — und an dem Riff
Zerschellt das kleine Wunderschiff. —

Pechschwarze Nacht. — Bald blickt jedoch
Der Mondschein durch ein Wolkenloch. —
Herausgespült und hingestreckt,
Wie tot, von Seetang überdeckt,
Liegt da der Knabe auf dem Strand,
Mit Pfeil und Bogen in der Hand.
Der Pieter, der ein guter Tropf,
Frottiert ihn, stellt ihn auf den Kopf,
Bläst ihm ins Mäulchen, ja und richtig,

Der Bursch wird wieder lebenstüchtig,
Springt auf, ist schrecklich ungezogen,
Nimmt seinen Pfeil, spannt seinen Bogen,
Schießt Pietern durch die dicke Jacke,
Wird eine Möwe, macht: gagacke!
Und ist verschwunden. — Welche Schmerzen
Fühlt Pieter Dorenkat im Herzen!!! —
Er mag nicht gehn, er mag nicht ruhn,
Er mag nichts essen, mag nichts tun;
Er klagt dem Trientje seine Qual,
Der aber ist es ganz egal.
Am liebsten möcht' er sich erhängen
Und töten sich durch Halsverlängen,
Doch Borkums Bäume sind zu niedrig,
Was für den Zweck gar sehr zuwidrig.

So sammelt er denn schließlich Kräuter,
Kocht, destilliert sie und so weiter,
Bis eine Quintessenz zuletzt
Sich aromatisch niedersetzt.
Hier wäscht er sich mit auß= und innen,
Und schau! Die Schmerzen ziehn von hinnen. —

Bald wird es weit im Reiche kund,
Was dieser Dorenkat erfund.
Gar mancher will das Tränklein kosten,
Bezieht es dann in großen Posten,
So daß der Pieter sich fortan
Vor lauter Geld nicht bergen kann.
Jetzt fragt er Trientje: Wutt du mi?
„Ja gliek, Mynheer!" erwidert sie.
Drauf legt er sein Geschäft nach Emden,
Trägt goldne Knöpfe in den Hemden,
Und heute noch ist „Dorenkat"
Für Leib= und Seelenschmerz probat. —

Auch ich war mal — — —
Wer klopft denn hier
Grad jetzt an meine Stubentür?
Der Dichtung langer Faden reißt,
Der Zug des Herzens ist entgleist,
Mein Geist kehrt wieder von der Düne,
Adieu, Hermine!

August 1879

Dorenkat (Variante)

Der Fritz, ein durchaus fleißiger Student,
So schwer er sich von seiner Arbeit trennt,
Verlebte dennoch seine Studienpause
Nicht ungern in des Onkels Hause,
Wo es denn auch des Morgens wohl mal kam,
Daß er bescheiden einen Bittern nahm.
Da fragt Hermine, sein geliebtes Bäschen,
Und rümpft das Näschen:
„Was hast du da für Zeug in deinem Gläschen?"
„Dies", sprach er, „nennt man einfach ‚Dorenkat',
Ein Elixier, was fern am Nordseestrand
Der Pieter Dorenkat zum Glück erfand . . .

Noch heut, schloß Vetter Fritz, ist ‚Dorenkat'
Für Leib= und Seelenschmerz probat.
Dein Wohl, Hermine!"

Mechtshausen

Die Begier nach Autographen . . .

Die Begier nach Autographen,
Sagst du, ließe dich nicht schlafen.
Also: Kribbelkrabbelkritze,
Mit der Gänsefederspitze,
Dichtgedrängt in schwarzen Reihen,
Mach' ich diese Schnörkeleien.
Hier hast du ein Körnlein Mohn:
Schnarche weiter, lieber Sohn!

Für junge Damen sich beeilen,
Macht selbst dem Alten noch Pläsier,
Und wünschen sie von ihm zwei Zeilen,
Sogleich ergebenst schreibt er vier.

Dank für einen Fasan

So wurde denn aus Pommerland
Mir endlich Quilow auch bekannt
Durch einen Vogel, gut und schön,
Den will ich recht genau besehn,
Zuerst von außen, dann von innen,
Und bei dem letzteren Beginnen
Da sei ein volles Glas geleert,
Zu Ehren dem, der ihn beschert.

Dank für ein Buch über Ägypten

Schönen Dank! — Der Lohn ist schäbig. —
Hätt' ich König Rhampsinits
Goldne Schätze, dann so gäb' ich
Schönern Dank für lustigen Witz.
Denn, was Du am lotosblumigen
Altberühmten Strand des Nils,
Was Du in dem Land der Mumien
Ausgegraben, mir gefiel's.

Wie des Wassers volle Wucht
Von den Fliesen in die Schlucht
Donnerhaft herniederschoß
Und zum Tale weiterfloß,
Als ich dies erstaunt und heiter
Angeschaut, so hinkt' ich weiter.

Mich hatt's gefreut,
So neu zu sehn in eleganten
Schreibfederstrichen die Bekannten
Aus alter Zeit.

Im Hotel, am Fuß der Treppe,
Trat mal einer auf 'ne Schleppe.
Ach, es schien in dem Momente,
Als ob Leib und Seel sich trennte.
Denk' ich dran, durchzuckt es mich
Heut noch wie ein Seitenstich!
Denn der Täter, der war ich.

Na, Prosit! sagte Fritzchen Köhler.
Nach dem Examen ist mir wöhler.

Besten Gruß an die gesamten
Steuer= wie auch Zollbeamten.
Was sie dichten voll Gemüt,
Zeigt uns, daß ihr Weizen blüht.

Dem „Krökelorden"

Ein alter Kauz, im hohlen Baum
Vertieft in seinen Tagestraum,
Doch aufgewacht durch lautes Pochen
Von Meister Specht und durch die Lieder
Der Vöglein, ist hervorgekrochen
Und spricht also:
Ihr Waldesbrüder!
Die Welt, das läßt sich nicht bestreiten,

Hat ihre angenehmen Seiten;
Sie liefert Körner, Käfer, Mäuse
Zum Wohlgeschmack in jeder Weise
Und geht auch wohl so bald nicht unter.
Ich grüße euch; bleibt nur hübsch munter
Und macht euch möglichst viel Pläsier.
Doch ich, der alt und kalt geworden,
Ich passe nicht in euren Orden;
Mir ziemt die Ruhe. Gönnt sie mir.
Und als der Kauz also gesprochen,
Ist er zurück ins Loch gekrochen.

Hochmütig ist der Pfaffen Zunft;
O Bismarck, bring sie zur Vernunft!
Schmoll nicht zu lange in Varzin,
Sonst möcht' wohl gar ihr Weizen blühn.
Nimm sie beim Ohr und sprich zuletzt:
Hier, meine Herrn, gilt das Gesetz.

Ach, Herr, mach alles wieder recht,
Dämpf die Pfaffen und Kriegersknecht.
Gib Frieden, dazu viel edlen Wein,
Auf daß wir allesamt lustig sein.

Max und Moritz, diese Knaben,
Sollen, hör' ich, Eltern haben.
Einen der und eine die,
Nämlich Scherz und Phantasie.

Den Abiturienten

Wohl ehedem, da trank des Weines
Auch ich mein Teil, und zwar kein kleines.
Nun aber muß ich mich bequemen,
Das Ding mehr objektiv zu nehmen
Und, still verborgen hinterm Zaun,
Wenn andre trinken, zuzuschaun.
Und wahrlich. Wenn man fünfundfunfzig,
Dann ist es Zeit, daß die Vernunft sich
Vernehmen läßt und weise spricht:

„Hör, Alter! Das bekömmt dir nicht!"
Auch spürt man, daß man gar nicht mehr
So liebenswürdig wie vorher. –
Da ich denn also fürderhin
Zur Zierde nicht zu brauchen bin
Und wäre nur wie dürres Reisig
Im frischen Kranz der fünfunddreißig,
Und weil mein Saitenspiel schon staubig,
So seh' ich, fühl' ich, denk' ich, glaub' ich,
Es ist für mich das weitaus Beste,
Ich bleib' von diesem Jubelfeste,
Von Faß und Spaß und Glas und Naß
Zu Haus mit meinem Brummelbaß!

Ehedem, getreu und fleißig,
Tat er manchen tiefen Zug.
Erst nachdem er zweimal dreißig
Sprach er: Jetzo sei's genug!

Von den Taten, wohl vollbrungen,
Liebt das Alter auszuruhn,
Und nun ist es an den Jungen,
Gleichfalls ihre Pflicht zu tun.

Wohl sind die Töne längst verklungen,
Die wir, die Alten, einst gesungen;
Doch stets melodisch klingt es fort,
Im Jugendchor, das deutsche Wort.

Du kamst! Und siehe da, wir hatten
Grad siebenundzwanzig Grad im Schatten.
Doch du, liebes Gretchen,
Als betriebsames Mädchen,
Warst trotz der Hitz
Flink auf wie der Blitz.
Hast Beeren gepflückt,
Hast Zwetschen zerdrückt, —
Hast Bändeln gestickt
Und hast gestrickt
An einem Strumpfe wunderbar,
Der so langsam wächst, daß mancher gar
Bedenklich fragt, ja fast beklommen:

Ach, wann wird der zur Reife kommen? —
Und willst du schon fort von hier. —
Leb wohl! Indes, das hoffen wir,
Daß du längst wieder mal bei uns bist,
Eh' dieser Strumpf halb fertig ist.

Der Paletot als Wärmehalter
Ist gut, besonders für das Alter.
Nur fühlte mancher sich bewogen,
Der ihn zu Hause angezogen,
Ihn draußen wieder auszuziehn,
Und kommt darauf ein schneller Regen,
Ein kühler Wind, so hat er ihn
Von neuem eilig anzulegen.
Vergeblich meistens dann zur Hülfe
Wünscht man herbei sich eine Sylphe.
Was ist zu machen? Nun, ich spiele
Halt Selbstbedienung wie so viele,
Und quäle mich bald so bald so
Mit dem verflixten Paletot.

Lorenz Gedon

† 27. Dezember 1883

So kernig schienst du uns, so wetterhart,
Ein köstlich Bild urfrischer Gegenwart;
Ein Baum, an Stamm und Wurzel unbewegt,
Ob auch der Sturm in seinen Wipfel schlägt;
Und schon, da kaum dein goldner Herbst die Welt
Zur Ernte lud, hat dich der Tod gefällt.
Die Schlange, die sich durch die Zeiten schlingt,
Vieltausendfach der Menschheit Leib umringt,
Die stets beneidet, was zu leben wagt,
Grausam hat sie auch deine Kraft zernagt.
Du warst ein rechter Sohn vergangner Zeit,
Der Liebling aller Kunst und Herrlichkeit;
Und dankbar nahmst du, was die Mutter dir
Als Erbteil hinterließ zu Schmuck und Zier,
Der Mitwelt und der Nachwelt edles Gut,
Mit sorgsam kluger Hand in sichre Hut.
Schatzmeister warst du in der Schönheit Reich,
Doch Kenner auch und Könner allzugleich.
Das feine kunstvoll reizende Gerät,

Das Menschenbild in stolzer Majestät,
Den Prachtpalast, den feierlichen Saal,
Aufstrebend kühn zum höchsten Ideal,
Von dir erdacht, gebildet und erbaut,
Wie froh bewundernd haben wir's geschaut!
Wie oft hast du die festlich heitre Nacht
Verschönt durch der Erfindung Zaubermacht,
Wenn dein Genie den altgewohnten Raum
Der Wirklichkeit entrückt zum holden Traum,
Wenn du die Halle formenreich geschmückt
Und glücklich warst, weil andre du beglückt!
Denn brüderlich und fest und liebewarm
Umschlang die Gegenwart dein starker Arm.
Voll Mut, voll Ungestüm, doch zart gesinnt,
Im Ernst ein Mann, in Fröhlichkeit ein Kind,
Der raschen Tat geneigt, des Redens Feind,
Ein glühend Herz warst du, ein treuer Freund,
Dazu ein wackrer Zecher, deutsch und echt.
Heil jeder Stunde, die ich mit dir verzecht!
Im alten Teutoburger Walde sahn
Wir uns zuletzt. Ich ging mit dir zur Bahn.
Du sprachst: „Auf Wiedersehn!" — Fort rollt' der Zug,
Der dich für ewig in die Ferne trug.
Ach, liebster Freund, ein Teil von meinem Glück
Nahmst du mit fort und kehrst nie mehr zurück!

Das tote Gretchen

Sieben Rosen, sieben Jahre.
Ach, schon liegst du auf der Bahre.
Kleines Gretchen, bist so weiß
Wie der Schnee und kalt wie Eis.
Schwarze Männer sind gekommen,
Haben dich mit weggenommen,
Decken dich mit kühler Erden,
Sollst ein schöner Engel werden.
Und die Mutter sitzt zu Haus,
Weint sich fast die Augen aus,
Daß ihr süßes Gretchen nun
Muß in kalter Erde ruhn.
Da wird um die Mitternacht
Leis die Türe aufgemacht.
Mit zwei Engelsflügelein
Tritt das Gretchen leis herein:
Mutter, weine doch nicht mehr,
Sieh, wie meine Flügel schwer,
Sind so schwer und ganz durchnäßt,
Weil du nicht das Weinen läßt;
Jede Träne fällt herab
In mein einsam dunkles Grab.
Laß mich da nicht länger liegen,
Laß mich doch in'n Himmel fliegen
Zu dem hellen Gotteslicht.
Liebe Mutter, weine nicht! —
Bittend hebt es Hand an Hand,
Blickte dringend und verschwand.
Und die Mutter wurde stille.
Hochgelobt sei Gottes Wille!
Ihre Klage wird Gebet,
Bis sie einst zum Himmel geht,
Wo im schönen Gottesgarten
All die Englein sie erwarten.

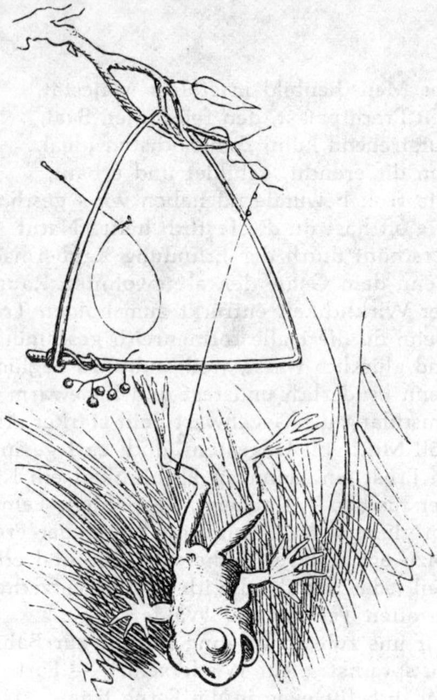

Fink und Frosch

Im Apfelbaume pfeift der Fink
Sein Pinkepink!
Ein Laubfrosch klettert mühsam nach
Bis auf des Baumes Blätterdach
Und bläht sich auf und quakt: „Jaja!
Herr Nachbar, ick bin och noch da!"
Und wie der Vogel frisch und süß
Sein Frühlingslied erklingen ließ,
Gleich muß der Frosch in rauhen Tönen
Den Schusterbaß dazwischen dröhnen.
„Juchheija heija!" spricht der Fink.
„Fort flieg' ich flink!"
Und schwingt sich in die Lüfte hoch.
„Wat!" ruft der Frosch. „Dat kann ick och!"
Macht einen ungeschickten Satz,
Fällt auf den harten Gartenplatz,
Ist platt, wie man die Kuchen backt,
Und hat für ewig ausgequackt.
Wenn einer, der mit Mühe kaum
Geklettert ist auf einen Baum,
Schon meint, daß er ein Vogel wär',
So irrt sich der.

Der unsichtbare Schäfer

Es riefen mal drei Zwerge
Vor einem hohlen Berge:
„Vater Klaus, Vater Klaus,
Wirf Hütchen heraus!"
Und eins, zwei, drei im selben Nu
Fliegt jedem Zwerg ein Hütchen zu.
„Juhe! Jetzt kann uns keiner sehn,
Wenn wir zur Bauernhochzeit gehn."
Der Schäferbartel, der im Gras
Versteckt gelegen, hört' und sah's.
Potztausend! — denkt er sich —
Das wär' so was für mich.
„Vater Klaus, Vater Klaus,
Wirf 'n Hütchen heraus."
Und richtig fliegt im selben Nu
Auch ihm ein solches Hütchen zu.
So schleicht er heimlich allgemach
Ins Dorf den klugen Zwergen nach;
Und also kommen diese Gäste
Ganz unbemerkt zum Hochzeitsfeste.
Da schmaust man grad nach alter Weis'
Den süßen Zimt= und Zuckerreis.
Hei! Wie dem Bartel das gefiel;
Faßt flugs den Löffel bei dem Stiel
Und führt ihn emsig hin und her;
Und wie er spürt, er kann nicht mehr —
Schlapp! — so zum Spaß
Schlägt er den Löffel
Dem Nachbarn Töffel
Auf seine Nas.
Der wischt und wischt und staunt und spricht:
„Hier fühl' ich was und seh' es nicht."
Gleich bleibt, als dies geschehn,
Ein Zwerglein stutzig stehn
Und flüstert: „Seht mal den!
Der Schäfer hier
Hat 'nen Hut wie wir.
Paßt auf und kuckt!
Wenn er sich duckt,
Dann zieht dem langen Tropfe
Geschwind den Hut vom Kopfe."
Der Bartel, arglos und vergnügt,
Geht eben hin wo's Fäßlein liegt.
Da bückt er sich und macht sich klein
Und rührt den Hahn und zapft sich Wein.

Und — wutsch! — ist's Hütlein weg.
Das war ein Schreck.
Da sitzt er vor dem Faß,
So sichtbar wie nur was.
Ho! heißt es jetzt und angefaßt!
Hinaus mit diesem frechen Gast!
Und alsogleich in einem Bogen
Kommt er zur Tür herausgeflogen.
Die Zwerge kichern,
Sie sind im sichern.
Sie nippen und naschen
Und füllen die Taschen
Von niemand gesehn,
Bis morgens früh die Hähne krähn.
Dann noch zu dritt ein Kännchen.
Husch! Fort sind die Männchen.
Weit draus im Felde, kurz vor Tag,
In seinem Schäferkarren lag
Der Bartel bei den Schafen
Und konnte noch nicht schlafen.
Tripptripp! Was feine Tritte?
Es klopft an seine Hütte:
„He, Bartel, Bartel,
Willst wieder mit?"
Im Kasten tönt ein kurz Gebrumm.
Der Bartel rührt sich nit;
Weiß wohl warum.

Auf die Frage geschrieben, ob die Stare wohl blieben

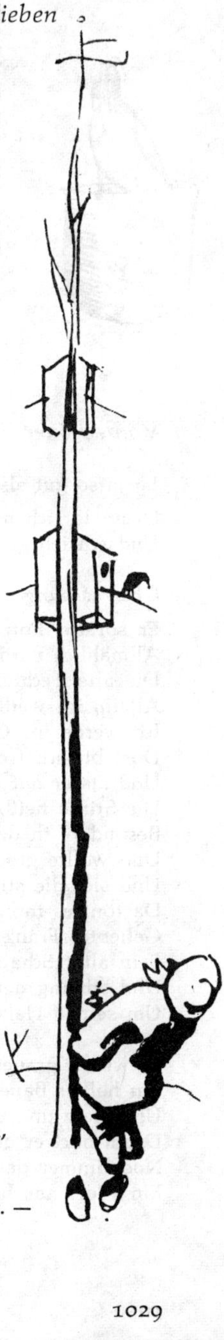

Es flog ein muntres Starenpaar
Schon manches Jahr
Auf eine Pappel hoch und schön,
Um von da aus die Gegend sich anzusehn.

Fest sind die Dächer.
Kein Baum hat Löcher.
Mußten daher in Ermanglung von Höhlen
Sich wieder empfehlen;
Denn keine Wohnung war zu finden,
Einen Haushalt darin zu gründen.

Doch heuer kam, gewandt und heiter,
Ein schmucker Herr, ein dienstbereiter,
Mit einer Leiter,
Mit einem Kästchen,
Tät dies hoch oben am Baum befest'gen
Und stieg dann wieder
Zur Erde hernieder,
Indem er sich freut, daß er aus solcher Gefahr
Für diesmal glücklich entronnen war.

Inzwischen sahen in bedachtsamer Ruh
Die beiden Stare von weitem zu.
„Frau", sprach das Männchen, „laß uns doch eben
Zu dem hübschen Häuschen hinüber schweben,
Ob's Türlein daran, was das wichtigste ist,
Auch mindestens fünf Zentimeter mißt;
Sonst würd' es besonders für dich zu klein,
Mein liebes, dickes Madamchen sein." —

Flugs fliegen die Vögel zum kleinen Haus,
Schlüpfen ein und aus
Und plappern vergnüglich:
„Gottlob, die Sache geht vorzüglich!"

Und alsogleich baun sie im Kästchen
Ein trauliches Nestchen;
Vertilgen ringsum zu Nutz und Pläsier
Den Schneck, den Wurm, das Käfertier;
Vergessen auch nicht, in allen Ehren,
Sich zu vermehren. —

Und als der Herr, der so edel gehandelt,
Dann später mal unter dem Baum gewandelt,
Da haben die Vöglein, um sich dankbar zu zeigen,
Ihm was gepfiffen auf allen Zweigen;
Und jedes, weil sie ihm gar so gut,
Macht ihm ein Kleckschen — pitsch! — auf den Hut. —

Wiedensahl, Februar 1895

Muß man sich schon wieder plagen?
Also wieder ein Gedicht?
Soll ich wagen, nein zu sagen? —
Nein, ich bin kein Bösewicht!
Dehne dich, Poetenleder!
Werde flüssig, alter Leim!
Sieh, schon tröpfelt aus der Feder
Der mit Angst gesuchte Reim!
Und so zeig' ich mit Vergnügen
Mich als einen netten Herrn. —
Ach, mitunter muß man lügen,
Und mitunter lügt man gern!

Von schöner Seite aufgefordert . . .

Ist ja so gut als wie beordert.

Drum tät ich mich denn auch beeilen
Und schrieb gehorsamst diese Zeilen.

Überraschung

Er sprach: Potztausend noch einmal!
Allmählich wird sie mir fatal
Die alte Techtelmechtelsache.
Allein, ich weiß schon, was ich mache.
Ich werde ins Gebirge steigen.
Dort bin ich frei und ganz mein eigen.
Und als er auf den Gipfel kam,
Die Stirne heiß, die Beine lahm,
Besonders in den Kniegelenken,
Und wollte grad sein Glück bedenken
Und sich die stille Gegend loben,
Da tönt es innig und intim:
Geliebter Franz! dicht hinter ihm.
Sein alter Schatz war auch hier oben
Und schlang den liebewarmen Arm
Um seinen Hals, der schon so warm.

Er wurde grauer — doch nicht grämlich,
Ein halber Bauer — doch nicht dämlich,
Und Herz und Ohren sind gesund.
Drum hört er auch — selbst in der Ferne,
Noch immer deutlich, immer gerne
Ein Wort aus holdem Frauenmund!

Liebe Freundin! Ich ersuche,
Bitte und beschwöre Dich:
Liesest Du in diesem Buche
Und Du kommst an diese Seite
Ach! so mache mir die Freude
Und erinnere Dich an mich.

Dein oben abgezeichneter Freund
Wilhelm Busch

Antworten vom 22. Mai 1892

auf Anfragen von Frau Louise Fastenrath, Köln:

Welche Eigenschaften schätzen Sie an dem Mann? *Hätt' er etwa die Gewohnheit, möglichst häufig die Wahrheit zu sagen, wär's gewiß sehr schätzenswert.*

Welche an der Frau? *Eine hübsche und gescheite Frau, die ihre Dienstboten gut behandelt, müßte entzückend sein.*

Was ist Ihre hervorstechendste Eigenschaft? *Reiselust nach der Grenze des Unfaßbaren.*

Wie verstehen Sie das Glück? *Irrlicht.*

Wie das Unglück?
Darüber der Nordstern.

Wo möchten Sie leben? *Wer wäre nicht meist da am liebsten, wo er ungefähr denken kann, was er mag.*

Was wünschen Sie am sehnlichsten? *Nein, nein! Das sagt er halt nicht.*

Wer ist in Ihren Augen der erste Dichter, Schauspieler, Musiker und Maler? *Nebst andern vielleicht Homer, Rubens, Mozart. Unter Schauspielern gefälligst jeder.*

Welches historische Ereignis mißfällt Ihnen am meisten? *Welches hat uns am meisten geschadet?*

Welche Fehler finden Sie am verzeihlichsten? — *Mitunter meine eigenen.*

Lieben Sie das Ideale oder das Reale? *Man lebt und hofft.*

Was ist am schwersten zu erreichen? *Daß man sich selber hinter die Schliche kommt.*

Welchen Rat würden Sie der Frau geben, die Sie lieben? *Mich auch.*

Welches ist Ihre Lieblingsbeschäftigung? *Siehe oben: hervorstechende Eigenschaft.*

Welche politische Richtung ist Ihnen am sympathischsten? *Keine.*

Wie denken Sie über die Ehe? *Wenn alles ehrlich zugeht, sehr hoch.*

Welches Vergnügen ist Ihnen das liebste? *Z. B. rauchen tut er auch gern.*

Welche Blume, welches Getränk und welche Farbe ziehen Sie vor? *Ja, wann?*

Definieren Sie die Liebe? — *Sehnsucht, unbewußt zu zweit ein drittes zu bilden, was vielleicht besser ist als man selbst.*

Definieren Sie die Frau? — *Hauptlockvogel für diese Welt, günstigenfalls auch für die andere.*

Hätten Sie auch humoristisch dichten können, wenn Sie verheiratet gewesen wären?

Hier ist alles eitel! So
Spricht der weise Salomo!
Onkels, dünn= und dickbeleibte,
Die das Glück noch nicht beweibte,
Tanten, die, aus den bekannten
Gründen, sich noch nicht bemannten.
Alle, wenn sie Mut besitzen,
Dichten, daß die Federn spritzen!
Aber die — nach altem Brauch —
Sich vermählen, können's auch;
Denn, dieweil sie ihrer zwei,
Helfen sie sich sehr dabei.

Stets trank er lieber Wein
als Wasser
Und war auch nie
ein Weiberhasser.

Eine Dame bat 1874 um ein Autogramm. Um von Busch nicht verspottet zu werden, schrieb sie unter einem Pseudonym. Trotzdem lautete die Antwort:

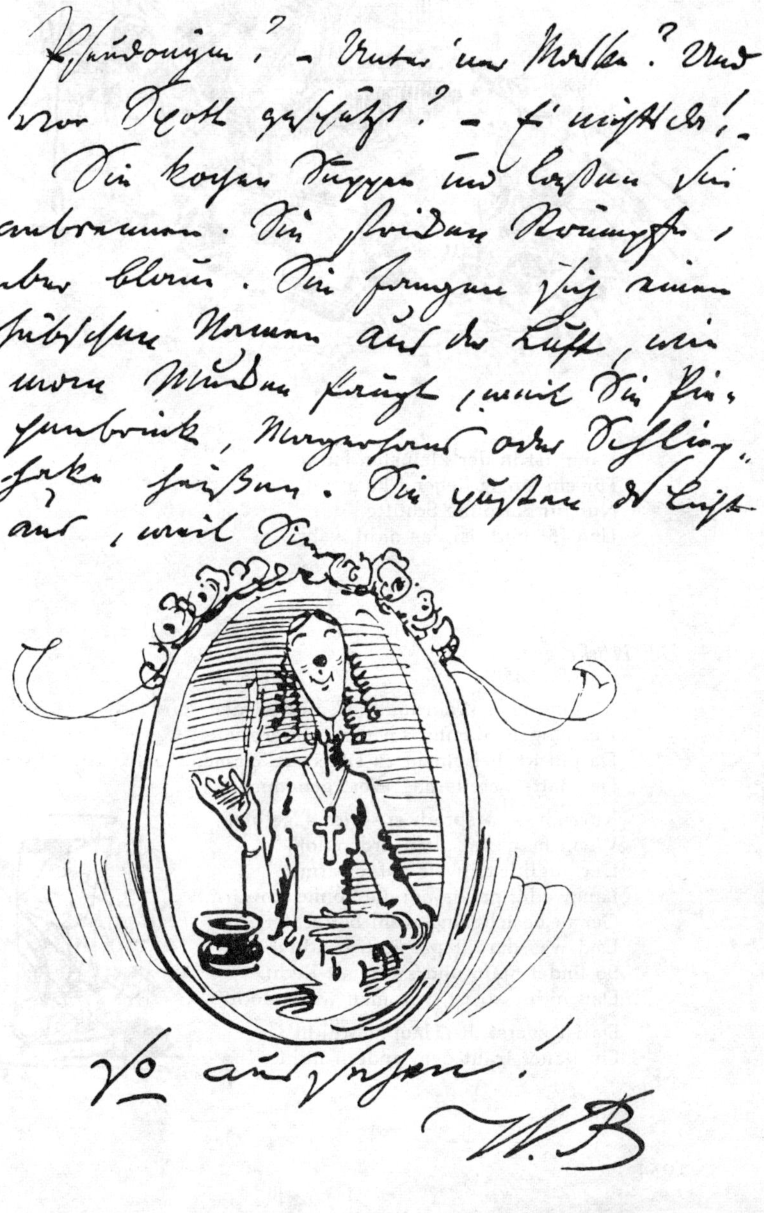

Raum ist in der kleinsten Hütte
Für ein einzig liebend Paar.
Nur für Karoline Schütte
Und für mich ist das nicht wahr.

Der Nöckergreis

Ich ging zum Wein und ließ mich nieder
Am langen Stammtisch der Nöckerbrüder.
Da bin ich bei einem zu sitzen gekommen,
Der hatte bereits das Wort genommen.

Kurzum — so sprach er —, ich sage bloß,
Wenn man den alten Erdenkloß,
Der, täglich teilweis aufgewärmt,
Langweilig präzis um die Sonne schwärmt,
Genau besieht und wohl betrachtet
Und was darauf passiert, beachtet,
So findet man, und zwar mit Recht,
Daß nichts so ist, wie man wohl möcht'.

Da ist zuerst die Hauptgeschicht':
Ein Bauer traut dem andern nicht.

Ein jeder sucht sich einen Knittel,
Ein jeder polstert seinen Kittel,
Um bei dem nächsten Tanzvergnügen
Gewappnet zu sein und obzusiegen,
Anstatt bei Geigen= und Flötenton,
Ein jeder mit seiner geliebten Person,
Fein sittsam im Kreise herumzuschweben.
Aber nein! Es muß halt Keile geben.

Und außerdem und anderweitig:
Liebt man sich etwa gegenseitig?
Warum ist niemand weit und breit
Im vollen Besitz der Gemütlichkeit:
Das kommt davon, es ist hienieden
Zu vieles viel zuviel verschieden.
Der eine fährt Mist, der andre spazieren;
Das kann ja zu nichts Gutem führen,
Das führt, wie man sich sagen muß,
Vielmehr zu mehr und mehr Verdruß.

Und selbst wer es auch redlich meint
Erwirbt sich selten einen Freund.
Wer liebt zum Beispiel auf dieser Erde,
Ich will mal sagen, die Steuerbehörde?
Sagt sie, besteuern wir das Bier,
So macht's den Christen kein Pläsier.
Erwägt sie dagegen die Steuerkraft
Der Börse, so trauert die Judenschaft.
Und alle beide, so Jud wie Christ,
Sind grämlich, daß diese Welt so ist.

Es war mal 'ne alte runde Madam,
Deren Zustand wurde verwundersam.
Bald saß sie grad, bald lag sie krumm,
Heut war sie lustig und morgen frumm;
Oft aß sie langsam, oft aber so flink
Wie Heinzmann, eh' er zum Galgen ging.
Oft hat sie sogar ein bisselt tief
Ins Gläschen geschaut, und dann ging's schief.
Sodann zerschlug sie mit großem Geklirr
Glassachen und alles Porzellangeschirr.
Da sah denn jeder mit Schrecken ein,
Es muß wo was nicht in Ordnung sein.
Und als sich versammelt die Herren Doktoren,
Da kratzten dieselben sich hinter den Ohren.

Der erste sprach: Ich befürchte sehr,
Es fehlt der innere Durchgangsverkehr.
Die Gnädige hat sich übernommen;
Man muß ihr purgänzlich zu Hilfe kommen.

Der zweite sprach: O nein, mitnichten!
Es handelt sich hier um Nervengeschichten.
Das ist's — sprach der dritte —, was ich auch ahne,
Man liest zu viele schlechte Romane.
Oder — sprach der vierte — sagen wir lieber,
Man hat das Schulden= und Wechselfieber.
Ja — meinte der fünfte —, das ist es eben;
Das kommt vom vielen Lieben und Leben.
O weh! — rief der sechste. Der Fall ist kurios;
Am End' ist die oberste Schraube los.
Ha! — schrie der letzte. Das alte Weib
Hat unbedingt den Teufel im Leib;
Man hole sogleich den Pater her,
Sonst kriegen wir noch Malheur mit der.

Der Pater kam mit eiligen Schritten;
Er tät den Teufel nicht lange bitten;
Er spricht zu ihm ein kräftiges Wort:
Raus, 'raus, und hebe dich fort,
Du Lügengeist,
Der frech und dreist
Sich hier in diesen Leib gewagt!
I mag net! hat der Teufel gesagt.
Hierauf . . .
Doch lassen wir die Späß,
Denn so was ist nicht sachgemäß.
Ich sage bloß: Die Welt ist böse.

Was soll zum Beispiel das Getöse,
Was jetzt so manche Menschen machen
Mit Knallbonbons und solchen Sachen?
Man wird ja schließlich ganz verdattert,
Wenn's immer überall so knattert.
Das sollte man wirklich solchen Leuten
Mal ernstlich verbieten, und zwar beizeiten,
Sonst sprengen uns die Schwerenöter
Noch kurz und klein bis hoch in den Äther,
Und so als Pulver herumzufliegen,
Das ist grad auch kein Sonntagsvergnügen.
Wie oft schon sagt' ich: Man hüte sich. –
Was hilft's? Man hört ja nicht auf mich.
Ein jeder Narr tut, was er will.
Na, meinetwegen! Ich schweige still!

So räsonierte der Nöckergreis.
Uns aber macht er so leicht nichts weis;
Und ging's auch drüber und drunter,
Wir bleiben unverzagt und munter.
Es ist ja richtig: Heut pfeift der Spatz,
Und morgen vielleicht schon holt ihn die Katz;
Der Floh, der abends krabbelt und prickt,
Wird morgens, wenn's möglich, schon totgeknickt;
Und dennoch lebt und webt das alles
Recht gern auf der Kruste des Erdenballes.

Froh hupft der Floh.
Vermutlich bleibt es noch lange so.

Wiedensahl, Januar 1893

Der Privatier

Motto: Bequemlichkeit ist die Hauptsache, sagte der Teufel, da setzte er sich auf die Flachshechel.

Heute tönt auf unsrer Leier
Was von Johann Tütemeier,
Den fast jeder, der ihn kannte,
Ohne weiters Tütje nannte.
Tütje widmet seine Kräfte
Einem Materialgeschäfte . . .

I

Tütjes Laden liegt günstig; alle Augenblicke bimmelt's. Der Lehrling macht viel Verdruß. Außerdem ist Tütje Witwer, zieht sich also vom Geschäft zurück.

II

Jedenfalls hat Tütje jetzt Haus und Gärtchen, dazu ein Hündchen, Pizzi. Von der Haustür wird die Klingel entfernt, weil Tütje dadurch nicht an sein früheres Geschäft erinnert sein will.

III

Mit Mamsell Schmiel, der „Köchin mit Gefühl", gibt's manchen Ärger; sie liest z. B. Romane mit Vorliebe auf dem Lokus, so daß Tütje oft ärgerlich warten muß. Sie kocht aber auch gut, besonders fette Mehlspeisen, wird auch einmal ohnmächtig und fällt dann natürlich Tütje in den Arm.

IV

Dem Jungen, der das Bier bringt, zerreißt Pizzi die Hosen; das Bier fällt hin; Junge stellt sich auf Pizzis Schwanz; Tütje muß Hosen und Bier bezahlen. –

V

Hühner sind da, aber merkwürdigerweise gibt es gar keine Eier.
Das Rätsel löst sich.
Die kleinen Spitzbuben haben eine gute alte Großmutter, die aus den eroberten Eiern wunderbar gequirltes Kandisei zu machen versteht.

VI

Tütjes ungetrübte Freude ist ein Schweinchen. Es wird geschlachtet. Die Höhe des Festes ist erreicht, als der Schweinskopf aufgetischt werden soll. Die Pietät dem toten Liebling gegenüber stört die Freude.
Pizzi denkt kühler.

VII

Da man auch Honig haben will, werden Bienen angeschafft. Diese Sache bekommt Pizzi ebenso schlecht wie Tütje, der zwar mit Fausthandschuhen versehen ist, aber eine dünne Sommerhose anhat.
Der brennende Schmerz erfordert Linderung, die in der nahe stehenden Regentonne gesucht wird.

Aber die Wirkung der Bienenstiche ist eine so furchtbare, daß die hinteren Extremitäten die Tonne nicht mehr verlassen können und nur die werktätige Kunst des Böttchers Hilfe schaffen kann.
Nach glücklicher Befreiung nimmt man wahr, daß die schöne Sommerhose geplatzt ist.
Aber auch Pizzi hat deutliche Spuren vom Kampfplatz davongetragen.

VIII

Vor allem aber nimmt bei Tütjes gutem Leben die Korpulenz zu.

O wie ist das hinderlich,
Wenn man ringsherum an sich
So viel Fettigkeit besitzt,
Daß man pusten muß und schwitzt
Und nichts weiter denkt als bloß:
Wie werd' ich den Speck nur los?!

Spaziergänge sind nötig. Aber unbequeme Schuhe verbittern ihm diese Tätigkeit. Ein berühmter Schuster muß die unfehlbar bequemen Schuhe liefern. Aber:

O wie ist der Mensch bedrückt,
Den der eigne Stiefel zwickt.
Und er kann es nicht verschweigen,
Allen Freunden muß er's zeigen,
Muß er's sagen, muß er's klagen,
Wie ihn diese Stiefel plagen,
Ja sogar ganz fremden Herrn. —
Und sie all ertragen's gern.
Jeder gibt ihm gern Gehör,
Spricht gerührt: Bedaure sehr!
Und vertieft in seine Zwecke,
Geht er um die nächste Ecke.
Selbst dem Pizzi, sonst so treu,
Ist's im Grunde einerlei.

Die Stiefel müssen herunter vom Fuß; die Strümpfe in der Rocktasche, kehrt Tütje im strömenden Regen heim, den einen Stiefel in der Rechten, während Pizzi den andern im Maul trägt. Zu Hause angekommen, werden die Stiefel ihres feuchten Inhalts entledigt.

IX

Andere Verdünnungsmethoden folgen. Tütje schafft die Köchin ab, wird Vegetarier strengster Observanz.
Im Morgengrauen macht er barfuß Dauerlauf, während Pizzi behaglich vom Fensterbrett aus zuschaut.

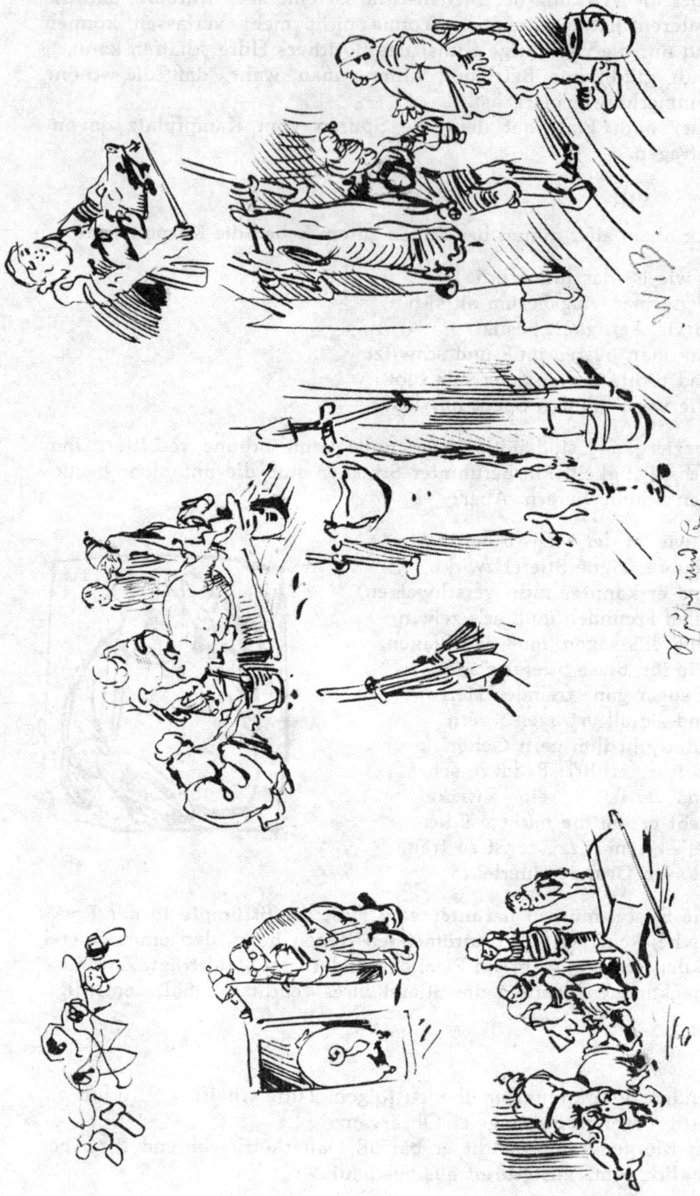

Das Sonnenbad darf natürlich nicht fehlen; Pech gibt's auch hier. Tütje wird wirklich dünner, aber die Aufwartefrau sieht das nicht ohne Sorge:

„Herr Tütemeier", sprach sie bang,
„Ich förcht', Sie machen's nimmer lang."

X

Tütje wird nervös. Ihn stören die Stechmücken und Flöhe in der nächtlichen Ruhe.
Allerlei Ungemach bei der Jagd auf die Störenfriede. Das Allgemeinbefinden verschlechtert sich. Er gibt das Rauchen auf und läßt sich untersuchen.

XI

Katzenkonzert im Garten bringt Tütje zur Verzweiflung.
Er stürzt aus dem Bett, bewaffnet mit dem Wasserkrug.
Überraschende Bekämpfung aus zwei Etagen durch Tütje und Mamsell Schmiel.
Furcht vor Dieben kommt hinzu. Pizzi als Wächter wird nachts ausgesperrt. Es kommt wirklich ein Dieb.
Der Dieb führt Pizzi in Versuchung mit Wurst. Pizzi, der nur ungern Vegetarier ist, läßt sich verführen. Tütje hört Geräusch; leuchtet unters Bett, in den Kleiderschrank.
Der Dieb kommt ins Schlafgemach. Furchtbare Drohung. Verteidigung und Flucht in den Kleiderschrank. Der Dieb gibt ihm großmütig den Säbel und riegelt von außen ab. Ungestörte Diebesarbeit.
Am nächsten Morgen Befreiung aus der Gefangenschaft durch die Aufwartefrau.

XII

Das Ende ist gut. Bei Witwe Quabbeke in der Stadt ist eine Wohnung frei; Tütje zieht zu ihr, heiratet sie, wird wieder munter und zufrieden, denn alles wird ihm gesagt, was er zu tun hat. „Ja", heißt's am Stammtisch, „das kommt anders als mit der ersten Frau!"

Der „Jugend"

Wie andre, ohne viel zu fragen,
Ob man hier oben mich gebraucht,
So bin auch ich zu Lust und Plagen
Im Strom der Dinge aufgetaucht.
Geduld! Nach wenigen Minuten
Versink' ich wieder in den Fluten.

Mechtshausen 1902

Keiner soll es mir verwehren,
Spukgeschichten, Geisterstunden
Schauderfreudig anzuhören,
Wie als Kind in Dämmerstunden.
Ja, daß Geister wiederkehren
Und rumoren und erscheinen,
Möcht' ich selbst beinah beschwören,
Denn ich habe selber einen.

Mein Dank

Für die vielen Zeichen der Teilnahme bei Gelegenheit meines siebzigsten Geburtstages spreche ich hier meinen verbindlichsten Dank aus — nicht ohne Verlegenheit; denn wenn ich zurückdenke an das, was ich war, so kommt es mir fast vor, als wenn ich es gar nicht gewesen wäre.
Die Art, wie ich über die Peinlichkeiten der Welt ein wenig zu triumphieren versuchte, ist nicht durchweg gebilligt worden. Von Leuten, die den prüfenden Tugendblick lieber nach außen als nach innen richten, bin ich strengstens verurteilt. Man hat mich sogar, freilich ohne daß ich bis jetzt etwas davon merke, zur Verbüßung meiner zahlreichen Fehler ins Kloster geschickt. Manche dagegen wollten behaupten, ich sei zu schwach, um die bösen Geschichten allein zu machen. Solche aber, denen ich längst zu lange lebte, haben mich stoßweise seit fünfundzwanzig Jahren bereits totgesagt.
Wer mit seinen Kunstkindern bei Sonnenschein im Freien spazierengeht, muß eben erwarten, daß ihm allerlei neckisches Zeug um die Ohren schwirrt. —
Fortuna lächelt, doch sie mag
Nur ungern voll beglücken;
Schenkt sie uns einen Sommertag,
So schenkt sie uns auch Mücken.

Was tut's? Mir wenigstens hat die Verfertigung meiner Sachen nicht bloß an sich schon Vergnügen bereitet, sondern ich fand mehr als genug Beifall obendrein.

Mechtshausen 1902

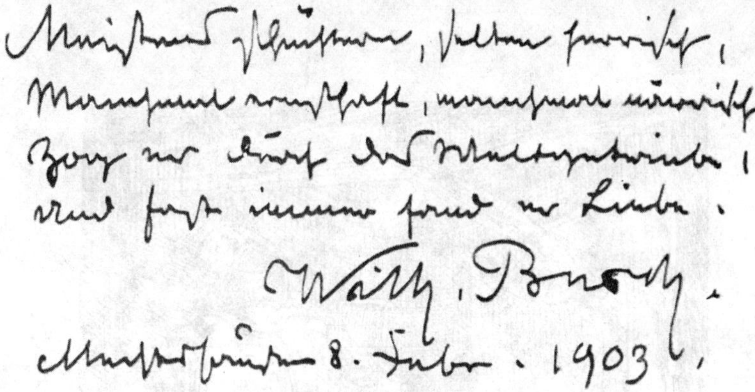

Gruß an München

Es geht nicht alles nach Belieben. –
Das hat mal wieder wer erfahren,
Den man vor fünfundsiebzig Jahren
Im Kirchenbuche eingeschrieben.
Heut ist er nämlich nicht zugegen,
Und leider weiß er auch weswegen:
Seitdem er alt und kalt geworden,
Hört er zum Stubenhockerorden.
Die Zeit, nur scheinbar schwach und leer,
Hat ihm wie spielend nebenher
Ein großes Bündel aufgepackt,
Wovon ihm fast der Buckel knackt,
Zum Glück besitzt er einen kühnen,
Sehr flinken Kerl, ihn zu bedienen,
Der sich schlechthin Gedanke nennt
Und schneller als 'ne Wachtel rennt. –
Wohlan, so mach dich auf die Füße
Und trag die allerschönsten Grüße
Nach München, der berühmten Stadt,
Die mir so gut gefallen hat,
Daß ich seit längst vergangnen Tagen
Bis heute noch mit Wohlbehagen
Und sicher bis zum Lebensschluß
Getreu an sie gedenken muß.

Mechtshausen, Mai 1907

Zu Schillers 100. Todestag, 9. Mai 1905

Früh starb er. Seine kargen Zeitgenossen,
Sie hatten ihn, den Kranken, schlecht gepflegt.
Doch was in ihm, dem tiefsten Grund entsprossen,
Zum Lichte strebend, mächtig sich geregt,
Er hat's in Formen höchster Kunst gegossen
Und seinem Volke dauernd eingeprägt.
So schreitet nun, gesegnet und bewundert,
Sein Genius von Jahrhundert zu Jahrhundert.

Abschied

Ich weiß nicht mehr genau, wie es gekommen.
Kurzum! Nach längerem Verborgensein
Hab' ich dereinst auf Erden Platz genommen,
Um auch einmal am Licht mich zu erfreun.
Und alsogleich faßt' mich die Zeit beim Kragen
Und hat mich neckisch, ohne viel zu fragen,
Bald gradeaus, bald wiederum im Bogen,
Durch diese bunte Welt hindurchgezogen.

Inzwischen pflückt' ich an des Weges Rand
Mir dies und das, was ich ergötzlich fand.
Auch leert' ich manchmal manchen vollen Krug
Mit guten Freunden, bis es hieß: Genug!
Nur eins erschien mir oftmals recht verdrießlich:
Besah ich was genau, so fand ich schließlich,
Daß hinter jedem Dinge höchst verschmitzt
Im *Dunkel* erst das wahre Leben sitzt.

Allein, wozu das peinliche Gegrübel?
Was sichtbar bleibt, ist immerhin nicht übel.
Nun kommt die Nacht. Ich bin bereits am Ziele.
Ganz nahe hör' ich schon die Lethe fließen.
Und sieh! Am Ufer stehen ihrer viele,
Mich, der ich scheide, freundlich zu begrüßen.
Nicht allen kann ich sagen: Das tut gut!
Der Fährmann ruft. Ich schwenke nur den Hut.

Mechtshausen 1907

Das letzte Skizzenbuch

W. Busch

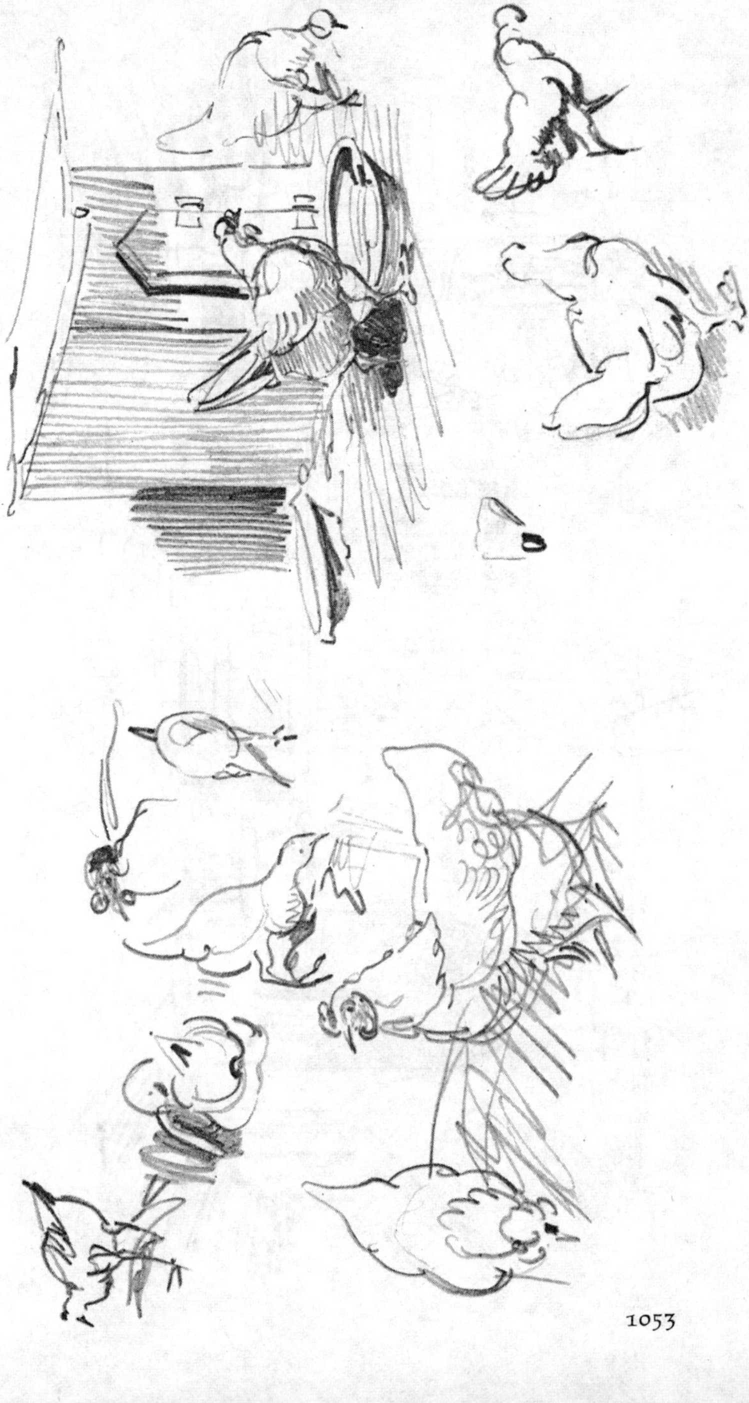

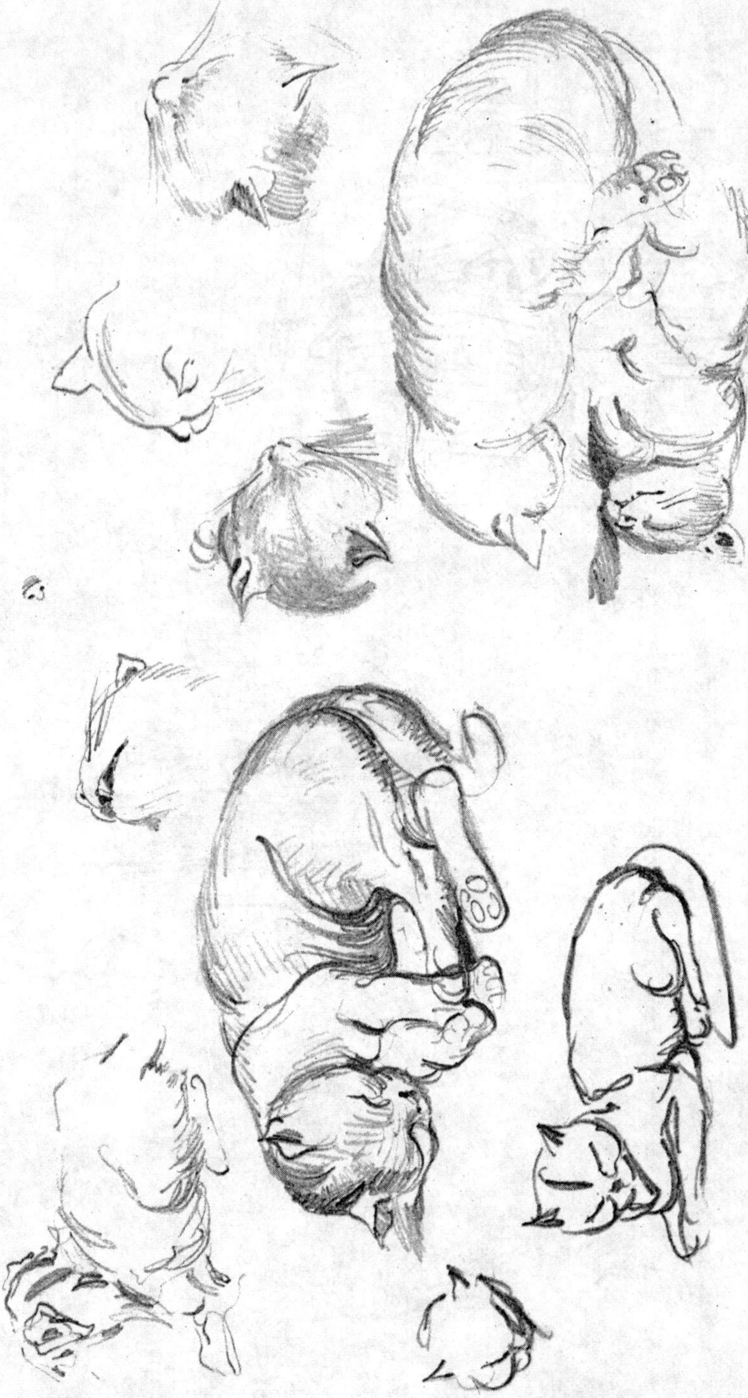

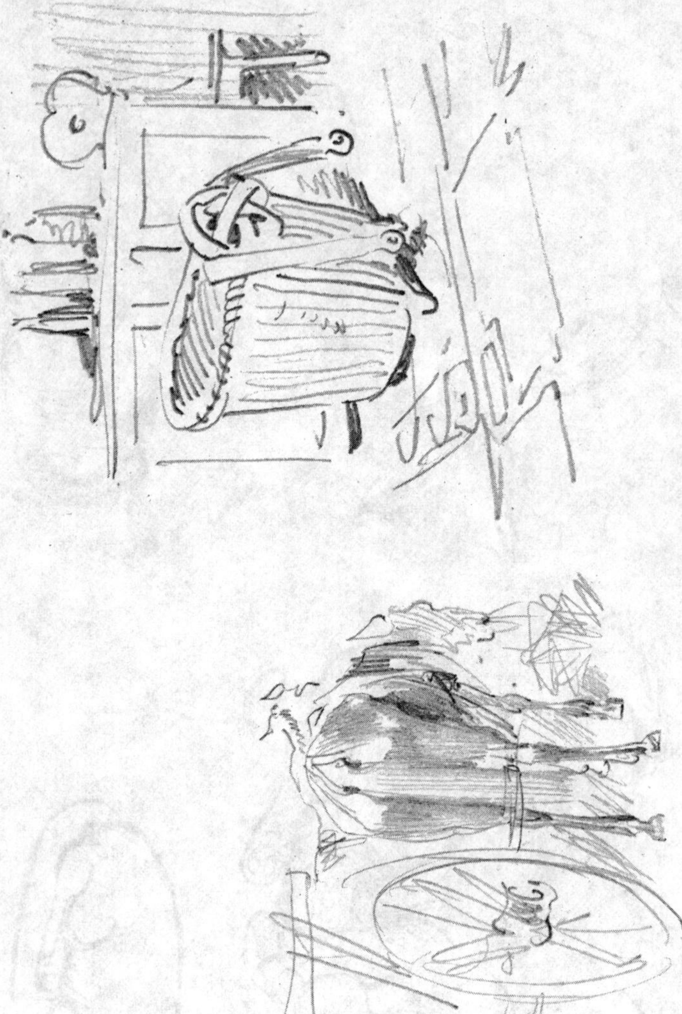

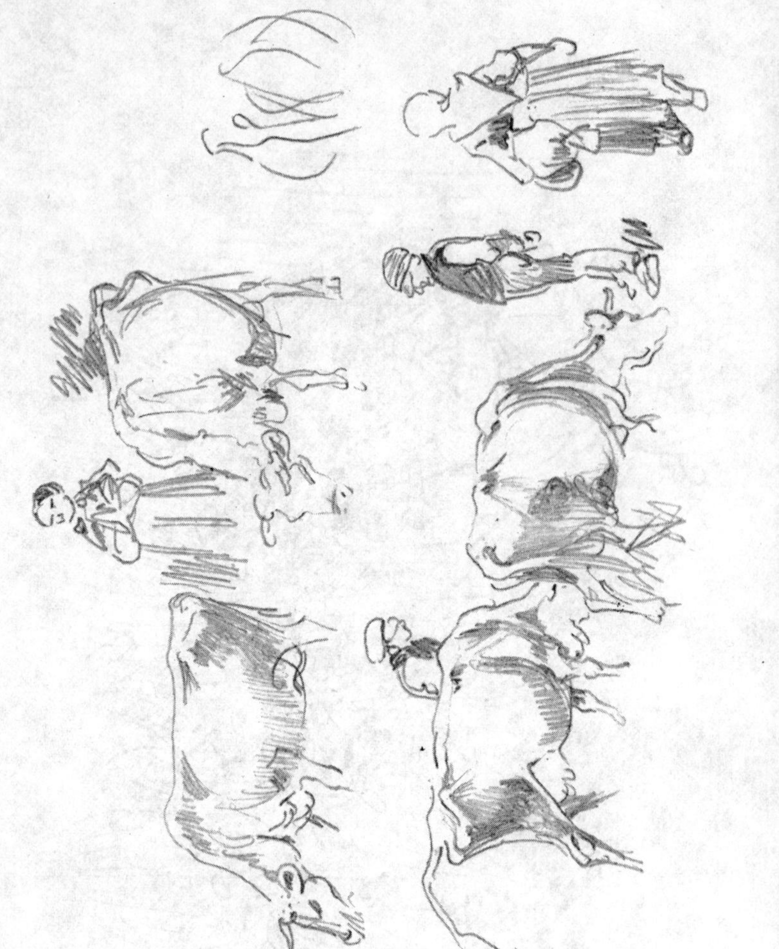

Landschaften

Gemälde aus den Jahren 1860–1895

Waldlichtung

Hütejunge

Pfarrhof in Wiedensahl

Bienenstand

Backofen

Weiden

Aufziehendes Gewitter

Herbstbild

Windmühle

Erntezeit

Regenbogen

Im Walde

Landschaft mit Mühle

Nachsommer

Wildbret

Sonniges Fenster

Landschaft mit Rotjacke

Hochsommer

Sonnige Lichtung

Erntewagen

Aufgehender Mond

Hügelige Landschaft

Tenne

Blaue Landschaft